거울로 드나드는 여자

1. 겨울의 약혼자들

Cet ouvrage, publié dans le cadre du Programme d'aide à la Publication Sejong, a
bénéficié du soutien de l'Institut français de Corée du Sud.
이 책은 주한프랑스문화원 세종 출판번역지원프로그램의 도움으로 출간되었습니다.

La Passe-miroir, Livre 1
Les fiancés de l'hiver by Christelle Dabos

Copyright © Editions Gallimard Jeunesse 2013
Korean Translation Copyright © Lesmots 2019

The Korean edition was published by arrangement with Editions through Sibylle Books
Literary Agency, Seoul.

이 도서의 국립중앙도서관 출판예정도서목록(CIP)은 서지정보유통지원시스템 홈페이지 (http://seoji.
nl.go.kr)와 국가자료공동목록시스템(http://www.nl.go.kr/kolisnet)에서 이용하실 수 있습니다.
(CIP 제어번호 : CIP2019002287)

거울로 드나드는 여자

크리스텔 다보스 지음 | 윤석헌 옮김

거울의 약혼자들

레모

한국 독자들에게

제게 '아니마'의 영감을 준 벨기에 작은 마을의 벽돌집에서 한국 독자들에게 편지를 씁니다. 이곳은 바닥도, 벽도, 계단도 모두 평평하지 않은 곳이에요. 게다가 집 안의 가구들, 심지어 고양이마저 제멋대로랍니다. 한국어에도 이런 표현이 있을지 모르겠지만, 저는 이곳에서 '집에만 콕 처박혀 지내는 사람 pantouflarde'이라는 단어처럼 살고 있습니다. 독자들을 만나기 위해 여행을 떠나지 않을 때면 장의자와 주방, 컴퓨터와 따뜻한 초콜릿을 오가는 것이 전부이지요.

사실 이런 얘기는 전부 제가 한국에 가본 적이 없다고 고백하기 위해서 꺼낸 말들입니다. 그 근처에 가보지도 못했어요. 한국은 제게 멀고 미스터리한 '아슈'입니다. 그래도 몇 편의 드라마를 통해 한국을 알고 있으니 아예 모르는 곳이라고 할 수는 없겠지요. 그리고 이제 우리의 얘기를 해야겠기에, 제가 제일 처음으로 접했던 한국 드라마 〈성균관 스캔들〉에 대한 이야기를 하고 싶네요. 똑똑한 어린 소녀가 가족들을 위해 집을 떠나 남자로 변장해야만 했어요. 때로는 곤란하기도 하고 때로는 우습기도 한 상황에 처하지만, 그 소녀는 자기 의지와 상관없이 네 명의 학생들과 친밀한 관계를 맺습니다. 아주 성실한 학생, 아주 적극적인 학생, 아주 예측 불가능한 학생, 아주 해로움만 끼치는 학생. 이 드라마를 보았을 때, 제가 만들어낸 이야기와 비슷한 점을 발견하고 놀라지 않을 수 없었습니다. 똑같은 이야기는 아니었지만요. 똑같은 세계도 아니었고, 똑같은 목적을 갖지도 않았고, 스타일도 달랐죠. 이야기의 다른 점들이 제게 많은 것을 가르쳐주었고, 이야기의 공통점은 저를 정말 감동하게 했습니다. 우리는 수천 킬로미터가 떨어진 나라에서 살고 있죠. 다른 언어로 말을 하고, 문화도 달라요. 그럼에도 불구하고, 가장 본질적인 무엇인가를 공유하고 있는 듯 느껴졌어요.

지금 이 순간 손에 쥐고 있는 이 책의 페이지를 넘기며, 제가 느꼈던 것과 똑같은 무엇인가를 한국 독자 여러분도 느낄 수 있기를 진심으로 바랍니다.

크리스텔 다보스

차례

조각

처음에 우리는 하나였다.

그러나 신은 우리가 그런 식으로는 자신을 만족시킬 수 없다고 판단했고, 그래서 우리를 갈라놓기 시작했다. 신은 우리와 실컷 즐겼고, 곧 지겨워하더니, 우리를 잊었다. 신은 아주 잔인하게 무관심을 드러냈는데, 그럴 때면 나는 공포에 떨었다. 또한 부드러운 면모를 보일 줄도 알았기에, 그 누구보다 신을 사랑했다.

신과 나, 그리고 다른 이들 모두 행복하게 살 수 있었을 것이다. 그 빌어먹을 책만 없었다면. 정말이지 끔찍한 책이었다. 그놈의 책과 내가 매우 역겨운 방식으로 연결되었다는 건 알고 있었지만 공포는 나중에, 훨씬 뒤에야 찾아왔다. 당시엔 바로 알아챌 수 없었다. 나는 너무 무지했다.

그랬다, 나는 신을 사랑했다. 하지만 신이 별다른 이유 없이 펼쳐 들곤 하던 그 책은 싫었다. 신은 책을 펴 들며 너무나 즐거워했다. 기분이 좋을 때면 신은 글을 썼고, 화가 날 때도 글을 썼다. 그러다 몹시 기분이 나빴던 어느 날, 신은 터무니없는 짓을 저질렀다.

세계를 산산조각 냈다.

약혼자들

기록 보관원

오래된 건물에는 영혼이 있다고들 한다. 아니마, 사물도 생명을 지니는 이곳에서 오래된 건물들은 유독 고약한 성질을 드러내곤 한다.

가령 가족 기록 보관소 같은 경우 항상 기분이 나빴다. 기록 보관소는 하루 종일 균열을 만들고, 삐걱거리고, 주저앉고, 헐떡거리며 자신의 불만을 드러냈다. 여름이면 제대로 닫히지 않은 문을 쾅 하고 후려치듯 갈겨버리는 황소바람을 싫어했다. 가을이면 물받이 홈통을 더럽히는 비가 싫었다. 겨울이면 벽으로 스며드는 습기가 싫었고, 봄이 되면 다시 돋아나 뜰을 더럽히는 잡초가 마음에 안 들었다.

하지만 기록 보관소가 무엇보다 싫어하는 건, 바로 개방 시간을 지키지 않는 방문객이었다.

아마도 그런 이유로 9월의 그 이른 아침에 기록 보관소는 평소보다 더 많이 균열을 내고, 삐걱거리고, 주저앉고, 헐떡였다. 기록물을 열람하기에는 한참 이른 시각에 누군가 들어왔다는 것을 느꼈던 것이다. 방문객이라면 당연히 들러야 하는 정문 앞 낮은 층계도 거치지 않고! 그랬다, 방문객은 도둑처럼 곧바로 기록 보관소 안에 있는 휴대품 보관실로 침입했다.

옷장 거울 한가운데에서 코가 나오고 있었다.

코는 앞으로 쑥 튀어나왔다. 곧이어 안경, 눈두덩이, 이마, 입, 턱, 볼, 눈, 머리, 목 그리고 귀가 차례로 뒤를 따랐다. 어깨까지 거울 한복판에 매달린 채로 그 얼굴이 오른쪽 한 번, 왼쪽 한 번을 힐끗거렸다. 이번엔 약간 아래쪽에 무릎의 관절 부위가 나타나더니, 마치 욕조에서 나오듯 몸을 끌어당겨 옷장 거울을 힘겹게 빠져나왔다. 거울에서 나온 그 형체는 낡고 오래된 외투와 회색 안경, 그리고 긴 삼색 목도리로만 이루어진 모습이었다.

그 두툼한 것들 속에 오펠리가 있었다.

휴대품 보관실은 규칙을 무시한 침입자 때문에 화가 나 옷장들을 전부 동원해 오펠리에게 불만을 드러냈다. 경첩들이 끽끽 소리를 내며 발을 동동거렸다. 옷걸이들은 귀신이 서로를 밀쳐 내듯이 마구 부딪치며 시끄러운 소리를 냈다.

이런 것으로는 오펠리를 조금도 겁줄 수 없었다. 그녀는 기록 보관소의 과민한 성격에 익숙했다.

"진정해." 오펠리가 속삭였다. "진정하라고……"

곧바로 옷장들이 조용해졌고 옷걸이들도 소리를 멈췄다. 기록 보관소가 그녀를 알아본 것이다.

오펠리는 휴대품 보관실을 나와 문을 닫았다. 안내판에는 이렇게 적혀 있었다.

주의: 열람실 추움
외투를 걸칠 것

주머니에 손을 집어넣은 채 긴 목도리를 끌며 오펠리는 〈출생자 명부〉, 〈사망자 명부〉, 〈근친 관계 허가자 명부〉 따위의 라벨이 붙은 정리함이 줄지어 있는 곳을 지나갔다. 그녀는 조심스럽게 열람실 문을 밀었다. 한적했다. 덧창들은 닫혀 있었지만, 몇 줄기 햇살이 들어와 늘어선 책상을 희미한 빛으로 밝혔다. 정원에서 들리는 티티새의 노랫소리가 새어 들어온 빛을 더욱 환하게 하는 것 같았다. 기록 보관소 안이 어찌나 추운지 창문을 모두 열어 미지근한 바깥 공기라도 안으로 들였으면 싶었다.

오펠리는 문틀에서 잠시 움직이지 않고 있었다. 그녀는 날이 밝아오며 마룻바닥으로 천천히 미끄러져 들어오는 햇살을 관찰했다. 오래된 가구와 차가운 종이에서 나는 향을 깊숙이 들이마셨다.

어린 시절을 물들였던 이 향기를 얼마 후면 다시는 못 맡게 될지 모른다.

그녀는 기록 보관소의 관리실로 천천히 걸음을 옮겼다. 개인 공간이 달랑 커튼 한 장으로 가려져 있었다. 아직 이른 아침이었는데 벌써부터 진한 커피 향이 진동했다. 오펠리는 목도리에 대고 기침을 해서 기척을 내봤지만, 옛 오페라 선율에 소리가 묻혔다. 그래서 커튼 안쪽으로 슬그머니 들어섰다. 부엌이니 거실이니 침실이니 서재니 하는 구분이 없는 공간이었기에 기록 보관원을 멀리서 찾을 필요는 없었다. 그는 침대에 앉아 신문에 코를 처박고 있었다.

기록 보관원은 흰머리가 덥수룩한 노인이었다. 눈이 엄청 크게 보이는 전문가용 돋보기가 눈썹 아래 고정되어 있었다. 제대로 다리지 않은 하얀 셔츠 위에 웃옷을 껴입고 장갑을 낀 모습이었다.

오펠리는 한 번 더 기침을 해봤지만, 이번에도 그는 음악 소리 때문에 듣지 못하고 신문에 몰두한 채 흥얼흥얼 짧은 오페라 아리아를 흉내 냈는데 그나마도 정확하지 않았다. 거기에 커피포트의 물 끓는 소리와 프라이팬이 지글거리는 소리, 기록 보관소의 일상적인 소음까지 뒤섞이고 있었다.

오펠리는 관리실에 감도는 독특한 분위기에 젖어들었다. 음이 맞지 않는 노인의 노랫소리, 커튼 사이로 들어오는 아침 햇살, 조심스레 종이를 넘기는 부스럭 소리, 커피 향기와 그보다 조금 옅게 풍기는 가스램프의 나프탈렌 향까지. 방 한구석에는 체스 판이 놓여 있는데, 마치 보이지 않는 두 사람이 시합을 하듯 그 위에서 말들이 혼자 돌아다녔다. 이 익숙한 풍경을 훼손할까 두려워 오펠리는 아무것도 건드리고 싶지 않았다. 사물들을 있는 그대로 둔 채 되돌아가고 싶었다.

그럼에도, 그녀는 그 마법과도 같은 분위기를 깨뜨려야만 했다. 오펠리는 침대로 다가가서 기록 보관원의 어깨를 손가락으로 살짝 두드렸다.

"깜짝이야!" 몸서리를 치며 그가 소리쳤다. "그런 식으로 불쑥 들이닥치기 전에 기척을 해야 한다는 것도 모르냐?"

"했는데요." 오펠리가 미안한 듯 말했다.

그녀는 양탄자로 굴러떨어진 전문가용 돋보기를 주워 그에게 건넸다. 그런 뒤 머리부터 발끝까지 덮고 있던 외투를 벗고, 길고 긴 목도리도 풀어 의자 등받이에 걸쳐두었다. 그제야 제대로 묶지 않은 숱 많은 갈색 곱슬머리와 네모난 안경, 나이 든 여자에게 더 어울릴 법한 옷을 입은 자그마한 체구가 드러났다.

"또 물품 보관실로 바로 들어왔군, 그렇지?" 돋보기를 옷소매로 닦으면서 그가 웅얼거렸다. "아무 때나 거울로 왔다 갔다 하는구나! 이 작은 건물이 불쑥 찾아오는 사람들에게 진절머리를 낸다는 걸 잘 알잖니. 그러다 조만간 머리에 들보를 이고 다니게 될 거다. 그건 네가 자초한 일이겠지."

퉁명스러운 목소리에 양쪽 귀까지 뻗은 멋진 두 가닥의 콧수염이 흔들렸다. 이제 아니마에서 아무도 사용하지 않는 사투리를 웅얼거리며 그는 힘겹게 침대에서 일어나 커피포트를 손에 쥐었다. 기록물을 다루는 일을 하기에 노인은 철저하게 과거 속에 살았다. 그가 훑고 있던 신문만 해도, 적어도 50년은 더 된 것이었다.

"커피 한잔 주련?"

기록 보관원은 그다지 사교적인 사람이 아니었지만, 지금처럼 오펠리를 바라볼 때면 두 눈이 탄산수처럼 반짝반짝 빛났다. 아마도 가족 중에 자신과 가장 많이 닮았다고 생각해서인지 그는 조카 손녀에게 언제나 꼼짝 못 했다. 그녀도 그처럼 고루했고, 혼자 있는 것을 좋아했고, 신중했다.

오펠리는 고개를 끄덕였다. 지금, 이곳에서, 그녀는 너무나 목이 메어 말을 할 수 없었다.

할아버지가 김이 나는 커피를 한 잔씩 채웠다.

"어제저녁에 네 엄마와 잠깐 통화를 했다." 그가 콧수염 사이로 우물거렸다. "너무 흥분해 있어서 무슨 말을 하는지 통 못 알아듣겠더구나. 그래도 어쨌거나 요점은 이해했지. 그러니까, 네가 난처하게 되겠던데."

오펠리는 말없이 수긍했다. 그러자 할아버지가 곧바로 아주 짙은 눈썹을 찌푸렸다.

"걱정하지 마라, 얘야. 엄마가 좋은 사람을 찾았을 테니. 두말할 것도 없지."

그는 오펠리에게 잔을 내밀고는 용수철 소리가 날 정도로 거칠게 침대에 다시 앉았다.

"앉으렴. 대부와 대녀로 진지하게 얘기를 해야겠다."

오펠리는 침대 쪽으로 의자 하나를 끌어왔다. 그녀는 비현실적인 기분으로 할아버지와 번쩍거리는 그의 콧수염을 뚫어지게 쳐다보았다. 누군가 자신의 코앞에서 찢어버린 삶의 한 페이지를 할아버지를 통해 바라본다는 생각이 들었다.

"왜 나를 그런 식으로 보는지 알 것 같지만……" 그는 단호하게 말했다. "이번만은 안 돼. 축 늘어뜨린 어깨며, 우중충한 안경이며, 몹시 불행하다는 듯한 그 한숨이며, 이제는 다 집어치우렴." 그는 흰 털이 죄다 곤두선 엄지와 검지를 흔들었다. "벌써 사촌 둘을 거절했잖니! 내가 네 말을 따라줬던 건 걔들이 후추 그라인더처럼, 방에 두는 요강처럼 못나서였지. 하지만 사실 거절할 때마다 너는 가족 모두를 욕보인 셈이거든. 게다가 제일 안 좋은 건, 내가 네 약혼을 방해한 공범이 되어버린 거고." 그의 콧수염 사이로 한숨이 나왔다. "나는 말이지, 너에 대해 속속들이 알고 있단다. 꼭 내가 만든 것처럼 말이야. 너는 서랍장보다 더 수더분한 아이지, 다른 사람보다 큰 소리로 말을 꺼낸 적도 없고, 변덕을 부린 일도 없어. 그런데도 신랑감 얘기만 나오면 철침보다 더 뾰족하게 구는구나! 누가 마음에 들든 안 들든 네 나이엔 그런 반응이 어울리긴 하지만. 그래도 받아들이지 않는다면, 결국엔 가족들이 널 쫓아낼 거다. 그 꼴만은 보기 싫구나."

잔에 코를 처박고 있던 오펠리는 지금이야말로 말을 꺼내기 좋은 순간이라고 생각했다.

"걱정하실 필요 전혀 없어요, 할아버지. 저는 이 결혼에 반대해달라고 온 게 아니니까요."

바로 그때 전축 바늘이 레코드판 홈에 걸렸다. 소프라노의
노랫소리가 되풀이되며 방 안을 가득 채웠다. "만일 내가……
만일 내가…… 만일 내가…… 만일 내가…… 만일 내가……"

할아버지는 일어나 걸린 바늘을 손보는 것도 잊었다. 그는
완전히 얼이 나가 있었다.

"너 뭐라고 하는 거니? 내가 나서주길 바라는 게 아니라고 ?"

"아니에요. 제가 오늘 여기서 할아버지에게 부탁드리고 싶은
것은 단 하나예요. 기록 보관소에 들어가게 해주세요."

"기록 보관소에?"

"오늘요."

"만일 내가…… 만일 내가…… 만일 내가…… 만일 내
가……" 전축이 계속 되뇌었다.

그는 한쪽 눈썹을 치올리고 미심쩍다는 듯 손가락으로 콧수
염을 만지작거렸다.

"엄마 앞에서 네 편을 들어달라는 게 아니고?"

"아무 소용 없을 거예요."

"마음 약한 네 아빠를 설득하라는 것도 아니고?"

"부모님이 골라준 남자와 결혼할 거예요. 그리 어려울 것도
없잖아요."

전축의 바늘이 튀어올랐다가 갈 길을 찾아 나섰고, 그러자
소프라노가 의기양양하게 외쳤다. "만일 내가 너를 사랑한다

해도, 조심해!"

오펠리는 안경을 고쳐 쓰고는 눈 하나 깜박이지 않고 대부의 시선에 당당하게 맞섰다. 그는 금빛, 그녀는 갈색 눈이었다.

"잘됐군!" 노인은 안도하며 숨을 돌렸다. "솔직히 네가 그런 말을 할 줄은 몰랐다. 그 남자가 정말 마음에 드는 모양이구나. 조금만 얘기해봐, 어떤 사람인지 말해보렴!"

오펠리는 의자에서 일어나 잔을 치웠다. 개수대에 가보니 이미 지저분한 접시들로 가득 차 있었다. 평소 같으면 설거지가 싫었겠지만, 오늘 아침에는 장갑을 벗고 소매를 걷어 올린 뒤 설거지를 시작했다.

"할아버지는 모르는 사람이에요." 마침내 그녀가 입을 열었다.

물 빠지는 소리에 그녀가 중얼거린 말이 묻혔다. 할아버지는 전축을 멈추고 개수대로 다가왔다.

"뭐라고 했는지 못 들었어."

오펠리는 수도꼭지를 잠시 잠갔다. 워낙 목소리가 작은 데다 발음도 명확하지 않은 탓에 그녀는 종종 같은 말을 반복해야 했다.

"할아버지가 모르는 사람이라고요."

"내가 어떤 사람인지 잊었니?" 할아버지는 팔짱을 끼고 히죽 거렸다. "비록 기록 보관소 밖으로 나가본 적은 없을지 몰라도, 가계도에 대해서만큼은 그 누구보다 잘 안단다. 계곡에서 그랑 라크*에 이르기까지 모르는 사람이 없는데, 그렇다면 먼 친척도 아니란 말이냐?"

"할아버지가 모르는 사람이에요." 오펠리는 고집스레 되풀이했다.

허공을 바라보며 그녀는 수세미로 접시를 문질렀다. 고무장갑을 끼지 않은 채 접시들을 건드리자 의지와 상관없이 과거가 눈앞에 펼쳐졌다. 할아버지가 이 접시들을 소유한 뒤로 여기다 무엇을 담아 먹었는지, 그녀는 아주 사소한 것까지 모조리 묘사할 수 있었다. 훌륭한 전문가답게, 대개 오펠리는 장갑을 끼지 않고서는 다른 사람들의 물건을 건드리지 않았다. 바로 이 방에서 그녀에게 읽는 방법을 알려준 것은 다름 아닌 할아버지였다. 그녀는 손가락 끝을 이용해 식기 하나하나를 체험했다.

"그 남자는 우리 가문 사람이 아니에요. 폴 출신이에요." 그녀가 내키지 않는 듯 가까스로 입을 열었다.

꾸르륵 물 내려가는 소리뿐, 긴 침묵이 이어졌다. 오펠리는 치마에 손을 닦고 네모난 안경 너머로 대부를 바라봤다. 마치 스무 해 세월을 두 어깨에 짊어지기라도 한 듯 그는 갑자기 쭈그러든 모습이었다. 콧수염마저 축 쳐져 있었다.

"그게 대체 무슨 난리냐?" 그가 무감한 한탄조로 말했다.

"저도 그것밖에 아는 게 없어요." 오펠리가 가만히 답했다. "좋은 사람이라고 엄마가 그랬어요. 그것 말고는 이름도, 얼굴

---

* Grand lac. '커다란 호수'라는 뜻이다.

도 몰라요."

할아버지는 베개 밑에 둔 코담배 상자를 찾으러 가서는 양쪽 콧속에 담배를 조금 넣더니 손수건에 대고 재채기를 했다. 생각을 가다듬기 위한 그만의 방식이었다.

"뭔가 착오가 있는 모양이구나……"

"저도 그렇게 생각하고 싶어요, 할아버지. 그런데 잘못된 건 하나도 없는 것 같아요."

오펠리는 접시가 손에서 빠져나가게 두었고, 그러자 접시는 개수대에서 두 동강 났다. 그녀가 접시 조각들을 할아버지에게 내밀었다. 그가 조각을 하나씩 서로 가져다 대자, 접시는 바로 다시 붙었다. 그는 접시를 물 빠지는 선반에 올려놨다.

아니마에서 할아버지는 대단한 인물이었다. 그는 두 손으로 모든 것을 수리할 수 있었다. 아주 기괴한 물건들도 강아지처럼 할아버지의 말을 잘 들었다.

"분명 뭔가 잘못된 거야." 할아버지가 말했다. "내가 알기론 기록 보관원 중 누구도 그렇게 이치를 벗어난 결혼 이야기는 들어본 적이 없어. 아니마 사람들은 다른 곳 사람들과 덜 교류할수록 더 좋단 말이다. 두말하면 잔소리지."

"그렇다 해도 이 결혼은 성사될 거예요." 오펠리는 접시를 다시 잡으며 중얼거렸다.

"대관절 네 엄마 머릿속엔 뭐가 들어있는 거냐?" 할아버지의 언성이 높아졌다. "아슈* 중에서 폴은 언제나 가장 평판이 안 좋아. 폴 사람들은 머리를 이상하게 만드는 능력이 있지! 진짜 한 가족도 아니고, 서로 물어뜯는 무리들이라고! 거기 사람들에 대한 얘기 들어봤니?"

오펠리는 다른 접시를 깨뜨렸다. 열불이 솟은 탓에 할아버지는 자기가 한 말이 오펠리에게 어떤 충격을 줄지 미처 생각하지 못한 터였다. 좀처럼 감정을 드러내지 않는 오펠리의 얼굴이 창백해진 것을 보자 그제야 마음이 불편한 것 같았다.

"아니요." 그녀는 짧게 답했다. "사람들이 하는 이야기는 몰라요. 관심도 없어요. 제대로 된 자료가 필요해요. 그러니까 제가 원하는 단 한 가지는 기록 보관소에 가는 거예요. 할아버지가 그렇게 해주실 수 있다면요."

할아버지는 이번에도 깨진 접시를 붙여서 물 빼는 선반에 올려놓았다. 방이 흔들리고 들보가 삐걱거리기 시작했다. 기록 보관원의 언짢은 기분이 건물 전체에 전해진 탓이다.

"이젠 너를 잘 모르겠구나! 사촌들한테는 그렇게 점잔을 빼더니, 이제 야만인을 너와 한 침대에 붙여두겠다는데 모든 것을 체념하고 받아들이다니!"

오펠리는 한 손엔 수세미, 다른 손엔 잔을 든 채 꼼짝하지 않고 두 눈을 감았다. 눈꺼풀이 만든 어둠 속으로 빠져들어 자

---

* arche의 사전적 의미는 '방주'이다. 여기서는 바다 위에 떠다니는 배처럼 하늘에 떠다니는 섬을 뜻한다. 신의 장난으로 산산조각 난 세계는 여러 개의 아슈로 갈라졌다. 오펠리가 태어나 자란 곳이 아니마이고, 약혼자가 사는 곳이 폴이다.

신의 깊은 곳을 바라보았다.

체념했다고? 체념하려면 상황을 받아들여야 하고, 상황을 받아들이려면 이유를 알아야 해. 오펠리는 아는 게 하나도 없었다. 몇 시간 전만 해도 자신이 약혼했다는 사실조차 몰랐다. 그저 낭떠러지 앞에 선 것 같았고, 세상 어디에도 속해 있지 않은 것 같았다. 힘겹게 미래를 생각하자 밑도 끝도 없는 미지의 남자가 나타났다. 마치 조금 전 불치병에 걸렸다는 진단을 받은 환자처럼 얼이 빠지고, 믿기지 않고, 현기증에 사로잡힌 것은 사실이었다. 하지만 체념한 것은 아니었다.

"정말이지, 나는 이 난장판을 상상조차 못 하겠구나." 할아버지가 다시 말을 이었다. "그리고 그 이방인은 무엇하러 여기까지 오겠다는 거냐? 대체 그가 노리는 게 뭘까? 미안한 얘기지만, 사실 네가 우리 가문에서 아주 중요한 아이도 아니잖니. 무슨 얘기냐면, 네가 관리하는 것은 박물관일 뿐이지 금은보화가 아니라고!"

오펠리는 컵이 떨어지도록 내버려두었다. 나쁜 의도는 아니었고, 감성에 겨운 탓도 아니었다. 그저 병적인 실수였다. 물건들은 그녀 손에서 끊임없이 빠져나갔다. 할아버지도 익숙해져서 그녀 손에서 깨진 것들을 곧바로 모두 다시 붙이곤 했다.

"할아버지가 제대로 이해하지 못한 것 같아요." 오펠리가 단호하고 명확하게 말했다. "그 남자가 아니마에 와서 사는 게 아니라, 제가 그 사람을 따라 폴에 가야 해요."

이번에는 할아버지가 정리하고 있던 접시를 깨뜨렸다. 그는 고릿적 사투리로 욕을 퍼부었다.

관리실 창문으로 이제 환한 빛이 들어왔다. 빛은 깨끗한 물처럼 공기를 정화시키며 침대 틀 위에, 물병 마개 위에, 전축의 나팔 위에 햇살을 조금씩 새겨놓았다. 태양이 그곳에 만들어내는 것을 오펠리는 아무것도 이해할 수 없었다. 태양은 두 사람이 한창 나누던 대화를 거짓말처럼 만들어버렸다. 태양은 폴에 쌓여 있을 눈을 아주 먼 곳의 일로, 몹시 비현실적인 것으로 만들어버렸고, 그래서 그녀도 그게 사실이라고 믿을 수 없었다.

그러면 훨씬 더 선명하게 볼 수 있기라도 한 듯, 그녀는 습관적으로 안경을 벗어 앞치마로 정성껏 닦은 뒤 다시 코에 걸쳤다. 안경을 벗었을 때 잠시 완전히 투명해졌던 안경알이 빠르게 잿빛 색채를 되찾았다. 낡은 안경은 오펠리와 이어져 있었다. 그러니까, 안경알의 빛깔이 곧 오펠리의 기분이었다.

"엄마가 할아버지한테 제일 중요한 얘기를 빠뜨린 것 같아요. 그 남자와 나를 약혼시킨 것은 바로 두아엔*들이에요. 아직까지는 두아엔들만이 혼인 계약의 세부 사항을 알고 있어요."

"두아엔들이?" 할아버지가 딸꾹질을 했다.

할아버지의 얼굴이 일그러지자 얼굴에 진 주름들도 전부 일그러졌다. 결국 그는 조카 손녀가 돌이킬 수 없는 상황에 처했

---

* doyenne. 최연장자라는 뜻. 여기서는 아니마에서 가장 나이 많은 여성들을 지칭한다.

다는 사실을 알아차렸다.

"정략결혼이라니……" 그는 힘없는 목소리로 한탄했다. "불행한 일이구나……"

할아버지는 손으로 담배를 두 움큼 집어서 코에 넣고는 의치가 들썩거릴 정도로 세차게 재채기를 했다.

"불쌍한 것, 두아엔이 개입했다면 어떤 방법도 생각해볼 수 없겠어. 그런데 왜지?" 그가 콧수염을 움직거리며 물었다. "왜 너지? 왜 그곳이지?"

오펠리는 수돗물로 손을 닦고 다시 장갑을 꼈다. 오늘 치 그릇은 충분히 깨뜨렸어.

"그 남자네 가족이 결혼을 주선하려고 두아엔과 직접 연락을 한 것 같아요. 다른 누구도 아닌 저로 결정한 이유는 도무지 모르겠어요. 뭔가 오해가 있다고 믿고 싶어요, 정말로."

"그러면 네 엄마는?"

"엄청 좋아하죠." 오펠리는 쓸쓸하게 중얼거렸다. "저한테 좋은 신랑감이라고 그랬대요. 엄마가 바라는 것보다 훨씬 더 좋은 사람이라고." 머리카락과 안경이 드리운 그림자 속에서 그녀는 입술을 깨물었다. "이 제안을 거절하는 건 제 능력 밖이에요. 미래의 남편을 따라서 의무와 명예가 강요하는 곳으로 가야겠죠. 어쨌든 상황은 그럭저럭 돌아갈 테지만……" 그녀는 단호하게 장갑을 벗으며 결론을 내렸다. "이 결혼은 완전할 수 없을 거예요."

할아버지는 아픈 마음으로 그녀를 뚫어져라 바라보았다.

"아니다, 애야, 그런 생각 마. 너를 봐라…… 너는 스툴만큼 작고 베개처럼 가벼운 아이야…… 네 남편이 널 어찌 이끌어가든, 남편의 뜻에 절대로 네 의지를 대립시키지 말라고 충고하고 싶구나. 안 그러면 크게 다칠지도 몰라."

오펠리는 전축의 크랭크를 돌려 턴테이블을 작동시키고 서툰 동작으로 디스크의 첫 번째 홈에 바늘을 놓았다. 건물 안에 다시 오페라 아리아가 울렸다.

그녀는 팔을 등 뒤에 감춘 채 한마디 말도 없이 멍하니 할아버지를 바라보았다.

오펠리는 그런 아이였다. 다른 여자아이라면 울고, 비명을 내지르고, 소리치고, 애원할 상황을 그녀는 대개 침묵으로 일관했다. 사촌들은 그녀가 약간 모자란 것 같다고 말하곤 했다.

"들어보렴." 할아버지는 제대로 면도하지 않은 목을 긁으며 중얼거렸다. "상황을 너무 비극적으로 만들지 말자. 조금 전에 그 가문 얘기를 하면서 내가 말이 심했던 것 같구나. 누가 알겠니? 신랑감이 네 마음에 들지."

오펠리는 할아버지를 곰곰이 바라보았다. 강렬한 태양이 주름 하나하나를 깊게 파놓아 얼굴 윤곽을 더 강조하는 것 같았다. 바위처럼 단단하고 시간의 흐름에도 끄떡없다고 여겨지던 이 남자가, 괴로운 심정 탓에 오늘은 돌연 늙고 지친 사람처럼 보였다. 의도하지 않았지만 그녀가 그를 더 늙게 만든 것이다.

그녀는 억지로 미소를 지었다.

"제게 필요한 건 제대로 된 자료예요."

할아버지의 두 눈이 다시 조금 반짝거렸다.

"코트를 걸쳐라, 애야. 같이 내려가보자!"

파열

할아버지는 야등이 흐릿하게 비추는 계단 입구로 성큼 들어섰다. 오펠리도 두 손을 외투 주머니에 넣고 목도리를 코까지 올려 덮은 채 뒤쫓아 내려갔다. 계단을 하나하나 내려갈 때마다 온도도 내려갔다. 두 눈엔 여전히 햇빛이 가득했지만, 정말이지 어둡고 얼음장 같은 물속으로 들어가는 것만 같았다.

할아버지의 퉁명한 목소리가 계단 벽에 부딪쳐 울리자 그녀는 소스라치게 놀랐다.

"네가 떠난다니 못 믿겠구나. 게다가 폴이라니, 정말 세상의 끝 아니냐!"

그가 계단에 멈춰 서서 오펠리 쪽으로 몸을 돌렸다. 그녀는 아직 희미한 빛에 익숙해지지 않은 터라 할아버지와 정면으로 부딪치고 말았다.

"너는 거울로 이동하는 능력을 아주 잘 타고났지. 그러니 폴에서 여기까지 거울로 여행을 할 수 있지 않을까? 아주 가끔씩 말이야."

"그건 못 해요, 할아버지. 거울 이동은 가까운 거리에서만 가능하잖아요. 두 아슈 사이의 빈 공간을 넘어선다니, 생각해봐야 헛수고예요."

할아버지는 이번에도 고릿적 사투리로 욕을 내뱉고는 다시 내려가기 시작했다. 할아버지가 원하는 그런 능력을 가지지 못했다는 생각에 오펠리는 죄책감이 들었다.

"할아버지 만나러 자주 들를게요." 그녀는 작은 소리로 약속했다.

"정확하게 언제 떠나는 거냐?"

"12월요. 두아옌들 말에 따르면요."

또 욕설이 들려왔다. 오펠리는 할아버지의 사투리를 하나도 이해하지 못해서 다행이라고 생각했다.

"그러면 누가 네 대신 박물관에서 일을 하지?" 할아버지가 불평했다. "너만큼 골동품을 감정할 수 있는 사람은 없는데!"

그 말에 오펠리는 뭐라 대답해야 할지 알 수가 없었다. 가족으로부터 떨어져 나간다는 생각만으로도 이미 가슴이 찢어질 듯 아픈데, 자신의 존재를 온전하게 느낄 수 있는 유일한 장소인 박물관에서 나와야 한다니, 그건 자기 자신을 아예 잃어버리는 셈이었다. 오펠리는 **읽는 것** 빼고는 할 줄 아는 게 없었다. 그 능력을 빼앗는다면 그녀는 그저 어설프고 서툰 사람일 뿐이다. 집을 관리할 줄도 모르고 대화를 나눌 줄도, 다치지 않고 가사일을 해치울 줄도 몰랐다.

"전 결코 대체할 수 없는 그런 사람이 아니에요." 목도리로 입을 가린 채 그녀가 중얼거렸다.

지하 1층에서 할아버지는 늘 끼는 장갑을 깨끗한 것으로 바꾸어 꼈다. 그러고는 서늘한 궁륭형 지하 창고에서 전기등 불빛을 받으며 서류함들을 하나씩 잡아당겨 여러 세대의 서류를 모아놓은 기록물들을 꼼꼼히 살펴보았다. 숨을 쉴 때마다 콧수염 사이로 입김이 뿜어져 나왔다.

"자, 이게 가족 기록물이다. 대단한 걸 기대하지는 말아라. 조상들 중 한둘이 이미 그랑 노르*에 발을 디뎠다는 사실은 알고 있지만, 굉장히 오래전 일이야."

오펠리의 코에 맺혀 있던 콧물 한 방울이 떨어졌다. 이곳의 온도는 기껏해야 10도 정도일 것이다. 곧 결혼할 사람이 사는 집은 이 보관소보다 훨씬 더 춥겠지.

"오귀스튀를 보고 싶어요." 그녀가 말했다.

문자 그대로 받아들일 수 있는 말은 아니었다. 오귀스튀는 오펠리가 태어나기 훨씬 전에 죽었으니까. "오귀스튀를 보고 싶다"는 그의 그림들을 보고 싶다는 뜻이었다.

오귀스튀는 가문의 위대한 탐험가로, 혼자 힘으로 전설이 된 인물이었다. 학교의 지리 수업은 그의 여행 수첩에서 시작한다. 알파벳을 몰라서 글은 한 줄도 쓰지 않았지만, 그가 그린 그림

---

* Grand Nord. '드넓은 커다란 북쪽지방'을 뜻한다.

들이야말로 정보의 보고였다.

집중해서 서류함을 뒤지던 할아버지가 아무 대답도 하지 않았기에, 오펠리는 자기 말이 안 들린 모양이라고 생각했다. 그녀는 얼굴까지 두르고 있던 목도리를 푼 뒤 보다 큰 소리로 다시 말했다.

"오귀스튀를 보고 싶어요."

"오귀스튀?" 그가 오펠리를 쳐다보지도 않고 중얼거렸다. "특별할 건 없어. 정말 별 볼 일 없는데. 그저 오래된 낙서 같은 그림들이지."

오펠리는 눈썹을 치올렸다. 할아버지는 결코 자기가 보관하는 기록물을 하찮게 취급한 적이 없었다.

"아, 그 정도로 끔찍해요?" 그녀가 물었다.

서랍을 활짝 열어둔 채 한숨을 쉬며 할아버지가 모습을 드러냈다. 눈썹 아래 고정된 돋보기 때문에 다른 사람보다 눈이 두 배는 더 커 보였다.

"네 왼쪽에 있는 4번 구역 아래쪽 선반에 있다. 조심해서 다뤄라, 알겠지? 훼손시키면 안 돼. 부탁이다."

오펠리는 서류함들을 따라가다 할아버지가 알려준 자리에 무릎을 꿇었다. 거기에는 오귀스튀의 화첩 원본들이 아슈별로 구분해서 모두 정리되어 있었다. 『알-옹달루즈』세 권, 『시테』일곱 권, 그리고 『세레니심』이 스무 권 가까이 있었다. 『폴』은 단한 권뿐이었다. 이 귀중한 자료들을 감히 함부로 다룰 수는 없었다. 오펠리는 화첩을 열람용 책상 위에 올려놓고 조심스럽게 그림이 그려진 페이지들을 넘겼다.

바위나 다를 바 없이 생기 없는 평원, 얼음으로 갇힌 협만, 키 큰 전나무 숲, 눈에 파묻힌 집들…… 그랬다, 아무런 장식도 없는 풍경들이었지만 오펠리가 상상했던 폴의 이미지보다 놀라울 건 없었다. 어떻게 보면 오히려 꽤 멋지다고 여겨질 정도였다. 그녀는 온통 하얀 세상 어디쯤에 약혼자가 살고 있을까 생각했다. 자갈이 깔린 강가 근처일까? 밤이 되면 한적해지는 항구에 살까? 툰드라 벌판일까? 이 아슈는 정말 초라하고, 너무나 황량했다! 대체 뭘 보고 좋은 약혼자라고 하는 걸까?

이해할 수 없는 그림 한 점이 나타났다. 마치 하늘에 매달린 벌통을 닮은 모습이었다. 초벌 스케치 같았다.

그녀가 몇 페이지를 더 넘기자 이번에는 사냥을 묘사한 그림이 나왔다. 잔뜩 쌓아 올린 짐승 털 무더기 앞에서 한 남자가 거만하게 자세를 잡고 있었다. 팔꿈치까지 문신을 한 탄탄하게 근육 잡힌 두 팔이 보이도록 소매를 걷어 올렸고, 두 주먹은 허리춤에 있었다. 차가운 눈빛에 머리는 옅은 금발이었다.

남자 뒤에 있던 짐승의 털 무더기가 실은 단 한 마리의 짐승이라는 것을 알게 되자 오펠리의 안경이 파랗게 변했다. 그것은 죽은 늑대였다. 곰처럼 커다란 늑대. 그녀는 페이지를 넘겼다. 이번에는 그 사냥꾼이 무리 중앙에 자리 잡고 있었다. 여러 명이 다 함께 뿔이 쌓여 있는 더미 앞에서 포즈를 취했다. 머리

크기가 사람만 하다는 점을 제외하면 분명 큰사슴의 뿔이었다. 사냥꾼들은 모두 똑같이 차가운 눈빛이었고, 똑같이 옅은 금발에, 똑같이 팔뚝에 문신을 했는데, 맨손으로 짐승들을 때려잡기라도 한 듯 무기는 전혀 보이지 않았다.

오펠리는 수첩을 넘기며 바다코끼리, 매머드, 곰 등과 같이 어마어마하게 큰 다른 짐승들의 해골 앞에도 그 사냥꾼들이 서 있는 모습을 보았다.

그녀는 천천히 수첩을 덮고서 제자리에 정리했다. 야수…… 깜짝 놀랄 정도로 몸집이 커다란 짐승들을 아이들 그림책에서 본 적이 있긴 하지만, 오귀스튀의 그림 속에 있는 것은 그것들과 완전히 달랐다. 작은 박물관에서 일하는 그녀로서는 이러한 삶이 낯설었다. 무엇보다 충격적이었던 것은 바로 사냥꾼들의 눈빛이었다. 난폭하고 거만하며 피를 보는 데 익숙한 눈빛. 자신의 약혼자는 그런 눈빛을 갖고 있지 않았으면 싶었다.

"어때?" 그녀가 다가오자 할아버지가 물었다.

"할아버지가 왜 망설였는지 잘 알겠어요." 그녀가 대답했다.

그는 더 열심히 서랍을 뒤적이기 시작했다.

"다른 것을 찾아주마." 그가 중얼거렸다. "그 그림들은 150년이나 된 것들이야. 게다가 모든 걸 다 보여주는 것도 아니고!"

그게 바로 오펠리의 걱정거리였다. 오귀스튀의 그림이 보여주지 않는 것. 어쨌든 그녀는 별다른 대꾸 없이 어깨만 으쓱해 보일 뿐이었다. 할아버지가 아니라 다른 사람이었다면 그녀의 태연함을 잘못 이해하고 성격의 약점으로 착각할 수도 있었을 것이다. 네모난 안경 너머 반쯤 감은 두 눈만 보면 오펠리는 정말 평온해 보였기에, 그 가슴속에서 불확실한 감정들이 서로 격렬하게 부딪치고 있다는 사실을 추측하기란 거의 불가능했다.

그림을 보고 그녀는 두려웠다. 자신이 이곳, 기록물 보관소에 와서 찾으려 했던 것이 정말 이것이었던가 싶었다.

통풍 장치에서 발목 사이로 바람이 불어와 치마가 살짝 들렸다. 지하 2층으로 내려가는 계단 입구에서 들어오는 미풍이었다. 오펠리는 통행을 막아놓은 사슬이 흔들리는 모습을 잠시 바라보았다. 사슬에는 "일반인 출입 금지"라고 쓰인 경고판이 달려 있었다.

기록 보관소에는 늘 외풍이 들어왔지만, 오펠리에게는 지하 2층에서 들어오는 그 바람이 초대의 의미로 여겨졌다. 아래층이 내려오라며 그녀를 부르고 있었다. 지금 당장.

그녀는 발판에 엉덩이를 깔고 앉은 채 골똘히 서류를 바라보던 할아버지의 외투를 잡아당겼다.

"내려가도 된다고 해주실 거죠?"

"너도 잘 알겠지만, 애초에 나한테는 그럴 권리가 없어." 콧수염을 배배 꼬면서 할아버지가 웅얼거렸다. "아르테미스의 개인 컬렉션이라 오로지 문서 보관원들만 내려갈 수 있거든. 신뢰를 남용해서는 안 되지."

"맨손으로 **읽을** 생각은 없어요, 안심하세요." 오펠리가 장갑을 보여주며 약속했다. "게다가 조카 손녀라고 허락해달라는 게 아니에요, 가족 박물관의 책임자로서 요청하는 거지."

"그래그래, 또 그 소리구나!" 그가 한탄조로 말했다. "내 잘못이지, 나를 너무 닮았어."

오펠리가 사슬을 걷어내고 계단을 내려가는데, 야등이 켜지지 않았다.

"불 좀 켜줘." 오펠리가 어둠 속에서 말했다.

그녀는 여러 차례 그 말을 반복해야 했다. 기록 보관소 건물은 규칙 위반을 따지고 들었지만 결국은 마지못해 야등을 밝혔다. 상황이 이러하니 오펠리로서는 깜박거리는 불빛에 만족해야 했다.

할아버지의 목소리가 벽에서 벽을 따라 아래층까지 울렸다.

"눈으로만 봐야 한다, 알겠냐! 천연두처럼 무시무시하게 서투른 너를 못 믿겠구나!"

오펠리는 주머니에 손을 깊이 찔러 넣고 첨두형 궁륭 천장 아래 방 안으로 걸어 들어가 문서 보관원들의 표어가 새겨진 박공 밑을 지났다. 아르테미스, 우리 수호자들은 당신의 기억에 경의를 표합니다. 종 모양 유리 덮개 아래 안전하게 놓인 성유물함들이 끝없이 펼쳐져 있었다.

제대로 다듬지 않은 긴 머리와 어설픈 행동, 그리고 안경 너머 감춰진 수줍음 탓에 가끔 모자란 아이 취급을 받긴 했지만, 오펠리는 역사의 현장에서라면 다른 사람이 되었다. 사촌들은 모두 예쁜 찻집엘 가고, 강변을 산책하고, 동물원을 구경하고, 무도회장에 드나들기를 좋아했지만, 오펠리에게 가장 매혹적인 공간은 기록 보관소 지하 2층이었다. 가문의 공동 유산을 아주 안전하게, 종 모양 덮개로 조심스레 보관해둔 곳. 그곳에는 아슈 첫 세대의 모든 자료들이 있었다. 원년부터 모아둔 것 전부다. 그중에서 오펠리는 〈파열〉에 아주 가까이 다가갔다.

오펠리에게는 〈파열〉에 대한 강박적인 집착이 있었다. 매번 도달할 수 없는 지평선을 따라 달리는 꿈을 꾸곤 했다. 그다음 밤이 되면 점점 더 멀리 나아갔지만 세상은 끝이 없었고, 균열 하나 없는 사과처럼 둥글고 매끄러웠다. 그녀는 재봉틀, 내연기관, 실린더식 기계 인쇄기, 메트로놈 같은 최초의 세상 속 물건들을 박물관에 수집했다. 또래 사내아이들에게는 관심이 하나도 없었지만, 옛 세계에서 사용하던 기압계를 앞에 두고는 몇 시간씩 보낼 수 있었다.

오펠리는 유리관 안에 넣어둔 낡은 양피지 앞에서 명상에 잠겼다. 그것은 아니마의 토대이자, 아니마에서 아르테미스와 그 후손을 연결하는 문서였다. 그다음 성유물함에는 법률 문서의 초안이 들어 있었다. 거기서부터 이미 사회 전반의 결정적인 권위를 각 가정의 어머니들과 최고 결정권자인 여성들에게 부여하는 법률을 찾아볼 수 있었다. 세 번째 유리 덮개 안에는 후손들에 대한 아르테미스의 주요 의무 사항들을 책으로 묶은 것이 있었다. 다들 실컷 먹고, 쉴 집을 가지며, 교육을 받고, 능력을 제대로 사용할 수 있게끔 배우는 일에 주의를 기울여야한다는 내용이었다. 대문자로 적힌 특별 조항도 있었다. 후손들은 자기 가족을 저버려서는 안 되며, 아니마를 떠나서도 안 된다는 조항이었다. 여러 세기가 지나도 그 효력이 다하지 않도록 이런 행동 방침을 새겨 넣은 것은 아르테미스 본인이었을까?

오펠리는 그런 식으로 성유물함을 하나씩 지나쳤다. 과거로 빠져들어갈수록 자신에게 거대한 침묵이 내려앉는 느낌이었다. 그녀는 미래를 잠시 잊었다. 자기 의사와는 상관없이 약혼했다는 사실도, 사냥꾼들의 눈빛도, 조만간 사랑하는 모든 것들로부터 멀리 떨어진 곳으로 보내지리라는 사실도.

대부분의 성유물함에 손으로 쓴 문서들이 있었다. 가령 새로운 세계의 지도 제작법이나 아니마 사람들의 장자나 다름없는 아르테미스의 첫아이 출생신고서 같은 것들로, 상당한 가치를 지닌 것들이었다. 그러나 일상의 대수롭지 않은 물건들이 들어 있는 경우도 있었다. 허공에서 달그락거리는 미용 가위, 색깔이 바뀌는 커다랗고 투박한 안경, 책장이 저절로 넘어가는 조그마한 이야기책 따위가 그런 물건들이었다. 동시대 물건은 아니었지만, 아르테미스는 상징적인 이유로 자신의 컬렉션에 그것들을 포함시키기를 고집했다. 그런데 무엇에 대한 상징일까? 심지어 이제 아르테미스는 자신의 컬렉션을 기억조차 못 하는데.

본능적인 발걸음에 이끌려 한 유리 덮개로 다가간 오펠리는 그 위에 경건하게 손을 올렸다. 안에는 구겨진 장부 한 권이 있었는데, 시간에 바래 잉크가 희미했다. 새로운 사회를 만들기 위해 집안의 정령에 동조했던 여자와 남자에 대한 조사 내용이 적힌 장부였다. 사실 이름과 숫자만 나열된 객관적인 목록일 뿐이었지만, 그렇다고 중요하지 않은 사람들은 아니었다. 〈파열〉에서 살아남은 자들이었다. 이전 세계의 종말을 목격한 이들.

바로 그 순간, 할아버지가 보관하고 있는 문서들 중에서도 지하 2층 안쪽 깊숙이 있는 이 오래된 명부 앞으로 자신을 이끈 것이 무엇이었는지, 오펠리는 가슴속에서 작은 통증을 느끼며 깨달았다. 참고 자료를 수집하겠다는 단순한 생각은 아니었다. 그녀를 이끈 건 바로 기원으로 되돌아가고자 하는 욕구였다. 그녀의 먼 조상들은 세계의 붕괴를 목격했다. 그렇다고 그들이 죽음을 기다리고만 있었을까? 아니, 그들은 스스로 또 다른 삶을 만들어냈다.

오펠리는 이마 위에 말려 있던 머리를 귀 뒤로 넘겨 얼굴을 환하게 드러냈다. 그녀의 안경은 몇 시간 전부터 유지해온 잿빛 색채를 흐트러뜨리고 코 위에서 빛을 발했다. 오펠리는 자신만의 〈파열〉을 체험하는 중이었다. 그녀는 언제나 두려움을 지녀왔지만, 이제 자신에게 남겨진 일을 알고 있었다. 그 도전을 받아들여야만 했다.

어깨에서 목도리가 움직이기 시작했다.

"이제 일어났구나?" 오펠리가 놀리듯 목도리를 향해 말했다.

목도리는 천천히 코트를 따라 말렸다가 위치를 바꾸고는 여러 개의 고리를 만들며 오펠리의 목을 조이더니 더 이상 움직이지 않았다. 아주 오래된 이 목도리는 대개 잠을 자며 시간을 보냈다.

"올라가자." 오펠리가 말했다. "내가 원하던 걸 찾았어."

되돌아갈 채비를 하던 중, 그녀는 아르테미스의 수집품들 가운데 가장 먼지가 많이 덮이고, 가장 수수께끼 같고, 가장 거슬리는 성유물함을 발견했다. 그 성유물함에 작별 인사를 하지 않고는 떠날 수 없었다. 크랭크 핸들을 돌리자 톱처럼 생긴 보호막의 덮개 두 개가 서로 반대 방향으로 미끄러졌다. 그녀는 장갑 낀 손바닥을 책 표지 위에 놓았다. 이어 처음으로 만졌을 때 느꼈던 것과 똑같은 허무함에 사로잡혔다. 감정이나 사고, 의도의 흔적, 그 무엇도 **읽을** 수 없었다. 그 기원조차도. 특수 재질로 만들어져 **읽는 사람**의 재능과 물건의 세계 사이에 막을 드리우는 장갑 때문만은 아니었다. 먼저 시도했던 다른 **읽는 사람**들처럼 오펠리도 이미 맨손으로 그 책을 만져본 적이 있지만, 책은 그저 자신을 드러내기를 거부했다.

그녀는 책을 두 팔로 안고 표지를 매만지며 손가락으로 부드러운 책장을 넘겼다. 온통 낯선 아라베스크 문양과 잊혀진 지아주 오래된 글씨로 덮여 있었다. 살면서 오펠리는 이런 희귀한 물건과 비슷한 것조차 다뤄본 적이 없었다. 결국 이것도 한낱 책에 불과할 뿐일까? 고급 가죽이나 양질의 종이가 갖고 있는 견고함은 없었다. 받아들이기 끔찍한 사실이지만, 이것은 피가

다 빠진 사람의 피부와 흡사했다. 특별히 긴 수명을 누렸을 사람의 피부.

그래서 오펠리는 문서 보관원들과 고고학자들이 여러 세대에 걸쳐 고민했을 의례적인 질문을 품었다. 이 낯선 자료는 무슨 이야기를 하는 걸까? 왜 아르테미스는 개인 컬렉션에 이 책을 고집스레 포함시켰을까? 성유물함의 받침돌에 새겨진 이 메시지는 무슨 의미일까? 어떤 이유로든 이 책을 파괴하려 하지 말라.

이 모든 질문을 그녀는 세상의 다른 쪽 끝, 문서 보관소도 박물관도 기억의 의무도 없는 곳까지 가져갈 것이다. 어쨌든 그녀와 아무 상관없는 그곳까지.

할아버지의 목소리가 계단을 따라 울리며 지하 2층의 낮은 궁륭 아래서 유령이 내는 울림처럼 한참이나 튀어 올랐다.

"올라와보렴! 뭔가를 찾아냈어!"

오펠리는 마지막으로 그 책 위에 손바닥을 올려본 뒤 돔형 유리 덮개를 닫았다. 정식으로 과거에 작별을 고한 셈이다.

이제 미래로 간다.

여행 일지

6월 19일 토요일

로돌프와 함께 잘 도착했다. 폴은 모든 면에서 내 예상과 아주 달랐다. 살면서 이렇게 심한 현기증을 느껴본 적이 없었던 것 같다. 대사는 여름밤이 끝없이 펼쳐진 부인의 영지에서 우리를 극진하게 맞아주었다. 너무나 멋진 모습에 나는 매료되고 말았다! 이곳 사람들은 정중하고, 매우 상냥하며, 상상을 뛰어넘는 능력을 갖고 있다.

"뭘 보고 있는 것 같은데, 방해 좀 해도 될까요?"

오펠리는 소스라치게 놀랐다. 안경도 같이 놀랐다. 아델라이드 할머니의 여행 수첩에 빠져 있느라 작은 사내아이가 중산모를 손에 들고 양쪽 귀까지 활짝 미소를 지은 채 다가오는 모습을 보지 못한 터였다. 빼빼 마른 체격에 많아봐야 열다섯 살이나 될까. 아이는 팔을 크게 휘둘러 거기서 멀지 않은 곳, 낡은 타자기 앞에서 웃고 있는 쾌활한 무리를 가리켰다.

"그쪽의 신성한 박물관 골동품 몇 개를 사촌들과 읽을 수 있게 허락해줬으면 해서요."

오펠리는 눈살을 찌푸리지 않을 수 없었다. 물론 원시 역사 박물관 현관 회전문을 밀고 들어오는 가족 하나하나를 사적으로 다 안다고 할 수는 없겠지만, 이 짓궂은 사내들은 분명 한 번도 본 적이 없었다. 저 애들은 가계도 어느 계파에서 나온 애들일까? 모자를 만드는 길드일까? 재단사 부류일까? 제빵사 무리? 어쨌든 지독하게 짓궂어 보였다.

"잠깐 기다려." 그녀는 커피 잔을 내려놓으며 말했다.

중산모 무리와 마주하자, 그녀가 품고 있던 의혹은 분명해졌다. 지나친 조소와 조롱의 분위기가 감돌고 있었다.

"여기가 박물관의 유일한 전시실이래!" 오펠리에게 의미심장한 눈길을 보내며 무리 중 하나가 수군거렸다.

빈정거리는 것 같긴 한데 뭔가 능숙하지 못하다고 그녀는 생각했다. 제대로 땋지 않은 머리에 화려한 비단이긴 하지만 낡아빠진 원피스를 입고, 짝이 맞지 않는 반장화, 거기다 구제불능의 어설픔이 몸에 배어 있으니, 그녀도 자신에게 매력이라곤 없다는 것쯤은 알고 있었다. 일주일째 머리를 감지 않은 데다 어울릴지 어떨지 별 고민도 없이 손에 잡히는 대로 옷을 차려입기도 했고.

이날 밤 오펠리는 처음으로 약혼자를 만나게 될 예정이었다. 그가 특별히 폴에서 날아와 가족에게 인사를 할 참이었다. 몇 주 동안 머물다가 그랑 노르 지방으로 오펠리를 데려가기로 했다. 운만 조금 따라준다면, 그녀가 너무 별로라는 이유로 그 자리에서 결혼을 취소할지도 모를 일이었다.

"그건 건드리면 안 돼." 그녀는 탄환이 나가는 검류계에 손을 대고 있던 키 큰 얼간이에게 말했다.

"뭐라고 웅얼대는 거예요?" 그가 갑자기 웃음을 터뜨렸다. "좀 더 크게 말해봐요, 못 들었어요."

"검류계를 만지지 말라고." 그녀는 고함을 지르듯 말했다. "읽기용으로 마련된 견본을 보여줄 테니까."

키 큰 얼간이가 어깨를 으쓱였다.

"아, 그저 이 이상한 물건이 어떻게 움직이는지 보고 싶었을 뿐이에요! 게다가 나는 읽을 줄 몰라요."

그럴 리가. 물론 사물을 읽는 능력이 아니마 사람들 사이에 널리 퍼져 있는 것은 아니었다. 드물게 사춘기 무렵 명확하지 않은 직감처럼 손가락 끝에 나타나는 능력인데, 교육자가 빠르게 관리를 시작하지 않으면 사라져버리기 때문이다. 오펠리의 경우엔 작은할아버지가 교육자 역할을 해주었고, 그렇게 그들이 속한 가계도 계파는 집안 유산을 보존할 수 있었다. 최소한의 접촉을 통해 사물들의 과거로 거슬러 올라가는 능력이랄까? 이런 중책을 짊어지길 원하는 아니마 사람은 드물었다. 더군다나 그게 자기 직업과 상관없다면 더더욱.

오펠리는 히죽거리며 친구들의 외투를 만지는 중산모를 잠시 바라봤다. 아직 오래된 것 같지는 않지만, 어쨌든 그는 분명 읽을 줄 안다. 읽을 줄 알기에 손을 가지고 놀고 싶어 한 것이다.

"그게 중요한 게 아냐." 키만 큰 멍청이를 다시 조용히 바라보면서 오펠리가 말했다. "전시실 물건을 건드리고 싶으면, 내 것과 같은 장갑을 껴야 해."

유산 보존 관련 가족 법령이 제정된 이후 특별 허가 없이 맨손으로 기록물에 접근하는 것은 금지 사항이었다. 사물과 접촉하면 정신 상태가 그 사물에 옮겨지고, 그럼으로써 사물의 역사에 새로운 층을 덧붙인다. 이미 너무 많은 사람들이 자신들의 감정과 생각으로 진귀한 물건들을 훼손했다.

오펠리는 열쇠가 달린 서랍으로 다가갔다. 서랍을 활짝 열어젖히자 서랍만 그녀의 손에 남고 안에 있던 물건들이 거슬리는 소리를 내며 타일 위로 쏟아졌다. 열쇠 꾸러미를 주우려고 허리를 숙였을 때 등 뒤에서 비웃는 소리가 들려왔다. 중산모가 교활한 미소를 지으며 그녀를 도우러 왔다.

"열심히 일하는 사촌을 놀리면 안 되지. 교양을 쌓을 수 있게 읽을거리를 챙겨줄 사람인데!"

그의 미소는 사악해 보였다.

"뭔가 좀 센 걸 줘봐요." 그가 오펠리에게 말했다. "무기 같은 건 없어요? 전쟁에서 사용한 거, 무슨 말인지 알죠?"

오펠리는 서랍을 밀어 넣고 필요한 열쇠를 집었다. 가족 간 작은 다툼밖에 모르는 아이들에게는 이전 세계에서 발발했던 전쟁에 대한 환상이 있었다. 오로지 즐길 것만 찾는 풋내기들.

외모를 조롱하는 것이야 상관없지만, 자신이 관리하는 박물관에서 조심성 없이 구는 것은 참을 수가 없었다. 그것도 오늘 같은 날이라면 더더욱.

그녀는 어쨌든 끝까지 사무적인 태도를 유지했다.

"따라와." 열쇠를 손에 들고 그녀가 말했다.

"제가 좋아할 만한 것 좀 보여줘요!" 우스꽝스럽게 절하는 흉내를 내며 중산모가 노래하듯 떠들었다.

그녀는 무리를 데리고 최초의 세계에서 사용하던 비행 기계들을 보관해둔 원형 건물까지 데려갔다. 컬렉션 가운데 가장 인기가 많은 곳이었다. 날개를 흔들며 나는 비행기, 수륙양용 비행기, 기계로 작동하는 새, 증기 헬리콥터, 날개 넷 달린 비행기와 수상비행기 같은 것들이 마치 거대한 잠자리들처럼 케이블로 묶여 매달려 있었다. 이 골동품들을 보자 무리는 거위들처럼 두 팔을 흔들어대며 아주 고약한 웃음을 터뜨렸다. 조금 전부터 껌을 씹고 있던 중산모가 껌을 글라이더 동체에 붙였다.

오펠리는 눈 한 번 깜박이지 않고 그가 하는 짓을 뚫어지게 바라보았다. 그건 정말이지 너무 지나쳤다. 구경꾼들을 자극하고 싶었나? 그랬다, 다들 웃으려던 참이었다.

그녀가 1층과 2층 사이 공간으로 안내하자 그들은 늘어선 유리 선반들을 따라갔다. 오펠리는 선반의 열쇠 구멍에 열쇠를 넣고 유리문을 민 다음 아주 작은 납으로 된 구슬 하나를 손수건으로 집어서 중산모에게 내밀었다.

"이전 세계의 전쟁들을 알기 위한 최고의 출발점이지." 그녀는 차분한 목소리로 또박또박 말했다.

그가 맨손으로 구슬을 낚아채면서 웃음을 터뜨렸다.

"나한테 뭘 보여주는 거예요? 로봇의 코딱지?"

손가락 끝으로 구슬의 과거를 거슬러 올라가기 시작하자 그의 웃음은 사라졌다. 마치 주위의 시간이 멈춘 듯, 창백해지고 온몸이 굳었다. 그의 얼굴을 바라보며 즐거워하던 친구들은 처음에는 팔꿈치로 중산모의 옆구리를 찔러보다가 아무런 반응이 없자 결국엔 걱정을 하기에 이르렀다.

"이 친구한테 더러운 걸 옮긴 거 아냐?" 그들 중 하나가 당황해서 소리쳤다.

"역사가들이 아주 높이 평가하는 물건이야." 오펠리는 사무적인 말투로 대꾸했다.

파랗게 질려 있던 중산모는 어느새 잿빛이 되었다.

"이게…… 아닌데…… 내가…… 원했던 건……" 그는 한 마디씩 끊어가며 힘겹게 말을 이었다.

오펠리가 손수건으로 납 구슬을 받아 다시 붉은색 작은 쿠션 위에 놓았다.

"무기를 원한 거 아니었어? 전쟁 당시 군인의 배를 뚫고 지나간 탄환을 준 건데. 그게 바로 전쟁이라고." 그녀는 안경을 고쳐 쓰며 결론처럼 말했다. "사람들을 죽이고, 사람들이 죽는 거지."

중산모가 구토할 듯 배를 움켜쥐었기에 그녀도 살짝 누그러졌다. 교훈은 혹독한 법이다. 오펠리도 그걸 의식하고 있었다. 영웅적인 모험을 상상하고 왔다가 무기를 잃은 아이는 마치 눈앞에서 자기 자신의 죽음을 본 것만 같은 기분이었으리라.

"괜찮아질 거야. 나가서 바깥바람을 좀 쐬어봐." 그녀가 말했다.

무리는 나가면서 어깨 너머로 몇 차례 기분 나쁘게 그녀를 쏘아보는 것을 잊지 않았다. 그들 중 하나가 그녀를 가리키며 "패션 테러리스트"라고, 다른 하나는 "안경잡이 멍청이"라고 비웃었다. 오펠리는 조금 뒤에 만날 약혼자도 똑같은 반응을 보였으면 좋겠다고 생각했다.

그녀는 주걱 칼을 들고 중산모가 껌을 붙인 글라이더로 다가갔다.

"내가 네 대신 복수를 좀 해줬어야 했는데." 그녀는 마치 늙은 말에게 하듯이 글라이더 옆면을 다정스럽게 쓰다듬으며 속삭였다.

"오펠리! 널 찾으려고 여기저기 다녔잖아!"

오펠리는 뒤를 돌아보았다. 겨드랑이에 양산을 낀 멋진 여성이 치맛자락를 살짝 들어 올리고는 하얀 반장화를 타일 바닥 위에 부딪쳐가며 종종걸음으로 걸어오고 있었다. 아가트 언니였다. 동생이 갈색 머리인 한편 언니는 빨간 머리였고, 동생이 엉망으로 차려입은 채 구석에 틀어박혀 있는 인상을 준다면 언니는 말쑥하고 눈이 부셨다. 그들은 마치 밤과 낮 같았다.

"아직까지 여기서 뭐 하고 있어?"

오펠리는 중산모가 붙여놓은 껌을 떼려 했지만, 껌이 장갑에 달라붙었다.

"6시까지는 박물관에서 일해야 하는 거 몰라?"

아가트는 과장된 동작으로 그녀의 손을 맞잡았다가 곧바로 얼굴을 찌푸렸다. 예쁜 장갑으로 껌을 짓이긴 탓이었다.

"이젠 안 그래도 돼, 바보야." 언니가 손을 흔들며 짜증스레 말했다. "엄마가 그러는데, 너는 준비만 하면 된대. 아, 예쁜 내 동생!" 그녀는 동생에게 왈칵 안기면서 흐느꼈다. "얼마나 흥분되니!"

"음……" 오펠리는 간신히 숨을 내쉬었다.

아가트는 곧장 동생에게서 떨어져 머리부터 발끝까지 곰곰이 살펴보았다.

"대체 꼴이 이게 뭐니? 거울을 보기나 했어? 약혼자에게 이런 모습을 보여주면 절대 안 되는 거 알지? 대체 우리를 어떻게 생각하겠어?"

"그런 건 전혀 신경 안 써." 접수대 쪽으로 움직이며 그녀가 당당하게 말했다.

"아니, 친척들을 만나는 게 아니잖아, 자기만 아는 이기주의자 같으니라고. 당장 가서 손을 보자."

오펠리는 한숨을 쉬며 낡은 바구니를 꺼내 그 안에 자기 물건들을 정리했다. 동생에게 부여된 신성한 임무에 대해 알고 있다 해도 언니는 그녀를 조용히 일하도록 내버려두지 않았을 것이다. 어차피 박물관을 닫는 것 말고 그녀에게 남은 일은 없었다. 오펠리가 물건들을 정리하는 내내, 뱃속에 돌멩이라도 있는 듯 아가트는 참을성 없이 발을 동동 굴렀다. 그녀가 접수대 앞에 앉자 레이스 달린 속바지 아래서 하얀 반장화들이 장난을 쳤다.

"너한테 할 말이 있어. 아주 멋진 얘기지! 마침내 비밀에 싸인 네 약혼자의 이름을 알아냈어!"

그 말에 오펠리는 바구니에서 고개를 들었다. 몇 시간 뒤면 공식적으로 서로를 소개할 텐데 이제서야! 미래의 새 식구 쪽에서 아주 신중을 기하며 특별하게 권고했음이 틀림없다. 발설하면 우스운 꼴이라도 당할 거라 생각했는지, 두아옌들은 약혼자에 대해 어떤 이야기도 하지 않은 채 가을 내내 무덤처럼 침묵으로 일관했다. 속내를 알지 못해 몹시 신경질이 났던 오펠리의 엄마는 이미 두 달 전부터 부아가 치밀어 있었다.

"뭔데?" 아가트가 약간 과장스럽게 즐기고 있었기에 오펠리도 장단을 맞추어 궁금하다는 듯 물었다.

"토른!"

목도리를 돌돌 말고 있는데도 소름이 돋았다. 토른이라고? 이름만으로도 그녀는 견디기 힘들었다. 그 이름이 입안에서 거칠게 울렸다. 사나운 이름이다. 위협적이다. 사냥꾼의 이름이다.

"나이가 아주 많지는 않다더라. 아내를 존중할 줄 모르는 늙은이랑은 완전히 다를 거야! 그리고 제일 멋진 건 맨 마지막에 얘기해주려고 참았지 뭐야." 아가트는 숨도 돌리지 않고 말을 이어갔다. "촌구석으로 가는 게 아니래. 무슨 말인지 알아? 두 아옌들이 우리를 속인 게 아니라고. 토른에게는 아름답고 영향력 있는 고모가 있어서, 폴의 궁정에서 그에게 높은 지위를 보장해준다더라. 너는 공주의 삶을 살게 될 거야!"

아가타는 두 눈을 반짝거리며 의기양양해했다. 반면 오펠리는 아연실색했다. 토른, 궁정 사람이라고? 차라리 사냥꾼이 나을 것을. 미래의 남편에 대해 알아갈수록 그녀는 더더욱 도망치고 싶은 욕구에 시달렸다.

"그런데 어디서 들은 얘기야?"

흔들거리던 적갈색 곱슬머리가 삐져나오자 아가트는 두건을 가다듬었다. 앵두 같은 입술이 만족스러운 미소를 띠우며 주름을 만들었다.

"확실한 소식통이지! 제라르가 증조할머니한테 들은 얘기인데, 그 증조할머니는 가까운 사촌에게 들었고, 사촌은 두아옌에 속해 있는 사람과 쌍둥이 자매니까!"

아가트는 어린아이처럼 손뼉을 치며 발을 굴렀다.

"넌 엄청난 반지를 찾은 거라고. 그 정도 지위와 신분을 가진 남자가 너한테 청혼하다니, 상상도 못 할 일이지! 자, 빨리 잡동사니를 치우자. 토른이 오기까지 시간이 얼마 없어. 단정하게 꾸미라고!"

"먼저 나가." 오펠리는 바구니의 고리들을 채우면서 중얼거렸다. "나는 마지막 의례를 치러야 해."

아가트는 우아하게 종종걸음으로 멀어졌다.

"마차를 불러놓을게!"

한참 동안 오펠리는 접수대 뒤에 꼼짝 않고 있었다. 귀가 아플 정도로 떠들어대던 아가트가 가버리자 갑작스레 침묵이 내려앉았다. 그녀는 이제 그 내용을 외우다시피 한, 100년은 된 조상의 일지를 아무 곳이나 다시 펼쳐 가늘고 신경질적인 글씨를 눈으로 따라갔다.

7월 6일 화요일

감정을 어느 정도 추슬러야 했다. 대사는 여행을 떠났고, 우리는 그녀의 수많은 손님들과 남겨졌다. 우리를 완전히 잊은 것 같았다. 카드놀이를 하거나 정원을 산책하며 하루하루를 보냈다. 동생은 이렇게 무위도식하는 삶에 나보다 훨씬 수월하게 적응해서 이미 공작 부인 같은 삶에 심취해 있다. 우리가 오로지 직업상의 이유로 이곳에 와 있다는 점을 상기시켜야만 한다.

오펠리는 당혹스러웠다. 일지의 내용과 아가트가 떠들고 간 얘기들은 오귀스튀의 그림들과 전혀 들어맞지 않았다. 이제 폴은 몹시 우아한 장소인 듯 여겨졌다. 토른도 카드놀이를 할까? 성에 사는 사람이니 분명 카드놀이를 하겠지. 어쩌면 매일 카드놀이만 하면서 지낼지도.

오펠리는 작은 여행 수첩을 펠트 커버에 넣은 뒤 바구니 안쪽에 쑤셔 넣었다. 그런 다음 접수대 뒤에서 필기구함 뚜껑을 열어 수집품 목록 장부를 꺼냈다.

여러 차례 자물쇠에 열쇠를 꽂아둔 채 잊어버리거나 중요한 행정 서류를 잃어버리곤 했고 심지어 하나밖에 없는 물건들을 깨뜨리기도 했지만, 오펠리가 결코 소홀히 하지 않았던 임무 같은 것이 하나 있었으니, 바로 이 장부를 작성하는 일이었다.

오펠리는 훌륭한 읽기 능력자였다. 또래 가운데 최고였다. 그녀는 물건들이 거쳐온 시간을 해독할 수 있었다. 여러 세기에 걸쳐 물건을 매만지고, 사용하고, 물건에 애착을 품고, 물건을 망가뜨리고, 대충 수선했던 손들을 따라 한 겹 한 겹 쌓아 올린 삶을 해독할 수 있었다. 이런 능력을 바탕으로 그녀는 그 전까지와는 비교할 수 없을 정도로 세세한 것들의 의미를 밝혀내며 소장품 하나하나를 풍부하게 묘사해냈다.

오펠리 전에 일했던 사람들은 물건을 소유했던 사람의 과거, 부득이한 경우에는 소유자 두 명의 과거까지만 분석하는 일에 집착했던 반면, 그녀는 물건이 만들어지는 순간과 그것을 만든 사람의 손까지 거슬러 올라갔다.

수집품 목록 장부는 개인적인 소설인 셈이었다. 관례상 후임자에게 직접 장부를 건네야 했는데, 이러한 절차를 이렇게 일찍 치르게 되리라고는 한 번도 생각해보지 못했다. 그런데 누구도 아직까지 후임이 되겠다고 나서지 않았기에, 오펠리는 이후 박물관 일을 담당하게 될 이가 볼 수 있도록 장부 안쪽에 메모를 넣어두었다. 그녀는 장부를 필기구함 안에 넣고 열쇠를 한 번 돌려 뚜껑을 잠갔다.

이제 그녀는 천천히 움직여 두 손으로 접수대를 짚고 섰다. 깊게 숨을 들이쉬고 피할 수 없는 일을 받아들여야만 했다. 정말 마지막이다. 내일이면 아침마다 했던 것처럼 박물관 문을 열 수 없을 것이다. 내일이면 그녀는 자신의 이름에 새로 붙일 성姓을 가진 남자에게 영원히 종속될 것이다.

토른 부인. 지금부터 익숙해지는 게 낫겠지.

오펠리는 바구니를 손에 쥔 채 마지막으로 박물관을 한참 바라봤다. 원형 건물의 유리 천장으로 엄청난 햇빛이 들어와 골동품들을 금빛으로 에워싸고 타일 바닥에 뚝뚝 끊긴 그림자를 드리웠다. 이곳이 이토록 아름다워 보였던 적이 없었다.

마침내 오펠리는 열쇠 꾸러미를 경비실에 놓았다. 낙엽이 수북하게 쌓여 유리도 보이지 않는 현관 유리 차양을 막 지나려는데, 갑자기 마차 문이 열리더니 언니가 말을 걸었다.

"타! 오르페브르 거리로 갈 거야!"

마차에는 말이 한 마리도 묶여 있지 않았지만 마부는 힘차게 채찍질을 했다. 바퀴가 움직이기 시작했고, 높은 좌석에 앉아 있는 마부가 이끄는 대로 마차는 강가를 따라 내려갔다.

오펠리는 평소와는 다른 강렬한 감각으로 마차 뒤쪽 유리를 통해 거리 풍경을 관찰했다. 마차가 나아감에 따라 그녀가 태어난 골짜기가 마치 그녀를 피해 도망가는 것처럼 느껴졌다. 골짜기에 늘어선 목조 건물의 정면들, 시장 광장들, 멋진 공장들은 이미 모두 낯설었다. 마을 전체가 그녀에게 이제 이곳은 너의 동네가 아니라고 소리쳤다. 가을 끝자락의 붉은빛 속에서 사람들은 매일의 일상을 보내고 있었다. 쌓아놓은 더미 위에 올라앉은 일꾼들이 불어대는 휘파람 소리에 유모 하나가 얼굴을 붉힌 채 유모차를 밀고 지나갔다. 어린 학생들은 집으로 돌아가며 따뜻한 밤을 깨물어 먹었다. 심부름꾼 하나가 겨드랑이에 상자 하나를 끼고 인도를 따라 내달렸다. 거리의 남자 여자들이 모두 오펠리의 친척이었지만, 그들 중 그녀가 아는 사람은 절반 정도뿐이었다. 전차가 펄펄 끓는 연기를 내뿜고 경적을 울리면서 그들이 타고 있는 마차를 추월했다. 그 모습이 사라지자, 오펠리는 골짜기를 굽어보며 꾸불꾸불하게 길이 난 산을 응시했다. 그 위에 첫눈이 내렸다. 꼭대기가 잿빛 장막에 가려져 아르테미스의 천문대는 보이지도 않았다. 바위와 구름이 만든 차가운 기류에 짓눌리고 가문의 법령에 짓눌린 오펠리는, 처음으로 자신이 보잘것없다는 생각이 들었다.

아가트가 오펠리의 눈앞에서 손가락을 부딪쳐 소리를 냈다.

"아, 젠장, 빨리 얘기해보자, 제대로 말이야. 네 혼수를 전부 다 새로 점검해야 돼. 새로운 옷이랑, 구두, 모자, 속옷…… 속옷은 많이 필요하지."

"난 내 드레스들이 좋아." 오펠리가 딱 잘라 말했다.

"입 다물어, 할머니처럼 입으면서. 머리 꼴은 그게 뭐니? 이렇게 낡고 추한 장갑을 계속 낄 생각은 아니지?" 아가트는 장갑 낀 손으로 동생의 장갑을 잡으며 화를 냈다. "엄마가 쥘리앵 상점에서 하나 가득 주문해놨어!"

"폴에서 **읽는 사람**용 장갑은 못 만들 것 같아, 아껴서 사용해야 해."

아가트는 아낀다는 말에 무심했다. 멋을 부리고 우아해지기만 한다면 낭비쯤은 아무것도 아니었다.

"잘 좀 해봐! 아, 정말! 등을 좀 펴봐, 배는 집어넣고, 이 블라우스가 어울리게 해보라니까. 얼굴에 분을 바르고 볼에도 화장을 좀 하고, 그리고 제발 부탁인데, 안경 색깔 좀 바꿔봐, 끔찍하게 회색이 뭐니!" 아가트는 손가락 끝으로 동생의 땋은 갈색 머리채를 들어 올리며 한숨을 내쉬었다. "머리는 이게 뭐야, 내가 너라면 싹 다 풀어 헤치고 처음부터 다시 다듬었을 텐데, 불행하게도 시간이 없네. 얼른 내려, 다 왔어!"

오펠리는 발을 무겁게 질질 끌었다. 속치마든 코르셋이든 목걸이든 보여줄 때마다 그녀는 고개를 저었다. 실이나 가위 없이도 옷감을 만드는, 아니마 사람들 특유의 긴 손가락을 지닌 양재사는 화가 치밀어 눈물이 날 정도였다. 두 번 크게 신경질을 내고 열댓 군데의 상점을 들른 뒤에야 아가트는 짝 안 맞는 신발만이라도 바꿔 신으라고 겨우 동생을 설득했다.

미용실에서도 오펠리는 뭘 해볼 마음이 하나도 들지 않았다. 콤팩트, 눈썹 손질, 제모, 최신 유행 리본까지, 어떤 얘기도 듣고 싶지 않았다.

"참을 만큼 참았어." 아가트는 동생의 목에 내려온 묵직한 머리를 힘겹게 들어 올리며 화를 냈다. "네가 어떤 기분인지 모를 것 같아? 내가 샤를과 약혼한 게 열일곱 살이었고, 엄마는 나보다 두 살 더 어렸을 때 아빠와 결혼했어. 우리가 어떻게 되었는지 봐. 행복한 아내이자, 만족에 겨운 엄마지. 다 이룬 여자들이라고! 작은할아버지가 널 너무 오냐오냐 받아줬어. 하지만 정작 그분이 너를 위해 해준 게 뭐냐고!"

언니가 자신의 엉킨 머리를 풀어보려 애쓰는 동안 오펠리는 멍한 시선으로 앞에 있는 화장대 거울 속에 비친 얼굴을 주시했다. 빗을 놓아두는 선반에 안경을 올려놓고, 엉킨 머리 매듭도 사라진 모습을 보자 벌거벗은 기분이었다.

거울을 통해 그녀는 자기 머리에 턱을 바싹 붙이고 있는 아가트의 빨간 머리를 바라봤다.

"오펠리, 네가 조금만 열의를 가지면 마음에 들 텐데." 언니가 부드럽게 속삭였다.

"그게 무슨 소용이야? 누구 마음에 드는데?"

"토른 말이야, 이 바보야!" 동생의 목덜미를 한 대 때리며 언니가 짜증스레 말했다. "여자들에게 주어진 최고의 무기는 매력이야, 그걸 거침없이 발휘하라고. 대단한 게 아니야. 적절한 순간에 추파를 던지고 활짝 웃기만 하면 남자를 발밑에 무릎 꿇릴 수 있어. 샤를을 봐, 내가 원하는 대로 다 할 수 있다고."

오펠리는 거울 속, 초콜릿 향이 날 것 같은 자신의 눈동자에 시선을 고정했다. 안경이 없어서 제대로 보이지는 않지만 우울함이 깃든 길쭉한 얼굴과 창백한 두 볼, 옷깃 밑으로 팔딱이는 하얀 목, 특징 없는 코의 그림자, 말하는 걸 좋아하지 않는 아주 얇은 입술을 분간할 수 있었다. 수줍은 미소를 지어보려다가 너무 가식적인 듯 느껴져 곧바로 미소를 삼켰다. 그녀에게 매력이 있을까? 그걸 무엇으로 알아볼 수 있을까? 한 남자의 눈으로? 토른이 건넬지 모를 그런 시선 같은 것? 오늘 밤에?

눈물이 나올 정도로 우울한 와중에 그런 생각을 한다는 것 자체가 너무 기괴하게 느껴져 오히려 웃음이 터질 것만 같았다.

"이제 고문은 끝난 거야?" 그녀는 머리를 조심성 없이 마구 잡아당기는 언니에게 물었다.

"거의 다 했어."

아가트가 핀을 달라고 부탁하느라 미용실 직원 쪽으로 몸을 돌렸다. 이런 순간이 오기를 얼마나 기다렸는지. 오펠리는 재빨리 안경을 쓰고, 바구니를 집어 들고, 머리를 숙여 그녀 몸이 겨우 통과할 만한 크기의 화장대 거울 속으로 들어갔다. 몸은 조금 멀리 떨어진 동네에 있는 그녀 방에 걸린 벽 거울로 튀어나왔지만, 빠져나올 수가 없었다. 다른 쪽 거울에서 아가트가 그녀를 오르페브르 거리로 다시 데려가려고 발목을 꽉 쥔 터였다.

오펠리는 바구니를 내려놓은 뒤 발목을 잡고 있는 언니의 손아귀 힘에 맞서 온 힘을 다해 벽지가 발린 벽을 움켜잡았다.

꽃병이 놓인 스툴을 넘어뜨리며, 순식간에 오펠리는 방 안으로 굴러떨어졌다. 완전히 녹초가 된 채 그녀는 멍하니 치마 아래 드러난 맨발을 바라봤다. 새로 산 구두는 아가트와 함께 오르페브르 거리에 남겨졌다. 언니는 거울로 넘어다닐 수 없으니 이제 휴식이 생긴 셈이었다.

오펠리는 양탄자 위에 놓인 바구니를 집어 들고, 2층 침대 발치에 놓인 커다란 나무 상자까지 절뚝이며 걸어가 앉았다. 안경을 고쳐 쓴 뒤 여행 가방들과 둥근 상자들로 가득 찬 작은 방 안을 바라봤다. 평상시에도 엉망이긴 했지만 지금은 뭔가 다른 느낌이었다. 오펠리가 자라는 과정을 봐온 이 방은 이제 곧 그녀가 떠난다는 사실을 이미 느끼고 있었다.

그녀는 아델라이드 할머니의 여행 일지를 조심스럽게 꺼내고는 생각에 잠겨 몇 페이지를 더 들춰봤다.

7월 18일 일요일

대사는 여전히 소식이 없다. 이곳 여자들은 매력적이다. 아니마에 있는 사촌들 중 누구도 이들만큼 우아하고 아름답지 않다는 생각이 들긴 하지만, 때로 불편함을 느낀다. 이곳 여자들이 내 옷차림나 태도, 말하는 방식에 대해 계속 눈치를 주는 것 같다. 혹시 나 혼자 멋대로 오해하는 걸까?

"왜 이렇게 일찍 왔어?"

오펠리는 2층 침대 위로 고개를 내밀었다. 매트리스 끝으로 튀어나온 윤이 나는 구두를 미처 못 본 터였다. 비쩍 마른 다리의 주인공은 방을 같이 쓰는 남동생 엑토르였다.

그녀는 여행 수첩을 덮었다.

"아가트 언니한테서 도망쳤어."

"왜?"

"여자들 문제야. 호기심꾼, 자세히 알고 싶어?"

"전혀."

오펠리는 씩 웃어 보였다. 동생을 보니 감정이 복잡해졌다. 윤이 나는 구두가 2층 침대에서 사라지고 곧장 두 발 대신 엉망진창으로 더러운 입술과 들창코, 바가지 머리에 평온한 두 눈이 나타났다. 안경만 빼면 엑토르의 눈빛은 오펠리와 똑같았다. 어떤 상황에서도 침착한 모습. 동생은 살구 잼이 손가락까지 줄줄 흘러내릴 정도로 잔뜩 발린 빵을 들고 있었다.

"방에서 먹지 말랬잖아." 오펠리가 말했다.

엑토르는 어깨를 한 번 으쓱이더니 빵으로 누나의 원피스 위에 놓인 여행 수첩을 가리켰다.

"왜 또 지겹게 그 수첩을 보고 있어? 다 외웠겠다."

늘 그런 식이었다. 엑토르는 언제나 질문을 했고, 그 질문은 모두 '왜'로 시작했다.

"좀 안심하고 싶어서, 아마도." 오펠리가 중얼거렸다.

정말로 몇 주가 지나고 나니 편안함마저 느껴질 정도로 아델라이드가 친근해진 터였다. 그럼에도 매번 마지막 페이지에 이르면 실망이 밀려오곤 했지만.

8월 2일 월요일

정말 마음이 놓인다! 대사가 여행에서 돌아왔다. 마침내 로돌프는 파루크 폐하의 공증인과 계약을 체결했다. 직업상 지켜야 할 비밀이라 더 이상은 쓸 수 없다. 어쨌든 내일 그들 집안의 정령을 만난다. 만약 동생이 제대로 일을 처리한다면, 우린 부자가 될 것이다.

일지는 이렇게 끝났다. 아델라이드는 세부 사항을 들추거나 그 이후 일어난 일에 대해 더 쓸 필요는 없다고 판단한 모양이다. 그녀와 동생은 파루크와 어떤 계약을 맺었을까? 폴에서 부자가 되어 돌아왔을까? 아마 아닐 것 같다. 만약 그랬다면 나도 이미 알고 있었겠지……

"왜 그걸 맨손으로 읽지 않는 거야?" 이 사이에 빵을 넣고 차분하게 씹어 으깨던 엑토르가 또 물었다. "능력이 있다면 난 그렇게 했을 텐데."

"그럴 수는 없지, 너도 알잖아."

사실 오펠리도 조상의 작은 비밀을 꿰뚫어 볼 생각으로 장갑을 벗어본 일이 있지만, 호기심에 자료를 더럽히기에는 직업 정신이 너무 투철했다. 만약 충동이 이끄는 대로 행동했다면 작은할아버지가 정말 많이 실망했을 것이다.

아래층에서부터 바닥을 뚫고 그녀 발아래로 몹시 날카로운 소리가 들려왔다.

"손님방이 정말 형편없어! 궁정에 사는 사람에게 어울려야 하는데, 훨씬 더 화려하고, 더 호화스러워야 된다고! 토른이 우리를 얼마나 가련하게 생각할까? 오늘 저녁 식사로 만회해야 해. 로즐린, 식당에 가서 내가 주문한 영계들이 어떻게 됐는지 알아봐. 책임지고 해줘! 그리고 얘들아, 조금이라도 솔선수범해서 일을 좀 거들 수 없겠니? 딸 시집보내는 일이 매일 있는 게 아니잖아!"

"엄마다." 엑토르는 평온하게 반응했다.

"엄마네." 오펠리도 같은 어조로 대답했다.

상황이 이러하니, 아래층으로 내려갈 마음이 눈곱만큼도 생기지 않았다. 오펠리가 창문에 달린 꽃무늬 커튼을 끌어당기자 지는 해가 그녀의 두 볼과 코와 안경을 금빛으로 물들였다. 석양으로 붉어진 구름들이 만든 통로 너머, 하늘의 보랏빛 장막 위에 사기 접시 같은 달이 이미 또렷이 드러나 있었다.

오펠리는 가을의 황금빛으로 물들어가는 골짜기의 비탈—그곳에서는 집이 한눈에 들어왔다—과 거리를 오가는 마차들을, 낙엽이 가득한 집 정원에서 굴렁쇠를 굴리며 노는 여동생들을 한참이나 바라보았다. 여동생들은 동요를 부르며 마구 뛰어다녔고, 막대를 서로 당기기도 했다. 당혹스러울 정도로 웃다가 울고, 울다가 웃어가면서. 매력적인 미소를 머금은 채 시끄럽게 재잘거리는 동생들, 붉은 기가 도는 멋진 금발이 석양빛에 반짝이는 동생들은 그 나이 때의 아가트와 판박이였다.

오펠리는 불현듯 향수에 사로잡혔다. 그녀의 두 눈이 커지고, 입술은 가늘어지고, 태연한 얼굴에는 주름이 잡혔다. 동생들 뒤로 뛰어나가 부끄러움 따위는 잊은 채 치마를 걷어 올리고 로즐린 이모의 정원에 돌멩이를 던지며 놀고 싶었다. 오늘 밤엔 그 시절이 유난히 오래된 일처럼 느껴졌다······

"왜 누나가 떠나야 해? 이 골칫거리들을 다 내가 떠맡는다니 지긋지긋할 것 같아."

오펠리는 엑토르를 향해 몸을 돌렸다. 엑토르는 2층 침대 위에서 꼼짝 않고 손가락만 정신없이 핥으면서도, 시선은 누나의 시선을 따라 창문을 향해 있었다. 차분해 보이는 겉모습과 달리 말투는 비난조였다.

"내 잘못이 아니라는 거 너도 알잖아."

"왜 사촌 형들이랑 결혼하지 않았어, 응?"

따귀를 한 대 맞은 기분이었다. 그래, 엑토르 말이 맞았다. 처음으로 제안해준 이랑 결혼했다면 거기까지 가지 않아도 되었을 것을.

"후회해봐야 소용없어." 그녀가 중얼거렸다.

"조심해!" 엑토르가 갑자기 말했다.

그는 소매로 입을 한 번 훔치더니 침대 위에 납작 엎드렸다.

바람이 오펠리의 치마 속으로 거칠게 몰아쳤다. 번지르르한 이마에 머리는 온통 헝클어진 모습으로, 엄마가 회오리바람처럼 갑자기 방에 나타났다. 사촌 베르트랑이 뒤따라왔다.

"이 방에 네 동생들을 재울 거다. 걔들 방은 약혼자가 써야 하니까. 가방들이 여기저기 널려서 도무지 지나다닐 수가 없잖아! 가방들 좀 창고에 내려다놓으렴. 조심하고. 망가지기 쉬우니까……"

지는 햇빛 속에서 뚜렷이 드러난 오펠리의 실루엣을 보고 엄마는 입을 떡 벌린 채 말을 멈췄다.

"맙소사! 아가트와 같이 있는 줄 알았는데!"

엄마는 할머니 같은 딸의 꾸밈새와 쓰레기 뭉치 같은 목도리를 두 눈으로 하나하나 훑으면서 치미는 화에 못 이겨 입술을 오므렸다. 기대했던 변신은 일어나지 않았다.

엄마가 손을 커다란 가슴께로 가져갔다.

"네가 나를 죽일 작정이구나! 널 위해 바친 고통의 대가가 고작 이거냐! 대체 무엇 때문에 나를 이렇게 벌주는 거니? 아이고 정말!"

오펠리는 안경 너머 눈살을 찌푸렸다. 그녀는 언제나처럼 괴상한 취향대로 옷을 차려입었을 뿐이다. 늘 입던 것을 왜 새삼스레 바꿔야 한단 말인가?

"대체 몇 시인지는 아니?" 엄마는 불안해져서 매니큐어 칠한 손톱을 입에다 가져다 댔다. "비행장에 갈 시간이 한 시간도 안

남았다고! 언니는 어디 있냐? 정말 화가 나서 못 참겠구나, 젠장! 시간 맞춰 가긴 글렀잖니!"

엄마는 블라우스 안에서 분첩을 꺼내 장밋빛 분으로 얼굴을 두들기더니 능숙한 손길로 붉은빛이 도는 금발을 다시 묶고는 손톱을 붉게 칠한 손으로 오펠리를 가리켰다.

"벽시계가 울리기 전까지는 너를 사람들에게 내보일 수 있었으면 좋겠구나. 너도 마찬가지야. 정말 한심하기는!" 엄마는 이제 침대 위에 대고 잔소리를 늘어놓았다. "코 여기저기에 잼이 말라붙어 있잖아, 엑토르!"

건들대던 엄마의 팔이 옆에 있던 사촌 베르트랑에게 부딪쳤다.

"그리고 이 가방은 오늘 필요한 거냐, 내일 필요한 거냐?"

원피스가 세차게 빙그르르 돌았고, 엄마는 들어올 때와 마찬가지로 번개처럼 방에서 사라졌다.

곰

밤이 되자 굵은 비가 내렸다. 높이 50미터쯤 되는 경비행기 격납고로 사용되는 격자 모양 철근 구조물 위로 비가 시끄러운 소리를 내며 떨어졌다. 그 옆의 고지대에 세워진 기지는 계곡에서 가장 현대적인 건물이었다. 장거리 수송기들을 수용하기 위해 특별히 만들어진 이곳은 증기난방으로 작동하며, 자체 수소 공장도 갖추고 있었다. 레일이 달린 문들이 활짝 열려 있어 단련된 철이나 벽돌, 케이블로 이루어진 내부를 볼 수 있었다. 그곳에서 레인코트를 입은 노동자들이 열심히 일을 하고 있었다.

밖에는 상점들이 플랫폼을 따라 늘어서 있고, 뜨문뜨문한 가로등은 습기를 머금어 뿌연 빛을 뱉어냈다. 뼛속까지 젖은 경비원이 선적을 기다리는 우편함에 씌운 보호용 방수포를 점검했다. 플랫폼 한가운데 빽빽하게 늘어선 우산을 보자 그의 눈살이 찌푸려졌다. 프록코트를 입은 남자들과 예쁘게 단장한 여자들, 그리고 정성스레 치장을 한 아이들이 우산을 들고 서 있었다. 모두들 거기서 그렇게 조용히 무감하게 떠다니는 구름을 살피고 있었다.

"실례합니다, 친애하는 사촌들, 좀 도와드릴 게 있을까요?" 경비원이 물었다.

다른 사람들 것보다 유난히 우뚝 솟은 빨간 우산 밑에서 오펠리의 엄마가 사람들이 몰린 곳에 놓인 기다란 시계를 가리켰다. 이 여자는 모든 게 다 거대했다. 치마 장식도, 가슴도, 쪽머리와 제일 꼭대기에 얹혀 있는 깃털 달린 모자까지.

"이 시계가 제대로 가고 있는지부터 말해줘요. 폴에서 오는 경비행기를 40분 전부터 기다리고 있어요."

"연착이죠, 늘 그렇듯." 경비원이 미소를 지으며 그녀에게 알려줬다. "모피 배달을 기다리시나요?"

"아니요, 손님을 기다려요."

경비원은 방금 자신에게 대답한 쪽, 까마귀 부리같이 생긴 코를 힐끔거렸다. 정말 나이가 많은 부인의 코였다. 옷은 온통 검은색 일색에, 역시 검은 스카프가 백발을 지나 드레스의 가슴께까지 내려왔다. 은으로 만든 우아한 장식 끈으로 치장한 것으로 보아, 그녀가 어머니 중의 어머니, 두아옌임을 알 수 있었다.

경비원은 모자를 벗어 경의를 표했다.

"폴에서 오는 사절인가요, 부인? 뭔가 잘못 알고 계신 건 아니시죠? 저는 어려서부터 여기에서 일했는데, 공무를 제외하고는 여기까지 오는 북쪽 지방 사람을 한 번도 본 적이 없어서요.

그곳 사람들은 아무하고나 엮이려 하지 않죠!"

그는 손가락으로 모자를 잡아 그들에게 인사를 건넨 뒤 우편함이 있는 곳으로 되돌아갔다. 그 모습을 시무룩한 눈길로 좇던 오펠리는 이내 다시 자기 신발 쪽으로 시선을 돌렸다. 새 신발을 신으면 뭐해? 진창 때문에 벌써 더러워졌는데.

"턱 좀 쳐들어. 비가 들이치지 않게 신경 쓰고." 레몬색 우산을 오펠리와 나눠 쓰고 있던 아가트가 속삭였다. "그리고 좀 웃어. 금방이라도 울음을 터뜨릴 애처럼 우울해 보이잖아! 그렇게 슬픈 얼굴로는 토른을 기쁘게 할 수 없을 거야."

목소리만 들어도 거울로 도망쳤던 동생을 용서하지 않았다는 마음이 느껴졌지만, 오펠리는 언니의 말을 건성으로 들었다. 탁탁거리고 떨어지는 빗소리에 집중하며 미친 듯이 고동치는 심장 소리를 애써 지울 뿐이었다.

"그만해, 왜 큰누나는 작은누나 숨도 못 쉬게 하는 거야?" 엑토르가 짜증을 냈다.

오펠리는 고마운 마음으로 재빨리 동생을 찾았지만 엑토르는 벌써 어린 동생들과 사촌들과 함께 물웅덩이에서 뛰어놀고 있었다. 그날 밤 오펠리가 마지막으로 다시 누려보고 싶어 했던 어린 시절의 모습이었다. 걱정이라곤 하나 없는 이 아이들 모두는 오펠리의 약혼자가 아니라 비행선이 들어오는 모습을 보기 위해 왔다. 자주 볼 수 없는 광경이니, 아이들에게는 축제 같은 것이었으리라.

"아가트 말이 맞아." 커다란 빨간 우산 아래서 엄마가 단호하게 말했다. "우리 딸은 누가 숨을 쉬라고 말해야 숨을 쉴 거야. 그것도 시키는 대로만. 안 그래, 여보?"

단지 형식에 지나지 않는 이 질문에 오펠리의 아빠는 말을 더듬으며 애매한 표현으로 동감을 표시했다. 듬성한 반백에다 나이에 비해 폭삭 늙어 보이는 그는 아내의 권위에 꼼짝도 못하는 사람이었다. 오펠리는 아빠가 아니라고 말하는 걸 도대체 언제 들어봤는지 기억조차 나지 않았다. 그녀는 삼촌, 고모, 이모, 사촌, 조카들이 모여 있는 곳에서 눈으로 나이 든 대부를 찾았다. 우산이 모인 곳으로부터 조금 떨어져서, 군청색 우의를 콧수염까지 올려 입고 시무룩하게 서 있는 그의 모습이 보였다. 어떤 기적을 기대한 건 아니지만, 멀리서 대부가 건넨 연민의 표시가 그녀의 기분을 달래주었다.

뱃속에는 잼이 가득하고 머릿속은 텅 빈 꽃병 같은 느낌이었다. 심장이 목구멍에 처박혀 있는 것 같았다. 이 기다림이 결코 끝나지 않기를, 빗속에서 오펠리는 바랐다.

시끄럽게 들리는 주변의 고함 소리가 비수처럼 그녀에게 꽂혔다.

"저기!"

"그 사람이야."

"아주 빠르지는 않네……"

오펠리는 뱃속이 부글부글 끓는 것을 느끼며 구름을 향해 눈을 들었다. 고래 모양의 거대한 검은 덩어리 하나가 음산한 딱딱 소리를 내며 안개를 뚫고 밤의 장막 위에 드러났다. 웅웅 거리는 프로펠러 소리에 귀가 먹먹했다. 아이들은 신이 나서 소리를 질렀다. 레이스 속치마가 바람에 들렸다. 오펠리와 아가트가 쓰고 있던 레몬색 우산은 하늘로 날아갔다. 착륙 활주로에 다다른 비행선에서 굵은 줄들이 밖으로 던져졌다. 일꾼들은 그 줄을 붙잡고 비행선이 내려올 수 있도록 온 힘을 다해 끌어당겼다. 십여 명씩 무리를 이루어 수동 유도장치가 있는 레일 위에 매달린 채 비행선이 거대한 창고 안으로 들어갈 수 있도록 돕고, 밧줄을 땅에 묶고, 비행선에서 내릴 수 있게 트랩을 정비했다. 승무원들이 두 팔에 우편함과 우편 가방을 들고 내려왔다.

가족 모두가 파리 떼처럼 창고 앞에서 분주히 움직였다. 오펠리만이 차가운 비에 흠씬 젖어 긴 갈색 머리가 두 볼에 달라붙은 모습으로 뒤쪽에 물러서 있었다. 원피스와 재킷, 우산 따위로 이루어진 덩어리 말고는 아무것도 보이지 않았다.

웅성거리는 소리를 뚫고 오펠리 엄마의 강렬한 목소리가 튀어나왔다.

"지나갈 수 있게 해줘요, 자리를 만들어줘요! 친애하는, 진심으로 친애하는 토른, 아니마에 오신 것을 환영합니다. 그런데 호위대도 없이 왔나요? 맙소사, 오펠리! 이 정신 나간 애가 또 도망간 건 아니겠지? 아가트, 얼른 동생 좀 찾아오렴. 정말 고약한 날씨네요, 한 시간만 일찍 왔더라면 비가 내리기 전에 맞이할 수 있었을 텐데. 누가 이분께 우산 하나 갖다줘요!"

오펠리는 꼼짝도 할 수 없었다. 그가 거기 있었기에. 이제 자기 삶을 망칠 남자가 그곳에 있었기에. 그녀로서는 그를 보고 싶지도, 그와 말을 하고 싶지도 않았다.

아가트가 동생의 손목을 잡고 끌어 모여 있는 가족 사이를 뚫고 지나갔다. 소음과 빗소리에 잠겨 반쯤 정신이 나갔던 오펠리는 이 사람 저 사람을 지나 북극곰 같은 건장한 가슴팍 앞에 이르렀다. 머리에서 멀리 떨어진 높은 곳에서 곰이 "안녕하세요"라고 차갑게 웅얼거렸을 때도, 오펠리는 얼이 빠진 채 어떤 반응도 보이지 못했다.

"소개가 끝났군요!" 정중한 박수 소리가 울려 퍼지는 가운데 오펠리의 엄마가 목이 터져라 큰 소리로 말했다. "자, 이제 마차에 타세요! 감기에 걸리기라도 하면 안 되니까."

오펠리는 마차 안으로 밀려 들어갔다. 채찍이 허공을 때리자 승객들이 흔들릴 정도로 마차가 요동을 쳤다. 승객들 위로 흐릿한 붉은빛이 도는 초롱이 켜졌다. 굵은 비가 포석을 세차게 두드리고 있었다. 문 쪽에 틀어박힌 오펠리는 무감각한 상태에서 벗어날 때까지 빗물의 움직임에 집중하며 정신을 가다듬었다. 주변에서 다들 생기 있게 이야기를 이어가고 있다는 사실을 조금씩 깨달을 수 있었다. 대화를 이끌어가는 이는 주로 그녀의 엄마였다. 곰도 여기 있는 건가?

오펠리는 빗물로 얼룩진 안경을 고쳐 썼다. 마차의 장의자 위에서 그녀를 꼼짝달싹 못 하게 하는 엄마의 위로 땋아 올린 커다란 쪽머리가 제일 먼저 눈에 들어왔고, 이어 바로 앞에 있는 두아옌의 까마귀 부리 같은 코가 보였고, 마침내 그 옆에 있는 곰이 보였다. 곰은 고집스레 창문 밖에 시선을 둔 채 말이 많은 엄마에게 간단하게 머리를 끄덕여가며 이따금씩 대답만 할 뿐, 그 누구와도 눈을 마주치려 하지 않았다.

곰과 아주 가까이 있지 않다는 사실에 마음이 놓인 오펠리도 약혼자를 조금 더 주의 깊게 관찰했다. 여전히 곰처럼 보이긴 했지만, 처음 느낀 인상과는 달리 토른은 곰이 아니었다. 송곳니와 발톱이 잔뜩 박힌 덥수룩한 하얀 모피가 그의 어깨를 덮고 있었다. 체격이 아주 좋은 것도 아니었다. 가슴께에 팔짱을 낀 그의 두 팔은 긴 칼처럼 호리호리했다. 빼빼 마른 몸집에 비하면 키는 거인처럼 컸다. 머리가 마차 천장에 닿아 고개를 숙여야 할 정도였다. 전혀 과장 없이 표현한다 해도, 사촌 베르트랑보다 훨씬 높은 의자에 앉아 있는 것 같았다.

'맙소사! 이 남자가 내 남편이라고? 이렇게 기다란 사람이?' 오펠리는 깜짝 놀랐다.

토른은 가방을 무릎에 올려놓았는데, 맹수 가죽으로 만든 옷과 어울리지 않는 예쁘장한 그 가방이 그가 문명인이라는 흔적을 조금이나마 드러내고 있었다. 오펠리는 몰래 그를 힐끔거렸다. 자신이 바라보는 것을 눈치채지 않을까, 그리고 갑작스레 자신을 향해 몸을 돌리지나 않을까 두려워 집요하게 빤히 바라볼 엄두는 나지 않았다. 어쨌든 짧게 두 번 보면서 남자의 용모를 짐작할 수 있었는데, 그녀로서는 소름이 돋는 모습이었다. 창백한 눈동자, 날이 선 코, 옅은 금발, 관자놀이에 난 칼자국. 그리고 얼굴 전체에 멸시가 배어 있었다. 오펠리와 그녀 가족을 향한 멸시.

그런 모습에 당황한 오펠리는 이 남자에게도 결혼이 마지못해 치러야 하는 일임을 알아차렸다.

"아르테미스 부인께 드릴 선물이 있습니다."

오펠리가 몸을 떨었다. 그녀의 엄마는 갑자기 조용해졌다. 졸고 있던 두아옌마저 반쯤 눈을 떴다. 토른은 조금 전의 문장을 입술 끝에서 끊어가며 발음했는데, 마치 그들에게 말을 건네는 것이 그에게 고통을 안겨주는 것만 같았다. 그는 자음 하나하나를 거칠게 발음했다. 북쪽 사람들의 억양이었다.

"아르테미스에게 선물이 있다고요?" 엄마는 당황한 나머지 말을 더듬었다. "그래야죠, 토른!" 이내 침착함을 찾은 엄마가 말을 이었다. "우리 집안의 정령에게 깍듯한 존경의 표시를 하고 싶은 거군요. 천문대에 대해서는 어느 정도 알고 계시죠? 원하신다면 내일 그곳에 가도록 하죠."

"지금요."

토른의 대답에서는 마부의 채찍질만큼이나 건조한 소리가 났다. 엄마는 파랗게 질렸다.

"오늘 밤 아르테미스를 방해하면 안 좋은 인상을 남길 거예요, 토른. 해가 진 이후에는 누구도 들이지 않거든요. 아셨죠? 게다가 당신을 위해 간단하게 식사도 준비해놨고요." 그녀는 친근한 미소를 곁들여 거드름을 피우듯 말했다.

오펠리의 시선은 자기 엄마에서 약혼자에게로 날아갔다. '간단한 식사'라니, 참 어처구니없는 완곡어법 아닌가. 엄청나게 성대한 연회를 위해 위베르 삼촌의 곳간을 털고, 돼지를 세 마리나 잡고, 만물상에서 불꽃놀이용 폭죽을 주문하고, 결혼식 파티에 쓸 당과를 몇 킬로그램이나 포장하고, 해가 뜰 때까지 이어질 가장무도회를 기획해놓고는. 오펠리의 대모이자 이모인 로즐린은 바로 그 순간에도 연회 준비를 마무리하는 중이었다.

"기다릴 수 없습니다." 토른이 일축했다. "게다가 배가 고프지 않아요."

"그럽시다." 갑자기 주름 잡힌 미소를 보이며 두아옌이 동의를 표했다. "해야 한다면 해야지."

오펠리는 안경 너머 눈살을 찌푸렸다. 이해할 수가 없었다. 대체 뭘 하자는 거지? 오펠리가 보기에 토른의 태도는 무례하기로는 최고라 할 수 있을 정도였다. 그가 등 뒤, 승객과 운전수 사이에 놓은 작은 사각 유리를 주먹으로 두드렸다. 마차가 급정거했다.

"무슨 일이죠?" 마부가 유리에 코를 박고 물었다.

"아르테미스 부인에게 갑시다." 토른이 딱딱한 억양으로 명령했다.

유리를 통해 마부는 눈빛으로 오펠리 엄마에게 물었다. 당황한 그녀는 산송장처럼 창백해진 얼굴로 입술을 살며시 떨었다.

"천문대로 가요." 긴장한 턱을 움직이며 결국 그녀가 말했다.

의자 손잡이를 꼭 쥐고 있던 오펠리는 마차가 조금 전 급하게 내달렸던 언덕을 다시 올라가려고 방향을 돌리는 것을 느꼈다. 마차를 돌리자 밖에서 떠들썩한 항의의 외침이 밀려왔다. 다른 마차에 타고 있던 가족들이었다.

"대체 뭔 일이야?" 마틸드 이모가 마차 문 너머로 고래고래 소리를 질렀다.

오펠리 엄마는 창문을 내렸다.

"천문대로 올라갈 거야." 그녀가 말했다.

"무슨 일이야?" 위베르 삼촌은 화를 냈다. "그것도 이 시간에? 그러면 연회는? 파티는? 다들 배에서 꾸르륵 소리가 난다고!"

"우리 빼고 먹어. 축제를 즐기고, 다들 들어가서 잠이나 자!" 엄마가 소리쳤다.

그녀는 유리문을 올려 소란을 차단한 뒤, 유리에 얼굴을 댄채 망설이던 마부에게 가던 길을 마저 가라고 일렀다. 오펠리는 웃음을 참아보려 목도리에 얼굴을 파묻었다. 북쪽에서 온 이 남자는 엄마를 몹시 언짢게 했다. 생각하면 할수록, 그는 그녀가 바라던 것 이상의 남자였다.

다시 떠나는 마차의 모습을 밖에서 다른 가족들이 아연실색하며 바라보는 동안, 토른은 유리창에 줄곧 기대어 오로지 내리는 비만 쳐다보고 있었다. 더는 오펠리 엄마와 대화를 이어갈 의향이 없어 보였고, 오펠리와 대화를 시작할 마음은 더욱 없어 보였다. 번뜩이는 금속 같은 길쭉한 그의 두 눈은 환심을 사야 할 이 소녀에게 단 한 순간도 머물지 않았다.

오펠리는 만족스러운 기분으로 코까지 내려와 달라붙어 있던 머리를 걷어 넘겼다. 토른이 그녀의 마음에 들고자 노력하는 것이 당연하다고 생각하지 않았기에, 반대로 그녀에게도 그런 노력을 바라지 않으리라는 일말의 희망이 생겼다. 상황이 이런 식으로 진행된다면, 약혼은 자정 전에 깨질 것이다.

뾰로통한 입을 하고 앉은 오펠리 엄마도 굳이 침묵을 깰 생각은 없는 것 같았다. 마차의 희미한 빛 아래서 엄마의 화가 난 두 눈이 불타고 있었다. 두아옌은 초롱불 아래서 숨을 몰아쉬다가 검은 스카프를 덮고는 한숨을 쉬며 다시 잠이 들었다. 갈 길이 멀다는 의미였다.

마차는 이제 머리핀 윗부분처럼 구불구불한 능선이 이어진 산비탈의 비포장길을 달리고 있었다. 차가 흔들려 속이 부글거리자 오펠리는 풍경에 집중했다. 밖이 제대로 보이지 않는 자리에 앉은 탓에 처음에는 첫눈이 깔린 기복 심한 암반만 보였다. 마차가 조금 더 멀리 우회하자 그녀의 시선은 허공에 떨어졌다. 서풍에 쓸리던 비는 멈춰 있었다. 구름 사이로 잠시 갠 하늘이 무수히 많은 별들을 쏟아냈지만, 저 아래 마을이 있는 움푹 파인 곳은 아직 석양을 받아 불그스름했다. 밤나무와 낙엽송 숲이 전나무 숲으로 바뀌었고, 마부는 송진 냄새를 음미하며 말을 달렸다.

빛이 희미해진 덕에 오펠리는 셋으로 나뉜 토른의 실루엣을 보다 직접적으로 관찰할 수 있었다. 밤이 그의 감은 두 눈 위에 푸른빛을 내려놓았다. 그의 눈썹을 둘로 나누며 볼 위에 하얀 파편을 만들어낸 또 다른 상처가 눈에 띄었다. 그렇다면 이 남자는 진짜 사냥꾼일까? 결국 그도 그런 걸까? 약간 마른 건 분명하지만, 그래도 오귀스튀가 그린 인물들과 마찬가지로 냉혹한 눈빛이었다. 그가 잠이 든 건 아닐까 싶었지만, 마차가 요동을 치며 움직이는 와중에 뭔가 못마땅한 듯 이마에 깊이 파인 주름이 잡혀 있고 손가락으로는 내내 신경질적으로 가방을 두드리는 모습으로 보아 깨어 있는 게 분명했다. 토른의 눈꺼풀에서 갑자기 잿빛 섬광이 새어 나왔을 때, 오펠리는 몸을 돌렸다.

마부가 마차를 멈췄다.

"천문대입니다." 그가 말했다.

천문대

살면서 딱 두 번, 오펠리는 집안의 정령을 만나는 행운을 누렸다.

첫 번째 만남은 기억나지 않는다. 세례를 받을 때였다. 당시 그녀는 두아옌에게 눈물과 오줌을 뿌려대던 갓난아이에 불과했다.

반면 두 번째 만남은 그녀의 기억 속에 생생하게 새겨졌다. 열다섯 살, 그녀는 과학 협회에서 주최한 **읽기** 대회에서 우승을 차지했다. 셔츠에 달린 단추를 **읽어**냈는데, 단추는 그녀를 300년을 훌쩍 뛰어넘는 과거로 이끌어 단추 주인의 경거망동한 행동들을 아주 세세한 사항까지 전해줬다. 그때 아르테미스가 직접 그녀에게 그랑프리상과 첫 번째 **읽는 사람**용 장갑을 수여했다. 이제는 올이 빠져나올 정도로 낡은 장갑, 그녀가 오늘 저녁 마차에서 내릴 때까지 실밥을 조금씩 갉아먹은 그 장갑이었다.

얼음 같은 바람이 코트를 때렸다. 오펠리는 기다란 망원경으로 밤을 가린 하얀 돔 건물의 멋진 궁륭에 압도되어 숨을 멈춘 채 꼼짝 않았다. 아르테미스의 천문대는 천문학과 기상학, 암석 역학 연구 센터이자 아주 멋진 건축물이기도 했다. 산으로 둘러싸인 벽에 보석을 박아 넣은 이 천문대는 자오환과 적도의, 천체망원경 그리고 자기공명기 같은 거대한 도구들을 안전하게 보호하는 10여 채의 건물들로 이루어져 있었다. 검은색과 황금색으로 된 해시계가 각인된 본관의 박공 앞에서는 계곡이 한눈에 내려다보였다. 그곳 마을이 밤의 빛들로 반짝거렸다.

오펠리의 기억 속에 이 광경은 그 무엇보다 강한 인상을 남겼다.

오펠리는 힘겹게 마차 발판을 내딛는 두아옌에게 팔을 내밀었다. 남자에게 맡겨진 일이지만, 토른은 마차의 장의자를 차지하고 가방을 여느라 바빴다. 힘이 잔뜩 들어간 눈썹에 쑥 들어간 두 눈을 한 채, 그는 자신을 귀빈으로 초대한 여자들에게는 조금도 관심을 두지 않고 자기 편한 대로만 행동했다.

천문대의 테라스에서는 혈기 넘치는 학자가 두 줄로 늘어선 기둥 사이로 실크해트를 굴리면서 뛰어왔다.

"실례합니다, 선생님!" 오펠리의 엄마가 깃털 달린 멋진 모자를 손에 쥐고서 불쑥 말을 붙였다. "여기에서 일하십니까?"

"분명히요."

남자가 실크해트를 내버려두고 앞머리가 흔들거리는 큰 얼굴을 들어 엄마를 바라봤다.

"멋진 바람 아닙니까?" 그는 흥분해 있었다. "분명히 멋져요!

30분 만에 하늘을 깨끗하게 치워줬죠."

갑자기 그가 눈썹을 찌푸렸다. 코안경 때문에 커다랗게 보이는 눈은 의심의 눈초리로 세 여자를 차례차례 거친 다음 정문 앞에 세워 둔 마차로 향했다. 안에서 분주하게 가방을 풀고 있는 토른의 거대한 그림자가 일렁거렸다.

"뭐죠? 원하는 게 뭐죠?"

"접견일세." 두아엔이 끼어들었다.

그녀는 오펠리의 팔에 온 무게를 맡겼다.

"불가능해요. 분명히 안 됩니다. 내일 다시 오세요."

학자는 바람 속에 거미줄처럼 올이 풀린 구름들을 가리키며 밤을 향해 지팡이를 흔들었다.

"일주일 만에 처음으로 하늘이 걷혔다고요. 아르테미스는 지쳤어요. 분명히 지쳤습니다."

"오래 걸리지 않습니다."

작은 상자를 팔에 끼고 겨우 마차에서 나온 토른이 느닷없이 잘라 말했다. 학자는 눈앞에서 우스꽝스레 왔다 갔다 하는 머리채를 헛되이 뒤로 넘겼다.

"눈 깜짝할 사이라 해도 안 됩니다. 다시 말씀드리죠, 분명히 불가능해요. 한창 카탈로그를 만들던 참이란 말입니다. 〈천문 기술 축제〉 카탈로그의 네 번째 판이죠. 누가 뭐래도 분명히 이게 우선이에요."

'여섯 번째!' 오펠리는 속으로 웃겨서 어쩔 줄을 몰랐다. 이렇게 연달아 '분명히'라는 단어를 많이 들어본 적이 없었다.

토른이 낮은 계단을 두 걸음에 올라와 그의 앞에 꼿꼿하게 허리를 펴고 서자, 학자는 곧바로 한 걸음 물러났다. 키 큰 허수아비 같은 남자의 옅은 색 머리칼이 바람을 따라 곤두섰고, 입고 있던 모피를 졸라맸던 끈들이 느슨해지면서 허리띠에 찬 권총의 손잡이가 드러났다. 토른이 팔을 뻗었다. 갑작스러운 그 몸짓에 학자는 깜짝 놀랐는데, 그가 학자의 얼굴 앞에 흔들어 보인 것은 그저 회중시계일 뿐이었다.

"10분이면 됩니다. 그 이상은 필요 없어요. 아르테미스 부인은 어디서 뵐 수 있죠?"

늙은 학자가 지팡이로 돔 모양의 본관을 가리켰다. 거기에는 저금통의 동전 구멍 같은 틈이 있었다.

"망원경을 보고 있을 거예요."

토른은 뒤도 안 돌아보고, 고맙다는 말도 없이 대리석에 구두 소리를 울리며 가버렸다. 커다란 깃털 모자 아래 모욕으로 얼굴이 붉어진 엄마는 분노를 진정하지 못했다. 오펠리가 얼음판에 미끄러져 넘어지는 바람에 두아엔을 챙기지 못하자, 엄마는 되려 그녀에게 화풀이를 했다.

"너는 덤벙거리는 거 정말 못 고치겠니? 너 때문에 창피해 죽겠다!"

오펠리는 바닥을 더듬어 안경을 찾았다. 안경을 쓰니 엄마 치마가 세 겹으로 보였다. 안경알이 깨져 있었다.

"그런데 이 남자는 도대체가 기다릴 줄을 모르네." 치마를 부여잡고 엄마가 투덜거렸다. "토른, 천천히 걸어요!"

작은 상자를 팔에 낀 채 토른은 못 들은 체하며 천문대의 물품 보관실로 들어갔다. 군인처럼 걸어가다가 문이 나올 때마다 노크도 없이 열어젖혔다. 통로를 분주하게 오가는 그의 커다란 키가 별자리 지도를 보면서 큰 소리로 논평을 하던 학자들의 움직임을 압도했다.

오펠리는 목도리를 코까지 두르고 눈으로 그 움직임을 따라갔다. 여러 조각으로 나뉜 토른의 실루엣 말고는 아무것도 볼 수 없었다. 텁수룩한 모피를 입고 서 있는 뒷모습이 얼마나 큰지, 북극곰으로 오해해도 이상할 게 없었다.

솔직히 그녀는 이 상황을 즐기고 있었다. 이 남자의 태도가 얼마나 무례한지, 너무 멋져서 진짜 같지 않을 정도였다. 토른이 나선형 계단으로 접어들었기에 오펠리는 두아엔도 계단을 올라갈 수 있게끔 다시 팔을 빌려주었다.

"뭐 좀 물어봐도 돼요?" 그녀가 속삭였다.

"물론." 두아엔이 미소를 지었다.

학자 하나가 질풍처럼 계단을 내려오다가 미안하다는 말도 없이 그들을 밀쳤다. 그는 결코 틀려본 적 없는 자신이 오늘밤이라고 계산을 틀릴 리는 없다며, 마치 지옥에라도 떨어진 사람처럼 고래고래 소리를 지르면서 머리를 쥐어뜯었다.

"우리 가족이 얼마다 더 모욕을 당해야 약혼을 재검토하실 거죠?"오펠리가 물었다.

순식간에 분위기가 싸늘해졌다. 두아엔은 오펠리에게서 팔을 빼냈다. 그녀는 자기 콧등과 주름으로 파인 미소가 드러나지 않게끔 검은 스카프를 올렸다.

"뭐가 불만이니? 저 젊은이는 내가 보기엔 꽤 매력적인데."

당황한 오펠리는 힘겹게 계단을 하나씩 올라가는 두아엔의 검고 비루한 형체를 응시했다. 그러면 할머니도 이 상황을 개의치 않는다는 건가? 그런 거야?

토른이 막 원형 건물 안으로 들어가고, 곧이어 그의 무뚝뚝한 목소리가 울려 나왔다.

"부인, 당신의 동생이 저를 보냈습니다."

오펠리는 아르테미스와 토른이 얘기하는 장면을 놓치고 싶지 않았다. 금속 문을 통과하려고 서둘렀다. 문에 매달린 게시판이 여전히 흔들거리고 있었다.

관측 중. 방해하지 말 것.

어둠 속으로 걸어 들어가는 동안, 깨진 안경 너머 그녀의 속눈썹이 바들바들 떨렸다. 앞에서 날개가 구겨지는 것 같은 소리가 들렸다. 엄마였다. 점점 더 화가 치밀자 머리를 식히기 위해 부채를 꺼내 든 것이다. 조금씩 조금씩 벽에 달린 전구에 불이 들어왔지만, 오펠리는 발톱이 가득 박힌 토른의 모피밖에는 알아볼 수 없었다.

"내 동생? 누구를 말하는 거지?"

여성의 목소리라기보다는 맷돌 긁는 소리를 연상시키는 황량한 속삭임이 철골구조로 이루어진 방에 울려 퍼졌다. 오펠리는 소리가 들리는 곳을 찾았다. 나선으로 둥근 지붕까지 이어지는 트랩을 눈으로 좇아 올라갔다가 구리로 만든 원통을 따라 내려왔다. 그 원통은 망원경으로, 초점거리가 망원경 길이의 여섯 배까지 미치는 물건이었다. 오펠리는 망원경 렌즈 쪽으로 몸을 굽히고 있던 아르테미스를 발견했다.

모든 게 셋으로 잘려서 보였다. 가능한 한 빨리 안경알을 손봐야 했다.

별들을 관측하던 집안의 정령은 천천히 몸을 일으키며 웅크리고 있던 팔과 다리 하나하나, 관절 하나하나를 풀었다. 그러자 그보다 키가 커졌다. 아르테미스는 천체 관측을 방해한 낯선 이를 한참 동안 바라보았는데, 그 시선의 무게에도 토른은 눈 하나 깜박이지 않았다.

열다섯 살 이후 몇 해가 흘렀지만, 오펠리는 1등상을 받았던 그날만큼이나 아르테미스의 모습을 보는 것이 불편했다.

아르테미스가 추해서가 아니다. 사실 그녀는 아름다웠고, 그 아름다움에는 가공할 무언가가 있었다. 대충 땋은 빨간 머리는 목덜미 뒤에서 빠져나와 맨발목 언저리까지 대리석 바닥 위로 흘러내렸는데, 그 모습이 마치 녹은 용암 줄기 같았다. 매력적인 몸매는 아니마에 살고 있는 가장 아름다운 젊은 여자들마저 압도할 정도였다. 멀리서 보면 마치 액체와도 같이 희고 부드러운 살로 이루어진 그녀의 피부는 얼굴의 완벽한 윤곽에 스며들었다. 하지만 운명의 아이러니가 있었으니, 자연이 치장한 광채, 그토록 수많은 여인의 시기를 사는 그 초자연적인 광채를 정작 아르테미스 자신은 대수롭지 않게 여겼다. 게다가 그녀는 거인 같은 체구에 맞는 남성용 옷만을 만들게 했다. 그날 밤 아르테미스는 붉은색 벨벳 프록코트에 종아리를 드러내는 수수한 남성용 반바지를 입고 있었다.

그러나 남자 같은 옷차림이 오펠리를 불편하게 하는 것도 아니었다. 그토록 화려한 모습을 정면에서 바라보면 그런 건 하찮을 따름이었다. 그랬다, 그건 다른 종류의 불편함이었다. 아르테미스는 아름다웠지만, 그 아름다움에는 냉정함과 무관심함, 비인간적이라 할 만한 면이 있었다.

토른을 한참 동안 뚫어지게 보는 동안, 두 개의 노란 홍채가 살며시 드러난 그녀의 눈에는 어떤 감정도 실려 있지 않았다. 분노도, 짜증도, 호기심도. 그저 기다림만이 있었다.

영원히 이어질 것 같던 침묵이 끝나고 그녀의 얼굴에 아무런 감정이 없는, 호의적이지도 않고 기분 나쁠 것도 없는 미소가 나타났다. 그저 형식적인 미소였다.

"억양이 있네. 북쪽 지방 말투야. 파루크의 후손인 모양이군."

아르테미스가 느릿느릿 우아하게 움직이다가 몸을 뒤로 구부리자, 포석이 깔린 바닥에서 대리석이 마치 분수처럼 솟아올라 앉을 자리를 만들었다. 아니마에 사는 사람들 중 누구도 이런 종류의 기적을 행사할 수 없었다. 엄지손가락으로 살짝 누르는 것만으로 금속을 휘게 만드는 대장장이 집안이라 해도 이런 건 불가능했다.

"그래, 동생이 뭘 원하더냐?" 몹시 칼칼한 목소리로 그녀가 물었다.

두아옌은 한 걸음 앞으로 나아가 검은 치마를 들어 공손하게 인사한 뒤 대답했다.

"결혼입니다, 아름다운 아르테미스여, 기억나세요?"

아르테미스의 노란 눈은 검은 옷을 입은 늙은 여인에게 향했다가, 몹시 흥분한 채 부채질을 해대는 엄마의 깃털 달린 모자를 거쳐, 오펠리에게로 똑바로 향했다. 오펠리는 소름이 돋았고, 축축한 머리카락들이 물미역처럼 두 볼에 달라붙었다. 희미하게, 그것도 분할된 이미지로밖에 보이지 않는 아르테미스는 오펠리 자신의 할머니의 할머니의 할머니의 할머니의 할머니의 할머니의 할머니의 할머니였다.

이렇게 말해도 분명 할머니 혹은 할머니의 할머니가 빠졌을 테지만.

아르테미스는 그녀를 알아보지 못하는 게 분명했다. 가문의 정령은 그 누구도 알아보지 못했다. 늙지 않는 이 여신에게는 너무도 순간적인 얼굴들이었고, 그녀는 이미 오래전부터 이러한 후손들의 얼굴을 기억하려고 애쓰지 않았다. 때때로 오펠리는 생각하곤 했다. 아르테미스도 자기 아이들과는 가깝지 않았을까, 아주 옛날에는 말이다. 아르테미스는 소위 모성이 강한 여자는 아니었으며, 자손들과 뒤섞일 마음이 없었기에 결코 자신의 천문대를 떠나지 않았다. 오래전부터 모든 책임을 두아옌들에게 위임했다.

어쨌든 아르테미스가 기억하는 것이 거의 없다 해도, 전적으로 그녀의 잘못은 아니었다. 무엇도 그녀의 정신에 단단하게 자리 잡지 않았고, 사건들도 오래 끄는 일 없이 그녀를 스쳐 지나갔다. 망각은 어쩌면 불멸의 이면이었다. 광기나 절망에 빠져들지 않기 위한 안전판 같은 것. 아르테미스는 자신의 과거를 잊은 채 영원한 현재 속에 살았다. 수 세기 전 아니마에 자신만의 가문을 만들기 전까지 그녀의 삶이 어떠했는지를 아는 사람은 아무도 없었다. 가문을 위해 그녀는 여기 있었고, 언제나 여기 있으며, 언제든 여기 있을 터였다.

그리고 이러한 점은 모든 아슈, 모든 집안의 정령이 마찬가지였다.

오펠리는 초초한 마음으로 깨진 안경을 고쳐 썼다. 어찌 되었든 오펠리는 이따금씩 스스로에게 이런 질문을 던지곤 했다. 집안의 정령이란 도대체 무엇일까? 어디에서 왔을까? 아르테미스처럼 비정상적인 인간의 피가 자신의 혈관에도 흐르고 있다는 사실을 믿기란 쉽지 않았다. 그럼에도 피는 아니마의 정신을 전파하며 결코 마르지 않고 온 가족들에게 흘렀다.

"그래, 기억하지. 그런데 이름이 뭐였지?" 마침내 아르테미스가 동의하듯 말했다.

"오펠리요."

누군가 가소롭다는 듯 콧방귀를 뀌었다. 오펠리는 토른을 쳐다봤다. 그는 박제된 큰곰처럼 경직된 자세로 그녀에게서 등을 돌리고 있었다. 표정을 볼 수는 없었지만, 코를 훌쩍이는 듯한 그 소리가 그에게서 나온 것은 분명했다. 오펠리의 작고 가느다란 목소리가 마음에 안 드는 모양이었다.

"결혼을 축하한다, 오펠리." 아르테미스가 말했다. "그리고 이 결합으로 나와 동생의 돈독한 관계가 더욱 공고해질 것 같아 고맙구나."

별다른 열의가 느껴지지 않는, 그저 관례에 따른 형식적인 표현이었다. 토른은 아르테미스에게 다가가 번들번들한 나무 상자를 건넸다. 나이 많은 대가들 한 무리를 매료시키는 능력을 지닌 아르테미스라는 숭고한 존재에 그토록 가까이 다가서서도, 토른은 완벽하게 냉정을 유지했다.

"파루크 폐하께서 전하시는 물건입니다."

오펠리는 안경 너머로 엄마를 살폈다. 내가 폴에 가는 날 결혼할 가족의 정령에게 경의를 표할 만한 물건을 준비해야겠다고 생각하고 있을까? 화장한 아랫입술을 앞으로 쭉 내민 채 멍하니 선 품으로 보아 엄마도 똑같은 질문을 스스로에게 던진 것 같았다.

아르테미스는 건성으로 선물을 받았다. 하지만 그때까지 태연하던 그녀의 얼굴이 상자의 내용물을 피부 거죽으로 탐색하는 순간 살며시 일그러졌다.

"왜지?" 아르테미스가 눈을 반쯤 감은 채 물었다.

"그 안에 무엇이 들어 있는지 저는 모릅니다." 토른은 아주 뻣뻣하게 몸을 숙이며 사실을 전했다. "게다가 전달할 메시지도 없습니다."

아르테미스는 생각에 잠긴 듯 손으로 번들번들한 나무 상자를 어루만지고는 다시 그 노란 눈으로 오펠리를 바라봤는데, 뭔가 그녀에게 할 말이 있는 것 같았다. 하지만 곧 그녀는 가볍게 한쪽 어깨를 으쓱였다.

"다들 가봐. 난 할 일이 있어서."

토른은 동의를 기다릴 것도 없이 시계를 손에 들고 발길을 돌려 신경질적인 걸음으로 계단을 다시 내려갔다. 세 여인은 서둘러 아르테미스에게 작별을 고한 뒤 급히 토른을 따라갔다. 그가 워낙 무례한 터라 그녀들을 거기 내버려둔 채 마차를 출발시킬지 모른다는 생각에서였다.

"맙소사, 내 딸을 저런 무례한 놈에게 보내고 싶진 않은데!"

학자들 무리가 모여 다음번 혜성 이동에 대해 장황하게 토론을 벌이고 있는 플라네타륨 아래 한복판에서 엄마는 신경질적으로 중얼거리다가 폭발하고 말았다. 토른은 그 소리를 듣지 못했다. 모피를 걸친 저 무례한 놈은 시계 톱니바퀴처럼 동그란 기계들이 웅웅거리는 어두운 방 안을 벌써 떠난 뒤였다.

오펠리는 희망에 부풀어 심장이 두근댔지만, 두아엔이 살며시 미소를 지으며 그녀에게서 모든 환상을 앗아 갔다.

"이제 두 가문 사이의 협정은 끝났다. 파루크와 아르테미스를 제외한 그 누구도 외교 분쟁을 일으키지 않은 채 일을 되돌릴 수 없어."

커다란 엄마의 쪽머리는 멋진 모자 속에서 풀러버렸고, 날카로운 코는 몇 겹의 화장이 무색하게도 선명한 보라색으로 변해 있었다.

"그래, 일이 어찌 되었든 간에, 내가 준비한 성대한 식사가 남았지!"

궁륭형 플라네타륨 아래서 활발하게 움직이는 천체를 눈으로 좇으며, 오펠리는 목도리에 가려진 얼굴을 찌푸렸다. 약혼자와 엄마와 두아엔 중에서 누구의 태도가 가장 짜증 나는지 스스로도 알 수가 없었다.

"만약 제 생각을 물으신다면……" 오펠리가 중얼거렸다.

"누구도 네게 그걸 묻지 않을 거다." 옅은 미소를 지으며 두아엔이 말을 잘랐다.

다른 상황이었으면 오펠리도 고집을 부리지 않았을 것이다. 강하게 따지거나, 자신의 생각을 밝히거나, 의지를 행사하기보다는 늘 지나치게 평정을 유지하는 그녀였으니. 하지만 그날 밤 일은 그녀에게 남겨진 삶과 관련한 문제였다.

"어쨌든 제 생각을 말씀드려야겠어요." 그녀가 말했다. "토른은 더 이상 저와 엮이고 싶지 않은 것 같아요. 제가 그와 엮이고 싶지 않은 것처럼요. 제 생각에는 무언가 착오가 있었던 것 같아요."

두아옌은 꼼짝도 않았다. 관절에 문제가 생긴 사람처럼 완전히 비틀려 있던 그녀의 실루엣이 천천히 다시 펴지더니 조금씩 조금씩 커졌다. 오펠리는 그녀를 향해 몸을 돌렸다. 주름투성이 얼굴에서 호의적인 미소가 사라져 있었다. 실명한 사람처럼 보이는 흐릿한 푸른색 홍채가 오펠리의 안경에 꽂혔는데, 너무도 차가운 그 시선에 오펠리는 얼이 빠질 정도였다. 그러한 변신에 오펠리의 엄마도 얼굴이 일그러졌다. 흥분해서 소란을 벌이는 학자들 틈에 선 두 여자 앞에 있는 이는 더 이상 허약한 늙은 할머니가 아니었다. 아니마에서 최고 권위를 구현할 수 있는 이였다. 모권제도 위원회의 당당한 대표자. 어머니 중의 어머니.

"어떤 착오도 없다." 얼음장 같은 목소리로 두아옌이 말했다. "토른은 아니마 여자와 결혼하기 위해 공식적인 요청 절차를 밟았어. 결혼을 해야 하는 어린 여자 가운데 우리가 선택한 게 바로 너고."

"토른은 우리의 선택을 존중하지 않는 것 같은데요." 오펠리가 조용하게 따졌다.

"그는 만족할 것이다. 가족들도 다 얘기가 되었다."

"왜 저예요?" 오펠리는 당황한 엄마의 얼굴은 신경 쓰지 않고 고집스레 물었다. "제게 벌을 내리시는 건가요?"

그것이 그녀가 품고 있던 강한 확신이었다. 오펠리는 너무 많은 제안과 타협을 거절했다. 그녀는 이미 가족의 엄마가 된 사촌들과 어울리지 못했고, 이러한 불협화음은 용납되기 힘들었다. 두아엔들은 이 결혼을 처벌로 이용한 것이다.

늙은 두아엔이 창백한 시선을 오펠리의 깨진 안경알 너머 끝까지 밀어붙였다. 움츠리지 않은 그녀는 오펠리보다도 컸다.

"네게 마지막 기회를 준 거야. 우리 가문의 영광을 지켜다오. 만일 이 임무를 실패한다면, 이 결혼에 실패한다면, 너는 결코 아니마에 발붙일 수 없다는 점을 명심해라."

주방

오펠리는 바람의 속도로 달렸다. 그녀는 강을 건너고, 숲을 헤치고, 마을을 날아다니고, 산을 지났지만, 지평선까지는 미치지 못했다. 때론 거대한 바다 표면 위를 달렸는데, 풍경은 한참이나 온통 물로 가득했다가도 마지막엔 언제나 뭍에 다다랐다. 그곳은 아니마가 아니었다. 아슈도 아니었다. 그 세계는 단 하나의 조각이었다. 흠집도 없고, 균열도 없이 공처럼 동그랬다. '파열' 전 옛 세계였다.

돌연 오펠리는 섬광처럼 수평선을 자르듯 세로로 꽂힌 화살을 보았다. 이런 화살을 전에도 본 적이 있었는지는 기억할 수 없었다. 그녀는 호기심에 이끌려 바람보다 더 빠르게 화살이 꽂힌 곳으로 달려갔다. 다가갈수록 화살은 화살 같지 않았다. 생각해보니 탑 같았다. 아니면 조각상.

아니, 그건 사람이었다.

오펠리는 속도를 늦추고 방향을 바꾸어 길을 되돌아가고 싶었지만, 저항할 수 없는 힘에 이끌려 의지와는 상관없이 이 사람에게로 끌려갔다. 옛 세계는 사라졌다. 이제 지평선은 없었고, 자신도 모르게 빼빼 마르고 거대한 이 사람, 집요하게 등을 돌리고 있는 이 남자에게로 달려드는 오펠리만이 있었다.

오펠리는 눈을 크게 떴다. 마치 야생식물처럼 머리를 풀어 헤친 채 베개를 베고 있었다. 코를 풀었다. 코에서 막힌 트럼펫 소리가 났다. 입으로 숨을 쉬며 그녀는 자기 침대 바로 위에 있는 엑토르의 침대 지지대를 뚫어져라 바라봤다. 동생은 아직도 자고 있을까, 아니면 나무 사다리를 타고 벌써 내려갔을까? 몇 시쯤 되었는지 전혀 알 수가 없었다.

오펠리는 팔꿈치를 대고 몸을 일으켜 방 안을 둘러봤다. 임시로 잠자리를 마련해둔 카펫 위에 이불보와 긴 베개들이 어질러져 있었다. 여동생들은 모두 일어났다. 차가운 바람이 창문에 난 구멍으로 들어와 살랑대는 소리를 내며 커튼을 부풀렸다. 해는 벌써 떴고, 아이들은 학교에 갔을 것이다.

침대 끝 벌린 두 다리 사이에 늙은 고양이가 몸을 둥글게 감싸고 있는 것이 느껴졌다. 그녀는 패치워크로 세공한 이불 속으로 다시 들어가 한 번 더 코를 풀었다. 목과 귀와 눈에 솜뭉치가 잔뜩 낀 느낌이었다. 오펠리에겐 이런 게 일상이었다. 찬 바람이 불기 시작하면 감기에 걸리곤 했다. 안경을 찾으려 머리맡 탁자를 더듬거렸다. 깨진 안경알들은 이미 아물기 시작했지만 완전히 다 낫기까지는 몇 시간을 더 기다려야 했다. 오펠리는 안경을 코에 걸쳤다. 물건은 자신이 유용하다 느낄 때 더 빠르게 스스로를 수리하곤 했다. 심리적인 문제다.

침대에서 서둘러 빠져나올 필요가 없었기에 오펠리는 이불 위에서 두 팔을 쭉 뻗었다. 집에 돌아온 뒤 잠들기가 어려웠다. 그녀는 혼자가 아님을 느꼈다. "잘 자요"라는 인사도 없이 토른은 코를 훌쩍이며 윗방으로 들어가더니 내내 성큼성큼 이리저리 걸어다니며 마루 판자가 삐걱대는 소리를 냈다. 오펠리는 토른보다 피곤했고, 그래서 결국은 잠 속으로 빠져들었다.

베개에 머리를 파묻은 채, 그녀는 가슴속에 엮여 있는 감정의 실타래를 풀어보려 애썼다. 두아옌의 얼음장처럼 차가운 말들이 머릿속에서 울렸다. "만일 네가 이 임무를 실패한다면, 결혼에 실패한다면, 너는 결코 아니마에 발붙일 수 없다는 점을 명심해라."

추방은 죽음보다 끔찍했다. 오펠리의 모든 세계가 아니마에 자리 잡은 터였다. 만일 쫓겨난다면, 그녀에겐 되돌아갈 수 있는 가족이 하나도 남지 않게 되는 셈이다. 이 곰과 결혼해야만 한다. 다른 선택은 없다.

정략결혼은 언제나 궁극적인 목적을 갖기 마련인데, 하물며 두 아슈 사이의 외교적인 관계를 강화시킬 수 있다면 더 말할 것도 없으리라. 종종 혈족 간의 지나친 근친 관계에서 비롯한 퇴화를 피하기 위해 새로운 피를 가져오려는 목적인 경우도 있었다. 상업이나 교역을 촉진시키기 위한 전략적인 동맹인 경우도 있고, 드물긴 하지만 여행이라는 목가를 통해 탄생한 사랑의 결혼도 없지 않았다.

오펠리는 그 문제에 대해 조목조목 열심히 따져보았지만, 가장 중요한 것 하나를 이해할 수 없었다. 이곳의 모든 것에 반감을 느끼는 한 가지를 보이는 저 남자는 이 결혼에서 대체 무슨 이득을 얻을 수 있을까?

그녀는 체크무늬 손수건에 대고 코를 전부 풀었다. 조금 나아진 기분이었다. 토른은 이제 겨우 문명화 된 무뢰한이다. 그녀 위로 머리 두 개를 더 얹어놓은 듯한 몸집에, 신경질적인 긴 두 손으로 무기를 다루겠지. 그리고 그는 그녀를 좋아하지 않았다. 여름이 끝날 때까지도 그녀를 좋아하지 않을 것이고. 그러거나 말거나 전통으로 정해놓은 약혼과 결혼 사이의 시간은 흘러갈 것이다.

오펠리는 마지막으로 코를 푼 뒤 이불을 젖혔다. 이불을 걷어내자 밑에 있던 고양이가 신경질적인 울음소리로 화를 냈다. 고양이 생각을 못 했네. 그녀는 벽에 달린 거울을 주시했다. 얼빠진 얼굴, 삐뚤게 쓴 안경, 빨간 코와 헝클어진 머리뿐, 보기 좋은 것은 하나도 없었다. 토른은 결코 그녀를 자기 침대에 두고 싶어 하지 않을 것이다. 그녀는 그의 비난을 느낄 수 있었다. 자신은 그가 찾는 여자가 아니었다. 양가에서는 결혼을 강요할 테고, 이 명목상의 결혼이 제대로 유지되는지 감시할 것이다.

오펠리는 잠옷 위에 낡은 가운을 둘렀다. 이것이 혼자만의 일이었다면 정오까지 빈둥거렸을 테지만, 엄마는 그녀가 떠나기 전 며칠을 위해 엄청난 계획표를 짜두었다. 가족 공원 풀밭 위에서 점심 먹기. 시도니와 앙투아네트 할머니와 차 마시기. 강변 산책. 뱅자맹 삼촌과 새 숙모의 집에 가서 만찬 전에 식전주 마시기. 춤과 연극이 있는 저녁 파티. 생각하는 것만으로도 속이 더부룩했다. 자신이 태어난 아슈에 제대로 작별 인사를 고하기 위해서라도 광란의 일정은 피하고 싶었다.

그녀가 계단을 내려가자 나무 바닥이 삐거덕 소리를 냈다.

모두가 주방에 모여 있다는 사실을 곧바로 알 수 있었다. 작은 유리문 너머 불분명한 대화 소리가 들려왔다. 그녀가 문을 밀고 들어서는 순간 침묵이 내려앉았다.

전부 오펠리를 바라봤다. 가스레인지 근처에 서 있던 엄마의 시선은 뭔가를 탐색하는 듯했다. 식탁에 무기력하게 앉은 아빠는 애통한 눈빛이었다. 찻잔에 긴 코를 박고 있던 로즐린 이모의 눈빛에는 분노가 차 있었다. 창문에 등을 댄 채 신문을 훑고 있던 작은할아버지는 무언가 생각에 잠긴 듯한 표정이었다.

그들 가운데 그녀에게 조금도 관심을 보이지 않는 사람은 스툴에 앉아 파이프 속을 채우던 토른뿐이었다. 은빛이 도는 금발 머리를 거칠게 뒤로 넘기는 모습이며, 제대로 면도하지 않은 턱이며, 삐쩍 마른 몸에 걸친 질 나쁜 튜닉과 장화에 꿰어놓은 단검은 궁정에 사는 사람이라기보다 건달처럼 보였다. 따뜻한

구리 그릇들이 놓여 있고 잼 향기가 풍기는 주방에서 그는 자리를 잘못 찾아온 사람 같아 보였다.

"좋은 아침이에요." 오펠리가 거슬리는 목소리로 인사를 건넸다.

불편한 침묵이 식탁까지 그녀를 따라왔다. 그동안 적어도 이보다는 웃음이 맴도는 아침 시간을 보냈었는데. 오펠리는 더없이 기계적인 동작으로 깨진 안경을 고쳐 쓴 뒤 뜨거운 초콜릿을 한 잔 가득 채웠다. 사기그릇에 우유를 따르는 소리, 의자를 끌어당기자 타일 바닥이 항의하는 소리, 버터 칼로 빵에 버터를 바르는 소리, 막힌 코에서 나는 숨소리까지…… 그녀가 만들어내는 미세한 소리 하나하나가 엄청나게 크게 느껴졌다.

엄마의 목소리가 다시 주방에 울렸을 때 그녀는 소스라치게 놀랐다.

"토른, 이곳으로 온 이후 아직까지 입에 넣은 게 하나도 없네요. 커피 한 잔과 버터 바른 빵을 드셔보실 생각이 없는지요?"

어조가 바뀌었다. 친근함도 신랄함도 없었다. 예의를 지킨 어투, 그저 형식적인 투였다. 두아옌이 한 말을 깊이 생각하고 마음을 가라앉히며 밤을 보낸 모양이었다. 오펠리가 눈으로 무슨 일인지 물었지만, 엄마는 인상을 쓰며 시선을 피해 오븐을 살폈다.

뭔가 제대로 돌아가지 않는 것 같았다. 알 수 없는 공모의 기운이 떠다녔다.

오펠리는 작은할아버지에게 시선을 돌려봤지만, 할아버지는 콧수염 아래로 울화를 삭히지 못하고 있었다. 그래서 맞은편에 앉아 아무 생각 없이 뭔가를 주저하는 듯한 아빠의 얼굴을 빤히 쳐다보았다.

그녀가 기대했던 대로, 아빠는 굴복했다.

"딸아, 그러니까…… 약간 예기치 못한 일이 생겼단다."

아빠는 '약간 예기치 못한 일'이라고 말하며 엄지와 검지를 들어 보였다.

귀에 심장이 박힌 것만 같았다. 오펠리는 아주 짧은 순간 혹시 약혼이 깨진 건가 싶었다. 마치 반박해주길 바라는 듯 아빠는 한쪽 눈을 어깨 너머의 토른 쪽으로 움직였다. 그 남자는 스툴에 앉아 칼로 깎아낸 듯한 옆모습만을 보이고 있었다. 고집 세 보이는 이마와 뿔 모양 파이프를 살짝 물고 있는 이만 보였다. 그의 긴 다리가 안절부절못하고 가볍게 떨렸다. 모피를 벗어서 더 이상 곰처럼 보이지 않았지만, 이제는 막 날아오르려는 초조하고 흥분한 사냥용 매의 모습이 그에게서 느껴졌다.

오펠리가 다시 아빠를 바라보자, 그는 딸의 손을 살며시 두드렸다.

"네 엄마가 일주일 동안 믿을 수 없을 만큼 엄청난 계획을 세워놨는데……"

가스레인지 쪽으로 허리를 굽히고 있던 엄마의 신경질적인 기침 소리 때문에 말이 잠시 끊겼다가 아빠의 한숨과 함께 다시 이어졌다.

"토른이 조금 전에 설명했다. 폴에 가서 해야 할 의무 사항들이 있다고. 너도 중요한 의무에 대해 알고 있니? 요컨대 피로연이나 이런저런 유흥으로 시간을 낭비할 수 없다는구나……"

토른은 짜증이 난 듯 회중시계 뚜껑을 소리 나게 열면서 말을 끊었다.

"우린 오늘 4시 정각에 비행선으로 떠날 겁니다."

오펠리의 두 볼을 향해 피가 거꾸로 솟았다. 오늘. 4시 정각. 남동생과 여동생들, 조카들은 학교에서 돌아오지도 않을 시간이다. 그녀는 그들에게 작별 인사를 할 수 없을 것이다. 그들이 자라는 모습을 결코 볼 수 없을 것이다.

"그러면 당신네 집으로 돌아가요. 의무 사항은 당신이 지켜야 하는 거니까. 당신을 잡아둘 생각 없어요."

그녀의 입술이 저절로 움직였다. 겨우 들을 수 있을, 반쯤 감기가 든, 숨소리에 가까운 음성이었지만, 주방에서는 벼락처럼 울렸다. 아빠의 얼굴이 일그러지고, 엄마는 그녀를 무섭게 쏘아보고, 로즐린 이모는 차를 마시다 숨을 삼키고, 작은할아버지는 연달아 기침을 하며 그 소리에 숨어버렸다. 오펠리는 그들 중 누구도 바라보지 않았다. 만난 이후 처음으로 정면에서 경멸하듯 아래위로 자신을 훑어보는 토른에게만 주의를 기울였다. 마치 용수철이 펴지며 제자리로 돌아오듯이, 긴 다리가 스툴에 앉아 있던 그를 단번에 일으켰다. 깨진 안경 때문에 그의 모습이 세 겹으로 보였다. 세 개의 긴 실루엣, 면도날처럼 길쭉한 여섯 개의 눈과 빽빽하게 늘어선 서른 개의 손가락. 아무리 거대하다 한들 건장한 남자에게도 너무 많은 수치였다……

오펠리는 누군가 폭발해주길 기대했다. 답변은 묵직한 속삭임뿐이었다.

"회피하는 건가요?"

"당연히 아니지요." 풍만한 가슴을 내밀며 엄마가 짜증을 냈다. "오펠리는 이렇다 저렇다 할 권리 없어요, 토른. 당신이 원하는 곳에 따라갈 거예요."

"그러면 나는, 나도 말할 자격이 없어?"

성마른 목소리로 던져진 이 질문의 주인공은 로즐린 이모였다. 그녀는 독기를 품은 눈으로 빈 찻잔 바닥을 뚫어지게 쳐다봤다.

로즐린은 오펠리의 이모이자, 무엇보다 그녀의 대모였다. 그런 이유로 그녀가 오펠리의 샤프롱을 맡기로 했다. 과부에 아이도 없는 그녀의 처지가 결혼 전까지 대녀와 함께 폴에 가서 함께 지낼 수 있는 좋은 조건이 되었다. 중년 여성인 로즐린은 말처럼 생긴 이를 가졌고, 피골이 상접할 정도로 마른 몸에 성격은 갈비뼈만큼이나 삐쭉삐쭉 신경질적이었다. 오펠리 엄마처럼 쪽진 머리를 했지만, 그녀의 머리 모양은 바늘꽂이를 닮았다.

"나도 말할 자격이 없냐?" 작은할아버지가 신문을 구기고는 콧수염을 움직이며 중얼거렸다. "어찌 된 게, 이 집안에서 누구도 내게 의견을 물어보지 않는구나!"

엄마는 두 주먹을 자신의 거대한 엉덩이 근처에 짚었다.

"아, 두 분, 때와 장소를 좀 보고 끼어들어요!"

"예상보다 모든 게 조금씩 빨라진 것 뿐이야." 아빠가 끼어들어 두 약혼자에게 말했다. "딸아이가 겁을 먹은 거예요. 곧 나아지겠지."

오펠리도 토른도 다른 가족들에게는 조금도 주의를 기울이지 않았다. 그들은 서로 상대를 훑어봤다. 그녀는 뜨거운 초콜릿을 앞에 둔 채 앉아 있었고, 그는 그 거대한 키의 꼭대기에서 그녀를 내려다봤다. 오펠리는 이 남자의 금속같이 차가운 눈에 굴복하고 싶지 않았지만, 생각해보니 그를 자극해봐야 좋을 건 없을 것 같았다. 이런 상황에서 가장 이성적인 태도는 다시 입을 다무는 것이다. 누가 뭐래도 그녀에겐 선택권이 없으니.

결국 오펠리는 고개를 숙이고 다른 빵에 버터를 발랐다. 토른이 담배 연기에 휩싸인 채 다시 스툴에 앉자 다들 안도의 한숨을 내쉬었다.

"당장 짐 싸요." 그가 짧게 말했다.

토른에게 예기치 못한 사건은 이렇게 종결되었다. 그러나 오펠리에게는 아니었다. 긴 머리카락이 드리운 그림자 아래서, 그녀는 토른이 자신을 곤란하게 만든 만큼 자신 또한 그의 삶을 그렇게 만들겠노라 다짐했다.

예리한 면도날을 연상시키는 토른의 차가운 회색빛 두 눈이 한 번 더 그녀와 부딪쳤다.

"오펠리." 그가 웃지 않고 덧붙였다.

북쪽 지방 억양으로 딱딱하게 발음되는 바람에, 무뚝뚝한 그 입안에서 그녀의 이름이 그의 혀를 잘라내는 것만 같았다. 오펠리는 역겨움을 느끼며 냅킨을 접고서 테이블을 떠났다. 그녀는 천천히 계단을 다시 올라가 방 안에 처박혔다. 등을 문에 댄 채 움직이지도, 눈을 깜박이지도, 울지도 않았다. 그러나 내면에서 소리가 터져 나왔다. 주인의 분노에 민감한 방 안 가구들이 신경질적인 전율을 느낀 듯 흔들리기 시작했다.

오펠리는 엄청나게 크게 재채기를 하며 몸서리쳤다. 순식간에 마법이 풀리고, 이내 가구들은 완전히 움직임을 멈췄다. 빗질 한 번 제대로 하지 않은 채로 오펠리는 드레스 중에서 가장 음산해 보이는 것으로, 우중충하고 장식 없는 부자연스러운 고릿적 스타일을 찾아 입었다. 침대에 앉아 맨발에 장화를 신는 동안, 목도리가 기어오르고 미끄러지고 꾸불꾸불 움직이며 뱀처럼 목까지 올라왔다.

누군가 방문을 두드렸다.

"들어오세요." 오펠리가 코맹맹이 소리로 조그맣게 말했다.

방문의 열린 틈으로 작은할아버지가 콧수염을 들이밀었다.

"들어가도 되겠니?"

그녀는 손수건을 코에 댄 채 들어오라고 말했다. 카펫 위 이불보와 털 이불, 베개 따위가 어지러이 한가득 널려 있는 사이로 작은할아버지의 커다란 구두가 길을 텄다. 그가 의자에게 다가오라고 손짓하자 의자는 발장난을 치면서 온순하게 다가와 할아버지를 앉혔다.

"안됐구나." 그가 탄식조로 말했다. "저 남자야말로 정말 네 마음에 들 마지막 신랑감이길 바랐는데."

"그러게요."

"마음 단단히 먹으려무나. 두아옌들이 얘기한 일이잖니."

"두아옌들이 얘기했죠." 오펠리가 되풀이했다.

'그렇다고 두아옌들에게 결정권이 있는 건 아니에요.' 자신이 정말 원하는 게 무엇인지 도무지 알 수가 없었음에도 그녀는 속으로 이렇게 덧붙였다.

오펠리의 우스꽝스러운 차림을 보고 작은할아버지는 웃음을 터뜨렸다. 그가 벽에 달린 거울을 가리켰다.

"처음 저 거울을 지나갔던 날 기억나니? 네 발은 여기서 발버둥치고, 나머지는 내 방 거울에서 몸부림치고 있었지!영원히 그 상태로 있으면 어쩌나 걱정을 했는지! 그날 밤은 또 어쩌나 길던지. 그때 넌 열세 살도 안 되었지."

"그래서 몇 가지 후유증에 시달렸죠." 오펠리가 두 손을 바라보고 한숨을 지으며 말했다. 깨진 안경을 통해 보니 손이 부분적으로 분해된 것 같았다.

오펠리를 바라보던 할아버지의 눈빛이 문득 진지해졌다.

"그랬지. 그럼에도 너는 다시 시작하고, 다시 부딪치고 하는 걸 그만두지 않았어. 결국엔 요령을 터득했지. 거울로 드나드는 사람은 집안에 몇 없단다. 왜인지 알고 있니?"

오펠리는 안경 너머 눈썹을 치올렸다. 대부와는 이런 얘기를 나눠본 적이 한 번도 없었다. 어쨌든 그녀가 배웠던 모든 것이 전부 할아버지를 통해서이긴 했지만.

"거울로 드나드는 것이 **읽는** 행위의 조금 특별한 형식이기 때문인가요?" 그녀가 지레짐작으로 대답했다.

작은할아버지는 콧수염 사이로 콧바람을 내며 날개같이 하얀 눈썹 밑의 금빛 눈을 가늘게 떴다.

"그거랑은 전혀 상관없는 일이야! 물건을 **읽는** 건 말이야, 잠시 자신을 잊어버리고 다른 이의 과거에 스스로를 내어주는 거란다. 하지만 거울로 드나드는 것은 자기 자신과 마주하는 일이지. 배짱이 있어야만 해. 알겠니? 두 눈으로 똑바로 자신을 보기 위해, 있는 그대로의 자신을 보기 위해, 거울에 비친 자신의 모습으로 들어가는 거라고. 자기 얼굴을 감추는 사람들, 스스로를 속이는 사람들, 실제보다 더 좋은 모습으로 자신을 보는 사람들, 그들은 절대 할 수 없는 일이지. 그래서 거울로 드나드는 사람이 드문 거란다!"

예상치 못한 할아버지의 설명에 오펠리는 놀랐다. 그녀는 언제나 본능적으로 거울을 드나들었고, 자신이 특별히 용감하다고 생각한 적도 없었다. 그때 작은할아버지가 오랫동안 사용해 낡아버린 삼색 목도리를 가리켰다. 목도리는 태연하게 그녀의 어깨에서 쉬고 있었다.

"이게 네 첫 번째 골렘 아니니?"

"맞아요."

"네가 그 목도리와 함께 있지 못하도록 영원히 빼앗아버리려고 했었지."

오펠리는 잠시 뒤에야 가까스로 그 말을 이해했다. 언제나 자기를 졸졸 따라다니는 이 목도리가 예전에는 자신의 목을 조르려고 했었다는 사실을 가끔 잊곤 했다.

"그런 일이 있었어도 너는 늘 그걸 목에 둘렀어." 할아버지는 자기 허벅지를 두들기며 단어를 하나하나 잘라서 발음했다.

"무슨 말씀을 하시려는지 알 것 같아요." 오펠리가 부드럽게 말했다. "싫증 난다는 거, 그게 뭔지 저는 잘 모르겠어요."

할아버지는 퉁명스럽게 투덜댔다.

"너는 보기보다 훨씬 멋지단다. 너는 긴 머리카락으로, 네모난 안경으로, 작게 중얼거리는 목소리로 스스로를 숨기지. 엄마가 있을 때는 눈물 한 번 흘리지 않던 아이였어. 악을 쓴 적도 없었고. 그러면서도 가장 바보 같은 짓을 많이 하는 아이였다고 맹세할 수 있단다."

"과장이 심하세요, 할아버지."

"넌 태어나서부터 늘 스스로에게 고통을 주고, 실수를 하고, 네 얼굴에 상처를 내고, 손가락을 부딪치고, 길을 잃고……" 그는 크게 손짓해가며 계속 말을 쏟아냈다. "그래서 걱정했다는 얘기를 하려는 게 아니야, 오랫동안 우리는 네가 매번 저지르는 큰 실수에 짓눌리는 날이 올지도 모른다고 생각했지! 그래서 '벽으로 돌진하는 아이'라고 불렀잖니. 잘 들어봐라, 얘야……" 작은할아버지는 침대 다리 쪽에 힘겹게 무릎을 꿇고 앉았다. 오펠리는 끈을 풀어둔 장화 속에 맨발을 넣은 채 침대 위에 무기력하게 앉아 있었다. 할아버지가 오펠리의 팔꿈치를 붙잡고 흔들었다. 마치 그녀의 기억 속에 음절 하나하나를 더 잘 새겨 넣기 위해서라는 듯. "너는 우리 가문에서 가장 강한 인물이란다, 오펠리. 내가 지난번에 했던 말은 잊어라. 예언하건대, 네 남편의 의지는 네 의지 앞에서 부스러지고 말 거야."

메달

시가처럼 생긴 비행선 그림자가 외로운 구름처럼 방목장과 하천 위를 천천히 지나갔다. 기울어진 유리창을 통해 오펠리는 마지막으로 멀리서나마 가족들이 머플러를 흔들고 있는 망루를 찾을 수 있길 바라며 풍경을 꼼꼼히 살폈다. 현기증이 사라지지 않았다. 비행을 시작한 지 겨우 몇 분 정도 흘렀을 뿐이지만, 비행선이 우회를 시도할 때 그녀는 화장실을 찾아 황급히 우현의 풍경 앞을 떠나야만 했다. 돌아와보니 벌써 계곡은 눈에 들어오지 않았다. 멀리 산아래 그림자가 드리운 지대만 아른거렸다.

이렇게 끔찍하게 헤어지리라고는 상상도 못 했는데.

"산에 사는 애가 비행기 멀미를 한다니! 네 엄마 말이 맞아, 너는 눈에 띌 만한 기회를 놓치지 않는구나……"

오펠리는 큰 유리창에서 시선을 거두어 '지도 방'이라 불리는 곳을 바라봤다. 여기저기 흩어진 모든 아슈의 지리를 그대로 그려 넣은 평면 구형도들이 벽에 고정되어 있는 곳이었다.

방 한쪽 끝, 꿀빛 벨벳 카펫과 안락의자들 사이에 로즐린 이모의 짙은 녹색 원피스가 눈에 들어왔다. 이모는 심각한 눈으로 지도들을 검토하고 있었다. 이모가 꼼꼼히 살피는 것이 아슈의 지도가 아닌 인쇄된 종이의 품질이었다는 것을 이해하기까지 시간이 걸렸다. 직업병. 로즐린 이모는 종이를 복원하는 일을 했다.

이모는 신경질적으로 총총 걸어와 오펠리 옆 안락의자에 앉더니, 말 이빨같이 생긴 이로 비스킷을 갉아먹었다. 오펠리는 욕지기가 날 것 같아 시선을 돌렸다. 방 안에는 두 여자뿐이었다. 두 사람과 토른, 승무원 말고 다른 승객은 비행선에 타지 않은 것 같았다.

"네가 토했을 때 토른이 어땠는지 아니?"

"아깐 좀 멍한 상태였어요, 이모."

오펠리는 네모난 안경 너머 대모를 뚫어지게 바라봤다. 엄마가 오동통한 체격에 늘 땀에 젖어 있고 얼굴빛이 붉은 사람이라면, 이모는 작고 마른 몸집에 다리가 길고, 땀이 없고, 피부는 누런빛을 띠었다. 오펠리는 몇 달 동안 샤프롱이 되어줄 이모를 잘 몰랐고, 그런 이모와 머리를 맞대고 있다는 사실이 낯설게 느껴졌다. 평상시 그녀들은 만날 일도, 서로 말을 나누는 일도 거의 없었다. 이모는 언제나 낡은 종이들 속에 묻혀 살았고, 마찬가지로 오펠리는 언제나 박물관에 살았다. 서로 친밀해질 만한 여지가 없었다.

"창피해 죽으려고 하더구나." 이모가 신랄한 말투로 말했다. "결코 다시 보고 싶지 않은 모습이었어, 오펠리. 가문의 명예가 네 두 어깨에 달렸다고."

밖에서는 비행선의 그림자가 수은처럼 반짝거리는 그랑 라크의 물속으로 사라졌다. 오후가 끝나갈 무렵의 빛이 지도 방을 밋밋하게 만들었다. 장식에 사용된 꿀빛은 금빛이 바래며 베이지색으로 변해갔다. 이때, 비행선 선체 전체가 삐걱거리고 프로펠러가 웅웅 소리를 내며 돌았다. 오펠리는 이번이 마지막이리라 생각하며 이 모든 소리와 발밑의 가벼운 흔들림에 잠겼고, 그러자 기분이 좀 나아졌다. 이제는 익숙하게 받아들여야 할 상황이었다.

그녀는 소매에서 점박이 무늬 손수건을 꺼내 한 번, 두 번, 세 번 재채기를 했다. 안경 뒤로 눈에 눈물이 맺혔다. 구토감은 사라졌다. 감기는 아니었다.

"불쌍한 사람." 오펠리는 한시름 놓고 말했다. "우스꽝스러운 사람이 싫다면, 결혼 상대를 잘못 골랐네요."

로즐린 이모의 피부가 창백한 노란색으로 변했다. 이모는 깜짝 놀라 작은 방 안 의자에 곰 모피가 있지는 않은지 주변을 둘러보며 치를 떨었다.

"맙소사, 그런 말 하지 마." 이모가 속삭였다.

"그 사람이 이모를 괴롭힐까봐요?" 오펠리가 놀라 물었다.

이모도 토른을 두려워했던 건 사실이다. 하지만 그건 그를 만나기 전까지였다. 이 미지의 남자가 어떻게 생겼는지 알게 된 이후로, 이모는 더 이상 그를 두려워하지 않았다.

"그 사람 좀 소름 끼쳐." 이모가 작은 쪽머리를 매만지며 한탄조로 말했다. "너 그 남자 상처 봤니? 기분 나쁘면 폭력을 쓸 것 같더구나. 오늘 아침에 있었던 작은 소동은 잊어버리면 좋겠는데. 그러니 너도 그에게 좋은 인상을 심어주도록 해봐. 우리는 그와 함께 살아야 하잖니. 나는 여덟 달이지만, 너는 네 남은 인생 전부야."

밖이 보이는 커다란 창에 시선을 두자 오펠리는 숨이 막힐 것 같았다. 가을의 울긋불긋한 숲이 햇빛을 받아 금빛으로 빛나며 바람에 흔들렸다. 바다처럼 펼쳐져 있는 안개에 녹아버린 가파른 암벽이 나타났다. 비행선은 멀어져가고, 아니마는 구름 띠로 완전하게 둘러싸인 채 공기 중에 매달려 있었다. 점점 멀어질수록, 아니마는 보이지 않는 삽으로 정원에서 뽑아낸 흙과 잔디투성이 그루터기 같은 인상을 주었다. 그러니까 멀리서 바라본 아슈가 이런 거구나. 하늘에 떠다니는 작은 흙덩어리. 호수, 초원, 도시, 숲, 밭, 산, 계곡들이 세계의 터무니없는 공간 위에 펼쳐져 있다는 것을 누가 상상이나 할 수 있을까?

유리창에 손을 댄 채 오펠리는 이 광경을 머릿속에 새겨 넣었다. 아니마는 구름들이 만들어낸 커튼으로 지워지며 곧 그 모습을 감추었다. 언제 그곳에 돌아갈지 알 수 없었다.

"여분을 더 챙겼어야지. 너를 가난뱅이로 여길 수도 있다고!"

오펠리는 못마땅해하며 자신을 바라보던 이모에게 고개를 돌렸다. 안경 얘기라는 걸 이해하는 데 시간이 좀 필요했다.

"안경은 거의 다 나아가요." 오펠리가 이모를 안심시켰다. "내일이면 흔적도 없을 거예요."

그녀는 안경을 벗어 알에 입김을 불어 넣었다. 작은 금 하나를 제외하면 그녀의 시야각에는 불편할 게 없었고, 이제는 세 겹으로 보이지도 않았다.

밖에는 이른 별들이 반짝거리는 하늘만 끝없이 펼쳐져 있었다. 방에 불을 켜자 유리가 거울로 변하며 이제 창밖으로 아무것도 보이지 않았다. 뭔가 볼 것이 있으면 좋겠는데. 오펠리는 지도들이 걸려 있는 벽으로 다가갔다. 지도라는 그림으로 구현된 진정한 예술 작품이었다. 스물한 개의 주요 아슈들과 백여든여섯 개의 작은 아슈들이, 믿기지 않을 정도로 아주 작은 모습까지 세심하게 모두 재현되어 있었다.

오펠리는 사람들이 방을 지나다니듯 시간을 거슬러 올라가는 능력을 지녔지만, 지도에 대해서는 아는 것이 별로 없었다. 지도에서 아니마를 찾기까지 시간이 조금 걸렸고, 그보다 훨씬 오랜 시간을 들여 폴을 찾아냈다. 둘을 비교하던 그녀는 크기의 차이에 놀랐다. 폴은 아니마에 비해 세 배 정도 컸다. 내해內海와 샘, 그리고 호수까지, 폴은 물이 찬 커다란 물탱크를 떠올리게 했다.

하지만 무엇보다 그녀의 마음을 사로잡은 것은 중앙에 있는 평면 구형도였다. '세상의 중심'과 그 주변 아슈들의 고정 궤도에 대한 일반적인 상상 속 이미지가 나타나 있었다. 세상의 중심은 '태초의 땅'의 가장 거대한 유적이다. 계속해서 벼락을 맞고 또 맞아, 결국 사람들이 살 수 없는 화산들의 더미가 된 곳. 태양마저 뚫고 들어갈 수 없는 증기로 이루어진 촘촘한 구름의 바다로 둘러싸인 곳, 그 불가해함으로 인해 지도에는 표시되지 않는 곳. 반면 한 아슈에서 다른 아슈로 비행하여 이동할 수 있는 바람의 통로들은 지도에 표시되어 있었다.

오펠리는 눈을 감고, 달에서 관찰하기라도 하듯 이 지도를 입체적으로 그려보려 했다. 끝없이 거대한, 어마어마한 폭발과 그 위에 매달린 돌멩이들의 파편…… 그렇게 생각해보면, 이 새로운 세계는 그야말로 기적이었다.

지도 방에 벨이 울렸다.

"야식인가보다." 한숨을 쉬며 로즐린 이모가 말했다. "웃음거리로 만들지 않고 식탁에 붙어 있을 수 있겠지?"

"토하지 말라는 건가요? 뭘 먹느냐에 따라 다르겠죠."

식당 문을 밀어 열었을 때, 오펠리와 대모는 순간 실수를 했나 생각했다. 식탁은 차려져 있지 않았고, 희미한 빛만 내벽을 두른 방 안을 떠다녔다.

되돌아가려는 순간 친근한 목소리가 그녀들을 붙잡았다.

"여깁니다!"

빨간 견장에 소매에는 더블 버튼이 달린 하얀 제복을 입은 남자가 그녀들에게 다가왔다.

"바르톨로메 기장입니다. 분부만 내려주세요!" 그가 과장스럽게 소리쳤다.

그는 번들거리는 금니 몇 개가 보일 정도로 크게 웃음을 짓더니 견장의 먼지를 털었다.

"사실 저는 부기장입니다. 그렇다고 누가 트집을 잡지는 않지만요. 먼저 전식을 시작했는데, 양해해주시기 바랍니다. 우리와 함께 식사하시죠. 여성분들과 함께라면 환영이죠!"

부기장이 그녀들에게 방 끝을 가리켰다. 긴 격자무늬 칸막이와 멋진 유리창 사이에 놓인 작은 식탁이 우현 쪽으로 저물어가는 태양의 희미한 빛을 받고 있었다. 굳이 찾아볼 마음이 없었음에도, 오펠리는 어렵지 않게 키 크고 마른 실루엣을 알아보았다. 토른은 등을 보이고 있었다. 여행용 튜닉을 걸친 길고 긴 척추와 텁수룩한 옅은 색 머리, 그리고 그들을 위해서 잠시 멈춰볼 생각도 없이 리듬에 맞춰 식기를 움직이는 팔꿈치만 보였다.

"아니, 뭐 하시는 겁니까?" 바르톨로메 부기장이 면박을 주었다.

그러더니 그는 이모 옆자리에 앉으려던 오펠리의 허리를 잡고 미끄러지듯 두 발짝 움직여, 그녀가 절대 가까이서 얘기하고 싶지 않은 사람 곁에 마구잡이로 앉혔다.

"식탁에서는 언제나 남자 여자가 교대로 앉아야 하는 법이지요."

접시에 코를 박자 오펠리는 토른의 그림자에 완전히 잠겨 있는 기분이었다. 토른은 아주 꼿꼿한 자세로 의자에 앉아 있었는데, 오펠리보다 머리 두 개쯤 더 높았다. 그녀는 별 입맛이 없었지만 순무에 버터를 발랐다. 맞은편의 작달막한 남자는 후추색 구레나룻 사이로 미소를 지음으로써 상냥하게 호의를 드러내며 그녀에게 인사를 건넸다. 얼마간 테이블 주변에서는 식기 부딪치는 소리만이 침묵을 메웠다. 다들 채소를 썰고, 와인을 마시고, 버터를 건넸다. 오펠리는 이모에게 소금 통을 내밀다가 식탁보 위에 거꾸로 엎었다.

침묵을 참지 못하는 기색이 역력하던 부기장이 마침내 오펠리 쪽으로 풍향계처럼 몸을 틀었다.

"우리 어린 숙녀분께서는 좀 어떠십니까? 속 메스꺼운 것은 나아졌나요?"

오펠리는 냅킨으로 입을 닦았다. 왜 이 남자는 자기를 열 살짜리 아이 다루듯 하는 걸까?

"네, 고맙습니다."

"다시 한 번 말씀해 주시겠어요?" 그는 웃음을 터뜨렸다. "목소리가 너무 작아서요."

"네, 고맙습니다." 오펠리는 성대에 힘을 주어 끊어가며 되풀이했다.

"불편하신 게 있으면 뭐든 망설이지 말고 비행선 의사에게 알려주세요. 그 분야 전문가죠."

그녀 맞은편의 후추색 구레나룻이 듣기 좋은 말투로 겸손함을 드러냈다. 그가 바로 의사일 것이다.

또다시 침묵이 식탁에 내려앉았고, 바르톨로메는 초조한 손가락으로 식기를 두드리며 불안해했다. 부기장의 반짝이는 눈은 오펠리에게서 토른까지 기어올랐다가 토른에게서 오펠리로 다시 내려가기를 멈추지 않았다. 그 두 사람에게서 재미있는 무언가를 찾을 생각이었다면 정말이지 지루했을 것이다.

"자, 말씀 좀 해보세요, 정말 말이 없으시네요!" 그가 킥킥거렸다. "그런데 저는 여러분이 다 일행이라고 생각했는데, 아닌가요? 아니마의 두 여인과 폴의 한 남자…… 드문 일이라고 해야겠군요, 이런 조합은!"

오펠리는 조용히 순무를 자르는 토른의 길고 마른 손을 과감하지만 조심스레 바라보았다. 그렇다면 승무원은 그들이 같이 있는 이유에 대해 아무것도 모르는 걸까? 그녀는 그의 태도에 보조를 맞춰야겠다고 마음먹고는 오해를 풀어주기보단 예의 바른 미소만 지어 보였다.

하지만 이모는 그럴 생각이 없었다.

"이 젊은이들은 결혼하러 갑니다, 부기장님!" 이모가 흥분해서 소리쳤다. "정말 그 사실을 몰랐나요?"

오펠리의 오른쪽에 앉아 있던 토른이 두 손으로 식기를 꼭 쥐었다. 그의 손목 혈관이 튀어나오는 모습이 오펠리의 자리에서도 보였다. 그 맞은편에 앉은 바르톨로메의 금니가 번뜩였다.

"죄송합니다, 부인. 저는 정말 몰랐습니다. 토른 씨, 이 매력적인 꼬마 아가씨가 약혼자라고 말을 해줬어야죠! 내 꼴이 뭐가 되나요, 이제?"

'이 상황을 즐기는 사람이 되는 거지, 뭐.' 오펠리가 속으로 대꾸했다.

하지만 바르톨로메의 즐거움도 오래가지는 못했다. 토른의 얼굴을 보자마자 그의 미소가 사그라들었다. 로즐린 이모도 토른의 얼굴을 보고서는 하얗게 질렸다. 오펠리는 그의 얼굴을 보지 않았다. 그 위까지 바라보려면 몸을 옆으로 돌리고 양어깨 사이로 무리해서 고개를 내밀어야만 했다. 그럼에도 그녀는 자기 위에 있는 것이 지금 어떤 모습일지 쉽게 추측할 수 있었다. 면도날처럼 날카로운 두 눈과 입술 주변에 심각하게 새겨진 주름. 토른은 사람들의 이목을 끄는 것을 좋아하지 않았다. 그것이 어쨌든 두 사람 사이의 공통점인 셈이다.

분위기를 바꾸려 애쓰는 모습으로 보아, 비행선 의사는 그의 불편함을 알아차린 것 같았다.

"부인 집안의 작은 재주들은 정말 놀랍더군요." 그가 로즐린 이모에게 말을 걸었다. "아주 하찮은 물건들에 미치는 영향력이 어찌나 놀라운지! 경솔한 질문일지 모르니 미리 용서를 구하죠. 자, 당신의 능력은 무엇인지 여쭤도 될까요, 부인?"

로즐린 이모는 냅킨으로 입을 두드렸다.

"좋아요. 저는 종이를 펴고, 복구하고, 수선해요."

그녀는 포도주 메뉴판을 잡아 태연하게 그것을 찢었다. 그런 뒤 귀퉁이를 손가락으로 슬쩍 문지르자 종이가 다시 붙었다.

"아주 흥미롭군요." 의사가 콧수염 끝을 열심히 닦으며 말했다. 그때 종업원이 수프를 가져왔다.

"저도 그렇게 생각해요." 이모는 거드름을 피우듯 말을 이었다. "저는 역사적으로 엄청난 가치를 지닌 고문서가 변질된 것도 수선했어요. 계보학자, 복원 전문가, 관리자, 우리 집안은 아르테미스의 기억을 위해 일하죠."

"아가씨도 마찬가지인가요?" 바르톨로메가 번뜩이는 미소를 지으며 오펠리를 돌아봤다.

그녀가 '그랬었죠'라고 대답할 틈도 없었다. 수프를 두 차례 떠먹으며 이모가 대신 대답했다.

"조카는 굉장한 읽기 능력자예요."

"읽는 사람이라고요?" 부기장과 의사가 놀라 동시에 합창하듯 되물었다.

"저는 박물관을 관리했어요." 오펠리가 간략하게 설명했다.

그녀는 이모에게 그만 얘기하라는 애원의 눈빛을 보냈다. 이전 삶에 대해 이야기하고 싶지 않았다. 게다가 수프 스푼 옆에 긴장한 토른의 긴 손가락이 놓인 곳에서라면 더더욱. 망루에서 가족들이 작별 인사를 하며 흔들던 머플러가 그녀를 끈질기게 쫓아다녔다. 얼른 야채수프를 다 먹고 자러 가고 싶었다.

불행하게도 로즐린 이모 역시 엄마와 똑같은 나무에서 나온 가지였다. 괜히 자매가 아니다. 그녀는 토른을 자극하려 애썼다.

"아니, 아니, 아니에요. 그 이상이지요. 애, 너무 겸손해할 것 없어! 선생님들, 제 조카는 사물들과 공감할 수 있어요. 그것들의 과거로 거슬러 올라가고, 엄청나게 신빙성 있는 감정서를 작성할 수 있다고요."

"재밌는 얘기네요!" 바르톨로메가 흥분해서 말했다. "우리에게 조금만 시범을 보여주실 수 있으신지요, 꼬마 아가씨?" 그러면서 그는 자기가 입은 멋진 제복의 체인을 잡아당겼다. 오펠리가 처음에는 시계라고 착각한 물건이었다. "이 금메달은 제 행운의 징표예요. 이걸 제게 준 사람이 그러는데, 옛 세계의 황제의 물건이었다더군요. 그에 대해 좀 더 알고 싶어요!"

"전 못 해요."

오펠리는 수프에 빠진 긴 갈색 머리카락을 끄집어냈다. 핀으로 집어보고, 머리끈으로 묶어보고, 집게를 사용해서 목 뒤로 어떻게든 넘겨보려 했지만, 머리카락은 늘 여기저기로 흩어졌다.

바르톨로메가 분통을 터뜨렸다.

"못 한다고요?"

"직업윤리상 금지예요, 부기장님. 제가 되짚는 것은 사물의 과거가 아니라, 그 주인들의 과거고요. 당신의 내밀한 삶을 모독하게 될 거예요."

"**읽는 사람**들의 윤리적 규범이죠." 로즐린 이모가 말 이빨 같은 치아를 드러내며 분명하게 말했다. "소유자의 승낙이 있어야만 사적인 읽기가 허용됩니다."

오펠리가 대모를 돌아봤지만, 그녀는 조카가 약혼자의 눈에 특별해 보이게 하기 위해서라면 무슨 수라도 쓸 기세였다. 실제로 뼈마디가 굵은 토른의 손은 식탁보 위에 천천히 식기를 내려놓은 뒤로 더 이상 움직이지 않았다. 토른은 주의를 기울이고 있었다. 아니면, 이제 배가 고프지 않거나.

"그렇다면 제가 허락해드리죠!" 바르톨로메가 예상대로의 반응을 보였다. "저의 황제님을 알고 싶어요!"

그가 오펠리에게 장식 줄과 톱니들로 장식된 낡은 금메달을 내밀었다. 오펠리는 우선 안경 쓴 눈으로 그것을 살폈다. 한 가지는 확실했다. 이 장신구는 옛 세계의 물건이 아니다. 서둘러 끝내고 싶은 마음에 그녀는 장갑의 단추를 풀었다. 손가락으로 메달을 감싸 쥐자마자, 눈꺼풀이 만들어낸 작은 틈으로 번개 같은 것이 지나갔다. 오펠리는 가장 최근 것부터 가장 오래된 것까지 자신에게로 쏟아지는 감정들의 파도를 아직 해석하지 않은 채 그냥 넘치게 두었다. 읽기는 항상 시간을 거슬러 올라가며 전개되었다.

거리에서 귀여운 여자아이에게 속삭이는 경솔한 약속들. 저런 꼴을 위에서 지켜만 보자니 정말 진절머리가 난다. 집에서는 어린 아내와 아이들이 그를 기다린다. 멀리 있는 가족들은 존재하지 않는 것이나 다름없다. 흔적을 남기지 않는 여행들이 이어진다. 여자들도 계속 바뀐다. 권태가 양심의 가책보다 강렬하다. 별안간 하얀 섬광이 검은 망토 속으로 들어온다. 칼이다. 칼이 오펠리를 겨눈다. 어느 남편의 복수다. 칼날은 제복 주머니 속 메달에 부딪친다. 그렇게 죽음의 궤적을 비켜 간다. 다시 진절머리가 난다. 분노가 치미는 와중에 킹 카드 석 장을 들고, 멋진 메달을 받는다. 이제 어린애가 된 것 같다. 선생님이 친절한 미소를 지으며 강단으로 오펠리를 올라오게 한다. 선생님이 선물을 준다. 빛이 난다. 예쁘다.

"어때요?" 부기장이 즐겁다는 듯 물었다.

오펠리는 장갑을 다시 끼고 그에게 행운의 징표를 돌려줬다.

"당신이 속았어요." 오펠리가 중얼거렸다. "이 메달은 상이었어요. 아이를 위한 작은 보상이었죠."

바르톨로메의 미소에서 금니가 사라졌다.

"뭐라고 했죠? 주의 깊게 읽었어야죠, 아가씨."

"아이를 위한 메달이었다고요." 오펠리가 고집스레 말했다. "금이 아니에요, 그리고 오래된 것도 아니고요. 카드놀이에서 진 남자가 부기장님을 속였어요."

로즐린 이모가 신경질적으로 기침을 했다. 그녀가 조카에게 바랐던 것은 이렇게 경솔한 짓이 아니었는데. 의사는 대단한 관심이라도 생긴 양 접시 바닥만 바라보았고, 토른은 지겨워 죽겠다는 듯 손으로 회중시계를 들어 올렸다.

오펠리는 새로운 사실에 상심한 이 부기장이 측은해졌다.

"그래도 대단한 행운의 징표예요. 어쨌든 이 메달이 질투심 많은 남편에게서 부기장님을 구했으니까요."

"오펠리!" 로즐린이 열불이 나 외쳤다.

나머지 식사 시간은 조용히 흘러갔다. 그들이 식탁에서 일어날 때, 토른은 예의상 건네는 인사 한마디 없이 제일 먼저 그곳을 떠났다.

다음 날, 오펠리는 비행선의 곤돌라를 이리저리 돌아다녔다. 코까지 목도리를 두른 채 우현 복도와 좌현 복도를 배회하고, 휴게실에서 차를 마시고, 바르톨로메의 허가를 받아 조심스레 전망 트랩과 기관실과 무전실을 방문했다. 대부분의 시간을 그녀는 풍경을 바라보며 보냈다. 때로는 겨우 구름 몇 점만 넘실댈 뿐 강렬한 푸른색 하늘만이 끝없이 펼쳐져 있었다. 때로는 습기 찬 안개가 창문 여기저기를 뒤덮었다. 이따금씩 아슈 위를 비행할 때면 도시의 종루가 보이기도 했다.

오펠리는 식탁보 없는 식탁에, 승객 없는 선실에, 아무도 앉지 않은 의자에 익숙해졌다. 아무도 비행선에 타지 않았다. 기항은 드물었다. 착륙하는 일은 한 번도 없었다. 그렇다고 여정이 짧은 것도 아니었는데, 지나가는 아슈 위로 우편 소포와 편지 가방을 투하하느라 여러 차례 우회해야 했기 때문이다.

오펠리가 목도리를 끌고 여기저기 돌아다녔다면, 토른은 선실 밖으로 코빼기도 내밀지 않았다. 아침에도, 저녁에도, 차를 마실 때도, 야식 때도 그녀는 그를 볼 수 없었다. 그들은 여러 날을 그렇게 보냈다.

복도가 서늘해지고 서리가 둥근 유리창을 레이스로 치장하기 시작하자, 로즐린 이모는 조카가 약혼자와 진정한 대화를 나눌 시간이 되었다고 결정했다.

"지금이라도 너희들이 냉담한 태도를 버리지 않으면, 그다음엔 너무 늦어." 어느 저녁, 이모는 방한용 토시에 두 팔을 집어넣은 채 경고했다. 둘이서 갑판 위를 산책할 때였다.

큰 유리창들이 석양을 받으며 빛을 냈다. 밖은 끔찍하게 추울 것 같았다. 옛 세계의 파편들, 아슈가 되기에는 너무 작은 파편들이 얼음으로 둘러싸인 채 하늘 한복판에서 다이아몬드 강물처럼 빛났다.

"토른과 내가 서로 존중하든 말든, 그게 이모랑 무슨 상관이에요?" 오펠리는 외투에 목을 파묻고 한탄조로 말했다. "우리는 결혼할 거고, 어차피 중요한 건 그것뿐인데."

"이런! 내가 젊은 시절 결혼을 앞두고 있을 때도 너보다는 낭만적이었겠다."

"이모는 샤프롱이에요." 오펠리가 상기시켰다. "이모가 할 일은 부정한 일이 일어나지 않도록 살피는 거지, 저를 그 남자의 품에 몰아붙이는 게 아니라고요!"

"부정한 일, 부정한 일이라…… 그런 일은 절대 일어날 일이 없겠구나." 로즐린 이모가 중얼거렸다. "네가 토른의 주체할 수 없는 욕망을 불태울지도 모른다는 생각은 전혀 안 들거든. 정말이지 여자와 부딪치지 않으려고 저렇게 주의를 기울이는 남자는 난생처음 본다."

오펠리는 속으로 웃음을 참을 수가 없었지만 다행히 겉으로 티가 나지는 않았다.

"그에게 차 한잔 하자고 해봐." 갑자기 이모가 단호한 어조로 명령했다. "보리수꽃 차를 마시자고 해. 신경을 안정시켜주지, 보리수꽃이 말이야."

"이모, 그 사람이 저와 결혼을 하고 싶어 하는 거예요. 내가 아니라고요. 어쨌든 난 그 사람 비위 맞출 생각 없어요."

"너한테 수작을 부리라는 게 아니잖아, 그저 앞으로 다가올 시간을 위해 숨통이 트였으면 좋겠다는 거지. 감정을 좀 자제하고 그 사람한테 다정하게 굴어보라고!"

오펠리는 자기 그림자가 길어지며 부풀어 올랐다가 발밑에서 사라지는 모습을 지켜보았다. 태양의 붉은 원판이 유리창 반대쪽에서 옅은 안개 속으로 사라졌다. 그녀의 어두운 안경은 빛의 움직임에 맞추어 조금씩 옅어졌다. 안경은 이제 완전히 치료가 되었다.

"생각해볼게요, 이모."

로즐린은 억지로라도 오펠리를 마주 보려고 그녀의 턱을 잡았다. 집안 대부분의 여자들처럼, 이모도 그녀보다 컸다. 챙 없는 모피 모자와 너무 긴 이빨. 그녀는 이제 말과 비슷해 보이지 않았다. 마멋이랑 닮았다.

"진심을 좀 보이면 안 되겠니? 내 말 모르겠어?"

산책로의 유리창들 뒤로 밤이 내렸다. 목도리로 어깨부터 꽁꽁 졸라매고 있었지만 오펠리는 안에 있으나 밖에 있으나 언제나 추웠다. 마음 깊은 곳에서는 이모가 틀리지 않았다는 것을 알고 있었다. 그녀들은 폴에서 자신들을 기다리는 삶에 대해 아직 아무것도 몰랐다.

토른에 대해 키워왔던 불평은 한편에 두어야만 했다. 이야기를 해야 할 시간이 되었다.

경고

조심스레 금속 문을 두드리는 소리가 길고 좁은 복도로 사라졌다. 희미한 불빛이 오펠리와 김이 나는 작은 쟁반을 짓눌렀다. 아주 깜깜하지는 않았다. 야등이 켜져 있어 줄무늬 벽지와 객실 번호, 콘솔 위의 꽃병 같은 것을 알아볼 수 있었다.

오펠리는 심장이 몇 번 고동치는 것을 느낀 뒤 문 반대편에서 나는 소리에 귀를 기울였다. 하지만 프로펠러만 침묵의 배경음인 양 부르릉댈 뿐이었다. 그녀는 장갑 낀 손으로 서툴게 쟁반을 잡고 다시 문을 두 번 두드렸다. 아무도 문을 열지 않았다.

나중에 다시 오는 게 나을 것 같았다. 그녀는 발길을 옮기기로 했다.

쟁반을 손에 든 채 조심스럽게 돌아서던 오펠리는 곧바로 뒤로 물러서고 말았다. 조금 전 몸을 돌렸던 문에 등이 부딪쳤다. 잔에서 차가 조금 쏟아졌다.

토른이 몸을 쭉 펴고 꼿꼿하게 선 채 예리한 눈빛으로 그녀를 바라보고 있었다. 야등은 괴팍한 얼굴을 부드럽게 해주기는

커녕 칼자국을 더 두드러지게 만들었고, 곤두선 모피의 그림자는 복도의 칸막이 위에서 더 크게 일렁거리는 것 같았다.

오펠리의 눈에 그는 정말 그녀보다 엄청나게, 훨씬 더 많이 커 보였다.

"무슨 일이죠?"

그는 흥분한 기색 없이 차분한 어조로 끊어가며 발음했다. 북쪽 지방의 억양에 자음이 몹시 강하게 튀어나왔다.

오펠리는 그에게 쟁반을 내밀었다.

"이모가 차 한잔 같이하라고 성화셔서요."

대모는 이런 솔직함을 못마땅해했겠지만, 오펠리는 워낙 거짓말에 서툴렀다. 두 팔을 늘어뜨린 채 석순처럼 뻣뻣하게 서 있던 토른은 그녀가 내민 찻잔을 잡으려는 시늉은커녕 손가락 하나 까딱하지 않았다. 결국 그는 멍청한 게 아니라 건방진 사람이 아닐까?

"보리수꽃 차예요." 그녀가 말했다. "긴장을 풀어주……"

"항상 이렇게 작게 말합니까?" 그가 불쑥 말을 끊었다. "도무지 알아들을 수가 없는데."

오펠리는 침묵을 지키다가, 이윽고 훨씬 더 작게 말했다.

"항상 그래요."

토른은 이마를 찌푸렸다. 한편으로는 숱 많은 갈색 머리와 네모난 안경, 낡은 목도리 뒤로 미세하나마 이 여자에게서 관심을 둘 만한 무언가가 있는지 헛되게 찾고 있는 것 같았다. 한

참을 마주 보고 난 뒤에야 오펠리는 그가 객실로 들어가고 싶어 한다는 것을 알아차렸다. 그녀는 차가 놓인 쟁반을 든 채옆으로 한 발 물러섰다.

토른은 길게 늘였던 몸통을 접어 문턱의 상인방 아래를 지나갔다.

오펠리는 거추장스러운 쟁반을 들고 문턱에 그대로 서 있었다. 토른의 객실은 비행선의 다른 객실들과 마찬가지로 아주 협소했다. 천을 덧댄 침대 겸용 장의자, 가방 보관용 그물 선반, 돌아다니기에는 좁은 복도, 안쪽 구석의 작업대와 필기구, 그게 다였다. 그의 방에서 몸을 움직여야 한다는 생각만으로도 오펠리는 벌써부터 고통스러웠다. 토른이 여기저기 부딪치지 않고 방으로 들어갈 수 있다는 사실이 거의 기적처럼 여겨졌다.

그는 천장에 달린 전등 줄을 당기고 장의자에 곰 모피를 가로로 내려놓은 뒤 두 손으로 작업대를 짚었다. 거기에는 수첩과 메모를 휘갈긴 종이 뭉치가 놓여 있었다. 토른이 이 이상한 서류에 몸을 숙이자 등이 둘로 부러진 것 같았고, 그러한 상태로 그는 더 이상 움직이지 않았다. 생각에 잠긴 걸까, 아니면 뭔가를 읽고 있는 걸까? 복도에 있는 오펠리는 정말이지 안중에도 없는 듯했는데, 그럼에도 뒤에 있는 문을 닫지는 않았다.

질문을 던져 남자를 귀찮게 하는 것은 오펠리의 천성이 아니었다. 그래서 뼛속까지 얼어붙은 채, 숨을 내쉴 때마다 입김을 내뿜으며 세상에서 가장 끈질긴 인내를 갖고 객실 앞에서 기다렸다. 매듭처럼 꼭 조인 목 뒤 근육들과 소매 밑으로 나온 뼈가 드러난 손목, 튜닉 속에 튀어나온 견갑골, 힘 좋아 보이는 긴 다리를 그녀는 주의 깊게 바라보았다. 이 남자는 완전히 경직되어 있었다. 이처럼 크고 마른 몸에 내내 긴장을 유지하기도 힘들 것 같았다.

"아직도 거기 있는 겁니까?" 몸을 움직일 생각도 없이 그가 중얼거렸다.

차에는 손도 대고 싶지 않은 게 분명했다. 손에 전해지는 부담을 덜기 위해 그녀는 차를 조금 마셨다. 따뜻해서 기분이 좋아졌다.

"나 때문에 집중이 안 되나요?" 홀짝홀짝 차를 마시며 그녀가 작게 물었다.

"살아남지 못할 겁니다."

오펠리는 가슴이 철렁 내려앉았다. 마시던 차를 찻잔에 도로 내뱉을 수밖에 없었다. 그렇다고 되는대로 몽땅 삼켜버릴 수는 없었으니 말이다.

토른은 고집스레 등만 보였다. 정면에서 그를 보고 혹시 자신을 조롱하려는 건지 확인하려면 비싼 값을 치러야만 할 것 같았다.

"어디에서 살아남지 못할 거라는 거죠?" 그녀가 물었다.

"폴에서. 궁정에서. 우리 약혼에서. 아직까지는 기회가 있으니 엄마 치마 속으로 돌아가요."

너무 당황한 나머지 오펠리는 간신히 본심을 숨긴 그의 경고를 전혀 눈치채지 못했다.

"파혼하겠다는 건가요?"

토른의 어깨에 힘이 들어갔다. 그는 허수아비처럼 기다란 몸통을 반쯤 돌려 무심하게 오펠리 쪽을 바라보았다. 다문 그의 입술은 미소를 짓는 걸까, 아니면 인상을 쓰는 걸까?

"파혼이라고?" 그가 이를 갈듯 되물었다. "우리 관습을 쉽게 생각하는군요."

"무슨 말인지 못 알아 듣겠는데요." 오펠리가 속삭이듯 말했다.

"나도 당신만큼 이 결혼이 내키지 않습니다. 의심할 것 없어요. 그렇지만 가문의 이름으로 당신 가문과 약혼했죠. 대가를 치르지 않고서는 이 서약을 파기할 수 있는 위치가 아닙니다. 그게 워낙 비싸서."

오펠리로서는 이 말들을 이해하는 데 시간이 걸렸다.

"내가 해주길 원한다 해도, 나 역시 그럴 수가 없어요. 납득할 만한 동기 없이 결혼을 깬다면 내 가문을 욕보이는 거니까. 정식적인 절차 같은 것도 없이 추방당하고 말 거라고요."

토른이 더 세게 눈살을 찌푸리자 한쪽 눈이 상처 때문에 둘로 나뉘었다. 오펠리의 말은 그가 듣고 싶었던 대답이 아니었던 모양이다.

"그쪽 관습은 우리 쪽보다 훨씬 유연하잖습니까." 그가 거만하게 반박했다. "당신이 자란 곳에서 직감적으로 느꼈죠. 당신을 맞이할 준비를 하는 세상과는 전혀 비교가 안 됩니다."

오펠리는 잔을 꼭 쥐었다. 이 남자는 협박하는 데만 집착하고 있었다. 그녀는 그게 마음에 들지 않았다. 그는 그녀를 원하지 않았고, 그녀는 아무런 원망 없이 그 사실을 완벽하게 이해했다. 그렇지만 자신이 결혼을 요구했던 여자에게 결혼 파기의 책임을 모두 떠맡길 생각이라면, 그건 꽤 비겁한 짓이었다.

"정말 상황을 엉망으로 만드는군요." 그녀는 작은 소리로 그를 비난했다. "내가 빠져나갈 수도 없는 이 결혼으로 우리 가족들이 보는 이득이 대체 뭐죠? 뭔가 나한테 없는 중요한 거라도 주는 모양인데……"

그녀는 토른의 반응을 살피며 잠시 침묵한 뒤 말을 맺었다.

"……그 중요한 게 뭔지 나한테 말하지 않는 것 같군요."

금속처럼 날카로운 눈이 훨씬 더 예리해졌다. 이제 토른은 멀찌감치서 어깨 너머로 흘끗대듯 그녀를 내려다보지 않았다. 제대로 면도가 되지 않은 턱을 쓰다듬으며, 오히려 경계하는 듯한 눈빛으로 그녀를 살폈다. 오펠리의 목도리가 바닥으로 흘러내려 화난 고양이 꼬리처럼 허공을 휘젓자 그의 얼굴에 기분 나쁜 표정이 떠올랐다.

"보면 볼수록, 처음에 느낀 인상이 더 견고해지는군." 그가 투덜거렸다. "너무 허약하고, 너무 둔하고, 너무 몸을 사리고…… 내가 데려가는 곳에 어울리게끔 단련되지 않았어요. 나를 따라 거길 간다면 겨울을 넘기지 못할 겁니다. 두고 봐요."

오펠리는 토른의 시선을 피하지 않았다. 쇠처럼 날카롭고 단단한 시선. 도발적인 시선. 작은할아버지가 했던 말들이 기억 속에 울렸고, 그녀는 자신이 그에게 답하는 소리를 들었다.

"당신은 나를 모르잖아요, 토른."

그녀는 찻잔을 쟁반 위에 올려놓은 뒤 천천히, 침착하게 움직여서 둘 사이에 있던 문을 닫았다.

식당이나 좁은 통로 모퉁이에서조차 토른과 다시 마주치지 않은 채 며칠이 더 흘렀다. 그들이 나눈 말들이 오랫동안 그녀를 당혹스럽게 했다. 쓸데없이 이모를 걱정시키지 않으려고 그녀는 거짓말을 했다. 토른이 너무 바빠서 만날 수 없었고, 그래서 대화도 나누지 못했다고. 대모가 이미 새로운 사랑의 전략을 쌓아가고 있는 동안, 오펠리는 장갑 실밥을 갉아먹었다. 두 아옌들은 어떤 체스 판에 그녀를 놓은 걸까? 토른이 언급한 위험은 진짜일까? 아니면 그녀가 집으로 되돌아가길 바라는 마음으로 그저 겁을 줄 심산이었던 걸까? 궁정에서 그의 위치는 오펠리의 가족이 믿는 것처럼 정말 확고한 것일까?

이모가 성가시게 구는 탓에 오펠리는 혼자 떨어져 있고 싶었다. 그녀는 비행선 화장실에 처박혀 안경을 벗고 얼어붙은 동그란 창에 이마를 바싹 붙인 채, 한참 동안 머리를 떼지 않았다. 입김이 만드는 두터운 장막이 유리창 위로 점점 더 쌓여갔다.

동그란 창에 눈이 층층이 덮여 있어 밖은 전혀 보이지 않았지만, 밤이라는 것은 알 수 있었다. 극지방의 겨울에 떠밀린 태양은 사흘째 모습을 드러내지 않았다.

갑자기 전등이 몹시 흥분해서 요동치고, 바닥이 오펠리의 발밑에서 일렁거렸다. 그녀는 화장실을 나왔다. 눈보라가 휘몰아치는 와중에 비행선이 계류를 시도하느라 온통 삐걱거리고 끽끽거리고 우지끈하는 소리였다.

"말도 안 돼, 아직 준비가 안 된 거냐?" 로즐린 이모가 몇 겹으로 두껍게 모피를 껴입고서는 복도로 급히 내려오며 소리쳤다. "얼른 가서 짐 챙겨. 트랩도 건너기 전에 얼어 죽고 싶지 않으면 옷도 더 껴입고!"

오펠리는 서둘러 두 벌의 코트와 커다란 털모자 속으로 들어갔고, 장갑 낀 손 위에 방한 토시를 덧낀 뒤 아주 긴 목도리를 목에 여러 차례 둘러맸다. 옷을 너무 꽉 껴입은 탓에 팔을 움직일 수도 없었다.

비행선 감압실에서 나머지 승무원들과 마주치자, 그들이 그녀의 짐 가방을 밖으로 옮겼다. 유리라도 자를 듯한 바람이 문으로 휩쓸려 들어왔고, 이미 바닥은 눈으로 새하얗게 덮여 있었다. 감압실 기온이 엄청나게 낮아서 오펠리는 눈물이 날 정도였다.

곰 털을 안에 댄 외투를 입은 길고 긴 토른은 망설임 없이 태연하게 돌풍을 뚫고 눈보라 속으로 걸어 들어갔다. 트랩으로 나아가자, 오펠리는 허파 가득 얼음을 삼킨 것 같은 느낌이었다. 안경에 쌓여 층을 이룬 눈 때문에 앞이 보이지 않았고, 트랩의 밧줄은 장갑 낀 손에서 자꾸만 미끄러졌다. 걸을 때마다 고통스러웠다. 장화 안쪽에서 발가락이 그대로 얼어붙는 것만 같았다. 이모가 그녀 뒤 어딘가에서 삭풍을 힘겨워하며, 조심해서 발을 디디라고 오펠리를 향해 소리 질렀다. 아무리 소리쳐도 부족할 얘기였다. 오펠리는 곧바로 미끄러져버렸으니까. 그럭저럭 안전 끈을 다시 잡았어도 다리 하나가 허공에서 흔들거렸다. 트랩이 바닥에서 얼마나 떨어져 있는지 몰랐지만, 그녀로서는 알고 싶지도 않았다.

"천천히 내려와요." 승무원 하나가 팔꿈치를 잡으며 그녀에게 말했다. "여기예요!"

오펠리는 죽어버린 듯 생기라곤 전혀 느껴지지 않는 단단한 흙에 다다랐다. 바람이 그녀의 코트를, 치마를, 머리를 때렸고, 털모자를 멀리 날려 보냈다. 장갑 낀 손으로 어쩔 줄 몰라 하던 그녀는 안경에 쌓인 눈을 털어내려 했지만, 눈은 녹인 납처럼 안경알에 붙어버렸다. 지금 여기가 어딘지 확인하려면 안경을 벗어야 했다. 고통스러운 시선을 어디로 가져가든, 어둠과 눈밖에 보이지 않았다. 그녀는 토른과 이모를 잃어버렸다.

"손을 쥐어요!" 어떤 남자가 그녀에게 소리쳤다.

당황한 그녀가 되는대로 팔을 뻗자, 곧바로 그때까진 보이지 않던 썰매 위로 낚아채였다.

"꼭 잡아요!"

그녀는 손잡이를 꼭 쥐었다. 추위로 오그라든 몸 전체가 요동치며 뒤흔들렸다. 채찍이 그녀 위에서 춤을 추며 썰매에 묶인 개들에게 점점 더 급박하게 활력을 불어넣었다. 오펠리는 살며시 뜬 눈으로 암흑 속에서 서로 얽혀 있는 가느다란 빛줄기들을 본 것 같았다. 가로등이었다. 썰매는 인도와 문들에 하얗게 밀려든 눈을 헤치고 도시 여기저기를 가르며 달렸다. 얼음판 위의 질주는 끝나지 않을 것 같았다. 모피를 잔뜩 걸친 그녀가 바람과 속도에 한껏 취해 있을 때, 마침내 속도가 줄어들었다.

개들이 거대한 도개교를 건넜다.

사냥터지기

"이쪽으로!" 남자가 손전등을 흔들며 소리쳐 불렀다.

바람에 머리를 날리며 벌벌 떨고 있던 오펠리는 비틀비틀 썰매에서 내렸다. 발목까지 눈에 파묻히고 장화 가장자리에서 눈이 크림처럼 흘렀다. 지금 있는 곳이 어디일지 막연하기만 했다. 성벽으로 둘러싸인 좁은 뜰이었다. 눈은 그쳤지만 바람이 살을 에는 듯했다.

"여행은 즐거우셨나요, 나리?" 손전등을 든 남자가 그들을 맞으며 물었다. "그렇게 오래 자리를 비우실 줄은 몰랐어요. 걱정이 되더군요. 요란하게 도착하셨네요. 무슨 일이 있었는지 얘기좀 해주세요!"

그가 오펠리의 얼빠진 얼굴에 대고 손전등을 흔들었다. 그녀는 안경 너머 그를 그저 희미한 빛으로만 알아볼 수 있었다. 토른보다 훨씬 더 강한 억양 탓에 무슨 말을 하는지 알아듣기 힘들었다.

"젠장, 뼈만 남았네! 이 여자, 다리도 튼튼하지 않고. 여기 와서 죽는 건 아니겠지. 나리께 더 살이 붙은 여자를 바쳤을 수도 있을 텐데……"

오펠리는 깜짝 놀랐다. 그녀를 더듬을 요량으로 팔을 내밀던 그는 머리통을 한 방 맞았다. 로즐린 이모가 우산을 휘두른 것이다.

"내 조카에게 손만 대봐. 그리고 말 좀 곱게 하라고, 이 산적 같은 놈아!" 모피 모자를 쓴 그녀가 화를 냈다. "그리고 당신, 토른, 뭐라고 말 좀 해봐요!"

그러나 무슨 일이 있건 토른은 아무 말도 하지 않았다. 그는 이미 멀찌감치 가버려서 거대한 곰 모피만 현관의 네모난 빛 안에 분명하게 드러났다. 환각에 사로잡힌 듯 오펠리는 토른이 남긴 발자국을 따라 걸음을 내디디며 집의 현관 층계까지 다가갔다.

열기. 빛. 카펫.

황량한 바깥과 대조적인 분위기가 위협적이기까지 했다. 오펠리는 반쯤 시야가 가려진 상태로 긴 현관을 통과한 뒤, 본능에 이끌리듯 두 볼을 따뜻하게 데워줄 스토브로 간신히 다가섰다.

토른이 왜 자기더러 겨울을 넘길 수 없을 거라고 했는지 알 것 같았다. 이곳은 아니마의 산속 추위하고는 비교할 수 없었다. 숨 쉬는 것이 괴로웠다. 코, 목, 허파가 안에서부터 그녀를 따갑게 했다.

등 뒤에서 엄마의 목소리 보다 훨씬 더 힘찬 여자의 목소리가 터져 나오자 그녀는 몸을 움찔했다.

"바람이 좋죠? 모피 외투는 이리 주세요, 나리. 다 젖었네요. 일은 잘되었나요? 부인의 하녀는요? 결국엔 데려온 거죠? 하녀가 참 지루했을 것 같아요. 저 위를 날아오는 동안 말예요!"

그 여자는 스토브 옆에서 몸을 둥글게 웅크린 채 떨고 있던 작은 생명체를 미처 보지 못한 것이 틀림없었다. 한편 오펠리는 억양 탓에 그녀가 하는 소리를 제대로 이해하지 못하고 있었다. 너무나 고약한 억양이었다. '부인의 하녀라고?' 토른이 아무 대답을 않자, 충실한 그녀는 발소리를 최대한 죽여 조용히 멀어지며 말했다.

"남편을 도와주러 가야겠어요."

주변이 천천히 눈에 들어왔다. 안경에 들러붙은 눈이 녹으면서 주위의 낯선 형체들이 또렷해졌다. 입이 살짝 벌어지고 눈동자는 움직이지 않는 동물 전리품들이 거대한 사냥 진열실 벽을 따라 튀어나와 있었다. 그 엄청난 크기로 보건대 괴수들이었다. 현관 위에 제대로 자리 잡은 큰사슴의 뿔들은 나무만 했다.

숙소 구석의 거대한 벽난로 앞에 토른의 그림자가 서 있었다. 여차하면 곧장 손에 쥘 수 있도록 여행용 천 가방을 발치에 내려놓은 모습이었다.

오펠리는 스토브 곁을 떠나 벽난로로 다가갔다. 그쪽이 훨씬 따뜻할 것 같았다. 한 걸음 한 걸음 옮길 때마다 물이 찬 장화에서 꾸르륵 소리가 났다. 원피스도 눈을 잔뜩 먹어 마치 납을 이고 있는 기분이었다. 오펠리는 치마를 살짝 들어 올리고서야, 카펫이라고 생각했던 것이 사실은 거대한 회색 모피였음을 알게 되었다. 등골이 오싹해졌다. 가죽으로 이 정도 길이를 덮어씌우려면 살아서 엄청 거대했을 텐데, 대체 어떤 동물이었을까?

토른은 오펠리가 다가오는 것도 모른 채 벽난로 불을 한참이나 쳐다보고 있었다. 두 팔은 마치 긴 칼처럼 가슴에서 교차했고, 길고 신경질적인 다리는 마치 그 자리에 있는 것을 참기 힘들다는 듯 초조함을 숨기며 떨었다. 그는 뚜껑이 빠르게 부딪치는 소리를 내며 회중시계를 확인했다. **딸깍딸깍.**

불꽃을 향해 손을 내민 채, 오펠리는 이모가 무엇을 하고 있을까 생각했다. 손전등을 든 남자와 이모를 단둘이 남겨두어서는 안 될 것만 같았다. 그것도 밖에. 귀를 기울여보니 짐을 가지고 항의하는 소리가 들리는 것 같았다.

그녀는 이가 더 이상 떨리지 않게 되기를 기다렸다가 토른에게 말을 걸었다.

"솔직히 이 사람들이 다 누구인지 모르겠는데……"

입을 꾹 다문 그의 모습을 보고 대답을 들을 수 없으리라 생각했는데, 마침내 그가 턱의 긴장을 풀고 말했다.

"다른 사람들 앞에서는, 그리고 내가 그렇게 결정한 이상, 당신들은 내 이모를 즐겁게 해드리기 위해 외지에서 데려온 두

명의 하녀가 되는 겁니다. 일이 생각대로 잘 처리되길 원한다면 입을 조심해야 해요. 특히 당신 샤프롱은 더. 그리고 나와 동등한 위치에 있으려 하지 말고요." 짜증 섞인 한숨과 함께 그가 덧붙였다. "안 그러면 의심을 사게 될 테니까."

벽난로의 열기에 대한 미련을 애써 버리고, 오펠리는 두 발짝 뒤로 물러섰다. 결국 토른은 그들이 결혼한다는 이야기를 퍼뜨리지 않기 위해 갖은 노력을 하고 있었다. 소문이 날까 걱정스러운 것이다. 한편 그녀는 이곳 부부와 그가 맺고 있는 기괴한 관계 때문에 혼란스러웠다. 그들은 그를 '나리'라고 불렀고, 그에게 보였던 친근감 뒤에는 일종의 공경심이 숨겨져 있었다. 아니마에서는 모두가 누군가의 사촌이며 서로 불편할 정도로 격식을 차리는 일이 없었다. 이곳에는 침범할 수 없는 모종의 계급이 이미 은연중에 떠다녔는데, 오펠리로서는 그 본질을 이해할 수 없었다.

"여기서 사는 건가요?" 뒤로 물러선 자리에서 그녀는 숨을 내쉬며 들릴락 말락 속삭였다.

"아니요." 잠시 침묵하던 그가 순순히 질문에 답했다. "여긴 사냥터지기의 집이에요."

대답을 듣고 오펠리는 안심했다. 벽난로에서 타오르는 향으로 겨우 지워지긴 했지만, 전리품으로 장식된 짐승들에게서 풍기는 으스스한 냄새가 싫었다.

"오늘 밤은 여기서 머물고요?"

칼로 자른 듯한 옆모습만 집요하게 보여주던 토른이 이 질문에 매의 눈으로 그녀를 돌아보았다. 심각했던 얼굴이 당혹스러움으로 한순간 느슨해졌다.

"밤? 대체 지금이 몇 시라고 생각하는 거죠?"

"생각보다 훨씬 이른 시간인가 보네요." 오펠리는 낮은 소리로 중얼거렸다.

하늘을 짓누르던 옅은 빛이 그녀의 생체 시계를 뒤죽박죽으로 만든 터였다. 그녀는 졸리고 추웠지만, 토른에게는 아무 말 하지 않았다. 이미 자신을 지나치게 까다롭다 생각하는 이 남자 앞에서 약점을 드러내고 싶지 않았다.

갑자기 현관에서 천둥소리 같은 것이 들렸다.

"산적 같은 놈들!" 몹시 화가 난 로즐린 이모의 목소리였다. "어설픈 놈들! 상스러운 것들!"

오펠리는 토른의 일그러진 표정을 느낄 수 있었다. 화가 나서 얼굴이 자줏빛으로 변한 이모가 모자를 쓰고 느닷없이 전리품 진열실 안으로 들어왔다. 사냥터지기 아내가 바로 옆에서 따라 들어왔다. 이번에는 그 여자가 어떻게 생겼는지 볼 수 있었다. 아기 같은 분홍색 피부에 포동포동한 사람이었는데, 이마에는 왕관처럼 금줄을 두르고 있었다.

"그런 구색으로 그분들 댁에 가겠다는 생각인가?" 그 여자가 따지듯 말했다. "자기가 무슨 백작 부인이라도 된다고 생각하는 거야 뭐야!"

로즐린은 난로 앞에 있는 오펠리를 보더니 곧장 조카를 증인 삼아 마치 검을 휘두르듯 우산을 휘둘러댔다.

"저들이 내 끝내주는 재봉틀을 빼앗아 갔어!" 이모가 분노했다. "그러면 나는 어떻게 내 드레스들 가장자리를 접어 감치지? 어떻게 찢어진 옷들을 수선하지? 나는 천이 아니라 종이 전문가란 말이야!"

"다른 사람들처럼 하면 되지." 그 여자가 멸시하는 투로 대꾸했다. "바늘하고 실을 가지고 말이야, 이 여자야!"

오펠리는 어떤 태도를 취해야 할지 토른에게 눈으로 묻고 싶었지만, 벽난로 쪽으로 몸을 완전히 틀고 있는 품새로 보아 그는 바느질 도구 같은 것을 두고 벌이는 싸움에는 관심이 없는 듯했다. 그럼에도 그 뻣뻣한 모습이 꼭 로즐린 이모의 경솔함을 비난하는 것 같기도 했다.

"참을 수가 없군." 이모가 답답해하며 말했다. "당신이 지금 누구한테 이러고 있는지 알기나 해?…… 내가 누군지……"

오펠리는 이모를 말리기 위해 자신의 손을 이모의 팔에 내려놓았다.

"침착해요, 이모. 그게 그리 중요한 건 아니잖아요."

사냥터지기 부인은 투명한 두 눈을 이모에서 조카로 옮겨 왔다. 물방울이 떨어지는 머리칼과 시체 같은 안색, 그리고 마치 마포 조각처럼 기워놓은 우스꽝스러운 그녀의 옷차림을 유심히 살폈다.

"더 이국적인 물건을 기대했는데. 베르닐드 부인이 잘 참아주시기를 바랄 수밖에!"

"가서 남편이나 찾아오시게." 토른이 거칠게 소리쳤다. "걔들에게 장비를 갖추라고 전하고. 숲을 또 건너가야 하니까. 더는 시간 낭비하고 싶지 않소."

로즐린 이모가 베르닐드 부인이 누구인지 물어보려고 긴 말이빨 사이를 살짝 벌리자 오펠리는 눈빛으로 그녀를 만류했다.

"비행선을 타고 가시는 게 낫지 않겠어요, 나리?" 사냥터지기의 아내가 놀라 물었다.

오펠리도 얼어붙은 숲을 지나가는 것보다는 비행선이 더 낫다고 생각하며 "그래"라는 대답을 원했지만, 토른은 신경질적으로 대답했다.

"목요일 전까지는 갈아탈 수 있는 게 없잖소. 시간 낭비하고 싶지 않다니까."

"네, 나리." 여자가 고개를 조아리며 말했다.

로즐린 이모는 우산을 손에 꼭 쥔 채 화가 단단히 나 있었다.

"그런데 우리는요, 토른? 우리 생각은 물어보지도 않나요? 눈이 조금이라도 녹기를 기다리며 호텔에서 자고 싶은데요."

토른은 오펠리와 대모 쪽으로는 눈길 한 번 주지 않은 채 자기 가방을 집었다.

"눈은 녹지 않아요." 대답은 이것뿐이었다.

그들은 천장이 막힌 커다란 테라스로 나갔다. 멀지 않은 곳에서 숲이 바람에 살랑거리는 소리를 냈다. 추워서 숨이 멎을 것 같았지만, 비행선에서 내렸을 때보다는 풍경을 더 자세히 살펴볼 수 있었다. 극지방의 밤이라 해도 그녀가 상상했던 것만큼 깜깜하거나 헤쳐나갈 수 없는 그런 것은 아니었다. 눈이 쌓여 한껏 부풀어 오른 전나무 숲의 능선에 삐죽삐죽해진 하늘은 쪽빛 인광을 냈고, 이웃 마을과 숲을 가르는 성벽 위쪽은 부드러운 푸른빛을 띠었다. 태양은 숨어버렸다. 그건 분명하다. 그렇긴 해도 멀리 가버린 건 아니었다. 태양은 거기에 그대로 있었다. 시야에 들어올 정도의 거리에, 정확하게 지평선과 같은 위치에.

손수건에 코를 대고 목도리를 뒤로 넘기던 오펠리는 개들을 썰매에 연결하는 모습을 보고 깜짝 놀랐다. 바람 탓에 털이 곤두선 늑대 같은 개들은 말만큼이나 당당했다. 오귀스틴의 여행 수첩 속에서 짐승들을 보긴 했지만, 눈앞에서 저들의 살과 송곳니를 보는 것은 완전히 다른 경험이었다. 짐승들과 눈이 마주치자, 로즐린 이모는 거의 기절할 지경이었다.

장화를 신고 눈 속에 꼼짝 않고 서 있던 굳은 얼굴의 토른이 승마용 장갑을 꼈다. 그는 백곰 모피 옷을 잿빛 털외투로 갈아입었다. 부피가 작고 덜 무거운 외투는 철사 같은 그의 몸에 꼭 달라붙었다. 사냥터지기가 밀렵꾼들에 대해 보고하며 불평을 늘어놓았지만 토른은 듣는 둥 마는 둥 했다.

이 사람들에게 토른은 대체 어떤 존재일까? 오펠리는 한 번 더 따져봤다. 정식으로 이런 보고를 받을 권리가 있다는 것은 이 숲이 그의 소유라는 뜻일까?

"그런데 우리 가방은?" 이를 덜덜 떨면서 로즐린 이모가 끼어들었다. "썰매에 짐 안 싣나요?"

"가방을 실으면 속도가 안 나요, 부인." 사냥터지기가 담배를 씹으며 대답했다. "걱정하지 말아요. 나중에 베르닐드 부인 집으로 가져다줄 테니."

그의 억양과 씹는 담배 탓에 로즐린 이모는 곧바로 이해하지 못하고 그에게 같은 문장을 세 번이나 되풀이하게 해야 했다.

"여자들은 최소한의 필수품 없이는 여행할 수 없다고요!" 그녀가 감정이 상해 말했다. "그리고 토른도 아직 작은 가방을 갖고 있잖아요, 내 말이 틀려요?"

"그건 다르지." 말도 안 되는 소리라도 들은 듯 사냥터지기가 중얼거렸다.

토른이 신경질적으로 혀를 찼다.

"어디 있나?" 그가 노골적으로 로즐린을 무시하며 물었다.

사냥터지기는 손짓으로 숲 너머를 애매하게 가리켰다.

"호숫가 어딘가에 있을 겁니다, 나리."

"당신들, 누구 얘기를 하는 거예요?" 로즐린 이모가 참다못해 물었다.

목도리로 얼굴을 싸맨 오펠리도 무슨 말인지 알 수 없긴 마찬가지였다. 도대체가 아무것도 이해할 수 없었다. 추워서 머리가 아팠고, 생각을 명료하게 유지하는 것도 불가능했다. 다시 썰매에 올라 밤길을 떠날 때, 바람에 휩쓸려 치마가 부풀어 오르는데도 오펠리는 여전히 갈피를 잡지 못한 채였다.

마차 구석에 쭈그리고 앉아서 차의 요동에 맞추어 헝겊 인형처럼 흔들리며, 오펠리는 자꾸만 코를 때리는 머리카락을 장갑으로 잡았다. 앞에서는 토른이 썰매를 몰고 있었다. 앞쪽으로 구부린 그의 거대한 그림자가 화살 같은 바람을 따라 움직였다. 사냥터지기와 로즐린 이모를 실은 옆 썰매의 둔탁한 방울 소리가 어둠 속에서 그들을 조심스레 따라왔다. 썰매를 타고 가는 동안 헐벗은 나뭇가지들이 풍경을 할퀴고, 쌓인 눈을 찢고, 여기저기에 하늘을 조각조각 뱉어냈다. 사방으로 흔들리는 와중에도 온몸을 마비시키는 질척한 졸음과 싸우며, 오펠리는 이 썰매 여행이 영원히 끝날 것 같지 않다고 생각했다.

숲에서 우글거리던 그림자들이 느닷없이 산산이 부서지더니 이내 거대하고 맑고 눈부신 밤이 별이 총총히 박힌 외투를 끝없이 펼쳤다. 안경 뒤로 오펠리의 눈이 휘둥그레졌다. 썰매에서 일어서자 얼음처럼 찬 삭풍이 머리카락 사이로 밀려들었다. 눈앞에 펼쳐진 장면을 보고 그녀는 몹시 깜짝 놀랐다.

아주 멋진 성채가 세상과 연결된 끈이라고는 하나 없이 밤하늘 한복판에 매달려 숲 위를 떠다니고 있었다. 성채의 망루들은 은하수에 잠겨 있었다. 엄청나게 멋진 광경이었다. 땅에서 버림받은 거대한 벌통 같았다. 아성과 다리, 총안, 계단, 반아치형 걸침 벽, 굴뚝 같은 것들이 구불구불하게 뒤얽혀 있었다. 허공에서 길게 흐르는 외호外濠가 얼어붙은 고리처럼 눈 덮인 도시를 조심스럽게 보호해주었다. 도시는 얼음 고리가 만든 윤곽 위아래로 솟은 채, 별처럼 반짝이는 창문들과 가로등들이 박힌 모습으로 호수 거울 위에 수없이 빛을 반사했다. 가장 높이 솟은 망루는 초승달까지 가닿았다.

'말도 안 돼.' 눈앞에 펼쳐진 광경에 흥분해 오펠리는 생각했다. 이것이 오귀스튀가 여행 일지에 그렸던 떠다니는 도시일까?

썰매 앞에서 토른이 어깨 너머로 힐끔대고 있었다. 그의 얼굴을 때리는 옅은 금발 머리카락 사이로 보이는 눈은 평소보다 훨씬 더 생기 있어 보였다.

"꽉 잡아요!"

오펠리는 당황해서 손에 잡히는 것을 붙들었다. 급류처럼 강렬하게 빨아들이는 삭풍에 숨이 멎었다. 이 바람을 타고 거대한 개들과 썰매는 눈 속에서 빠져나갔다. 이모의 입에서 터진 광란의 외침이 별들을 향해 흩어졌다. 오펠리는 아주 작은 소리도 차마 낼 수 없었다. 심장이 요란하게 뛰고 있었다. 하늘로 올라가면 올라갈수록 속도는 더 빨라졌고, 배 안쪽 깊숙이 자리한 위가 점점 더 짓눌리는 것 같았다. 썰매는 이모의 비명처럼 영원히 끝날 것 같지 않은 커다란 고리를 그렸다. 분수처럼 불꽃을 발하며, 마침내 썰매 날이 얼어붙은 외호 위로 거칠게 내려앉았다. 오펠리의 몸이 갑자기 바닥에서 튕겨 올라 썰매 밖으로 나갈 뻔했다. 드디어 개들은 달리기를 멈추었고, 썰매는 거대한 내리닫이 창살문 앞에서 움직이지 않았다.

"시타시엘*입니다." 토른이 짧게 말하며 내렸다.

그는 뒤를 돌아보고 약혼자가 아직 그 자리에 제대로 있는지 확인하지도 않았다.

* Citacielle. '성채'를 뜻하는 citadelle과 '하늘'을 뜻하는 ciel을 조합하여 만든 지명이다.

시타시엘

오펠리는 목을 뒤로 젖혔다. 하늘의 별까지 뻗어 있는 이 엄청난 도시에서 눈을 뗄 수 없었다.

높은 성벽 위까지 순찰로가 나 있었다. 요새 한가운데를 휘감으며 꼭대기까지 나선형으로 꾸불꾸불하게 올라가는 길이었다. 시타시엘은, 아름답다기보다는 아주 기묘했다. 부풀어 오른 것 같은 형태 혹은 가느다란 모양, 그도 아니면 굽은 여러 형태의 작은 탑들이 굴뚝마다 연기를 뿜어냈다. 아치형 통로를 이룬 계단이 허공에 어설프게 걸쳐 있었는데, 굳이 위험을 무릅쓰고 가보고 싶다는 생각은 전혀 들지 않았다. 스테인드글라스든 십자형 유리든, 창문들은 저마다 밤하늘에 어울리지 않는 색들로 장식되어 있었다.

"죽는 줄 알았어……" 뒤에서 죽어가는 목소리가 들렸다.

"조심하쇼, 부인. 그런 신발로는 바닥이 완전 미끄럼판이겠구먼."

기력이 빠진 로즐린 이모는 사냥터지기에 의지해 얼어붙은 외호 바닥에서 중심을 잡아보려 했다. 손전등 불빛에 비친 그녀의 얼굴은 평소보다 훨씬 더 노랗게 보였다.

이번엔 오펠리가 썰매 밖으로 신중하게 발을 옮긴 뒤 얼음 위에 신발을 대보며 상황을 살폈다. 그래봤자 곧바로 뒤로 넘어졌지만.

토른은 데려온 개들을 풀어 사냥터지기의 개들 쪽으로 보냈다. 그러는 동안 바닥에 홈이 파인 그의 장화는 두툼한 얼음막에 완벽하게 들러붙어 있었다.

"괜찮겠죠, 나리?" 긴 채찍을 손목에 감으면서 사냥터지기가 물었다.

"그래."

고삐를 한 번 당기자, 썰매는 소리 없이 달려나가 공기 통로에 매달렸다가 등불을 켜고 별똥별처럼 어둠 속으로 사라졌다. 얼음판에 주저앉아 있던 오펠리는 되돌아갈 수 있으리라는 희망이 썰매와 함께 사라지는 듯 느끼며 눈으로 그 모습을 좇았다. 개들이 매달린 썰매가 그렇게 날아가는 게 이치상 어떻게 가능할까? 도무지 이해할 수가 없었다.

"도와줘요."

뻣뻣하고 기다란 토른이 텅 빈 썰매 뒤에서 몸을 숙였다. 오펠리도 똑같이 해주길 기대하는 것 같았다. 그녀는 그럭저럭 토른이 있는 곳까지 미끄러져 갔다. 그러자 그는 조금 전 자신이 눈 위에 박은 지지대를 가리켰다.

"발을 지지대에 대고 고정시켜요. 내가 신호를 보내면 썰매를 아주 힘껏 밀어붙이는 겁니다."

그녀는 확신이 서지 않았지만 그의 말에 따랐다. 지지대에 발가락이 닿는 감각이 겨우 느껴졌다. 토른이 신호를 보내자마자, 그녀는 온몸으로 썰매에 기댔다. 커다란 늑대 같은 개들 뒤에서는 그토록 쉽게 움직였던 썰매가, 짐승들을 떼어내니 얼음에 박혀버린 것 같았다. 그들이 밀어붙이는 방향으로 썰매의 날이 움직이자 오펠리는 안심이 되었다.

"좀 더." 토른은 다른 지지대를 꽂으면서 감정 없는 말투로 요구했다.

"무슨 꿍꿍이인지는 나중에 설명해줄 건가?" 로즐린 이모가 그들을 지켜보며 화를 냈다. "왜 아무도 격식에 따라 마중 나오지 않는 거죠? 왜 우리를 존중하지 않아요? 그리고 우리가 도착했다는 것을 당신 가족들은 왜 모르는 것 같죠?"

갈색 모피를 입은 로즐린 이모는 중심을 잡느라 몸을 마구 움직이다가 문득 자신을 노려보는 토른의 눈길에 그 자리에서 굳어지고 말았다. 번득이는 두 개의 칼날처럼, 그의 두 눈이 밤의 푸르스름한 어둠 속에서 도드라졌다.

"왜냐하면……" 그는 입속말로 중얼거렸다. "조금 신중해야 할 필요가 있어서요, 부인. 그게 불쾌하신가요?"

그의 음산한 얼굴이 다시 오펠리를 향했고, 이내 밀라는 신호를 보냈다. 몇 차례 더 반복한 뒤 그들은 거대한 문이 달린 어마어마한 창고에 이르렀다. 바람이 불자 사슬로 느슨하게 연결한 문이 삐걱댔다. 토른은 털외투를 벗고 어깨에 비스듬히 맨 가방을 들어 열쇠 뭉치를 꺼냈다. 맹꽁이자물쇠가 흔들리더니 이내 사슬이 미끄러졌다. 그들이 타고 온 것과 비슷해 보이는 썰매들이 어둠 속에서 줄을 맞춰 정리되어 있었다. 안에는 슬로프가 마련되어 있어서 토른은 오펠리의 도움 없이 창고에 썰매를 넣었다. 그는 가방을 집어 들고는 창고 안쪽으로 자기를 따라오라고 손짓했다.

"정문으로 들어가야지, 이게 뭐야?" 로즐린 이모가 불평했다.

토른은 눈에 힘을 주어 두 여자를 번갈아 바라보았다.

"지금부터······" 그가 분노에 찬 목소리로 말했다. "불평하지 말고, 주저하지 말고, 발을 질질 끌지 말고, 소리도 내지 말고, 그냥 따라오십시오."

로즐린 이모가 입술을 깨물었다. 오펠리가 깊이 생각해보건대, 자신의 의견이 어떻든 어차피 토른은 동의를 구하지 않을 터였다. 그들은 요새 안쪽으로 밀항자들처럼 스며들었다. 그에게도 나름의 이유가 있겠지. 옳든 그르든 그것은 상관없었다.

토른은 무거운 나무문을 옆으로 밀었다. 어두운 방 안으로 들어가자 동물의 강한 체취가 풍겼다. 어둠 속에서 무언가 움직이는 기척이 느껴졌다. 창살이 쳐진 우리 칸칸마다 안쪽에서 커다란 발들이 긁어댔고, 거대한 코들이 킁킁거렸고, 큰 주둥이들이 날카로운 소리를 냈다. 개들이 어찌나 큰지 외양간에 왔나 싶을 정도였다. 토른이 이 사이로 휘파람을 불어 흥분한 개들을 진정시켰다. 그는 허리를 굽히고 단단한 철로 만든 화물용 승강기 안으로 들어가 두 사람이 들어오기를 기다린 뒤 안전용 창살을 펼치고 크랭크 핸들을 돌렸다. 금속음을 내며 승강기가 한 층 한 층 기어 올라갔다. 기온이 오르자 얼음의 결정체가 그들 주변에서 구름처럼 떠올랐다.

오펠리의 혈관 속으로 흘러다니던 열기는 곧바로 극심한 고통으로 변했다. 열기가 그녀의 볼에 뜨거운 물을 부었고, 안경을 김으로 덮었다. 대모가 갑갑해서 작은 비명을 내지르는데, 승강기가 갑자기 멈췄다. 토른은 긴 목을 내밀어 이쪽저쪽을 둘러보고는 승강기 창살을 아코디언처럼 접어 열었다.

"오른쪽으로, 서둘러요."

반쯤 파헤쳐진 포석에 관리되지 않은 보도, 벽에는 오래된 광고가 붙어 있는 데다 짙은 안개까지 긴 모습이 아주 불결한 골목길처럼 보였다. 공기 중에 떠다니는 빵집과 식료품점의 어렴풋한 향을 맡자 오펠리의 배가 부글부글 끓기 시작했다.

토른은 가방을 손에 든 채, 사람들이 없는 구역과 비밀스러운 길들 그리고 황폐한 계단들을 따라오게 했다. 마차가 지나가거나 멀리서 웃음소리가 들려오는 바람에 그는 두 번이나 골목길의 어두운 곳으로 그들을 몰았다. 그러고 나서는 곧장 오펠리의 손목을 잡고 발걸음을 재촉했다. 그의 긴 다리는 그녀보다 보폭이 두 배나 컸다.

그녀는 가로등의 희미한 빛 아래서 토른의 주름진 턱과 극도로 창백한 눈, 그리고 한참 위에 있는 단호한 이마를 유심히 살폈다. 그런 그의 행동을 보며 그녀는 성에서 자신의 위치가 정말 괜찮은 건지 다시금 따져보지 않을 수 없었다. 긴장한 토른의 기다란 손이 오펠리의 팔을 놓았을 때, 그들은 초라한 집의 뒤뜰에 이르러 있었다. 쓰레기통을 뒤지던 고양이 한 마리가 그들을 보자 도망쳤다. 토른은 한 번 더 멸시하듯 쏘아보고는 그들을 문 안쪽으로 몰아붙인 뒤 곧바로 문을 닫아 이중으로 잠갔다.

로즐린 이모는 놀라서 경기를 했다. 안경 뒤로 오펠리의 두 눈은 휘둥그레졌다. 석양에 붉게 물든 가을 낙엽과 수북한 전원풍 공원이 그녀들 주위로 펼쳐져 있었다. 밤이 아니었다. 눈도 없었다. 시타시엘도 아니었다. 믿을 수 없는 마술로 그들은 다른 곳에 솟아올라 있었다. 오펠리는 발뒤꿈치로 땅을 딛고 한 바퀴 돌았다. 그들이 방금 통과했던 문은 말도 안 되게 잔디밭 한가운데 서 있었다.

토른의 호흡이 좀 편안해진 듯했다. 그가 명한 금기들이 이제는 끝난 모양이었다.

"정말 놀랍군." 로즐린 이모가 더듬거리며 말했다. 원체 길고 메마른 얼굴이 감탄으로 부풀어 올랐다. "여기가 어디죠?"

토른은 가방을 들고 느릅나무와 포플러가 나란히 줄지어 있는 길로 곧바로 나아가기 시작했다.

"제 고모의 영지입니다. 다른 질문들은 나중을 위해 간직해두시고, 더 이상 지체하지 않으면 고맙겠습니다." 로즐린이 여세를 몰아 질문을 퍼부을 기색이었기에 그는 단호한 목소리로 덧붙였다.

두 사람은 토른의 뒤에서 잘 관리된 공원의 작은 길을 걸었다. 양쪽에는 구불구불한 계단이 길게 늘어서 있었다. 미지근한 미풍에 기분이 좋아진 이모는 모피 망토의 단추를 끌렀다.

"정말 놀랍구나." 그녀는 긴 이빨을 드러내고 미소를 머금은 채 되풀이해 말했다. "정말 너무 대단한데……"

오펠리는 한층 조심스레 코를 풀었다. 머리와 드레스에서 녹은 눈이 계속 방울져 떨어지는 바람에 그녀가 지나온 곳 여기저기엔 물웅덩이 같은 것이 생겼다.

그녀는 발밑에 깔린 잔디와 반짝이며 흘러가는 물, 바람에 흔들리는 잎사귀, 석양으로 붉게 물든 하늘을 차례로 관찰했다. 알 수 없는 불편함을 숨길 수 없었다. 여기서 태양은 제자리에 있지 않았다. 잔디는 너무 짙은 녹색을 띠었다. 붉은빛 나무들에서는 나뭇잎 하나 떨어지지 않았다. 새들의 노랫소리도 벌레들이 웅웅거리는 소리도 들리지 않았다.

오펠리는 아델라이드 할머니의 여행 일지를 떠올렸다.

대사는 여름밤이 끝없이 펼쳐진 부인의 영지에서 우리를 극진하게 맞아주었다. 너무나 멋진 모습에 나는 매료되고 말았다! 이곳 사람들은 정중하고, 매우 상냥하며, 상상을 뛰어넘는 능력을 갖고 있다.

"모피를 벗지 마세요, 이모." 오펠리가 중얼거렸다. "이 공원은 가짜 같아요."

"가짜라고?" 당황한 이모가 되물었다.

토른이 반쯤 몸을 돌렸다. 칼자국이 있는 쪽, 제대로 면도되지 않은 그의 옆얼굴을 얼핏 보았을 뿐이지만, 놀라울 정도로 번뜩이는 그 눈빛을 오펠리는 눈치챌 수 있었다.

나뭇가지들이 만들어내는 레이스 뒤로 거대한 저택이 어렴풋이 모습을 드러냈다. 대칭 형태의 예쁜 정원을 갖춘 전원풍 숲을 뒤로하자, 마침내 석양의 붉은 장작 위로 저택의 뚜렷한 모습이 한눈에 다 들어왔다. 담쟁이덩굴로 덮인 외관에 슬레이트를 올리고 풍향계로 장식된 것이 귀족의 시골 별장 같아 보였다.

계단이 파인 현관 앞 낮은 돌층계에 늙은 부인이 서 있었다. 어깨엔 숄을 두르고, 두 팔을 검은 앞치마 위에 엇갈리게 둔 채 할머니는 내내 그들을 염탐하는 듯했다. 그녀의 눈빛은 탐욕스러웠는데, 그들이 계단에 올라오자마자 환한 미소와 함께 주름살이 퍼졌다.

"토른, 아이고 내 새끼, 너를 다시 보니 기쁘구나!"

피곤하고 감기 기운이 느껴지는 데다 미심쩍은 구석도 남아 있었지만, 오펠리는 즐거움을 숨길 수 없었다. 할머니의 눈에 토른은 그저 '새끼'였구나. 그렇지만 자신을 포옹하려는 노인을 무심히 거절하는 토른의 모습에 그녀는 눈살을 찌푸리지 않을 수 없었다.

"토른, 토른, 할머니를 안아주지도 않는 거냐?" 여자가 슬퍼했다.

"그만하세요." 그가 차갑게 말했다.

세 사람을 문턱에 그대로 둔 채 그는 저택 현관으로 재빠르게 들어갔다.

"매정한 놈 같으니!" 로즐린은 기가 막혀 예의고 뭐고 다 잊어버린 듯했다.

하지만 할머니는 이미 다른 희생자를 찾아낸 터였다. 그녀는 오펠리가 얼마나 풋풋한지 확인할 심산인지 안경도 벗기지 않은 채 손가락으로 그녀의 볼을 주무르기 시작했다.

"그러니까 드래곤을 도우러 온 새로운 피로구나." 꿈꾸듯 미소를 지으며 그녀가 말했다.

"뭐라고요?" 오펠리가 불분명하게 중얼거렸다.

이런 식의 환영 인사라니, 전혀 이해할 수 없었다.

"혈색이 참 좋아." 노인이 즐거워했다. "아주 순수해."

오펠리가 보기에 무엇보다 할머니는 정신이 나가 있는 것 같았다. 그녀의 주름진 손은 이상한 문신들로 덮여 있었다. 오귀스튀의 그림들 속에서 본 사냥꾼들의 팔에 있던 문신과 똑같은 모양이었다.

"죄송합니다, 부인. 저 때문에 지금 부인까지 젖는 것 같은데요." 오펠리는 물방울이 떨어지는 머리를 뒤로 넘기며 말했다.

"맙소사, 떨고 있구나! 들어가자, 얼른 들어가. 저녁이 늦어지면 안 되지."

드래곤

김이 모락모락 피어오르는 물속에 몸을 담그며 오펠리는 생기를 찾아갔다.

평상시 같으면 다른 사람의 욕조를 사용하는 게 내키지 않았겠지만—이 내밀한 작은 공간들을 읽다가는 당혹감을 느낄 수 있으니—이번만큼은 그녀도 마음껏 누렸다. 추위에 돌멩이처럼 마비되었던 발가락들도 물속에서 마음이 놓이는 색으로 돌아왔다. 뜨거운 김 때문에 노곤해진 오펠리는 반쯤 졸린 눈으로 사방을 둘러보았다. 에나멜로 칠해진 욕조의 긴 가장자리, 주석 주전자, 타피스리의 백합 장식 띠, 그리고 콘솔에 있는 아름다운 자기 꽃병들로 차례차례 시선을 옮겼다. 가구 하나하나가 말 그대로 예술 작품이었다.

"안심되면서도 동시에 걱정이 드는구나, 조카야!"

오펠리는 김 서린 안경을 낀 채 천 칸막이 쪽을 돌아봤다. 아이들 연극에서처럼 과장된 몸짓으로 움직이는 로즐린 이모의 그림자가 일렁거렸다. 이모는 작은 쪽머리에 핀을 꽂고 진주 목걸이를 걸친 뒤 얼굴에 분을 발랐다.

"어쨌든 안심되긴 해." 이모의 그림자가 다시 말을 시작했다. "왜냐하면 이 아슈가 생각했던 것만큼 불친절해 보이지는 않거든. 이렇게 멋진 집은 본 적이 없어. 억양이 귀에 조금 거슬리긴 하지만 인자하신 할머니가 아주 제대로인 것 같구나!"

로즐린은 칸막이를 돌아와 오펠리의 욕조로 몸을 숙였다. 핀 네 개로 금발 머리를 고정시킨 모습이었고, 아주 짙은 향수 냄새가 풍겼다. 아름다운 진녹색 드레스는 왜소한 몸에 꼭 맞았다. 사냥터지기의 집에서 부서진 재봉틀에 대한 보상으로 할머니가 이모에게 선물한 옷이었다.

"그런데 근심스러운 것도 사실이야. 너와 결혼할 남자가 무례하기 짝이 없잖니." 이모가 속삭였다.

오펠리는 눈물을 흘리듯 물방울이 떨어지는 무거운 머리카락을 어깨 뒤로 넘겨 젖히고는 두 개의 분홍 방울처럼 거품 속에서 드러난 무릎을 뚫어져라 바라봤다. 대모에게 토른의 경고를 말해도 될지 잠시 헤아려봤다.

"이제 나오렴." 로즐린 이모가 손가락을 부딪쳐 소리 내며 말했다. "말린 자두처럼 쭈글쭈글해지겠다."

오펠리가 욕조의 뜨거운 물에서 겨우 몸을 빼내자, 공기가 따귀를 때리듯 온몸을 차갑게 때렸다. 그녀는 우선 무의식적으로 읽는 사람용 장갑을 꼈다. 이어서 이모가 건네준 하얀 수건을 몸에 두르고 벽난로 앞에서 몸의 물기를 닦아냈다. 토른의 할머니는 골라 입을 수 있도록 여러 벌의 드레스를 주었다. 커다란 캐노피 침대에 맥 빠진 사람들처럼 널브러져 있는 드레스는 모두 멋지고 우아했다. 이모의 반대를 귓등으로 들으며 오펠리는 가장 수수한 것을 골랐다. 진줏빛 드레스로, 허리는 꼭 맞고 턱까지 단추가 달려 있었다. 그녀는 안경을 코에 걸친 뒤 안경알을 어둡게 만들었다. 목덜미까지 머리를 땋고서 거울 속에 비친 어색한 자신의 모습을 보니 아무렇게나 하고 다니던 평상시의 모습이 그리웠다. 그녀는 여전히 차가운 목도리로 손을 뻗어 삼색 고리들을 굴리며 언제나처럼 목을 돌돌 말았다. 목도리 술이 빗자루처럼 양탄자 위를 쓸었다.

"정말 끔찍할 정도로 취향이라는 게 없구나." 로즐린이 화를 냈다.

누군가 문을 두드렸다. 앞치마를 걸치고 하얀 모자를 쓴 어린 소녀가 공손하게 고개를 숙였다.

"식사가 준비되었습니다. 저를 따라오세요."

오펠리는 주근깨투성이의 귀여운 얼굴을 관찰하며 부질없이 토른과의 관계를 추측해봤다. 여동생이라 하기에는 그와 닮은 구석이 전혀 없었다.

"고마워요, 아가씨." 그녀는 정중하게 인사를 건넸다.

어린 소녀가 너무 당황해서 오펠리는 자기가 뭘 잘못한 게 아닌가 생각했다. '아가씨'보다는 '사촌'이라고 불렀어야 했을까? 신중하게?

"하녀 같아." 벨벳 양탄자가 깔린 계단을 내려가며 이모가 그녀의 귀에 대고 속삭였다. "하녀라는 존재에 대해서 들어보긴했지만, 내 두 눈으로 보는 건 정말이지 처음이구나."

오펠리는 그런 직업에 대해 아는 게 없었다. 박물관에서 하녀가 사용했던 가위들을 읽어본 적은 있지만, 이 직업은 옛 세계와 함께 사라졌다고 생각했다.

어린 소녀는 그녀들을 거대한 식당으로 안내했다. 그곳의 분위기는 갈색 내장재가 깔린 복도보다 훨씬 더 어두웠고, 오목한 판자로 장식된 높은 천장과 명암법을 사용한 그림들, 두 개의 쇠창살 사이로 공원의 밤을 어림해볼 수 있는 창들이 있었다. 촛대에 꽂힌 촛불이 커다란 식탁을 따라 겨우 희미한 빛을 밝히며 은제품들 위로 옅은 금빛을 퍼뜨렸다.

테이블 정면에는 한 여자가 조각이 새겨진 안락의자에 깊숙하게 앉아 어둠 속에서 빛을 발하고 있었다.

"오펠리." 그녀가 감미로운 목소리로 오펠리를 맞이했다. "이리 가까이 와요, 내가 잘 살펴볼 수 있게."

성급하게 달려드는 우아한 손가락을 향해 오펠리도 어설프게 손을 내밀었다. 우아한 손가락의 주인은 숨이 멎을 정도로 아름다웠다. 유연하고 관능적인 몸이 움직일 때마다 크림색 줄무늬가 새겨진 파란색 태피터 드레스가 살랑거렸다. 금빛 촛불이 드리우는 후광 앞에서 우윳빛 목이 코르셋 위로 튀어나와 있었다. 나이를 먹지 않은 부드러운 얼굴에는 가벼운 미소가 떠다녔고, 그래서 한번 그녀의 얼굴을 보면 눈을 돌리기란 불가능했다. 어찌 되었든 시선을 거두어야 하는 오펠리는 자신을 향해 내민 반들반들한 팔을 바라보았다. 얇은 망사에 수를 놓은 소매 안쪽이 투명해서 뒤얽힌 문신들이 비쳐 보였다. 토른할머니의 팔에 있는 것과 똑같았고, 오귀스튀가 그린 그림 속 사냥꾼들의 문신과도 똑같았다.

"'잘 살펴봐도' 너무 보잘것없는 아이일까 염려 돼요." 오펠리가 충동적으로 속삭였다.

여자의 미소가 짙어지며 우윳빛 피부에 보조개가 새겨졌다.

"어쨌든 솔직하긴 하군요. 이런 태도가 우리를 바꿔놓겠죠, 엄마?"

토른의 입에서는 그토록 딱딱했던 북쪽의 억양이 이 여자의 혀에서는 감각적으로 굴러다니며 훨씬 더 매력적으로 다가왔다.

의자 두 개 정도 거리에 떨어진 할머니가 선한 미소를 지으며 동의했다.

"내가 말했잖니. 이 젊은 아이는 천진하고 순박하구나!"

"내 본분을 잊었네요." 아름다운 여자가 미안해하며 말했다. "소개도 하지 않고! 난 베르닐드, 토른의 고모예요. 토른을 아들처럼 사랑하죠, 그리고 금방 오펠리를 딸처럼 사랑하게 될 것 같다는 확신이 들어요. 그러니까 엄마한테 하듯 말해도 돼요. 앉아요. 로즐린 부인도 앉으세요."

수프가 담긴 접시 앞에 앉고 나서야 오펠리는 맞은편에 앉아 있는 토른의 존재를 의식했다. 은은한 미명 속에 제대로 잠겨 있었기에 알아보지 못했다.

그는 딴사람이 된 듯한 모습이었다.

짧지만 텁수룩한 옅은 금발은 이제 잡초처럼 삐죽거리지 않았다. 턱에 난 염소수염은 닻 모양으로 면도했고, 볼까지 뒤덮고 있던 나머지 수염은 잘라버렸다. 촌스러운 여행용 외투는 높은 깃이 달린 타이트한 감색 재킷으로 바뀌었고, 그 안에 입은 셔츠의 풍성한 소매는 눈부시게 새하앴다. 이런 차림새 때문에 크고 마른 몸이 더더욱 뻣뻣해 보이긴 했지만, 토른은 이제 야생동물보다 신사에 훨씬 더 가까웠다. 회중시계 체인과 소매의 단추들이 촛불 빛을 받아 반짝거렸다.

그렇다고 길고 날이 선 그의 얼굴이 더 다정해 보이는 것은 아니었다. 그는 호박 수프를 향해 단호하게 두 눈을 내리깔고 있었다. 스푼이 입으로 몇 번이나 들락날락하는지 조용히 셈하는 것 같았다.

"말이 통 없구나, 토른!" 손에 포도주 잔을 들고 아름다운 베르닐드가 지적했다. "네 삶에 여성적인 요소가 들어가서 네가 더 말이 많아지길 바라는 건 나뿐이겠지."

그는 눈을 들어, 자기 고모가 아닌 오펠리를 질책하듯 뚫어져라 바라봤다. 납을 입힌 하늘 빛깔 눈동자에 언제나처럼 도발적인 기운이 서려 있었다. 관자놀이와 눈썹에 하나씩 난 상처는 깔끔하게 면도하고 빗질까지 제대로 해서 새로이 만들어진 얼굴과 어울리지 않아 더욱 거슬리는 느낌을 주었다.

그는 베르닐드를 향해 천천히 몸을 돌렸다.

"사람을 죽였어요."

아무 일도 아니라는 듯, 수프를 두 번 떠먹으며 그가 무심한 말투로 말을 내뱉었다. 오펠리의 안경이 파랗게 질렸다. 옆에 앉은 로즐린 이모는 순간 숨이 막혀 의식을 잃을 지경이었다. 베르닐드는 레이스 장식이 달린 식탁보 위에 포도주 잔을 살며시 내려놓았다.

"어디서? 언제?"

오펠리라면 이렇게 물었을 것이다. '누구를? 왜?'

"비행장에서요. 아니마로 떠나기 전에요." 토른이 침착한 어조로 답했다. "악의에 찬 놈이었어요. 악에 받쳐 저를 쫓아오더군요. 제가 여행 때문에 조금 성급했어요."

"잘했다."

오펠리는 손으로 의자를 꽉 쥐었다. 어떻게 그러지? 그게 다야? '살인자가 되었구나, 완벽해, 소금이나 좀 줘봐……'

베르닐드도 오펠리가 뻣뻣하게 굳어버린 것을 느꼈다. 그녀는 우아함이 넘치는 태도로 몸을 움직여 문신한 손을 오펠리의 장갑 위에 올렸다.

"우리를 끔찍한 인간들이라고 생각하겠죠." 그녀가 속삭였다. "조카가 당신들에게는 일부러 알리지 않았을 거예요."

"뭘 알려요?" 로즐린 이모가 불쾌해했다. "그랬다면 대녀가 범죄자와 결혼할 일은 결단코 없었을 텐데!"

베르닐드는 물처럼 맑은 눈으로 그녀를 바라봤다.

"이건 범죄와는 전혀 상관없어요, 부인. 우리는 경쟁자로부터 우리 자신을 보호해야만 해요. 궁정의 많은 귀족들이 우리 두 가문의 결합을 아주 안 좋게 보고 있어요. 한쪽이 더 강력해지면 다른 쪽의 지위는 약화되기 마련이니까요." 그녀는 로즐린에게 미소를 지으며 부드럽게 말했다. "힘의 균형이 아주 조금만 변해도 음모가 늘고 복도에서 살인이 난무하죠."

오펠리는 충격을 받았다. 이런 곳이 궁정이란 말인가? 아는 게 없는 그녀는 종일 사색하고 카드놀이를 즐기는 왕들과 왕비들을 떠올렸었는데.

로즐린 이모 또한 상상도 못 했던 듯 깜짝 놀랐다.

"맙소사! 그런 일들이 여전히 일어난다는 말씀이신가요? 쥐도 새도 모르게 서로가 서로를 죽이고, 그러면 다 해결되고!"

"그보다는 좀 복잡해요." 베르닐드가 참을성 있게 대답했다.

검은색 연미복 안에 하얀 옷을 입은 남자들이 조심스럽게 식당 안으로 들어왔다. 그들은 한마디 말도 없이 수프 그릇들을 가져가고 생선을 가져다주더니 한쪽 발로 세 차례 반원을 그린 뒤 사라졌다. 식탁에 있는 누구도 오펠리에게 그들을 소개하는 게 중요한 일이라 생각하지 않았다. 이곳에 사는 모든 사람들은 그러니까, 가족은 아닌 걸까? 이런 사람들이 하인들일까? 이름도 없이 왔다 갔다 하는 바람 같은 사람?

"그래요." 깍지 낀 손으로 턱을 받치고 베르닐드가 말을 이어 갔다. "우리의 생활 방식은 아니마와 약간 차이가 있어요. 우리의 정령 파루크의 총애를 받는 가족들도 있고, 총애를 받았지만 더는 못 받는 가족들도 있고, 한 번도 받지 못한 가족들도 있죠."

"가족들요?" 오펠리가 웅얼거리며 되물었다.

"그래요, 가족들. 우리 가계도는 아니마보다 더 복잡하게 얽혀 있어요. 아슈가 생길 때부터 서로 아주 분명하게 구분되는 여러 개의 가지로 나뉘어 있었죠. 그 가지들은 쉽사리 뒤섞이지 않아요…… 서로 죽이지 않고서는 섞이지 않죠……"

"참도 매력적이군요." 로즐린 이모가 입가를 냅킨으로 두 번 닦으며 말했다.

오펠리는 불안한 마음으로 연어의 껍질을 벗겨냈다. 생선을 먹을 때마다 목에 가시가 걸렸다. 바로 맞은편에 토른이 있다는 생각에 불편해져 슬쩍 바라보니, 그는 그 자리에 있는 누구보다 집중해서 자기 접시에 주의를 기울이고 있었다. 시무룩한 표정으로 생선을 씹는 품이 음식물을 삼키기 싫어하는 사람 같아 보였다. 저렇게 삐쩍 마른 것도 놀랄 일이 아니군…… 테이블 폭이 널찍했음에도 토른의 다리가 정말 길었기에 오펠리는 발이 밟히지 않도록 의자 밑으로 신발을 끌어당겨야만 했다.

그녀는 안경을 고쳐 쓰고, 이번에는 옆에서 맛있게 연어를 먹고 있는 할머니의 쪼글쪼글한 얼굴을 조심스레 관찰했다.

그건 그렇고, 할머니가 그들을 맞이하며 뭐라고 했었지? '드래곤을 도우러 온 새로운 피로구나.'

"드래곤." 오펠리가 느닷없이 속삭이듯 말했다. "그게 가문 이름인가요?"

베르닐드는 제대로 손질된 눈썹을 치올리고는 놀라운 표정으로 토른에게 물었다.

"아무것도 설명 안 했니? 대체 여행하는 동안 뭘 하면서 시간을 보낸 거니?"

그녀는 반쯤 짜증을 내며, 반쯤은 재미 삼아 귀여운 금발 곱슬머리를 흔들더니 이내 반짝이는 눈으로 오펠리를 쳐다봤다.

"그래요, 우리 가문의 이름이에요. 우리를 포함해서 현재 궁정을 맴도는 클랜이 셋 있어요. 짐작하겠지만, 서로 그리 존중하는 관계는 아니고요. 드래곤 클랜은 강하고, 두려움의 대상이지만 그 수가 적죠. 금방 다 만날 수 있을 거예요, 오펠리!"

오펠리의 등 뒤로 목덜미에서 허리 아래까지 소름이 쫙 끼쳤다. 불현듯이 자신이 이 씨족 내에서 맡게 될 역할에 대해 좋지 않은 예감이 들었다. 새로운 피를 가져온다고? 아이를 많이 낳는 엄마, 이것이 자신에게 시키고 싶었던 일인가!

그녀는 바로 앞에 있는 토른을 주시했다. 수척하고 언짢은 기색이 역력한 그의 얼굴과 길고 각진 몸, 시선을 피하는 거만한 시선, 퉁명스러운 태도. 이 남자를 가까이에서 자주 봐야 한다니. 오펠리는 포크를 떨어뜨리고 말았다. 포크를 집기 위해 카펫으로 허리를 숙이려는데, 곧바로 연미복을 입은 늙은 남자가 어둠 속에서 나타나 새 포크를 주었다.

"죄송합니다만, 부인." 로즐린 이모가 다시 한 번 끼어들었다. "이 결혼이 제 조카의 삶을 위협할 수 있다는 점을 암시하시는 건가요? 궁정에 사는 누군지도 모를 사람의 어리석고 멍청한 욕망 때문에요?"

베르닐드는 평정을 잃지 않고 생선의 가시를 발랐다.

"부인, 제가 두려운 건, 토른을 표적으로 삼았던 위협적인 시도가 긴 사슬의 고리 하나에 불과하다는 점이에요."

오펠리는 냅킨에 대고 기침을 했다. 이번에도 어김없었다. 그녀는 가시를 삼킬 뻔했다.

"터무니없는 소리!" 로즐린이 의미심장한 시선으로 노려보며 소리쳤다. "이 아이는 파리 한 마리 죽일 줄 몰라요. 그런데 누가 얘를 경계하겠어요?"

토른은 짜증이 나서 천장을 바라봤다. 오펠리는 가시를 접시 가장자리로 모았다. 산만해 보이긴 했지만 그녀는 귀 기울이고 있었고, 주시하며 생각하고 있었다.

"로즐린 부인." 베르닐드가 비단같이 부드러운 목소리로 말했다. "시타시엘에서 다른 아슈와 동맹을 맺는다는 건 곧 권력 장악으로 여겨진다는 점을 이해하셔야 합니다. 이런 사실을 부인께 충격을 주지 않고 어떻게 설명할 수 있을까요?" 그녀는 커다랗고 투명한 두 눈을 감으면서 중얼거렸다. "당신 가문의 여성들은 다산 능력으로 유명하죠."

"다산 능력이라고……" 불의의 일격을 당한 듯 로즐린 이모가 마지막 말을 되풀이했다.

오펠리는 접시로 고개를 숙이고 곧장 콧날을 타고 흘러 내려온 안경을 고쳐 썼다.

그래, 그런 거였구나.

그녀는 앞에 있는 토른의 표정을 자세히 관찰했다. 자신의 시선을 철저하게 피했음에도 불구하고 오펠리는 그의 얼굴에서 자기가 느낀 것과 똑같은 반감을 읽을 수 있었는데, 그러한 사실에 확연한 안도감이 들었다. 그녀는 목이 메어 천천히 물한 잔을 마셨다. 가족끼리 모여 식사를 하는 지금, 이 남자와 침대를 같이 쓸 마음이 조금도 없다는 사실을 알려야 할까? 아마도 최상의 효과를 내지는 못하리라.

그리고 어쨌든 다른 것도 있다…… 그것이 정확히 무엇인지 오펠리는 알 수 없었지만, 이제 그 이유를 설명하면서는 눈을 똑바로 마주쳐야 한다는 듯, 베르닐드의 속눈썹이 가볍게 떨리고 있었다. 망설임일까? 말할 수 없는 것일까? 정확하게 표현하긴 어렵지만 오펠리는 자신의 생각이 틀리지 않음을 알 수 있었다. 분명 다른 게 있어.

"어쨌든 우리는 당신들 상황을 전혀 모르니까요." 마침내 로즐린 이모가 더 당황한 목소리로 알아들을 수 없게 대꾸했다. "베르닐드 부인, 저는 이 사실을 가족에게 알려야 합니다. 이런 상황이라면 약혼을 재검토해야 할 거예요."

베르닐드의 미소가 더 부드러워졌다.

"아마 잘 모르시나본데, 로즐린 부인, 어쨌든 당신네 두아옌들의 생각은 다를 거예요. 두아옌들은 이유를 완벽하게 이해하고 우리의 제안을 받아들였어요. 당신에게 이 모든 것을 다 설명하지 않았다면 유감이네요. 하지만 당신들을 확실히 보호하기 위해서라도 아주 신중하게 행동할 수밖에 없었어요. 이 결혼에 대해 아는 사람이 적을수록 우리에게 더 유리하거든요. 말할 필요도 없겠지만, 내 말이 미덥지 않다면 가족에게 편지를 쓰는 건 부인 마음이에요. 토른이 책임지고 편지를 보내줄 겁니다."

머리를 꽉 묶은 대모는 극도로 창백해진 얼굴로 손가락이 떨릴 만큼 아주 세게 식기를 잡았다. 접시에 포크를 가져가는 것으로 보아, 연어가 이제 캐러멜 플랑으로 바뀌었다는 사실조차 모르는 눈치였다.

"당신네 하찮은 문제 때문에 내 조카가 죽게 되는 건 거부합니다!"

극도의 흥분으로 그녀의 목소리가 날카롭게 올라갔다. 오펠리는 너무나 감동해 스스로 지나치게 긴장해 있다는 사실마저 잊을 정도였다. 바로 그 순간, 그녀는 옆에서 잔소리를 늘어놓는 이 나이 든 이모를 제외하면 자신이 얼마나 혼자라고 느꼈는지, 그리고 버림받았다고 느꼈는지를 실감했다.

그녀는 이모를 바라보며 최선을 다해 거짓말을 늘어놓았다.

"너무 불안해하지 마세요. 두아옌들이 동의한 거라면, 위험이 그리 크지는 않다고 생각해서였을 거예요."

"사람이 죽었어, 이 바보야!"

오펠리는 더 할 말이 없었다. 이모와 마찬가지로 그녀 역시 그들이 나눈 얘기들이 마음에 안 들었지만, 흥분한다고 상황이 바뀌지는 않을 터였다. 그녀는 침묵을 깨라고 압박하듯이, 얼굴에 난 두 개의 금처럼 보이는 토른의 눈을 말없이 뚫어지게 응시했다.

"궁정에는 적들이 많습니다." 그가 신랄하게 말했다. "부인 조카가 세상의 중심은 아니에요."

베르닐드는 그가 끼어든 것이 조금 놀랍다는 듯 잠시 그쪽을 쳐다봤다.

"네 상황이 처음부터 까다로웠던 건 사실이지. 결혼에 대해 고려하지 않았다 해도 말이야." 베르닐드가 동의했다.

"어련하시겠어! 키만 큰 이 얼빠진 놈이 움직이는 것마다 죄다 목을 졸랐다면, 친구가 없으리라는 건 쉽게 이해할 수 있지." 로즐린이 혼잣말하듯이 덧붙였다.

"캐러멜 더 드실 분?" 할머니가 소스 그릇을 낚아채며 서둘러 제안했다.

아무도 답이 없었다. 흔들리는 촛불 아래 베르닐드의 눈꺼풀 사이로 섬광이 빠져나갔고, 토른의 턱은 경직되었다. 오펠리는 입술을 깨물었다. 만약 이모가 당장이라도 말을 멈추지 않는다면 누군가 모종의 수를 써서라도 이모를 조용히 시킬 터였다.

"말이 심했던 건 이해해주기 바라요, 토른." 순간 오펠리가 중얼거리며 토른 앞으로 허리를 숙였다. "여독 때문에 우리가 조금 예민했어요."

로즐린 이모가 따지려 들었지만, 오펠리는 토른에게 시선을 고정한 채 식탁 아래서 이모의 발을 밟았다.

"대모와 내 심정을 헤아려줘요. 당신들이 조금 전 주의 주신 것들은 이제 다 이해했어요, 토른. 그저 우리의 안전을 위한 거겠죠. 그리고 미리 알려줘서 고마워요."

토른은 수저를 든 채 눈썹을 활 모양으로 만들고는 그녀를 찬찬히, 뚫어져라 바라봤다. 오펠리의 감사 인사가 그저 눈앞에 있는 사람에 대한 단순한 예의라고 생각하는 것 같았다.

그녀는 냅킨을 내려놓은 뒤 아연실색해 있는 로즐린 이모에게 식탁에서 일어나라고 요청했다.

"이모와 저는 좀 쉬어야 할 것 같네요."

안락의자 끝에서 베르닐드가 대견하다는 듯 오펠리에게 미소를 건넸다.

"중대한 결정을 하려면 잠을 자야지." 그녀가 달관한 듯 말했다.

침실

　헝클어진 머리에 잠이 덜 깬 눈꺼풀이 달라붙은 상태로 오 펠리는 어둠 속을 유심히 살폈다. 무언가 그녀를 깨웠는데, 그 게 무엇인지는 알 수 없었다. 침대 위에서 몸을 일으켜 방의 흐 릿한 윤곽들을 응시했다. 캐노피에 달린 화려한 비단 너머 창 문의 창살이 겨우 분간되었다. 김 서린 사각 창 위로 밤이 옅어 졌다. 곧 새벽이 올 것 같았다.

　힘겹게 든 잠이었는데. 지금까지 동생들과 함께 방을 써온 그녀로서는 잘 모르는 건물에서 홀로 밤을 보내는 상황이 낯설 기만 했다. 저녁 식사 때 나눈 대화도 잠을 자는 데 도움이 되 지 않긴 마찬가지였다.

　오펠리는 탁상시계의 추가 리드미컬하게 흔들리는 소리에 조 용히 귀를 기울였다. 잠을 깨운 것은 정말 무엇이었을까? 불현 듯 문에서 살짝 두드리는 소리가 울렸다. 그러니까 꿈을 꾼 것 은 아니었다.

　털 이불을 밀치자마자 추워서 숨이 멎을 지경이었다. 잠옷 위에 카디건을 걸치고 카펫에 놓인 발판 위에서 비틀거리다가 문손잡이를 돌렸다. 기다렸다는 듯, 곧바로 거친 목소리가 들려왔다.

"내 경고가 틀리지 않았죠."

시체처럼 음산하고 거대한 검은 코트가 복도의 미명 아래 얼핏 드러났다. 안경을 쓰지 않았기에 오펠리는 토른을 봤다기보다는 그일 것이라 추측했다. 정말이지 그에게는 대화를 시작하는 그만의 방법이 있었다……

아직 잠이 덜 깬 그녀는 문으로 들이치는 얼음처럼 차디찬 바람에 떨며 정신을 가다듬었다.

"더 이상 당하고만 있지는 않을 거예요." 마침내 그녀가 중얼거렸다.

"너무 늦었어요. 이제는 서로 타협을 해야 해요."

오펠리는 근시안의 장막을 거둘 수 있으리라 생각하며 눈을 비벼봤지만, 커다란 검은 코트 말고는 보이는 게 없었다. 아무래도 좋았다. 토른이 그녀의 시력을 얼마나 마음에 안 들어 하는지는 그의 말투만 들어도 분명하게 알 수 있지만, 어쨌든 오펠리는 그를 제대로 볼 수 없는 상태가 더없이 편안했으니까.

그의 팔에 매달려 있던 가방이 어둠 속에서 언뜻 드러난 것 같았다.

"우리 벌써 떠나야 돼요?"

"내가 가는 거예요." 코트가 대답했다. "당신, 당신은 고모님

집에 있어요. 너무 오래 자리를 비웠어요. 나는 일을 계속해야
해요."

불현듯 자신이 약혼자의 상황을 하나도 모르고 있다는 사실
이 오펠리의 머릿속에 떠올랐다. 사냥꾼이리라 여겼기에 달리
물어볼 생각을 못 했던 것이다.

"그런데 당신 하는 일이라는 게 뭐죠?"

"관리국에서 일해요." 그가 짜증스럽게 답했다. "쓸데없는 얘
기 하러 온 거 아니에요. 나는 바쁜 사람이라."

오펠리는 눈을 반쯤 떴다. 사무실에서 일하는 토른이라니,
상상할 수 없었다.

"듣고 있어요."

토른은 오펠리의 발가락이 밟힐 정도로 거칠게 문을 밀었다.
그러고는 작동 방법을 알려주려는 듯, 문을 닫지 않은 채로 걸
쇠를 세 차례 돌렸다. 정말 나를 바보로 아는 건가?

"오늘부터 매일 밤 이중으로 문을 잠가요. 알겠어요? 당신 식
탁에 가져다주는 것 말고는 아무것도 먹지 말고. 그리고 제발
샤프롱이 말 좀 자제하도록 주의를 줘요. 정말 지치지도 않더
군. 이 집에서 고모의 감정을 상하게 하는 건 아주 현명하지 못
한 짓이에요."

이러면 안 된다는 것을 알면서도 오펠리는 하품을 참을 수
없었다.

"충고예요, 아니면 협박이에요?"

커다란 검은 코트는 납처럼 무거운 침묵을 응시했다.

"고모는 최고의 동맹이에요." 마침내 그가 입을 열었다. "고모의 보호에서 벗어나선 안 돼요. 고모 허락 없이는 어디든 산책을 나가서도 안 돼요. 다른 누구도 믿지 말아요."

"'다른 누구'라니, 그럼 당신도 포함되는 거 아닌가요?"

토른은 코를 훌쩍이고는 그녀의 눈앞에서 문을 닫았다. 정말 유머 감각이라곤 찾아볼 수 없는 자다.

오펠리는 베개 사이 어딘가에 있는 안경을 찾아 들고 창가에 섰다. 소매로 유리에 서린 김을 닦아냈다. 밖에서 새벽이 옅은 보랏빛으로 하늘을 물들였고, 구름에 미명의 분홍빛 색채가 어른거렸다. 기품 있는 가을 나무들은 안개 속에 잠겨 있었다. 회색빛 잎사귀들을 떨구기에는 아직 너무 일렀다. 이곳에서는 드문 일이겠지만, 태양이 지평선을 침범할 때면 공원 전체가 붉은 빛과 황금색으로 타오를 것 같았다.

꿈같은 풍경을 바라보면 볼수록 오펠리의 생각은 더 확고해졌다. 이 풍경은 눈속임이다. 완벽하게 재현된 자연. 그러나 어쨌든 복제품일 뿐이다.

그녀는 눈을 내리깔았다. 둘로 나뉜 제비꽃 화단 사이로 커다란 코트 차림에 손에는 가방을 쥔 토른이 벌써 오솔길 저쪽으로 멀어져가고 있었다. 저 건장한 사내가 오펠리의 잠을 앗아 가버렸다.

오펠리는 이빨을 딱딱 부딪치며 벽난로 안에서 타버린 재를 주의 깊게 바라봤다. 지하 묘지에 있는 기분이었다. 잠결에 아무거나 함부로 **읽지** 않도록 손에 껴두었던 장갑을 벗은 뒤 화장대의 멋진 사기 세면대 위로 물병을 기울였다.

'이제 어쩐다?' 그녀는 볼에 차가운 물을 뿌리며 생각했다. 이런 상태로 지내고 싶지는 않았다. 토른의 경고를 들었을 때, 그녀는 겁을 먹었다기보다는 아주 많이 당혹스러웠다. 자기가 좋아하지도 않는 여자를 보호하겠다며 지극히 공을 들이는 남자라니……

게다가 뭐라고 꼬집어 말할 수 없지만, 식사 자리에서 베르닐드는 동요를 드러냈다. 어쩌면 별것 아닌 일일지도 모르지만, 그 모습이 머릿속에서 떠나지를 않았다.

오펠리는 화장대 거울 속 빨간 코와 물이 방울져 매달린 눈썹을 보았다. 그들은 날 감시할 작정일까? '거울……' 문득 그녀는 마음을 먹었다. '계속 자유롭게 움직이고 싶다면, 주변에 있는 거울 목록을 만들어야 해.'

그녀는 옷장에서 벨벳 목욕 가운을 찾아냈지만 신을 만한 슬리퍼가 없었다. 여행 중에 잔뜩 젖어 이제는 딱딱해진 장화 안으로 발을 밀어 넣으며 인상을 찌푸렸다. 오펠리는 슬그머니 방에서 나와 그 층의 중앙 복도를 따라갔다. 오펠리와 이모는 베르닐드의 개인 저택에 있는 귀빈실을 사용했는데, 그들의 방 말고도 비워둔 작은 방 여섯 개가 있어서 하나씩 차례로 살펴보았다. 세탁실 하나와 두 개의 화장실까지 확인한 뒤 그녀는 계단을 내려갔다. 이른 아침이었지만 1층에서는 벌써 프록코트를 입은 남자들과 앞치마를 두른 여자들이 계단 손잡이에 광을 내고, 꽃병의 먼지를 털고, 벽난로에 불을 지피는 등 분주하게 일을 하고 있었다. 왁스와 나무, 커피가 어우러진 향이 저택을 채웠다.

작은 살롱이나 식당, 당구장 그리고 음악실을 돌아보는 동안 그들은 상냥하게 인사를 건넸지만, 부엌과 세탁장과 식사 준비실에 불쑥 들렀을 때는 그 친절함이 당혹감으로 뒤바뀌었다.

오펠리는 거울이나 체경, 큰 메달 하나하나에 주의를 기울이며 자신의 모습을 비추어보았다. 작은할아버지의 생각이 어떠하든, 거울로 드나드는 것은 **읽는** 것과 크게 다르지 않다. 다만 더 난해한 일이긴 하다. 거울은 그 표면에 새겨진 이미지로 기억을 유지한다. 잘 알려지지 않은 방식이긴 하지만, **읽는 사람** 가운데 몇몇은 그런 식으로 자신이 이미 비춰본 두 거울 사이에 통로를 만들 수 있다. 따라서 유리창이나 광택이 지워진 표면에서는 통하지 않았고, 먼 거리에서도 불가능했다.

가능하리라 생각하지 않으면서도 오펠리는 이곳 복도의 거울을 통해 아니마에 있는 어린 시절의 방으로 나가려 시도해보았다. 거울은 액체처럼 농도가 변하지 않고 그녀의 손가락 아래 단단한 표면을 유지했다. 어느 모로 보나 보통 거울처럼 딱딱하고 차가웠다. 목적지가 지나치게 멀리 떨어져 있는 탓이다. 예상한 일이지만, 그럼에도 오펠리는 실망감을 떨칠 수 없었다.

하인용 계단으로 올라가자 저택의 모퉁이, 방치된 공간이 나왔다. 복도와 부속실의 가구들은 마치 잠자는 유령들처럼 하얀 천으로 덮여 있었다. 먼지 때문에 재채기가 나왔다. 클랜의 다른 가족들이 방문했을 때 머무는 곳일까?

긴 복도 끝에 문짝 두 개가 달려 있었다. 오펠리는 문을 열었다. 기다란 방 안 공기에 퍼져 있는 곰팡내를 맡으면서는 예상조차 할 수 없었던 것들이 저편에 있었다. 무늬를 짜 넣은 직물 벽지, 조각을 새긴 커다란 침대, 벽화로 장식한 천장. 이렇게 호화스러운 방은 한 번도 본 적이 없었다. 이곳에는 안락한 온기가 가득했는데 정말이지 이해할 수 없는 일이었다. 벽난로에는 불씨 하나 없었고 옆 회랑은 얼음처럼 차가웠으니 말이다. 카펫에 놓인 흔들 목마들과 납으로 만든 병정들을 발견했을 때 그녀의 놀라움은 더 커졌다.

아이 방이었다.

호기심에 이끌려 오펠리는 벽에 걸려 있는 사진들 쪽으로 걸음을 옮겼다. 사진마다 진한 갈색 톤의 커플과 아기 모습이 나타났다.

"일찍 일어났네요."

몸을 돌려보니 벌어진 문틈으로 베르닐드가 미소를 짓고 있었다. 벌써부터 헐렁한 새틴 드레스를 새로 차려입었고, 머리는 우아하게 목덜미 위에 말려 있었다. 그녀는 둥근 자수틀을 팔에 안고 있었다.

"오펠리, 찾으러 다녔잖아요. 대체 어디서 길을 잃은 거예요?"

"이 사람들은 누구죠, 부인? 가족인가요?"

베르닐드의 입술이 열리며 진주 같은 치아가 살며시 드러났다. 그녀는 사진들을 보기 위해 오펠리 쪽으로 다가왔다. 둘이 나란히 서니 키 차이가 상당했다. 베르닐드는 조카만큼 크지는 않지만, 오펠리보다 머리 하나 정도 더 컸다.

"당연히 아니죠!" 그녀는 호쾌하게 웃으면서 세련된 억양으로 대답했다. "이 저택의 옛 주인들이에요. 여러 해 전에 죽었죠."

가족도 아닌데 그들의 영토를 베르닐드가 상속받았다고? 그건 좀 이상한데. 오펠리는 다시 밋밋한 인물 사진들을 관찰했다. 그림자가 그들의 눈두덩에서 눈썹까지 깊은 그늘을 드리웠다. 아니면 화장을 한 건가? 사진들이 그다지 선명하지 않아서 확실하게 알 수 없었다.

"그러면 저 아기는요?" 그녀가 물었다.

베르닐드의 미소는 더욱 조심스러워져서 이젠 슬퍼 보이기까지 했다.

"그 아이가 살아 있는 한 이 방도 살아남겠죠. 휘장을 두르고, 가구를 치우고, 창문들을 폐쇄한다 해도, 방은 언제까지나 지금 보이는 모습 그대로일 거예요. 어쨌든 그편이 낫죠."

이 방도 눈속임 아닐까? 어처구니없는 생각은 아니었다. 적어도 아니마 사람들은 자신들의 집에 영향을 미칠 수 있으니까. 오펠리는 이런 식으로 환상을 만들어낼 수 있는 힘이 무엇인지, 그리고 사진 속의 아기가 어떻게 되었는지 묻고 싶었지만 베르닐드가 재빠르게 말을 돌리며 안락의자에 앉자고 제안했다. 분홍빛 전등이 안락의자 위에 빛의 웅덩이를 만들었다.

"자수 좋아해요, 오펠리?"

"자수를 하기에는 제가 너무 서툴러서요, 부인."

베르닐드는 무릎 위에 둥근 자수판을 놓고는 문신을 한 섬세한 손으로 차분하게 바늘을 당겼다. 조카가 괴팍하다면, 그녀는 부드러웠다.

"어제는 자신을 '보잘것없다'고 하더니, 오늘은 '서툴다'고 하네요." 아름다운 음색으로 노래하듯 그녀가 말했다. "단어들을 하나씩 사그라뜨리는 가느다란 목소리로 말예요! 내가 당신을 좋게 평가하기를 원하지 않는 것 같군요. 그게 아니라면 지나치게 겸손하거나, 아니면 거짓말쟁이거나."

안락한 온기와 우아한 타피스리에도 불구하고 오펠리는 이 방이 불편하게 느껴졌다. 기계식 원숭이들부터 관절이 분리된 꼭두각시 인형들까지 모든 장난감이 눈으로 그녀를 비난하는 것 같았다. 마치 일종의 성역을 침해한 기분이었다. 아이가 없는 아이 방보다 더 끔찍한 곳은 어디에도 없으리라.

"아니에요, 부인. 정말 너무 서툴러서 그래요. 열세 살 때 거울 사건이 있었어요."

베르닐드의 바늘이 허공에서 멈췄다.

"거울 사건이라고? 무슨 말인지 전혀 모르겠네요."

"몇 시간 동안 동시에 두 장소에 붙박여 있었죠." 오펠리가 속삭이듯 말했다. "그날부터 제 몸이 제 마음대로 되지 않았어요. 재활을 했지만, 의사는 후유증이 있을 거라고 했어요. 괴리 같은 거요."

베르닐드의 아름다운 얼굴에 미소가 번졌다.

"재밌네. 마음에 들어요, 오펠리."

눈부시게 아름다운 부인 옆에서 지저분한 신발을 신고 헝클어진 머리를 한 오펠리는 자신이 키 작은 시골뜨기의 영혼 같다고 생각했다. 부드러움이 한껏 실린 동작으로, 베르닐드는 자수틀을 무릎에 내려놓은 뒤 오펠리의 장갑 낀 손을 잡았다.

"약간 예민한 상태일 거예요, 오펠리. 모든 게 다 새로운 일이니까! 근심거리가 있으면 뭐든 망설이지 말고 말해요. 엄마한테 하듯이."

근심거리를 말할 수 있는 상대로 따지자면 엄마가 세상 최후의 사람일지 모른다는 사실을 오펠리는 굳이 말하지 않았다. 게다가 심정의 토로보다는, 엄마에겐 엄마 자신이 원하는 구체적인 대답이 필요했다.

베르닐드가 잡았던 손을 놓으며 사과했다.

"미안해요. 당신이 **읽는 사람**이라는 사실을 자꾸 잊어버리네."

잠시 오펠리는 그녀가 무엇 때문에 불편해하는지 이해하지 못했다.

"아, 장갑을 끼고는 아무것도 읽을 수 없어요, 부인. 그리고 장갑을 벗어도, 걱정 없이 제 손을 잡으셔도 돼요. 저는 살아 있는 존재들은 읽을 수 없어요, 오로지 물건들만 읽죠."

"두고 보면 알겠지."

"토른이 관리국 사무실에서 일한다고 하던데요. 누가 그를 고용했죠?"

휘둥그레 뜬 베르닐드의 두 눈이 진귀한 보석들보다 더 화려하게 반짝였다. 이어 그녀는 맑은 웃음을 터뜨려 방 안을 가득 채웠다.

"제가 바보 같은 소리를 했나요?" 오펠리가 놀라 물었다.

"오, 아니에요. 토른을 나무라는 거죠." 베르닐드는 또 웃으면서 농담을 했다. "난 그 아이를 잘 알아요. 품행이 바른 만큼 말수도 적죠." 그녀는 치마의 장식 밑단을 들어 눈가를 닦더니 아까보다 진지한 태도로 돌아갔다. "당신 말처럼 '관리국 사무실'에서 일하지 않는다는 것만 알아둬요. 그는 파루크 폐하의 재정 감독관이에요. 시타시엘과 폴에 속하는 모든 지역의 재정을 관리하는 핵심 감독관이죠."

오펠리의 안경이 푸르스름해지자 베르닐드는 부드럽게 고개를 끄덕였다.

"그래요, 당신 남편이 될 사람은 궁정에서 가장 높은 회계원이에요."

오펠리는 이 새로운 사실을 금세 받아들일 수 없었다. 퉁명하고 예의 없는 바보가 고위 공무원이라니, 상상이 되지 않았다. 그런 대단한 사람을 왜 나처럼 평범한 여자와 결혼시키려는 걸까? 결국 벌을 받는 쪽은 오펠리가 아니라 토른이라고 생각할 만했다.

"클랜 내에서 제 지위를 짐작할 수가 없어요." 오펠리는 솔직히 털어놓았다. "아이 낳는 문제를 제외한다면, 제게 무엇을 기대하는 거죠?"

"그게 대체 무슨 소리지?" 베르닐드가 놀라 물었다.

다소 미련하되 냉정한 가면 뒤로 숨은 상태였지만, 오펠리는 베르닐드의 반응에 내심 놀랐다. 내 질문이 그렇게 무례했나? 그래서인가?

"저는 아니마에서 박물관을 관리했어요." 작은 소리로 오펠리가 설명했다. "여기서 그 활동을 이어가거나 그 비슷한 일이라도 하면 사람들이 좋아할까요? 노력 없이 신세만 지며 살고 싶지 않아요."

오펠리가 협상하고자 했던 것은 무엇보다 독립적인 생활이었다. 베르닐드는 투명하고 아름다운 두 눈으로 몽상에 잠긴 듯 책장의 그림책들을 한참 바라보았다.

"박물관? 그래, 기분 전환에 괜찮은 직업일 수도 있겠군요. 고위층 여자들의 삶은 때로는 권태로우니까. 그런데 여기에서는 아니마처럼 여자들에게 중요한 책임을 맡기지 않아요. 궁정 내에서 충분히 자리를 잡으면 그때 다시 얘기하죠. 인내심이 필요해요, 오펠리."

오펠리가 조급하게 기다리지 않는 게 하나 있다면, 그것은 바로 이들의 귀족 사회에 편입되는 일이었다. 조상의 일기를 통해 본 것 말고는 정말이지 아는 게 하나도 없었다. **카드놀이를 하거나 정원을 산책하며 하루하루를 보내는 것.** 오펠리에게 그런 것들은 선망의 대상이 아니었다.

"그런데 어떻게 궁정에서 자리를 잡죠?" 그녀가 근심 어린 투로 물었다. "사교계에 참여해야 하나요? 그리고 집안의 정령을 존경해야겠죠?"

베르닐드는 다시 자수를 놓고 있었다. 그림자 하나가 맑은 물 같은 그녀의 눈 속에서 실처럼 늘어졌다. 자수틀의 팽팽한 천을 뚫고 나온 바늘의 움직임이 둔해졌다. 오펠리에게서 빠져나갈 이유를 궁리하느라, 베르닐드는 손끝을 바늘에 찔리고 말았다.

"멀리서 말고는 파루크를 볼 수 없을 거예요. 사교계 참여라면, 그래요, 어쨌든 오늘은 아니지만요. 여름이 끝나갈 무렵 결혼식을 올릴 테니 그때까지 기다려요. 두아옌들은 약혼의 전통적인 기간을 철저하게 준수할 것을 요청했어요. 당신을 더잘 알 수 있도록요." 그러고서 베르닐드는 눈살을 살짝 찌푸리며 덧붙였다. "그리고 그 기간 동안 당신에게도 준비할 시간을 주는 거죠."

쿠션이 너무 많아 불편했던 오펠리는 안락의자의 끝으로 옮겨 앉은 뒤 잠옷 아래로 삐죽 튀어나온 진흙투성이 장화 끝을 한참 바라봤다.

그녀의 의혹은 확고해졌다. 베르닐드는 자신의 진짜 생각을 말하지 않았다. 오펠리는 다시 고개를 들어 창문 너머로 주의를 돌렸다. 희미한 여명이 금빛 화살처럼 안개 속에 스며들며 나무들 밑으로 그림자들을 세웠다.

"이 공원, 이 방…… 이거 시각적인 효과인 거죠?" 오펠리가 작은 소리로 물었다.

베르닐드는 산에 고인 호수만큼 평온하게 바늘을 당겼다.

"맞아요, 오펠리. 하지만 내가 한 건 아니에요. 드래곤은 환영을 만들어낼 수 없거든요. 오히려 그런 능력은 라이벌 클랜이 전문이죠."

그러면 베르닐드는 이 영지를 라이벌 클랜으로부터 물려받은 걸까? 어쩌면 그들과 아주 나쁜 관계는 아니었을지도 몰라.

"그러면 부인의 능력은요? 그건 뭐죠?"

"정말 조심성 없는 질문이네!" 베르닐드는 자수틀에서 눈을 떼지 않은 채 나긋하게 화를 냈다. "여자에게 나이를 묻는 거 봤어요? 그 모든 내용을 알려주는 건 오히려 약혼자의 역할일 것 같은데……"

오펠리의 얼굴에 당혹스러운 빛이 나타나자 그녀는 측은하다는 듯 짧게 한숨을 내쉬며 말했다.

"토른은 정말 어쩔 수가 없어! 호기심을 만족시켜줄 생각은 전혀 없이 안개 속에 빠뜨린 채 내버려두니."

"저희 둘 다 말이 많은 편은 아니라서요." 오펠리는 조심스레 단어들을 골라가며 대꾸했다. "당돌하게 들릴지 모르겠지만, 어쨌든 부인의 조카가 저를 마음에 들어 하지 않는 것 같아 걱정이네요."

베르닐드는 드레스에 달린 주머니에서 담뱃갑을 꺼냈다. 이윽고 그녀의 살짝 열린 두 입술 사이로 혀가 파란 연기를 뿜어냈다.

"토른의 마음에 든다니……" 그녀는 마지막 음절에 세게 힘을 주며 속삭였다. "신화 같은 얘기지, 그 애 가슴은 무인도예요. 아니면 심장이 없는 수척한 살덩어리거나. 이런 말이 위로가 될지 모르겠지만, 오펠리, 토른이 누군가에게 사로잡혀 있는 모습은 단 한 번도 본 적이 없어요."

오펠리는 고모 이야기를 할 때면 평상시와 달리 유창해지던 토른의 모습이 떠올랐다.

"그는 당신을 무척 존경해요."

"맞아요." 베르닐드는 파이프로 사탕 상자 가장자리를 살짝 두드려가며 명랑하게 말했다. "난 엄마의 마음으로 그 애를 사랑해요. 그리고 그 애도 내게 진정한 애정을 품고 있다고 믿고요. 더군다나 그런 게 그 애에게는 자연스러운 감정이 아니라는 사실이 날 감동시키죠. 토른이 어떤 여자도 알지 못해서 오랫동안 안타까웠어요. 내가 강요를 좀 하는 바람에 그 애가 나를 원망하게 되었다는 것도 알고. 그런데 안경 색깔이 자주 바꿔네요." 그녀가 난데없이 즐거운 듯 말했다. "참 재밌네!"

"해가 뜨니까요, 부인. 빛 때문에 그래요."

오펠리는 음산한 회색으로 바뀐 안경알로 베르닐드를 관찰하다가, 이제는 보다 솔직해지기로 마음먹었다.

"실은 제 기분에 따라 변해요. 솔직히 말하자면, 토른은 부인을 닮은 여자를 더 원하지 않을까 궁금해요. 저는 그가 원하는 모습과 정반대인 사람이 아닐까 싶어 두렵고요."

"두려운 건가요, 아니면 그래서 마음이 놓이는 건가요?"

두 손가락 사이에 긴 담배를 끼운 채, 베르닐드는 특별히 재미난 놀이에 열중한 사람처럼 오펠리의 표정을 살폈다.

"긴장하지 말아요, 오펠리, 함정 같은 건 없어요. 내가 당신 감정에 관심이 없다고 생각해요? 사람들이 당신을 잘 알지도 못하는 남자와 강제로 약혼시켰죠. 게다가 그 남자는 빙산만큼이나 따뜻한 사람이고!" 그녀는 왈츠를 추듯 곱슬머리를 흔들며 사탕 상자 안쪽에 담배꽁초를 비벼 껐다. "하지만 당신 생각에 동의하진 않아요, 오펠리. 토른은 책임감 있는 남자예요. 그저 결혼할 생각은 전혀 없이 살았던 거죠. 당신은 토른의 작은 습관들 속에서 그를 흔들고 있는 중이에요. 그뿐이에요."

"왜 결혼을 원하지 않았죠? 가족을 존중한다면 자기의 가정을 꾸려야 하고, 보통은 다들 그런 걸 원하지 않나요?"

오펠리는 손가락으로 안경을 고쳐 쓰며 내심 웃음을 감출 수 없었다. 내 입에서 이런 말이 나오다니······

"그는 결혼할 수가 없었어요." 베르닐드가 부드럽게 설명했다. "내가 왜 굳이 그렇게 멀리서 신붓감을 찾았을까요? 당신 마음을 상하게 하면서까지?"

"뭘 좀 가져다드릴까요, 부인?"

방문턱에서 늙은 남자가 그들의 대화를 끊었다. 저택의 이런 곳에서 그들을 발견하고 아주 당황한 눈치였다. 베르닐드는 안락의자의 쿠션 위에 자수틀을 아무렇지 않게 내던졌다.

"차와 오렌지 비스킷! 작은 살롱으로 가져다줘요, 여기 계속 있지는 않을 거니까. 무슨 얘기를 하던 중이었죠, 오펠리?" 그녀가 커다란 청록색 눈으로 오펠리를 바라보며 물었다.

"토른이 결혼할 수 없다는 얘기요. 결혼을 원하는 남자가 도대체 무엇 때문에 결혼할 수 없다는 건지, 저는 솔직히 이해할 수 없어요."

햇빛이 방안으로 불쑥 들어와 베르닐드의 우아한 목 위에 금빛 입맞춤을 보냈다. 목 뒤로 둥글게 말린 그녀의 곱슬머리가 빛을 발했다.

"그는 사생아니까."

유리창 뒤로 나타나는 빛에 눈이 부셔 오펠리는 여러 차례 눈을 깜박였다. "토른이 혼외 자식이라고요?"

"죽은 그 애 아빠, 내 동생은 유감스럽게도 다른 클랜의 여자를 만났죠." 베르닐드가 설명했다. "그리고 불행하게도 토른이 태어난 즉시 그 계집의 가족은 궁정에서 귀족의 지위를 잃었고."

그녀의 완벽한 달걀형 얼굴이 '계집'이라는 단어에서 일그러졌다. '이건 경멸을 넘어선 순수한 증오야.' 오펠리는 생각했다. 베르닐드는 몸을 일으키기 위해 오펠리를 향해 문신이 새겨진 아름다운 손을 내밀었다.

"토른은 행실 나쁜 제 엄마와 함께 성에서 쫓겨날 뻔했어요." 그녀가 다시 평정을 찾은 목소리로 말을 이어갔다. "내가 정말 사랑하는 내 동생은 토른이 자기 아들이라는 사실이 공개적으로 알려지기 전에 죽기로 마음먹었죠. 나는 조카를 재앙에서 구해내기 위해 할 수 있는 모든 영향력을 발휘해야만 했어요. 그동안은 꽤 잘해온 것 같아요, 보면 알겠지만."

베르닐드는 철커덕 소리를 내며 이중으로 문을 잠갔다. 불만에 찬 그녀의 미소가 부드러워졌다. 씁쓸한 시선도 누그러졌다.

"엄마와 내 팔에 새겨진 문신들을 계속 쳐다보더군요. 알아둬요, 오펠리. 그게 드래곤의 징표예요. 토른은 결코 바랄 수 없는 표식이죠. 명예를 박탈당한 부모의 사생아는 우리 클랜의 여자와 결혼할 수 없어요."

오펠리는 이 말에 대해 한참 생각했다. 아니마에서는 가족의 명예를 심각하게 훼손할 법한 구성원을 추방할 수 있지만, 여기에서는 클랜 전체를 처벌한다…… 토른이 옳았다. 이곳의 관습은 엄격했다.

대형 추시계가 울리는 금속음의 메아리가 멀리서 들려왔다. 생각에 잠겨 있던 베르닐드는 문득 현실로 되돌아온 것 같았다.

"잉그리드 백작 부인 집에서 크로케 시합이 있는데! 그걸 까맣게 잊고 있었네."

그녀는 유연하고 부드러운 기다란 몸을 숙여 오펠리의 볼을 쓰다듬었다.

"함께 가자고 하지는 않겠어요. 여행 탓에 아직도 피곤할 테니까. 그러니 살롱에서 차를 마시고 방에 들어가 쉬어요. 하인들은 마음대로 부리고요!"

오펠리는 가볍게 드레스 스치는 소리를 내며 유령 같은 천들로 덮인 긴 회랑으로 멀어지는 베르닐드의 모습을 바라보았다.

하인들이라는 게 무엇인지, 그녀는 곰곰이 생각했다.

탈주

엄마, 아빠.

이 두 단어를 서툴게 쓰고 나서 거위 깃털로 만든 펜은 오랫동안 종이 위에 떠 있었다. 오펠리는 뭐라고 덧붙여야 할지 알 수 없었다. 말을 하는 것이든, 글로 쓰는 것이든, 가까이에서 자신을 자극했던 일들을 표현하고 느꼈던 바를 정확하게 드러낼 재주가 그녀에게는 전혀 없었다.

오펠리는 난로 속 불길을 한참 바라봤다. 그녀는 작은 살롱의 모피 위에 앉아 카펫 천을 덧댄 발판을 필기대로 삼고 있었다. 옆에서 목도리가 마치 삼색 뱀처럼 게으르게 바닥 위를 굴러다녔다.

오펠리는 편지를 쓰기 위해 다시 자세를 잡고 종이 위로 흘러내린 머리를 뒤로 젖혔다. 부모님께 쓰는 것이라 훨씬 더 어려운 것 같았다. 엄마는 자기 자신을 제외한 다른 이에게 결코 곁을 주지 않으면서도 상대를 귀찮게 하는 성격이었고, 비난하고 요구하고 온몸으로 얘기하면서도 들을 줄은 몰랐다. 아빠는 그저 아내의 허술한 메아리일 뿐이었으니, 고개를 들지도 못한 채 자기 신발만 쳐다보다가 입술 끝으로 언제나 아내의 말에 찬성하곤 했다.

엄마가 편지에서 읽고 싶은 내용은 깊은 감사의 표현과 그녀가 마음껏 되풀이할 만한 가십거리일 터였다. 하지만 오펠리는 이것도 저것도 쓸 수 없었다. 어쨌든 자기를 다른 세상의 끝에 있는 지옥 같은 아슈로 보낸 가족들에게 감사의 마음이 생길 리가 없지 않은가…… 가십거리로 말하자면, 쓸 만한 게 하나도 없었다. 정말이지, 그녀는 그 무엇에도 관심이 가지 않았다.

그래서 예의상 질문들로 편지를 시작했다. 다들 어떻게 지내세요? 저를 대신해서 박물관을 담당할 사람은 찾았나요? 작은할아버지는 문서 보관소에서 가끔 나오시나요? 여동생들은 학교에서 공부 잘하고 있나요? 엑토르는 이제 누구와 방을 함께 쓰나요?

마지막 문장을 써 내려가며, 오펠리는 돌연 아주 낯선 감정을 느꼈다. 그녀는 남동생을 아주 좋아했다. 멀리 떨어진 곳에서 그 아이가 커갈 것이고, 자신은 동생에게 낯선 사람이 되어갈 것이라 생각하니 오싹한 느낌이 들었다. 질문으로는 이 정도면 충분한 것 같았다.

펜촉을 잉크병에 넣어 적시는데, 갑작스러운 생각이 머리를 스쳤다. 약혼자와 주변 사람들에 대해서도 조금 전해야 할까? 토른을 어떻게 설명해야 할지 정말이지 아무것도 떠오르지 않았다. 그냥 무례한 놈? 고위 공무원? 저열한 살인자? 책임감 있는 남자? 수치 속에서 태어난 사생아? 한 남자를 지칭하기에는 너무 많은 모습을 갖고 있었지만, 결국 그녀가 알고 있는 단 하나는 그가 곧 자신과 결혼할 남자라는 사실이었다.

우리는 어제 도착했어요, 여행은 별일 없었고요. 생각과는 상관없이 그녀는 천천히 이렇게 적었다. 어쨌든 거짓말은 아니었다. 핵심을 말하지 않았을 뿐. 비행선에서 토른이 경고한 내용, 베르닐드의 저택에서 나눈 비밀 이야기, 클랜들 사이의 작은 전쟁 같은 것들 말이다.

그리고 전날 그들이 도착한 공원 안쪽에 문이 있다는 사실도. 오펠리가 다시 그곳으로 가봤을 때, 문은 닫혀 있었다. 하인에게 열쇠를 요구하자 그녀에게 열쇠를 줄 권한이 없다는 대답만 돌아왔다. 하인들은 그녀에게 굽실거렸고 베르닐드 부인은 매력적인 태도로 그녀를 대해줬지만, 그녀는 갇혀 있는 기분이었다…… 그리고 그러한 사실을 편지에 써도 될지 확신할 수 없었다.

"끝!" 로즐린 이모가 소리쳤다.

오펠리가 돌아봤다. 작은 책상이 딸린 의자에 아주 반듯하게 앉아 있던 대모는 황동으로 만든 받침에 펜을 내려놓고 막 잉크로 검게 물들인 세 장의 종이를 접었다.

"벌써 다 쓰셨어요?" 오펠리가 놀라 물었다.

"그럼, 편지에 쓸 내용을 밤새도록, 또 하루 종일 생각했거든. 이제 두아옌들도 이곳에서 꾸미는 음모에 대해 알게 될 거야,

나를 믿어보렴."

편지지에 펜을 그대로 대고 있던 탓에 오펠리가 쓰던 문장 중간에 별 모양의 잉크 자국이 만들어졌다. 그녀는 잉크 자국 위에 압지를 대고 자리에서 일어났다. 매초 똑딱 소리를 맑게 울리는 벽난로 위의 우아한 추시계를 바라보며 생각에 잠겼다. 밤 9시가 다 된 시각이었지만 여전히 토른이나 베르닐드 부인에게서는 아무런 소식이 없었다. 창문으로 밤의 어둠이 밀려와 공원은 이제 하나도 보이지 않았다. 램프의 불빛과 벽난로의 불꽃이 마치 거울 같은 유리창에 작은 살롱을 비추었다.

"이모가 쓴 편지가 폴 밖으로 나갈 수 없을까봐 걱정돼요." 오펠리가 속삭였다.

"왜 그런 말을 하는 거야?" 로즐린 이모는 화를 냈다.

오펠리는 손가락을 자기 입술에 대며, 이모에게 더 작게 말하라고 신호를 보냈다. 그러고는 책상으로 다가가 이모의 봉투를 손으로 뒤집었다.

"베르닐드 부인을 알잖아요." 오펠리가 작은 소리로 말했다. "토른에게 편지를 맡겨야 해요. 그들이 자기네 계획에 반하는 내용을 검토도 안 하고 보낼 거라고 믿을 만큼 제가 순진하지 않아서요."

로즐린 이모는 갑자기 의자에서 일어나 자세를 낮추더니, 날카롭지만 약간 놀란 듯한 시선으로 오펠리를 바라보았다. 램프의 불빛이 그녀의 낯빛을 평소보다 더 노랗게 만들었다.

"그러니까 네 말은, 우리가 완전히 고립되어 있다는 거니?"

오펠리는 고개를 끄덕였다. 그랬다, 그것이 그녀 마음속에 자리한 확신이었다. 누구도 그들을 찾으러 오지 않을 것이고, 두 아옌들은 결정을 뒤집지 않을 것이다. 아주 복잡한 일이 될 테지만, 그들은 궁지에서 벗어나야만 했다.

"그래서 너는 두렵지 않니?" 로즐린 이모가 늙은 고양이처럼 반쯤 눈을 감은 채 다시 물었다.

오펠리는 안경에 입김을 불고 소매로 정성껏 닦았다.

"조금요." 오펠리가 솔직하게 말했다. "무엇보다 저들이 우리에게 말하지 않은 것들이 두려워요."

로즐린 이모가 입술을 꼭 깨물자 늘 그렇듯 말 같은 이빨이 튀어나왔다. 그녀는 잠시 봉투를 바라보더니 그것을 둘로 찢은 다음 자기 자리에 앉았다.

"좋았어." 그녀는 다시 펜을 집으며 속삭였다. "좀 더 교묘하게 써보겠어. 술책을 부리는 건 내가 잘하는 일이 아니지만."

오펠리가 발판 앞으로 가 자리 잡자, 이모가 건조한 말투로 덧붙였다.

"나는 항상 네가 네 아빠를 닮았다고 생각했어. 개성도 없고, 의지도 없는. 이제야 너에 대해서 잘 몰랐던 것 같다는 생각이 드는구나."

오펠리는 한참 동안 편지지 위의 잉크 자국을 바라보았다. 왜인지 설명할 수는 없었지만, 이모의 말이 갑자기 용기를 북

돌아주었다.

로즐린 이모와 함께여서 행복해요. 그녀는 부모님께 그렇게 썼다.

"밤이네." 대모가 언짢은 시선으로 창문을 바라보았다. "그런데도 우리를 초대한 사람들은 아직 돌아오지 않았고! 우리를 완전 잊어버리지만 않았으면 좋겠는데 말이야. 할머니는 호감가는 사람이긴 하지만, 어쨌든 약간 노망이 든 것 같아."

"그들은 궁정의 리듬에 따르는 거예요." 오펠리가 어깨를 으쓱이며 말했다.

베르닐드 부인이 크로케를 하러 갔다고 운을 뗄 수는 없다. 이모는 아이들 놀이를 자신들보다 더 우선시한다며 수치스럽게 여길 터였다.

"궁정이라니!" 로즐린은 펜을 종이에 대고 끄적거리며 중얼거렸다. "연극의 기괴한 장면 속에서야 정말 멋진 단어이긴 한데, 무대 밖이라면 단도가 오가는 곳이잖니. 위험을 무릅쓰고 선택을 해야 한다면, 나는 우리가 여기 있는 게 더 나은 것 같아. 이상한 사람들의 보호를 받으면서 말이야."

오펠리는 목도리를 쓰다듬으며 눈살을 찌푸렸다. 그 점에 대해서 그녀는 이모와 생각이 달랐다. 운신의 자유를 빼앗겼다는 생각이 공포를 자아냈다. 처음엔 보호해주겠다며 새장에 집어넣었지만, 언젠가 새장은 감옥이 될 것이다. 남편에게 아이들을 낳아줘야만 한다는 유일한 소명을 지닌 채 자기 집에 갇힌 여자. 사람들은 그녀를 그렇게 만들어버릴 것이다. 지금부터 그녀

스스로 앞가림을 하지 않는다면 말이다.

"뭐 필요한 건 없나?"

오펠리와 로즐린은 쓰고 있던 편지에서 고개를 들었다. 토른의 할머니였다. 두 문짝을 조심스럽게 열고 들어온 터라 그들은 소리를 듣지 못했다. 불쑥 튀어나온 등짝에 목은 완전히 쪼그라들고 행동은 굼뜬 것이, 정말이지 거북이를 연상시키는 모습이었다. 주름진 미소가 그녀의 얼굴을 두 쪽으로 갈라놓았다.

"없어요. 고맙습니다, 부인." 로즐린 이모가 아주 강하게 끊어서 대답했다. "정말 친절하시군요."

오펠리와 이모가 때때로 북쪽 지방의 억양을 알아들을 수 없는 것처럼 상대도 똑같이 느끼는 것 같았다. 너무 빠르게 말을 할 때면 가끔 할머니는 잘 이해하지 못하는 듯 보였다.

"방금 딸애가 전화를 했는데." 노인이 알렸다. "미안하다고 전해달라고. 움직일 수 없는 상황이라네. 내일 아침에 돌아온대."

할머니는 난처하다는 듯 고개를 저었다.

"딸애가 꼭 참석해야 한다는 사교계 활동이 죄다 맘에 안 들어. 분별없는 짓이지……"

할머니의 목소리에서 불안함이 느껴졌다. 베르닐드도 마찬가지로 궁정에 다니면서 위험을 느낄까?

"그러면 손자는요?" 그녀가 물었다. "토른은 언제 돌아와요?"

사실 급하게 그를 다시 만나야 할 일은 없었기에 그녀는 나이 든 할머니의 대답에 그리 불만을 느끼지 않았다.

"정말 착실한 아이지! 언제나 바빠. 손에 시계를 들고, 절대 한자리에 있는 법이 없지. 겨우 밥 먹을 시간만 있으니! 안됐지만 그 아이를 빨리 만날 수는 없을 것 같구먼."

"그에게 맡길 편지가 있어서요." 로즐린 이모가 말했다. "가족한테 우리와 연락할 수 있는 주소를 보내줘야 하거든요."

할머니는 고개를 가볍게 끄덕였다. 거북이가 껍데기 안으로 머리를 집어넣듯이 할머니 머리도 어깨 사이로 들어가버리는 건 아닐까, 오펠리는 생각했다.

다음 날 정오가 지났을 무렵 베르닐드가 저택으로 돌아와 커피를 부탁하며 긴 의자에 깊숙이 앉았다.

"궁정의 인간관계란! 오, 나의 오펠리!" 오펠리가 인사를 하러 나오자 그녀는 큰 소리로 말했다. "당신이 지금 얼마나 행복한지 모를 거예요. 저것 좀 건네줄래요? 부탁해요."

오펠리는 베르닐드가 콘솔 위에 있는 작고 앙증맞은 거울을 가리켰다는 것을 확인하고, 바닥에 떨어뜨릴 뻔했지만 어쨌든 그것을 집어 그녀에게 건넸다. 베르닐드는 쿠션들 사이에 다시 자리를 잡더니 화장기가 남은 이마에서 겨우 보일 듯 말 듯 한 작은 주름 하나를 근심 어린 눈으로 면밀히 살폈다.

"추하게 되지 않으려면 휴식을 취해야만 해."

하인이 그녀가 부탁한 커피를 가져다주었지만, 베르닐드는 역겹다는 듯 그것을 물리고 오펠리와 로즐린 이모에게 지친 미소를 지어 보였다.

"미안해요, 정말 미안합니다." 그녀가 관능적으로 발음을 굴렸다. "이렇게 오래 자리를 비우게 될 줄은 몰랐어요. 너무 심심하지는 않았죠? 그렇게 생각해도 되겠죠?"

순전히 형식적인 질문이었다. 베르닐드는 그녀들에게 인사를 한 뒤 자기 방으로 들어가버렸는데, 그러한 모습에 로즐린 이모는 화가 치밀어 숨이 막힐 지경이었다.

이어지는 날들도 마찬가지였다. 오펠리는 약혼자를 볼 수 없었고, 집을 비우는 베르닐드 부인과 두 번쯤 우연히 마주치고 복도에서 만난 할머니와 예의상 몇 마디를 나눴을 뿐, 대부분의 시간을 이모와 보냈다. 곧 그녀의 삶은 외로운 정원 산책과 말 한마디 없이 먹기만 하는 식사 시간, 거실에서 독서를 하며 보내는 긴 저녁 시간과 그 밖의 지루한 것들에 리듬을 맞춰 생기 없이 반복되는 일상에 젖어들었다. 어느 오후에 짐이 도착한 것이 유일한 사건이었는데, 그 덕에 로즐린 이모도 잠시 조용해졌다. 오펠리는 공원 안쪽에서 너무 오랫동안 자취를 숨기다가 돌아와도 의심을 사지 않게끔 어떤 상황에서건 우울한 얼굴을 보이려 애썼다.

어느 저녁, 오펠리는 이른 시간에 자기 방으로 들어갔다. 그리고 자명종이 네 번 울렸을 때, 눈을 크게 뜨고 침대에 누운 채 천장을 바라봤다. 이제 좀 움직여볼까?

그녀는 낡고 촌스러운 원피스를 골라 단추를 채우고 검은색 짧은 남성용 외투를 둘렀다. 외투의 헐렁헐렁한 후드를 뒤집어 썼더니 안경까지 내려왔다. 공처럼 둥글게 말린 채 침대 구석에 잠들어 있는 목도리를 깨우고 싶은 마음은 없었다. 방에 걸린 거울 속으로 들어간 오펠리의 몸과 영혼이 이윽고 현관 거울 속에서 튀어나왔다. 그녀는 아주 조심스럽게 입구의 걸쇠를 젖혔다.

바깥의 공원 위에는 별들이 가득한 가짜 밤이 펼쳐져 있었다. 오펠리는 잔디 위를 걸어 나무들의 그림자에 자기 것을 뒤섞었고, 돌다리를 건넜고, 시냇물을 뛰어넘었다. 곧 베르닐드의 영지를 세상과 나누는 작은 나무문에 다다랐다.

오펠리는 무릎을 꿇고 앉은 뒤 손을 평평하게 만들어 문에 갖다 댔다. 공원을 한가롭게 거닐던 시간들은 모두 이 순간을 위해서였다. 자물쇠에게 친근한 말들을 속삭였고, 생기를 불어넣고, 날마다 그것을 길들였다. 이제 모든 것은 그녀가 어떻게 하느냐에 달려 있었다. 문이 오펠리를 주인으로 여기게 하려면, 주인처럼 행동해야만 한다.

"문을 열어줘." 오펠리는 단호한 어조로 속삭였다.

찰카닥. 오펠리는 손잡이를 잡았다. 앞뒤로 아무것도 없이 잔디 한가운데 계단 위에 덩그러니 서 있던 문이 살며시 열렸다. 외투를 걸쳐 입은 오펠리는 문을 닫고 바닥이 울퉁불퉁한 작은 뜰로 나가 마지막으로 뒤를 한 번 돌아보았다. 이 낡은 집이 베르닐드의 저택과 영지를 감추고 있다니, 믿을 수가 없었다.

오펠리는 가로등 불빛만이 겨우 뚫고 나온 골목길의 악취 가득한 안개 속으로 사라졌다. 그녀의 입술 위로 미소가 번졌다. 끝이 없을 것 같던 삶에 던져진 이후 처음으로 원하는 곳을 자유롭게 오갈 수 있게 된 것이다. 이것은 도망이 아니었다. 그저 앞으로 살아갈 세상을 스스로 발견하고자 하는 마음이었다. 어쨌든 이마에 토른의 약혼자라 쓰여 있는 것도 아닌데, 무엇 때문에 걱정을 하겠는가?

그녀는 한적한 거리의 여명 속으로 사라졌다. 저택의 공원보다 훨씬 더 춥고 습했지만 '진짜' 공기로 숨을 쉬는 것이 좋았다. 이 구역의 폐쇄된 문들과 빛이 없는 건물들을 보며, 오펠리는 여기 사는 사람들 모두 저택과 정원을 숨기고 있는 것은 아닐까 생각했다. 길모퉁이에서 문득 그녀는 낯선 소리를 듣고 멈춰 섰다. 가로등 뒤 두 벽 사이에서 하얀 유리판이 떨리며 울리는 소리를 냈다. 그것은, 그러니까 창문이었다. 진짜 창문. 오펠리는 그것을 열었다. 눈보라가 입과 콧구멍으로 들이닥쳤고, 후드가 뒤로 벗겨졌다. 얼굴을 돌려 크게 재채기를 한 뒤 숨을 멈췄다가 두 손으로 몸을 지탱해서 바깥으로 몸을 구부렸다. 허공으로 몸의 절반을 내민 채 그녀는 아무렇게나 늘어서 있는 망루들, 정신을 어지럽게 하는 아케이드와 시타시엘의 표면에 늘어선 무질서한 성벽들을 바라보았다. 아래쪽 저 멀리 성 바깥을 둘러싼 못에서 얼어붙은 물이 반짝였다. 훨씬 더 아래, 닿을 수 없는 곳에는 하얀 전나무 숲이 바람에 살랑거리고 있었다. 추위는 간신히 참을 만했다. 오펠리는 유리로 된 커다란 창을 닫은 뒤 코트를 털고, 다시 탐험을 떠났다.

그녀가 가는 방향, 인도 반대쪽 끝에서부터 금속 부딪치는 소리가 들려왔다. 그녀는 늦지 않게 막다른 골목의 어둠 속으로 숨었다. 엄청나게 치장을 한 늙은 남자였다. 손가락마다 반지를 꼈고, 턱수염 안쪽에도 진주가 꿰어 있었다. 은으로 만든 지팡이가 걸음에 맞춰 또각또각 소리를 냈다. 왕인가? 아이 방에서 본 사진 속 사람들처럼, 그 늙은이도 이상할 정도로 눈 주위가 어두웠다.

노인이 다가왔다. 그는 오펠리를 발견하지 못한 채 그녀가 숨었던 막다른 길의 앞을 지나갔다. 콧노래를 부르고 있었고, 눈은 반달 모양이었다. 그의 얼굴에 있는 것은 그림자가 아니었다. 그것은 문신이었다. 눈두덩에서 눈썹까지 문신으로 덮여 있었다. 정확하게 바로 그 순간, 눈부신 불꽃이 터졌다. 노인이 흥얼대는 짧은 노래가 카니발 행렬 속에서 울려 나왔다. 마스크를 쓴 군중이 그녀 주변으로 즐겁게 모여들어 색종이 조각을 머리 위로 날리더니, 올 때처럼 갑작스레 가버렸다. 노인과 그의 지팡이는 인도 저편으로 멀어지고 있었다.

당황한 오펠리는 색종이들을 찾으려고 이리저리 고개를 돌려보았지만, 아무것도 찾을 수 없었다. 그녀는 멀어져가는 늙은 남자를 바라보았다. 환상을 짜는 사람. 그렇다면 그는 드래곤의 라이벌일까? 길을 되돌아가는 게 더 신중한 행동일까? 방향감

각을 완전히 잃은 탓에 베르닐드의 저택으로 가는 길을 찾을
수 없었다. 안개 자욱한 불쾌한 골목길들은 모두 다 비슷해 보
였다.

그녀는 올라온 기억이 없는 계단을 내려가 두 개의 대로 사이
에서 망설이다가 하수도 냄새를 풍기는 아치를 건너갔다. 광고
포스터가 붙어 있는 곳을 지나면서 오펠리는 걸음을 늦췄다.

양장점

멜키오르 남작의 만능 황금 손가락!

천식? 류머티즘? 신경쇠약?

온천요법까지 생각해보셨나요?

퀴네공드 부인의 에로틱한 환희

빛나는 팬터마임—노련한 에릭의 시각 연극

정말 모든 게 다 있었다…… 오펠리는 다른 모든 것들 중에
서도 가장 엉뚱한 이 광고 앞에서 눈살을 찌푸렸다.

일드가르드사社의 모래시계

제대로 된 휴식을 드립니다

그녀는 자세히 살펴보기 위해 광고지를 떼어냈다. 그러자 자
신의 얼굴이 눈앞에 나타났다. 광고지들은 반사되는 표면에 덕

지덕지 붙어 있었다. 오펠리는 이제 모래시계 얘기는 잊은 채 광고들의 길 속으로 나아갔다. 광고지가 점점 줄어들수록 그녀의 상은 점점 더 많아졌다.

거울 갤러리의 입구였다. 이게 웬 횡재지? 거울 하나면 방으로 되돌아가기에 충분했다.

오펠리는 남성용 외투 차림에 후드를 쓰고 안경 너머 약간 얼빠진 시선을 한 다른 오펠리들 사이를 천천히 거닐었다. 그녀는 미로에 빠져들었다. 거울로 만든 미로들을 따라가던 그녀는 곧 바닥 모양이 바뀐 것을 알아챘다. 거리의 포석들이 어느새 첼로 빛깔 왁스를 바른 멋진 나무 마룻바닥으로 바뀌어 있었다.

웃음이 터지는 소리가 들려와 오펠리는 그 자리에 멈추었다. 어떻게 반응할 새도 없이 한 커플이 만든 세 개의 상이 그녀를 둘러쌌다. 그녀는 자신이 세상에서 가장 잘하는 일을 했다. 말을 하지 않았고, 당황하지 않았고, 주의를 끌 만한 어떤 태도도 드러내지 않았다. 멋지게 차려입은 남녀는 그녀에게 관심도 주지 않고 스쳐 지나갔다. 얼굴에는 늑대 가면을 쓰고 있었다.

"그나저나 당신 남편은 어때, 사촌?" 장갑을 낀 팔에 키스를 퍼부으며 신사가 장난기 있게 물었다.

"내 남편? 카드놀이로 돈을 다 날렸어. 뻔하잖아!"

"그러면 그 친구한테 운이 좀 붙도록 신경 써줘야겠네……"

그러더니 남자는 여자를 멀리 데려갔다. 보이지도 않는 사이 그렇게 쉽사리 자신을 지나쳐 갔다니, 오펠리는 믿기지 않는 마음으로 잠시 꼼짝 않고 있었다. 곧이어 몇 걸음 더 나아가자 거울 갤러리는 점점 더 복잡한 보조 갤러리들로 연결되었다. 어느새 다른 상들이 그녀의 상에 섞여들었다. 오펠리는 베일을 쓴 부인들과 제복 입은 장교들, 깃털 모자를 쓴 여자들, 가발을 쓴 남자들, 사기로 만든 가면을 쓴 사람들, 샴페인 잔을 든 사람들, 정신없이 춤을 추는 사람들 속에 파묻혔다.

그래서 외투 차림의 그녀를 아무도 눈여겨보지 않는 걸까? 어쩌면 그녀가 워낙 눈에 띄지 않는 존재였기 때문인지도 몰랐다.

오펠리는 살며시 안경을 검은색으로 만든 뒤 대담하게도 하인이 들고 있던 쟁반에서 재빨리 탄산수를 집어 들어 갈증을 해소했다. 언제든 자신을 비춘 거울 속으로 들어갈 태세로 거울들을 따라 거닐며, 호기심 가득한 시선으로 무도회를 바라봤다. 귀를 쫑긋 세우고 대화를 엿들었지만 금세 흥미를 잃었다. 사람들은 정말 별것도 아닌 얘기들을 나누고, 시시한 농담거리들을 찾았으며, 서로 유혹하기만을 즐기고 있었다. 정말로 진지한 주제로 들어서는 일은 없었다. 또 어떤 이들은 오펠리가 제대로 이해하기엔 너무 강한 억양으로 발음했다.

실제로 그동안 그녀가 빼앗겨온 바깥 세계는 저택 사람들이 묘사했던 것만큼 위협적이지 않은 것 같았다. 평정을 유지해보려 애썼지만 허사였다. 가면을 쓰고 있을지언정 새로운 얼굴들을 보는 것이 좋았다. 샴페인을 한 모금 삼킬 때마다 혀가 따끔거렸다. 모르는 사람들 사이에서 즐거움을 맛보며, 그녀는 자신을 짓눌렀던 저택의 분위기가 얼마나 억압적이었는지 되새겨보았다.

"대사님!" 그녀 바로 옆에서 한 여자가 누군가를 불렀다.

그녀는 종처럼 퍼진 화려한 원피스 차림으로, 손에는 진주와 금으로 만든 안경을 들고 있었다. 기둥에 바짝 붙어선 채 오펠리는 반대쪽에서 다가오는 남자를 눈으로 좇았다. 혹시 아델리아드 할머니가 여행 수첩에서 여러 차례 언급한 여자 대사의 후손일까? 초라한 프록코트, 구멍 난 장갑, 낡은 실크해트. 그의 옷차림은 축제의 화려한 빛깔들 속에서 오히려 도발적으로 도드라졌다. 그는 가면 없이 얼굴을 드러낸 채 걸었는데, 남성적인 매력에 대체로 무감한 오펠리마저 어쨌든 그에게 매력이 있다는 사실을 인정하지 않을 수 없었다. 정중해 보이고, 조화롭고, 비교적 젊은 모습. 수염은 하나도 없고, 어쩌면 지나치게 창백한 얼굴이 마치 하늘에 피어나는 듯 그녀의 두 눈을 정화했다.

대사는 자신을 불러 세운 여자 앞에서 정중하게 고개를 숙였다.

"올가 부인." 모자를 벗으며 그가 인사했다.

숙였던 몸을 다시 일으키며, 그는 후드를 꾹 눌러쓰고 있던 오펠리의 어두운 안경을 곁눈질로 바라봤다. 그녀는 손에 든 샴페인 잔을 떨어뜨릴 뻔했지만 눈도 깜박이지 않았고, 뒤로 물러서지도 않았고, 몸을 돌리지도 않았다. 이방인으로 여겨질 만한 행동은 그 무엇도 해서는 안 되었다.

대사의 시선이 태연하게 그녀를 미끄러졌다가, 부채로 어깨를 얌전하게 두드리는 올가 부인에게 다시 돌아갔다.

"제가 마련한 이 작은 축제가 마음에 들지 않으세요? 고통스러운 영혼처럼 홀로 여기 계시네요!"

"지루하군요." 그가 직설적으로 대꾸했다.

그 솔직함에 오펠리는 깜짝 놀랐다. 올가 부인은 다소 인위적인 소리를 내며 웃었다.

"당연히 클레르들륀의 연회 같지는 않죠! 이 모든 게 대사님에겐 좀 '얌전해' 보이겠죠? 그럴 것 같은데요?"

그러면서 그녀는 눈을 마주할 수 있게끔 얼굴에 대고 있던 안경을 반쯤 내렸다. 대사를 바라보는 시선에 열렬한 사랑이 묻어 있었다.

"오, 나의 기사님……" 그녀가 달콤한 목소리로 말했다. "부디 더는 지겹지 않기를 바라요."

오펠리는 움직이지 않았다. 조금 전에 마주쳤던 늙은 남자와 똑같은 문신이 올가 부인의 눈두덩에도 있었다. 그녀는 주변에서 춤을 추는 무리를 쳐다봤다. 모든 가면이 이 독특한 표식을 감추고 있는 걸까?

"고맙습니다, 올가 부인. 하지만 더는 못 있겠습니다." 알 수 없는 미소를 지으며 대사가 말했다.

"아!" 그녀는 몹시 당황해서 외쳤다. "뭔가 다른 것을 기대하시는 건가요?"

"말하자면요."

"당신 인생에는 정말 여자가 너무 많아요!" 그녀가 웃으며 타박했다.

대사의 미소가 짙어졌다. 눈썹 사이의 점이 그의 얼굴에 기묘한 분위기를 더해주었다.

"그리고 오늘 밤엔 또 다른 여자가 있을 것 같군요."

이 모든 사람들 가운데, 오펠리가 생각하기에 이보다 더 솔직한 얼굴은 없는 것 같았다. 이제 침대로 돌아가야 할 시간이었다. 그녀는 식기대 위에 샴페인 잔을 내려놓고, 춤추고 유혹하는 여자들 한가운데에서 길을 터 처음 보이는 거울 속으로 휩쓸려 들어갈 작정을 하고 거울 갤러리로 다시 들어섰다.

그때 단단한 손이 그녀의 팔을 붙드는가 싶더니 신발을 축으로 몸이 한 바퀴 돌아갔다. 주변을 빙글 도는 다른 오펠리들 사이에서 당황한 오펠리는 그녀에게 몸을 숙인 잘생긴 대사가 보내는 미소를 선망의 눈초리로 마주 보고 말았다.

"제가 여자의 얼굴을 놓친다는 건 있을 수 없는 일이죠." 그가 세상에서 가장 침착한 목소리로 말했다. "제 명예를 바칠 이, 당신은 누구죠, 꼬마 아가씨?"

정원

오펠리는 고개를 숙이고 머릿속에 처음으로 떠오르는 대로 더듬더듬 대답했다.

"하인이에요. 새로 왔어요, 저는…… 저는 심부름 왔어요."

이내 남자의 미소가 사라지고 실크해트 아래 눈썹이 올라갔다. 그는 오펠리의 어깨를 감싸 쥐고는 힘을 주어 그녀를 데리고 거울 갤러리를 지나갔다. 오펠리는 깜짝 놀랐다. 정체를 알 수 없는 머릿속 누군가가 그녀에게 더 이상 한 마디도 하지 말라고 명령했다. 팔과 다리를 어떻게든 움직여보려 했지만, 그녀는 악취 나는 도시의 안개 속으로 다시 빠져들지 않을 수 없었다. 포석이 깔린 길과 골목길을 한참이나 지나 대사가 발걸음을 늦췄다.

그는 오펠리의 후드를 뒤로 젖히고는, 당황스러울 만큼 아무런 거리낌도 없이 그녀의 두꺼운 갈색 곱슬머리를 쓰다듬으며 생각에 잠겼다. 그러더니 턱을 잡아 올려 희미한 가로등 불빛 아래서 편안하게 그녀를 관찰했다. 이번에는 오펠리가 그를 뚫어져라 쳐다봤다. 얼굴 위를 비추는 조명 때문에 그의 피부는 마치 상아처럼 새하얬고, 머리는 달빛처럼 희미했다. 엄청나게 맑은 두 눈은 한층 더 파랗게 보였다. 그런데 두 눈썹 사이에 있던 것은 점이 아니었다. 문신이었다.

잘생긴 남자. 그렇다, 그러나 어딘가 소름 끼치는 아름다움이었다. 통조림통처럼 모자 위가 뚫려 있었지만 비웃고 싶은 마음은 전혀 들지 않았다.

"억양이 거의 없고, 옷차림은 기괴하고, 행동은 촌스럽고." 그는 점점 즐거운 빛을 띠며 떠들어댔다. "아가씨는 토른의 약혼자군! 그가 우리를 속였다는 건 알고 있지, 약삭빠른 놈! 그런데 대체 검은색 코안경 너머에 뭘 숨긴 거죠?"

대사는 서로 눈이 마주칠 때까지 오펠리의 안경을 살며시 미끄러뜨렸다. 오펠리로서는 그 순간 그의 표정이 의미하는 바를 종잡을 수 없었지만, 어쨌든 남자는 이내 부드러워졌다.

"걱정 말아요, 난 여자를 심하게 다룬 적이 단 한 번도 없으니. 게다가 아가씨는 너무 어리잖아요! 어쩔 수 없이 보호하고 싶은 마음이 드는군."

어른이 길 잃은 아이한테 하듯이 그는 그녀의 머리를 살짝 두드렸다. 이 남자가 지금 나를 조롱하는 건가? 오펠리는 감을 잡을 수 없었다.

"한데 정말 맹랑한 꼬마 아가씨군요!" 부드러운 어조로 그가 꾸짖었다. "얼굴을 다 드러내고, 그렇게 자신만만하게 미라주의 영토에 발을 들이다니. 벌써부터 사는 게 피곤한가요?"

이 말에 오펠리는 충격에 빠졌다. 그러니까 토른과 베르닐드가 경계했던 것은 과민한 처사가 아니었다. '미라주', 눈 주변에 문신을 새긴 사람들의 이름일까? 환영을 만드는 사람들에게 어울리는 이름이다.* 정말이지 그녀는 이해가 안 되었다. 이 사람들은 드래곤을 싫어한다면서, 왜 베르닐드에게 영지는 물론 자신들과 관련된 모든 것을 넘겼을까?

"아니, 꿀이라도 삼킨 건가?" 대사가 짓궂게 물었다. "내가 무서워요?"

머리로는 아니라고 답을 했지만, 오펠리는 한 마디도 내뱉지 못했다. 오로지 그에게서 슬그머니 사라질 수 있는 방법만 고민할 뿐이었다.

"만일 당신이 내 옆에 있다는 걸 토른이 알게 된다면, 그놈은 나를 죽일걸." 그는 기뻐서 어쩔 줄 모르는 것 같았다. "이 무슨 조화인지, 정말 기쁘군요! 꼬마 아가씨, 나랑 산책 좀 하겠어요?"

오펠리는 정말로 사양하고 싶었지만, 대사가 자신의 팔짱을 끼고 있었기에 어쩔 도리가 없었다. 작은할아버지가 옳았다. 신중했어야 했는데. 남자의 손아귀에서 그녀는 정말이지 꼼짝할 수 없었다.

---

* mirage는 '신기루'를 뜻하는 프랑스어다.

대사는 훨씬 더 악취가 심한 동네로 그녀를 끌고 갔다. 그런 곳이 존재한다니. 물이라고 하기에는 너무 까만 웅덩이에 오펠리의 치마가 젖었다.

"여기 도착한 지 얼마 안 됐겠죠?" 대사가 강렬한 호기심에 불타는 두 눈으로 그녀를 삼켜버릴 듯 바라보았다. "내 생각엔 아니마의 도시들이 훨씬 더 매력적일 것 같은데. 조만간 여기 사람들이 세 겹으로 칠한 니스의 광택 아래 찌든 때를 감추고 있다는 걸 알아챌 기회가 올 거예요."

인도에서 방향을 바꾸며, 그는 불현듯 입을 다물었다. 다시 자기 생각 같지 않은 것이 오펠리의 머릿속에 스쳤다. 후드를 다시 써야 해. 어리둥절해서 오펠리는 눈을 들어 대사를 다시 바라보자 그가 윙크로 답했다. 그러니까 이것은 그녀가 떠올린 생각이 아니었다. 이 남자는 자신의 생각을 오펠리의 생각에 포갤 수 있었다. 그것을 깨닫자 마음이 불편했다.

대사는 그녀를 데리고 상자와 천 가방이 천장까지 빼곡하게 쌓여 있는 창고들을 지나갔다. 밤늦은 시간임에도 그곳에서는 많은 일꾼들이 열심히 일하고 있었다. 대사가 지나가자 그들은 공손하게 모자의 챙을 잡았지만, 대사를 따라가는 모자 쓴 꼬마 아가씨에게는 아무도 신경 쓰지 않았다. 긴 쇠사슬 끝에 매달린 천장 등에서 뿜어 나오는 빛이 무표정하고 피곤한 일꾼들의 얼굴을 도드라지게 했다. 낡아빠질 때까지 사용된 이 남자들을 보면서, 오펠리는 문득 자기가 있는 세상에 대해 완전히 이해할 수 있게 되었다. 자기만의 환영 방울 속에 갇혀 무도회에서 춤을 추는 사람들이 있는가 하면, 기계를 돌리며 일하는 사람들이 있는 곳.

'그러면 나는?' 그녀가 생각했다. '이 사람들 속에서 내 위치는 어디일까?'

"자, 다 왔어요." 대사가 노래하듯 말했다. "시간이 딱 맞았네!"

그는 오펠리에게 대형 괘종시계를 보여주었다. 어느새 아침 6시를 가리키고 있었다. 창고 한복판에서 이렇게 멋진 시계를 마주하게 되다니 별일이었다. 이어 그녀는 이제 그들이 근사한 녹색 카펫 위에 안락한 의자들이 놓이고 벽은 멋진 그림으로 장식된, 작은 대기실 같은 곳에 와 있다는 사실을 알아챘다. 앞에는 텅 빈 엘리베이터 자리에 두 개의 쇠창살이 있었다.

중간 단계 같은 것도 없이 배경이 바뀌었다는 사실이 당혹스러웠다. 검은 안경 너머 눈을 휘둥그레 뜨고 어리둥절해하는 오펠리의 표정을 보더니 대사가 갑자기 웃음을 터뜨렸다.

"내가 얘기한 바로 그거지, 때를 감추고 있는 세 겹짜리 니스! 환영들이 여기저기 구석까지 깔려 있어요. 늘 일관성이 있는 건 아니지만, 금방 익숙해질 겁니다." 그는 환멸을 느낀다는 듯 한숨을 내쉬었다. "불결한 것을 감추자! 허울을 보호하는 것, 이것이 말하자면 미라주들에게 부여된 역할이죠."

넝마 같은 대사의 옷차림은 어쩌면 도발의 의도를 품고 있는 것 아닐까?

쾌종시계가 여섯 번을 울리고 얼마 안 있어서 부르릉 하는 기계음이 들리더니, 쇠창살 뒤로 엘리베이터가 자리를 잡았다. 보이가 그들에게 문을 열어줬다. 그렇게 호화로운 엘리베이터는 처음이었다. 벽은 속을 넣은 벨벳으로 둘렸고, 전축에서 아름다운 음악이 흘러나오고 있었다.

하지만 거울은 아직 하나도 보이지 않았다.

"최근에 여름 정원으로 손님을 모신 적이 있나?" 대사가 물었다.

"아닙니다, 대사님." 보이가 대답했다. "유행이 지났지요, 흡연실이 인기가 더 많습니다."

"좋아, 그리로 안내하게. 그리고 우리를 방해하지 않도록 신경 써주고."

그가 작은 물건을 건네자 보이는 답례처럼 희색이 만연하게 웃어 보였다.

"네, 대사님."

오펠리로서는 상황을 전혀 파악할 수 없었다. 보이가 레버를 움직였다. 엘리베이터가 천천히 올라가는 동안, 그녀는 자신을 압도하는 이 남자에게서 빠져나갈 생각에만 몰두했다. 시타시엘의 여러 층을 통과하는 이 여행은 도무지 끝날 것 같지 않았다. '18…… 19…… 20…… 21……' 엘리베이터는 한 층 한 층 끝없이 올라갔고, 그녀는 저택에서 점점 더 멀어지고 있었다.

"여름 정원입니다!" 갑자기 보이가 엘리베이터의 브레이크를 밟으며 알렸다.

눈부신 햇살을 향해 문이 열렸다. 밖으로 나온 뒤 대사가 쇠 창살을 닫자 엘리베이터는 위층을 향해 이동했다. 오펠리는 이 마에 손을 붙여 차양을 만들었다. 안경알이 어두웠음에도 불 구하고, 주위가 온통 다양한 색상으로 둘러싸여 있다는 것을 느낄 수 있었다. 눈부시게 파란 하늘 아래 개양귀비 꽃이 일렁 이는 붉은 카펫처럼 끝없이 펼쳐져 있었다.

오펠리는 몸을 돌렸다. 두 개의 엘리베이터 샤프트는 여전히 개양귀비 꽃들 한가운데, 괴상하게 세워진 벽들에 둘러싸인 채 그 자리에 있었다.

"여기서 편하게 얘기를 해보죠." 대사가 실크해트를 휘두르며 말했다.

"할 말이 하나도 없는데요." 오펠리가 대꾸했다.

대사의 미소가 고무줄처럼 길게 늘어졌다. 두 눈이 그의 머 리 위로 펼쳐진 하늘보다 훨씬 더 푸르게 빛났다.

"맙소사, 나를 답답하게 하는군요, 꼬마 아가씨! 거의 확실하 게 죽을 운명이었던 당신을 구해준 거라고요. 고맙다는 인사부 터 건네야 될 것 같지 않아요?"

뭘 고마워하라는 거지? 거울이 없는 곳에 데려다놓은 거? 열기 때문에 괴로움을 느낀 오펠리가 후드를 벗고 외투의 단추 를 풀자, 대사는 마치 어린애에게 하듯 손가락으로 그녀를 살짝 두드렸다.

"옷 벗지 말아요, 감기 걸리니까! 이곳의 태양도, 구름 한 점 없는 파란 하늘도, 아름다운 개양귀비 꽃도, 매미 울음소리도 다 환영이거든."

그는 조금이나마 그늘을 만들어주려고 오펠리 머리 위로 자신의 초라한 망토를 펼쳤다. 그러고는 하늘을 향해 모자를 세운 채 침착하게 걸어 나아갔다.

"토른의 약혼자님, 말해봐요. 이름이 뭐죠?"

"뭔가 오해가 있나봐요." 그녀가 작은 목소리로 속삭였다. "절 다른 사람과 착각하신 것 같은데요."

그는 고개를 저었다.

"아니, 그럴 리가. 나는 대사예요. 그렇기 때문에 발음만으로도 외지인을 알아볼 수 있죠. 당신은 아르테미스의 후손이에요." 그가 살짝 그녀의 손목을 잡았다. "그리고 이 장갑은 **읽는 사람용**이라는 것을 확신할 수 있어요."

그는 억양을 조금도 드러내지 않고 오펠리의 귀에 속삭였다. 그녀는 자신이 얼마나 놀랐는지 인정할 수밖에 없었다. 이 남자는 모든 걸 알고 있었다.

"고향 냄새를 지독하게 풍기고 있잖아요." 대사가 비웃듯 말을 이었다. "당신에게는 귀족의 모습도, 하인의 모습도 없어요. 엄청나게 낯선 모습이지."

그는 손목을 놓지 않은 채, 장난기 어린 미소를 지으며 오펠리의 손에 키스했다.

"내 이름은 아르쉬발드. 이제 이름을 말해줘야죠, 토른의 약혼자님?"

오펠리는 손을 빼내 개양귀비 꽃들을 만지작거렸다. 손을 대자 붉은 꽃잎 몇 개가 떨어졌다. 환영은 정말 완벽했다. 베르닐드의 정원과는 비교도 할 수 없을 만큼 멋졌다.

"드니즈. 그리고 참고로 말하자면, 저는 집안의 남자와 이미 결혼한 사람이에요. 그저 지나다 들른 것뿐이죠. 말씀드렸다시피, 저를 다른 사람과 혼동하시는 거예요."

아르쉬발드의 미소가 희미해졌다. 갑작스럽게 떠오른 생각에 사로잡혀 오펠리는 그 자리에서 천연덕스럽게 그럴싸한 거짓말을 꾸며낸 터였다. 아니마 사람이라는 사실을 더는 부인할 수 없으니, 친척인 척하는 편이 나으리라. 무엇보다 중요한 것은, 무슨 수를 써서라도 이 남자가 그녀와 토른을 사적인 관계로 엮지 않도록 하는 것이었다. 이미 돌이킬 수 없는 어리석은 짓을 저지른 기분이었고, 그러니 상황을 악화시켜서는 안 될 일이었다.

아르쉬발드는 차양을 이룬 자신의 망토 아래 있는 오펠리의 태연한 얼굴을 조용히 응시했다. 그녀의 검은 안경알을 꿰뚫어 보려는 듯했다. 내가 생각하는 것도 들을 수 있을까? 이런 의혹을 품으며 오펠리는 속으로 어린 시절 동요를 끝도 없이 불러댔다.

"그러면 부인이라 불러야겠군요." 아르쉬발드가 생각에 잠긴 듯 말했다. "토른의 약혼자와는 어떤 관계죠?"

"가까운 사촌이에요. 그녀가 살게 될 곳을 알고 싶었어요."

아르쉬발드는 깊은 한숨을 내뱉었다.

"솔직히 조금 실망했어요. 토른의 약혼녀가 내 손안에 있었다면 무척 재미있었을 텐데."

"왜 그런 생각을 하죠?" 오펠리가 눈살을 찌푸리며 물었다.

"그거야 처녀성을 빼앗으려고, 당연한 거지."

오펠리는 천연덕스럽게 눈을 깜박였다. 누구에게도 들어본 적 없는, 정말 예상치 못한 표현이었다.

"이 정원의 무성한 풀밭에서 내 사촌을 힘으로 어찌해볼 셈이었나요?"

아르쉬발드는 짜증이 나서, 아니 그보다는 모욕을 당했다는 듯 고개를 저었다.

"나를 거친 야만인 취급하는 건가요? 사람을 죽이는 건 내게 아무 일도 아니에요. 하지만 난 여자에게 절대 손을 들지 않죠. 그녀를 유혹했을 거예요, 당연히!"

오펠리는 분노가 치밀 정도로 뻔뻔한 대사의 태도에 깜짝 놀랐다. 그는 당황스러울 만큼 솔직했다. 개양귀비 꽃밭 한가운데서 그녀의 발이 무언가에 부딪쳤다. 만약 아르쉬발드가 재빨리 잡지 않았다면, 풀밭에 대자로 널브러졌을 것이다.

"포석을 조심해요! 보이진 않아도 발에 부딪치긴 하니까."

"사촌이 당신을 거절했다면요?" 오펠리가 고집스레 물었다. "어떻게 했을 건데요?"

그는 어깨를 으쓱했다.

"잘 모르겠네요. 나한테 그런 일은 단 한 번도 없어서."

"정말 뻔뻔하군요."

아르쉬발드는 사악한 미소를 지어 보였다.

"사촌의 약혼자에 대해서 아는 게 하나도 없죠? 내가 작업을 걸면 그녀는 제대로 걸려들었을 거예요. 여기 잠깐 앉죠." 그가 그녀에게 대답할 틈도 주지 않고 제안했다. "목말라 죽겠네!"

그는 오펠리의 허리를 잡더니 바닥에서 들어 올려 우물가에 내려놓았다. 마치 무게가 전혀 나가지 않는다는 듯 아주 쉽게. 그러고는 도르래 줄을 잡아당겨 물을 길어 올렸다.

"이거 진짜예요?" 오펠리가 놀라 물었다.

"우물은 진짜예요. 얼마나 얼음처럼 차가운지 느껴봐요!"

그는 장갑이 닿지 않은 오펠리의 손목에 살을 엘 듯 차가운 물을 몇 방울 떨어뜨렸다. 시타시엘의 두 층 사이로 어떻게 진짜 우물을 팔 수 있었을까? 오펠리는 이해할 수 없었다. 환영들이 자기 멋대로 공간을 뒤틀 수 있는 걸까?

따뜻한 풀 내음에 둘러싸인 채 얼굴 전체에 햇빛을 받으며, 오펠리는 대사가 갈증을 해소하기를 기다렸다. 불운한 재난 속에서 수다쟁이와 맞닥뜨린 것은 어쨌거나 다행스러운 일이었다. 물이 수염 하나 없는 그의 턱으로 흘러넘쳤다. 강렬한 태양에 그의 완벽한 피부 결이 선명하게 드러났다. 희미한 가로등 빛 아래 있을 때보다 훨씬 더 젊어 보였다.

오펠리는 호기심으로 그를 뚫어지게 바라봤다. 아르쉬발드가 미남이라는 점은 부인할 수 없었지만, 그렇다고 그에게 흔들리는 건 아니었다. 어떤 남자도 결코 그녀를 흔들지 못했다. 딱 한 번, 오펠리는 언니가 빌려준 연애소설을 읽은 일이 있다. 하지만 사랑이라는 감정에 전혀 공감할 수 없었고, 책을 읽는 내내 지겨워 죽을 것만 같았다. 뭔가 잘못된 건가? 내 몸과 마음은 영원히 이런 호소를 들을 수 없는 걸까?

아르쉬발드는 모자, 겉옷, 장갑과 마찬가지로 구멍 난 손수건에다 한차례 물기를 닦았다.

"어린 아니마의 아가씨가 이런 늦은 시간에 에스코트도 없이, 그것도 환상 축제가 한창인 곳을 돌아다닌다니 정말이지 마음에 들지 않네요."

"길을 잃었어요."

오펠리는 거짓말을 할 줄 몰랐고, 따라서 가장 진실에 근접한 대답을 선택했다.

"몇 번을 말하는 거예요!" 그가 우물가에 있는 오펠리 옆에 앉으며 즐겁게 외쳤다. "그러면 내가 당신을 어디까지 데려다줘야 하는 거지? 이렇게 멋진 신사인 내가?"

아무 대답 없이, 오펠리는 물구덩이에 더러워진 원피스 아래로 나온 장화의 발끝에 시선을 고정했다.

"대사님, 왜 결혼하기 전에 사촌을 유혹할 작정이었는지 물어봐도 될까요?"

아르쉬발드는 빛을 받아 도드라진 옆모습을 보였다.

"궁정 사람 부인의 처녀성을 훔치는 건 말이죠, 언제든 적을 추락시킬 수 있는 게임이죠. 그런데 드니즈, 그게 토른의 약혼자라면 내가 얼마나 흥분할지 모를 거예요! 사람들은 모두 감독관을 싫어하고, 감독관은 모두를 싫어하죠. 그녀가 자신이 아닌 다른 이의 품에 안기게 될 때 토른이 그녀를 과연 지켜줄 수 있을까 생각하면 안타깝기 그지없어요. 막무가내로라도 토른에게 빚을 갚아주고 싶어 하는 사람이 몇몇 있거든요."

그가 그녀에게 윙크를 하자 그녀는 등골이 오싹해졌다. 오펠리는 장갑 실밥을 이빨로 물었다. 신경이 날카로울 때 어떤 이들은 손톱을 물곤 하는데, 오펠리는 장갑을 물었다. '내가 데려가는 곳에 어울리게끔 단련되지 않았어요.' 불현듯 토른이 비행선에서 했던 말의 의미를 알 것 같았다.

아르쉬발드는 옆으로 몸을 기울이며 실크해트를 손가락으로 튕겼다.

"그놈은 우리를 아주 잘 알지, 더러운 자식." 그가 비웃듯 말했다. "베르닐드는 약혼자가 결혼 날짜에 맞춰 도착할 거라고 루머를 퍼뜨렸는데, 당신이 여기 있다는 얘기는 사촌도 사실 그리 멀리 있지 않다는 얘기겠죠." 그는 순수한 의도인 척 이렇게 덧붙였다. "제게 그녀를 소개해주겠어요?"

오펠리는 몇 층 아래 있는 창고의 일꾼들을 생각했다. 눈은 푹 꺼지고 어깨는 피곤에 절어 있지만, 죽을 때까지 상자를 올리고 내려야 하는 일꾼들. 눈을 몇 번 깜박인 뒤, 그녀는 아르쉬발드를 똑바로 바라보기 위해 안경이 투명해질 때까지 밝게 만들었다.

"대사님은 그렇게 할 일이 없으신가요? 정말 사는 게 참 허무하시겠어요!"

아르쉬발드는 완전히 불의의 일격을 당한 듯 보였다. 그렇게 수다스럽던 그가 아무 대답도 못 한 채 입을 열었다 닫기만 반복했다.

"게임이라고 했죠?" 오펠리가 진지한 어조로 말을 이었다. "젊은 여자를 수치스럽게 하고 외교적인 재앙에 가까운 일을 벌이는 게 즐겁다는 건가요, 대사님? 대사라는 일을 할 자격이 없군요."

너무도 놀라워하는 아르쉬발드의 모습을 보며, 오펠리는 실제로 그의 입술에서 미소가 떨어져 나가는 것 같다고 생각했다. 그는 제대로 보려는 듯 눈을 크게 뜨고 그녀를 응시했다.

"여자가 나한테 이렇게 진지한 이야기를 한 건 오랜만이군." 당황한 그가 마침내 입을 열었다. "내가 충격을 받은 건지 매료된 건지 모르겠네."

"진지하지 못한 건 대사님이에요." 오펠리는 두 포석 사이로 외롭게 올라온 개양귀비 꽃에 시선을 둔 채 속삭였다. "사촌도 대사님을 조심하라는 경고를 들었겠죠. 결혼 전에 아니마를 떠나는 계획을 바꾸라고 강력하게 주장해야겠어요."

제대로 된 거짓말이라고 할 수는 없지만, 어쩔 수 없었다. 그녀는 이런 기술이 그리 뛰어나지 않았다.

"그런데 당신, 드니즈, 당신은 그럼 집에서 이렇게 먼 곳에서 뭘 하고 있는 거죠?" 아르쉬발드가 상냥한 체 물었다.

"말했잖아요. 답사차 둘러보는 중이라고요."

더 이상 연기를 밀어붙일 수 없을 것 같았다. 거짓말에 충실히 빠져드는 것이 힘겨웠다. 그럼에도 그녀는 눈 하나 깜박 않고 아르쉬발드를 바라보았다.

"이마의 문신, 이게 클랜의 징표인가요?"

"그래요." 그가 말했다.

"그건 다른 사람들의 생각 속으로 들어갈 수 있고, 그 주인이 될 수 있다는 의미인가요?" 초초하게 그녀가 물었다.

아르쉬발드는 웃음을 터뜨렸다.

"다행히도 아니에요! 펼쳐진 책을 읽듯 여인들의 마음을 읽을 수 있다면 삶이 얼마나 끔찍할까. 차라리 내가 당신 앞에서 한없이 투명해질 수 있다고 말하는 게 낫겠군. 이 문신은 말이에요……" 그가 자기 이마를 두드렸다. "우리 사회에 몹시 부족한 투명성을 보장하죠. 우리는 우리가 생각하는 것을 언제나 말해요. 그리고 거짓을 말하기보다는 오히려 입을 다무는 편을 선택하죠."

오펠리는 그의 말을 믿었다. 그 정도는 판단할 수 있었다.

"우리는 미라주만큼 해악하지는 않아요. 드래곤만큼 공격적이지도 않고요." 아르쉬발드는 거드름을 피우며 말을 이어갔다. "내 가족은 모두 외교 분야에서 일을 하죠. 파괴적인 두 개의 힘 사이에서 중재하는 활동을 해요."

이 말이 끝나자 그들은 생각에 잠겨 조용해졌고, 매미 울음 소리만이 침묵을 채웠다.

"정말로 이제 돌아가야겠어요." 오펠리가 작은 목소리로 말했다.

아르쉬발드는 잠시 망설이는 것 같더니 실크해트를 쳐서 납작하게 만들었는데, 모자는 이내 용수철처럼 펴졌다. 그는 우물가에서 나와 오펠리에게 가장 멋진 미소를 지어 보이며 정중하게 손을 내밀었다.

"당신이 토른의 약혼자가 아니라니 유감이군요."

"그건 또 왜죠?" 그녀가 걱정스레 물었다.

"당신이 이웃이 된다면 정말 좋을 것 같으니까!"

그는 오펠리의 머리를 살짝 건드리며 마지막 말을 강조했다. 정말로 그녀를 여자가 아닌 아이로 취급하는 것 같았다. 그들은 꽃밭을 가로질러 엘리베이터가 있는 벽으로 돌아왔다.

아르쉬발드가 회중시계를 꺼내 시간을 확인했다.

"기다려야 해요. 내려가는 엘리베이터는 늦지 않을 겁니다. 내가 계속 같이 가주길 바라나요?"

"아니요, 대사님." 그녀는 최대한 예의를 갖춰 거절했다.

아르쉬발드는 모자를 벗어 통조림통처럼 뻥 뚫린 모자 끝에 손가락을 끼워 가지고 놀았다.

"좋으실 대로. 그렇지만 부디 조심하시길, 드니즈. 결혼을 했든 안했든, 시타시엘은 젊은 여자 혼자 다닐 만한 동네가 아니에요."

오펠리는 쭈그리고 앉아 개양귀비 꽃 하나를 땄다. 그러고는 정말 진짜처럼 보이는 이 꽃의 솜털로 덮인 줄기를 빙글빙글 돌렸다.

"솔직히 말해서, 이 시간에 누군가를 만나리라고는 생각도 못 했어요." 그녀가 중얼거렸다. "그저 조금 걷고 싶었을 뿐인데."

"아이고, 우리는 낮과 밤이 각각 나름의 의미를 지닌 당신네 아름다운 산에 있는 게 아니에요! 여기 윗동네에서는 춤을 추고, 비방하고, 음모를 꾸밀 시간을 정해놓지 않아요. 사교계의 악순환에 손을 담그는 순간부터 시간의 영향력을 전부 잃어버리지요!"

오펠리는 줄기에서 꽃을 떼어내고 꽃잎을 하나씩 뒤집어 붉은 원피스를 입은 작은 인형 모양으로 만들었다. 어렸을 때 아가트가 이런 마법 같은 놀이를 알려주었다.

"그런데, 대사님은 이렇게 사는 게 좋아요?"

이번엔 아르쉬발드가 허리를 숙이더니 즐거운 호기심에 이끌린 듯 오펠리의 손에서 개양귀비 꽃 인형을 집었다.

"아니요, 하지만 다른 삶을 겪어보지 못해서요. 괜찮다면 충고 하나 해도 될까요, 드니즈? 나중에 나 대신 사촌에게도 전해줄 수 있을 그런 충고예요."

오펠리는 호기심 어린 눈으로 그를 바라봤다.

"결코, 무슨 일이 있어도, 절대로, 파루크 폐하에게 다가가서는 안 됩니다. 그는 예측 불가능할 뿐 아니라 변덕이 심해요. 그녀는 완전히 망가져버릴 거예요."

너무나 심각한 말투였다. 이 집안의 정령은 대체 어떤 작자이길래 후손들에게 이런 불신을 심어놓은 걸까?

"그보다는 대사님, 제 사촌이 삶과 도덕에 대해 두려움 없이 대화를 나눌 수 있는 사람이 누구일지를 알려주세요."

아르쉬발드는 탄산수처럼 눈을 반짝거리며 동의한다는 듯 고개를 끄덕였다.

"훌륭해요! 드디어 우리 세상의 메커니즘을 파악했군요."

삐걱대는 기계음이 엘리베이터의 도착을 알렸다. 아르쉬발드는 오펠리의 머리에 후드를 다시 씌운 뒤, 아코디언처럼 생긴 창살을 열어 쿠션을 댄 엘리베이터 안으로 그녀를 부드럽게 밀어 넣었다. 이번에는 아주 주름이 많고, 심하게 몸을 떨고, 심하게 허리가 굽은 모습이 100살은 족히 되어 보이는 늙은 보이였다. 오펠리는 이런 나이의 남자에게 일을 시키는 것이 수치스러웠다.

"이 부인을 창고까지 모셔다줘요." 아르쉬발드가 명령했다.

"대사님은 여기 있을 건가요?" 오펠리가 놀라 물었다.

대사는 고개를 숙이고 작별 인사 대신 찌그러뜨린 모자를 들어 올렸다.

"제일 꼭대기에 다시 올라가봐야 해서요. 다른 엘리베이터를 탈 거예요. 잘 가요, 드니즈, 몸조심하고요…… 아, 마지막 충고 하나!" 그는 빈정대듯 크게 웃음을 지으며 손가락으로 눈썹 사이의 문신을 두드렸다. "사촌에게도 전해주세요. 이런 징표가 있는 사람에게는 아무 말도 하지 말라고. 그게 무엇이든 말하면 안 돼요. 언젠가는 그녀가 불리해질 수 있으니까."

엘리베이터의 창살이 다시 닫혔고, 오펠리는 깊은 생각에 빠져들었다.

누이

엘리베이터가 천천히 내려가는 동안 오펠리는 벨벳이 덮인 벽에 기대어 섰다. 대사의 마지막 말이 여전히 귓가에 울렸다. 무슨 의미로 그런 말을 했을까? 자신이 했던 거짓말을 그가 믿었는지도 이제는 확신이 서지 않았다.

샴페인을 마셔서 그런 건지, 잠을 못 자서 그런 건지, 아니면 환영들 탓인지 알 수 없었지만, 머리가 아팠다. 몸 전체가 흔들릴 정도로 떨려와 그녀는 두 팔로 자기 몸을 문질렀다. 정원의 여름 열기와는 너무도 대조적인 한기가 느껴졌다. 환영에도 한계는 있는 모양이었다. 덥다고 생각하는 동안 몸은 추위에 사로잡힌 것이다. 그녀의 시선은 바이올린 곡조가 흘러나오는 전축으로 향했다. '그런데 여기 사람들은 이런 적의 가득한 분위기 속에서 어떻게 그 오랜 시간을 살아가고 있는 걸까?' 오펠리는 생각했다. 이곳에 비하면 엄마의 히스테리는 휴식이나 마찬가지였다.

이제 오펠리가 곧장 돌아가지 않으면, 그리고 그녀 방이 비어 있다는 사실을 누군가 알게 된다면, 이모는 걱정스러운 마음에 죽을 지경이 되어 그녀를 기다릴 것이다. 그녀는 후드를 덮어쓰고는 늙은 보이를 관찰했다. 붉은 제복 차림에 고무줄 달린 모자 밖으로 엄청나게 자란 하얀 구레나룻이 튀어나온 그는 키를 잡고 있는 선장인 양 레버를 꼭 붙들고 있었다.

"아저씨?"

이 속삭임이 자신에게 하는 말이라는 것을 남자가 이해하기까지는 시간이 좀 걸렸다. 그는 퀭하게 쑥 들어간 두 눈을 오펠리에게 돌렸다. 당황한 눈빛으로 보아 누구도 그를 '아저씨'라고 부르지 않는 모양이었다.

"네, 아가씨."

"창고에서 베르닐드 부인 댁으로 가는 길을 좀 알려주세요, 부탁드려요."

"가깝지 않아요. 마차를 타야 할 겁니다." 늙은 보이가 말했다. "창고 반대편에 있는 큰 홀 근처에서 마차를 찾을 수 있을 거예요."

"고맙습니다."

늙은 보이는 층수 안내판의 점점 줄어드는 숫자에 주의를 기울이다가 다시 창백한 눈으로 오펠리를 바라봤다.

"아가씨는 외지인이죠? 말하는 걸 들으니 알겠군요. 여기서 외국인을 만나는 건 정말 드문 일인데!"

그녀는 수줍게 그렇다고만 대답했다. 이곳 환경에 녹아들기 위해서는 억양과 태도를 확실하게 고쳐야만 할 것이다.

엘리베이터가 층계참에 도착하자 창살 가장자리 장식 뒤로 사람들의 형체가 나타났다. 보이가 엘리베이터를 세우고 그들에게 문을 열어주었다. 오펠리는 푹신한 벽에 바싹 붙어 섰다. 아이 셋을 데리고 있던 부부가 '찻집'으로 가달라고 요구하며 엘리베이터에 올랐다. 모피 옷을 입은 그들의 인상이 얼마나 강렬한지, 오펠리는 마치 곰들 사이에 낀 생쥐가 된 기분이었다.

사내아이들은 소란을 피우며 조심성 없이 그녀를 밀어붙였다. 빡빡 밀어버린 머리에 다갈색 치아를 드러내고 웃는 것이 물방울 세 개 같았다. 오펠리는 엘리베이터 구석에 짓눌린 채 이 망나니들이 학교는 제대로 다닐까 생각했다. 부모가 아이들을 조금 제지해줬으면 싶었지만, 그들은 다른 데 정신이 팔려 있었다.

"바꿔보려면 수훈을 세울 생각을 해야지!" 여자가 남편에게 날카로운 목소리로 말했다. "클레르들륀의 문은 우리에게 언제나 닫혀 있을 거야, 당신이 머릿속에서 한마디 말도 만들어낼 수 없다면 말이야. 아이들 생각도 좀 해보라고, 세상으로 나아갈 수 있게 해줘야 할 거 아니야!"

여자는 꿀빛 밍크 드레스 차림으로, 토시 깊숙이 손을 넣고 있었다. 기분이 언짢아 얼굴이 일그러져 있었음에도 그 옷 덕분인지 매력적으로 보였다. 경련을 일으키는 입술, 챙 없는 모자 아래로 삐져나온 옅은 머리칼, 가시처럼 솟은 코, 두 눈썹 사이로 깊게 파인 주름까지, 얼굴 생김 하나하나가 영원한 불만을, 뿌리 깊이 박힌 못마땅함을 드러냈다. 온몸으로 신경질적인 성격을 드러내는 그녀를 바라보는 것만으로 오펠리는 머리가 아팠다.

남자는 인상을 찌푸렸다. 텁수룩한 금색 턱수염이 모피 외투와 완전히 뒤섞여 저희들끼리 서로 복잡하게 얽혀 있는 것처럼 보였다.

"백작 부인의 화를 돋운 건 내가 아닌 것 같은데. 당신의 그 신경쇠약이야말로 우리 사교 생활에 도움이 안 된다고."

남자의 목소리는 산에서 세차게 흐르는 물소리 같았다. 소리를 지르는 것도 아닌데 귀가 먹먹했다.

"나한테 욕을 하잖아! 명예를 지켜야만 했어. 당신은 너무 겁쟁이라 그렇게 못 하니까."

오펠리는 엘리베이터 구석에서 몸을 움츠리고 있었다. 아이들이 벌이는 몸싸움에 떠밀리면서도 항의해야겠다는 생각조차 할 수 없었다.

"뭐야…… 이거 내려가는 거잖아!" 별안간 여자가 격노했다. "찻집으로 가자고 했는데, 치매 걸린 늙은이 같으니라고!"

"양해 부탁드리겠습니다." 보이는 머리를 조아리며 말했다. "우선 이 아가씨를 창고에 내려드려야 해서요."

마치 그제야 그녀의 존재를 알아차렸다는 듯, 아내와 남편 그리고 세 아이가 절망적으로 자신의 외투 속으로 몸을 숨기려드는 작은 그림자를 향해 몸을 돌렸다. 정말이지 간신히, 오펠리는 저 위에 있는 면도날 같은 두 눈을 마주 보았다. 긴 금발 수염 남자가 가장 크고 가장 위압적이었지만, 무엇보다 조심해야 할 사람은 그의 아내였다. 이유는 알 수 없었지만 어쨌든 그 아내 때문에 그녀는 끔찍하게 머리가 아팠다.

"왜 당신이 우리보다 우선권을 가진 거지?" 그녀가 경멸하듯 말을 뱉었다.

오펠리는 이번에도 자신의 억양이 문제가 될까 두려웠다. 자신이 **우선권**에 그리 집착하지 않는다는 것을 이해시키기 위해 후드를 흔드는 것 말고는 달리 할 수 있는 게 없었다.

불행히도 오펠리의 태도는 여자를 만족시키지 못했다.

"아니, 이것 좀 보게!" 깊은 상처라도 입었다는 듯 여자가 날카로운 소리를 냈다. "젊은 사람이 마치 나한테는 대답할 가치도 없다고 생각하는 것 같은데."

"프레이야, 진정해." 남편이 턱수염 사이로 입을 벌려 한탄하듯 말했다. "당신 정말 지나치게 예민하다고. 별것도 아닌 걸로 일을 크게 만들기나 하고. 창고로 돌아서 가자고. 이제 입 좀 다물고!"

"당신이 이렇게 무능하니까 우리 클랜이 전락할 운명이 된 거 아냐!" 그녀가 사납게 받아쳤다. "존중받고 싶다면 모욕을 그냥 지나쳐서는 안 된다고. 자, 어디 얼굴 좀 보여봐." 그녀는 오펠리를 향해 말을 이었다. "그런 식으로 비겁하게 눈을 가리고 있는 걸 보니, 너 혹시 미라주야?"

엄마의 신경질에 흥분한 아이들이 웃으면서 발을 굴렀다. 무슨 이유로 이런 새로운 곤경에 처하게 된 건지 오펠리는 이해할 수 없었다. 사태가 험악해지자 늙은 보이는 자신이 끼어 드는 편이 좋겠다고 판단했다.

"아가씨는 외지 사람이에요. 제대로 이해하지 못했을 겁니다, 부인."

프레이야의 분노가 불처럼 활활 타올랐다.

"외지 사람?"

좁다란 미간에 핏기 없는 눈으로, 여자는 모자 그늘에 가려 있는 오펠리의 안경을 끈질기게 살폈다. 한편 오펠리는 토시를 걷어낸 여자의 팔을 관찰했다. 베르닐드 부인의 것과 정확하게 똑같은 문신이 있었다. 이 사람들은 드래곤 클랜 소속이다. 미래의 식구들.

"내가 생각하는 사람이 맞아?" 프레이야가 음산한 목소리로 뚝뚝 끊어 물었다.

오펠리는 고개를 끄덕여 그렇다고 답했다. 상황이 상황이니만큼 라이벌의 일원이라고 하느니 있는 그대로 말하는 것이 훨씬 나을 것 같았다.

"그런데 여기서 무슨 일을 꾸미고 있었던 거지?"

놀라서인지 프레이야의 얼굴이 매끈매끈해졌다. 열 살은 더 젊어진 것 같았다.

"길을 잃었어요." 오펠리가 속삭이듯 말했다.

"창고로 내려다줘." 프레이야가 단념한 듯 말하자 보이와 남편은 크게 안도했다.

엘리베이터가 목적지에 다다르자, 프레이야는 오펠리를 먼저 내리게 한 뒤 뒤따라 내렸다.

"알도르, 아이들하고 먼저 가." 그녀가 창살을 닫으며 말했다.

"아…… 정말로?"

"이 아이를 무사히 데려다주고 찻집으로 갈게. 못된 놈들을 만나면 곤란하잖아."

오펠리는 대기실의 괘종시계를 바라보았다. 이제 비밀스럽게 방으로 되돌아가기에는 너무 늦었다. 저택에 있는 사람들 모두가 일어났을 시간이었다.

두 여자는 창고를 가로질러 걸어갔다. 프레이야는 밍크 드레스 자락을 들어 물웅덩이를 피했다.

"베르닐드 부인 저택에 머물고 있겠지? 마차를 타야겠군."

그들은 벌써 사람들로 가득한 시장을 가로질렀다. 생선 냄새 때문에 속이 미식거렸다. 맛있는 커피 한 잔이 간절한 순간이었다.

프레이야는 마차를 소리쳐 부르고는 자리를 잡았다. 오펠리는 맞은편에 앉았다. 마차가 흔들리며 움직이기 시작하자 불편한 침묵이 무겁게 내려앉았다. 도도하고 키 큰 금발과 서툴고 키 작은 갈색 머리 두 여자 사이에.

"고맙습니다, 부인." 오펠리가 속삭이듯 말했다.

프레이야는 무표정한 눈빛으로 미소를 지어 보였다.

"폴이 마음에 들어요?"

"저한테는 조금 새로워요." 오펠리는 어렵사리 단어를 골라가며 대답했다.

프레이야는 아주 예민한 사람 같았다. 그녀의 기분을 상하게 하지 않는 편이 좋을 터였다.

"그러면 내 동생은? 당신 취향인가요?"

프레이야가 토른의 누나라고? 그래, 그들은 똑같이 분노로 가득한 눈을 가졌다. 오펠리는 바람이 밀려와 흔들거리기 시작한 차창 너머 밖을 바라보았다. 마차는 밖으로, 진짜 밖으로 솟아올랐다. 좁고 높은 낭떠러지 위로 솟아올라 왔던 길을 따라 덜컹거리며 나아갔고, 성벽 꼭대기까지 흔들흔들 올라갔다가 시타시엘의 측변을 통해 다시 내려왔다. 겁이 났지만 오펠리는 눈을 아래로 내려 저멀리 눈이 울퉁불퉁하게 쌓인 침엽수림 위로 희미해져가는 어둠을 바라보았다. 진짜 태양이었다. 떠오르는 듯 보이지만, 늘 그랬던 것처럼 폴에 겨울을 내팽개치고 지평선에 다다르기도 전에 되돌아가버리는 악역. 마차는 한 번 더 회전하더니 다시 시타시엘의 가장 깊숙한 곳으로 휩쓸려 들어갔다.

"저희는 아직 서로를 잘 몰라요." 마침내 오펠리가 대답했다.

"절대로 토른을 알 수는 없겠지!" 프레이야가 비웃었다. "사생아이면서 기회주의자에다 계산만 빠른 사람과 결혼하게 된다는 건 알고 있어요? 그가 여자들에게 반감을 갖는다는 건 공공연한 사실이지. 내 말 믿어요. 당신이 아이를 갖게 되는 순간, 그의 눈에 당신은 하찮은 골동품보다 못한 것이 되고 말 거예요. 그러면 궁정의 조롱거리가 되겠지!"

뼛속까지 얼어붙어 있던 오펠리는 장갑 낀 손을 마주 비볐다. 토른이 성인군자가 아니라는 사실은 그녀도 이미 알고 있지만, 비방은 언제든 자극하는 재주를 갖고 있지 않은가. 결혼을 방해하느라 조심스레 처신하지 못하는 이 여자가 미심쩍었다. 이어서 프레이야는 오펠리의 머리를 아프게 하기 시작했다. 뭐라 표현하기 낯선 상황인데, 적대적인 무언가가 그녀를 둘러싸고 쏘아대는 느낌이었다.

"부인의 마음을 상하게 할 생각은 없지만, 제 일은 제가 결정할게요."

프레이야는 맞은편 의자에 앉은 채 토시 낀 손 하나 까딱하지 않았는데, 갑자기 엄청나게 강한 따귀가 날아와 오펠리를 창문 쪽으로 날려 보냈다. 호되게 맞고 정신을 차리지 못한 채 오펠리는 믿을 수 없다는 듯 휘둥그레 뜬 두 눈으로 맞은편의 흐릿한 윤곽을 바라보았다. 따귀를 맞을 때 안경이 코에서 떨어져 나간 터였다.

"이건 말이지……" 얼음같이 차가운 목소리로 프레이야가 입을 열었다. "그놈이 당신을 어떻게 대할지, 친절하게 눈앞에서 표현해준 거야."

오펠리는 턱으로 흘러내리는 코피를 소맷자락으로 훔쳤다. 이게 드래곤들의 능력인가? 거리를 두고 공격하는 것?

그녀는 바닥을 더듬거려 안경을 찾아 다시 썼다.

"제게는 선택권이 없었어요, 부인."

보이지 않는 힘이 그녀의 다른 쪽 뺨을 정통으로 내갈겼다. 목으로 이어진 척추뼈들이 한꺼번에 항의하는 소리가 들렸다. 맞은편 프레이야의 얼굴은 혐오스러운 미소로 일그러져 있었다.

"사생아와 결혼해봐, 꼬마야. 내가 몸소 네 삶을 지옥으로 만들어줄 테니까."

세 번째 따귀를 맞으면 살아남을 수 있을 것 같지가 않았다. 오펠리에게는 다행스럽게도 마차가 멈추어 섰다. 창문에 김이 서린 탓에 마차가 멈춘 기둥 앞의 건물은 알아볼 수 없었다.

프레이야가 그녀에게 문을 열어주었다.

"푹 쉬면서 생각해보라고." 메마른 어조로 그녀가 덧붙였다.

채찍이 한차례 춤을 추더니 포석 위로 말발굽 부딪치는 소리가 났다. 마차는 안개 속으로 사라졌다.

아픈 두 볼을 문지르며 오펠리는 바로 앞, 대리석과 기둥으로 만들어진 건물 정면 장식을 응시했다. 양편에 집들이 두 줄로 늘어서 있었다. 프레이야는 왜 여기에 그녀를 내려주었을까? 오펠리는 머뭇거리며 금박이 장식된 멋진 문으로 이어진 계단에 발을 디뎠다.

현관 표지판에는 이렇게 적혀 있었다.

베르닐드 부인 영지

그들이 도착했던 날, 토른은 뒤뜰로 들어갔다. 저택에 정식 입구가 있으리라 생각했어야 했는데. 그녀는 잠시 계단에 앉아야 했다. 다리에 힘이 하나도 없었다. 생각을 정리해볼 필요가 있었다.

'모두 감독관을 싫어한다.' 아르쉬발드는 그런 말을 했다. 이 말은 어디까지 사실일까? 그녀도 이미 그러한 증오의 대상이었다. 그것이 발현될 기회가 없었을 뿐. 그녀는 토른의 약혼자였고, 그것으로 충분했다. 이미 다른 사람들의 증오심을 키우기엔 더할 나위가 없었다.

오펠리는 소매에서 손수건을 꺼내 코에 남아 있던 피를 풀어낸 뒤, 머리에 꽂혀 있던 핀들을 빼서 멍든 두 볼을 두터운 커튼 같은 머리카락으로 덮었다. 나는 정말 나를 기다리는 세계를 직접 보고 싶었던 걸까? 이제 그녀는 확실히 보았다. 교훈은 고통스러웠고, 어쨌든 그녀의 삶은 그런 고통을 통해 만들어지게 될 터였다. 눈가리개 따위는 쓰지 않는 게 나았다.

자리에서 일어나 치마의 먼지를 털고 문 앞에 서서 종에 달린 줄을 세 번 잡아당겼다. 반대쪽에서 금속 부딪치는 소리가 들렸다. 누군가 방문객을 확인하느라 문에 달린 작은 구멍을 열어보는 소리였다. 급사장이 "부인! 부인!" 하고 외치는 소리가 멀찌감치 울리더니 한참 침묵이 흐른 뒤에 베르닐드 부인이 직접 문을 열어주었다.

"들어와요. 차를 마시면서 기다리고 있었어요."

이게 다였다. 비방도 없었고, 질책도 없었다. 얼굴은 아주 부드러워 보였지만, 금발 곱슬머리에 품이 넓은 명주 가운을 입은 베르닐드 부인에게서 완고함이 느껴졌다. 그녀는 보기보다 훨씬 더 화가 나 있었다. 상류사회의 여자는 이런 것이구나, 오펠리는 생각했다. 진짜 감정을 부드러운 미소로 덮을 줄 아는 사람.

오펠리는 문턱을 넘어 하프 세 대와 클라브생 너머 따뜻한 색감으로 장식된 스테인드글라스가 달린 매력적인 작은 방에 들어섰다. 잠시 어리둥절했지만 곧 이곳이 음악실이라는 것을 깨달았다. 그녀가 늘 악보들을 두는 커다란 벽장이라고 생각하던 방이었다. 베르닐드가 방문을 닫았다. 저택과 바깥세상 사이에 또 다른 통로가 존재하는 걸까?

문신을 새긴 아름다운 두 손으로 얼굴을 감싼 베르닐드 앞에서 오펠리는 한마디 말도 할 수 없었다. 오펠리의 두 볼에 생긴 멍자국을 알아보자, 그녀의 투명하고 커다란 두 눈이 속눈썹이 만든 그늘 아래서 작아졌다. 그 시선을 참아내며, 오펠리는 아프다는 말도 꺼내지 못한 채 그대로 서 있었다. 목덜미 주위가 온통 엉망이 된 것 같았다. 거울에 비춰보지는 못했지만,

베르닐드의 고정된 눈동자가 많은 것을 말해주고 있었다.

"누구지?" 그녀가 짧게 물었다.

"프레이야요."

"거실로 가죠." 베르닐드는 눈살을 찌푸리면서 딱딱한 태도로 말했다. "토른과 이야기를 해야 할 거예요."

오펠리는 손으로 머리를 내려 두 뺨을 감쌌다.

"여기 있어요?"

"사라진 걸 알고 바로 관리국에 연락했어요. 목도리 덕분에 사라진 걸 알았지."

"목도리요?" 오펠리가 중얼거렸다.

"한밤중에 방의 꽃병들을 모두 뒤집어엎어 우리를 깨우더군."

그녀가 돌아오지 않자 목도리는 공포에 사로잡혔던 것이다. 그 생각을 미처 못 하다니, 바보같이. 토른을 만나기 전에 좀 쉬고 싶었지만, 자기 행동의 결과를 감내할 수밖에 없었다. 그래서 그녀는 싫은 내색 없이 베르닐드를 따라갔다. 거실로 들어서자마자, 로즐린 이모가 그녀에게 덤벼들었다. 하얀 모자와 나이트가운 차림에 핏기 없이 노란 피부가 흡사 귀신 같았다.

"아니 대체 무슨 바보 같은 생각을 했던 거니? 보살펴줄 나도 없이 한밤중에 그런 식으로 나가다니! 걱정돼서 미치는 줄 알았잖아! 너는…… 이성이라고는 이 탁자만큼도 없구나!"

이모가 한마디 한마디 화를 낼 때마다 목덜미에 통증이 퍼졌다. 이모는 자기 마음이 얼마나 편치 못했는지 일일이 설명할 참이었다. 오펠리를 강제로 의자에 앉히고는 두 손에 찻잔을 쥐어주었다.

"이게 뭐냐? 볼에 이게 무슨 자국이야? 못된 놈을 만난 거니? 누가 너를 강제로 어떻게 한 거야?"

베르닐드는 부드럽게 이모의 어깨를 잡아 진정시키려 애썼다.

"남자가 아니에요. 부인이 걱정하는 일은 없었어요." 그녀는 이모를 안심시켰다. "오펠리가 우리 식구들을 만났어요. 드래곤들이 가끔 좀 인정머리 없는 짓을 하죠."

"인정머리 없는 짓이라고요?" 아연실색해서 이모가 되풀이했다. "지금 저랑 장난하시는 거예요? 얘 얼굴을 보라고요!"

"잘 아시겠지만, 로즐린 부인, 부인의 조카는 제 조카에게 설명할 일이 좀 있어요. 우리는 잠시 부속실로 가죠."

두 여인은 문을 살짝 열어둔 채 옆방으로 물러났고, 오펠리는 레몬차를 스푼으로 부드럽게 저었다. 토른의 형체가 미동도 없는 거대한 그림자처럼 거실 창문 앞에 뚜렷하게 드러났다. 뚫어져라 정원만 처다볼 뿐, 그는 그녀가 들어온 이후로 단 한 번도 시선을 주지 않았다. 금빛 견장이 달린 검은 제복을 입고 있었는데, 그 모습이 전보다 훨씬 더 어색해 보였다. 아마도 일할 때의 차림인 것 같았다.

창밖의 가을 빛깔이 유난스레 흐려져 있었다. 번개를 번쩍이는 어두운 구름의 덮개가 나무들로 이루어진 능선을 짓눌렀다. 천둥이 쳤다.

토른이 창문에서 떨어져 느린 걸음으로 다가왔을 때, 오펠리는 이상하게 첨예한 기운을 풍기는 분위기를 감지했다. 카펫 위의 밝은 빛, 장갑 낀 두 손으로 잡은 따뜻한 잔, 집 안의 흥분된 웅성거림 같은 것들 모두 기묘하게 느껴졌다. 하지만 그보다훨씬 집요한 것은 장막 같은 토른의 침묵이었다. 그녀는 앞을뚫어져라 바라봤다. 저 높은 곳에 있는 토른의 눈을 올려다보기에는 목의 통증이 심했다. 그의 표정을 볼 수 없는 것이 짜증스러웠다. 프레이야처럼 따귀를 날리려는 걸까?

"나는 웬만해서는 후회를 안 하는 성격이에요." 오펠리가 선수를 치듯 말했다.

그녀는 토른이 따귀를 때리거나, 소동을 일으키거나, 모욕을주거나 하는 모든 상황에 대해 생각하고 있었다. 하지만 차분한 목소리로 말을 건네리라고는 예상하지 못했다.

"내가 경고한 내용 중에서 어떤 것이 당신을 도망치게 만든건지 정말 모르겠군요."

"당신이 경고한 내용은 오로지 나를 위한다는 말뿐이었죠.내 눈으로 당신네 세상을 봐야 했어요."

오펠리는 의자에서 일어나 그와 마주 보면서 얘기하고 싶었지만, 움직이지도 않는 목으로 그렇게 커다란 남자를 바라보기란 불가능했다. 이제 제복에 체인으로 연결된 토른의 회중시계가 눈에 들어왔다.

"누가 공모했죠?"

"뒷문. 내가 길들였거든요."

억양이 강해진 토른의 무거운 목소리가 오펠리에게 솔직한 대답을 강요했다. 그럼에도 그녀는 자기 실수에 하인들을 끌어들이지 않았다. 그녀 앞에서 마른 손이 회중시계를 붙잡고는 엄지손가락을 이용해 뚜껑을 열었다.

"누가 그렇게 심하게 다룬 거지? 무슨 이유로?"

취조 중인 헌병대장만큼이나 감정 없는 말투였다. 이 질문들은 배려의 표시가 아니었다. 토른은 그저 오펠리가 어느 정도까지 문제를 일으킨 것인지 알고 싶었던 것이다. 그녀는 대사와 만났던 일은 말하지 않기로 마음먹었다. 그것이 실수일 수도 있겠지만, 둘이 나눈 대화를 재현하는 것은 정말 당혹스러울 터였다.

"길에서 우연히 당신 누나 프레이야를 만났어요. 우리 결혼을 탐탁지 않게 생각하는 것 같던데."

"이복 누나예요." 토른이 바로잡았다. "나를 끔찍이 싫어하지. 그녀에게서 살아남았다니 놀랍군."

"그래서 너무 실망한 게 아니면 좋겠네요."

토른이 갑자기 엄지손가락으로 시계 뚜껑을 닫았다.

"당신은 공식적으로 정체를 드러낸 거예요. 프레이야가 입을 다물고 우리에게 그 어떤 유감스러운 짓도 하지 않기를 바라는 것 말고는 할 수 있는 게 없지. 지금부터는 행동을 조심해주길 간곡히 부탁합니다."

오펠리는 안경을 고쳐 썼다. 질문하는 태도로 미루어 토른은 아주 초연한 듯 보였다. 하지만 그 생각은 틀렸다. 그는 이 사건 때문에 상당히 난처한 입장에 처해 있었다.

"당신 실수예요." 오펠리가 중얼거렸다. "나로서는 충분한 준비 없이 아무것도 모르는 이 세상에 왔잖아요."

시계를 쥔 토른의 손가락에 경련이 일었다. 베르닐드가 다시 음악실에 들어와 그녀는 주의를 돌렸다.

"어때?" 베르닐드가 부드럽게 물었다.

"전략을 바꿔야 할 것 같아요." 두 팔을 등 뒤로 가져가며 토른이 말했다.

베르닐드는 비웃듯 살짝 미소를 지으며 금발 곱슬머리를 흔들었다. 멋을 부리거나 화장을 하지 않았지만, 그럼에도 훨씬 더 아름다웠다.

"네 누나가 오펠리와 만난 걸 누구에게 말할 것 같니? 시타시엘 사람들과 사이가 다 틀어졌는데."

"다른 누군가가 알게 되었다는 점, 그리고 소문은 퍼지기 마련이라는 점은 인정해야죠. 제 약혼자가 여기 있다는 사실을 알게 되면 평화는 깨질 거예요."

토른은 오펠리를 향해 몸을 돌렸다. 그를 향해 눈을 치켜뜰 수는 없었지만, 차디찬 시선이 피부로 느껴졌다.

"게다가 특히 이런 식의 경솔함은 경계해야 해요."

"그래서 하고 싶은 말이 뭔데?"

"경계를 늘려야 해요. 그리고 오펠리를 좀 이성적으로 만들어야겠죠. 고모랑 저랑 돌아가면서요."

베르닐드의 미소가 일그러졌다.

"어차피 우리가 윗동네에 얼굴을 잘 드러내지 않는 이상은 호기심을 자극할 수밖에 없을 텐데, 안 그래?"

"적어도 확인은 못 하게 해야죠." 토른이 답했다. "고모 일이 복잡해지지 않을까 걱정이에요. 고모를 위해 시간을 내는 것 말고 제가 할 수 있는 게 더 없을까요?"

베르닐드는 무의식적으로 손을 배에 가져다 댔다. 문득, 오펠리는 이곳에 도착한 이후로 줄곧 분명하게 드러났던 모든 단서를 한 단어로 떠올렸다. 헐렁한 옷차림, 약간의 피로감, 무기력······

미망인 베르닐드는 아이를 가진 것이다.

"나를 돌봐야 할 사람은 **그 사람**이야." 그녀는 무감각한 목소리로 속삭였다. "난 궁정에서 멀어지고 싶지 않아. 알지? 그 사람은 나를 정말로 좋아해."

토른은 경멸 어린 표정이었다. 그런 감정이 그를 피곤하게 하는 게 분명했다.

"파루크는 이제 고모에게 아무런 관심이 없어요. 고모도 잘 알잖아요."

오펠리는 깜짝 놀랐다. 집안의 정령? 그럼 이 여자는 자기 선조의 아이를 가진 건가?

베르닐드는 자신이 걸치고 있는 비단 가운보다 훨씬 더 창백해 보였다. 애써 자제하여 몸을 추스른 뒤, 그녀는 차분한 얼굴을 되찾았다.

"그래." 그녀가 대답했다. "네 말이 옳아, 조카야, 늘 그랬던 것처럼."

미소를 지으며 오펠리를 바라보는 그녀의 시선에는 악의가 가득했다.

할퀴기 공격

그날부터 오펠리는 전보다 훨씬 더 감옥에 갇힌 듯한 삶을 살게 되었다. 홀로 산책하는 것도, 저택에서 커다란 거울이 있는 방을 돌아다니는 것도 금지되었다. 그녀의 방에서 전신 거울이 치워졌다. 의혹을 키우지 않고 궁정이 요구하는 바를 모면하기를 기대하며, 토른과 베르닐드는 그녀를 지속적으로 감시했다. 오펠리는 침대 옆에 하녀를 둔 채 자야 했고, 하녀 없이는 단 한 발자국도 움직일 수 없었다. 화장실 문 너머에서까지 할머니의 가쁜 기침 소리를 들어야 했다. 프레이야에게 따귀 두 대를 맞은 곳은 전혀 나아지지 않았기에 목 보호대로 목을 고정시켰다.

좋든 싫든 오펠리는 이 모든 제약들과 타협했다. 토른은 자세를 낮출 것을 권했고, 오펠리도 본능적으로 그 순간만큼은 토른의 말이 옳다고 작게 말했다. 그녀는 아직 일어나지 않은 일이 가장 두려웠다. 가령 저택의 진짜 주인들이 돌아오는 일이라든가. 규칙 위반에 대한 진정한 처벌은 거기서 시작될 터였다. '오펠리를 좀 이성적으로 만들어야겠죠.' 토른은 그렇게 말했었다. 무슨 얘기를 하고 싶었던 걸까?

1월 어느 오후, 베르닐드는 인기 있는 연극 한 편을 관람하러 갔다가 몸이 안 좋은 척 꾀병을 부리고 돌아왔다. 그녀가 집에 도착하기도 전에 시타시엘의 모든 신문들은 이미 소란스러운 루머들을 퍼뜨렸다. **임신으로 고통받는 애첩.** 그중 하나는 이런 제목을 달고 있었다. **또 한 번 유산한 과부!** 이런 추잡한 주장을 하는 신문도 있었다.

"바보 같은 얘기들은 대충 넘겨요, 오펠리." 안방에서 열중해서 신문을 읽고 있던 오펠리를 발견하고 베르닐드가 충고했다.

그러고는 기분 좋게 장의자 위에 누워서는 캐모마일 차를 요청했다.

"책을 탁자로 가져다줘요. 덕분에 이제부터 나는 책이나 읽으며 시간을 보낼 수 있겠군!"

베르닐드가 차분한 미소를 지으며 힘주어 말했다. 오펠리는 등골이 오싹했다.

날씨가 갑작스레 흐려졌다. 바깥에서는 지붕 위 풍향계가 마구 돌았고, 폭풍우에 바람이 거세졌다. 물방울이 방의 유리창에 조용히 부서지는가 싶더니 몇 초 만에 굵은 빗줄기가 정원에 쏟아져 내렸다. 오펠리는 목 보호대 탓에 뻣뻣한 자세로 창문 앞에 섰다. 소리 없이, 땅에 빗물도 고이지 않고 비가 내리는 것을 보고 있자니 이상한 기분이 들었다. 이런 환상은 정말이지 뭔가 부족했다.

"대체 무슨 날씨가 이렇게 우중충해!" 베르닐드가 책장을 넘기며 탄식하듯 말했다. "이제 겨우 책을 읽어볼까 했는데."

그녀는 더 편안하게 자리를 잡고 눈가를 조심스럽게 마사지했다.

"전등불을 켤까요?" 난롯불을 살리던 하인이 물었다.

"아니, 가스 낭비할 것 없어. 아, 이젠 정말 늙은 것 같아! 당신 나이가 부러워요, 오펠리."

"전 안경을 써야 하잖아요." 오펠리가 작은 소리로 말했다.

"눈을 좀 빌려도 될까요?" 베르닐드는 책을 오펠리에게 내밀었다. "어쨌든 **읽는 사람**으로 아주 명성이 자자하잖아요!"

오펠리를 유혹하는 이상한 놀이에라도 열중한 양, 그녀는 한층 관능적인 억양으로 말했다.

"저는 그런 의미의 **읽는 사람**이 아니에요, 부인."

"자, 이제부터 그런 사람이에요!"

오펠리는 의자에 앉아 머리를 귀 뒤로 넘겼다. 목을 숙일 수 없었기에 책을 높게 쳐들어야 했다. 책 표지를 슬쩍 보았다. 아달베르 후작이라는 자가 쓴 『망루의 관습』이었다. 망루라고? 그보다는 궁정이라고 해야 맞는 거 아닐까?

"윗동네에서 아주 유명한 모럴리스트의 잠언과 인물 묘사를 모은 책이에요." 베르닐드가 설명했다. "귀족의 후손이라면 누구든 적어도 한 번은 읽어야만 하는 책이죠!"

"이 '망루'는 뭐죠? 은유인가요?"

"아니요, 파루크 폐하의 망루가 정말 있어요. 시타시엘을 굽어보고 있어서 아마 못 봤을 거예요. 이 세계의 귀족들은 윗동네에서 폐하를 만나요. 장관들은 위원회를 열고, 아주 이름난 예술가들은 공연을 하고, 최고의 환상들이 만들어지죠! 자, 이제 읽어볼까요?"

오펠리는 책을 아무 데나 펼쳐 열정과 의무 사이의 갈등에 대한 글을 읽었다.

"미안해요, 그런데 제대로 이해를 못 하겠네요." 베르닐드가 오펠리의 낭독을 끊었다. "좀 더 크게 읽어줄래요? 억양을 덜 넣어서요."

곧 오펠리는 자신이 무슨 벌을 받고 있는지 실감했다. 예의 따끔따끔한 느낌에 머리가 지독히 아팠다. 토른의 누나가 했던 것과 똑같았다. 장의자의 쿠션에 기댄 베르닐드는 입가에 미소를 띤 채 보이지 않는 힘을 행사함으로써 오펠리를 교정하고 있었다.

오펠리는 목소리에 힘을 주었지만 관자놀이 사이로 고통은 더 강렬해지기만 했다. 베르닐드가 다시 한 번 끼어들었다.

"그래도 전혀 나아지질 않네! 그런 식으로 웅얼웅얼 읽으면 어떻게 즐겁게 들을 수 있겠어요?"

"시간만 버리는 셈이에요." 로즐린이 끼어들었다. "오펠리는 늘 저렇게 고약한 말투죠."

이모는 안락의자에 앉아 책장에서 꺼낸 백과사전을 돋보기로 검토하고 있었다. 책을 읽는 것은 아니었고, 오로지 종이의 질에만 관심을 쏟았다. 이따금 문제가 있는 곳, 찢어지거나 습기에 눅눅해진 곳이 보이면 그곳에 손가락을 대고 문질렀다. 그러면 종이는 새것처럼 되었다. 로즐린 이모는 저택에서 지내는 것이 지루해 손에 잡히는 대로 책을 수선하고 있었다. 세탁장 벽지를 수선하는 이모의 모습을 보고 가슴이 꼬집히는 듯한 당혹감을 느낀 일도 있었다. 오펠리처럼 이모도 무료함을 참아내기가 힘들었던 것이다.

"조카가 사교계에서 자신을 표현하는 방법을 배우는 게 좋을 것 같은데요." 베르닐드가 말했다. "자, 조금 더 노력해봐요. 성대를 더 써보라고!"

오펠리는 책을 다시 읽어보려 했지만, 앞이 잘 보이지 않았다. 뾰족한 것들이 뇌 속에 들어찬 듯한 기분이었다. 장의자에 나른하게 기댄 채, 베르닐드는 떠나지 않는 온화한 미소를 머금고 곁눈으로 그녀를 관찰했다. 그녀는 자기 때문에 오펠리가 고통스러워한다는 것을 알고 있었으며, 오펠리가 그 사실을 알고 있다는 것 또한 알고 있었다.

'내가 무너지는 꼴을 보고 싶어 하는 거야.' 손으로 책을 움켜쥐며 오펠리는 깨달았다. '큰 소리로 그만해달라고 애걸하기를 바라는 거지.'

오펠리는 아무 말도 하지 않았다. 백과사전에 빠져 있던 로즐린 이모는 조용히 가해지는 이 형벌을 눈치채지 못했다. 만일 오펠리가 약해지거나 자신의 고통을 드러낸다면 이모는 바보 같은 짓을 저지를 테고, 그러면 그녀 또한 벌을 받을지 몰랐다.

"더 크게!" 베르닐드가 명령했다.

오펠리는 이제 앞이 이중으로 보였다. 책을 읽는 흐름을 완전히 잃고 말았다.

"단어의 의미들을 뒤죽박죽으로 만드는 건 영성이라는 작은 보석을 감자 껍질로 만들어버리는 꼴이에요." 베르닐드가 상심한 듯 말했다. "그리고 그 참을 수 없는 억양, 좀 더 노력을 하라고!"

오펠리는 책을 덮었다.

"죄송합니다, 부인. 램프를 다시 켜는 편이 좋을 것 같아요. 부인이 책을 이어서 읽을 수 있게요."

베르닐드는 더 활짝 미소를 지었다. 이 여자는 장미 같다고, 오펠리는 생각했다. 벨벳 속에 냉혹한 가시들을 숨긴 장미.

"그게 문제가 아니에요, 오펠리. 나중에 내 조카와 결혼하면 당신 지위는 더 공고해져요. 궁정 생활을 시작해야죠. 저 위에 마음이 약한 사람을 위한 자리는 하나도 없어요."

"제 조카는 마음이 약한 게 아니에요." 로즐린 이모가 냉담하게 선언하듯 말했다.

구토하기 일보 직전인 오펠리는 대화를 귀담아들을 수 없었다. 머릿속에서 부풀어 오른 어렴풋한 고통이 이제 찌를 듯한 통증이 되어 목으로 빠져나갔다.

때마침 하인이 나타나 베르닐드 앞에 은 쟁반을 내려놓았다. 쟁반 위에는 작은 봉투가 있었다.

"콜롬빈이 올 거라네." 베르닐드가 봉투를 뜯어보더니 말했다. "이제 시작이군. 몸 불편한 게 들통나지 않아야 할 텐데. 유산이니 뭐니 하면서 집착하는 사람이 꼭 있거든!"

베르닐드는 힘없이 장의자에서 일어나 금발 곱슬머리에 다시 볼륨감을 주었다.

"로즐린 부인, 오펠리, 난 준비하러 가야겠어요. 회복 중이라고 믿게 하려면 화장을 적당히 해야 하거든요. 하인이 곧 당신들을 방으로 데려다줄 거예요. 내가 손님을 맞는 동안 꼼짝 말아요."

오펠리는 안도의 숨을 내쉬었다. 분위기가 바뀌며 그녀의 고역도 끝났다. 다시 맑게 보였고 두통도 멈췄다. 여전히 배를 뒤틀리게 하는 구토감이 아니었다면 방금 경험한 것이 상상 속에서 일어난 일이라고 생각할 수도 있었으리라.

베르닐드는 오펠리에게 환한 미소를 지어 보이며 당혹스러울 정도로 부드럽게 볼을 쓰다듬었다. 보호대 안쪽에서 소름이 목을 타고 지나갔다.

"나를 즐겁게 해줘요, 오펠리. 자유로운 시간을 이용해 낭송법을 익혀봐요."

"젠장, 이젠 대놓고 우릴 감추는 것 좀 봐!" 베르닐드가 방을 떠나자 로즐린 이모가 고함을 질렀다. "저 여자는 처음 봤을 때보다 훨씬 더 엄격해진 것 같아. 집안 정령의 아기를 가져서 저렇게 현실감각이 없는 건가?"

오펠리는 베르닐드에 대한 생각을 끝까지 유보하는 편이 좋겠다고 판단했다. 대모는 백과사전을 덮더니 돋보기를 내려놓고는 치마 주머니에서 핀들을 꺼냈다.

"하지만 베르닐드가 전부 틀린 건 아니야." 오펠리의 갈색 곱슬머리를 매만지며 이모가 말을 이었다. "너는 사교계의 여자가 될 운명이야. 태도를 다듬어야 할 필요가 있어."

오펠리는 이모가 쪽머리를 만들도록 내버려두었다. 머리를 너무 세게 당기긴 했지만, 그래도 엄마가 했던 것과 비슷한 이런 단순한 의식으로 그녀는 평온을 되찾았다.

"아프니?"

"아니, 아니에요." 오펠리는 작은 목소리로 거짓말을 했다.

"목을 이렇게 고정하고 있으니, 머리 손질하기가 불편하구나."

"목 보호대는 곧 뺄 거예요."

이모가 투덜대며 머리를 묶는 동안 오펠리는 목이 메어오는 것 같았다. 자기 입장만 생각하는 이기적인 마음이라는 걸 알면서도, 언젠가 이모가 떠나리라 생각하니 참을 수가 없었다. 무례하고 쌀쌀맞은 이모지만, 이곳에 도착한 뒤로 그녀를 내면까지 아주 차디차게 만들지 않은 유일한 사람이었다.

"이모?"

"으음?" 로즐린이 말처럼 긴 치아로 핀 하나를 문 채 중얼거렸다.

"집…… 집이 너무 그립지 않아요?"

로즐린 이모는 놀란 눈으로 그녀를 바라보며 쪽머리에 마지막 핀을 꽂았다. 그러더니 별안간 오펠리를 붙잡더니 팔로 꼭 안고서 등을 쓰다듬었다.

"네가 그런 말을 다 하다니."

이 상황은 숨 한 번 내쉴 만큼만 이어지다 끝나버렸다. 곧 로즐린 이모는 한 발 물러서서 어색하게 자세를 잡더니 오펠리를 꾸짖었다.

"어쨌든 이제 약해져서는 안 돼! 힘을 내야지! 네 가치를 저 사이비 귀족들에게 보여줘야 해!"

갈비뼈 사이로 심장이 더 세게 뛰는 것 같았다. 이처럼 강렬한 박동이 어디에서 비롯한 것인지는 알지 못했지만, 오펠리의 입술에 미소가 번졌다.

"알았어요."

하루 종일 비가 내렸다. 그다음 날도, 그리고 그주 내내. 베르닐드는 오펠리와 로즐린 이모를 방에 가둬놓은 채 저택에서 손님들을 계속 맞이했다. 하인들은 식사만 실어 나를 뿐, 그들에게 읽을 거리나 소일할 만한 것들을 가져다줘야겠다는 고민은 하지 않는 모양이었다. 이런 시간이 영원히 이어질 것만 같았다. 귀족들의 행렬은 얼마나 더 지속될까?

늦은 저녁 다들 모여서 야식을 먹을 때면 오펠리는 베르닐드의 날카로운 공격을 견뎌내야 했다. 식사 초반에는 매력적이고 섬세해 보이던 베르닐드는 디저트를 위해 독이 묻은 화살촉을 남겨두곤 했다. "어쩜 저렇게 서투른 애가 있을까!" 오펠리가 식탁보에 푸딩을 엎었을 때 그녀는 한탄했다. "정말 성가신 애네!" 침묵에 잠기자 이번에는 한숨을 지었다. "이 끔찍한 물건은 언제 태울 작정이지?" 손가락으로 오펠리의 목도리를 가리키며 날카롭게 묻기도 했다. 그녀는 오펠리에게 모든 문장을 따라 말하게 했고, 억양을 비웃었고, 태도를 비난했고, 지독히 노련하게 멸시했다. 그리고 오펠리가 개선하기 위해 충분한 노력을 하지 않았다는 생각이 들면, 식사가 끝날 때까지 끔찍한 두통을 안겨주었다.

이런 식의 소소한 일들이 오펠리의 확신을 굳게 다져놓았다. 임신한 여자의 일시적인 히스테리가 아니었다. 그것이 바로 베르닐드의 민낯이었다.

어느 날부터, 방문객들이 더는 저택으로 오지 않았다. 마침내 저택을 돌아다닐 수 있게 된 오펠리는 그날 자 신문을 우연히 읽고 이유를 알았다.

어제 토른 감독관은 무기한으로 관리국 사무실을 폐쇄할 것을 밝혔다. 이에 따라 고소인들은 일정표를 재확인하게 되었다. 그의 비서에 따르면, 감독관은 건강이 악화된 사랑하는 고모 곁을 지키기 위해 '필요한 시간' 동안 물러나 있게 된다. 겉보기와는 달리 배려심 깊은 조카였을까? 집요한 회계사가 베르닐드의 유언이 그에게 유리하게 작성되어 있다는 점을 짚어내지 않았더라도 그렇게 할 수 있었을까? 이 질문에 대한 판단은 독자의 몫이다.

오펠리는 눈살을 찌푸렸다. 토른은 정말로 인기 없는 사람이구나…… 그가 온다는 소식 하나만으로도 저택이 텅 비어버리다니.

목 보호대에서 해방된 오펠리는 무의식적으로 목을 마사지했다. 이 소식이 밤낮으로 방 안의 벽 아닌 다른 것을 볼 수 있게 된다는 사실을 의미한다면 그녀로서는 불평할 이유가 없었다. 갇혀 있는 동안 그녀는 잠을 자는 것마저 잊어버렸다.

조카가 곧 도착하리라는 사실을 알게 되자마자 베르닐드는 하인들을 무자비하게 괴롭히기 시작했다. 건물 전체를 환기하고, 침대 시트를 갈고, 카펫을 하나하나 털고, 굴뚝을 모두 청소하고, 가구의 먼지를 죄다 쓸고 닦게 했다. 별 대수롭지도 않은 것들에 지나치게 꼼꼼하고 완강하게 구는 바람에 어린 하녀 하나는 기어이 울음을 터뜨리고 말았다. 오펠리는 베르닐드의 태도를 이해할 수 없었다. 저명한 손님들을 접대할 때보다 조카를 맞이하는 데 훨씬 더 공을 들이다니. 마치 토른이 그동안은 한 번도 고모를 보러 오지 않았던 것 같았다. 정말 그랬던 걸까?

다음 날 이른 아침, 토른이 저택 입구로 들어섰다. 팔에는 서류 뭉치를 가득 안고 있었는데 키 크고 삐삐 마른 사람이 그걸 들고 어떻게 균형을 계속 유지할 수 있는지 묻고 싶을 정도였다.

"여기는 비가 오는군요." 그가 인사 대신 말했다.

"너는 할 일을 몽땅 이리로 가져온 거니?" 배에 손을 댄 채 계단을 내려오면서 베르닐드가 상냥하게 웃었다. "나를 돌보러 온 거 아니야?"

"맞아요, 고모를 돌볼 거예요. 하지만 그렇다고 팔짱만 끼고 있을 순 없잖아요."

토른은 고모를 쳐다보지도 않고 단조로운 어투로 답했다. 그는 더 높이, 계단 꼭대기를 눈으로 바라봤다. 거기서 오펠리가 장화의 끈을 다시 묶고 있었다. 토른이 서류를 잔뜩 든 채 무심한 표정으로 자신을 빤히 바라보고 있다는 것을 알고, 오펠리는 예의를 갖춰 머리를 숙여 보였다. 이 남자가 자신에게 베르닐드와 똑같은 처방을 내리지 않기를 바라며.

그날 아침은 모두 함께 아침을 먹었다. 식탁에서 토른을 다시 보는 것이 달갑지 않았던 로즐린 이모는 침묵을 고수했다. 오펠리는 비밀스럽게 엄청난 기쁨을 만끽했다. 아주 오랜만에 처음으로, 베르닐드가 그녀의 존재를 잊어버린 것이다.

베르닐드에게 토른은 곧 모든 것이었다. 그에게 매혹적인 눈짓을 건네고, 야윈 모습을 걱정하고, 그의 일에 관심을 갖고, 자신을 권태에서 꺼내준 것에 감사를 표했다. 무례하게 굴지 않기 위해 폭력을 쓰지 않는 사람처럼 토른이 마지못해 먹고 대답한 다는 사실을 그녀는 알아채지 못하는 눈치였다.

만족스러운 듯 두 볼에 홍조를 비치며 베르닐드가 활기를 띠는 모습에 오펠리는 그저 즐거웠다. 이 여자한테는 누군가의 엄마가 되고 싶다는 본능적인 욕구가 있는 거야.

분위기가 돌연 바뀐 것은 토른이 입을 열었을 때였다.

"힘들어요?"

그가 묻는 상대는 자기 고모가 아니라 약혼자였다. 바로 그 순간, 베르닐드와 로즐린 이모와 오펠리 가운데 누가 가장 당황 스러워했는지는 정말이지 가려낼 수 없었을 것이다.

"아니, 아니요." 오펠리는 접시에 놓인 달걀을 바라보며 더듬 더듬 겨우 대답했다.

자신의 모습이 수척해졌다는 건 알고 있었다. 하지만 토른이 놀랄 만큼, 그 정도로 얼굴색이 안 좋았던가?

"너는 이 아이만 애지중지하는구나!" 베르닐드가 한숨을 쉬 었다. "어쨌든 이 아이를 교육시키느라 피곤한 사람은 나인데. 네 약혼자는 말이 없어서 다루기도 어렵다니까."

토른은 미심쩍다는 듯이 식당의 창문을 뚫어져라 쳐다봤다. 뚫고 들어갈 수 없는 장막 하나를 풍경 위에 둔 것처럼 쉬지 않고 비가 퍼부었다.

"왜 비가 오는 거죠?"

오펠리로서는 들어본 적 없는, 정말 이상한 질문이었다.

"별일 아니야." 베르닐드가 유혹하듯 미소를 지었다. "그냥, 신경이 좀 예민해져서 그래."

오펠리는 소리 없이 포석을 때리며 내리는 비를 새로운 눈으로 응시했다. 날씨가 주인의 기분을 반영하는 걸까?

토른이 냅킨을 집어 들고 탁자에서 일어났다.

"그러면 신경을 좀 가라앉혀보세요. 교육은 제가 이어서 할게요."

오펠리는 얼른 대모와 함께 서재로 가고 싶었다. 식당에 있는 게 그리 즐겁지 않았다. 저택에서 화장실 다음으로 가장 싸늘한 공간이었다. 서류들은 이미 방 한구석에 놓인 책상 위에 질서 정연하게 쌓여 있었다. 그는 창문을 활짝 열더니 여자들에게는 아무 말도 없이 책상으로 가서 길고 긴 다리를 접고 장부를 살피는 일에 빠져들었다.

"우리는 뭘 하라는 거야?" 감정이 상한 로즐린 이모가 짜증을 냈다.

"책 한 권 보세요." 토른이 웅얼거렸다. "책이 부족해 보이지는 않네요."

"잠시라도 바깥출입을 할 수 있게 해줘야 하는 거 아니에요? 정말 오랫동안 밖으로 한 발자국도 못 나갔다고!"

"책 한 권 보세요." 토른이 스스로를 상징하는 듯한 강한 억양으로 반복했다.

화가 난 로즐린 이모는 사전 하나를 신경질적으로 뽑아 들고는 토른에게서 최대한 멀리 떨어진 방 다른 쪽 끝에 자리를 잡더니 페이지를 넘겨가며 종이의 상태를 확인하기 시작했다.

마찬가지로 실망한 오펠리는 창문에 팔을 기댄 채 향기 없는 정원의 공기를 들이마셨다. 억수같이 쏟아지는 비는 그녀의 안경을 맞고 튀어 오르는 순간 사라졌다. 마치 환영이 그 한계를 더 이상은 밀어붙칠 수 없다는 듯이. 젖지 않는 빗물을 얼굴로 받는 것은 정말로 이상한 경험이었다. 오펠리는 손을 내밀었다. 바로 앞에 있는 장미 나무가 거의 만져질 것 같았다. 진짜 꽃들이 있는 진짜 정원과 진짜 하늘이 더 좋긴 하지만, 그럼에도 그녀는 이 창문을 뛰어넘고 싶은 욕구를 느꼈다. 이 정도면 형벌은 충분하지 않은가.

그녀는 안경 한쪽으로 토른을 관찰했다. 작은 책상 뒤에서 너무도 갑갑해 보였다. 어깨는 굽히고, 고개는 숙이고, 예리한 콧날은 서류에 댄 채, 읽고 있는 것 말고는 무엇에도 관심이 없는 듯했다. 오펠리가 그 자리에 없어도 상관없을 것 같았다. 자신에게 그야말로 집착하는 베르닐드와 자신의 존재에 대해 겨우 의식만 할 뿐인 이 남자 사이에서, 오펠리는 자기 위치를 찾는 것이 정말 힘들 것 같았다.

그녀는 책을 한 권 집어 들고 의자에 앉았지만 첫 번째 줄에서부터 막히고 말았다. 이 서재에는 죄다 학술서뿐이었고, 그녀는 단 한 마디도 이해하지 못했다. 멍한 시선으로 무릎 위에 둥글게 말려 있는 낡은 목도리를 어루만지며, 그렇게 시간이 천천히 흘러가게 둘 수밖에 없었다.

'대체 이 사람들이 내게 원하는 게 뭐지?' 그녀는 골똘하게 생각에 잠겨 자문했다. '내가 이 사람들 기대에 부합하지 않는다는 건 충분히 알겠어. 하지만 뭣하러 나를 불편하게 하느라 그렇게 고생하는 걸까?'

"대수학에 관심이 있는 건가?"

오펠리는 놀라서 토른 쪽으로 몸을 돌리고는 아픈 목을 어루만졌다. 갑자기 몸을 움직이면 안 되는데 놀라는 바람에 그렇게 해버렸다. 토른은 책상에 팔꿈치를 댄 채 날카로운 시선으로 그녀를 바라보았다. 언제부터 저 차가운 시선으로 그녀를 하나하나 뜯어보고 있었던 걸까?

"대수학?" 그녀가 되물었다.

토른은 턱으로 그녀가 손에 쥐고 있는 개설서를 가리켰다.

"아, 이거? 우연히 손에 잡힌 건데."

그녀는 발을 의자 밑으로 들이고서 책장을 넘기며 독서에 집중하는 체했다. 베르닐드가 『망루의 관습』을 가지고 그녀를 충분히 비웃은 터였다. 토른이 대수학을 가지고 고문하는 일이 없기를 바랄 수밖에. 그 같은 회계원은 이런 영역에서 무적의 존재일 것이다.

"고모하고 무슨 일이 있었나?"

이번만큼은 오펠리도 진지하게 토른을 응시했다. 착각이 아니다. 남자는 진짜로 대화를 나눌 태세였다. 그녀는 머뭇거리며 대모를 흘긋 바라봤다. 로즐린 이모는 무릎 위에 사전을 올려놓고서 졸고 있었다. 오펠리는 대수학 개설서는 선반 위에 내버려둔 채 목도리를 안고 토른이 있는 책상으로 다가갔다.

그가 앉아 있는데도 서 있는 자신보다 더 크다는 사실에 약간 짜증이 났지만, 그래도 그녀는 그를 정면에서 똑바로 바라보았다. 이 남자는 정말로 근엄함 그 자체였다. 지나치게 각진 얼굴, 정성스레 빗질한 옅은 금발, 면도날처럼 가느다란 눈, 늘 주름이 잡혀 있는 눈썹, 앞으로 교차한 마른 손, 결코 웃을 것 같지 않은 침울한 입술까지. 단숨에 기대고 싶다는 마음이 드는 그런 종류의 사람은 단연코 아니었다.

"당신 고모는 내가 밖에 나갔다 온 걸 용서할 수가 없나봐." 오펠리가 말했다.

토른은 빈정대듯 코를 훌쩍였다.

"그거야 말하기 편한 사소한 이유지. 이 비는 증상이야. 지난번에 여기 날씨가 이 정도로 안 좋았을 땐 고모와 화류계 여자의 죽음을 건 결투로 마무리되었지. 그렇게 극단적인 일이 일어나는 꼴은 보지 않으면 좋겠는데."

오펠리의 안경이 파랗게 질렸다. 죽음을 건 결투? 그녀가 이해할 수 있는 수준을 넘어선 얘기였다.

"난 부인과 싸우고 싶은 마음이 전혀 없어." 그녀는 그를 안심시켰다. "혹시 당신 고모가 궁정을 그리워하는 거 아니야?"

"파루크라 해야 맞겠지."

무엇에 더 충격을 받아야 하는 건지 오펠리는 알 수가 없었다. 베르닐드가 집안 정령의 아이를 임신한 일인지, 아니면 토른의 목소리에 묻어난 멸시인지. 파루크는 자기 후손들에게 누구도 맛보지 못할 모순된 감정들을 갖게 한 모양이었다.

그녀는 늙은 고양이에게 하듯 근심을 담아 목도리를 어루만졌다. 그러면 그녀 앞 책상에 앉아 있는 이 남자는? 요컨대 그녀는 이 남자를 어떻게 생각해야 할까?

"왜 여기 사람들이 당신을 싫어하지?"

토른의 예리한 눈에 놀라는 빛이 스쳤다. 아마 이렇게 직접적인 질문에는 미처 대비하지 못한 모양이었다. 그는 한참이나 입을 다물고 있다가, 마침내 눈썹을 찌푸려 이마를 반으로 가르면서 입을 뗐다.

"왜냐하면 나는 숫자만 중시하니까."

완전히 이해할 수 있을 것 같지는 않았지만, 지금으로선 이 정도 설명이면 족하다고 오펠리는 생각했다. 토른이 자신에게 답을 하려고 애썼다는 사실만도 이미 비현실적이었다. 어쩌면 착각일지 몰라도, 그는 이전만큼 적대적이지 않은 것 같았다. 그렇다고 다정하다는 건 아니지만, 여전히 인상을 쓰고 있을지언정 분위기가 덜 경직되어 있었다. 지난번에 둘이 나눈 대화 탓일까? 자신이 했던 얘기에 대해 그도 생각해본 걸까?

"고모와 화해해야 해." 그가 미간을 좁히며 말을 이었다. "신뢰할 수 있는 유일한 분이야. 절대 적이 되어서는 안 돼."

오펠리는 잠시 생각에 잠겼고, 그 틈을 이용해 토른은 서류 뭉치에 다시 얼굴을 박았다.

"당신 집안의 능력은 뭐지?" 그녀는 작정하고 물었다.

토른은 서류에서 눈을 떼고는 눈썹을 활처럼 구부렸다.

"내 아버지의 가족에 대해 들었을 텐데." 불평하는 듯한 말투였다.

누구도 아무런 암시를 하지 않기에, 오펠리는 종종 토른이 두 가족의 혼외 자식이라는 사실을 잊곤 했다. 실수를 한 걸까? 순간 불안감이 들었다.

"들었지만…… 어쨌든…… 당신도 분명 그 힘을 갖고 있지 않겠어?"

"아주 강력한 형태는 아니지만, 나에게도 그 능력이 있기 하지. 당신을 고통스럽게 하지 않고서는 시범을 보여줄 수 없어. 그런데 왜 이런 질문을 하지?"

오펠리는 왠지 모르게 불편해졌다. 돌연 토른의 목소리에서 긴장감이 느껴졌다.

"당신 누나가 날 고통스럽게 할 줄은 몰랐거든."

베르닐드가 가한 두통에 대해서는 조용히 넘어가는 편이 낫겠다고 판단했는데, 토른이 이어 물었다.

"고모가 당신에게 할퀴기 공격을 사용한 건가?"

손가락을 깍지 껴서 턱에 대고 그는 오펠리를 주의 깊게 관찰했다. 시각적인 효과인지는 몰라도, 눈썹에 난 상처 때문에 눈빛이 한층 더 날카로워 보였다. 오펠리는 당황해서 덫을 놓은 이 질문에 대답할 수 없었다. '그렇다'고 답한다면, 그는 결국 누구에게 화를 낼까? 약혼자를 거칠게 다룬 고모에게? 아니면 고모를 배신한 약혼자에게? 어쩌면 전혀 화를 내지 않을지도 모른다. 그저 단순한 호기심에서 나온 질문일지도.

"할퀴기 공격에 대해 말해줘." 답변을 피하며 오펠리는 이렇게만 말했다.

바람이 발목을 스치는가 싶더니 재채기가 나왔다. 목 전체가 다 아플 정도였다. 휴지로 잘 닦은 뒤, 그녀는 한마디를 덧붙이는 게 더 낫겠다고 생각했다.

"부탁이야."

토른은 두 주먹에 힘을 주며 책상에서 빠져나와 몸을 일으켰다. 그가 셔츠 소매를 팔꿈치까지 걷어 올렸다.

얼굴에 있는 것과 똑같은 상처가 비쩍 마른 팔에도 얼룩져 있었다. 오펠리는 무례해 보일까 싶어 상처들을 너무 빤히 쳐다보지 않으려 애썼지만, 당혹스러움이 느껴지는 건 사실이었다. 그렇게 중요한 직책을 맡고 있는 회계사가 어떻게 이 지경이 될 정도로 상처를 입을 수 있었을까?

"당신도 보면 알겠지." 토른이 침울하게 말했다. "내겐 클랜을 구분하는 표식이 없어. 정해진 규범에서 벗어난 셈이지. 무슨 말이냐면, 귀족이라면 누구나 하나씩 갖고 있어야 하거든. 마주치는 사람마다 문신의 위치가 어딘지 늘 생각해야 해. 중요한 것은 위치야, 모양이 아니고."

오펠리는 딱히 이렇다 할 표정을 드러내지 않았다. 그렇지만 놀라움을 감추기가 어려웠다. 토른이 대화의 주도권을 잡다니. 게다가 이런 식으로 질문에 대답까지 하고! 이상하게도 그의 모습이 꾸민 듯 보였다. 서류들을 검토하지 않으려고 엄청나게 노력하는 것 같았다. 수다스러운 모습을 보이는 게 내키지 않는다면, 굳이 왜?

"드래곤은 손과 팔에 클랜의 마크를 새겨 넣지." 그럼에도 그는 침착하게 말을 이어갔다. "그들을 길에서 마주치지 않도록 해. 그들이 자극해도 절대 대답하지 말고. 아무리 모욕적이라 해도 말이야. 고모만 믿어야 해."

성급한 확신이 아닐까…… 오펠리는 토른이 닫은 창문을 바라봤다. 어색한 침묵이 맴도는 지금도 가짜 비가 퍼붓고 있었다. 물이 흐르는 흔적은 전혀 남기지 않고.

"멀찌감치 떨어져서 고통을 주는 것." 그녀가 작은 소리로 물었다. "그건 다른 종류의 환상이야?"

"환상보다는 훨씬 더 난폭하지. 당신도 그 원리를 알잖아." 회중시계를 한 번 들여다본 뒤 토른이 웅얼거렸다. "할퀴기 공격은 우리 신경 체계의 보이지 않는 연장선 같은 거야. 실제로 만져지거나 하는 게 아니지."

오펠리는 상대방의 얼굴을 마주 보지 않은 채 말하는 것을 좋아하지 않았다. 눈을 들어 토른을 바라보고 싶었지만, 그의 곧고 좁은 칼라의 단추 위로는 더 올려다볼 수가 없었다. 목이 여전히 뻣뻣했고, 이 남자는 거만할 정도로 컸다.

"당신 누나의 갑작스러운 폭력은 아주 진짜 같던데." 그녀가 말했다.

"누나의 신경 체계가 당신 신경 체계를 직접 공격했으니까. 만약 당신의 뇌가 몸이 아프다고 느끼면, 몸은 실제 그런 방향으로 맞춰나가게 되는 거야."

자명한 이치 중에서도 가장 기본적인 것이라는 듯한 말투였다. 그나마 덜 퉁명스러운 것이, 친절이라는 걸 전부 잃어버리지는 않은 모양이었다.

"드래곤은……" 오펠리가 작은 소리로 물었다. "뇌에서부터 몸 어디까지 공격할 수 있는 거지?"

"고통, 골절, 출혈, 절단." 그가 영혼 없이 늘어놓았다. "공격하는 사람의 재능에 따라 모든 것이 달라져."

돌연 그의 상처들을 쳐다볼 마음이 싹 사라졌다. 가족들이 그를 그렇게 만들어놓은 걸까? 어떻게 **재능**이라는 표현을 사용할 수 있지? 그녀는 장갑의 실밥을 물어뜯었다. 다른 사람 앞에서는 좀처럼 하지 않는 행동이었지만, 그 순간만은 절실했다. 별안간 따귀를 맞은 듯 오귀스틴의 그림들이 떠올랐다. 거칠고 교만한 눈빛을 한 사냥꾼들, 무기를 사용하지 않고도 짐승들을 죽일 수 있는 그들이 바로 그녀의 새 가족이었다. 도대체 어떻게 해야 그들 사이에서 그저 살아남기라도 할 수 있을까?

"비행선에서 당신이 했던 말이 얼마나 중요한지 이제야 알겠네." 오펠리가 털어놓았다.

"두려워? 당신답지 않은데."

오펠리는 놀란 눈으로 토른을 바라봤지만, 목이 말을 듣지 않아 고개를 다시 숙일 수밖에 없었다. 어쨌든 그를 흘끗 보고 나서 그녀는 생각에 잠겼다. 높이와 거리를 둔 채 그녀를 바라보는 저 면도날 같은 두 눈, 그건 사실 거만함이 아니었다. 그저 막연한 호기심이라고 해야 할까. 마치 키 작은 약혼자가 기대했던 것보다는 재미있는 사람이라는 사실을 알게 되었다는 듯이.

갑자기 참을 수 없이 짜증이 밀려왔다.

"뭐가 나답고 뭐가 나답지 않은지를 어떻게 안다는 거지? 나를 알아보려고 아무 노력도 해보지 않았으면서."

이 말에 토른은 아무런 대꾸도 하지 않았다. 그들 사이에 갑자기 내려앉은 침묵이 영원히 이어질 것 같았다. 거석처럼 꼿꼿하지만 축 늘어진 팔에, 얼굴 표정을 보기에는 너무나 커다란 이 남자 앞에 꼼짝 않고 있는 것이 오펠리는 멋쩍게 느껴지기 시작했다.

서재 안쪽에서 그녀를 곤경에서 구해줄 소리가 울렸다. 로즐린 이모가 보던 사전이 무릎에서 미끄러져 떨어지더니 바닥 위에 찌그러졌다. 놀라서 깬 이모는 얼빠진 시선으로 주변을 둘러보았다. 그러더니 지체 없이, 창가에 있는 토른과 오펠리를 당황스럽게 했다.

"무슨 수상한 짓을 하는 거지?" 이모가 화를 냈다. "한 발짝 물러서요, 토른, 내 조카에게 너무 붙어 있잖아! 결혼의 신성한 결합으로 합쳐진 다음에야 하고 싶은 걸 하라고."

귀

"앉아. 일어나. 앉아…… 아니, 그렇게 말고. 백번도 더 했는데, 오펠리, 그걸 기억하는 게 그렇게 힘들어?"

행동 하나하나에 배어 있는 타고난 우아함으로 활기를 띠며 베르닐드가 거실의 안락의자에 앉았다가 같은 식으로 부드럽게 다시 일어섰다.

"이렇게, 석탄 자루처럼 그냥 몸을 맡길 수 없나? 악보만큼 조화롭게 해봐. 앉아. 일어나. 앉아. 일어나. 앉아. 아니, 아니, 아니라고!"

너무 늦었다. 오펠리는 의자 옆으로 넘어지고 말았다. 앉고, 일어서고, 다시 앉으려 할 때마다 현기증이 일었다.

"잊으셨어요? 그만하기로 했잖아요!" 오펠리는 일어나면서 물었다. "너무 오랫동안 이 연습만 하고 있으려니 제대로 할 수가 없어요."

베르닐드는 완벽하게 다듬어진 눈썹을 치올리고는 악의적인 미소를 띤 채 부채를 흔들었다.

"네 멋진 능력은 잘 봤지, 오펠리. 얌전하고 순종적인 척 무례함을 감추는 짓을 정말 잘하더군."

"저는 무례하지도 않고, 순종적이지도 않아요." 오펠리가 차분한 태도로 곧장 받아쳤다.

"베르닐드, 불쌍한 아이를 숨 좀 쉬게 해줘라! 애가 똑바로 서 있기도 힘들어하는 걸 진짜 모르는 거냐?"

오펠리는 벽난로 옆에서 뜨개질에 열중한 할머니에게 감사의 미소를 보냈다. 노인은 거북이만큼 무기력하고 조용했지만, 대화에 끼어들 때면 종종 오펠리 편을 들어줬다.

사실 피곤해 죽을 지경이었다. 베르닐드가 반드시 예절을 배워야만 한다는 이유를 대며 새벽 4시에 충동적으로 오펠리를 침대에서 끌어낸 것이다. 머리 위에 책을 올려놓고 균형을 잡은 채 걸어다니게 하고, 걸음걸이가 마음에 들 때까지 저택의 계단을 오르내리게 하지를 않나, 의자에 앉는 자세를 집중적으로 가르쳐준다며 한 시간 이상을 몰아붙이던 참이다.

손님들을 접대하지 않게 된 이후로 베르닐드는 오펠리를 되풀이해서 교육시키며 하루하루를 보냈다. 식탁에서의 예절, 드레스 고르는 방법, 차 마시는 방법, 의례적인 대화법, 문장을 끊어서 발음하는 법…… 절반도 기억하지 못할 만큼 요구 사항이 너무 많아서 오펠리는 숨이 막힐 지경이었다.

"알았어요, 엄마." 베르닐드가 한숨을 쉬었다. "이 귀여운 꼬마 아가씨보다 내가 훨씬 더 지겨워요. 이 아이에게 좋은 태도를 알려주는 게 쉬운 일인 것 같아요?"

오펠리가 느끼기에 베르닐드는 쓸데없이 힘을 빼고 있는 셈이었다. 자신은 결코 상냥하고 우아하고 재기 발랄한 약혼자가 되지 않을 셈이었다. 베르닐드가 가르치려 드는 것들보다 더 중요한 다른 것들이 있을 터였다. 당연히 그런 생각을 입 밖으로 내지는 않았다. 베르닐드에게 맞서는 일은 관계 회복에 아무런 도움이 되지 않았다.

오펠리는 차라리 토른에게 물어볼 질문거리들을 묻어두었다. 그것도 토른이 서류 뭉치에서 고개를 들거나 전화를 끊을 때, 그러니까 아주 드문 경우에나 가능한 일이었지만. 그녀와 대화를 나눌 때 토른의 말투가 약간 인위적이긴 했어도, 그렇다고 그녀의 요청을 거절하는 법은 없었다. 오펠리는 매일 드래곤의 집안 계보와 관습과 관례, 극단적인 신경과민 증세, 그들 앞에서 해서는 안 되는 행동들과 말해서는 절대 안 되는 단어들에 대해 배워나갔다.

오펠리도 토른도 결코 꺼내려 하지 않는 유일한 주제가 있다면, 그것은 바로 그들의 결혼이었다.

"오펠리, 담배 좀 주겠니? 벽난로 위에 있단다."

베르닐드는 폭풍우로 시커메진 창문 옆에 놓인 안락의자에 깊숙이 앉았다. 아직 불러오지 않은 배 위에 두 손을 올린 모습이 성숙한 미래의 엄마처럼 보였다. 그것이 허상이라는 사실은 오펠리는 알고 있었다. 베르닐드는 더 이상 자기에게 관심이 없는 제왕의 아이를 가졌다. 도자기처럼 맑고 밝은 피부를 한 아름다운 얼굴 너머엔 혼란스러운 사랑과 치명적인 상처를 입은 자존심이 숨겨져 있었다.

오펠리가 담배를 가져오자 베르닐드는 옆에 놓인 의자를 가리키며 친근한 태도로 살며시 그녀를 두드렸다.

"인정한다, 요새 내가 좀 엄하게 굴긴 했지. 그러니까 내 옆에 와서 좀 쉬렴."

주방에서 커피 한 잔을 마시는 편이 오펠리에겐 더 나았지만, 이 여자의 변덕을 맞춰주는 것 말고는 달리 할 수 있는 게 없었다. 그녀가 의자에 앉자마자 베르닐드는 담뱃갑을 내밀었다.

"한 대 피워."

"괜찮아요." 오펠리가 사양했다.

"한 대 피우라고, 내가 말하잖아! 흡연실은 피할 수 없는 사교의 장이야. 지금부터 그걸 대비해야 한다고."

오펠리는 망설이며 손가락 끝으로 담배 한 대를 집었다. 그런 그녀를 보았다면 로즐린 이모는 틀림없이 아주 난처해했을 것이다. 오펠리가 처음이자 마지막으로 담배를 피워본 것은 열한 살 때였다. 아빠 파이프로 딱 한 모금 마셔봤는데, 그러고 나서 그녀는 종일 아팠다.

"여기를 잘 잡아." 라이터 불에 궐련용 파이프를 기울이며 베르닐드가 말했다. "만일 어떤 남자가 네 옆에 있다면, 그 남자가 담배에 불을 붙여줄 거야. 천천히 연기를 들이마시고, 공기 중에 조심스럽게 내뱉으면 돼. 이렇게. 다른 사람 얼굴에 연기를 뱉어서는 절대 안 돼, 싸움이 날 수 있으니. 자, 내가 볼 수 있게 한번 해볼래?"

기침이 나고, 가래가 끓고, 눈물이 나왔다. 손가락에서 담배가 빠져나가 목도리에 불똥이 닿으려는 순간 겨우 다시 잡았다. 이게 마지막 담배가 될 거라고 오펠리는 생각했다.

베르닐드가 맑은 웃음을 터뜨렸다.

"제대로 할 줄 아는 게 하나라도 있긴 하니?"

그러다가 문득 베르닐드의 웃음이 입술 위에서 사라졌다. 오펠리는 잔기침을 하며 거실의 열린 문 너머를 바라보는 그녀의 시선을 따라갔다. 복도 한복판에서 토른이 손에 편지를 든 채 말 한마디 없이 이 광경을 지켜보고 있었다.

"이리로 와보렴." 베르닐드가 감미로운 목소리로 제안했다. "한 번쯤은 다 같이 즐겨야지!"

오펠리는 그리 즐겁지 않았다. 너무 기침을 해서 폐가 아팠다. 머리부터 발끝까지 뻣뻣한 토른은 장의사에서 일하는 사람처럼 음산한 본래의 모습에 충실했다.

"할 일이 있어서요." 그가 멀어지며 중얼거렸다.

흡사 장례 행렬을 따라가는 발걸음으로 그는 복도 끝으로 사라졌다.

베르닐드는 낮은 탁자에 놓인 재떨이에 담배를 비벼 껐다. 그런 식으로 불만을 드러내는 것이었다. 미소에서도 부드러움이 사라졌다.

"이젠 저 아이를 모르겠어."

오펠리는 도망치는 뱀처럼 목을 타고 내려가는 목도리를 진정시키려 애썼다. 담배를 떨어뜨리는 바람에 목도리가 몹시 불안해하고 있었다.

"절 대하는 태도로 봐서는 토른이 평상시와 별로 다른 것 같진 않은데요."

창문을 바라보던 베르닐드의 투명한 시선은 언제라도 번개가 내려칠 듯 공원에 짙게 낀 구름들 속으로 사라졌다.

"토른에게 마음은 좀 생겼니?" 그녀가 속삭였다. "어떤 얼굴을 하든 그 사람의 감정을 꿰뚫어 볼 수 있다고 자신하는데, 오펠리는 참 미스터리하네."

"그리 특별할 건 없어요." 오펠리가 어깨를 으쓱이며 대답했다. "질문하신 내용에 답할 만큼 그 남자에 대해 아는 게 거의 없어서요."

"바보 같은 소리!"

베르닐드는 속이 새카맣게 타들어가기라도 하는 듯 손목을 움직여 부채를 홱 펼쳤다.

"바보 같은 소리." 그녀가 더 단호하게 되풀이했다. "사람은 첫눈에도 사랑에 빠질 수 있어. 사실 상대에 대해 아무것도 모를 때만큼 사랑에 빠지기 쉬운 조건은 없지."

씁쓸한 말이긴 하지만, 오펠리는 그게 문제라고 생각할 만큼 감상적인 사람이 아니었다.

"부인의 조카가 제게 느끼는 감정보다 제가 그에게 느끼는 감정이 더 건조한걸요."

베르닐드는 생각에 잠긴 채 오펠리를 바라보았다. 얼굴을 움직일 때마다 불꽃처럼 춤을 추던 금발 곱슬머리가 지금은 미동도 않았다. 냉혹하고 강렬한 시선을 느끼며, 오펠리는 문득 자신이 암사자의 발밑에 던져진 암양의 영혼 같다고 생각했다. 두통이 한층 강하게 느껴졌다. 이 고통은 진짜가 아니라고 스스로를 이해시키고자 갖은 애를 써보았지만 베르닐드의 정신이 그녀의 정신을 방해했다. 오펠리는 너무도 고통스러웠다. 대체 무엇 때문에 이 여자는 나에게 처벌을 가하는 걸까?

"마음 가는 대로 해, 오펠리. 나는 그저 네가 의무를 완수하고 우리의 기대를 저버리지 않기를 바랄 뿐이니까."

'그녀는 벌을 내리는 게 아니야.' 그 순간 오펠리는 두 주먹으로 치마를 꼭 쥐며 깨달았다. '나를 길들이고 싶은 거야. 자립적인 내 성격이 거슬리는 거지.'

바로 그때 초인종 소리가 저택에 울렸다. 방문객이 온 것이다. 그가 누구든, 오펠리는 마음속으로 하늘이 보낸 듯한 이 방문객을 찬양했다.

베르닐드가 낮은 탁자 위의 작은 종을 집어 흔들었다. 저택의 가구마다 이 비슷한 것들이 놓여 있어서 어떤 방에서든 하인을 부를 수 있었다.

곧바로 하녀가 절을 하며 들어섰다.

"부르셨어요?"

"로즐린 부인은 어디 계시지?"

"서재에 계십니다, 부인. 로즐린 부인은 부인이 수집한 우표들에 매우 흥미를 보이고 계세요."

그 말에 오펠리는 마음이 놓였다. 이모는 이 집에서 종이로 된 거라면 뭐든, 어떻게든, 자기 손으로 뭘 할 수 있을지 찾아낼 거야.

"손님 접대하는 동안 로즐린 부인이 거기서 움직이지 않게 잘 돌봐드려." 베르닐드가 명령했다.

"네, 부인."

"이 아이도 자기 방에 데려다주고." 오펠리를 손으로 가리키며 그녀가 덧붙였다.

"알겠습니다, 부인."

얌전하게 있을 줄 모르는 꼬마 취급을 당한 오펠리는 방에 들어가 이중으로 문을 잠갔다. 누군가 이 영지에 올 때마다 매번 똑같은 일이 반복됐다. 인내심을 갖는 게 최선이었다. 베르닐드의 손님 접대는 몇 시간씩 걸리곤 했으니까.

오펠리는 카펫 위에서 즐겁게 꿈틀거리는 목도리에게 장난을 걸었다. 그때 하녀들이 킥킥거리며 웃는 소리가 들려와 그녀는 귀를 기울였다.

"아르쉬발드 씨야!"

"네가 봤어? 두 눈으로 직접?"

"내가 모자와 장갑을 받아줬다고!"

"오! 왜 나한테는 그런 일이 한 번도 일어나지 않는 걸까?"

오펠리는 문에 귀를 가져다 붙였지만, 이미 빠른 발걸음이 멀어진 뒤였다. 여름 정원의 그 아르쉬발드? 그녀는 손으로 머리를 감싸 쥐었다. 만약 진짜 그러면, 만에 하나 미라주 파티에서 아니마 여자를 만났다는 얘기를 한다면, 무슨 일이 생길까?

'베르닐드가 할퀴기 공격으로 나를 고통스럽게 하겠지.' 오펠리는 생각했다. '만일 고통에서 빠져 나온다 해도, 토른은 이제 내가 물어보는 말에 답하지 않을 거야. 내가 대체 어떤 상황에 빠져든 거지?'

그녀는 방을 서성거렸다. 문득 자신이 없는 곳에서 무슨 일이 벌어지는지 알고 싶다는 생각에 신경이 곤두섰다. 탈출했다가 돌아온 이후로 이미 분위기가 참기 힘들어진 마당에, 이 집안과의 관계가 더 나빠지는 것만은 원치 않았다.

더는 그렇게 있을 수 없었기에 그녀는 누군가 문을 열어주러 올 때까지 소리 나게 방문을 때렸다.

"네, 아가씨?"

오펠리는 안도의 숨을 내쉬었다. 그녀 방 하녀 피스타슈였다. 집주인들이 주변에 없을 때 유일하게 이 어린 여자아이와 어느 정도 친분을 쌓아온 터였다.

"방이 약간 추운데, 난로에 불 좀 붙여줄 수 있을까요?" 오펠리가 미안한 듯 미소를 지으며 말했다.

"물론이죠!"

피스타슈가 들어와 열쇠로 문을 잠그고 벽난로 앞 쇠창살을 제거했다.

"베르닐드 부인에게 중요한 손님이 오신 거 같은데?" 오펠리는 낮은 소리로 속삭였다.

피스타슈는 난로에 장작을 넣고는 반짝반짝 빛나는 눈으로 어깨 너머 오펠리를 바라봤다.

"맞아요, 엄청난 일이에요!" 그녀는 흥분해서 속삭였다. "대사님이 오셨어요! 부인이 무척 놀라셨죠."

멋을 부렸는지, 그녀는 레이스 달린 모자에 핀을 꽂은 모습이었다. 새삼 분위기가 달라 보였다.

"참, 아가씨! 절대 대사님께 가까이 가시면 안 돼요. 대사님이 순식간에 아가씨를 침대에 눕혀버릴지도 모르거든요. 심지어 베르닐드 부인도 못 당해낸다고들 할 정도라니까요!"

시골에서 막 데려온 듯한 젊은 소녀의 지나친 억양 탓에 완벽하게 이해하지는 못했지만, 오펠리도 그 핵심만은 알아들을 수 있었다. 그녀가 알고 있는 그 아르쉬발드가 맞았다.

그녀는 달콤한 송진 향을 풍기며 불붙기 시작한 난롯가의 피스타슈 옆에 무릎을 대고 앉았다.

"베르닐드 부인과 대사가 얘기하는 모습을 볼 수 없을까요? 물론 몰래."

피스타슈가 인상을 찌푸렸다. 그녀 역시 오펠리의 억양을 이해하지 못하긴 마찬가지였다. 오펠리가 더 천천히 다시 말하자, 불꽃 같은 주근깨가 확연히 눈에 띨 정도로 그녀의 얼굴빛이 창백해졌다.

"저는 못 해요! 만일 허락 없이 아가씨를 나가게 두었다는 걸 부인이 알게 되면, 저는 죽어요! 정말 죄송해요, 아가씨." 피스타슈가 한탄조로 말했다. "아가씨가 고독해서 미칠 지경이라는 건 저도 알아요. 그리고 아가씨는 저를 존중해주시는데, 저한테도 존대를 하시는데, 친절하게 제 말에 귀를 기울여주시는데······ 그래도 이해해주세요. 저는 할 수 없어요. 그게 다예요!"

오펠리는 그녀의 입장을 생각해보았다. 베르닐드는 하인들의 충성심을 가지고 장난치는 법이 없었다. 그들 중 누구라도 그녀를 배신한다면, 분명 모두 목매달려 죽게 될 것이다.

"나한테 필요한 건 그저 거울 하나예요." 그래서 오펠리는 이렇게 말했다.

하녀는 미안해하며 땋은 머리를 흔들었다.

"저는 못 해요! 부인이 금지하셨어요······"

"거울은 금지했죠. 하지만 손거울은 아니잖아요. 손거울로는 이 방에서 나갈 수 없어요, 안 그래요?"

피스타슈는 이내 허리를 펴고 하얀 앞치마에 묻은 먼지를 털었다.

"그렇네요. 그러면 얼른 손거울을 가져다드릴게요!"

잠깐 시간이 흐른 뒤, 피스타슈가 은으로 조각하고 진주가 둘린 진짜 예술 작품 같은 거울을 들고 돌아왔다. 오펠리는 조심스럽게 거울을 받아 침대 위에 앉았다. 썩 만족스럽지는 않지만 이거면 할 만하다.

"베르닐드 부인은 어디에서 대사를 접대하죠?"

피스타슈는 앞치마 주머니에 두 손을 깊숙이 찔러 넣고 편안한 자세로 섰다. 주인들 앞에서는 결코 용납될 수 없는 태도였다.

"중요한 손님은 항상 빨간 방에서 모셔요!"

오펠리는 이국적인 멋진 타피스리들 때문에 그런 이름이 붙은 빨간 방을 속으로 그려봤다. 그 방에는 두 개의 거울이 있었지. 하나는 벽난로 위에, 다른 하나는 찬장 구석에. 두 번째 거울이 숨어 있기 좋을 거야.

"무례하게 굴어서 죄송합니다만, 그 거울로 뭘 어쩌실 생각이죠?" 피스타슈가 몹시 당황한 얼굴로 물었다.

오펠리는 손가락 하나를 입에 대고 웃어 보인 다음 안경을 벗었다.

"우리끼리의 비밀이에요, 알죠? 당신을 믿어요."

당황한 피스타슈의 시선을 느끼며, 오펠리는 거울이 귀를 완전히 삼킬 때까지 얼굴에다가 바싹 붙였다. 귀는 이내 저택 반대편에 있는 빨간 방의 찬장 안쪽에 나타났다. 찬장 유리 때문에 반쯤 둔탁해진 아르쉬발드의 가벼운 목소리를 곧바로 알아들을 수 있었다.

"……세라핀 부인은 미소년들에게 둘러싸이는 걸 좋아하죠. 그분이 주최한 작은 파티는 기묘하게 퇴폐적이더군요. 부인이 조금 거들어줬으면 완벽했을 텐데요! 안 오셔서 다들 참 애석해했답니다."

아르쉬발드가 입을 다물고 맑은 소리가 이어졌다. 잔을 채우는 모양이었다.

"궁정에서도 다들 부인을 보고 싶어 해요." 곧 그가 감미로운 어투로 말을 맺었다.

이번엔 베르닐드의 목소리였다. 오펠리는 다른 쪽 귀를 막아가면서까지 잘 들어보려 했지만, 그녀의 목소리는 너무 작아 도무지 알아들을 수가 없었다.

오펠리 앞에 있던 피스타슈가 놀라 물었다.

"설마 아래서 얘기하는 내용을 듣는 건 아니시죠, 아가씨?"

전화 수화기인 양 거울을 들고 있던 오펠리는 그녀에게 조용히 하라고 신호를 보냈다. 아르쉬발드가 대답을 하는 중이었다.

"그건 저도 알아요. 바로 그래서 제가 오늘 여기에 온 겁니다. 신문에서 어찌나 자극적인 단어들로 떠들어대는지, 다들 부인이 죽어간다고 믿을 정도예요! 자기 즐거움 말고는 다른 일에 관심조차 없는 파루크 폐하조차도 부인 소식에 근심을 표했지요."

침묵. 베르닐드가 뭐라고 대꾸를 한 모양이었다.

"쓰레기 같은 놈들, 늘 과장뿐이라니까요." 아르쉬발드의 목소리였다. "특히 질투심에 이끌리면 더하죠. 그럼에도 저는 부인께 숨김없이 말씀을 드리겠어요. 부인도 이제 아주 젊진 않아요. 부인 나이에 출산은 위험할 수도 있습니다. 쉽게 상처받을 수 있어요, 베르닐드. 부인의 영지가 안락하긴 하겠지만, 완벽하게 안전한 장소는 어디에도 없어요. 게다가 하인은 쉽게 매수할 수 있고요. 요새 시장에서 돌고 있는 독약들을 일일이 떠올려볼 필요도 없죠!"

이번에는 베르닐드가 말을 잘랐다. 오펠리는 "고마워요, 그런데……" 그리고 "조카"라는 말을 겨우 알아들었다.

"토른이 밤낮으로 부인 옆에 있을 수는 없어요." 아르쉬발드가 친근하게 그녀를 꾸짖었다. "그리고 그게 부인의 유일한 관심사라는 의미로 한 말은 아닙니다. 관리국은 다시 문을 열어야 해요. 너무 많은 사건들이 법원에서 시간을 끌고 있어요. 지방 민병대도 돌아가야죠. 문서들이 허가 없이 도는 데다 통제는 전무하다시피 하고, 모두가 서로에게 사기를 쳐요. 어제도 각료 위원회에서 기능장애를 선언했어요."

화가 나서 그랬는지, 이번엔 찬장 안에서도 훨씬 더 또렷하게 들렸다.

"좋아요, 위임하세요! 조카 혼자서 시타시엘을 지킬 수는 없지요."

"그건 이미 얘기가 된 거잖아요, 베르닐드."

"무슨 꿍꿍이죠, 대사님? 제가 대사님을 몰랐다면 아마 저를 고립시킬 작정이라고 여겼을 거예요…… 아니면 저를 몰아붙여서 아기를 어떻게 해보려는 심산이거나요."

아르쉬발드가 웃음을 터뜨렸다. 그 소리가 어찌나 큰지 오펠리는 깜짝 놀랐다.

"베르닐드! 저를 그렇게 가증스러운 인물로 생각하시나요? 전 우리가 서로를 잘 안다고 믿었는데요. 그리고 '대사'라는 직책이 무슨 일을 하는 사람인가요? 저는 언제나 아르쉬발드요, 부인께는 오로지 아르쉬발드뿐이잖습니까?"

빨간 방에 짧은 침묵이 자리 잡았다. 곧 아르쉬발드가 더 진지한 말투로 말을 이어갔다.

"임신 기간을 줄이는 건 논의의 여지 없이 불가능한 문제입니다. 그러니 저는 사실 저희 집에 와 계시라는 제안을 드리고 싶어요. 토른은 관리국으로 다시 들어가도록 두고요. 제가 부인과 아기를 보호하는 개인적인 임무를 맡겠습니다."

안경 너머 오펠리의 눈이 휘둥그레졌다. 베르닐드는 아르쉬발드 집으로. 토른은 관리국으로. 그러면 로즐린 이모와 그녀만 저택에?

"대사님 제안을 거절할 수밖에 없어서 유감이네요." 베르닐드가 말했다.

"부인께 제안을 강요할 수밖에 없어서 유감이군요. 이건 파루크 폐하의 명령입니다."

또다시 침묵이 내려앉았다. 오펠리는 베르닐드의 감정을 어렵잖게 상상할 수 있었다.

"당신은 연락도 없이 왔어요. 제 조카를 좀 불러도 될까요?"

"저도 그 얘기를 드리고 싶었어요, 부인!"

또다시 목소리가 들리지 않을 정도로 그녀는 걸음을 멀리 옮겼지만, 오펠리는 작은 종이 울리는 소리를 들을 수 있었다. 베르닐드가 몇 가지 명령을 내렸다. 아르쉬발드가 겨우 몇 마디 사소한 얘기들을 늘어놓는 사이, 토른이 금세 빨간 방으로 들어왔다.

"대사님."

얼음같이 차가운 말투로 발음된 단어를 듣는 것만으로도 금속처럼 날이 선 그의 눈이 오펠리의 눈앞에 선했다. 토른은 아르쉬발드를 싫어한다. 그녀는 직감적으로 알 수 있었다.

"우리 훌륭하신 감독관님!" 빈정거림이 가득한 말투로 아르쉬발드가 소리쳤다. "아직 약혼을 축하할 기회가 없었군요! 행복한 약혼녀를 얼른 보고 싶어서 다들 애타게 기다린답니다."

약간 다른 각도에서 들리는 것으로 보아 그가 자리에서 일어난 모양이었다. 오펠리는 거울을 손으로 꼭 쥐었다. 그 남자의 입에서 대수롭지 않게 흘러나오는 말들에 평정을 유지할 수가 없었다.

"약혼녀는 지금 있는 곳에서 아주 잘 지내고 있습니다." 아주 묵직한 목소리로 토른이 답했다.

"내가 생각하기에도 그런 것 같군요." 아르쉬발드가 친근한 척 속삭였다.

이게 다였다. 더 이상 다른 말은 하지 않았고, 그녀를 만났다는 암시도 전혀 없었다. 믿기지 않을 지경이었다.

"요점을 얘기하죠." 그가 즐겁게 말을 이었다. "감독관님, 당장 원래 임무에 복귀하라는 명령이 떨어졌습니다. 시타시엘이 사방으로 찢어지고 있어요!"

"어림없는 일입니다." 토른은 강하게 반발했다.

"명령이에요." 아르쉬발드가 일축했다.

"대사님 명령은 아무 상관 없습니다. 아이가 태어날 때까지 고모 옆에 있고 싶습니다."

"이건 내 명령이 아니에요. 파루크 폐하의 명령입니다. 폐하의 요청에 따라 고모의 안전은 내가 보장할 겁니다."

끝 모를 침묵이 오펠리의 귀에 채워졌다. 지나치게 빠져들어 있던 터라 바로 앞 호기심에 불타 서 있는 피스타슈의 존재를 완전히 잊어버릴 정도였다.

"무슨 얘기예요, 아가씨? 무슨 얘기를 하는 거예요?"

"대체 이게 무슨 방책이 될지 짐작도 안 되는군요." 마침내 토른이 그 뻣뻣한 목소리로 뚝뚝 끊어가며 말했다.

"사실 아무 방책도 안 되겠지. 오늘 당장 채비를 하자고요. 베르닐드, 오늘 밤 클레르들룅에 가야 합니다. 부인을 위한 무도회가 준비되어 있어요! 다들 좋은 하루 되길 바랍니다."

밈

오펠리는 찬장에 귀를 매달아둔 채 한참 동안 움직이지 않고 조용히 그대로 있었다. 잠시 뒤 분명하게 알 수 있었다. 빨간 방에는 이제 사람이 없다. 그녀는 거울을 침대 위에 놓았다. 너무 무거워서 손목이 아팠다.

"그래서요, 아가씨?" 피스타슈가 명랑한 미소를 지으며 물었다. "무슨 얘기를 들었어요?"

"변화가 있을 것 같아요." 오펠리가 중얼거렸다.

"변화요? 무슨 변화요?"

"아직 잘 모르겠어요."

예감이 좋지 않았다. 토른과 베르닐드는 위험을 감수하며 그녀만 저택에 남겨둘 사람들이 아니었다. 그런 상황을 신뢰할 리가 없었다. 대체 무슨 생각으로 그러는 걸까?

"아가씨! 아가씨! 와서 보세요!"

피스타슈는 창문 앞에서 기뻐서 날뛰고, 묶은 머리는 어깨 위에서 춤을 췄다. 안경 너머 눈꺼풀이 떨릴 정도로 눈이 부셨다. 반짝이는 해가 금빛 화살로 구름을 뚫고 있었다. 더없이 우중충했던 하늘이 엄청나게 새파래지고 공원의 색이 활활 타올라 눈이 아파왔다. 어쨌든 베르닐드는 더 이상 그녀에게 화가 나 있지 않았다.

누군가 문을 두드렸다. 오펠리는 서둘러 손거울을 베개 밑에 감춘 뒤 피스타슈에게 문을 열어도 좋다는 신호를 보냈다.

토른이었다. 그는 인사도 없이 들어와 피스타슈를 복도로 밀어내고 문을 닫았다. 그러고는 의자에 앉아 무릎 위에 목도리를 올려놓고 손에는 책을 들고 있는 오펠리의 모습을 보았다. 그녀는 놀라움을 감춘 채 연기를 할 만큼 좋은 배우가 못 되었다. 그래서 그저 눈앞에 선 끝도 없는 토른의 형체를 두 눈으로 더듬더듬 기어 올라갈 뿐이었다.

"날씨가 바뀌었네." 그녀가 확인하듯 말했다.

토른은 두 손을 등 뒤에 교차시킨 자세로, 마치 받침대처럼 뻣뻣하게 창문 앞에 서 있었다. 햇빛을 받자 그의 얼굴이 더 창백하고 각져 보이는 것 같았다.

"방금 기분 나쁜 방문객이 다녀갔어." 그가 내키지 않는다는 듯 불쑥 말을 꺼냈다. "상황이 더 안 좋게 돌아갈 것 같아."

돌연 토른이 파랗게 보여 놀랐는데, 이내 오펠리는 안경이 파란색으로 변했다는 것을 알아차렸다. 파랑은 근심의 색이었다.

"설명해봐."

"오늘 밤 떠나야 해."

거칠게 떨리는 목소리였다. 처음에 오펠리는 그가 창문 너머를 바라본다고 생각했었는데, 그게 아니었다. 칼자국이 난 눈썹 밑 그의 회색 눈은 분노로 굳은 채였다. 그는 숨이 막힐 정도로 화가 나 있었다. 그의 분노가 밖으로 퍼지자 수천 개의 바늘이 오펠리의 이마를 관통하는 듯했다. 또 시작이군. 사람들의 머릿속으로 신경을 내보내는 집안의 괴벽.

"어디로?" 그녀가 속삭이듯 물었다.

"아르쉬발드라 불리는 독수리의 요새로. 이곳 대사이자 파루크의 하수인이지. 고모가 아이를 낳을 때까지 당신도 거기서 같이 지내야 해."

안락의자에 앉아 있던 오펠리는 쿠션, 의자 속, 용수철 같은 것들이 전부 다 아래로 푹 꺼져버리는 것만 같았다. 아르쉬발드의 눈에 띄기라도 하면 그는 모든 이들 앞에서 그녀에 대해 폭로할텐데.

"그런데 왜지?" 그녀가 더듬더듬 말했다. "내가 비밀을 못 지킬 것 같아서?"

빛 때문에 성가시다는 듯 짜증스럽게 토른은 창문에 매달린 장막을 쳤다.

"달리 방법이 없어. 당신과 샤프롱은 하인인 척해야 할 거야."

오펠리는 벽난로에서 타닥타닥 소리를 내며 타는 불을 바라봤다. 하인 행세를 한다 해도 아르쉬발드는 자신을 알아보고 왜 거짓말을 했냐며 비난할 것이다. 가장무도회의 인파 속에서도 곧바로 그녀를 알아보지 않았는가. 악마 같은 관찰력을 지닌 자였다.

"그러고 싶지 않아." 그녀는 책을 덮으며 딱 부러지게 말했다. "우리는 당신들 마음대로 조종할 수 있는 꼭두각시가 아니야. 이모와 저택에 남고 싶어."

이 말에 토른은 당황한 눈으로 그녀를 내려다보았다. 순간 오펠리는 그가 화를 낼 거라고, 할퀴기 공격을 시작할 거라고 생각했는데, 그는 초조한 듯 코로 시끄럽게 숨을 내뱉을 뿐이었다.

"당신이 경솔하게 거절하도록 내버려두는 실수를 저지르지는 않을 거야. 강요하는 것보다는 설득하는 편이 낫겠지. 내 말이 틀린가?"

허를 찔린 오펠리는 눈썹을 치올렸다. 토른은 의자를 하나 집어 들더니 오펠리의 안락의자에서 약간 떨어진 곳에 놓고는 기나긴 다리의 관절을 그럭저럭 접어가며 앉았다.

그는 팔꿈치를 무릎 위에 올려놓고 주먹 쥔 손으로 턱을 괸 채 금속처럼 차가운 두 눈으로 오펠리의 안경을 뚫어져라 바라보았다.

"나는 말이 많은 사람이 아니야." 마침내 그가 입을 열었다. "말을 하는 게 시간 낭비라고 늘 생각하거든. 하지만 이제 내 천성과 반대로 가보려고. 그걸 알아주면 좋겠어."

오펠리는 안절부절못하고 책 표지를 손으로 살짝 두드렸다.

어디까지 가고 싶은 걸까?

"그리고 말이 많지 않은 건 당신도 마찬가지잖아." 아주 무뚝뚝한 억양으로 그가 말을 이었다. "처음에는 그런 점이 나를 안심시켰는데, 이젠 그래서 오히려 당혹스럽다는 걸 고백해야겠군. 당신이 행복하다고 믿기를 바라는 건 아니야. 하지만 당신이 나를 어찌 생각하는지 사실 전혀 감을 잡을 수가 없어."

토른은 답을 기다리는 듯 입을 다물었지만, 오펠리는 한마디도 할 수 없었다. 그가 이런 얘기를 꺼내리라고는 짐작도 못 했다. 자신에 대해 어찌 생각하냐고? 언제부터 그런 걸 고민했을까? 심지어 그녀에 대한 믿음도 없으면서.

생각에 잠긴 채, 토른은 오펠리 무릎 사이로 쑥 들어가 둥글게 말려 있는 목도리를 바라봤다.

"전에 당신이 한 말이 맞았어. 나는 당신을 알아보려 하지 않았고, 당신이 나를 알아볼 수 있도록 충분한 시간을 주지도 않았어. 타협하는 게 내 습관은 아니니까. 그렇지만…… 당신에겐 다른 태도를 취해야 할 것 같……"

오펠리 쪽으로 눈을 들던 그가 갑자기 그대로 말을 멈췄다. 끔찍하리만치 어색했던 오펠리는 문득 자신의 코에서 피가 흐르고 있는 것을 알아챘다.

"벽난로 열기 때문인가봐." 그녀가 소매에서 손수건을 꺼내며 말을 더듬었다.

오펠리가 손수건에 코를 댄 채 고개를 숙이고 있는 동안 토른은 의자에서 근엄한 자세로 기다렸다. 돌아가는 사정과는 전혀 어울리지 않게도, 그녀 혼자서 우스꽝스러운 상황에 처해 있었다.

"상관없어." 토른이 시계를 한 번 보고 중얼거렸다. "어쨌든 난 그런 일엔 소질이 없으니. 그리고 시간은 흘러가기 마련이고."

그는 깊이 숨을 들이쉬더니 한층 형식적인 투로 말을 이었다. "이게 사실이야. 아르쉬발드는 클레르들뢴 영지에서 고모를 맞이하고, 나는 지체된 일들을 처리하는 것. 어쨌든 공식적인 설명은 그래. 끔찍한 놈이니 다른 음모를 꾸미고 있을 것 같아 불안하지만."

"그러면 내가 여기 있는 게 제일 현명한 방법 아니야?" 오펠리가 손수건에 코를 파묻은 채 주장했다.

"아니, 늑대 소굴이라 해도 고모 옆에 있는 편이 저택에 혼자 있는 것보다는 훨씬 더 안전할 거야. 당신이 여기 있다는 걸 프레이야가 알고 있잖아. 누나는 당신 잘되는 걸 절대 바라지 않아. 여기 하인들 모두 모여도 누나에게서 당신을 보호할 수는 없어."

그 사실을 간과했다는 걸 인정할 수밖에 없었다. 프레이야와 아르쉬발드 사이에서 선택해야 한다면, 아직은 아르쉬발드가 나았다.

"내 존재는 늘 이런 식으로 정리가 되는 건가?" 그녀는 쓸쓸하게 중얼거렸다. "당신 고모의 치맛자락 속에서 사는 거?"

토른이 다시 시계를 들어 시계에 새겨진 눈금에 한참이나 시선을 고정했다. 이렇게 침묵이 이어지는 동안 오펠리는 째깍거리는 바늘 소리만 세고 있었다.

"내가 아주 여유 있는 사람이 아니라 때맞추어 당신을 보살필 수가 없어."

그가 주머니 속에서 작은 은색 수첩을 꺼내더니 연필로 메모를 휘갈겼다.

"관리국 주소야. 잘 기억해둬. 만일 위험에 처하거나 도움이 필요하다면, 사람들 눈에 띄지 않게 나를 보러 와."

오펠리는 작은 종이쪽지를 뚫어지게 바라봤다. 꽤 다정한 행동이긴 했지만, 그렇다고 문제가 해결되는 건 아니었다.

"아르쉬발드라는 사람이 내 정체에 의심을 품지 않을까? 몇 달 동안 그의 집에 머물러도?"

토른의 눈이 아주 좁은 두 개의 틈새로 바뀌었다.

"아마 그런 걸 의심하지는 않을 거야. 그 작자의 멍청한 미소에 속지 마, 위험한 남자니까. 당신이 누군지 알게 되면 나를 모욕하고 싶다는 별것도 아닌 즐거움을 누리기 위해 당신을 욕보이려 할 거야. 그러니 아니마 사람이라는 사실을 들키지 않도록 세심하게 주의를 기울여야 해."

오펠리는 머리칼을 어깨 뒤로 넘겼다. 이젠 진실을 드러내지 않는 것이 정말 대단한 모험이 되어버렸다.

"특별히 주의를 기울여야 하는 건 아르쉬발드뿐만이 아니야.

그의 가족 전체 앞에서도 마찬가지야." 토른은 음절 하나하나를 강조하며 말을 이었다. "그 가족은 서로서로 연결되어 있어. 한 명이 보면 모두가 그것을 보게 돼. 한 명이 들으면 모두가 듣게 되고. 한 명이 알면 모두가 알게 되는 거야. 그들은 '투알'이라고 불려. 그들 이마에 있는 표식으로 알아볼 수 있지."

아르쉬발드가 마지막으로 했던 말들이 전기 충격처럼 오펠리를 훑었다. '사촌에게도 전해주세요. 이런 징표가 있는 사람에게는 아무 말도 하지 말라고. 그게 무엇이든 말하면 안 돼요. 언젠가는 그녀가 불리해질 수 있으니까.' 그렇다면 그날 밤 아르쉬발드의 가족 모두가 그 만남을 목격한 걸까? 모두가 그녀 얼굴을 알고 있을까? 지금?

궁지에 몰린 기분이었다. 더 이상은 토른이나 베르닐드에게 거짓말을 할 수 없을 것 같았다. 있었던 일을 털어놓아야 했다.

"저기……" 작은 목소리로 오펠리가 중얼거렸다.

하지만 토른은 그녀의 당혹감을 완전히 다르게 해석했다.

"내가 정말 아무 생각 없이 당신을 사자 굴에 집어넣는다고 생각하는 모양이군." 한층 심각한 말투였다. "제대로 보여주지 못한 것 같은데, 나는 당신 운명에 정말 큰 관심을 기울이고 있어. 내가 없는 곳에서 누군가 당신을 공격한다면, 그놈은 엄청난 대가를 치르게 될 거야."

토른은 금속 마찰음을 내며 시계 뚜껑을 닫았다. 그러고는 오펠리와 그녀의 자책감만 남겨둔 채, 올 때처럼 갑작스레 나가버렸다.

오펠리는 베르닐드를 보게 해달라고, 아주 중요한 일이라고 반복해서 말하며 몇 번이나 방문을 두드렸지만 아무 대답도 없었다.

"부인이 무지무지 바쁘셔서요." 갑자기 피스타슈가 문을 빼꼼 열고 그녀에게 설명했다. "기다리세요, 아가씨. 문은 곧 열어드릴게요. 전 가봐야 해요!" 그녀는 멀리서 울리는 종소리처럼 소리를 지르며 가버렸다.

두 시간이 훌쩍 지난 뒤 열쇠 구멍에서 소리가 들려오자, 오펠리는 헛된 희망을 품었다. 로즐린 이모가 서재에 있었다는 사실을 까맣게 잊고 있었다. 그들이 이모를 올려보낸 것이었다.

"참을 수가 없군!" 로즐린은 화가 나서 창백해진 얼굴로 분노를 쏟아냈다. "이 사람들은 우리가 마치 도둑인 양 계속 가둬둘 작정인 거야! 그건 그렇고, 대체 무슨 일이 생긴 거지? 아래층 여기저기 놓인 가방들은 뭐야? 저택을 비울 셈인가?"

오펠리가 토른의 이야기를 전하자, 이모의 기분은 더더욱 나빠졌다.

"뭐라고? 그 무례한 놈이랑 여기 단둘이 있었다고? 너를 지켜줄 사람도 없이? 어쨌든 널 아주 난폭하게 다루지는 않은 거지? 그리고 다른 곳에 가서 하인 행세를 하라는 이야기는 대체 뭐냐? 아르쉬메드인가 뭔가 하는 작자는 또 뭐고?"

오펠리는 잠깐 속내 이야기를 더 해야 하나 생각했지만, 그러기에는 로즐린 이모가 적절한 상대가 아님을 곧바로 깨달았다. 토른과 베르닐드가 자신들에게 기대하는 바를 설명하는 것만으로 이미 진이 빠진 터였다.

한참 동안 여러 차례 똑같은 얘기를 반복한 뒤 오펠리는 다시 안락의자에 앉았다. 그러는 내내 로즐린 이모는 동그라미를 만들며 방 안을 걸어다녔다. 그들은 저택을 뒤흔드는 막연한 소란에 귀를 기울이며 대부분의 시간을 보냈다. 여행 가방을 꾸리고, 드레스들을 꺼내고, 치마들을 다림질하는 소리. 명령을 내리는 베르닐드의 음성이 강렬하고 선명하게 복도 전체를 쩌렁쩌렁 울렸다.

밖에는 날이 저물었다. 오펠리는 다리를 가슴 쪽으로 끌어당기고 무릎으로 턱을 받친 채 골똘히 생각해보았다. 토른에게 즉시 진실을 말하지 않았던 것이 후회되었다. 어찌 되었든, 이제는 너무 늦어버렸다.

'정리를 해보자.' 그녀는 조용히 하나씩 따져봤다. '드래곤들은 나를 없애버리고 싶어 해. 왜냐하면 내가 그들의 서자와 결혼을 하니까. 미라주들도 나의 죽음을 원해. 왜냐하면 내가 드래곤과 결혼을 하니까. 아르쉬발드는 나를 자기 침대로 끌고 가고 싶어 해. 왜냐하면 그게 재밌으니까. 그리고 아르쉬발드를 통해서 나는 투알 전체에게 거짓말을 한 셈이지. 유일한 동맹은 베르닐드와 토른뿐이지만 그중 한 명은 내게 등을 돌렸고, 다른 하나도 조만간 그렇게 되겠지.'

오펠리는 치마에 머리를 파묻었다. 그녀에게 세상은 정말 너무나 복잡했다. 예전 삶에 대한 그리움에 배가 비틀려 꼬이는 것만 같았다.

마침내 방문이 열렸을 때, 그녀는 몸을 떨고 있었다.

"부인이 아가씨와 이야기를 나누고 싶어 하십니다." 하인장이 알렸다. "물론 아가씨가 내키시면 말이지요."

오펠리는 그를 따라 큰 거실로 갔다. 모자 상자들이 카펫을 온통 뒤덮고 있었다.

"오펠리, 정말 얘기를 하고 싶었어!"

베르닐드는 별처럼 빛이 났다. 머리부터 발끝까지 단장한 그녀는 코르셋과 순수함 말고는 다른 어떤 감정도 느낄 수 없게 할 만큼 새하얀 속치마만 걸친 채 자태를 뽐내고 있었다. 머리에서는 지독한 파마 약 냄새가 풍겼다.

"저도요, 부인." 오펠리가 숨을 들이마시고 대답했다.

"'부인'이 아니라니까! '부인'은 휴지통에! 내 이름으로 불러. '고모'라고 하든지. 원한다면 '엄마'라고 불러도 좋고! 그리고, 솔직하게 얘기해줄래?"

베르닐드는 우아하게 한 바퀴 돌며 오펠리에게 완벽한 몸매를 보여주었다.

"통통해 보여?"

"통통하냐고요?" 오펠리는 당황해서 말을 더듬었다. "전혀 아닌데요. 그나저나······"

베르닐드는 과장스럽게 그녀를 껴안아 옷에 화장품을 묻혔다.

"아이처럼 군 건 미안해. 나는 오펠리가 진짜 다 자란 아가씨 같길 바랐나봐. 어쨌든 이젠 다 잊어!"

베르닐드의 볼은 즐거움에 장밋빛을 띠었고 눈은 반짝였다. 사랑에 빠진 여자 그 자체였다. 파루크가 그녀를 걱정했다니, 그녀가 이긴 것이다.

"우리에게 무슨 일이 생겼는지 토른이 설명했겠지? 내 생각에, 아르쉬발드의 제안은 우리에게 최고의 기회야."

베르닐드는 각각 다른 각도에서 자신의 아름다운 얼굴을 비춰주는 세 개의 거울이 달린 화장대 앞에 앉았다. 그녀가 몸에 향수를 뿌리려고 병에 달린 배 모양 펌프를 누르자 오펠리는 재채기를 했다.

"그러니까……" 약간 심각해진 말투로 베르닐드가 이야기를 이어갔다. "우리 삶이 영원한 건 아니잖니. 그런 식으로 다른 사람들에게서 고립되는 건 궁정 사람들에게 위험한 일이야. 그리고 완전히 자유로운 존재가 되기 위해서라도, 조카가 네게서 조금 벗어나 있는 것도 나쁘지 않겠지."

입술의 쑥 들어간 부분에 살짝 빈정거리는 기색을 띠고, 한편 어렴풋이 혼란스러움을 내비치며, 그녀는 뒤에서 팔을 늘어뜨린 채 서 있는 오펠리가 반사된 거울을 향해 미소 지었다.

"네가 온 뒤로 그 아이가 한결 부드러워졌어. 네게는 몹시 너그러운 것 같더라, 그 아이답지 않게 말이야. 그리고 나는 네가 있는데도 그 애 마음을 독차지하고 싶었거든. 솔직히 약간 질투를 느꼈지!"

이제 자신이 하려는 말에 너무 집중한 나머지 오펠리는 그녀가 뭐라고 하는지 거의 듣지 못할 지경이었다. '부인, 저는 이미 아르쉬발드 씨를 만났어요.'

"부인, 저는……"

"과거, 과거는 과거일 뿐!" 베르닐드가 말을 잘랐다. "중요한 것은 앞으로지. 마침내 내가 널 궁정의 교묘하고도 섬세한 세계로 이끌 수 있겠어."

"잠시만요, 부인, 저는……"

"참, 오펠리 너는 내 수행원으로 들어가게 될 거야." 그러고서 그녀는 소리쳐 불렀다. "엄마!"

베르닐드가 멋지게 손가락을 맞부딪쳐 소리를 내자 할머니가 천천히 앞으로 다가왔다. 거북이 같은 미소와 함께 할머니의 얼굴이 갈라졌다. 그녀는 오펠리에게 나프탈렌 향이 강하게 풍기는 작은 상자를 건넸다. 그 안에는 약간 기묘해 보이는 검은색 옷이 접혀 있었다.

"옷을 벗어." 담배에 불을 붙이며 베르닐드가 명령했다.

"저기요……" 오펠리는 고집스레 말을 꺼내려 했다. "저는 이미……"

"오펠리를 도와줘요, 엄마. 참 수줍음이 많은 아이네."

할머니는 부드러운 동작으로 오펠리의 원피스가 발밑으로

떨어질 때까지 걸단추를 끌렀다. 오펠리는 몸을 바들바들 떨며 팔짱 낀 두 팔로 가슴을 가렸다. 이제는 면으로 된 옷 하나밖에 남지 않았다. 이 순간 토른이 거실로 들어온다면 우스운 꼴을 보이게 될 것이다.

"이걸 입으렴."

할머니가 그녀에게 작은 상자에 들어있던 검은 옷을 내밀었다. 더 큰 당혹감에 휩싸인 채 오펠리는 은으로 된 견장이 도드라져 보이는 묵직한 벨벳을 풀면서 이것이 여자의 옷이 아니라는 사실을 알아챘다.

"하인의 제복인가요?"

"셔츠와 신발도 가져다줄 거야. 한번 보게 그걸 입어봐."

오펠리는 허벅지까지 내려오는 기다란 제복의 좁은 깃에 머리를 집어넣었다. 베르닐드가 만족스러운 웃음을 지으며 담배 연기를 내뿜었다.

"오늘 밤부터 네 이름은 밈이야."

어리둥절한 상태로, 오펠리는 베르닐드의 삼중 거울 속에서 알 수 없는 누군가를 발견했다. 검은 머리에 아몬드 모양의 눈, 수수한 얼굴을 한 작은 남자가 얼빠진 표정으로 이쪽을 바라보고 있었다.

"이게 뭐죠?" 그녀가 더듬더듬 물었다.

거울 속의 키 작은 남자가 그녀와 똑같은 리듬에 맞춰 입술을 움직였다.

"제대로 변신했네." 베르닐드가 말했다. "딱 하나 골치 아픈 건 그 목소리…… 그리고 억양이야. 하지만 말을 못 한다면 뭐가 문제겠어?"

거울 속 젊은 남자의 눈이 커다래졌다. 안경이 더 이상 보이지 않는데도 여전히 그 자리에 있는 양, 오펠리는 손을 눈 주위에 가져다 댔다. 거울에 비친 남자가 허공에 있는 물건을 만지작거리듯 손을 움직였다.

"그렇게 안경을 올리는 버릇도 없애야 해." 베르닐드가 빈정거렸다. "자, 어때? 이런 모습을 하고 있으면 누가 네게 관심을 두겠어!"

오펠리는 조용히 받아들였다. 품고 있던 문제의 답을 막 찾은 터였다.

클레르들뢴에서

열쇠

앙티샹브르는 시타시엘 전체에서 가장 탐낼 만한 엘리베이터
였다. 여성들을 위한 규방처럼 꾸며져 있어서 온갖 종류의 차
를 맛볼 수 있었다. 그곳을 앙티샹브르라고 부르는 이유는 이
엘리베이터만이 아르쉬발드의 영지, 클레르들륀으로 갈 수 있
기 때문이었다.* 대사가 초대한 사람들, 혈통과 괴팍함으로 두
각을 나타내는 이들만이 앙티샹브르에 탈 수 있었다. 의심할
여지 없이 그 무게 탓에 가장 느린 엘리베이터이기도 했다. 목
적지까지 가는 데 30분이 걸렸다.

제복이 어색해서 오펠리는 다리를 꼬았다가 쭉 펴고, 다시
꼬았다가 발목끼리 서로 비벼보기도 했다. 태어나 처음으로 남
자 옷을 입었다. 어떤 태도를 취해야 할지 알 수가 없었다. 꽉
끼는 긴 양말 탓에 장딴지 부근이 끔찍하게 가려웠다.

베르닐드는 편안한 안락의자에 앉아 손에 찻잔을 든 채 뭔

---

* antichambre는 '대기실', '전 단계' 등을 뜻한다.

가 마음에 들지 않는다는 듯 오펠리를 바라보았다.

"대사의 집에서는 그런 식으로 행동하지 않았으면 좋겠는데. 똑바로 서봐라. 발뒤꿈치는 붙이고, 턱은 치켜들고, 시선 내리깔고. 내가 굳이 말할 필요도 없겠지만, 손가락으로는 무엇도 할 생각 말아."

그녀는 조그만 원탁에 찻잔을 내려놓고 오펠리에게 가까이 오라고 손짓하더니, 조심스럽게 오펠리의 장갑 낀 손을 잡았다. 손이 잡히자 오펠리는 이내 뻣뻣해졌다. 아르쉬발드의 깜짝 방문 이후로 베르닐드와 관계가 원만해지긴 했지만, 이 암사자 같은 여자의 감정 기복은 도무지 예측할 수 없었다.

"오펠리, 환영을 입힌 것은 오직 제복뿐이라는 사실을 결코 잊어선 안 돼. 네 얼굴과 상체는 남자의 모습이지만, 손과 다리는 여자의 것 그대로야. 그 부위로 사람들 관심이 모일 만한 행동은 일절 말아야 해."

여자의 손이라…… 오펠리는 제복과 똑같이 검은색으로 된 **읽는 사람**용 장갑을 바라보며, 새 장갑에 주름이 잡히도록 손가락을 여러 차례 접었다 폈다. 늘 끼고 다니던 낡은 장갑 대신 엄마가 준 새것 중 하나를 끼었다. 아르쉬발드의 기억을 자극할 만한 것은 아무것도 걸치고 싶지 않았다.

"이렇게 변장하다니, 저속하고 수치스럽구나!" 로즐린 이모가 빈정댔다. "내 조카를 하인으로 만들다니! 이 사실을 안다면, 언니 머리에 꽂힌 핀들이 몽땅 곤두서겠지."

"좋은 날도 올거예요." 거만한 미소를 지으며 베르닐드가 힘주어 말했다. "인내를 좀 가지시죠, 로즐린 부인."

"인내를 가져요." 토른의 할머니가 얼빠진 미소를 지으며 그 말을 반복했다. "인내를 가져요."

딸과 떨어져 지내기에는 너무 늙은 이 부인 역시 베르닐드의 수행원 대열에 합류했다. 오펠리는 매번 아주 소박한 차림의 할머니만 봐왔는데, 지금은 깃털 달린 커다란 모자와 파란 천으로 만든 원피스로 괴상하게 차려입은 모습이 정말이지 볼만했다. 거북이처럼 기다란 목마저 빼곡한 진주알에 가려 거의 보이지 않을 지경이었다.

"인내심이라뇨. 지금까지 우리에게 인내심이 부족했던 것 같지는 않은데요." 로즐린 이모가 차갑게 반박했다.

베르닐드는 앙티샹브르의 괘종시계 쪽으로 심술맞은 눈길을 돌렸다.

"15분 후면 도착하겠군요. 그사이에 부인이 '네, 부인' 하고 완벽하게 말할 수 있도록 연습을 좀 했으면 좋겠는데요. 그리고 향신료가 들어간 맛난 차도 다시 가져다주시고요."

"네, 부인." 로즐린 이모는 아주 과장해서 북쪽 지방 억양으로 끊어가며 답했다.

베르닐드는 만족스러운 듯 눈썹을 움직였다. 그녀는 목 주변에 주름 장식이 있는 밝은색 드레스 차림에 현기증이 일 정도로 높다란 가발을 쓰고 있었다. 얼음 설탕으로 만든 장식용 케이크를 떠올리게 하는 모습이었다. 하녀로서 간소한 차림을 해야 했던 로즐린 이모가 수수해 보이는 만큼 베르닐드는 빛을 발했다. 작은 쪽머리 하나를 만들겠다고 이마의 피부를 어찌나 당겼던지, 얼굴에 주름이라곤 찾아볼 수가 없었다.

"자존심이 세군요, 로즐린 부인." 베르닐드는 향신료가 들어간 차를 홀짝이면서 한숨지었다. "여성들에게서 제가 높이 사는 특징이죠. 하지만 하녀에게는 자존심이 들어갈 자리가 없어요. 곧 저는 거만한 말투로 당신을 대하게 될 거예요. 그리고 당신은 '네, 부인' 혹은 '알겠습니다, 부인'이라고 대답해야만 하죠. 우리 사이에 '나'나 '당신'은 없는 거예요. 우리는 더 이상 같은 세계에 있는 게 아니니까요. 참아낼 수 있겠죠?"

딱딱한 몸짓으로 찻주전자를 내려놓으며, 로즐린 이모는 아주 품위 있게 몸을 꼿꼿이 세웠다.

"내 조카에게 이익이 된다면, 당신 방에 있는 요강 단지도 문질러 닦을 수 있을 거예요."

오펠리는 입술에 미소가 떠오르는 걸 꾹 참았다. 사람들을 나무라는 이모만의 방식이었다.

"두 사람이 정말 신중에 신중을 기해주기를 바라요. 또 절대적으로 복종해주시고요." 베르닐드가 말했다. "내가 무엇을 하든, 무슨 말을 하든, 이렇든, 저렇든, 날 아니꼬운 눈으로 보는 건 참지 않을 거예요. 특히 다른 사람 앞에선 결코 아니마 사람임을 드러내서는 안 돼요. 처음부터 잘못되면 난 어쩔 수 없이 조치를 취해야 할 것이고, 그게 우리 네 사람의 이익을 위해서는 본보기가 되겠죠."

이렇게 경고하고, 베르닐드는 쾌감을 드러내며 마카롱 하나를 깨물었다.

오펠리는 엘리베이터의 괘종시계를 확인했다. 클레르들뢴까지 아직 10분이 남았다. 부유하나 자유롭지 못한 생활을 떠난다는 안도감에서 비롯한 것인지도 모르지만, 어쨌든 그녀는 두려움을 전혀 느끼지 못했다. 야릇하게도 기다려지기까지 했다. 무기력, 기다림, 저택에서 느꼈던 공허함, 이런 것들이 모두 조금씩 그녀를 지치게 만들어, 결국 결혼식 날이 되면 그녀는 잿더미로 변해 있을 것만 같았다. 하지만 오늘 밤 드디어 다시 움직일 수 있게 되었다. 이제 낯선 얼굴들을 보게 될 것이다. 새로운 장소를 발견하게 될 것이다. 세상이라는 톱니바퀴 안에서 더 많이 배우게 될 것이다. 오늘 밤 그녀는 더 이상 감독관의 약혼자가 아니라 한낱 하인, 이름 없는 이들 중 하나가 될 것이다. 관찰하고자 하는 이에게 이 제복은 상상할 수 있는 최고의 자리가 되어줄 터였고, 그녀에겐 그것을 아주 잘 이용해보겠다는 굳은 의지도 있었다. 그녀는 드러내지 않은 채 바라볼 것이고, 말없이 들을 것이다.

토른의 생각은 그리 중요하지 않았다. 폴에 위선자와 부패한 자, 살인자만 득실거리지는 않으리라고 그녀는 확신했다. 분명 믿을 만한 사람이 있을 것이다. 그 사람들을 알아보는 것은 그녀의 몫이었다.

'베르닐드의 저택이 나를 변하게 했어.' 그녀는 새 장갑 속에서 손가락을 놀리며 생각했다.

아니마에서 오펠리는 박물관 말고는 무엇에도 관심이 없었다. 하지만 이제는 어쩔 수 없이 다른 것들에 더 호기심을 갖게 되었다. 의지할 곳을, 클랜 사이의 적대 관계 때문에 자신을 배신하지 않을 진솔한 사람들을 스스로 찾아야 했다. 토른과 베르닐드만 의지하고 싶지는 않았다. 생각을 단련시키고 싶었고, 스스로 선택하고 싶었고, 자신의 힘으로 존재하고 싶었다.

엘리베이터의 시계가 3분 정도밖에 남지 않은 시간을 가리켰을 때, 갑작스레 떠오른 의혹이 그녀의 단호한 결심들을 어지럽혔다.

"부인." 오펠리는 베르닐드에게 몸을 수그리고 속삭이듯 말했다. "아르쉬발드 씨 무도회에 미라주들도 참석할까요?"

화장을 고치느라 정신이 없던 베르닐드는 놀랐다는 듯 오펠리를 바라보더니 맑은 웃음을 터뜨렸다.

"당연하지! 미라주는 반드시 참석해야 하는 유력 인사들인걸. 모두 초대했지! 클레르들륀에서 계속 마주치게 될 거야, 오펠리."

너무나 태평스러운 태도에 오펠리는 당혹스러웠다.

"그런데 제가 입고 있는 제복을 미라주가 만들지 않았나요?"

"겁먹을 것 없어. 누구도 널 못 알아볼 테니. 개성도 없고 눈에 띨 만한 점 하나 없이 하찮은 것들로 이루어진 한낱 하인에 불과하니까. 별다른 행동 없이 섞여 있는 한, 수백 명의 하인들과 똑같을 거야."

오펠리는 고개를 들어 천장 거울에 반사된 밈을 뚫어져라 바라봤다. 해쓱한 얼굴, 밋밋한 코, 무표정한 두 눈, 하인답게 빗어 넘긴 머리…… 베르닐드의 말이 분명 맞을 것이다.

"하지만 부인, 부인은 얼굴을 드러내고 미라주들에게 가까이 가는 것이 걱정되지 않으세요? 어쨌든 그들은 공공연한 적이잖아요." 오펠리가 이어 물었다.

"왜 그걸 걱정해야 하지? 클레르들륀은 외교상 안전지대인걸. 거기서도 음모를 꾸미고 비방하고 위협하긴 하지만, 사람을 죽이지는 않아. 심지어 결투 재판조차 금지된 곳이니까."

결투로 재판을 한다고? 오펠리는 이 두 개의 단어가 한 문장에 등장할 수 있으리라고는 한 번도 생각해본 적이 없었다.

"그런데 만일 프레이야와 그 남편을 만나면요?" 그녀는 고집스레 다시 물었다. "부인 가족은 제가 부인의 보호하에 있다는 사실을 알잖아요. 제가 수행원들 사이에 숨어 있을 수도 있으리라 생각하지 않을까요?"

원피스 밑단을 집어 올리면서 베르닐드는 우아하게 자리에서 일어났다.

"클레르들륀에서 조카를 만날 일은 절대 없어. 그 애는 난폭한 태도 때문에 들어오지도 못할 테니까. 그러니 부디 침착해,

오펠리. 목적지에 다 왔구나."

정말이지 느려터진 엘리베이터였다.

오펠리와 로즐린은 서로 시선을 나눴다. 아직까지는 이모와 조카이자 대모와 대녀이지만, 곧 두 사람은 수행 하녀와 벙어리 하인의 관계, 순전히 형식적인 사이가 될 것이다. 이모와 자유롭게 대화할 기회가 언제 다시 올지 모른다. 오펠리는 자신의 안전과 자존심을 지켜주기 위해 희생한 이모에게 마지막 말을 건넸다.

"고마워요."

로즐린 이모는 오펠리 손을 살며시 쥐었다. 앙티샹브르의 금색 창살이 클레르들륀 영지를 향해 스르륵 열렸다. 어쨌든, 그녀로서는 기대하던 순간이었다. 하지만 그 자리에 나타난 거대한 대기실의 모습에 오펠리는 당황하고 말았다. 바둑판 모양 타일이 깔리고, 거대한 크리스털 샹들리에와 바구니와 과일을 든 황금 조각상들이 늘어선 눈부신 곳이었다.

베르닐드의 지침에 따라 오펠리는 엘리베이터 밖으로 짐이 실린 수레를 밀었다. 너무 무거운 가방들로 채워져 마치 벽돌집을 움직이는 기분이었다. 그녀는 색이 칠해진 대기실 천장에 시선을 빼앗기지 않으려 애를 썼다. 천장에는 다채로운 풍경들이 화려하게 펼쳐져 있었다. 한쪽에서는 나무들 사이로 바람이 불고, 저쪽에는 벽까지 넘칠 듯이 위협하는 파도가 보였다. 오펠리는 사람들과 부딪치지 않기 위해 이리저리 피해 수레를 끌면서, 동시에 가발을 쓴 귀족들을 뚫어지게 쳐다보고 싶은 마음을 억눌렀다. 다들 잔뜩 화장한 얼굴에 부자연스러운 몸짓으로 날카롭게 떠들어댔다. 억양도 억양이지만, 어찌나 겉멋이 들고 기교를 부려가며 떠드는지 오펠리는 그들이 하는 말을 겨우 이해할 수 있었다. 모두 눈두덩에서 눈썹까지 미라주의 징표가 새겨져 있었다.

귀족들은 아름다운 베르닐드를 알아보자마자 아주 독특하고도 정중하게 인사를 건넸고, 그녀는 그들에게 눈썹을 파르르 떨어 보이며 답례를 했다. 그런 모습을 지켜보던 오펠리는 그들 사이에 어떤 대립도 없다고 믿어버릴 뻔했다. 베르닐드는 자기 엄마와 함께 벨벳을 덧댄 장의자에 자리를 잡았다. 대기실 전체에 비슷한 풍경이 보였다. 많은 여성들이 장의자에 앉아 초조하게 부채질을 해댔다.

오펠리는 베르닐드가 앉은 장의자 뒤에 짐수레를 세우고 발뒤꿈치를 붙인 채 서 있었다. 그녀가 기다리고 있는 게 정확히 무엇인지 알 수 없었다. 저녁 모임은 이미 꽤 진행된 상태고, 주빈이 늦게 나타나면 아르쉬발드가 결국엔 모욕감을 느낄 것 같았다.

옆 의자에는 분홍색으로 차려입은 늙은 부인이 하운드로 보이는 개의 긴 털을 빗질하고 있었다. 개는 곰처럼 키가 컸고 목에는 우스꽝스러운 파란 리본을 달고 있었는데, 혀를 내밀 때마다 증기기관차 소리를 냈다. 이런 장소에서 이런 짐승을 보다니, 오펠리로서는 생각도 못 한 일이었다.

돌연 대기실이 침묵에 휩싸였다. 술통처럼 뚱뚱한 남자가 지나가자 모든 귀족들이 그 방향으로 몸을 돌렸다. 남자는 입가에 한가득 미소를 띤 채 약간 바쁜 걸음으로 걸었다. 금장 계급 띠가 달린 검은 제복으로 보아 하인들의 우두머리인 모양이었다. 베르닐드가 오펠리에게 하인들 계급을 암기시킨 터였다. 그런데 이상하게도 하인장다운 기품은 전혀 풍기지 않는 사람이었다. 그는 가발을 비스듬히 쓴 채 다리를 앞뒤로 흔들고 있었다.

"멋쟁이 귀스타브!" 미라주 한 명이 아첨하는 듯한 목소리로 그를 불러 세웠다. "아내와 여기서 이틀을 기다렸어요. 나리께서 뭔가 아주 사소한 실수를 하신 게 아닐까 감히 생각해도 될까요?"

그러면서 그는 하인장의 주머니에 작은 물건을 조심스레 슬쩍 넣었다. 너무 멀리 떨어져 있어서 오펠리는 그 물건이 뭔지 볼 수 없었다. 하인장은 거만한 태도로 제복 주머니를 살짝 두드렸다.

"실수라뇨, 선생. 두 분은 대기자 명단에 올라 있습니다."

"그런데 이틀 전부터 기다렸는데……" 미라주가 다소 위축된 어조로 간청하듯 말했다.

"다른 사람들은 훨씬 더 전부터 기다렸어요, 선생."

당황한 미라주의 시선을 느끼며 하인장은 다시 좁은 보폭으로 바쁘게 걸었고, 앞에 서 있는 귀족들 하나하나에게 흡족한 미소를 지어 보였다. 한 사람이 자기 막내딸의 지능과 아름다움을 자랑하며 아이를 내세웠다. 다른 사람은 자기가 부리는 환영이 얼마나 대단한지를 뽐냈다. 분홍 원피스를 입은 늙은 부인은 거인처럼 커다란 사냥개를 뒷발로 서게 하여 하인장에게 깊은 인상을 남겨보려 했다. 그러나 하인장은 굴하지 않고 무리를 헤치고 나아갔다. 그는 베르닐드의 장의자에 와서야 멈춰 섰다. 그러고는 비스듬히 얹은 가발이 벗겨 떨어질 만큼, 아주 정중하게 허리를 숙여 인사했다.

"대사님께서 기다리십니다."

베르닐드와 그녀의 엄마는 한마디 말도 없이 자리에서 일어나 하인장을 따라갔다. 오펠리도 분개한 귀족 무리를 뚫고 힘겹게 수레를 끌고 나아갔다. 귀스타브 하인장은 병사들이 거의 방치하다시피 형식적으로 지키고 있던 문을 통해 대기실의 끝으로 그들을 이끌었다.

곧바로 장미 정원의 산책로가 나타났다. 오펠리가 고개를 들어보니, 하얀 장미들이 드리운 아치 사이로 별이 빛나는 광대한 밤이 보였다. 클레르들륀이라는 이름이 너무도 잘 어울렸다.* 미지근한 공기가 아주 상쾌했고, 꽃향기는 어찌나 황홀한지 그들이 방금 환영 속으로, 심지어 아주 오래된 환영 속으로 들어

* clair de lune은 '달빛'을 뜻한다.

섰다는 사실이 믿기지 않을 정도였다. 문득 아델라이드의 일기가 떠올랐다. 대사는 여름밤이 끝없이 펼쳐진 부인의 영지에서 우리를 극진하게 맞아주었다. 그러니까 아르쉬발드는 조상의 영토를 물려받은 셈이고, 오펠리는 조상의 발자취를 따라 걷는 셈이었다. 역사는 반복된다.

하인장의 날카로운 목소리에 오펠리는 정신을 차렸다.

"부인을 수행하게 되어 영광입니다!" 그가 베르닐드에게 이렇게 말하고는 킥킥댔다. "대사님께서 부인을 아주 훌륭한 분이라고 생각하시더군요. 감히 저도 대사님과 같은 생각이라고 말씀드려도 될까요?"

그 얘기를 듣자 로즐린 이모는 고개를 들어 하늘을 바라봤다. 짐수레에 가방이 잔뜩 쌓여 있어서 오펠리는 앞쪽에서 벌어지는 일을 제대로 볼 수 없었다. 장미 정원 산책로의 모퉁이에 이르러, 그녀는 그 이상한 하인장을 주의 깊게 관찰했다. 마냥 즐거운 커다란 얼굴과 보랏빛이 도는 주정뱅이 코만 보면 하인이라기보다는 서커스에 나오는 인물 같았다.

"제가 그걸 모르는 게 아니에요, 충성스러운 귀스타브." 베르닐드가 속삭이듯 말했다. "하나 이상 드려야 할 것 같네요. 그리고 요새 클레르들륀이 어떻게 돌아가는지 간략하게 알려주신다면 하나 더 드리겠어요."

앞서 미라주 한 명이 그랬던 것처럼, 베르닐드가 하인장에게 작은 물건을 조심스레 건넸다. 황당하게도 그건 모래시계였다.

그러니까 여기에서는 호의에 대한 보답을 그저 모래시계 같은 것으로 때우는 걸까?

곧바로 귀스타브가 말문을 터뜨렸다.

"부인, 사람들은 많고 하찮은 사람이란 없는 법이죠. 부인 몸이 불편하다는 둥 온갖 소문이 한바탕 돌고 나서부터 부인의 여자 라이벌들이 궁정에 아주 빈번하게 출몰하고 있어요. 사악한 입들은 심지어 부인이 은총을 잃었다는 뜻이라고 떠벌리기까지 한답니다. 하지만 제가 그런 말들에 조금이라도 솔깃했다면 아예 목을 매달고 말지요!"

"여자 라이벌이든 남자 라이벌이든 전 상관없어요." 베르닐드가 대수롭지 않다는 듯 넘겼다.

"한데, 기사님이 오늘만을 기다리고 있었다는 사실을 부인께 숨기지 않겠어요. 부인이 클레르들륀에 오신다는 걸 알자마자 이리로 곧장 달려오셨죠. 궁정 여기저기에 기사님만의 출입구가 있지 않습니까. 아무리 모습을 드러내지 않길 원하신다 해도, 늘 너무 제멋대로예요. 기사님 때문에 부인께서 불쾌하시지 않기만 바라야죠."

긴 침묵이 흐르는 동안 짐수레 바퀴만 장미 정원의 돌이 깔린 산책로에서 달그락거렸다. 팔이 아파왔지만, 오펠리는 많은 것을 알고 싶어 안달이 났다. 그 기사라는 사람은 뭐 하는 작자길래 베르닐드를 불편하게 한다는 거지? 차인 애인인까?

"저희 가족들도 오는 건가요?" 베르닐드는 이렇게만 물었다.

하인장은 웃음을 참느라 숨이 막히기라도 한 사람처럼 당황해서 가짜 기침을 했다.

"부인에 대한 존경을 제외하면, 대사님은 드래곤들을 썩 좋게 생각하지 않으시죠. 드래곤들이 오면 매번 아주 엉망이 되거든요!"

"아르쉬발드가 저를 곤경에서 구해주네요." 익살맞은 어조로 베르닐드가 동의했다. "가족들로부터 저를 지켜주세요, 저는 적들을 맡을 테니. 미라주들은 어쨌든 서로 헐뜯지 않을 만큼은 상식이 있으니까요."

"걱정 마세요, 부인. 주인님이 부인을 위해 자기 거처를 내주셨습니다. 그곳에서라면 절대 안전할 겁니다. 이제 양해를 부탁드려야겠군요. 주인님께 부인이 오셨다고 알리겠습니다!"

"그래요, 친절한 귀스타브. 아르쉬발드에게 가서 우리가 도착했다고 알려요."

하인장은 좁은 보폭으로 바쁘게 걸어갔다. 오펠리는 눈으로 그를 좇다가 균형을 잃을 뻔했다. 짐수레 바퀴 하나가 튀어나온 포석에 박혔다. 바퀴를 빼내려고 팔을 뻗다가, 그녀는 앞으로 이어진 길을 얼핏 보았다. 장미 아치 길은 커다란 단지들이 점점이 놓인 거대한 대로로 이어졌고, 그 끝에 백암과 청석으로 지어진 아르쉬발드의 저택이 보였다. 오펠리로서는 하늘에 달린 가짜 달과 마찬가지로 거의 도달할 수 없는 곳처럼 느껴졌다.

"지름길로 가요." 베르닐드가 자기 엄마에게 팔을 내밀며 말했다.

그들은 제비꽃들이 심어진 커다란 화단을 따라갔는데, 오펠리가 느끼기에는 오히려 돌아가는 길 같았다. 손에 경련이 일기 시작했다. 베르닐드는 작은 수로 위에 놓여 다른 정원들로 연결되는 다리에 올라서더니, 아무 말도 없이 우아하게 원피스를 움직이며 제자리에서 몸을 돌렸다. 오펠리는 수레가 그녀에게 가 부딪치지 않도록 두 다리로 제동을 걸어야 했다.

"이제부터 내 말 잘 들어." 베르닐드가 귓속말을 했다. "조금 전에 얘기를 나눴던 하인장은 클레르들륀에서 가장 음흉하고 가장 돈을 밝히는 사람이지. 조만간 널 매수하려 들 거야. 미라주든 드래곤이든, 내 친구 하나가 나나 내 아이의 목숨의 대가로 엄청난 비용을 그에게 지불할 거거든. 너는 그의 제안을 받아들이는 척하고, 가능한 한 빨리 내게 그 사실을 알리면 돼. 무슨 말인지 알겠지?"

"아니, 그런데 어떻게 그런대요?" 로즐린 이모가 딸꾹질을 하며 끼어들었다. "여기서 서로 죽이지는 않을 것 같은데! 외교상 안전지대라면서요!"

베르닐드는 악의에 찬 미소를 건넴으로써 '네, 부인' 말고는 아무 말도 듣고 싶지 않다는 사실을 이모에게 상기시켰다.

"서로 죽이지는 않죠." 어쨌든 결국 그녀의 대답을 들을 수 있었다. "하지만 설명할 수 없는 사건들이 일어나기도 하니까요. 조심하면 쉽게 피할 수 있을 거예요."

'조심하면'이라고 말하면서, 베르닐드는 짐수레 뒤에 꼼짝 않고 서 있는 밈을 의미심장한 눈으로 바라보았다. 환영의 힘으로 표정이 지워진 얼굴 뒤에서 오펠리는 경악스러워하고 있었다. 그녀는 하인들이란 귀족들과는 근본적으로 다른, 피스타슈처럼 순수한 영혼을 가진 사람들이라 생각했었다. 그런데 하인들까지 경계해야 한다니, 모든 게 혼란스러웠다.

다리의 경사진 쪽을 내려가며 자기 엄마를 부축하는 베르닐드의 뒤를 따라, 오펠리는 기계적으로 수레를 밀었다. 다리 건너편 풍경이 생각했던 것과 다르다는 사실을 깨닫기까지는 시간이 좀 걸렸다. 이제는 제비꽃 대신 가지가 늘어진 버드나무 숲을 지났다. 왈츠의 곡조가 작은 소리로 대기를 떠다녔다. 오펠리는 눈을 들어 나뭇잎의 물결 너머 어둠 속에 하얀색 망루들을 세운 아르쉬발드의 저택을 바라보았다. 작은 다리 하나로 영지의 이쪽 끝에서 저쪽 끝까지 건너온 것이다! 환영들이 어떻게 이와 같이 공간의 법칙과 맞물려 작동할 수 있는 건지, 아무리 생각해봐도 알 수 없었다.

저택 정원에서는 가로등 불빛 아래 화려한 의복을 차려입은 커플들이 춤을 추고 있었다. 베르닐드와 수행원들이 다가갈수록 군중들은 더 촘촘해져 가발과 비단이 바다를 이뤘다. 하늘에 매달린 가짜 달은 자갯빛 태양만큼 눈부셨고, 가짜 별들은 진짜로 불꽃놀이를 하는 듯 보였다. 아르쉬발드 저택은 요정 이야기에 나오는 성처럼 뾰족한 지붕으로 덮인 망루들과 수없이 많은 스테인드글라스로 장식되어 있었다. 그에 비하면 베르닐드의 저택은 그야말로 시골집 같았다.

오펠리는 아름다운 풍경의 매력에 오래 빠져 있을 수 없었다. 베르닐드가 호수처럼 평온하게 사람들 속으로 다가가자 춤추던 사람들이 왈츠 동작을 멈추었다. 다들 파루크의 애첩에게 친근한 미소와 다정한 말을 건넸지만, 그들의 눈빛은 얼음보다도 차가웠다. 특히 여자들은 베르닐드의 배를 두 눈으로 확인하고는 부채로 얼굴을 가린 채 쑥덕거렸다. 그 적대감에 오펠리는 말문이 막혔다.

"베르닐드 혹은 애태우기의 기술!" 음악과 웃음소리를 뚫고 조롱 섞인 목소리가 들려왔다.

짐수레 뒤에 있던 오펠리는 몸이 오그라드는 것 같았다. 아르쉬발드였다. 한 손에 구멍 난 실크해트를, 다른 손에는 낡은 나무 막대를 들고 민첩한 발걸음으로 그들을 향해 다가오고 있었다. 그가 지나는 자리마다 매력적인 젊은 여자들이 꽃을 피우며 따라다녔다.

주인이 도착하자 정원에 있던 하인들이 모두 고개를 숙였다. 오펠리도 그들의 자세를 따라 했다. 잡고 있던 수레에서 손을 떼고 뻣뻣하게 고개를 숙인 모습으로 그들처럼 한참 동안 발끝만 쳐다봤다.

한참 만에 허리를 폈을 때, 오펠리는 베르닐드의 손에 입맞추는 아르쉬발드의 커다란 푸른색 눈과 노골적인 미소를 보고도 동요하지 않았다. 자기 가족의 특별한 능력을 숨긴 그에게 약간 원망스러움을 느끼던 터였다. 게다가 거짓말은 할 수 없다고 주장하지 않았는가. 그 이야기를 하지 않고 넘어간 것이 오펠리에게는 작은 배신처럼 여겨졌다.

"여자를 잠깐 원하는 것은 여자를 잘 모르는 거죠." 베르닐드가 심술궂은 목소리로 그에게 말했다. "그러니 애태우기의 기술 같은 건 당신 여동생들에게나 물어봐요!"

그녀는 전부 자기 아이라도 되는 양 어린 소녀들을 차례차례 가슴으로 꼭 안았다.

"파시앙스! 멜로디! 그라스! 클레르몽드! 게테! 프리앙드! 그리고 막내 두스는 여기 있구나!" 그녀는 일곱 중에서 가장 어린 아이를 꼭 안으며 말을 이었다. "네가 정말 보고 싶었단다!"

오펠리는 반쯤 감긴 밈의 눈을 통해 편안하게 이 아이에서 저 아이로 시선을 돌렸다. 거울 놀이라도 하는 것처럼 모두가 하얀 원피스 차림에, 아주 어리고, 완전한 금발에, 더없이 우아했다. 베르닐드가 포옹하자 어린 소녀들은 그보다 더 진심을 담아 다정하게 그녀를 안았다. 투명하고 아름다운 두 눈으로, 모두가 베르닐드를 진정으로 찬미하고 있었다.

일곱 여동생들의 이마에는 투알의 표식이 있었다. 토른의 말이 사실이라면 그들 모두가 오빠의 눈을 통해 오펠리의 얼굴을 본 셈이다. 혹시 베르닐드 앞에서 무심코 그 일을 내비치지는 않겠지? 그런 일이 일어난다면, 그날 밤 자신의 진짜 이름을 알려주지 않은 것이 정말 다행이었다.

"보아하니 수행원을 몇 안 데리고 오셨군요." 아르쉬발드가 말했다.

그는 기쁨에 얼굴이 한층 붉어진 할머니에게로 몸을 돌려 정중하게 손등에 입맞추었다. 그러더니 로즐린 이모를 향해서는 다짜고짜 재밌다는 듯한 미소를 던졌다. 이모는 무도회장에 서라면 눈에 띄고도 남을 검은색 원피스 차림으로 무척 어색하고 얼음처럼 차갑게 서 있었는데, 그러한 점만 빼면 아르쉬발드에게는 꽤 매력적으로 보였다.

"제 하녀예요." 베르닐드가 태연하게 로즐린 이모를 소개했다. "즐겁게 대화를 나눌 상대는 아니지만 산파로서의 능력 때문에 선택했죠."

로즐린 이모의 입술이 가늘어졌다. 하지만 대꾸를 해서는 안 되었기에, 자제하며 예의 바르게 고개를 끄덕일 수밖에 없었다.

아르쉬발드가 짐수레로 다가왔을 때, 오펠리는 뒤로 물러설 자리가 없었다. 공교롭게도 긴 양말 탓에 또다시 장딴지가 참을 수 없이 가려웠다. 그녀는 대사가 밑까지 자세히 살펴보리라 생각했지만 그는 손으로 짐가방만 살짝 두드릴 뿐이었다.

"짐들은 안에 가져다놓겠습니다. 부인 집이라 생각하세요!"

하인장 귀스타브가 다가와 상자를 열자 아르쉬발드는 그 안에서 은으로 된 아름다운 목걸이를 꺼냈는데, 거기에는 보석들이 찬란하게 박힌 작은 열쇠가 매달려 있었다. 베르닐드가 그 걸 목에 걸 수 있게끔 우아하게 돌아섰다. 이 기묘한 의식에 모여 있던 사람들이 손끝으로 박수를 보냈다.

"그러면 우리 춤을 좀 출까요?" 아르쉬발드가 윙크를 하며 제안했다. "이 무도회는 그 누구도 아닌 당신을 위한 겁니다!"

"너무 무리해서는 안 돼요." 베르닐드는 보호하듯 배 위에 손을 올리며 상기시켰다.

"왈츠 한두 곡만이라도요. 제 발을 밟고 지나가셔도 됩니다!"

오펠리는 빙글빙글 작은 원을 그리는 두 사람의 매력적인 모습을 바라보았다. 아이들처럼 가볍게 움직이며, 그들은 침묵 속에서 서로 다른 이야기를 나누고 있는 것 같았다. 아르쉬발드는 스스로 자처하는 호의적인 기사가 아니었고, 베르닐드도 그 사실을 알고 있었다. 또한 베르닐드가 그 사실을 알고 있다는 것을 아르쉬발드도 알았다. 그렇다면 그가 그녀에게 정말 기대하는 것은 무엇일까? 그저 맹목적으로 파루크의 명령에 복종하는 것뿐일까? 아니면 그러한 상황 속에서 실현 가능한 가장 이상적인 해법을 찾아내려는 걸까?

두 사람이 서로의 팔에 안겨 멀어져가는 동안, 오펠리는 그들만큼이나 차근차근 그것을 따져봤다. 심장은 다시 원래대로 천천히 뛰기 시작했다. 심지어 아르쉬발드는 그녀에게 눈길 한 번 주지 않았다! 자신을 알아보기 힘들 거라 생각하긴 했지만,

이 첫 번째 시험을 성공적으로 통과했다는 사실에 오펠리는 진심으로 안도했다.

르나르

하인 오펠리로서의 두 번째 시험이 이제 시작되었다. 이 짐들을 어쩌지? 베르닐드는 오펠리에게 아무런 지시도 내리지 않은 채 춤을 추러 갔다. 할머니와 로즐린 이모는 인파 속에 사라져버렸다. 별빛 아래 축 늘어진 두 그루의 버드나무 사이에서 오펠리는 가득 찬 짐수레와 함께 홀로 남았다. 아르쉬발드가 자기 집에 베르닐드를 머물게 할 거라고 말했지만, 오펠리로서는 어쨌든 제 집인 양 저택으로 들어갈 수 없는 입장이었다. 그리고 아르쉬발드의 집이라는 건 대체 어디 있는 걸까? 말을 못해 불편한 것은 어떤 질문도 할 수 없다는 점이다.

오펠리는 자신의 당혹감을 알아주길 바라며 정원에 물을 주는 하인들을 쭈뼛쭈뼛 바라봤지만, 그들은 모두 관심 없다는 듯 몸을 돌렸다.

"어이! 너!"

오펠리와 완전히 똑같은 제복을 입은 하인이 빠른 걸음으로 그녀를 향해 다가왔다. 찬장처럼 건장한 몸집에 머리카락은 불이라도 붙은 듯 새빨간 것이, 정말 화려한 인상을 주는 사람이었다.

"뭐야, 꾸물거리는 거야? 주인이 등을 돌리자마자 넋 놓고 있으면 되겠어?"

그가 빨랫방망이만큼 커다란 손을 들어 올렸다. 오펠리는 힘껏 자신을 때리려는 건가 생각했지만, 그러기는커녕 그는 순진한 아이처럼 그녀의 등을 손으로 툭툭 건드렸다.

"그렇다면 나랑 잘 어울리겠는걸. 내 이름은 르나르, 게으름의 왕자야. 넌 여기 처음이지? 길을 잃은 것 같은데, 그런 모습을 보고 있자니 참 마음이 아프군. 따라와, 친구!"

그러고서 짐수레를 잡더니 아기 유모차를 다루듯 앞으로 밀기 시작했다.

"사실 내 진짜 이름은 르놀드야." 활력 있는 목소리로 그가 말을 이었다. "그런데 다들 여우 같다고 르나르라 부르지.* 나는 주인의 할머니를 모시고 있어. 운 좋은 친구, 너는 베르닐드 부인의 시종이지? 그런 부인 옆에 다가갈 수 있다면 내 창자라도 팔 텐데!"

그는 자신의 손가락 끝에 열정적으로 입을 맞추더니 탐욕스러운 미소를 지으며 새하얀 송곳니로 아랫입술을 깨물었다. 그와 함께 길을 따라 걸어 올라가며, 오펠리는 홀린 듯 눈이 빠져

* renard. '여우' '교활한 사람' 등을 뜻한다.

라 르나르를 쳐다보았다. 벽난로의 불꽃을 연상시키는 사람이었다. 마흔은 되어 보였지만 젊은 남자만큼 에너지가 넘쳤다.

르나르는 녹색과 에메랄드색이 조화를 이룬 눈으로 놀랍다는 듯이 오펠리를 내려다봤다.

"거참, 말이 정말 없군! 나한테 감동받아서 그래? 아니면 원래 그렇게 얌전한 건가?"

오펠리는 할 수 없다는 듯 입술 위에 세로로 엄지를 올렸다.

"말을 못 해?" 르나르가 비웃듯 말했다. "약삭빠른 베르닐드, 신중한 사람들만 주변에 둘 줄 알지! 너, 들을 수 없는 건 아니지? 그건 아니면 좋겠는데. 내가 하는 말 이해하지?"

오펠리는 고개를 끄덕였다. 그의 말투는 칼로 자르는 듯했지만, 어쨌든 피스타슈보다는 부드러운 억양이었다.

르나르는 저택과 정원을 완벽하게 둘러싼 두 열의 울타리 안쪽, 포석이 깔린 좁은 길 위에서 짐수레를 움직였다. 그들은 커다란 뒤뜰로 연결되는 석조 현관을 지나갔다. 가로등은 없었지만 불 켜진 1층의 창문들이 어둠을 금색 사각형으로 잘랐다. 실내가 열기로 가득한 듯 창문은 김으로 덮여 있었다. 연통들은 벽을 따라 엄청난 연기를 뿜어냈다.

"주방이야." 르나르가 설명했다. "주의 사항 하나, 클레르들뢴 주방에는 절대로 들어가지 말 것. 너 같은 애송이들은 그 안에서 일어나는 일을 알면 안 되거든."

오펠리는 그 말을 곧이곧대로 받아들였다. 김이 서린 창문 앞을 지나갈 때, 생선 굽는 냄새와 함께 욕설과 비명이 들려왔다. 그녀는 위험을 무릅쓰고 김이 서리지 않은 사각 창을 슬쩍 들여다보았다. 은으로 만든 수프 그릇들과 빵 바구니들, 선반에 있는 케이크들 그리고 거대한 선반 위에 펼쳐놓은 황새치들의 현란한 모습이 얼핏 눈에 들어왔다.

"이쪽으로!" 르나르가 오펠리를 불렀다.

그는 조금 더 멀리 떨어진 하인용 통로로 짐수레를 들였다. 그쪽으로 다가가자, 얼음장처럼 차디차고 어스름하니 낡은 현관이 나타났다. 누가 봐도 하인들 구역임을 알 수 있었다. 주방의 증기가 문짝 두 개 달린 문으로 빠져나갔는데, 오른쪽 문짝으로 나온 강렬한 연기가 현관 전체에 퍼져 있었다. 하인들이 김이 솟는 쟁반들을 가지고, 혹은 설거지를 해야 할 접시들이 실린 수레를 끌면서 끊임없이 문짝을 밀어젖혔다.

"나는 여기서 수레를 가지고 기다릴게." 르나르가 말했다. "열쇠를 받으려면 '씹은 종이'에게 가서 등록을 해야 해."

그는 엄지손가락으로 왼쪽에 있는 유리문을 가리켰는데, 그 위에 '관리인'이라고 쓰인 팻말이 튀어나와 있었다. 오펠리는 머뭇거렸다. 무슨 열쇠가 필요하다는 거지? 게다가 베르닐드가 짐들을 잘 지키라고 했는데 모르는 이에게 그걸 맡긴다니, 좋을 게 전혀 없어 보였다.

"자, 어서 움직여. 열쇠를 챙기라고." 르나르가 재촉했다.

오펠리는 노크를 하고 안으로 들어섰다. 손에 펜을 들고 책상 뒤편에 앉아 있던 남자를 곧바로 알아볼 수 없었다. 내벽 안쪽에서 어두운 옷차림에 우울한 낯빛을 띠고 미동도 없는 모습이 거의 투명인간 같아 보였다.

"누구지?" 관리인이 거만한 말투로 물었다.

그의 피부는 늙은이보다 더 주름이 져 있었다. 그래서 썩은 종이인가?

별명이 더없이 잘 어울리는 얼굴이었다.

"누구지?" 그가 물아붙이듯 재차 물었다.

오펠리는 주머니들을 뒤져 베르닐드가 밈을 위해 특별히 써준 추천서를 찾았다. 외알 안경 너머 침울한 시선으로 그녀를 살피던 관리인에게 추천서를 건네자, 그는 별다른 말 없이 책상에서 등록증을 꺼내더니 펜을 잉크에 적신 뒤 몇 글자를 끄적이고는 그것을 오펠리에게 내밀었다.

"서명해요."

이름과 날짜, 서명이 있는 긴 목록을 보여주며 그가 검지로 '밈, 베르닐드의 하인'이라고 새로 적힌 부분을 가리켰다. 오펠리는 즉석에서 서툴게 서명을 만들었다.

관리인은 자리에서 일어나 책상을 돌아 '웨이터장' '요리장' '요리사 조수' '몸종' '유모' '속옷 담당' '마부' '운전수-기계공' '정원사' '가금 사육인' 등으로 분류된 문서함으로 갔다. 그는 '하인'이라는 서류함을 열더니 거기에서 손에 잡히는 대로 작은 열쇠 하나를 꺼내 오펠리에게 건넸다. 열쇠에 매달린 라벨에 클레르들륀의 문장인 듯 보이는 직인이 새겨져 있고, 뒤에는 주소가 간단히 적혀 있었다. 뱅 구역 6호.

"당신 방이오." 관리인이 말했다. "방 상태를 제대로 유지하며 사용해줘요. 여자를 데려오면 안 되고, 무엇보다 음식을 먹어서는 안 돼요. 쥐를 박멸한 지 얼마 안 됐거든. 열쇠는 항상 몸에 지니고 다니고. 그게 클레르들륀 임시 소속증이니까. 대사님 손님들의 안전보장을 위해 정기적으로 신분증 검사를 하는데, 그때마다 이 열쇠를 보여줘야 할 거요. 여차하면 지하 감옥으로 던져지는 거고. 클레르들륀에 온 걸 환영해요." 그는 마지막까지 단조로운 어조로 말을 맺었다.

오펠리는 약간 당황해서 관리인의 사무실을 나섰다. 여전히 짐수레 앞에서 자기를 기다리는 르나르를 보니 안도가 느껴졌지만 그것도 잠시, 곧 그가 반지르르 땀을 흘리는 요리사와 말다툼을 하고 있다는 것을 알아챘다.

"건달 같은 놈!"

"주방 말단 주제에!"

"이 살만 뒤룩뒤룩 찐 늙은 여우가!"

"다 근육이거든! 원한다면 내가 맛을 좀 봐줄까? 이 형편없는 요리사 같으니라고."

오펠리는 진정시킬 생각으로 르나르의 팔에 손을 올렸다. 유일한 안내자가 여성과 싸우는 모습은 보고 싶지 않았다.

"실컷 거드름 피워보시지." 요리사가 비꼬듯 말했다. "너를 추종하는 네 꼬마들한테 가서 말이야."

그러고서 그녀는 과장된 동작으로 이중문을 밀고 냄비에서 뿜어 나오는 연기 속으로 사라졌다. 이런 말다툼에 오펠리는 불편한 마음이 들었지만, 르나르가 돌연 웃음을 터뜨리며 그녀를 잡았다.

"놀랄 것 없어, 친구. 우린 오랜 친구 사이거든! 항상 이렇게 서로를 자극하지."

오펠리는 문득 이 남자가 왜 묘하게 친숙하게 느껴지는지 깨달았다. 그는 작은할아버지의 젊은 시절을 떠올리게 했다. 머릿속이 혼란스러워졌다. 클레르들륀의 하인장이 그렇게 부패한 인간인 반면에, 그 밑에서 일하는 이 하인에게는 왜 이렇게 신뢰가 가는 걸까?

"열쇠 있지?" 르나르가 물었다.

오펠리는 거북한 마음으로 천천히 고개를 끄덕였다.

"좋아, 일단 짐을 옮긴 다음에 더 얘기해줄게."

르나르는 단단한 쇠로 된 넓은 화물용 승강기 안으로 짐수레를 밀어 넣은 뒤 손잡이를 작동했다. 화물용 승강기가 저택의 마지막 층에 도착하자 그가 브레이크를 움직였다. 그들은 하녀들이 사용하는 다용도실을 가로지른 뒤, 열 개쯤 되는 문들이 이어진 아주 긴 복도를 지나갔다. 문 하나하나에 금색 팻말이 달려 있었다. '두스' '게테' '프리앙드' '멜로디' '클레르몽드' '그라스' '파시앙스'.

"여기야." '클로틸드' 팻말을 가리키며 르나르가 속삭였다. "내 여주인, 그러니까 대사의 할머니 방. 낮잠을 자고 있지. 그러니 쉿! 너무 일찍부터 일을 시작하고 싶지는 않으니까."

오펠리는 눈살을 찌푸렸다. 곧 자정인데 낮잠을 잔다니, 웃기는 얘기 아닌가. 하긴, 아르쉬발드도 폴의 궁정에서는 낮과 밤에 아무 의미가 없다는 말을 했었다.

복도 한복판에는 호화로운 엘리베이터가 있었다. 가족 전용이었다. 그보다 더 멀리, 검은색 얇은 비단으로 덮인 표지판이 달려 있는 문이 눈에 들어왔다. 오펠리의 시선을 따라가던 르나르가 몸을 살짝 굽혔다.

"고인이 되신 주인님 부부의 방이야. 젊은 주인님들의 부모. 몇 해 전에 돌아가셨는데, 이 방은 결코 지워지지 않았지."

방을 지운다고? 오펠리는 눈으로 르나르에게 물었지만, 더 이상 상세한 설명은 들을 수 없었다. 그는 복도 끝 '아르쉬발드'라는 이름이 주조된 문까지 짐수레를 굴렸다. 오펠리는 베르닐드 저택의 거실보다 두 배는 더 큰 부속실로 그를 쫓아 들어갔다. 장밋빛 대리석으로 만든 거대한 벽난로, 천장까지 이어진 높은 창문들, 전신 초상화들, 벽마다 놓여 있는 책장, 크리스털로 만든 두 개의 샹들리에, 예술 작품처럼 조각된 가구들…… 이 가족은 정말 거대한 것을 좋아하는군. 누군가 연속으로 작동시킨 것이 분명한 전축에서 콧소리를 내는 오페라 곡조가 흘러나왔다.

오펠리는 벽에 달린 커다란 거울 속에 비친 자기 모습을 발견하고 흠칫 놀랐다. 손바닥처럼 평평한 몸에 얹힌 둥그런 얼굴. 심지어 남자의 모습을 하고 있는 그 얼굴에서 마음에 드는 구석이 하나도 없었다. 검은 머리, 창백한 얼굴, 검은 제복, 하얀 신발. 꼭 오래된 사진 같았다.

"대사님의 방이야." 르나르가 닫힌 문을 가리키며 설명했다. "네 일을 하려면 언제나 이곳을 통과해야 해."

그가 부속실의 다른 쪽 끝에 있는 하늘색 문을 열었다. 문은 세련된 규방으로 연결되어 있었다. 장식이 과하지 않은 커다랗고 밝은 방이었다. 온풍 장치, 발받침이 있는 욕조, 벽에 달린 전화기, 베르닐드가 편안하게 사용할 수 있도록 신경을 써서 유용한 것들을 다 갖춰놓았다. 아르쉬발드는 방문객을 조롱하지 않았다. 베르닐드는 여왕처럼 머물게 될 것이다.

반면, 창문이 하나도 없다는 사실에 오펠리는 놀랐다.

"이곳은 원래 그냥 옷장이었거든." 가방 하나를 잡으면서 르나르가 말했다. "그런데 상황에 맞춰서 방을 크게 만들었지."

오펠리는 기억하기 위해 메모를 했다. 클레르들륀에서 사람들은 방을 지우고, 명령에 따라 새로운 방을 만든다.

그녀는 르나르를 도와 수레에서 짐을 내렸다. 드레스 가방들, 신발 상자들, 보석 상자들……

"정말 일을 못하는구나!" 오펠리가 두 번째 상자 더미를 넘어뜨리자 르나르가 웃으며 말했다.

두 사람은 방에 있는 칸막이 옆으로 모든 짐을 가져다놓았다. 아직 하인이 갖춰야 할 능란함을 다 이해하지는 못했지만, 남자 하인으로서 주인의 옷을 건드려서는 안 된다는 점은 오펠리도 알 수 있었다. 옷장에 그것들을 정리하는 건 하녀들 몫이겠지.

"네 열쇠 좀 자세히 볼게." 일을 다 마치자 르나르가 말했다. "주인의 시계를 네 시계에 맞춰야 되거든."

오펠리는 어느덧 아무것도 이해할 수 없는 이 상황에 익숙해져 있었다. 그녀는 싫은 기색 없이 그에게 열쇠를 건넸다.

"뱅 구역이라니." 그가 라벨을 읽으면서 말했다. "가엾은 친구, 씹은 종이가 너한테 딱간 바로 옆 자리를 줬어! 다들 거기까지는 안 가려고 어떻게든 해보는데."

르나르는 멋진 벽시계를 향해 걸어갔다. 그를 따라 벽시계에 다가간 오펠리는 숫자 대신 단어들이 적혀 있는 것을 보았다. '지그재그' '간신히 올라가기' '물수제비 뜨기' '광각렌즈'…… 르나르는 긴바늘을 '뱅'까지 돌렸다. 더 작은 두 번째 문자판에는 숫자들이 늘어서 있었다. 이번에는 바늘을 6에 고정시켰다.

"됐다! 나는 친절한 남자니까 이제 네 방을 보여주지."

혹시 이 꺽다리 붉은 머리가 생색을 내려고 자신을 돕는 건가 의심이 들기 시작했다. 그는 보상으로 뭔가를 기대하고 있었다. 그의 미소에서 느껴졌다. 그에게 줄 것이 하나도 없는데. 그걸 어떻게 이해시키지?

그들은 복도 반대쪽으로 걸어 다시 화물용 엘리베이터를 타고, 이번에는 지하까지 내려갔다. 르나르는 우선 세탁실에 들러 방에 놓을 침대보 한 세트를 오펠리에게 건네고 겸사겸사 자신의 셔츠와 긴 양말을 찾았다. 그러고 나서 그들은 공동 세탁장, 창고, 금고 보관실 그리고 거대한 휴게실을 지나갔다. 공동 숙소에 들어설 즈음 오펠리는 거의 길을 잃을 지경이었다. 거리 이름을 단 꼬부라진 복도들을 따라 일련의 번호들이 끝날 기미도 없이 펼쳐졌다. 열린 문들 너머 하인들이 보였는데, 몇몇은 일을 마친 뒤라 기진맥진해 있고 다른 이들은 막 낮잠에서 깨어나는 모습이, 마치 아침과 저녁이 동시에 존재하는 것 같았다. 모두 아주 예민해 보였다. 쾅 소리를 내며 닫히는 문에 성질을 내는가 하면, 지나치게 과장스러운 태도로 인사를 하는 사람도 있었고, 무심하게 바라보는 사람도 있었다. 여기저기서 종소리가 들려왔다.

온통 웅성대는 소리에 당황한 데다 침대보를 한가득 들고 있던 오펠리는 앞에서 긴 다리로 나아가는 르나르의 이야기를 제대로 듣기가 힘들었다.

"공동 숙소는 구역으로 나뉘어 있어." 그가 설명했다. "요리사들은 요리사들끼리, 정원사들은 정원사들끼리, 하녀들은 하녀들끼리, 하인들은 하인들끼리. 서둘러 친구!" 주머니 속 시계를 보더니 갑자기 그가 소리쳤다. "저 위에서 곧 축하연이 시작돼. 내 주인님은 무슨 일이 있어도 그걸 놓치고 싶어 하지 않을 거야."

그가 엄지손가락으로 시계 뚜껑을 눌러 다시 닫는 순간, 오펠리는 불현듯 회중시계를 손에 든 채 몸집에 비해 너무 작은 의자에 앉아 있던 토른의 모습이 떠올랐다. 겨우 몇 시간 전의 광경인데, 오펠리에게는 벌써 며칠이 흐른 것만 같았다. 그런데, 왜 난데없이 토른이 생각났지?

오펠리가 그 생각에서 빠져나온 것은 복도 모퉁이에서 자신을 빤히 쳐다보는 한 여자의 시선을 느끼고서였다. 차라리 반쪽짜리 시선이라고 해야 할까? 검은색 외알 안경으로 왼쪽 눈을 가리고 있었으니까. 그녀는 오펠리를 머리부터 발끝까지, 말한마디 없이, 웃지도 않고, 거북함이 느껴질 정도로 집요하고 꼼꼼하게 바라봤다.

르나르가 그녀 앞에서 고개를 깊이 숙였다.

"안녕, 귀염둥이! 그 작은 손을 또 어디에 집어넣었던 거야?"

오펠리도 속으로 똑같은 질문을 하던 차였다. 여자는 머리부터 발끝까지 그을음으로 덮여 있었다. 기술자 유니폼 차림에 캄캄한 밤처럼 짙은 곱슬머리는 짧게 잘랐는데, 머리카락이 볼까지 제멋대로 삐져나와 있었다.

"맨날 똑같이 바보짓을 하는 보일러실이 뭐." 무뚝뚝한 말투로 그녀가 대답했다. "그런데, 누구?"

그녀는 강렬한 파란 눈으로 독살스레 오펠리 쪽을 보았다.

오펠리보다 나이가 그리 많지 않은 듯 보였음에도 이 작은 여자는 놀라울 정도의 카리스마를 풍겼다.

"베르닐드 부인의 하인이야." 그러더니 르나르가 갑자기 웃음을 터뜨렸다. "그러고 보니 난 얘 이름도 모르네. 말을 한 마디도 못 하거든!"

"흥미로운걸."

"어이, 놀리지 마! 이 꼬마는 여기 처음 왔대. 내가 요령을 좀 알려주고 있지"

"공짜겠지, 물론?" 여자가 비꼬듯 물었다.

"이봐, 친구." 르나르는 오펠리를 향해 몸을 돌리며 말했다. "이 매력적인 갈색 머리는 가엘이라고 해. 우리 기술자야. 난방, 배관, 관이란 관은 다 맡아서 하지."

"**당신들** 기술자는 아니야." 가엘이 투덜거렸다. "나는 일드가르드 부인을 위해 일해."

"일드가르드 부인은 클레르들륀의 건축가잖아." 상냥한 어조로 그가 말을 이었다. "그러니 결국 우리 기술자인 셈이지."

가엘은 르나르가 막 자신에게 건넨 손수건을 모른 체했다. 그러고는 다시 무기력한 발걸음을 옮기다가 오펠리에게 부딪쳤고, 그 바람에 오펠리는 들고 있던 침대보 뭉치를 떨어뜨렸다.

르나르가 난처해하며 손수건을 다시 넣었다.

"네가 마음에 드나봐. 그래 보여…… 건드리면 안 돼! 내가 잘해보려고 몇 년째 공들이고 있으니까. 알았지?"

침대보를 주우며, 오펠리는 그를 안심시키고 싶었다. 귀여운 기술자를 꼬셔볼 마음은 없다고, 자기 생각을 소리 내 말하고 싶었다.

"벵 구역!" 르나르가 마침내 도착을 알렸다. "복도 몇 개만 더 가면 돼."

그들은 습기에 썩고 악취가 풍기는 벽돌로 된 좁은 통로에 도착했다. 오펠리는 6번 방의 열쇠 구멍에 열쇠를 넣었다. 르나르가 가스램프를 켜고 문을 닫았다. 앞으로 몇 달 동안 자신에게 주어진 개인 공간을 확인하자 입술이 바싹 말라왔다. 더러운 벽, 덜거덕거리는 침대, 구리로 된 낡은 대야, 끔찍한 냄새…… 불결했다.

'방 상태를 제대로 유지하며 사용해줘요.' 관리인은 이렇게 말했었지. 밈을 제대로 놀려먹은 셈이다.

"이봐." 르나르가 침대 위에 놓인 판을 가리키며 말했다. "이게 바로 네 새로운 악몽이 될 거야."

판 위에는 작은 종들이 다양한 라벨을 단 채 서로 연결되어 있었다. '무도회장' '당구장' '응접실' '흡연실' '서재'…… 르나르는 '방'이 달린 종을 들어 보였다.

"이제 네 주인의 개인 시계와 연결되었어. 너는 그분과 같은 리듬으로 자고 일어나게 될 거야. 그리고 클레르들뤼에서는 말이지 친구, 이런 일이 일어나지. 손님들이 즐거워할 경우엔 대사님은 절대 반기半旗를 걸지 않거든. 그러면 밤새워 놀 수 있는 거야."

르나르는 스툴을 재빨리 집어 와서는 찬장처럼 크고 건장한 자신의 몸을 앉힌 다음 오펠리를 보고 앞에 와서 앉으라고 손 짓했다.

"자, 이제 얘기해보자."

오펠리는 침대보를 침대에 놓고 그 위에 자리를 잡았다. 그 즉시 무게 때문에 침대 다리가 휘었다.

"운 좋은 놈, 너는 아주 진귀한 보석을 만난 거야. 클레르들룅에서 23년째 일해온 경험으로 해줄 말이 많아. 다 얘기해줄게. 게다가 난 친절한 신사잖아. 나는 말야, 구석에서 우글대는 저 방탕한 자들이랑은 다르다고. 네가 눈을 동그랗게 뜨고 오는 모습을 보자마자 내가 그랬지. '르놀드, 저 꼬마는 누구에게든 잘못 걸릴 거 같아. 네가 도와줘야 해.'"

오펠리는 이야기를 계속하라는 신호로 눈을 가늘게 떴다. 스툴에서 삐걱 소리가 나면서 르나르의 머리가 오펠리 쪽으로 기울었다. 어찌나 가까이 왔는지 그가 안경에 부딪치지나 않을까 두려울 정도였다. 참, 밈은 안경을 안 끼지.

"네게 제안할 게 있어. 여기서 알아야 하는 건 내가 모두 가르쳐줄게. 그 대가로 작은 보상만 해주면 돼."

그는 제복 단추를 풀어 안주머니에서 붉은색 작은 모래시계를 힘겹게 꺼냈다.

"너 이게 뭔지 알아?"

오펠리는 모른다는 뜻으로 고개를 저었다.

"모를 것 같더라. 이 구역에서만 만들어지는 물건이니까. 간략하게 말하면, 이곳의 사이비 귀족들은 이걸 팁이라고 정해놓고 우리에게 고마움을 표시하지. 이렇게 생긴 모래시계인데, 딱 네 가지 색만 있어. 녹색, 붉은색, 파란색 그리고 노란색. 아, 노란색!"

르나르는 황홀하게 눈을 굴리고는 모래시계를 그녀의 손에 쥐여주었다.

"관심 있게 좀 봐봐."

오펠리는 그 물건을 자세히 살펴봤다. 엄지손가락보다도 크지 않았지만, 마치 모래 대신 납으로 된 구슬을 넣은 듯 무게가 상당했다. 구리로 만든 작은 판이 달렸는데 거기에는 '해수욕장'이라고 새겨져 있었다.

"온갖 목적지가 다 있어." 그녀가 눈살을 찌푸리자 르나르는 더 정확하게 설명해야겠다고 생각한 모양이었다. "상인들 거리, 여자들 구역, 오락실, 그리고 다른 것도 많지만 여기까지! 문제는 그때그때 행운이 따라야 한다는 거야. 왜냐하면 어떤 걸 고르게 될지 결코 알 수 없으니까. 한번은 '순수한 공기가 가득한 곳'이라는 거창한 이름이 붙은 걸 가지고 핀을 뽑았는데, 가보니 산 한복판에 있는 외딴 오두막이더라."

오펠리는 손으로 코를 문질렀다. 내가 제대로 이해한 건가? 그녀는 모래시계를 뒤집어보았는데, 놀랍게도 모래 알갱이가 떨어지지 않았다. 어리둥절해하는 오펠리를 앞에 두고 르나르가 갑자기 웃음을 터뜨리더니, 오펠리가 미처 눈치채지 못한 작은 금속 고리를 가리켰다.

"사방으로 돌려봐도 소용없을 거야, 연결 핀을 건드리지 않는 이상 그대로야. 핀은 건드리지 마, 알겠지? 네가 내 허가증을 가지고 사라지는 모습은 보고 싶지 않으니까! 그냥 이걸 봐봐."

그는 나무에 장식을 박아 넣은 금장 소인을 손가락으로 가리켰다.

가내 수공품

H^{DE} & CIE

"일드가르드 부인이 만들었지." 르나르가 설명했다. "이 소인이 없는 물건은 발가락의 발톱만큼도 가치가 없어. 하지만 그렇다고 싸게 팔아넘기면 안 돼, 친구. 여기는 다른 곳보다 위조품을 엄하게 다스리거든."

그는 재빠른 동작으로 오펠리에게서 모래시계를 빼앗아 자기 주머니에 다시 넣었다.

"친구로서 충고 하나 할게. 돈을 뜯기고 싶지 않다면, 금고 방을 이용하거나 네 모래시계의 핀을 빠르게 빼버려야 해. 한번은 늙은 동료 하나가 이상적인 은신처라 생각한 곳에 12년 동안 모은 월급을 저축했었지. 그런데 어느 날 누가 그걸 모두 훔친 거야. 그는 목매달아 죽었어."

르나르는 자리에서 일어나 대야를 수도꼭지 밑으로 밀어서 물을 채웠다.

"곧 일을 시작해야 해. 여기서 좀 씻어도 되겠지?"

오펠리는 씻지 못하게 하려고 내키지 않는 듯한 태도를 취해봤지만, 그는 창피한 줄도 모르고 그녀 앞에서 옷을 벗었다. 어느새 개인 열쇠가 달린 체인만 달랑 목에 걸린 채였다. 다른 사람의 얼굴을 달고 있는 건 정말이지 불편하구나. 이 얼굴로 표정 짓는 법을 배워야 했는데.

"이 모래시계들은 말이지……" 대얏물로 몸을 씻던 르나르가 다시 말을 꺼냈다. "우리의 휴가인 셈이야. 네가 언제부터 베르닐드 부인을 모셨는지는 몰라도 아마 매일 쉬지는 못할 것 같은데, 이곳 주인들의 생활 방식을 생각해보면 여기가 훨씬 더 고약할 거야! 그래서 몇몇 하인들이 주인 없는 자리에서 거침없이 불만을 드러내기 시작했지. 그럴 정도로 다들 완전 미쳐가고 있었다니까. 그때 일드가르드 부인이 모래시계 아이디어를 낸 거야. 수건 한 장만 줄래?"

오펠리는 그를 보지 않은 채 목욕 타월을 내밀었다. 못 견딜 정도로 난감했다. 바로 눈앞에서 몸을 씻질 않나, 게다가 이 남자는 얼른 옷을 입을 생각도 없어 보였다.

"나는 선량한 사내니까, 네가 처음 모은 모래시계 열 개만 받을게. 색깔은 뭐든 상관없어." 르나르가 선언하듯 말했다. "그다음부터는 무조건 다 네 거야."

그는 대야에서 나와 타월을 몸에 두르고 문질렀다. 그러더니 이야기를 마무리 짓겠다는 듯 몸을 숙여 오펠리에게 손을 내밀었다. 붉고 덥수룩한 구레나룻이 눈에 들어오자 그녀는 완강히 고개를 내저었다. 모래시계 이야기가 뭔지 당최 알 수가 없는 마당에, 세세한 내용도 모른 채 협정을 맺을 수는 없었다.

"뭐지? 거참 뭐가 이리 까다로워? 다른 사람들이라면 네 의견 따위는 안중에도 없이 네 보수를 단숨에 삼켜버렸을지도 모른다는 생각 안 들어? 르나르는 말이지, 악의 없이 네게 정보를 제공해주고 필요하다면 이 주먹으로 너를 보호하겠다고 약속하지. 이 정도면 내가 요구한 것의 세 배는 족히 되는 조건이라고!"

모욕을 당해 기분이 언짢다는 듯, 그는 몸을 돌려 깨끗한 셔츠와 하인 제복을 입고는 단추를 채웠다. 하지만 다시 오펠리 얼굴을 마주 보았을 때, 화가 났던 얼굴은 환한 미소로 바뀌어 있었다.

"좋아, 친구. 이대로 날 무시하게 둘 순 없지. 그러면 녹색 모래시계만 넘기는 건 어때? 괜찮지 않아?"

르나르가 다시 내민 손을 앞에 둔 채 오펠리는 팔만 늘어뜨리고 있을 뿐이었다.

"보기보다 순진하지 않네, 자식. 너를 농락하려는 건 맹세코 아니야. 녹색 모래시계는 제일 가치가 없는 거라고. 간단하게 설명해줄까?"

오펠리는 고개를 끄덕였다. 어찌 되었든 그가 바지를 마저 입으면 한결 편할 것 같았다.

르나르는 능숙하게 소매 단추를 잠갔다.

"그러니까 색깔이 네 개, 가치도 네 개. 제일 많이 유포되는 게 녹색인데, 그게 있으면 시타시엘에서 하루 동안 쉴 수 있는 권리가 생겨. 대형 홀이나, 아편 흡연실, 시장의 선술집, 사우나 등등 어디서든지. 한 번 더 말하지만, 좋은 걸 뽑길 바라."

마침내 그가 바지의 단추를 채우고 신발 끈을 졸라매자 오펠리는 그제야 마음이 놓였다.

"붉은색은 기쁨을 더 강렬하게 밀어붙이지. 휴가 날이야! 녹색과 헷갈리면 안 돼, 알았어? 진짜 바깥세상으로 나갈 수 있는 공식적인 허가증이거든. 목적지를 결정하고 핀을 뽑으면, 모래시계의 모래들이 완전히 떨어져 내릴 때까지 누릴 수 있어. 난 더 좋은 순간을 위해 붉은색을 아껴두고 있지!"

르나르는 벽에 못으로 고정시켜둔 거울 조각을 향해 몸을 숙였다. 붉은색 머리털을 뒤로 넘기고 수염 하나 없는 위압적인 턱에 손을 가져다 댄 채 만족스러운 모습이었다.

"파란색으로는 더 멋진 휴가를 사용할 수 있어." 그가 사랑에 빠진 사람처럼 숨을 고르고 말을 이어갔다. "너도 파란색을 모아보겠다는 야심을 갖게 될 텐데, 사실 그럴 가치가 있는지는 잘 모르겠어. 파란색 모래시계를 사용하면 그야말로 백일몽에 잠기게 돼. 여태껏 두 번 맛봤지. 말하는 것만으로도 온몸에 소름이 돋네."

그는 팔을 오펠리의 어깨에 둘렀다. 세 갈래로 땋은 머리를 목에 두르고 있어서 다행이었다.

"가장 생생한 색깔들과 가장 황홀한 향기, 가장 사랑스러운 애무를 상상해봐." 그가 속삭였다. "그래도 그 환영이 네게 가져다줄 것들을 실감할 순 없을 거야. 최고의 기쁨이지. 너무 강렬해서 참을 수 없을 지경이지만, 그 기쁨이 사라져버리면 슬픔에 잠기게 되는 거야."

멀리서 자정을 알리는 열두 번의 종이 울렸다. 르나르는 오펠리의 어깨에서 팔을 내리고는 재빨리 옷차림을 확인했다.

"한마디로, 아름다운 쓰레기 같은 거지. 늘 딱 한 번만 맛볼 수 있게 해놓았거든. 그러고 나면 그걸 다시 누리고자 그들에게 헌신하게 되지. 언젠가는 최고의 보상을 얻을 수 있다는 완전히 바보 같은 희망 속에서 말이야. 하지만 천국으로 갔다가 돌아오지 않을 방법도 있긴 해. 바로 노란색 모래시계지. 이제 좀 알아먹겠어, 친구?"

오펠리는 더없이 분명하게 이해할 수 있었다. 모래시계는 그야말로 파리지옥이었다.

"자, 그러면 어떻게 할래?" 르나르가 시계를 흔들면서 재촉했다. "녹색 모래시계 열 개. 그러면 클레르들륀에서 자리를 잡기 위해 알아야 할 모든 것을 알려주지. 어때? 오케이?"

오펠리는 턱을 치켜들고 두 눈으로 그를 똑바로 응시했다. 나는 아직 이 세계에 대해 아무것도 몰라. 안내해줄 사람이 필요해. 물론 이 남자가 내 신뢰를 배신할 수도 있어. 잘못된 조언을 해줄지도 모르지. 하지만 그에게 기회를 주지 않는다면, 그걸 어떻게 알지? 최소한의 위험을 감수하지 않고서는 앞으로 나갈 수 없었다.

이번만큼은 그녀도 진심을 담아 르나르의 손을 잡았다. 그는 다정한 웃음을 지으며 손가락을 꼭 쥐었다.

"잘됐군! 약속한 대로 세상 물정을 깨치게 해주겠어. 후회하지 않을 거야. 일단 난 가봐야겠다. 12시 종이 울렸어. 클로틸드 부인이 나를 찾고 있을 거야!"

꼬마

르나르가 떠나자마자, 그가 얼마 되지도 않는 방 안의 열기를 가져간 듯한 느낌이 들었다. 좁고 우중충하고 얼음장 같은 이곳은 꼭 감옥의 독방 같았다. 반사적으로 손을 목으로 가져갔지만, 멋지고 오래된 그녀의 목도리는 목에 둘려 있지 않았다. 베르닐드가 목도리는 저택의 여행 가방 안에 넣어두라고 강요한 터였다. 이리저리 움직이며 먼지를 쓸던 목도리를 몇 달 동안 볼 수 없다는 생각만으로 가슴이 아려왔다.

그녀는 삐걱거리는 침대 밑에 버팀목을 놓고는 한숨을 내쉬며 매트리스로 쓰러졌다. 베르닐드가 의자에 앉는 방법을 가르쳐주겠다고 그녀를 깨운 새벽 4시 이후로 한숨도 자지 못했다.

천장의 거미줄들에 익숙해지는 동안, 오펠리는 모래시계 이야기를 다시 떠올렸다. 얼마간의 시간 동안 온갖 종류의 목적지까지 데려다줄 수 있는 물건…… 그녀는 하인들이 일하는 대가로 수당을 받으리라 생각했었다. 물론 돈에 대해 잘 아는 건 아니었다. 아니마에서는 보수를 받지 않고 일했으니까. 그런 그녀가 생각하기에도, 그건 잘 짜인 사기 같았다.

오펠리는 장갑 낀 손을 얼굴 앞으로 가져가서 생각에 잠겨 바라봤다. 오늘 밤, 그 어느 때보다 원시 역사 박물관이 그리웠다. 마지막으로 고대 유물을 읽은 게 언제였지? 그러니까 오로지 전문가만 타고나는 이 서툰 열 개의 손가락들은 이제 그저 베르닐드의 변덕을 채워주는 일만 하게 되는 건가?

오펠리는 두 손을 매트리스에 내려놓았다. 향수가 밀려왔다. 폴에 도착한 이후로 부모님이나 여동생, 작은할아버지에게서도 아무 소식이 없었다. 벌써 그녀를 잊은 걸까?

'여기서 꾸물대고 있으면 안 되는데.' 오펠리는 등을 대고 누워 이성적으로 생각해봤다. '베르닐드가 날 찾을 거야.'

그럼에도 그녀는 무기력하게 공동 숙소의 떠들썩한 소리에 몸을 맡겼다. 바쁘게 움직이는 구두 굽 소리, 벨을 울리는 소리, 옆에 있는 화장실에서 물이 내려가는 소리.

천장이 움직였다. 천장은 키 큰 전나무들로 덮이고, 거미줄은 끝없이 펼쳐진 숲으로 바뀌었다. 숲 너머로 땅이 있고, 바다도, 도시들도 있으리라는 것을 오펠리는 알 수 있었다. 그곳은 옛 세계의 바닥이라 금도 균열도 없을 것이다. 흐릿한 풍경 속 멀찌감치에 길고 마른 형체가 서 있었다. 의지와 상관없이 이끌려 온 오펠리는 눈앞에서 회중시계 뚜껑을 여닫으며 소리를 내는 그 남자를 향하여 있는 힘을 다해 달려들었다.

'나는 당신 운명에 정말 큰 관심을 기울이고 있어.'

오펠리는 깜짝 놀라 잠에서 깨어나 놀란 기색으로 방의 천장을 응시했다. 토른이 정말 이 비슷한 말을 하긴 했었나? 오펠리는 침대 밑판이 삐걱대는 소리와 함께 일어나 안경을 벗고 눈을 비볐다. 그는 정말 그렇게 말했었다. 그래, 그때 그녀는 생각이 너무 많아서 그 말을 견뎌내지 못했지만, 이제 그 말이 공기 방울처럼 표면으로 떠올랐다. 늘 그랬다. 그녀는 매사 반응이 늦었다.

오펠리는 초조하게 손가락으로 안경을 매만졌다. 토른은 그녀를 걱정했던 걸까? 그는 매사를 자기만의 방식으로 드러냈고, 그에 대해 어떻게 생각해야 할지 그녀는 전혀 몰랐다.

불현듯 시간에 신경이 쓰였다. 다시 안경을 끼자 밈의 부자연스러운 얼굴이 하얀 피부로 안경을 집어삼켰다. 그녀는 복도에 있는 시계를 보려고 열린 문틈으로 얼굴을 내밀었다. 몇 번이고 시계를 다시 쳐다봤다. 시곗바늘이 가리키는 것을 믿어야 한다면 벌써 새벽 5시였다! 어떻게 이렇게 시간 가는 것도 모르고 잠을 잘 수 있었지? 눈 한 번 깜박일 정도밖에 안 지난 것 같은데.

오펠리는 좁은 보폭으로 빠르게 걷다가 이내 되돌아왔다. 문에 열쇠를 꽂아둔 채 갈 뻔했다. 관리인이 아주 분명하게 말하지 않았는가. 열쇠가 없으면 클레르들륀에서 지낼 정당성을 보장받지 못한다고.

그녀는 잠시 미로 같은 공동 숙소를 배회했다. 바쁜 하인들에게 밀려, 막다른 골목에서 막다른 골목으로. 아르쉬발드의 손님들은 설마 이 시간까지 잠을 안 자는 건가? 오펠리가 해야 할 일을 하지 못한 거라면, 베르닐드는 전보다 더 강하게 할퀴기 공격을 할 터였다.

드디어 나선형 계단을 발견했다. 첫 번째 단에 발을 내딛자마자, 어느새 이미 위로 올라와 있었다. 이런 놀라운 현상에 시간을 지체하지 않을 정도로 그녀는 이 공간에 깃든 기묘함에 익숙해져 있었다.

계단은 길고 창문이 없는 좁은 하인용 통로로 이어졌다. 셀수 없이 많은 문들이 벽면 하나를 가득 채웠다. '음악 살롱' '향신료 방' '남성 흡연실' '여성 흡연실'…… 그 길이가 어찌나 긴지, 하인용 통로가 성을 한 바퀴 두른 것 같았다. 그녀는 결국 '안쪽 회랑' 문으로 결정했다. 이어 여기가 통로의 어디쯤인지 확인해보려 했지만, 왁스로 칠한 나무 바닥과 벨벳 깔린 장의자, 멋진 벽 거울이 달려 있는 게 모두 비슷비슷해 보였다.

내실 안쪽에서 오펠리는 기분 좋게 서로 얽혀 있는 커플들을 보며 눈을 휘둥그레 떴고, 여자들이 속치마 차림으로 큰 웃음을 터뜨리며 부속실로 지나가는 모습에 저도 모르게 눈살을 찌푸렸다. 아르쉬발드가 주재한 이 작은 축제의 분위기를 대체 어떻게 생각해야 할까?

오펠리는 창문 하나하나에 코를 바싹 대고 열린 문틈 하나하나에 얼굴을 들이밀었다. 공작들이 거실의 거대한 테이블 위를 자유롭게 넘어다녔다. 극장에서는 두 남자가 시를 낭독하며 열심히 결투하는 흉내를 내고, 관객들은 박수갈채를 보냈다. 정원 화단 사이에는 젊은 귀족들이 자동차경주에 빠져 있었다. 짙은 연기로 자욱한 흡연실에서는 대부분의 귀족들이 가발을 벗어 들었고, 몇몇은 아예 가발을 쓰지 않았다. 나이 든 부인들은 서재에서 큰 목소리로 음란한 책들을 서로에게 읽어줬다. 토른의 할머니가 그곳에서 부인들과 웃음을 지으며 음담패설을 속닥거리는 모습에 오펠리는 어안이 벙벙했다. 베르닐드 부인과 로즐린 이모는 어디에도 보이지 않았는데, 그래서 다행인지 아닌지조차 오펠리는 알 수가 없었다.

방마다 이각모를 쓰고 파란색과 붉은색으로 된 유니폼을 입은 헌병들이 서 있었다. 차려 자세로 시선을 고정시키고 있는 품이 꼭 밀랍 병정들 같았다. 저 사람들은 무엇을 지키고 있는 걸까?

놀이 방으로 들어가서야 오펠리는 안도의 숨을 내쉬었다. 검은 원피스 덕에 눈에 잘 띄는 로즐린 이모가 소파 위에서 잠들어 있었다. 이모의 어깨를 살짝 흔들어봤지만 깨울 수는 없었다. 이곳의 공기는 잠을 부르는 증기로 가득 차 있었다. 오펠리가 눈물이 고인 눈으로 두리번거리며 이쪽저쪽 둘러보니, 당구를 치거나 카드놀이를 하던 사람들도 테이블마다 잠에 빠져 있는 모습이 보였다. 하인들은 그림자처럼 은밀하게 다가가 사람들에게 가장 강력한 코냑과 시가를 권했다.

마침내 그녀는 아르쉬발드를 발견했다. 그는 두 다리를 교차해서 의자 등받이에 걸치고 거꾸로 등을 댄 채 반쯤 누운 자세로 물담배를 물고 있었다. 평상시의 미소 띤 얼굴과는 달리, 생각에 빠진 듯 우수에 찬 눈으로 허공을 멍하니 바라보고 있었다. 절대 신뢰할 수 없는 남자가 하나 있다면, 그것은 분명 아르쉬발드일 것이다. 사정이 어떻든 임신한 여자에게 경의를 표한다면서 이렇게 요란한 연회를 열 사람이 어디 있겠는가.

베르닐드는 방 안쪽에서 소파에 반쯤 누운 채 무기력하게 체스를 두고 있었다. 오펠리는 그녀에게 똑바로 다가갔다. 말을 할 수는 없어도, 아마 다들 퇴폐에 물들기 전에 로즐린 이모와 함께 방으로 돌아가자고 베르닐드를 설득할 방법이 있을 터였다. 그녀는 하인들이 자신의 존재를 알릴 때처럼 구두 굽으로 소리를 내며 허리 숙여 인사했지만, 베르닐드는 오펠리를 흘끗 보더니 아무 일도 없었다는 듯 계속 체스를 두었다.

오펠리는 마치 가구의 정령이라도 된 듯한 기분이었다.

"기사님, 조심해야죠." 베르닐드가 말을 움직이며 속삭였다. "여왕이 위험해지겠어요."

기사라고? 하인은 귀족을 똑바로 쳐다볼 수 없는데도 불구하고, 오펠리는 옆쪽 의자에 시선을 두고 싶은 유혹을 떨칠 수 없었다. 곧 그녀는 놀라지 않을 수 없었다. 금발 곱슬머리, 토실토실한 두 볼, 동그란 안경, 베르닐드와 체스를 두는 이는 비통하다는 듯 자기 손톱을 물어뜯고 있었다. 기껏해야 열 살쯤 된 것 같았고, 그 발에 신긴 실내화는 가까스로 바닥에 닿을 정도였다. 이 아이는 이 시간에 여기서 대체 뭘 하고 있는 거지?

"체크." 베르닐드가 말했다.

기사는 긴 하품을 내뱉고는 손바닥으로 자기 말을 뒤집었다.

"토른 감독관님이 가정교사였다면 난 아마 최고의 체스 선수가 되었을 텐데." 아이가 답답한 목소리로 말했다.

"기사님, 제가 최고의 가정교사를 마련해드리려고 얼마나 신경을 썼는데요. 분명 나아졌어요. 그리고 정말이지 어떤 아이도 제 조카를 선생으로 두는 것을 바라지 않는다고요."

기사는 멋들어진 벨벳 바지에 부스러기를 흘려가며 비스킷을 우유 잔에 담그더니 와삭와삭 부수었다.

"유감스럽긴 하지만 부인 말씀이 전적으로 옳아요. 저를 위해 애써주신 모든 것에 전부터 감사하고 있었어요."

"기사님, 삼촌 댁에서 잘 지내고 계신 거죠?"

"네, 부인. 귀가 좀 먹먹하긴 하지만, 삼촌 개들과 아주 잘 놀아요."

으스스한 장면이었다. 거기에서 불과 복도 몇 개 너머에는 남자들과 여자들이 온통 무절제한 짓에 빠져 있지 않은가.

방 안을 뒤덮은 증기가 이미 오펠리를 몽롱하게 만들어 그녀는 소파까지 가서 로즐린 이모와 어떻게든 결론을 지을 마음이 나지 않았다. 베르닐드에게 자신의 존재를 상기시키고자 기침을 해보았지만, 그러면서도 정체가 탄로 날까 두려운 마음이

들었다. 기사가 동그랗고 두꺼운 안경으로 그녀를 바라보았을 때, 오펠리는 소스라치게 놀랐다. 그의 눈두덩에서 눈썹까지 미라주의 문신이 새겨져 있었다.

"부인의 하인인가요? 저택에서 일하나요? 내 방 어때요? 예쁜가요?"

오펠리는 멍하니 눈만 깜박였다. 내 방이라니, 그러면 베르닐드 저택의 아이 방이 그의 방인가? 기사의 호기심에 어쨌든 베르닐드가 하품을 애써 참으며 반응을 보였다.

"미안해요, 기사님. 시간이 늦었네요. 아주 즐겁게 춤추고 잘 놀았어요!"

"부인." 아이는 예의 바르게 머리를 수그리면서 말했다. "원하신다면 다음번에 우리 하던 얘기를 마저 해요."

베르닐드가 비틀거리는 것을 보고 오펠리는 부랴부랴 팔을 내밀었다. 평상시에는 투명하기 그지없던 두 눈이 너무도 흐릿했다. 필요 이상으로 마시고 피운 터였다. 그녀의 상태가 정상적이지 않음을 한눈에 알 수 있었다.

"거기서 뭘 하고 있는 거예요?" 베르닐드가 아르쉬발드에게 물었다.

안락의자에 머리를 거꾸로 두고 앉아 있던 그가 입술에서 물담배를 떼어내더니 파란 리본 같은 연기를 뿜었다. 그의 낡은 실크해트가 바닥에 떨어져 있었고, 옅은 머리카락은 양탄자까지 흘러내렸다.

"다른 관점에서 내 존재를 살피고 있지요." 그가 진지하게 대답했다.

"그렇게 볼 수도 있겠군요! 그래서, 뭘 알아냈죠?"

"제대로 있건 거꾸로 있건, 내 존재는 아무런 의미도 없이 텅 비어 있어요. 그리고 이런 자세는 피를 머리로 끌어올리지요." 그가 찌푸린 미소를 지어 보였다. "벌써 가시려고요? 모셔다드릴까요?"

"아니요, 괜찮아요. 그냥 명상이나 계속하세요."

오펠리는 결국 자신이 모든 뒤처리를 떠맡게 되리라는 것을 깨달았다. 온몸의 무게를 오펠리의 어깨에 실은 채 베르닐드는 그녀를 꼭 붙잡고 놀이 방을 나와 복도를 지나갔다. 다행히도 두 사람은 금세 엘리베이터의 멋진 금장 철책 앞에 도착했다.

"안녕하세요, 부인!" 보이가 몸을 숙여 즐겁게 인사를 건넸다.

"내 방으로." 베르닐드가 명령했다.

"잘 알겠습니다, 부인."

보이는 클레르들륀의 마지막 층으로 엘리베이터를 올려 보냈다. 아르쉬발드의 방 쪽으로 이동하는 동안 오펠리는 이를 꽉 깨물었다. 베르닐드는 오펠리에게 있는 힘껏 기대 왔고, 그녀의 손톱은 칼날처럼 어깨를 파고들었다. 층층이 쌓아 올린 케이크 같은 가발만 해도 수 킬로그램은 족히 나갈 것 같았다.

두 사람은 전축에서 노랫소리가 흘러나오는 부속실을 지나 베르닐드를 위해 마련된 거처로 들어섰다. 하녀들이 이미 가방을 비우고 물건들을 정리해두었다. 오펠리는 베르닐드를 앉혀놓고 곧바로 찬장을 뒤지기 시작했다. 부인용 방이라 불리는 곳이라면 어디든 암모니아염이 갖춰져 있을 터였다. 생수와 대구의 간유, 그리고 수집한 작은 향수병들이 정리되어 있는 장식장이 눈에 띄었었다. 병들 가운데 하나를 꺼내 열자 시큼한 향이 코를 찔러 곧바로 닫았다. 암모니아염이었다.

베르닐드가 손목을 잡는 바람에 오펠리는 암모니아염을 카펫에 쏟을 뻔했다.

"나와 같이 있던 아이 말이야, 너도 봤지?" 쉰 목소리로 베르닐드가 말했다. "절대 그 애한테 가까이 가서는 안 돼, 명심해!"

그 순간 오펠리의 머릿속에 불쑥 들어온 생각은, 로즐린 이모가 여전히 혼자 아래 있다는 사실이었다. 그녀가 손목을 움직이자 베르닐드는 결국 잡고 있던 팔을 놔주었다.

복도에 있던 엘리베이터는 벌써 다시 내려가고 없었다. 오펠리는 엘리베이터를 부르는 레버를 눌렀다. 창살이 열리자 보이의 친절한 미소가 사라졌다.

"엘리베이터를 부른 게 너냐?"

오펠리가 고개를 끄덕이고 안으로 들어갔지만, 보이는 숨이 멎을 정도로 너무나 갑작스레 그녀를 밖으로 몰아냈다.

"네가 뭔데 탄 거야? 후작이라도 돼? 한 번만 더 성가시게 하면, 멍청아, 이빨을 다 날려버리겠어."

오펠리는 당황해서 철책을 닫고 다시 내려가는 고급 엘리베이터를 바라보았다. 하녀들의 숙소로 가기 위해서는 방들이 죽 늘어선 긴 복도를 지나야 했다. 하인용 층계도 여간 번거롭지 않았다. 보통 층계로 다닐 때처럼 오펠리는 계단을 하나씩 하나씩 다 내려가야 했다.

로즐린 이모는 주변을 떠다니는 증기에 취해 다행히도 누워 있던 소파에서 움직이지 않았다. 오펠리가 이모의 콧속에 넣은 암모니아염이 따귀를 한 대 올려붙인 듯한 효과를 냈다.

"악취 나는 머리에 더러운 양말이라니!" 작은 병을 밀어젖히며 이모가 중얼거렸다.

오펠리는 행동을 조심하라는 의미로 여러 차례 눈을 깜박였다. 만일 여기서 아니마 사람이라고 선언이라도 한다면, 이런 변장은 밀짚에 불을 지피는 꼴이 될 것이다. 로즐린은 자기 쪽으로 몸을 숙인 밈의 해쓱한 얼굴을 바라보며 정신을 되찾고는 당황한 눈으로 타로 놀이를 하는 사람들과 당구 치는 사람들을 둘러봤다.

"베르…… 부인은 어디……"

대답 대신 오펠리는 이모에게 손을 내밀었다. 두 사람은 조심스럽게 그 자리를 떠나 몇 층 더 올라가서 베르닐드가 있는 곳에 도착했다. 베르닐드는 가발을 벗어버린 모습으로 전화선을 침대까지 끌어다놓고 있었다.

"하인이 왔어." 그녀가 전화 통화의 상대에게 알렸다. "이제 안심이 되지? 첫날 밤이 무사히 지나갔어."

막 부채를 찾아낸 로즐린 이모는 자존심이 상한다는 듯이 얼굴에 대고 흔들어댔다. 첫날 밤에 대한 이모의 생각은 베르닐드 부인과 다른 게 분명했다.

"내 열쇠를 쓰면 돼. 걱정할 것 없어." 베르닐드가 말을 이었다. "아니야, 내가 다시 전화할게. 그럼 끊어."

그러더니 그녀는 오펠리에게 상아로 만든 전화기를 건네주었다.

"애가 정말 세심해졌네." 빈정거리는 기색 없이 그녀가 말했다.

오펠리는 지나치게 성급하게 전화를 내려놓았다. '나는 당신의 운명에 정말 큰 관심을 기울이고 있어.' 그게 다 뭐람? 그에겐 잘된 일이겠지! 베르닐드와 아르쉬발드는 버릇없는 아이들만큼이나 무책임했고, 토른도 그 사실을 알고 있었다. 약혼녀를 이렇게 퇴폐적인 곳에 내버려두는 것에 동의해놓고, 그런 남자가 상식적으로 자기가 약혼녀를 걱정한다고 주장할 수는 없지 않은가.

"문 좀 닫아줘." 침대에 있던 베르닐드가 말했다.

그녀는 아르쉬발드가 준 목걸이를 풀어 진귀한 보석으로 장식된 예쁜 열쇠를 오펠리에게 건넸다. 자물쇠가 찰카닥 소리를 내자 완전한 침묵이 자리했다. 문 너머 부속실에서 쉰 소리를 내던 전축이 갑자기 멈춘 것 같았다.

"이제 자유롭게 말해도 돼." 베르닐드는 기진맥진해서 한숨을 내쉬고 말했다. "이 문이 열쇠로 잠겨 있는 동안은 귀찮은 사람들로부터 편안하게 있을 수 있지."

오펠리와 로즐린 이모가 어찌할 바를 몰라 서로를 바라보자, 베르닐드는 짜증스럽게 혀를 찼다. 손으로 머리에서 핀을 뽑아낼 때마다 금발 곱슬이 우아하게 어깨에서 다시 튀어 올랐다.

"클레르들륀의 방은 폴에서 가장 안전한 곳이야. 열쇠만 돌리면 우리를 세상에서 벗어나게 해주지. 마치 우리가 진짜로 여기에 없는 것처럼 말이야. 무슨 말인지 알겠어? 여기서 고래고래 소리를 질러도 옆방에서는 들을 수 없다니까. 문에 귀를 바짝 붙여도 마찬가지고."

"정말 안심해도 되는 건지 나는 잘 모르겠네요." 로즐린 부인이 속삭이듯 말했다.

"쉬는 동안에는 이렇게 처박혀 있을 수 있다니까요." 베르닐드가 짜증스러운 목소리로 대꾸했다. "그리고 제발 불 좀 어둡게 해줘요!"

그러더니 그녀는 머리를 베개에 파묻고 고통스러운 표정으로 관자놀이를 마사지했다. 그녀의 아름다운 머리는 가발 때문에 손상되었고, 평상시 비단처럼 부드럽던 피부는 양초처럼 창백하고 건조해 보였다. 그럼에도, 피곤한 모습 속에서 드러나는 베르닐드의 아름다움만은 더더욱 감동적이라는 사실을 오펠리는 인정하지 않을 수 없었다.

로즐린 이모는 방의 조도를 낮추고 밈의 특징 없는 시선을 마주하면서 몸을 떨었다.

"나 같으면 이런 기괴한 변장은 절대 안 할 텐데! 함께 있을 때는 그것 좀 벗으면 안 돼?"

"그래봐야 좋을 것도 없어요." 베르닐드가 말했다. "오펠리는 우리랑 같이 잘 수 없으니까. 수행 하녀들이랑 유모들만 주인과 한방을 쓸 수 있게 허가가 났거든요."

노랗던 로즐린 이모의 안색이 납빛이 되었다.

"그러면 이 애는 어디로 가죠? 내가 보호해야 할 사람은 바로 내 조카예요. 당신이 아니라고요!"

"여기랑 연결된 제 방이 이미 있어요." 오펠리가 서둘러 자신의 열쇠를 보여주며 이모를 안심시켰다. "멀리 있지 않을 거예요."

자기 방이 있는 뱅 구역에 이모가 발을 디딜 일이 없기를, 그녀는 마음 깊이 바랐다.

"엄마는 어디 있지?" 갑자기 그녀의 부재를 확인한 베르닐드가 걱정스레 물었다.

"서재에요." 오펠리가 말했다. "할머니는 하나도 지루해 보이지 않았어요."

할머니가 또래 부인들과 함께 퇴폐적인 책들에 빠져 있다는 이야기는 하지 않았다.

"이따가 가서 엄마를 모셔와, 오펠리. 그 전에 먼저 우리 차 한잔 준비해주고."

베르닐드의 거처에는 작은 주방이 딸려 있었다. 로즐린 이모가 무쇠로 된 찻주전자를 가스 불에 올리는 사이 오펠리는 잔들을 준비했다. 잔 하나만 빼고는 아무것도 깨뜨리지 않았다.

"왜 기사에게 다가가면 안 된다는 거죠?" 찬장에서 설탕 그릇을 찾으며 오펠리가 물었다.

베르닐드는 정말 피곤한 듯 침대에 누워 레이스 달린 손수건으로 이마의 땀을 닦았다. 오늘 밤 그녀가 마시고 피워댄 모든 것들 탓이니, 몸이 크게 잘못된 것만 아니라면 이 정도로 끝나는 게 다행인 셈이었다.

"너도, 로즐린 부인도 안 돼." 베르닐드가 한탄조로 말했다. "위험한 환영을 만들어내거든. 그자와의 게임에서 질 수밖에 없지."

"하지만 아주 화기애애하던데요." 바닥에 흘린 설탕을 주워 모으던 오펠리가 놀라서 말했다.

"아무렇지 않아 보이는 체스 시합 뒤에서 또 다른 싸움이 벌어지고 있었어. 상상력으로 만든 함정에 나를 빠뜨리려는데, 그걸 피하기가 어찌나 힘들던지! 그 아이는 너랑 로즐린 부인이 내 수행원이라고 생각할 테니 아무렇지 않게 두 사람을 가지고 놀걸."

"우리를 가지고 논다고요?" 눈살을 찌푸리며 이모가 고개를 들었다.

베르닐드는 베개에서 고개를 돌리고는 그녀를 향해 조소를 보냈다.

"최면 상태라고 아세요, 로즐린 부인? 깨어 있으면서 꿈을 꾸는 거랑 비슷해요." 그녀가 발음을 굴리며 덧붙였다. "강제로 꿈속에 빠뜨린다는 게 다른 점이죠."

"이런 못된 아이 같으니라고! 맞아, 아니마에서도 어린애들이라고 다 천사는 아니에요. 그래도 거기 아이들이 하는 혼날 짓이라야 초인종을 누르고 토끼처럼 튀는 정도뿐인데."

그 얘기를 듣자 베르닐드는 지켜보는 오펠리의 등골이 오싹해질 정도로 즐거움이라곤 전혀 느껴지지 않는 웃음을 지었다.

"그 아이가 부인한테 왜 그러는 거죠? 전 오히려 부인이 환대받고 있다고 생각했는데." 오펠리가 고집스레 물었다.

베르닐드는 발끝으로 신발을 밀쳐내고는 침대의 하늘색 캐노피를 응시했다.

"그에게 빚진 게 있거든. 오래전 이야기지. 다음에 얘기해줄게."

주전자의 물 끓는 소리가 침묵을 깼다. 로즐린 부인이 빨래집게처럼 입술을 악물고서 차를 내왔지만, 베르닐드는 속이 안 좋은 듯 입을 삐죽대며 잔을 밀어냈다.

"오펠리, 담뱃갑이랑 라이터하고, 저기 브랜디 좀 가져다줄래? 부탁해."

"싫어요."

베르닐드는 베개에서 몸을 일으키고, 로즐린 이모는 차를 엎질렀다. 둘 다 믿을 수 없다는 듯, 손에 설탕 그릇을 들고 카펫 한복판에 서 있는 작은 남자의 모습을 뚫어져라 바라봤다.

"내가 잘못 들은 것 같네." 짐짓 부드럽게 베르닐드가 말했다.

"싫어요." 오펠리는 단호한 어조로 반복했다. "솔직하게 굴어서 죄송해요. 제가 서 있는 곳에서도 부인의 입김이 느껴져요. 부인과 아기가 무슨 일을 겪고 있는지 아무 생각이 없죠? 부인이 이성적일 수 없다면, 나라도 대신 그래야겠어요."

로즐린 이모가 말 이빨들을 드러내며 아주 잠깐 미소 지었다.

"저 애 말이 옳아요. 부인 나이의 여자는 특히나 주의해야 해요."

베르닐드는 눈을 동그랗게 뜨고 질겁하며 배 위로 두 손을 교차해서 올렸다.

"내 나이?" 억양 없는 목소리로 그녀가 더듬거렸다. "어떻게 감히 나한테……"

화를 내기에는 너무도 피곤했기에, 그녀는 이내 금발 곱슬머리를 베개에 기댔다.

"내가 좀 이상한 게 맞네. 경솔해지면 안 되는데."

"잠옷을 찾아드릴게요." 로즐린 부인이 건조하게 말했다.

잔뜩 구겨진 아름다운 드레스를 입은 채 침대에 누워 있던 베르닐드는 갑자기 너무도 연약해 보였다. 그 모습에 오펠리는 의지와 상관없이 마음이 풀어졌다. '이 여자를 미워하려고 했는데.' 오펠리가 생각했다. '너무 변덕스러운 데다 자기애가 강하고 계산적이야. 그런데도 왜 그녀를 걱정하지 않을 수 없는 걸까?'

오펠리는 의자 하나를 침대 쪽으로 끌어다 앉았다. 베르닐드를 보호하는 것. 적들과 가족들…… 그리고 베르닐드 자신으로부터 보호하는 것…… 어쩌면 이런 것이 이곳에서 나의 진정한 역할이 아닐까?

서재

이어지는 몇 주 동안 오펠리는 태어나서 결코 경험해보지 못한 아주 이상한 일들을 겪었다. 이곳에서는 아르쉬발드가 가장 무도회나 대향연, 즉흥적인 연극 공연 혹은 그가 만들어낸 어떤 기발한 것들을 하겠다고 마음을 먹어야만 하루가 지나갔다. 아니, '하룻밤'이라고 하는 것이 옳으리라. 클레르들륀에는 결코 해가 뜨지 않았으니까. 베르닐드는 모든 축제에 참여하는 것을 영광으로 여겼다. 그녀는 대화를 했고, 미소를 지었고, 수를 놓았고, 놀이를 했고, 춤을 추었고, 그러고서 방에 홀로 남겨지면 피곤에 절어 실신했다. 실신해 있는 시간은 그리 오래 지속되지 않았다. 가장 아름다운 모습으로 다시 대중들 앞에 서둘러 모습을 드러내곤 했으니까.

"성에서는 가장 엄격한 법칙을 따르지." 드물게 오펠리와 단둘이 남게 될 때마다 그녀는 반복해서 말했다. "다른 사람들 앞에서 약점을 드러내기라도 해봐, 그러면 다음 날 신문들엔 내가 타락했다는 말 말고 다른 얘기는 없을 거야."

이런 삶이 싫지는 않았지만, 오펠리는 이제 베르닐드의 리듬에 맞추어 살아야만 했다. 클레르들륀의 방에는 각각 '하인 시계'가 있는데, 공동 숙소의 하인 방에서 바늘을 맞춰놓기만 하면 성안 어느 곳에서든지 하인을 불러낼 수 있는 작은 도구였다. 벵 구역 6번 초인종이 달린 패널에서는 쉴 틈도 없이 벨이 울려댔고, 그래서 한번은 오펠리가 차를 따르다가 조는 일도 있었다.

베르닐드를 만족시키기란 여간 진 빠지는 일이 아니었다. 그녀는 얼음덩어리, 생강 비스킷, 박하 향 담배, 적절한 높이의 발받침대, 깃털이 안 들어간 쿠션을 요구했고, 그러면 오펠리는 필요한 것들을 찾느라 분주히 돌아다녔다. 베르닐드가 이런 상황을 이용하는 것은 아닐까 의심도 들었지만, 복종하는 하녀의 삶을 살아야 하는 이모의 처지를 보면 그런 생각도 사라졌다.

게다가 아르쉬발드는 이따금씩 한참이나 한가로이 지낼 것을 지시하곤 했다. 그러면 손님들은 담배만 피우며 앉아 있어야 했다. 권태감을 속여보려 책을 읽거나 낮은 소리로 이야기를 나누는 사람들은 이 기간 동안 제대로 눈 밖에 났다. 아편 연기 속에서 베르닐드 곁에 있어야 한다는 것만 빼면, 오펠리는 그 시간들이 진심으로 좋았다.

한편 가장 풀기 어려운 문제는 화장실이었다. 하인이기에 그녀는 여자 화장실에 갈 수 없었다. 남자 화장실은 사생활이 전혀 보장되지 않았다. 사람이 없는 기회를 엿봐야만 했는데, 그런 경우는 드물었다.

개인 의복을 세탁하는 것도 마찬가지로 쉽지 않은 일이었다. 셔츠와 손수건, 바지, 긴 양말은 세탁장에 맡길 수 있었지만, 갈아입을 제복이 없었다. 하지만 제복을 입지 않으면 그녀는 더 이상 밈이 될 수 없었다. 따라서 방의 대야에서 손수 빨래를 하고, 마르기도 전에 옷을 걸쳐야 했다.

르나르가 동정할 정도로 오펠리는 아주 자주 감기에 걸렸다.

"이렇게 습한 곳을 너한테 넘기다니 정말 안됐어, 친구!" 일을 하면서도 코를 풀어대는 오펠리를 보며 그가 속삭였다. "모래시계 하나 더 줘봐. 그러면 너를 난방실로 연결해줄 수 있는지 가엘이랑 얘기해볼게."

성급한 소리였다. 베르닐드를 위해 일을 시작한 이후로 오펠리는 한 번도 모래시계를 얻지 못했다. 아르쉬발드의 자기 접시들을 깨뜨렸기 때문이라는 점을 인정해야만 했고, 베르닐드에게 특별 대우를 바랄 수도 없었다. 다행히도 그녀는 토른의 할머니가 소중한 지지자라는 사실을 깨달았다. 솔을 가져다준 것에 대한 고마움의 표시로 할머니가 처음으로 첫 번째 모래시계, 초록색 모래시계를 주었다. 오펠리는 코담뱃갑을 찾던 중 클로틸드 부인에게 허브차를 가져가던 르나르와 마주쳤다. 그 틈에 그녀는 자신이 받은 팁을 건넸다.

"축하해, 친구!" 그는 몹시 기뻐하며 재빨리 모래시계를 주머니에 넣었다. "약속을 지켜야겠지. 첫 번째 교훈을 알려주겠어."

그는 복도에 자리 잡고 선 헌병들을 조심스레 눈짓으로 가리켰다.

"저치들은 그냥 걸치레로 저기 서 있는 게 아니야." 그가 아주 조그맣게 속삭였다. "저 사람들이 가족과 손님들의 안전을 보장하지. 다들 하얀색 모래시계를 갖고 있는데, 그건 지하 감옥으로 가는 편도권이야! 열쇠를 한 번이라도 잃어버리면, 조금이라도 적절치 못한 행동을 하면 친구, 그러면 저들이 있는 힘을 다해 너를 지하 감옥으로 떨어뜨릴 거야."

같은 날, 오펠리는 언제든 열쇠를 지니고 다닐 수 있는 목걸이를 손에 넣었다. 그리고 매일 아침 스스로 점검했다. 어떤 위험도 더는 맞닥뜨리고 싶지 않았다.

생각해보면 당연한 조치였다. 아르쉬발드는 생명의 위협을 느끼며 두려워하는 귀족들, 저명한 장관들, 질투의 대상일 수밖에 없는 총애받는 사람들에게 안식처를 제공해준 터였다. 더군다나 이곳에서는 누구도 진심으로 서로를 존중하지 않는 것 같았다. 미라주들은 자기들 사이에 있는 베르닐드의 존재를 곱지 않은 시선으로 보면서도, 마찬가지로 자신들의 목숨을 두 손으로 좌지우지할 수 있는 아르쉬발드와 그의 누이들을 경계했다. 사람들은 서로 많이 웃었지만 눈빛은 모호했고, 대화는 애매했으며, 분위기는 악의에 차 있었다. 누구도 다른 사람을 신뢰하지 않았다. 모두가 파티에서 기분 전환을 했다면, 그건 서로가 서로를 얼마나 두려워하는지를 잊기 위해서였다.

그들 가운데 오펠리를 가장 당혹스럽게 했던 이는 바로 꼬마 기사였다. 그는 아주 어렸고, 아주 깍듯했으며, 순수한 느낌마저 풍기는 두꺼운 안경을 쓴 채 아주 서툴게 행동했다. 그럼에도 그는 모든 사람들을 불편하게 했는데, 무엇보다 열심히 쫓아다니며 베르닐드를 못살게 굴었다. 베르닐드는 대화를 나누면서도 그의 눈은 절대 바라보지 않았다.

얼마 지나지 않아 오펠리는 클레르들륀에서 새로운 얼굴들을 발견했다. 많은 궁정 사람들과 공직자들이 그저 잠시 체류하듯 그곳을 오갔다. 그들은 삼엄한 경비하에 성의 중앙 회랑에 자리한 엘리베이터 안으로 휩쓸려 들어갔다가 며칠이 지나서야 다시 내려오곤 했다. 어떤 이들은 영영 돌아오지 않았다.

베르닐드는 엘리베이터에 올라타는 누군가를 볼 때마다 소스라치듯 고개를 돌렸다. 그때 오펠리는 알아차렸다. 그들은 파루크의 탑으로 가는 것이었다. 당혹스러운 마음으로, 그녀는 정원부터 시작해서 대사관을 하나하나 뜯어봤다. 성은 완벽하게 폐쇄된 공간이 갖출 만한 모든 외관을 갖추고 있었다. 별이 빛나는 밤하늘 아래 지붕과 평범한 원추형 망루들이 있었다. 그렇지만 성에 있는 몇 개의 엘리베이터들은 하늘 너머, 보이지 않는 세계로 올라갔다.

"두 번째 교훈." 오펠리가 그에게 또 다른 모래시계를 주었을 때 르나르가 말했다. "여기 건축물이 엄청나게 자주 모습을 바꾼다는 걸 알게 될 거야. 만약에 임시로 마련된 방에 아무것도 없으면, 절대 그 안에서 꾸물거려서는 안 돼. 일드가르드 부인이 벌써 그 방들을 지웠다는 얘기니까. 거기 있던 동료들까지 말이야."

오펠리는 공포에 사로잡혀 몸을 떨었다.

아직 직접 만난 적은 없지만, 일드가르드 부인에 대한 이야기를 들으며 오펠리는 그녀에 대해 잘 알게 되었다. 건축가 일드가르드 부인은 외국인이었다. 그녀는 멀리, 잘 알려지지 않은 아슈인 아르캉테르*라는 곳에서 왔는데, 그곳에서는 고무줄을 가지고 놀듯 공간성을 가지고 놀았다. 시타시엘에서 물리법칙들을 변형시킨 것이 미라주의 환영이 아니었음을 오펠리는 마침내 깨달았다. 그것은 바로 일드가르드 부인의 비범한 능력이었다. 클레르들륀의 방들이 금고보다 더 안전한 것은, 열쇠를 돌릴 때마다 닫힌 공간에 그 방들을 가두기 때문이었다. 말하자면 세상의 나머지에서 잘라내어 절대적으로 침범할 수 없는 곳으로 만드는 것이다.

오펠리는 종이와 연필을 구한 다음, 휴게실에서 아침을 먹는 동안 르나르에게 이곳의 지도를 그려달라고 했다. 그녀는 터무니없는 지점에서 길을 잃어버리곤 했다. 얼마나 많은 계단들이 불가능한 목적지로 연결되는지, 말도 안 되는 곳에 창이 달린 방들은 또 얼마나 많은지, 피곤하기 이를 데가 없었다.

* Arc-en-Terre. '지상의 무지개'라는 뜻이다.

"야, 너 너무 많은 걸 요구하는데!" 르나르가 덥수룩한 붉은 머리를 긁적거리며 따졌다. "그러니까, 실제 차지할 법한 자리들보다 더 많은 공간을 가진 방들을 이 종이 한 장에 그리라고? 뭐야, 무슨 꿍꿍이야?"

오펠리는 연필로 자기가 전혀 이해할 수 없는 작은 복도를 계속 그려나갔다.

"아, 그거?" 르나르가 말했다. "바람 장미라고 부르는 거야. 한 번도 못 봤어? 여기에 엄청 많은데."

그가 연필을 건네받더니 사방팔방으로 커다란 화살표들을 그렸다.

"이 바람 장미에서는 폭포 방향 정원들로 가는 지름길, 큰 식당으로 가는 지름길, 남성용 흡연실과 하인용 복도로 연결된 일반 문으로 가는 지름길이 연결되지. 핵심 요령을 알려줄게." 그가 정리해주었다. "문 색깔을 다 외우면 돼. 원칙을 이해하겠어?"

그가 그린 도면을 응시하면서, 오펠리는 방향감각보다는 기억력을 작동시켜야 한다는 점을 명확하게 이해했다. 르나르가 귀에 못이 박히도록 얘기했던 그 유명한 일드가르드 부인이 어디 있는지 물어보고 싶어 애가 탔지만, 안타깝게도 말을 못하는 사람은 질문을 할 수 없다.

질문할 수는 없었지만, 어쨌든 르나르 덕분에 그녀는 토른과 베르닐드에게서 배웠던 것보다 훨씬 많은 것을 알게 되었다. 식사를 하면서 르나르는 밈에게 점점 더 많은 이야기를 했고, 가끔은 모래시계를 받지 않고도 조언을 건네기도 했다.

"친구, 공작과 남작에게 똑같이 인사를 해서는 절대 안 돼. 둘이 같은 집안이라고 해도 말이야! 공작에게는 네 무릎이 보일 때까지 허리를 굽혀야 해. 남작에게는 그저 고개만 살짝 수그리면 되지."

오펠리도 그 많은 귀족들 사이에서 갈피를 잡기 시작하여 우선권과 다양한 예외 조항들을 숙지하기에 이르렀다. 작위는 귀족이 시타시엘이나 폴의 다른 지방에 소유한 봉토와 관련이 있거나, 명예로운 책무들, 아니면 파루크가 부여한 특권들과 관련이 있다. 때로는 세 가지 모두에 해당되기도 한다.

"전부 자격 없는 자들이라는 건 다 알려져 있지!" 가엘이 격분해서 말했다. "가짜 하늘에 가짜 태양을 붙박아놓는 사람들이라고. 그런데 보일러는 고칠 줄도 모르지."

오펠리는 렌틸콩 한 종지를 먹다가 목이 멜 뻔했고, 르나르는 두툼한 눈썹을 치올렸다. 평소 가엘은 그들의 일에 끼어들지 않았는데, 이번에는 함께 야식을 먹고 있었다. 그녀는 르나르를 장의자로 밀치더니 팔꿈치를 테이블 위에 올린 채 강렬한 파란색 눈으로 오펠리를 쏘아보았다. 짧게 자른 짙은 색 머리칼과 검은 외알 안경이 얼굴을 반이나 가리고 있었다.

"너, 내가 관찰해봤는데, 너 좀 이상한 것 같아. 모르는 척 시치미 떼면서 사람들이며 모든 일에 대해 다 알아내려고 하잖

아. 너, **스파이** 같은 거 아니야?"

가엘은 오펠리를 불편하게 할 심산으로 빈정거리며 '스파이'라는 단어를 힘주어 말했다. 왜 이렇게 거칠게 나오지? 혹시 아르쉬발드의 헌병들에게 날 고발할 셈인가?

"여기저기서 언제나 나쁜 것만 보는군, 귀염둥이." 르나르가 미소를 지으며 끼어들었다. "이 불쌍한 친구는 주인네 작은 저택 빼고는 아무것도 보질 못했어. 낯선 게 당연하지. 그리고 나랑 이 친구 얘기엔 참견 말아. 이건 우리 둘 사이의 거래야."

가엘은 그에게 아무런 관심도 보이지 않았다. 최대한 태연하게 렌틸콩을 씹으려 애쓰는 오펠리에게만 주의를 기울일 뿐이었다.

"그런 건 상관없어." 마침내 그녀가 투덜대듯 말했다. "하지만 네가 거슬리는 건 사실이야."

그녀는 자기가 한 말을 강조하기 위해 손으로 테이블을 두드리고는, 앉을 때처럼 돌연 자리를 떴다.

"맘에 안 들어." 가엘이 떠나자 르나르는 화가 난 듯 말했다. "가엘이 **정말** 너한테 호감이 있나봐. 내가 말이지, 저 여자를 한참이나 마음에 두고 있었다고."

오펠리는 약간 근심에 젖어 식사를 마쳤다. 밈의 역할을 하는 동안에는 사람들의 이목을 끌지 않으리라 생각했는데.

이어서 그녀는 귀족에 대해 얘기했던 가엘의 생각을 곱씹어보았다. 이 세계에서 하인들은 정말이지 가치가 없었다. 파루크의 후손은커녕 능력이 없는 민중 출신이며, 따라서 물려받지 못한 것들을 손으로 메워야만 했다. 확실히 생각해볼 만한 문제다. 환영들을 짜내는 미라주가, 말하자면 그들의 이불을 세탁하고 식사를 준비하는 사람들보다 더 가치 있는 존재일까?

폴의 사회에 가까이 가면 갈수록 그녀는 기대를 내려놓게 되었다. 여기서 믿을 만한 사람들을 찾기를 바랐지만, 주변에는 변덕스럽고 키만 껑충한 아이들 천지였다…… 집의 주인을 필두로 말이다. 어떻게 대사라는 직책을 맡고 있는 이가 이토록 가장 경망스럽고 선동적인 인간일 수 있는지, 오펠리로서는 정말 이해할 수 없었다. 아르쉬발드는 머리에 빗질을 하는 일이 없었고 겨우 면도만 한 얼굴에, 장갑과 프록코트와 모자에 구멍이 뚫려도 아무렇지 않게 드러냈다. 그것도 자신의 고결한 아름다움을 전혀 훼손하지 않은 채. 그는 그 아름다움을 이용했으며, 부인들에게는 남용했다. 왜 토른과 베르닐드가 대사로부터 자신을 보호하려 애썼는지, 오펠리는 여기 와서 더 잘 알게 되었다. 아르쉬발드는 삶의 기술이라도 되는 양 여자들을 간통으로 이끌었다. 손님들을 모두 자기 침대로 데려갔고, 그런 다음에는 남편들에게 놀라울 정도로 솔직하게 그 사실을 밝혔다.

"당신, 돼지처럼 살이 쪘군요!" 상인 행정관 앞에서 그는 갑자기 웃음을 터뜨리며 이렇게 말했다. "관리 좀 해요. 내가 방문의 기쁨을 누린 부인들 가운데 가장 만족할 줄 모르는 사람이었소."

"내 여동생 프리앙드에게 관심이 많은 것 같군요." 법무부 장관에게는 다정하게 굴며 이렇게 말하기도 했다. "한번 건드려봐요, 그러면 나는 당신을 아슈 전체에서 제일 지독하게 오쟁이진 남편으로 만들어버릴 테니까."

"그래도 가끔씩 순찰을 하긴 하죠?" 치안 감독관에게는 이렇게 물었다. "시타시엘은 누구나 아주 쉽게 들락거릴 수 있다고 바로 어제 당신 부인에게 얘기해줬소! 그게 맘에 안 든다는 게 아니라, 거기 있을 거라고 전혀 상상도 못 했던 사람들을 내가 만난 적이 있었다는 얘기를 하고 싶은 거요……"

마지막 말을 듣다가 오펠리는 빵이 놓인 쟁반을 베르닐드의 원피스 위에 엎을 뻔했다. 오펠리는 행운을 기도했다. 하지만 아르쉬발드는 그들의 만남에 대해 아직까지 한 마디도 언급하지 않았다. 만약 토른의 생각대로 투알 전체가 아르쉬발드를 통해 그 장면을 목격했다면, 그의 누이들도 마찬가지로 비밀을 지키고 있는 것이다. 그들 모두가 그 만남을 무슨 불운처럼 염려하고 있는 걸까? 아니면, 베르닐드에게 귀띔할 적당한 기회를 기다리고 있는 걸까? 오펠리는 줄곧 가느다란 외줄을 걷는 기분이었다.

그러다가 어느 아침, 이번엔 그녀가 아르쉬발드의 작은 비밀을 알아낼 기회가 생겼다. 손님들은 간밤 파티의 숙취에서 깨어나는 중이고 클레르들뢴의 메트로놈은 아직 작동을 시작하기 전, 아주 드문 소강상태였다. 유리 모양의 눈을 한 귀족 하나만 몽유병자처럼 복도를 배회했고, 1층에서는 하인 몇 명이 뒷정리를 하고 있었다.

임신한 여자 특유의 변덕을 보이던 베르닐드가 아주 다급하게 요구한 시선집을 찾기 위해 오펠리는 서재로 내려왔다. 서재 문을 열었을 때, 그녀는 혹시 안경이 자신을 골탕 먹이는 건 아닌지 생각했다. 분홍색 안락의자들도, 크리스털로 된 샹들리에도 없었다. 먼지 냄새가 떠도는 가운데 가구들이 평소와 다르게 배치되어 있었다. 선반으로 시선을 돌려보니 늘 꽂혀 있던 책들이 보이지 않았다. 사라졌다, 퇴폐적인 작품들도, 쾌락에 대한 철학서들도, 감성적인 시집들도! 대신 거기에는 특별한 사전, 기묘한 백과사전들 같은 것이 있었는데, 특히 언어학 연구들을 모은 놀라운 전집이 눈에 띄었다. 기호학, 음소론, 암호해독학, 언어 유형학…… 바람둥이 아르쉬발드에게 이렇게 진지한 연구서가 무슨 소용이람?

호기심에 사로잡혀 오펠리는 아무 책이나 한 권 펼쳐 넘겨보기 시작했다. 『우리 조상들이 다양한 언어를 말하던 시절에 관하여』라는 책이었는데, 갑자기 등 뒤에서 아르쉬발드의 목소리가 들리는 바람에 오펠리는 손에서 책을 놓칠 뻔했다.

"책이 마음에 드시오?"

오펠리는 돌아서서 안도의 숨을 내쉬었다. 그녀에게 하는 말이 아니었다. 들어올 때는 보지 못했는데, 아르쉬발드와 또 다른 한 남자가 방 안쪽 나무로 된 독서대에 몸을 기울인 채 서 있었다. 그들도 그녀를 알아보지 못한 것이 분명했다.

"틀림없어요, 이건 정말 훌륭한 복제본입니다." 아르쉬발드와 함께 있던 남자가 설명했다. "제가 전문가가 아니었다면 분명 원본을 앞에 두고 있다고 단언했을 겁니다."

한 번도 들어본 적 없는 억양이었다. 선반 뒤에 숨은 채, 자신이 여기 있어도 되는 것인지 불안한 마음으로, 오펠리는 몰래 곁눈질을 하지 않을 수 없었다. 외국인은 독서대의 높이에 맞추기 위해 발판에 올라서야 할 정도로 키가 아주 작았다.

"당신이 전문가가 아니었다면 일을 요청하지도 않았겠지요." 아르쉬발드가 건성으로 대꾸했다.

"원본은 어디 있습니까, 시뇨르?"

"파루크만이 알고 있소. 지금으로서는 이 복제본에 만족해야죠. 우선 이 번역을 당신이 이해할 수 있는지부터 확인해야겠소. 공식적으로 폐하는 이 복제본을 내 지인들 모두에게 위임하라고 명했지. 워낙 인내심이 없어서 말이야. 그래서 나는 나를 앞서려는 경쟁자를 내 집에 머물게 두었고. 그러니 어서 서둘러야 해요."

"자, 자." 외국인이 작고 가늘고 높은 소리로 웃었다. "제가 아마도 최고일 겁니다. 그렇다고 기적을 기대하진 마시고요! 지금까지 그 누구도 집안 정령의 책을 해독해내지 못했어요. 제가 대사님께 제안할 수 있는 건, 이 자료의 특성을 전부 산술적으로 연구해내는 겁니다. 기호가 몇 개나 되는지, 그 기호 각각의 빈도와 글자 간 간격의 크기는 어느 정도인지 같은 거죠. 그런 다음에는 다행히도 제가 소유한 다른 복제본들을 가지고 비교 연구를 실행할 수 있을 겁니다."

"아니, 그게 다요? 내가 이미 알고 있는 것을 알려주겠다고 내 돈으로 그 멀리서 온 거요?"

아르쉬발드의 어조에서 짜증이라고는 찾아볼 수 없었지만, 들척지근한 그의 말투에 외국인을 불편하게 하는 무언가가 있는 듯했다.

"죄송합니다, 시뇨르. 누구도 불가능한 일을 할 의무는 없습니다. 제가 확언할 수 있는 것은, 더 많이 비교할수록 더 정확한 일반 수치를 얻을 수 있다는 겁니다. 그러다보면 언젠가 이 철자들의 카오스 속에서 약간이나마 논리적인 것이 튀어나오지 않을까요?"

"이 분야 최고라는 분이 어렵하시겠소!" 아르쉬발드가 안됐다는 듯 속삭였다. "우리 서로 시간 낭비는 맙시다, 선생. 내가 배웅하죠."

두 남자가 서재를 떠나는 동안, 오펠리는 대리석으로 만든 반신상 뒤에 숨어 있었다. 문이 닫히자마자 그녀는 발끝을 세우고 독서대로 걸어갔다. 거기에는 거대한 책이 놓여 있었다. 아르테미스의 아카이브에 있는 책이 아닌가 싶을 만큼 그것과 비슷했다. 오펠리는 읽기용 장갑 끝으로 조심스럽게 페이지를 넘겼다. 온통 수수께끼 같은 아라베스크 문양에 문자 없는 이야기였으며, 재질은 사람의 피부 같았다. 전문가가 옳았다. 이 복제본은 제대로였다.

그렇다면 아슈 여기저기에 다른 책들이 존재하는 걸까? 키작은 외국인의 말에 따르면 각각의 정령이 저마다 하나씩 원본을 갖고 있고, 아르쉬발드의 말에 따르면 파루크는 자기 것을 해독해보려 애를 태우고 있다……

오펠리는 당혹감과 함께 어떤 예감에 사로잡혔다. 굉장한 퍼즐의 조각들이 그녀의 머릿속에서 맞춰졌다. 아르쉬발드가 언급했던 '경쟁자'란 다름 아닌 베르닐드임이 분명하다. 어쨌든 생각하기에 적당한 장소도 시간도 아니었다. 듣지 말았어야 할 이야기를 들었다고, 근처에서 시간을 끌지 않는 게 좋을 거라고 본능이 그녀에게 속삭였다.

오펠리는 문으로 달려갔다. 하지만 손잡이를 건드리기도 전에 깨달았다. 그녀는 갇혀 있었다. 눈으로 창문을 찾고 하인용 문도 찾아봤지만, 이 서재는 그녀가 알고 있던 곳과 전혀 달랐다. 심지어 벽난로도 없었다. 방 안의 유일한 빛은 천장을 통해 들어오는 햇빛뿐이었는데, 그것은 바다에서 떠오르는 해를 모방한, 요컨대 성공적인 환영이었다.

자신의 심장이 뛰는 소리를 들으며, 오펠리는 문득 이 공간에 자리한 침묵이 뭔가 이상하다는 점을 깨달았다. 하인들의 일하는 소리가 더는 벽을 통해 전해지지 않았다. 근심에 사로잡힌 나머지 그녀는 자신의 존재를 알리려고 문을 두드리기까

지 했다. 하지만 문이 아니라 베개를 두드린다는 생각이 들 정
도로 아무런 소리도 나지 않았다.

복제된 방.

언젠가 르나르가 똑같은 공간에 두 개의 장소가 겹쳐진 방
들에 대해 얘기한 일이 있었다. 각각의 방으로 들어갈 수 있는
열쇠를 가진 사람은 아르쉬발드뿐이었다. 오펠리는 복제된 서재
라는 함정에 빠진 것이다. 그녀는 의자에 앉아 생각에 잠겼다.
힘으로 문을 열어볼까? 하지만 연다 해도 어디로 연결되지는
않겠지. 한 부분은 저기 있고, 다른 부분은 더 이상 없잖아. 존
재하지 않는 곳에서 대체 뭘 할 수 있겠어? 아르쉬발드가 돌아
오길 기다릴까? 만약 그가 몇 주 동안 오지 않는다면? 정말 오
랜 시간이 되겠지.

'거울을 찾아야 해.' 오펠리는 이렇게 마음을 먹고 자리에서
일어섰다.

불행하게도 이 서재는 클레르들륀의 다른 방들만큼 호화롭
지 않았다. 뭔가 괜찮아 보이는 것도, 빛을 가지고 장난을 칠
만한 것도 찾을 수 없었다. 현학적인 책들 틈에서 거울 찾기라
니, 성공하기 힘든 일임에는 틀림없었다. 거꾸로 쓰인 텍스트를
해독하는 데 사용하는 손거울이 선반 위에 몇 개 놓여 있었지
만, 오펠리의 손도 들어가지 않을 크기였다.

마침내 그녀는 잉크병이 놓인 은박 받침대를 찾아냈다. 그것
을 가져다가 안쪽이 반사될 정도로 손수건으로 광을 냈다. 받

침대는 좁았지만, 어쨌든 그 정도면 가능할 것 같았다. 오펠리는 그것을 서재 사다리에 기대어놓았다. 엉뚱한 장소에 받침대가 있는 것을 보면 아르쉬발드가 이상하게 생각하겠지만, 달리 선택의 여지가 없었다.

카펫 위에 무릎을 꿇고서, 오펠리는 머릿속으로 공동 숙소에 있는 자기 방을 그린 다음 머리를 낮추고 받침대 속으로 들어갔다. 코가 찌그러지고, 안경이 부딪치고, 이마는 징처럼 울렸다. 오펠리는 머리를 세차게 한 대 얻어맞고서는 눈앞에 있는 무표정한 밈의 얼굴을 쳐다봤다. 이동에 실패한 건가?

'거울로 드나드는 것은 자기 자신과 마주하는 일이지.' 작은 할아버지는 그런 말을 했었다. '자기 얼굴을 감추는 사람들, 스스로를 속이는 사람들, 실제보다 더 좋은 모습으로 자신을 보는 사람들, 그들은 절대 할 수 없는 일이야.'

왜 거울이 자신을 튕겨냈는지 알 것 같았다. 그녀는 밈의 얼굴로, 자신이 아닌 다른 사람 역할을 하고 있었다. 오펠리는 제복을 벗고는 낡았지만 훌륭한 거울 앞에 과감히 맞섰다. 충격 때문에 코가 빨갰고, 안경은 찌그러진 채였다. 얼빠진 얼굴, 엉망이 된 쪽머리, 소심한 입술, 거무스레한 두 눈을 다시 보니 기분이 이상했다. 약간 엉망이긴 해도 어쨌든 그녀의 얼굴이었다.

밈의 제복을 옆구리에 긴 채, 오펠리는 받침대를 통과했다. 벵 구역 6호실의 방바닥으로 어설프게 굴러든 그녀는 서둘러 제복을 다시 입었다. 손이 사시나무처럼 떨렸다. 정말이지, 이번에는 간신히 위기를 모면했다.

성 꼭대기에 있는 베르닐드의 방으로 올라가자 욕조에 있던 베르닐드가 지긋지긋하다는 시선으로 그녀를 쳐다봤다.

"이제야 오다니! 너를 찾으러 로즐린을 보내는 바람에 아무도 없이 혼자 준비해야 하잖니. 그건 그렇고, 시집을 잊었다고 말하려는 건 아니겠지?" 빈손으로 돌아온 밈을 바라보며 그녀는 짜증을 냈다.

오펠리는 흘긋 둘러보고 다른 사람이 없는지 확인한 뒤, 문의 열쇠를 돌렸다. 옆에 있는 부속실에서 들려오던 골치 아픈 전축 소리가 멎었다. 이제 오펠리와 베르닐드는 다른 공간으로 이동한 셈이었다.

"저는 부인께 뭐죠?" 오펠리가 희미한 목소리로 물었다.

베르닐드의 짜증이 금세 누그러들었다. 그녀는 멋지게 문신한 두 팔을 욕조 가장자리로 뻗었다.

"무슨 소리를 하는 거야?"

"저는 부자도 아니고, 힘이 세지도 않고, 아름답지도 않아요. 그리고 당신 조카를 사랑하지도 않죠." 오펠리가 말을 이었다. "그에게 나와 결혼하라고 강요한 이유가 뭐죠? 내 존재만으로 부인을 그렇게 짜증스럽게 만드는데요?"

베르닐드는 넋이 나간 듯 잠시 멍해 있다가 이윽고 노래 같은 웃음을 터뜨렸다. 웃음이 이어지는 동안 자기로 만든 욕조에서 거품 가득한 물이 찰랑댔다.

"네 머릿속에서 대체 어떤 비극이 펼쳐지는 중인지 모르겠구나. 너를 선택한 건 순전히 우연이야, 오펠리. 어쩌면 네 이웃을 선택했을 수도 있겠지. 그러니 어린애처럼 굴지 말고 나 일어나는 거나 좀 도와. 물이 얼음장이 돼버렸잖아!"

하지만 오펠리는 분명히 알았다. 베르닐드는 거짓말을 하고 있었다. '우연'은 성에서 사용하는 단어가 아니었다. 파루크 폐하는 자기 책의 비밀을 알아낼 전문가를 찾고 있다. 그리고, 만약 베르닐드가 결국 전문가를 찾아냈다면?

방문

"젊은 친구, 자네는 우리 업계의 수치야." 귀스타브가 속삭거렸다.

오펠리는 다리미가 신문지에 새겨놓은 갈색 흔적을 바라봤다. 매일의 일과 중에서도 특히 보람 없는 일이라고 판단하는 것이 하나 있다면, 단연코 신문을 다림질하는 일이었다. 매일 아침이면 신문 상자가 하인들이 있는 현관으로 배달되었다. 하인은 주인이 신문을 더 편하게 볼 수 있도록 직접 신문을 접어야 했다. 오펠리는 매일같이 서너 부를 태워먹고 나서야 하나를 그럭저럭 다렸다. 르나르도 대개 자기 자리에서 신문을 다리곤 했는데, 오늘은 아니었다. 그는 녹색 모래시계를 사용했다. 받아 마땅한 휴가를 누리는 것이다. 그리고 오펠리에게는 운이 나빴는지, 하필 이날 아침 하인장이 준비실을 점검했다.

"이렇게 낭비하는 꼴 못 참는 거 알잖아." 그가 환한 미소를 지으며 오펠리에게 말했다. "다른 신문은 건드리지 마. 그러니까 베르닐드 부인에게 자네가 저질러놓은 그대로 가져다주라고. 말을 못 하면 용기라도 있어야 하지 않겠어?"

귀스타브는 킥킥 웃고는 좁은 보폭으로 빠르게 가버렸다. 하인장과 밈이 이런 식의 유치한 기싸움을 한 것이 이번이 처음은 아니었다. 상냥한 체하며 그는 계급장이 없는 사람들을 모욕하고 비난하는 것으로 비열한 즐거움을 누렸다. 가발을 거꾸로 쓰는가 하면 셔츠 가슴 부위의 끈을 제대로 묶지도 않고 술 냄새까지 풍기는 그는 그 누구에게도 좋은 본보기가 되지 못했다. 르나르의 말로는 이미 몇몇을 자살로까지 몰고 갔다고 했다.

오펠리는 너무나 피곤해 화를 내기도 힘들었다. 불탄 신문을 쟁반에 받치고 하얀 규방으로 방향을 잡자 노곤함이 밀려왔다. 방의 습기와 복도에 풍기는 가짜 온기, 거기에 수면 부족으로 결국 구협염에 걸리고 말았다. 머리가 아팠고, 목도 아팠고, 코도 아팠고, 귀도 아팠고, 눈도 아팠다. 낡은 목도리가 그리웠다. 모래시계를 전부 르나르에게 주지만 않았다면 기꺼이 병가를 냈을 텐데.

오펠리는 불에 탄 신문지에 쓰인 큰 제목들을 해독하면서 하인용 복도를 따라 걸었다.

내각이 또다시 실망스러운 결과를 도출해

시 쓰기 대회 — 어린이 여러분, 펜을 들어봐요!

클레르들륀에서 목이 잘린 사륜마차

봄 사냥 대회, 발톱을 세운 드래곤들

봄이라고? 벌써? 시간 참 빨리도 흐르네…… 오펠리는 일기 예보를 보려고 신문을 뒤적거렸다. 영하 25도. 이곳의 온도계는 몇 달 내내 같은 온도에 고정된 것 같았다. 계절이 바뀌어 해가 나면 온화해질까? 사실 하루빨리 확인하고 싶은 건 아니었다. 시간이 흘러갈수록 결혼해야 하는 여름의 끝에 가까워지는 셈 이니까.

베르닐드의 극성스러운 생활 방식 탓에 오펠리는 토른을 생 각할 겨를이 없었다. 그리고 확신하건대 그것은 토른도 마찬가 지일 것이다. '나는 네 운명에 정말 큰 관심을 기울이고 있어.' 그는 그렇게 말했었지. 글쎄, 정말로 약혼자의 운명을 걱정한다 면, 그건 그저 멀리서만 그런다는 얘기다. 클레르들륀에 도착한 저녁 이후로 그는 전혀 모습을 드러내지 않았다. 오펠리는 그 가 자신의 존재를 잊어버렸다 해도 놀라지 않을 것 같았다.

가슴이 울릴 정도로 심하게 기침이 나왔다. 하얀 규방으로 연결된 하인용 문을 밀기 전에, 그녀는 기침이 진정되기를 기다 렸다. 이 부인용 작은 응접실은 성에서 가장 편안하고 가장 우 아한 곳이었다. 모든 것이 레이스와 쿠션, 부드러운 것, 벨벳 같 은 것들로 만들어져 있다. 시적 환영이라며 천장에서 눈송이를 날리게 했는데, 카펫으로는 절대로 떨어지지 않았다.

그날 하얀 규방에는 베르닐드와 아르쉬발드의 일곱 누이가 멜키오르 남작의 최신 모자 컬렉션을 감상하기 위해 모여 있 었다.

"이건 분명 마음에 드실 겁니다, 아가씨." 멜키오르가 식물로 만든 모자를 두스에게 건네며 말했다. "무도회의 흐름에 따라 장미꽃이 피어 분위기가 최고조에 이를 때까지 지지 않을 겁니다. 저는 이 모자에 '밤에 피는 꽃'이라는 이름을 붙였죠."

여자들이 한꺼번에 박수를 쳤다. 뚱뚱하고 위엄 있는 미라주 멜키오르 남작은 양장점을 개업해 환영으로 만들어진 천들로 상상력 넘치는 제품들을 만들어냈고, 대담함을 강조할수록 성공을 거두었다. 다들 그는 금으로 된 손가락을 가졌다고 입을 모았다. 해의 움직임에 따라 무늬가 변하는 바지, 그것도 멜키오르가 만든 것이다. 중요한 순간이면 음악이 나오는 넥타이, 그것도 멜키오르가 만든 것이다. 12시 정오를 알리면 보이지 않게 되는 여성용 속옷, 그것도 멜키오르가 만든 것이다.

"안쪽이 얇은 명주 망사로 된 챙 없는 모자가 정말 마음에 드네요." 베르닐드가 치켜세웠다.

동그란 배를 감추기 위해 만들어진 치마를 입었어도, 베르닐드의 임신 사실은 점점 더 분명하게 드러났다. 규방 구석에 서 있던 오펠리는 그녀를 지켜봤다. 매사 극단을 오가는 저 과부는 어떻게 이토록 아름답고 저렇게 밝을 수 있을까? 도무지 이해할 수 없었다.

"전문가답습니다." 포마드 바른 콧수염을 매만지며 남작이 답했다. "부인은 드래곤 중에서도 예외적인 안목을 갖고 있다고 생각했죠. 우리 미라주의 멋진 취향을 갖고 계십니다!"

"이봐요, 남작님, 모욕하지 말아요." 맑은 웃음을 흘리며 베르닐드가 대꾸했다.

"아! 오늘 신문이군!" 오펠리가 들고 있던 쟁반에서 신문을 집으면서 게테가 소리쳤다.

이어 여자아이는 안락의자에 우아하게 앉아 눈살을 찌푸렸다.

"신문이랑 다리미가 너무 가까이에서 만난 건가."

"밈, 오늘 쉬는 시간은 없는 줄 알아." 베르닐드가 단호하게 말했다.

오펠리는 번뜩 정신을 차렸다. 그녀가 그렇게 말하는 것도 무리는 아니었다. 하지만 부인들에게 차를 따라주고 있던 로즐린 부인은 화가 나서 뻣뻣해졌다. 베르닐드가 대녀에게 가하는 어떤 형태의 처벌도 로즐린은 용서하지 못했다.

"자, 들어보세요. 이런 일이 있었네요!" 게테가 신문에 예쁜 코를 대고 갑자기 웃음을 터뜨렸다. "클레르들륀 정원에서 펼쳐진 사륜마차 행진은 최고의 명성을 자랑한다. 어제저녁, 불행한 잉그리드 백작 부인이 큰 희생을 치러가며 그것을 증명해 보였다. 너무 웅장한 사륜마차를 준비했던 걸까? 너무 원기 왕성한 종마를 선택했던 걸까? 채찍질과 말굴레로도 어쩔 수 없었던 백작 부인은 뿔피리를 불고 큰 소리로 도움을 청하면서 마치 대포알처럼 큰길을 지나갔다.' 기다려봐요, 아직 웃기엔 이르니까. 끝 부분이 최고예요! '마차가 너무 높았거나, 입구가 너무 낮았거나, 어찌 되었든 마차는 천장이 잘려버렸는데, 이 이야기를 쓰는 데 필요한 시간보다도 짧은, 그야말로 순식간에 일어난 일이었다. 미친 말의 질주는 다행스럽게도 끝이 났고, 겁에 질린 백작 부인은 군데군데 타박상을 입고서야 벗어날 수 있었다.'"

"참 가슴 아픈 광경이네!" 멜로디가 말했다.

"한번 웃음거리가 되면……" 그라스가 작게 말했지만, 문장을 끝맺지는 않았다.

"백작 부인이 다음번엔 좀 수수한 마차를 골라야겠는걸." 클레르몽드였다.

"아니면 얌전한 종마를 구하든지." 프리앙드가 맞받아쳤다.

아르쉬발드의 여동생들은 손수건을 꺼내야 할 정도로 신나게 웃어댔다. 오펠리의 머리가 벌통처럼 웅웅거렸다. 이렇게 종알대는 모든 소리에 넌더리가 났다. 호의적인 기색으로 소녀들을 바라보던 베르닐드가 부채를 목에 대고 흔들었다.

"자, 귀여운 아가씨들, 불행한 잉그리드의 재난을 너무 놀려대지 말아요."

"말씀 잘하셨어요." 파시앙스가 젠체하며 동의를 표했다. "좀 자제해야지, 바보들아. 백작 부인도 우리 손님이라고."

아르쉬발드의 여동생들은 각자의 이름과 더없이 잘 어울렸다. 파시앙스는 늘 절제했고, 게테는 아무것에나 웃어댔고, 멜로디는 모든 것에서 예술 작품의 근거를 찾았으며, 그라스는 외관을 중시했고, 클레르몽드는 신중한 판단으로 청중들을 밝혀

주었으며, 프리앙드는 삶을 쾌락의 문제로 요약했다. 막내 두스는 너무도 윤이 나, 아무리 무례한 말을 해도 마치 입에서 진주가 떨어지는 것만 같았다.*

라 투알.** 자매들이 함께 있는 모습을 보면 클랜의 이름이 의미하는 바가 온전해지는 듯했다.

나이와 기질이 다름에도 자매는 단 하나의 사람을 이루는 것만 같았다. 한 명이 손을 내밀면, 서로 협의를 할 필요도 없이 다른 하나가 곧바로 그녀에게 콤팩트를, 각설탕 집게를, 장갑을 전달했다. 한 명이 문장을 시작하면, 다른 하나가 세상에서 가장 자연스럽게 그 문장을 완성했다. 때로는 이렇다 할 이유도 없는 것 같은데 모두가 동시에 웃기 시작하곤 했다. 반대로 다 같이 당혹감에 얼굴이 붉어지고 그녀들 중 누구도 대화를 이어가지 못하는 때도 있었는데, 보통 아르쉬발드가 성에 있는 자신의 여자 손님들 중 하나의 방을 '방문'하는 경우에 그랬다.

아르쉬발드……

서재에서 일이 있고 난 뒤 오펠리는 약간의 불편함을 내색하지 않을 수 없었다. 무엇인가 본질적인 문제에 손을 담근 듯한 느낌이었지만 누구에게도, 특히 베르닐드에게는 그 일에 대해

---

* patience는 '인내'를, gaîté는 '즐거움'을, mélodie는 '선율'을, grâce는 '매력'을, clairemonde는 '세상의 빛'을, friande는 '애호'를, douce는 '감미로운'을 의미한다.
** La toile. '천', '캔버스', '거미줄' 등을 의미한다. 여기서는 거미줄처럼 연결된 관계를 암시한다.

말할 수 없었다. 생각하면 할수록 애첩인 베르닐드가 파루크의 옆자리를 다시 차지하기 위해 토른의 결혼식을 기획했을 것이라는 확신이 더 커져갔다.

"남작님, 제가 리본을 좀 봐도 될까요?" 놀리는 듯한 목소리로 두스가 물었다.

멜키오르 남작이 찻잔을 내려놓고 마지못해 미소를 짓자 바게트처럼 뻣뻣한 콧수염이 올라갔다.

"그걸 물어봐주길 기다렸어요, 아가씨. 새로운 컬렉션에서 특히 두스 아가씨를 생각했답니다."

"저를요?"

남작이 작은 트렁크를 열자, 두스는 기쁨의 비명을 짧게 내질렀다. 벨벳으로 된 검은 바탕의 화려한 리본에 나비들이 한 마리씩 날개를 펄럭이며 앉아 있었다. 두스는 그것들을 전부 머리에 장식해보았다.

"큰 거울 좀 가져다줘."

피곤해서 넋이 나가 있던 터라 오펠리는 그 명령이 자신을 향한 것인지 얼른 알아차리지 못했다.

"그렇게 다른 사람의 하인을 자기 하인처럼 부려먹는 것은 예의 없는 짓이야." 파시앙스가 설교했다.

"내 하인이니 마음대로 해요, 꼬마 아가씨." 베르닐드가 아이의 머리를 다정하게 쓰다듬으며 말했다. "지금 내게는 필요없으니까요."

큰 거울은 납덩어리처럼 무거웠는데, 두스는 베르닐드만큼이나 무정했다.

"거울을 내려놓지 마." 두스가 명령했다. "그렇게 내 키에 맞게 붙잡고 있어. 아니, 그걸 수그리지 말고 무릎만 조금 구부려봐. 좋아, 그렇게 있어."

두스는 마치 대단한 호의라도 베푼다는 듯 상냥한 목소리로 명령을 내렸다. 엄청나게 가늘고 기다란 머리칼, 자개 같은 얼굴색, 순수한 물처럼 맑은 두 눈, 벌써 자신의 매력을 이용할 줄 아는 아이였다. 오펠리는 그런 태도에 그리 민감하지 않았다. 두스가 화를 낼 때 어떤지 이미 보았던 터라, 그 우아함도 불만이 생기자마자 쩍 하고 갈라지는 니스 칠에 지나지 않음을 그녀는 알고 있었다. 두스와 결혼하게 될 남자가 진심으로 측은하게 여겨졌다.

거울을 잡고 있던 오펠리가 재채기를 참으려 갖은 애를 쓰는 동안 여자들은 이야기를 나누고, 웃고, 차를 마시고, 모자들을 써보았다.

"베르닐드 부인, 하인을 돌려보내야 할 것 같군요." 갑자기 코에 손수건을 가져다 대며 멜키오르가 말했다. "내내 기침을 하고 코를 훌쩍이고 있으니, 정말 못 봐주겠어요."

말만 할 수 있었다면 오펠리도 곧바로 남작의 말에 동의를 표했겠지만, 조심스러운 노크 소리가 나는 바람에 베르닐드에게서 그에 대한 대답은 들을 수 없었다.

"가서 문을 열어봐." 베르닐드가 오펠리에게 말했다.

거울을 들고 있느라 경련이 일었기에 그걸 잠깐 내려놓아야 한다는 것에 화가 나거나 하지는 않았다. 한데 다가가 문을 열었을 때, 오펠리는 너무나 놀란 나머지 허리 숙여 인사를 해야 한다는 사실조차 떠올릴 수 없었다. 그녀보다 머리 두 개쯤 큰 키에 검은 제복을 입고 술로 장식된 견장을 찬, 그 누구보다 뻣뻣하고 마르고 무뚝뚝해 보이는 토른이 시계태엽을 감고 있었다.

그는 오펠리를 쳐다보지도 않은 채 방으로 들어섰다.

"숙녀분들, 안녕하세요." 그가 마지못해 인사를 했다.

망연한 침묵이 이 좁은 규방에 자리했다. 베르닐드는 계속 부채를 흔들었고, 로즐린 이모는 놀라서 딸꾹질을 했고, 자매는 찻잔을 손에 든 채 멈추었고, 두스는 큰언니의 치마 품으로 뛰어들었다. 이 거대하고 과묵한 남자는 그 존재만으로도 이곳의 여성적인 매력을 깨뜨리기에 충분했다. 정말이지 너무나 커서 가짜 눈송이가 마치 그의 눈에서 떨어지는 하얀 파리 떼처럼 보였다.

제일 먼저 냉정을 찾은 사람은 베르닐드였다.

"정말 무례하구나!" 베르닐드가 아주 거친 말투로 그를 질책했다. "미리 알렸어야지. 너 때문에 너무 놀랐잖니."

토른은 쿠션이나 레이스 장식이 지나치지 않은 안락의자를 골라, 길고 가는 다리를 가진 사람이 흔히 그러듯 다리를 접으며 앉았다.

"서류들을 대사님 사무실에 제출해야 해서요. 온 김에 고모님 건강을 살펴보려고 왔어요. 오래 머물지 않을 겁니다."

마지막 말에 아르쉬발드의 누이들은 안도의 숨을 내쉬었다. 그 옆에서 오펠리는 토른을 정면으로 보지도 못하고 구석에서 꼼짝 못 한 채, 자신이 맡은 역할 때문에 그 어느 때보다도 커다란 고통을 느끼고 있었다. 그가 그리 존경받는 사람이 아니라는 점은 알고 있었지만, 그녀 자신이 그러한 사실을 직접 확인하는 것은 또 다른 얘기였다. 그가 밈의 진짜 모습을 알아챘을까? 자기 약혼녀가 인기 없는 자신의 모습을 바라보는 말 없는 관객으로 이 방에 있다는 걸 짐작이나 할까?

토른은 자기 때문에 어색해진 분위기에는 관심이 없어 보였다. 그는 서류 가방을 무릎에 올려놓고는, 주변에서 내키지 않는 듯 기침을 하는데도 파이프에 불을 붙였다. 로즐린 이모가 가져다준 차는 눈썹을 찌푸리는 것으로 거절했다. 두 사람 중 누구의 입술이 더 불만에 차 있는지 우열을 가릴 수 없었다.

"감독관님!" 미소를 지으며 멜키오르 남작이 외쳤다. "뵙게 되어 무척 기쁘네요. 만나 뵙고 싶다고 요청한 지 몇 달이나 되었거든요."

토른은 한 사람쯤은 꼼짝 못 하게 하고도 남을 차가운 눈초리로 그를 쏘아보았지만, 뚱뚱한 남작은 전혀 개의치 않고 반지를 잔뜩 낀 두 손을 즐겁게 비벼댔다.

"감독관님의 결혼식이 무척 기다려집니다. 그런 예식이 마지막 순간에 즉석에서 치러지지는 않겠죠. 감독관님처럼 계획적인 분이라면 그 사실을 모르시지 않을 거라 확신합니다. 감독관님의 가슴이 선택한 분을 위해 제가 가장 아름다운 결혼식 드레스를 온 정성을 다해 만들겠다고 약속드리겠습니다."

갑자기 기침이 나오는 바람에 오펠리는 하마터면 원래의 모습을 드러낼 뻔했다.

"때가 되면 알려드리지요." 음산한 목소리로 토른이 대꾸했다.

마술사가 모자에서 하얀 토끼를 꺼내듯, 멜키오르는 자기 모자에서 수첩을 꺼냈다.

"빨리 해결해야죠. 약혼녀 사이즈를 알려주시겠어요?"

오펠리로서는 여태껏 살아오면서 겪어본 가장 당혹스러운 순간이었다. 그녀는 카펫 밑으로 사라지고 싶었다.

"그런 건 제 관심사가 아닙니다." 토른은 화난 목소리였다.

멜키오르의 미소와 함께 포마드를 바른 콧수염이 무너져 내렸다. 그는 문신이 있는 눈꺼풀을 여러 번 깜박이다가 수첩을 정리했다.

"편하실 대로요, 감독관님." 지극히 부드러운 목소리로 그가 말했다.

남작은 리본이 들어 있는 작은 트렁크를 닫고, 상자 안에 모자를 전부 집어넣었다. 토른 때문에 엄청나게 기분이 상한 게 분명했다.

"좋은 하루 보내세요." 여자들에게 이렇게 중얼거리고, 멜키오르는 떠나버렸다.

불편한 침묵이 규방에 내려앉았다. 큰언니의 치마 품에 뛰어들었던 막내 두스는 의기소침해서 입을 삐죽거리며 토른의 상처들을 응시했다.

"너는 여전히 말랐구나." 베르닐드가 질책했다. "그 많은 장관급 향연에 가서 뭘 먹을 시간도 없었니?"

프리앙드는 자매들을 흘긋 바라보고는 입술에 장난기 어린 미소를 머금은 채 토른의 의자로 다가갔다.

"아니마에서 온 귀여운 약혼녀를 보게 될 순간을 고대하고 있어요, 토른." 그녀는 달콤하게 속삭였다. "감독관님은 너무 비밀이 많아요!"

뭐든 얘기가 나올 때마다 자신이 주제로 떠오르자 오펠리는 불안해지기 시작했다. 아르쉬발드와 만났던 일이 얘깃거리가 되지 않아야 할 텐데. 토른이 그저 회중시계만 쳐다보고 있자, 프리앙드는 대담하게도 그를 향해 몸을 숙였다. 움직일 때마다 금발 곱슬머리가 흔들거렸다.

"최소한 그녀가 누구를 닮았는지라도 얘기해주시겠어요?"

토른이 너무도 갑작스레 차가운 눈으로 프리앙드를 바라보았기에, 그녀의 입가에서 미소가 사라져버렸다.

"그녀는 누구와도 닮지 않았어요."

태연한 밈의 마스크 속에서 오펠리는 눈을 휘둥그레 떴다.

저 사람, 무슨 말을 하려는 거지?

"관리국에서 저를 찾을 것 같군요." 토른이 시계 뚜껑을 닫으면서 말했다.

그는 자리에서 일어나 긴 두 다리로 걸어 나갔다. 그가 방을 나서자 오펠리는 당황한 기색으로 문을 닫았다. 이렇게 별것 아닌 일로 굳이 여기까지 왔다 갈 필요가 있었나……

규방 안에는 마치 한 번도 끊긴 적이 없었던 듯 곧바로 대화가 이어졌다.

"참, 베르닐드 부인! 봄에 저희랑 함께 오페라 공연을 하시겠어요?"

"부인이 아름다운 이졸데 역을 맡으면 완벽하겠는걸요!"

"그러면 파루크 폐하가 보러 오시겠죠. 부인에 대한 좋은 기억을 떠올리게 할 기회가 될 거예요!"

"그렇겠네." 베르닐드는 부채를 흔들며 건성으로 답했다.

'부인이 화가 난 걸까?' 코를 풀면서 오펠리는 생각했다. 그녀는 한참 뒤, 베르닐드가 부채로 바닥을 가리켰을 때야 그 이유를 이해할 수 있었다.

"저기 보이는 게 뭐지? 카펫 위에."

오펠리는 토른이 앉아 있었던 의자 다리로 허리를 굽혀 멋진 은제 스탬프를 주웠다.

"관리국의 직인이네요." 클레르몽드가 말했다. "직인을 분실하는 바람에 조카님께 몹시 귀찮은 일이 생기겠는걸요."

베르닐드 부인이 부채를 들더니 두 팔을 늘어뜨리고 서 있던 오펠리를 한 대 때리며 화를 냈다.

"너는 그걸 얼른 감독관에게 다시 가져다주지 않고 뭘 하는 거냐?"

관리국

오펠리는 벽 거울에 비친 창백하고 보잘것없는 밈의 형체를 뚫어지게 바라봤다. 대기실 안에는 실크해트를 만지작거리며 이따금 비서실의 뿌연 유리문을 참을성 없이 바라보는 귀족뿐이었다. 오펠리는 중간에 놓인 거울을 통해 조심스레 그를 관찰했다. 많은 미라주 사람들처럼 이 남자도 잘 차려입었다. 웃옷이 몸을 꽉 조이다시피 했고, 두 눈에는 문신이 점처럼 새겨져 있었다. 도착하고부터 그는 끊임없이 탁상용 추시계를 확인했다. 9시 20분. 10시 40분. 11시 55분. 12시 15분.

오펠리는 한숨이 나오는 것을 꾹 참았다. 어쨌든 저 사람은 아침부터 기다리지는 않았지. 수많은 엘리베이터 안에서 길을 헤맨 뒤, 하루 종일 여기 이렇게 서 있었다. 너무나 피곤해서 안경을 썼음에도 눈이 침침해지기 시작했다. 상담원은 우선순위에 따라서 사람들을 맞이했는데, 하인들은 목록의 맨 마지막이었다. 오펠리는 비어 있는 수많은 안락의자도, 커피와 작은 쿠키들이 놓인 테이블도 쳐다보지 않으려 애썼다. 그녀는 이 모든 것에 대한 권리가 없었다.

정말이지 비서실에 직인을 맡기고 돌아가고 싶었지만, 그렇게 할 수는 없었다. 베르닐드가 그렇게 화를 냈던 건 토른이 그것을 고의로 잃어버렸기 때문이고, 그가 고의로 그것을 잃어버렸다면 그녀와 만날 기회를 만들고 싶었기 때문일 것이다.

드디어 유리문이 열렸다. 한 남자가 나오며 대기실에 남아 있는 귀족에게 모자를 들어 정중하게 인사를 건넸다.

"안녕히 가세요, 부회장님." 비서가 말했다. "의원님이시죠? 저를 따라오세요."

그 미라주는 불만을 터뜨리며 비서실로 들어갔고, 오펠리는 다시 혼자가 되었다. 더 이상 그렇게 있을 수 없어서, 그녀는 커피 잔을 집어 들어 그 안에 쿠키를 담근 뒤 첫 번째 안락의자에 앉았다. 커피는 차가웠고 무언가를 삼키자 속이 쓰렸지만, 몹시 배가 고팠다. 테이블에 있던 작은 쿠키를 모조리 먹어치운 오펠리는 코를 두 차례 풀고는 곧 잠이 들었다.

한 시간쯤 흐른 뒤, 문이 열려 그녀는 황급히 다시 일어섰다. 미라주 의원이 들어갈 때보다 더 불만에 찬 모습으로 가버렸다. 비서는 오펠리에게 눈길 한 번 주지 않고 유리문을 다시 닫았다.

불확실한 마음으로, 그녀는 조금 더 기다리다가 자신을 기억해주길 바라며 문을 몇 번 두드렸다.

"뭐지?" 비서가 문을 살짝 열며 오펠리에게 물었다.

오펠리는 자신이 말을 할 수 없다는 사실을 손짓으로 알린
뒤 비서실 안쪽을 가리켰다. 다른 사람들과 마찬가지로 그녀
또한 그곳에 들어가려고 온 것이 당연하지 않은가.

"감독관님은 쉬셔야 돼. 하인 일로 방해할 순 없지. 전할 말
이 있으면 나한테 해."

믿기지가 않았다. 몇 시간이나 이곳에 꼼짝 않고 있었는데,
감독관을 접견할 수 있도록 배려해주는 게 그렇게 힘든 일일
까? 그녀는 밈의 얼굴을 흔들며, 비서가 고집스레 발로 막고 선
문을 가리켰다.

"너는 말도 못 하고, 듣지도 못하는 거야? 거참 안됐네."

그러고서 그는 오펠리의 면전에서 쾅 하고 문을 닫았다. 물
론 대기실에 직인을 두고 아무런 소득 없이 발길을 돌릴 수도
있었지만, 그녀는 그렇게 하지 않았다. 기분이 나빠지기 시작했
다. 토른은 여기까지 날 끌어들이고 싶었던 걸까? 이런 결과에
대해 책임을 져야 할 거야.

그녀는 뿌연 유리 뒤로 가발 쓴 비서의 그림자가 나타날 때
까지 유리를 두들겨 소리를 냈다.

"돌아가라니까. 안 그러면 헌병을 부르겠어!"

"뭐야, 무슨 일이오?"

딱딱한 토른의 말투였다.

"아, 감독관님, 내려오셨어요?" 비서가 알아듣기 힘들 정도로
웅얼거렸다. "감독관님을 방해하지 않게 하려고요. 엉덩이를 건

어차야 정신을 차릴까 싶은 무례한 꼬마 녀석일 뿐입니다."

유리문 뒤로 비서의 그림자가 길고 가느다란 토른의 실루엣에서 멀어졌다. 토른이 문을 열고 예리한 콧날을 오펠리 쪽으로 숙였을 때, 한순간 그녀는 그가 자신을 알아보지 못할지도 모른다는 생각에 턱을 치켜들어 토른의 시선을 똑바로 마주했다.

"건방진 놈!" 비서가 소리쳤다. "정말 너무하네. 헌병을 불러야겠어."

"고모님의 심부름꾼이오." 토른이 잇새로 새된 소리를 냈다.

비서는 얼굴을 일그러뜨렸다가, 이내 굽실거리듯 태도를 바꾸었다.

"감독관님, 정말 너무나 송구합니다. 유감스럽게도 제가 오해를 했네요."

오펠리는 몸을 떨었다. 토른은 얼음장같이 차갑고 커다란 손을 오펠리 목덜미에 대고는 비서실 안쪽에 있는 엘리베이터로 그녀를 밀어 넣었다.

"필요 없는 불은 다 꺼요. 오늘은 사람을 더 안 만날 테니."

"네, 알겠습니다."

"내일 일정은 어떻지?"

비서가 두터운 구식 안경을 끼고 수첩을 훑었다.

"내일 일정은 취소할 수밖에 없었습니다. 아까 부회장님이 나가시면서 새벽 5시에 열릴 각료 회의에 참석 요청서를 주고 가셔서요."

"요리사가 식품 저장고나 와인 창고 목록을 주지 않았소?"

"아니요."

"각료 회의에 그 보고서가 필요한데. 그걸 좀 받아 오시오."

"저장고에서 말입니까?"

그다지 즐거운 기색이 아닌 것으로 보아, 저장고가 아주 가깝지는 않은 모양이었다. 그럼에도 그는 고개를 끄덕였다.

"알겠습니다. 가보겠습니다, 감독관님."

연신 굽실거리며, 꼬박꼬박 '감독관님'이라고 부르던 아첨꾼 비서는 이내 자리를 떴다.

토른이 엘리베이터의 쇠창살을 펼쳤다. 마침내 오펠리와 토른만 남았다. 그럼에도 엘리베이터가 올라가는 동안 그들은 서로를 바라보거나 말 한마디 건네지 않았다. 관리국은 시타시엘에 있는 많은 망루 중 하나에 자리해 있었다. 엘리베이터에 침묵이 무겁게 내려앉았다. 오펠리에게는 토른의 사무실과 비서실을 분리한 층계참의 간격이 끝날 것 같지 않아 보였다. 부러코를 풀어보고, 재채기를 하고, 기침을 해보고, 신발을 쳐다보기도 했지만, 토른은 그녀를 편안하게 해주는 말 한마디 건네지 않았다.

엘리베이터는 거대한 복도 앞에 멈추었다. 하나하나 셀 수도 없는 피아노의 건반만큼이나 많은 문들이 늘어서 있었다. 아마이곳도 바람 장미일 것이다.

토른은 복도 끝의 이중 문짝으로 된 문을 밀었다. 속담에 따르면 자리가 사람을 만들지, 사람이 자리를 만드는 것은 아니라고 했다. 하지만 관리국을 방문한 지금, 오펠리는 토른의 경우만큼은 그 속담이 틀렸다는 생각이 들었다. 집무실은 그 어떤 엉뚱한 것도 허락되지 않는 간결하고 차가운 분위기였다. 사무용 가구라고 해봐야 커다란 책상 하나에 의자 몇 개, 그리고 방 네 귀퉁이에 있는 서류 정리장이 다였다. 나무 바닥에는 카펫도 깔려 있지 않았고, 벽에는 그림 한 점 없었으며, 선반 위에 작은 장식품 같은 것도 놓여 있지 않았다. 가스램프가 여러 개 있었지만 책상에 있는 것에만 불이 들어와 있었다. 선반을 따라 늘어선 책들의 색을 제외하면, 목재의 어두운 분위기를 살리는 어떤 색깔도 없었다. 계산기와 전도 그리고 도표 같은 것들만이 집무실을 장식하고 있었다.

결국, 유일하게 몽상적인 느낌을 주는 것은 둥근 창 아래 놓여 있는 낡을 대로 낡아빠진 소파뿐이었다.

"여기서는 두려워하지 않고 얘기해도 돼." 토른이 뒤에 있는 문을 잠근 뒤 말했다.

그는 견장이 달린 제복을 벗었다. 이제 단추를 채운 아주 깨끗한 흰색 셔츠에 재킷 하나만 걸친 모습이었다. 추울 텐데 어떻게 이러고 있는 거지? 주철 난로가 있었음에도 집무실 내부는 얼음장 같았다.

오펠리는 손가락으로 둥근 창을 가리켰다.

"이 창문은 어디로 난 거야?"

그녀는 손을 목에 가져갔다. 목소리가 낡은 창살처럼 녹이 슬어 있었다. 목의 통증과 말 못 하는 밈 사이에서 그녀의 성대는 고통을 겪었다.

그녀의 목소리를 듣는 토른의 상처 난 눈썹이 활처럼 구부러졌다. 그의 길고 경직된 얼굴에 생기를 불어넣는 유일한 움직임이었다. 어쩌면 그렇게 상상해서 그럴 수도 있겠지만 오펠리가 느끼기에 그는 평소보다도 훨씬 더 경직되어 있는 것 같았다.

"밖으로." 마침내 그가 대답했다.

"진짜 밖?"

"직접 봐."

오펠리는 유혹을 참을 수 없었다. 그녀는 꼬마 아이처럼 소파 위에 올라서서 유리창에 얼굴을 가져다 댔다. 이중창이었음에도 유리는 얼음처럼 차가웠다. 아래쪽을 바라보자 성벽과 아케이드, 그리고 망루의 그림자가 보였다. 현기증이 일었다. 심지어 비행선 격납고도 저기 있었다! 자신이 뿜어낸 김을 장갑으로 닦아낸 그녀는 서리와 고드름으로 만들어진 레이스 사이로 밤의 일부를 포착하고 숨을 멈췄다. 기묘한 회오리바람이 별들 한가운데 색색의 띠를 남겼다. 북쪽의 새벽빛인가?

'마지막으로 하늘을 본 게 언제였지?' 밤하늘에 매혹된 채 오펠리는 생각했다.

불현듯 목이 메어왔다. 아파서만은 아니었다. 그녀는 고향의 밤을, 한 번도 작은 계곡에서 시간을 갖고 찬찬히 바라보지 못

했던 별이 반짝이던 밤을 떠올렸다.

요란한 전화벨 소리가 그녀를 깨우지 않았더라면, 오펠리는 등 뒤에 있는 토른마저 잊어버렸을 것이다. 그는 조심하라는 의미로 짧게 오펠리를 쳐다본 뒤 수화기를 들었다.

"네? 미리요? 4시면 도착할 수 있을 겁니다."

그는 나팔 모양의 수화기를 전화기 위에 다시 내려놓고 오펠리를 바라봤다. 설명을 기다렸지만, 토른은 팔짱을 낀 채 마치 설명을 기다리는 사람은 자신이라는 듯 책상에 기대어 있었다. 결국 그녀는 제복 주머니 속을 뒤져 직인을 책상 위에 놓은 뒤 목청을 가다듬어 목소리를 틔웠다.

"당신이 멋대로 한 행동 때문에 고모님이 불쾌해하셨어. 그리고 솔직하게 말하자면, 나도 당신이 아주 잘했다고 생각하진 않아." 그녀는 대기실에서 했던 생각을 덧붙였다. "클레르들륀으로 전화를 하는 편이 더 간단하지 않았을까?"

토른의 커다란 코가 성가시다는 듯 킁킁대는 소리를 냈다.

"시타시엘의 전화선들은 안심할 수가 없어. 게다가 내가 얘기하고 싶었던 사람은 고모님이 아니기도 하고."

"그런 거라면, 얘기해봐."

오펠리는 의도했던 것보다 더 건조한 말투로 말했다. 아마 그에게도 이런 식으로 약속을 잡을 수밖에 없는 분명한 이유가 있었겠지만, 그럼에도 그녀는 마음이 몹시 언짢았다. 그가 아무리 한참 에둘러 말한다 해도, 결국 이 일에 있어서는 책임을 져야만 했다.

"변장한 모습이 불편한데." 토른은 시계를 확인하고 말했다. "그 옷 좀 벗지, 부탁이야."

오펠리는 안절부절못하며 칼라에 달린 단추를 문질렀다.

"제복 안에 셔츠 하나밖에 안 입었는데."

감추고 싶었던 것이 드러나기라도 한 양 곧 부끄러움이 밀려왔다. 토른과 나누고 싶지 않았던 대화는 바로 이런 종류의 것이었다. 어쨌든 토른은 이런 일에 마음이 흔들리거나 하는 남자는 아니었다. 당연히 그는 참을성 없이 시계 뚜껑을 닫아 소리를 냈고, 이어 책상 뒤에 있는 옷장을 눈으로 가리켰다.

"코트를 걸쳐."

'이렇게 해, 저렇게 해……' 어떤 점에서 보면, 토른은 자기 고모와 꼭 어울리는 조카였다. 오펠리는 두꺼운 나무로 된 책상을 돌아 옷장 문을 열었다. 거기에는 정말이지 단순하면서도 엄청나게 큰 토른의 옷들뿐이었다. 어쩔 수 없이 그녀는 옷걸이에서 검은색 긴 코트를 꺼냈다.

토른에게 흘긋 시선을 던진 그녀는 그가 자신을 보지 않는다는 사실을 확인하고 안심했다. 아닌 게 아니라, 그는 노골적으로 등을 돌리고 있었다. 정중한 걸까? 빈정대는 걸까? 무관심한 걸까?

오펠리는 제복 단추를 끄르고 코트를 걸쳤다. 옷장 문에 달린 거울 속 자신의 모습을 보자 눈살이 찌푸려졌다. 그녀는 너무 작고 코트는 너무 커서 꼭 어른의 옷을 입은 아이 같아 보였다. 입술은 터지고, 코는 헐고, 안색은 정말이지 끔찍했다. 제대로 묶지 않은 짙은 곱슬머리가 볼까지 흘러내려 피부가 더 창백해 보였다. 회색 안경으로도 눈 주변의 다크서클은 감춰지지 않았다. 부끄러움을 느꼈던 것이 우스꽝스럽게 여겨질 정도로 딱한 꼴이었다.

서 있는 것이 너무 피곤해 오펠리는 책상 의자에 앉았다. 의자가 토른의 키에 맞춰져 있던 터라 그녀의 발은 땅에 닿지도 않았다.

"얘기해봐." 오펠리가 다시 말했다.

커다란 책상의 반대편에 기댄 채, 토른은 웃옷 주머니에서 작은 종이를 꺼내어 오펠리가 있는 쪽 필기대 위에 놓았다.

"읽어봐."

너무 긴 코트의 소매를 걷어 올리고, 오펠리는 어리둥절해서 사각 종이를 집었다. 전보인가?

폴, 시타시엘 관리국, 토른 씨 앞

떠난 뒤로 소식이 없구나. 네가 연락도 없이 배은망덕하게 굴어서 엄마는 화가 났어. 우리가 보낸 편지들에 답장 부탁해. 답장은 로즐린 이모에게 맡기면 돼.

아가트

오펠리는 깜짝 놀라 메시지를 여러 차례 되풀이해서 읽었다.

"정말 난감해졌어." 무감한 목소리로 토른이 말했다. "두아엔들이 실수로 당신 가족에게 여기 주소를 알려줬어. 무엇보다 관리국을 통해 내게 연락을 해서는 안 되는데. 게다가 전보 같은 거라면 더더욱."

책상 반대편에서 오펠리는 턱을 쳐들고 그의 눈을 똑바로 바라보았다. 이제는 그에게 정말로 화가 났다. 토른은 오펠리의 우편물을 책임지고 관리해야 했다. 토른 때문에 그녀는 부모님이 자신을 잊었다고 생각했던 것이다. 사실 그분들은 엄청나게 불안해하고 계셨는데.

"언니가 말하는 편지들은 뭐야?" 그녀가 원망스럽게 물었다. "나한테 아무것도 준 적이 없잖아. 나랑 이모가 맡긴 편지들은 제대로 보낸 거야?"

토른이 침착성을 잃은 것으로 보아, 그녀에게서 정말 대단히 불쾌해하는 기운이 느껴진 모양이었다.

"유감스럽게도 그 편지를 몽땅 잃어버린 건 내가 아니야." 그가 투덜대듯 대답했다.

"그러면 누가 우리 편지를 가로채며 즐거워한 거지?"

토른이 시계 뚜껑을 열었다가 닫았다. 그렇게 매번 시간을 확인하는 모습에 오펠리는 짜증이 치밀어 오르기 시작했다.

"나도 몰라. 어쨌든 수완이 있는 사람이야. 우편 경로를 통제하는 것도 내 주요 권한 중 하난데, 이 전보가 아니었다면 나도 편지들이 사라졌다는 걸 결코 알 수 없었을 거야."

오펠리는 코까지 내려온 머리칼을 뒤로 넘겼다.

"내가 그걸 좀 읽어봐도 될까?"

그 표현이 의미하는 바를 몰라 혼란스러울 수도 있었을 텐데, 의외로 토른은 그녀의 뜻을 곧바로 이해했다.

"난 이 전보의 주인이 아니야. 나한테 허락받을 필요 없어."

오펠리는 안경 그림자가 드리운 눈썹을 치올렸다. 어떻게 이걸 알고 있지? 그래, 비행선에서 로즐린 이모와 있을 때 그 얘기를 했었지. 부기장이 있던 식탁에서. 겉모습은 거만해 보였지만, 어쨌든 토른은 생각보다 세심한 사람이었다.

"당신이 그걸 마지막으로 만졌잖아." 오펠리가 설명했다. "읽으려면 어쩔 수 없이 당신을 거쳐야 하니까."

이제 토른은 내키지 않는 듯했다. 엄지손가락으로 시계 뚜껑만 열었다 닫기를 반복했다.

"전보에 찍힌 도장은 진짜더군." 그가 말했다. "혹시 이게 가짜가 아닐까 의심했거든. 당신이 신경 쓸까봐 알려주는 거야."

책상의 램프 불빛 아래서 금속 파편 같은 토른의 두 눈이 기묘하게 반짝였다. 그의 시선이 오펠리에게 머물 때마다, 그녀는 그가 자신의 영혼까지 꿰뚫어 보려 한다는 느낌을 받았다.

"혹시라도 내 말이 못 미더운 거라면⋯⋯" 그는 거친 말투로 말을 이었다. "차라리 나를 읽는 건 어때? 나를 말이야."

오펠리는 고개를 저었다.

"나를 과대평가했어. **읽는 사람**은 사람들 깊숙한 곳의 심리까지 들어가는 게 아니야. 내가 포착할 수 있는 건 지나가는 생각의 상태야. 물건을 다룰 당시 보았던 것, 들었던 것, 느꼈던 것 말이야. 결국 겉핥기인 셈이라는 건 확실히 얘기해둬야겠네."

논쟁은 오펠리의 특기가 아니었다. 토른의 시계 뚜껑에서 소리가 멈추지 않았다. **탁탁, 탁탁, 탁탁.**

"누군가 내 편지를 가지고 장난을 쳤어." 오펠리가 한탄조로 말을 이었다. "더 이상은 나를 멋대로 취급하도록 내버려두고 싶지 않아."

그녀로서는 너무나 후련하게도, 토른이 마침내 시계를 웃옷 주머니에 넣었다.

"허락할게."

오펠리가 보호 장갑의 단추를 풀자, 토른은 그의 특징 중 하나인 막연한 호기심을 드러내며 그녀를 관찰했다.

"정말 모든 걸 다 읽을 수 있어?"

"다는 아니야, 못 해. 유기체나 원재료는 읽을 수 없어. 사람, 동물, 식물, 원석 그대로의 광물들, 전부 읽을 수 없는 것들이지."

오펠리는 안경 너머로 토른을 바라보았지만 다른 질문은 없었다. 이어 맨손으로 전보를 집어 들자, 곧장 숨이 멎을 정도로 격렬한 무언가가 머릿속에 스며들었다. 그녀가 결정적인 것을 기다리는 동안 토른은 짐짓 침묵을 지켰다. 대리석처럼 차가운 겉면 안에서 하나의 생각이 곧바로 다른 생각으로 이어졌는데,

오펠리로서는 단 하나의 생각만을 잡아챌 수 없을 그런 리듬이었다. 토른은 생각을 아주 많이, 그리고 아주 빨리 했다. 이런 사람에게서는 결코 아무것도 읽을 수 없다.

시간을 거슬러 올라가던 그녀는 전보를 손에 쥔 사람이 그 것을 읽으며 느낀 놀라움을 느꼈다. 그는 정직한 사람이었고, 도둑맞은 편지들에 대해서는 아무것도 몰랐다.

이제 과거로 더 멀리 들어갔다. 전보는 토른에게서 모르는 이에게로 갔다가, 모르는 이에게서 또 다른 모르는 이에게로 갔다. 다들 일상의 작은 일들에 묻혀 사는 우체국 직원들이었다. 춥고, 다리가 아프고, 더 나은 월급을 원하는 사람들. 그들 중 누구도 감독관에게 온 메시지에 일말의 호기심도 드러내지 않았다. 오펠리는 전화기에서 들리는 신호를 글자로 받아 적는 파수병의 손까지 시간을 거슬러 올라갔다.

"전신국은 어디 있지?" 그녀가 물었다.

"시타시엘, 비행선 격납고 근처야."

오펠리가 **읽는** 동안, 그는 책상 반대편에 앉아 으레 말단 직원들에게 맡겨지는 자잘한 서류들을 정리했다. 그는 분류하고, 도장을 찍고, 영수증을 모았다.

"그러면 신호는 어디에서 받아?"

"이것처럼 다른 아슈에서 온 전보의 경우엔 방 뒤 노르*에서

* Vent du Nord. '북풍'을 뜻한다.

417

직접 받지." 그가 분류 작업에서 눈을 떼지 않은 채 대답했다. "항공우편과 우편 서비스를 담당하는 작은 아슈야."

오펠리가 질문할 때마다 매번 그는 스스로에게 인내심을 강요하는 듯 마지못해 대답했다.

'나를 보면서 머리 회전이 너무 둔하다고 생각하는 걸까?' 오펠리는 심각하게 고민했다. 토른처럼 과도하게 작동하는 뇌에 맞설 수 없는 것은 사실이니까.

"당신처럼 나도 전보가 진짜라고 생각해." 장갑의 단추를 다시 채우며 오펠리가 말했다. "그리고 당신이 솔직하다는 것도 알아. 의심해서 미안해."

그 말을 듣자 토른은 서류에서 눈을 떼었다. 이런 종류의 인사에 익숙하지 않은 것이 틀림없었다. 아무런 대답도 못 한 채 허수아비처럼 뻣뻣하게 앉아 있었으니 말이다. 오후가 끝날 무렵이어서인지, 언제나 뒤로 빗어 넘긴 옅은 빛깔의 머리가 이제 이마에 내려와 있었다. 어둠 속에서, 그의 눈썹에 새겨진 상처가 머리칼에 묻혔다.

"이걸로는 사라진 편지들의 수수께끼를 풀 수 없어." 침묵이 불편했던 오펠리가 덧붙였다. "이제 폴에서 내 존재가 엄청난 비밀은 아니잖아. 어떻게 생각해?"

"편지를 가로챈 사람과 그 동기에 대해서는 아무것도 몰라." 토른이 마침내 입을 열었다. "그러니까 우리 전략을 바꿔선 안 돼. 하녀가 고모의 저택에서 당신인 척하고 있으니, 당신은 클레르들뢴에서 말 못 하는 하인 역할을 해야지."

이렇게 말하며 그는 푸르스름한 빛이 감도는 램프의 유리를 뚫어지게 바라보더니, 아무렇지도 않게 전보를 불태웠다.

오펠리는 안경을 벗고 눈 주위를 마사지했다. 읽는 동안 두통이 심해졌다. 표면만 스쳤을 뿐이지만, 빠르게 전개되는 토른의 생각에 그녀는 현기증을 느꼈다. 이 사람은 언제나 이런 식으로 살아온 걸까?

"이 변장은 너무 바보 같아." 그녀가 속삭였다. "어쨌든 내 정체를 드러내는 게 결혼 전이든 후든, 그게 뭐가 중요하지? 결혼한다고 괴상한 가족들이나 신분 낮은 사람들의 복수나 음모 같은 공격을 덜 받게 될까?"

오펠리는 목소리를 가다듬으려 기침을 했다. 목이 더 쉬어 있었다. 이러다가는 정말로 더 이상 목소리가 나오지 않을 것 같았다.

"이제는 좀 덜 신중해지자. 나도 숨는 건 그만둘래." 그녀가 결론을 내렸다. "어떻게든 되겠지."

오펠리는 단호한 태도로 다시 안경을 썼는데, 그러느라 팔꿈치를 움직이다가 잉크병을 엎고 말았다. 멋지게 니스 칠을 한 책상에 잉크가 쏟아졌다. 토른이 얼른 일어나 검은 잉크로부터 서류들을 구출하는 동안, 오펠리는 안락의자 위에 접어둔 제복 주머니를 뒤져 휴지를 모두 꺼냈다.

"미안." 엎질러진 잉크를 빨아들이며 그녀는 사과를 했다.

이어 그녀는 토른의 코트가 잉크로 더럽혀졌다는 사실을 알아차렸다.

"세탁실에 옷을 맡길게." 더욱 당황해서 오펠리가 말했다.

토른은 손에 서류를 든 채 말 한마디 없이 그녀를 관찰했다. 크고 마른 몸의 제일 위에 있는 토른의 눈과 마주쳤을 때 오펠리는 그에게서 화가 난 흔적을 찾을 수 없다는 사실에 놀랐다. 그보다 토른은 당황한 것 같았다. 자신이 오펠리보다 더 큰 잘못을 저지른 양, 그는 그녀의 시선을 피했다.

"실수잖아." 그가 서랍에 서류를 정리하면서 중얼거렸다. "모든 게 내 뜻대로 진행돼서 우리가 결혼을 한다면, 상황은 아주 달라질 거야."

"왜?"

토른은 압지 한 묶음을 오펠리에게 건넸다.

"아르쉬발드 집에서 산 지 꽤 된 것 같은데, 이제 그 가족이 얼마나 독특한지도 좀 알게 되지 않았어?"

"그래, 어떤 것들은."

오펠리는 책상 위에서 사방으로 퍼져가는 잉크를 압지로 덮었다.

"내가 그들에 대해 알아야 할 다른 게 더 있을까?"

"기증 의식에 대해 얘기하는 걸 들어본 적 있어?

"아니."

토른은 맥이 빠진 듯 보였다. '그렇다'는 대답을 듣고 싶었던 모양이었다.

어떻게든 눈을 둘 곳을 찾는 사람처럼, 그는 이번엔 책장에 놓인 장부를 자세히 살피기 시작했다.

"매번 결혼식이 있을 때마다 투알의 구성원이 참석해." 그는 한결같이 침울한 목소리로 설명했다. "안수를 하면서 부부들 사이에 그들을 '연결시켜주는' 관계를 만들지."

"그게…… 무슨 말이지?" 계속 책상에 묻은 잉크를 닦고 있던 오펠리가 더듬대며 물었다.

토른은 또다시 짜증이 난 것 같았다.

"곧 당신은 내 능력을 가져가고, 나는 당신의 능력을 얻게 되는 거야."

커다란 검은 코트 속에서 오펠리의 온몸에 소름이 돋았다.

"내가 제대로 이해한 건지 모르겠어." 그녀가 속삭이듯 말했다. "당신에게 내가 아니마 사람으로서의 능력을 부여하고, 당신은…… 할퀴기 공격 같은 걸 준다고?"

보조 책상 위에 허리를 굽히고 회계 장부에 코를 처박은 채, 토른은 목을 가다듬어가며 중얼중얼 대답했다.

"어쨌든 이 결혼이 당신을 더 강하게 만들어주잖아? 당신도 실망하지 않을 거야."

빈정거림이 지나쳤다. 그녀는 압지를 책상에 모두 팽개치고는 보조 책상으로 다가가 토른이 주의 깊게 읽고 있던 페이지에 얼룩진 장갑을 내려놓았다. 토른이 면도날 같은 눈으로 내려다보자, 그녀는 안경 쓴 눈으로 맞섰다.

"그 얘기를 언제 할 생각이었어?"

"적절한 때." 그가 중얼거렸다.

토른은 거북해 보였고, 그 모습은 오펠리를 훨씬 더 불쾌하게 만들 뿐이었다. 그가 평상시처럼 행동하지 못하는 것이 그녀는 더욱 화가 났다.

"이 모든 걸 숨기다니, 나를 아예 믿지 못했던 거지?" 그녀가 여세를 몰아 쏘아붙였다. "나는 지금까지 나름대로 선의를 보인 것 같은데."

완전히 갈라진 목소리가 민망스러웠음에도 어쨌든 따지고 들자 토른은 허를 찔린 모양이었다. 놀라움 때문인지, 심각해 보이던 그의 얼굴이 긴장을 잃고 멍해졌다.

"당신이 한 노력은 잘 알고 있어."

"그런데도 충분하지 않았겠지." 오펠리가 속삭였다. "당신이 옳아. 당신의 위험한 능력은 그냥 잘 간수해. 드래곤의 할퀴기 공격을 감당하기에는 내가 너무 서툴러서."

사레가 든 탓에, 오펠리는 몸을 들썩이며 장부에서 손을 거두었다. 토른은 뭐라 말을 할까 망설이는 사람처럼 한참 동안 작은 장갑이 남긴 잉크 자국만 바라봤다.

"내가 잘 가르쳐줄게." 그가 불쑥 말했다.

그 말을 들은 오펠리만큼이나 그도 이 말을 꺼내며 당혹스러워하는 눈치였다.

'아니.' 오펠리는 생각했다. '안 돼. 그는 그럴 자격도 없잖아.'

"이 정도 노력하는 것도 처음이겠지." 오펠리는 눈을 돌리며 나무라듯 말했다.

토른이 더욱 당황스러워하며 입을 여는 찰나에, 전화벨 소리가 단숨에 그의 말을 잘랐다.

"뭐죠?" 그가 전화기를 들며 으르렁대듯 말했다. "3시? 알았습니다. 예, 주무세요."

그가 수화기를 다시 내려놓았을 때, 오펠리는 정말이지 부질없게도 책상에 새겨진 거대한 잉크 자국을 마지막 휴지로 닦아내고 있었다.

"난 이만 돌아가는 게 좋겠어. 옷장을 써도 될까? 부탁이야."

밈의 제복을 팔에 든 채, 그녀는 열려 있던 옷장 문에 달린 거울을 가리켰다. 너무 늦기 전에 떠나야 했다.

사실 이미 너무 늦어버렸다는 건 알고 있었지만.

거울을 향해 몸을 숙였을 때, 오펠리는 어색한 태도로 다가오는 커다란 토른의 형체를 보았다. 그의 얼굴은 우울과 분노로 가득 차 있었다. 그들이 나누었던 대화의 방식이 마음에 들지 않았던 것이다.

"또 올 거지?" 무뚝뚝한 어조로 그가 물었다.

"왜?"

그녀는 방어 태세를 취하지 않을 수 없었다. 상처가 일그러질 정도로 눈살을 찌푸리는 토른의 모습이 거울에 비쳤다.

"거울로 드나드는 능력을 이용해서 클레르들륀의 상황을 전해줄 수 있잖아." 그러더니 그는 갑자기 신발에 관심을 보이는 척 고개를 숙이며 낮은 목소리로 덧붙였다. "당신에게 익숙해져가는 것 같아."

마지막 말을 그는 회계사의 무감한 말투로 발음했지만, 오펠리는 몸이 떨려왔다. 머리가 어질어질했고 앞이 뿌옇게 보였다.

그는 이럴 자격이 없어.

"다른 사람이랑 있을 땐 열쇠로 옷장 문을 잠글게." 토른이 말을 이어갔다. "문이 열려 있다면, 낮이든 밤이든 아무 때라도 아주 안전하게 이곳으로 들어올 수 있다는 뜻이야."

가득 고인 물이라도 되는 양 손가락으로 거울을 눌러보던 오펠리는, 문득 거울 속에 있는 두 사람의 모습을 보았다. 너무 큰 코트에 집어삼켜진, 허약하고 어리둥절해 보이는 작은 아니마 여자. 거대하고, 예민하며, 머릿속이 늘 긴장으로 가득 찬 탓에 이마가 주름진 드래곤. 화해할 수 없는 두 세계.

"토른, 솔직하게 말할게. 우리, 실수하고 있는 것 같아. 이 결혼……"

오펠리는 자신이 입 밖에 낼 뻔한 말을 의식하면서 제때 입을 다물었다. '이 결혼은 베르닐드의 음모일 뿐이야. 그녀가 자기 목적을 이루려고 우리를 이용하는 거야. 그녀의 장난에 놀아나면 안 돼.' 하지만 주장에 대한 증거 없이는 토른에게 그 사실을 이성적으로 얘기할 수 없었다.

"이젠 과거로 되돌아갈 수 없다는 거 알아." 오펠리는 한탄조로 말했다. "하지만 내게 제시된 미래에 난 정말이지 아무런 욕망도 느낄 수가 없어."

거울에 비친 토른의 턱 근육이 팽팽해졌다. 결코 다른 사람들의 의견에 중요성을 부여한 일이 없던 그로서는 모욕감을 느낀 듯했다.

"나는 당신이 겨울을 견뎌낼 수 없으리라 예견했지만, 당신은 내 생각이 틀렸다는 걸 깨닫게 해줬지. 당신은 내가 당신에게 제대로 된 삶을 보장해줄 수 없으리라 판단하는 것 같은데, 이번엔 내가 증명해 보여도 될까?"

그는 이를 꽉 깨물고, 잘게 끊어내듯 말했다. 마치 이런 제안조차 자신에겐 엄청난 노력이 필요한 일이라는 듯. 오펠리는 정말 우울해졌다. 대답하고 싶은 마음이 전혀 들지 않았다.

그는 이럴 자격이 없어.

"가족들이 안심할 수 있도록 전보 좀 보내줄 수 있어?" 가련하게도 오펠리는 말을 더듬었다.

거울에 비친 토른의 눈에 분노가 번득였다. 순간 그가 매몰차게 나오려나 싶었지만, 그는 순순히 승낙했다. 그녀는 옷장거울 속으로 온몸을 집어넣어 시타시엘의 다른 쪽 끝 공동 숙소의 자기 방에 발을 내려놓았다. 차디찬 어둠 속에서, 구토가 날 듯 메스꺼운 속을 부여잡은 채 코트 속에 몸을 숨긴 모습으로, 그녀는 한동안 움직이지 않았다.

난폭함, 멸시, 무관심. 토른에게서 기대할 수 있는 건 그게 전부였다.

그는 나를 사랑할 자격이 없어.

오렌지

오펠리는 입맛도 없이 버터 발린 빵을 바라봤다. 준비실에 모인 하인들의 잡담과 비웃는 소리로 주변은 시끌벅적했다. 잔이 부딪치는 아주 작은 소리만으로도 머리가 벽에 부딪치는 느낌이었다.

관리국에서 돌아온 지 벌써 며칠이 지났지만 그녀는 잠을 이룰 수 없었다. 그렇다고 일터에서 녹초가 될 때까지 일하지 않은 것도 아니었다. 일상적인 업무에 더해 밈은 이제 페이지 넘기는 일까지 했다. 결국 봄의 오페라에서 이졸데 역을 맡기로 한 베르닐드는 음악실에서 진행되는 연습에 단 한 번도 빠지지 않았다.

"이제 너한테 더 까탈스럽게 굴 거야." 편지들이 사라졌다는 사실을 알게 되자 베르닐드는 오펠리에게 선언하듯 말했다. "여기 있는 그 누구도 네가 내 하인에 지나지 않는다는 사실을 의심하지 못하도록 말이지."

사실 오펠리로서는 아무래도 괜찮았다. 그녀가 바라는 것은 하나뿐이었다. 머릿속에서 토른을 내보내는 것. 그는 고약하게도 결혼이라는 관례의 문제를 애정이 얽힌 몹쓸 이야기로 바꾸어버렸고, 그런 그를 그녀는 용서할 수 없었다. 그는 묵계를 깨뜨린 셈이다. 다정하지만 열정 없는 관계, 이것이 그녀가 열망하는 전부였는데. 그 때문에 그들 사이에는 이전에 없던 불편함이 떠다녔다.

커피를 삼키려는 순간, 누군가 등을 손바닥으로 때리는 바람에 그녀는 커피의 절반을 테이블에 쏟아버렸다. 르나르가 동료 하나를 밀치고 와서 장의자에 걸터앉더니 오펠리의 얼굴에 시계를 들이밀었다.

"서둘러, 친구. 장례식이 시작될 거야!"

아르쉬발드의 늙은 사촌인 프리다 부인이 지난번 클레르들 륀의 무도회에서 지나치게 극성맞게 춤을 추다 심장마비로 즉사한 터였다. 지하의 가족묘에 그녀를 매장한 것이 그날 아침이었다.

오펠리가 먼저 가라고 손짓하자 그는 붉고 커다란 눈썹을 찡그리며 가자미눈을 했다.

"무슨 일인데? 정말 아무 말도 안 하는구나! 알았어, 진짜 말이 없네. 그래도 전에는 눈이나 손, 아니면 낙서로 표현을 해서 그렇게 서로 얘기를 나눴잖아. 이젠 나 혼자 벽에 대고 침 튀겨가며 이야기하는 것 같아! 슬슬 걱정이 되는걸."

오펠리는 놀라 르나르를 쳐다보았다. 나를 걱정한다고? 이어

버터 바른 빵 옆에 불쑥 오렌지 바구니가 놓이는 바람에 그녀는 소스라쳤다.

"배달 좀 해줄래?"

검은 외알 안경을 낀 기술자 가엘이었다. 늘 그렇듯 그을음이 잔뜩 묻은 헐렁한 작업복 차림에, 얼굴은 구름처럼 짙은 머리칼 뒤에 가려져 있었다.

"젠장." 르나르가 험한 소리를 내뱉었다. "이 오렌지들 어디서 가져온 거야?"

다른 이국적인 과일과 마찬가지로 오렌지도 귀족들 식탁 위에서 말고는 결코 볼 수 없었다. 아르쉬발드는 멀리 떨어진 아르캉테르 아슈에 개인 과수원을 소유하고 있었다. 바람 장미를 통하면 지리학의 기본 법칙들에 아랑곳없이 수천 미터에 걸쳐 있는 이 과수원에 이를 수 있었지만, 관리인만이 그곳 열쇠를 가지고 있었다.

"내가 알기로 아르캉테르의 오렌지 정원은 일드가르드 부인 소유이기도 하지." 귀에 거슬리는 목소리로 가엘이 말했다. "어찌 됐든 거기가 그녀 집이니까."

"내가 생각한 게 바로 그거야." 르나르는 구레나룻을 긁으며 작게 대꾸했다. "너 대사님 식료품 저장실에서 가져온 거 아니야? 난 훔친 과일은 건드리지도 않아. 그거 말고 네가 원하는 거라면 뭐든 들어주지."

"너한테는 바라는 거 없어. 난 신참에게 얘기하는 거야."

가엘은 오펠리를 향해 하나뿐인 눈알을 굴렸다. 앞으로 흘러내린 검은 머리칼도 더없이 파랗고 생동감 있고 반짝이는 그 눈을 가리지는 못했다.

"이걸 내 주인에게 가져다줄래? 아마 장례식장에 있을 거야. 그리고 내가 알기로는 너도 거기에 가야 할 거고. 문제가 생길 일은 없을 거야. 약속할게."

"왜 이 녀석이지?" 찌푸린 얼굴로 르나르가 투덜거렸다. "그러니까 왜 네가 직접 안 가고?"

오펠리도 속으로 같은 질문을 했지만, 마침내 메르 일드가르드를 만난다는 생각에 그리 불쾌하지는 않았다. 오펠리와 마찬가지로 일드가르드 부인도 외국인이었는데, 그럼에도 그녀는 이 세계의 모든 위대한 사람들 가운데 없어서는 안 될 인물로 등극했다. 공중에 떠 있는 시타시엘, 개 썰매가 다니는 공중 통로, 왜곡된 공간, 금고실, 모래시계 개념까지, 말하자면 이곳에 그녀의 손이 닿지 않은 곳은 없었다. 그 모든 천재적인 솜씨는 미라주들의 환영과 공간을 주무르는 그녀의 힘이 조합된 결과였다. 오펠리는 그녀에게서 배우고 싶은 것이 많았다.

가엘이 테이블 위로 몸을 숙여 얼굴을 밈의 얼굴에 바싹 붙이자 오펠리는 긴장감에 온몸이 뻣뻣해졌다. 주변의 시끄러운 소음에도 불구하고, 그녀는 오펠리가 간신히 들을 수 있을 정도의 아주 낮은 목소리로 말했다.

"왜 너냐고? 네가 여기 온 뒤로 쭉 너를 관찰했거든. 너, 여긴 네가 있을 곳이 아니라고 생각하잖아. 그 생각이 옳아. 너는 왜 내 주인이 '공작 부인'이나 '백작 부인'이 아니라 '메르'*라고 불리는지 알아? 그녀는 공작 부인도 백작 부인도 아니기 때문이지. 그녀는 너나 나 같은 사람들의 엄마야. 이 오렌지를 가져다줘. 그러면 그녀는 무슨 뜻인지 이해할 거야."

깜짝 놀라 눈이 휘둥그레진 오펠리를 내버려둔 채, 가엘은 주머니에 두 손을 집어넣고 사내아이 같은 걸음으로 가버렸다. 내가 있을 곳이 아니라고? 지금 무슨 말을 들은 거지?

"나는 말이야, 당최 이해를 못 하겠어." 르나르가 덥수룩한 붉은색 머리를 긁적이며 말했다. "난 가엘이 아주 어렸을 때부터 알았거든. 그런데도 절대 저 애를 이해할 수 없을 것 같아."

그는 감탄하듯 몽상가의 한숨을 내쉬더니 오펠리 앞에서 시계를 흔들어댔다.

"우리 점점 늦어지고 있어. 이제 의자에서 엉덩이를 떼라고!"

프리다 부인의 장례식은 영지 가장 안쪽에 있는 전나무 숲과 은접시 연못을 지난 곳에 자리한 클레르들륀의 예배당에서 치러졌다. 그곳에 발을 들여놓자마자 검은 옷을 입은 귀족들의 행렬이 이어졌다. 오펠리는 분위기가 바뀐 것을 느낄 수 있었다. 밖에서 볼 땐 폐허에 지어진 작고 소박한 성채를 연상시키는 이 예배당이 정원에 얼마간 낭만적인 색채를 부여해주었건

---

* Mère는 '어머니' 혹은 '성모'를 뜻한다.

만, 커다란 문을 지난 사람들은 이제 어둡고 불안한 세상 속으로 접어들어 있었다. 바닥이 대리석으로 되어 있어 작은 발소리와 밀담 소리가 궁륭형 천장까지 울렸다. 가짜 비가 거대한 유리창을 때렸고, 가짜 번개가 판유리를 밝혔다. 번개가 번쩍일 때마다 납으로 된 쇠시리 사이에 있는 판유리의 무늬들이 얼핏얼핏 보였다. 사슬에 묶인 늑대, 물뱀, 번개 맞은 망치, 발이 여덟 개 달린 말, 반은 그늘지고 반은 빛나는 얼굴……

오렌지 바구니를 팔에 낀 채, 오펠리는 사교계 사람들로 채워진 예배당을 걱정스레 훑었다. 메르 일드가르드를 어떻게 알아보지?

"열쇠 보여줘." 입구에 자리 잡은 헌병이 그녀를 불러 세웠다.

오펠리는 목걸이에 걸린 열쇠를 꺼내 그에게 보여주었다. 그러자 놀랍게도 그가 검은색 우산을 건넸다. 우산이 어찌나 무거운지 그녀는 숨도 못 쉴 지경이었다. 헌병은 열쇠를 확인한 하인들 모두에게 우산을 나누어주었다. 그러면 하인들은 마치 보이지도 않는 비를 막아주듯 주인의 머리 위에 그것을 펼쳤다. 그러니까 이런 장면도 장례식의 한 부분이겠지. 유족들이 정말 안됐어. 이렇게 우스꽝스러운 연극으로 만들어버리면 어떻게 애도를 할 수 있겠어?

오펠리는 베르닐드와 그녀의 어머니를 발견했다. 로즐린 이모의 모습은 보이지 않았다. 장례식 참석은 하인들에게만 허가되었다.

"웬 오렌지야?" 상복을 입고도 도발적인 아름다움을 드러낸 베르닐드가 물었다. "내가 뭔가 시켰던가?"

오펠리는 온갖 몸짓을 해가며 여기 있는 누군가에게 오렌지를 전해야 한다고 설명하려 애썼다.

"시간 없어." 베르닐드가 딱 잘라 말했다. "장례식이 곧 시작될 거야. 우산을 펴지 않고 뭘 꾸물대는 거지?"

오펠리는 서둘러 시키는 대로 하려 했지만, 우산살 하나하나에 늘어진 크리스털 장식이 고정되어 있었다. 이래서 이렇게 무거웠구나. 가엘의 바구니 때문에 손을 쓸 수 없었던 오펠리는 이번에도 토른의 할머니가 도와주지 않았다면 전부 다 땅에 떨어뜨릴 뻔했다. 베르닐드가 몹시 역정을 내는데도 할머니는 오펠리의 오렌지 몇 개를 들어주었다.

"이 녀석에게 너무 잘해주시는 거 아니에요, 엄마?"

그 주름진 얼굴이 후회하는 듯한 미소로 갈라지는 것으로 보아, 다 듣기도 전에 그게 무슨 의미의 경고인지 이해한 것 같았다.

"내가 먹성이 좋아 그러지. 오렌지를 얼마나 좋아하는데!"

"그 오렌지에 손대지 말아요, 어디서 굴러온 건지도 모르는데. 서둘러요." 베르닐드가 자기 엄마에게 팔짱을 끼며 말을 이었다. "오댕 제단 근처에 앉고 싶단 말이에요."

작은 키를 어찌해보려 우산을 아주 높게 들어 올리면서 오펠리는 뒤를 쫓았다. 어쩔 수 없잖아, 메르 일드가르드가 기다려주겠지. 오펠리는 검은 버섯으로 이루어진 기묘한 숲 같은 우산 물결 사이로 끼어들어 안간힘을 써가면서 겨우겨우 나아가 고인의 친지들을 위해 마련한 좌석에 이르렀다.

반쯤 찢어진 실크해트 덕에 쉽게 눈에 띄는 아르쉬발드는 제일 앞에 무기력하게 앉아 있었다. 저렇게 심각한 아르쉬발드의 모습은 본 적이 없었다. 그러니까 늙은 프리다 부인의 죽음에 충격을 받은 건가? 단지 그 모습 하나로, 그가 새삼스러워 보였다.

대사는 누이들과 엄청난 수의 이모와 고모, 그리고 사촌들에게 둘러싸여 있었다. 처음으로 투알이 전부 모인 모습을 본 것이다. 그들이 모두 클레르들륀에 사는 것은 아니었으니까. 이 가족에는 여성이 압도적으로 많았다. 그녀는 세 번째 줄 의자 뒤에서 클로틸드 부인 머리 위에 우산을 펼치고 서 있는 르나르를 알아보았다. 아르쉬발드의 할머니는 귀가 잘 들리지 않았다. 그녀는 눈살을 찌푸리며, 음악 비평이라도 하려는 양 뿔 나팔 같은 보청기를 리드오르간 방향으로 돌렸다. 아직 건반 앞에는 아무도 없건만.

오펠리는 우산을 든 채 베르닐드와 그녀의 어머니 뒤를 쫓아 좀 더 멀리 떨어진 줄에 자리 잡았다.

예배당 구석, 옥좌에 앉은 거인을 재현한 거대한 동상 밑에 관이 놓여 있었다. 모두가 잘 볼 수 있는 곳이었다. 오펠리는 호기심을 갖고 관을 뚫어져라 바라봤다. 이게 '오댕 제단'인가? 우산살에 매달린 것들이 흔들리지 않도록 두 손으로 우산을 꼭 쥐고서, 그녀는 호기심에 가득 차 중앙 홀의 벽을 바라보았다. 판유리들 사이에는 휘둥그레 뜬 눈에 무서운 표정을 짓고 있는 또 다른 석조 조각상들이 팔 끝으로 둥근 천장을 받치고 있었다.

잊힌 신들이었다.

이 예배당은 사람들이 전지전능한 힘에 지배된다고 믿었던 시절인 옛 세계의 교회를 복제한 곳이었다. 오래된 판화가 수록된 책이 아닌 다른 곳에서 이런 모습을 본 건 처음이었다. 아니마에서 세례나 결혼, 장례 같은 것은 모두 가족공동체 안에서 아주 간소하게 치러졌다. 이곳 사람들은 정말이지 겉치레에 지나치게 의미를 두는 것 같았다.

벤치에서 살랑대던 웅성거림이 잦아들었다. 벽을 따라 두 줄로 늘어선 헌병들은 차려 자세를 취하고, 리드오르간의 성대한 음악이 예배당 전체를 채웠다.

상주가 막 오댕 제단에 모습을 드러냈다. 가발을 쓰고 이마에는 투알의 징표가 새겨진 늙은 남자였는데, 고통스러운 기색이 역력했다. 프리다 부인의 남편일까?

"운명의 실이 끊어지고 말았구나!" 떨리는 목소리였다.

그는 입을 다물고 눈을 감았다. 오펠리는 감동에 젖어, 잠시 그가 할 말을 못 찾나보다 생각했다. 투알의 모든 사람들이 묵념하고 있었다. 침묵은 길게 이어졌고, 조문객의 벤치 한쪽에서 나는 기침 소리와 다른 쪽의 하품 소리만이 공간을 어지럽

했다. 오펠리는 우산을 똑바로 들고 있기가 점점 더 힘들어졌다. 오렌지 바구니가 토른의 할머니에게 많이 무겁지 않았으면 싶었다. 할머니는 바구니를 무릎 위에 올려놓은 채, 포석 깔린 바닥 위로 뒤집혀 떨어지지 않도록 손잡이를 꼭 잡고 있었다.

아르쉬발드의 여동생들이 모두 똑같은 감정에 사로잡혀 코를 푸는 모습을 보았을 때, 오펠리는 문득 저 가족들은 묵념을 하지 않는다는 사실을 알아차렸다. 장례식은 여전히 침묵 속에서 진행되고 있었다. 투알은 말이 필요하지 않았다. 그들은 서로 연결되어 있으니까. 한 명이 느끼는 것을 모두가 똑같이 느꼈다. 오펠리는 첫 번째 줄에 앉은 아르쉬발드를, 그저 실루엣으로 짐작할 수 있을 뿐인 그 모습을 한 번 더 바라보았다. 그의 얼굴은 더 이상 도발적인 미소로 빛나지 않았다. 상황에 맞게 머리를 가지런히 다듬었고, 볼에 난 수염도 면도되어 있었다.

이 가족은 오펠리도, 폴에 있는 그 어느 클랜도 상상할 수 없는 관계로 묶여 있었다. 죽음은 단지 사랑하는 이를 잃는 것만이 아니었다. 그것은 누군가의 전체가 무無로 사라져버리는 것이었다.

오펠리는 관에 누워 있는 부인에 대해 아무 생각도 없이 이 예배당에 들어온 것이 수치스럽게 느껴졌다. 죽은 자들을 잊어버리는 것, 그건 그들을 두 번 죽이는 짓이다. 그녀는 프리다 부인에 대해 갖고 있는 유일한 기억, 그러니까 이 늙은 부인이 약간 빠르게 춤을 추던 모습에 집중했고, 온 힘을 다해 그 기억에 매달렸다.

이제 우산이 덜 무거운 것 같았다. 시간도 덜 더디게 느껴졌다. 고인의 남편이 조문객들에게 감사를 표하고 모두 자리에서 일어났을 때, 깜짝 놀랄 만한 광경이 펼쳐졌다. 하인들이 우산을 접어 하얀색 의자 등받이에 둥그런 손잡이를 매달자, 우산에 매달린 것들이 동시에 흔들리며 마치 크리스털 비가 내리는 것 같았다.

오펠리도 그들과 똑같이 하고는 바구니를 돌려준 토른의 할머니에게 머리 숙여 감사를 표했다. 그러고는 베르닐드가 아르쉬발드의 가족에게 조의를 표하는 시간을 이용해 일드가르드를 찾아보기로 했다. 예배당에 아직 사람이 남아 있는 한 그녀를 찾을 수 있을 터였다.

"제일 끝에 있는 벤치." 르나르가 귀에 대고 속삭였다. "그 무리 속에 너무 오래 있지는 마, 친구. 아주 평판이 안 좋거든."

마지막 줄에 앉아 있는 늙은 부인을 알아보자마자, 오펠리는 한 치의 의심도 없이 그녀가 바로 메르 일드가르드이리라 생각했다. 정말 완벽하게 끔찍한 옛날 노인이었다. 두툼한 후추색 머리칼에 흑갈색 피부, 촌스러운 물방울무늬 원피스 차림으로 시가를 입에 문 채 조소를 머금은 그녀는 생기 없는 귀족들 사이에서 눈에 확 띄었다. 커다란 얼굴에 쑥 들어간 구슬처럼 작고 검은 두 눈으로 무례하게 빈정거리며 이 아름다운 세상을 전부 조사하기라도 하듯 주위를 둘러보고 있었다. 메르 일드가르드는 사람들이 자신과 눈을 맞추고서 시선을 돌릴 때마다 걸걸한 목소리로 그들 이름을 부르며 몹시 즐거워했다.

"울리 씨, 새로 생긴 지름길이 마음에 드나요?"

그러면 당사자는 애써 예의를 갖춘 미소를 지으며 빠른 걸음으로 멀어져갔다.

"부인 별장은 잊지 않고 있어요, 아스트리드 부인!" 부채로 헛되이 몸을 가리고 있던 한 여자에게 말을 걸기도 했다.

이 장면을 관찰하며, 오펠리는 어쩔 수 없는 연민을 느꼈다. 모든 사람들이 건축가에게 일을 해달라고 요청하지만, 그녀와 함께 있는 모습을 드러내는 것은 수치스럽게 생각하는 것이다. 그리고 그들이 달가워하지 않으면 않을수록, 그녀는 더욱더 그 장소의 주인인 양 행세했다. 그녀가 귀족들에게 집요하게 말을 걸자 헌병들은 개입을 해야 하나 망설였다. 그러나 아르쉬발드가 그들에게 나서지 말라는 신호를 보냈다. 그는 조용한 발걸음으로 예배당을 가로질러 가서, 낡은 실크해트를 가슴에 대고는 제일 끝에 있는 벤치에 몸을 숙였다.

"부인, 장례식을 혼란스럽게 하시는군요. 잠시 점잖게 계실 수 있겠죠?"

메르 일드가르드는 마녀 같은 미소를 지으며 이를 갈았다.

"어찌 네 호의를 거절하겠니, 오귀스탱?"

"아르쉬발드요, 부인. 저는 아르쉬발드예요."

메르 일드가르드는 멀어져가는 대사를 바라보면서 비웃었지만, 어쨌든 약속을 지켜 더는 손님들을 떠나게 하지 않았다. 지금이야말로 오렌지를 전해줄 좋은 기회인 것 같았다.

"무슨 일이니, 난쟁이야?" 시가 연기를 잔뜩 품어내면서 일드가르드가 물었다.

오펠리가 바구니를 옆자리에 놓자, 그녀는 미심쩍어하는 태도로 고맙다는 인사를 건넸다. 귀족이 아닌 탓에 메르 일드가르의 태도에는 분명 섬세함이 없을지 모르지만, 그렇다고 최소한의 존중을 받지 못할 정도는 아니었다. 문득 가엘의 말이 떠올랐다. '그녀는 너나 나 같은 사람들의 엄마야.' 바보 같았지만, 오펠리는 뭔가에 대한 엄청난 기대감이 차오르는 것을 느꼈다. 왜 이 이상한 배달에 자기가 선택된 것인지는 알 수 없으나, 어떤 작은 기적 같은 것이 일어나길 그녀는 기대했다. 한마디의 말이든, 따뜻한 눈빛이든, 격려의 몸짓이든, 그 무엇이든 드디어 이곳을 집처럼 느끼게 해줄 뭔가를 바랐다. 가엘의 말이 생각보다 커다란 영향력을 발휘했던 것이다.

메르 일드가르드는 천천히 오렌지 하나를 집어 들었다.

그녀의 작고 검은 눈이 나이에 맞지 않게 놀라울 정도로 생동감을 지니고서 오렌지에서 오펠리에게로, 그리고 다시 오펠리에게서 오렌지로 옮겨 다녔다.

"내가 데리고 있는 갈색 머리 아이가 널 보냈니?"

그녀는 목을 울려 커다란 소리를 내며 물었다. 이상한 억양 탓인지, 아니면 시가를 많이 피워서 그런 건지, 오펠리로서는 알 수 없었다.

"말을 못 하니, 난쟁이야? 이름이 뭐니? 누구 하인이야?"

오펠리는 대답을 할 수 없어 정말 미안하다는 듯 무력하게 손을 입에 가져다 댔다. 메르 일드가르드는 주름진 커다란 손으로 오렌지를 굴리며 즐거워했다. 그녀는 조롱과 호기심이 뒤섞인 눈으로 밈을 머리부터 발끝까지 꼼꼼하게 살펴보더니, 이어 귀에 대고 속삭일 수 있게 다가오라는 신호를 보냈다.

"정말 보잘것없어 보이는데, 그게 너를 특별하게 만드는구나. 너도 마찬가지로 뭔가 숨기는 게 있는 거지? 꼬마야, 자, 이거면 되겠지."

놀랍게도 메르 일드가르드는 파란색 모래시계 세 개를 그녀의 제복 주머니에 밀어 넣고는 엉덩이를 한 대 찰싹 때린 뒤 돌려보냈다. 방금 무슨 일이 일어난 거지? 르나르가 그녀의 팔을 잡아 풍향계처럼 몸을 돌려대는데도 그녀는 놀라 얼이 빠진 채 정신을 되찾지 못했다.

"다 봤어!" 그는 작게 말했다. "오렌지 바구니 하나로 파란 것 세 개를 받던걸! 알고 있었지? 너 혼자서만 네 천국을 갖고 싶었던 거지? 이 교활한 놈!"

그는 딴사람이 되어 있었다. 탐욕과 적개심이 그의 커다란 녹색 눈에서 호인의 흔적을 모두 삼켜버렸다. 오펠리는 말할 수 없는 고통을 느꼈다. 아니라는 뜻을 전하기 위해 고개를 흔들었다. 난 몰랐어. 이게 무슨 일인지도 모르겠어. 심지어 모래시계 같은 건 원한 적도 없다고. 그때 고함 소리가 그들의 주의를 돌려놓았다.

"사람 살려!"

주변이 아수라장이었다. 귀족 부인들은 공포에 찬 비명을 외치며 그곳을 떠났고, 당황한 남자들은 예배당 제일 끝 벤치 주변을 동그랗게 둘러쌌다. 메르 일드가르드가, 물방울무늬 원피스 차림으로, 완전히 뻣뻣해져 있었다. 두 눈이 고정된 채 시체처럼 창백한 모습이었다.

그녀의 손에는 조금 전에 손바닥에 굴리던 오렌지가 들려 있었다. 새카맣게 된 손이 부풀어 올랐다.

"저놈이다!" 누군가 오펠리를 가리키며 소리를 질렀다. "저놈이 건축가 부인을 독살했어!"

예배당 전체에 메아리가 울려 퍼졌다. '독살했어! 독살했어! 독살했어!' 악몽 속에 떨어진 기분이었다. 몸을 돌리자, 그녀를 가리키는 손가락 사이사이 르나르의 일그러진 표정과 베르닐드의 아연실색한 얼굴, 아르쉬발드의 당황한 모습이 보였다. 오펠리는 자기를 잡으러 오는 헌병들을 물리친 뒤 서둘러 장갑을 벗고 오렌지 바구니를 향해 달려가 손끝으로 손잡이를 건드렸다. 위험한 행동이었지만 이것이 진상을 알아낼 마지막 기회일 터였다. 그렇게 그녀는 두 눈썹을 떨며 명백한 진실을 읽었다.

잠시 뒤, 오펠리는 엄청난 몽둥이세례 말고는 아무것도 볼 수 없었다.

지하 감옥

곰팡내가 풍기는 카펫 위에 누워 오펠리는 생각했다. 아니, 적어도 생각이라는 걸 해보려고 애썼다. 방 안이 일그러져 보였다. 안경이 코에 삐딱하게 걸쳐 있었지만, 등 뒤로 손목에 수갑이 채워진 터라 고쳐 쓸 수도 없었다. 문에 달린 채광창으로 유일한 빛이 들어왔는데, 그 빛이 이상한 형태의 그림자를 만들어냈다. 부서진 의자들, 찢긴 그림들, 박제된 동물들이나 멈춘 괘종시계 같은 것들. 심지어 한쪽 구석에는 자전거 바퀴 하나가 덩그러니 있었다.

이곳이 바로 클레르들뢴의 지하 감옥일까? 아니면 그저 낡은 창고일까?

오펠리는 일어서려고 애쓰다가 이내 포기했다. 수갑 때문에 고통스러웠다. 움직일 때마다 아픔이 밀려왔다. 숨만 쉬어도 아팠다. 아마도 갈비뼈에 금이 간 모양이었다. 헌병들이 워낙 호되게 공격한 터였다.

메르 일드가르드가 준 세 개의 파란 모래시계를 빼앗을 때까지 헌병들은 오펠리를 집요하게 몰아붙였다.

오펠리는 온갖 걱정에 사로잡혀 있을 로즐린 이모 생각뿐이었다. 그런데 토른은? 무슨 일이 일어났는지 그에게도 알렸을까? 몇 시간 전 이 카펫 위에 내팽개쳐진 뒤로 누구도 그녀를 보러 오지 않았다. 살면서 이렇게 시간이 더디게 흐른 적이 없는 것 같았다.

그런데 누군가 찾아온다면, 그땐 대체 어떻게 해야 하지? 밈으로 위장한 것을 드러내지 않기 위해 끝까지 맡은 역할을 해야 할까? 스스로를 변론하기 위해 토른의 말을 따르지 않고 큰 소리로 말을 해야 할까? 그녀가 할 수 있는 유일한 방어는 독이 묻은 바구니를 읽는 것이었다. 그런데 어떻게 말만 듣고 사람들이 그녀를 믿을 수 있을까? 그녀 자신조차 그 진상을 믿기 어려운데.

이어 오펠리는 사람들의 비난에 대해 자신에게도 일말의 책임이 있음을 느꼈다. 만일 메르 일드가르드가 죽었다면, 그건 어느 정도 그녀의 순진함 탓이었다.

그녀는 안경에 붙은 머리 타래를 입으로 후 불었다. 제복의 효과적인 위장 능력 덕에 머리 타래를 볼 수는 없었어도, 그게 느껴져서 성가셨다. 문득 어둠 속 아주 가까운 곳 바닥에서 무언가 움직임이 느껴져 온몸이 뻣뻣하게 굳었지만, 곧 그녀는 그것이 반사된 밈이라는 것을 깨달았다. 바로 그 자리에 가구 더미에 기대놓은 거울이 있었다. 도망쳐야겠다는 생각이 머리를 스쳤지만 곧 마음을 바꿀 수밖에 없었다. 제대로 바라보니 깨진 거울이었다.

오펠리는 떨리는 가슴으로 문을 향해 고개를 들었다. 누군가 열쇠 구멍에 열쇠를 넣어 돌렸다. 가발을 쓴 커다란 통처럼 동그란 실루엣이 복도를 비추는 빛 속에서 뚜렷하게 드러났다. 클레르들륀의 하인장 귀스타브였다. 그는 문을 다시 잠그더니 손에 작은 촛대를 든 채 오펠리가 그를 더 잘 볼 수 있는 곳까지 다가왔다. 촛불이 웃음 띤 그의 커다란 얼굴을 희극배우의 기괴한 가면으로 변형시켜, 밀가루로 덮인 듯한 피부와 빨간 입술이 두드러져 보였다.

"생각보다 몸이 더 상했군." 그가 높고 가느다란 목소리로 명랑하게 속삭였다. "우리 헌병들이 신중함으로는 명성이 난 건 아니라서."

오펠리는 머리칼이 피로 엉겨 붙은 데다 한쪽 눈꺼풀은 제대로 뜨지도 못할 만큼 부풀어 있었지만, 하인장으로서는 그런 모습을 짐작할 수도 없었다. 제복의 환영이 변함없는 밈의 얼굴 뒤로 모든 것을 감추었다.

귀스타브는 거만하게 쯧쯧 하고 작게 소리를 내면서 오펠리 쪽으로 몸을 숙였다.

"다들 네가 일을 꾸민 거라던데. 그랬어? 그렇게 허술한 방식으로 외교적인 영토 한복판에서, 그것도 한창 장례식이 진행되는 중에 살해하다니! 그 누구도 너만큼 멍청하지는 않을 거야.

아! 기적이 일어나지 않았다면 너처럼 쓸모없는 인간을 구원할 방법은 없었겠지. 메르 일드가르드한테서는 죽은 사람한테서 나는 신성한 향이 나지 않았어. 그 사실을 알려주러 왔어. 어쨌든 클레르들륀에서 사람을 죽일 수는 없지. 그게 규칙이야."

수갑 때문에 불편함을 느끼며, 오펠리는 괜찮은 쪽 눈을 크게 떴다. 대체 언제부터 이 뚱뚱한 하인장이 내 운명을 걱정한 거지? 그가 한 번 더 몸을 숙이며 미소를 지었다.

"내가 너랑 얘기하는 동안 베르닐드 부인은 마치 자신의 명예라도 걸린 양 대사에게 네 입장을 옹호하고 있을 거야. 누구도 믿기 힘들 만한 열정을 보이더라고. 네가 개인적으로 뭘 어떻게 했는지 모르겠지만, 부인이 네게 몹시 빠져 있던데? 그리고 그런 점 때문에 내 눈에는 네가 누구보다 특별해 보인다는 점을 인정해야겠지."

오펠리는 꿈결에서 듣는 듯 그의 말을 들었다. 비현실적인 상황이었다.

"베르닐드 부인이 대사를 설득해서 적당한 판결을 내리고 사건을 마무리할 수 있을 거야." 귀스타브는 재미있다는 듯 킥킥거리며 말을 이었다. "그런데 어쩌나? 시간이 네 적인걸. 친애하는 우리의 헌병들이 너무 열정적이라서 말이야. 조만간 네 목에 밧줄을 걸게 될 거라더군. 조사도 없이, 재판도 없이, 증인도 없이. 그러고 나면 네 주인이 그 사실을 알게 되겠지."

차디찬 땀으로 온몸이 젖는 것 같았다. 오펠리는 정말로 무서워지기 시작했다. 내가 진짜 신원을 밝히면 사람들은 더 관대해질까? 아니면 상황이 악화될까? 베르닐드마저 나의 추락으로 끌어들이게 되는 건 아닐까?

너무 고개를 숙인 탓에 숨 막혀 하며 뚱뚱한 귀스타브가 상체를 들었다.

"나랑 거래하는 건 어때, 젊은 친구?"

자리에서 일어나기에는 통증이 너무 심해 오펠리는 광이 나는 신발 한 짝과 하얀색 긴 양말 말고는 귀스타브의 모습을 볼 수 없었다. 그녀는 눈썹을 움직이는 것으로 얘기를 듣겠다고 신호했다.

"헌병들로부터 널 구해내는 건 내 소관이지." 귀스타브가 작고 날카로운 목소리로 말을 이었다. "대사가 결정을 내릴 때까지 누구도 와서 너를 귀찮게 하지 못하도록 얘기해둘 수 있어. 네가 구원받을 유일한 기회라고. 무슨 소린지 알지?"

정말로 웃음을 자아내는 상황이라고 생각하는 듯 그가 갑자기 웃음을 터뜨렸다.

"만약 대사가 기회를 주겠다고 결정한다면, 그래서 기적적으로 네가 여기에서 빠져나간다면, 내게 작은 보답을 해야만 해."

오펠리는 다음 말을 기다렸지만, 귀스타브는 아무 말도 없었다. 살짝 긁는 듯한 소리가 들리는 것으로 미루어 뭔가를 쓰고 있는 모양이었다. 그는 작은 촛대를 받쳐 들며 몸을 숙이고는 자신이 쓴 메시지를 오펠리 얼굴에 바짝 붙였다.

베르닐드는 오페라 공연이 열리는 저녁 전에 아이를 사산해야 해.

난생처음으로, 오펠리는 증오가 무엇을 의미하는지 깨달았다. 그녀는 이 남자에게 혐오감을 느꼈다. 그는 촛불로 메시지를 태웠다.

"부인과 아주 가까운 사이니까 할 수 있을 거야. 그렇지? 나쁜 짓은 아니야." 짐짓 상냥한 말투였다. "내게 일을 맡긴 사람은 힘이 있지. 나를 배신하려고 해봐. 이 일을 실패해보라고. 그러면 네 비참한 목숨은 곧 끝을 맺겠지?"

귀스타브는 동의의 신호도 기다리지 않고 빠른 발걸음으로 가버렸다. 따져보면 밈은 그의 제안을 거절할 수 있는 처지가 아니었다. 그는 열쇠 소리를 내며 문을 다시 잠갔고, 오펠리는 먼지 쌓인 카펫 위에 홀로 남겨져 어둠 속에 웅크리고 있었다.

유예. 그것이 조금 전 그녀가 얻어낸 전부였다.

오펠리는 오랫동안 근심과 고통에 맞선 뒤에야 꿈도 없는 잠으로 빠져들었다. 몇 시간이 흐른 뒤, 문 부딪치는 소리가 그녀를 무감각 상태에서 꺼냈다. 이각모를 쓴 세 명의 헌병이 창고 안으로 들어왔다. 그들이 그녀를 일으켜 세우려고 겨드랑이를 잡았을 때, 오펠리는 고통에 겨워 터지는 신음을 간신히 참아야 했다.

"정신 차려! 대사님 방에 가야 해."

오펠리는 억센 손아귀에 잡혀 비틀거리며 창고 밖으로 나갔다. 복도의 불빛에 눈이 부셔 눈을 몇 차례 깜박였다. 다른 창고 방으로 열려 있는 셀 수 없는 문들이 끝도 없이 늘어서 있었다. 이 복도 너머에는 아무것도 없을 것이다. 르나르가 그녀에게 지하 감옥에 대해 얘기해준 일이 있었다. 닫혀 있는 아주 거대한 공간으로 계단도 없고, 엘리베이터도 없고, 창문도 없어서 빠져나가는 것이 불가능한 곳이라고. 헌병들만이 그곳을 마음대로 드나들 수 있다고.

헌병 하나가 오펠리가 있는 독방 근처 작은 알코브에 있는 하얀 모래시계를 집었다. 모래는 한 알씩 천천히 떨어졌다. 지하 독방으로 떨어진 하인들은 이런 모래시계와 연결되어 있었다. 그러니까, 모래시계가 비면 석방되는 것이다. 어떤 모래시계는 간헐적으로 움직여 자동으로 뒤집어지도록 고안되었다는 사실을 알게 되면 등골이 오싹해지지 않을 수 없었다.

헌병이 오펠리의 모래시계를 땅에 던져 깨뜨리자 눈 깜빡할 순간에 클레르들륀의 예배당, 그녀가 잡혔던 바로 그 장소로 다시 돌아와 있었다. '사라진 모래시계는 모든 걸 출발점으로 되돌리지.' 르나르는 그렇게 설명했었다. 오펠리로서는 처음으로 경험하는 현상이었다. 이미 그 자리에 와 있던 다른 헌병들이 오펠리의 어깨를 움켜잡고는 자기들을 따르라고 명령했다. 명령 소리가 바둑판 모양으로 깔린 포석과 커다란 유리와 석상들에 부딪쳐 울렸다. 예배당에는 그들밖에 없었다. 이곳에서 장례식이 열린 게 바로 오늘 아침이라니, 그녀는 믿을 수가 없었다. 아니면 어제였을까?

그녀는 지름길에서 지름길을, 바람 장미에서 바람 장미를 거쳐 클레르들뢴 영지를 가로지르며 끌려다녔다. 힘겹게 한 발을 다른 발 앞으로 움직였다. 숨을 쉴 때마다 옆구리 쪽이 찢어지는 듯 아팠다. 머리가 텅 비었기에 그녀는 베르닐드도, 로즐린도, 이 난관에서 벗어나기 위해 무슨 일을 해야 하는지도, 아무것도 생각할 수 없었다. 말을 해야 할까? 그냥 침묵해야 할까? 혼자서 너무도 불안한 나머지, 자기도 모르게 문득 토른이 나타나 이 난처한 상황에서 벗어나게 해주길 바라고 있다는 것을 깨달았다. 헌병들이 그녀를 대사의 개인 집무실로 밀어 넣었을 땐 거의 두 다리로 서 있을 수조차 없을 지경이었다.

그 안에서는 전혀 예상할 수 없었던 것이 오펠리를 기다리고 있었다.

아르쉬발드와 베르닐드가 조용히 차를 마시고 있었다. 포동포동한 꼬마 여자아이가 피아노를 연주하는 동안 그들은 안락한 의자에 앉아 가벼운 어조로 잠시 한담을 나누었다. 밈이 나타난 것을 알아채지 못한 것 같았다.

차 시중을 들던 로즐린 이모만이 안절부절못하고 몸을 떨기 시작했다. 그녀의 노란 낯빛은 아주 창백해져 있었다. 세상에 대한 분노와 조카에 대한 걱정 탓이었다. 오펠리는 이모의 품에 달려들고 싶었다. 온통 무관심으로 가득한 곳에서 인간의 얼굴을 느낄 수 있는 유일한 모습이었다.

"동생들이 부인을 귀찮게 하진 않나요?" 아르쉬발드가 상냥하게 물었다. "이 연습이 정말 필요한지 저는 잘 모르겠군요."

"아이들은 그저 폐하께 좋은 인상을 남기고 싶다는 마음뿐이에요." 베르닐드가 대답했다. "오페라는 그들이 궁정의 저 위에 공식적으로 모습을 드러내는 첫 무대가 될 거예요."

"무엇보다도 부인의 우아한 귀환 무대죠, 부인. 파루크가 부인을 다시 보면 그 즉시 부인을 클레르들륀에서 데려가고 싶어 할 거라는 사실은 의심의 여지가 없어요. 당신이 이토록 아름다웠던 적은 없었으니까요."

베르닐드는 눈을 깜박이며 차분하게 칭찬을 받아들였지만, 그녀의 미소는 약간 경직되어 있었다.

"난 대사님만큼 그렇게 확신이 들지 않네요, 아르쉬. '여성의 사소한 일들'이 그를 얼마나 불쾌하게 만드는지 잘 알잖아요." 손을 배 위에 올려놓으면서 그녀가 말을 이었다. "내가 이런 상태인 이상, 그는 나를 다시 들이지 않을 거예요. 치러야 할 대가죠. 난 처음부터 그걸 알고 있었고요."

오펠리는 머리가 어지러웠다. 이 순간 보이는 이 모든 일이 그녀가 살아오던 삶과는 정말이지 동떨어진 것이었다…… 한 여자가 죽었고, 다른 여자는 자기가 저지르지도 않은 범죄 때문에 재판을 받게 되었는데, 저들은 사랑의 고통을 이야기하면서 차나 홀짝이고 있다니!

사무실 한쪽 구석에 웅크리고 있던 한 남자가 그들의 관심을 끌어보려고 자기 주먹에 대고 기침을 했다. 관리자인 씹은 종이였다. 조용히 있을 때의 그는 너무 옹졸하고, 우울하고, 부자연스러워서 숫제 보이지도 않는 것 같았다.

"부인, 대사님, 말씀드렸던 자가 왔습니다."

오펠리는 고개 숙여 인사를 해야 하나 잠시 망설였다. 갈비뼈가 너무 아파서 단순히 서 있는 것조차 형벌 같았다. 오펠리는 어떻게 처신해야 할지 묻는 듯 필사적으로 베르닐드를 응시했지만, 자신을 보호해야 할 이 부인은 겨우 한 번 그녀 쪽을 흘끗대더니 찻잔을 잔 받침에 내려놓고 기다리기만 할 뿐이었다. 로즐린 이모는 사기 주전자를 누군가의 머리에 내려쳐 깨뜨리고 싶은 욕구와 싸우는 것 같았다.

아르쉬발드는 짜증 난다는 듯이 실크해트로 부채질을 했다.

"마무리하자고! 자네 얘기를 들어보지, 필리베르."

씹은 종이가 안경을 쓰더니 봉투를 열고 편지를 꺼내 단조로운 어조로 읽었다.

"저 메르디트 일드가르드는 고인이신 프리다 부인의 장례식 도중에 일어났던 사건들에 모든 책임을 지겠다고 맹세합니다. 제가 그 기회에 오렌지 바구니를 주문하게 했으며, 그 내용물이나 배달원에게는 잘못이 없습니다. 기절했던 것은 거미에게 물려 끔찍한 알레르기가 발생해서였습니다. 모든 오해가 해소되길 바라면서, 대사님께……"

"기타 등등, 기타 등등." 아르쉬발드는 손을 흔들어 편지 낭독을 끊어버렸다. "고맙네, 필리베르."

관리자는 입술을 깨물며 편지를 다시 접고 안경을 집어넣었다. 오펠리는 귀를 의심했다. 믿을 수 없는 이야기였다.

"그러니 사건은 종료된 셈이지." 아르쉬발드가 오펠리 쪽은 쳐다보지도 않고 말했다. "보잘것없는 제 용서를 허락하시지요, 부인."

그는 곧장 베르닐드를 향해 말했다. 마치 공격받았던 사람은 하인이 아니라 주인이었다는 듯. 오펠리는 존재하지도 않는 것 같았다.

"그저 유감스러운 오해일 뿐이네요." 베르닐드는 로즐린 이모에게 차를 더 내오라고 손짓하며 작은 소리로 말했다. "가련한 일드가드르 부인, 거미들은 정말 골칫거리죠! 환영 때문에 보이진 않지만 여기저기 우글댄다니까요. 어쨌든 며칠 침대에서 쉬면 멀쩡해지겠죠. 그만 가봐라." 그녀가 무심하게 오펠리를 한 번 쳐다보며 덧붙였다. "하루 종일 쉬게 해주마."

오펠리는 꿈을 꾸듯 다시 움직이기 시작했다. 헌병이 수갑을 풀어줬고, 또 다른 헌병은 문을 열어줬다. 복도로 나간 그녀는 되는대로 몇 발짝을 걸었다. 끝났다고, 살아 있다고 자꾸자꾸 되풀이해 말하면서. 이어 다리에 힘이 풀렸다. 손 하나가 제때 받쳐주지 않았다면 큰대자로 누울 뻔했다.

"비싼 값을 치렀어, 그 모래시계들. 안 그래?"

르나르였다. 오펠리가 나올 때 같이 있기 위해 방 앞에서 기

다리고 있었던 것이다. 오펠리는 감정에 북받쳐 눈이 따가울 정
도로 고마움을 느꼈다.

"나도 그리 자랑스러운 태도는 못 보였지." 그가 어색한 웃음
을 지으며 덧붙였다. "앙심은 없지, 친구?"

오펠리는 온 마음으로 동의했다. '앙심은 없어.'

니힐리스트

　지하 공동 숙소의 방문들은 늦은 시간임에도 불구하고 끝없이 여닫혔다. 가스램프에는 밤새 약하게 불이 들어와 있었다. 어떤 하인들은 일을 다시 시작하러 가고 또 몇몇은 잠을 자러 돌아왔는데, 서로 부딪쳐도 미안하다는 말 한마디 없었다. 누군가 짬이 좀 나서 커피를 들고 옆방에 있는 이에게 수다라도 좀 떨 것 같으면 대부분 철저하게 모른 체했다.

　공동 숙소의 안쪽 끝 뱅 구역에는 뜨거운 김이 자욱하게 서려 있었다. 하인들은 어깨에 수건을 걸치고 줄을 서서 단체 샤워장으로 들어갔다. 땀내를 풍기는 것은 직업상 금기였다. 샤워기 물의 소음, 발성 연습과 욕설이 온 복도에 울렸다.

　이중으로 문을 잠근 뱅 구역 6호실의 문 안쪽에서 로즐린 이모는 분노를 억누르지 못하고 있었다.

　"빌어먹을! 이런 소리를 들으면서 너는 잠이 오니?"

　"익숙함의 문제예요." 오펠리가 중얼거렸다.

　"소음이 멈추는 일은 없어?"

"절대요."

"젊은 여자를 위한 장소는 아니구나. 게다가 이 방은 정말 고약해. 습기로 썩은 이 벽들 좀 봐라. 네가 맨날 아픈 게 놀랄 일도 아니라니까! 오, 찡그리는구나…… 여기가 아프니?"

로즐린이 옆구리 쪽을 살짝 누르자 오펠리는 이를 악물고 고갯짓으로 그렇다고 표현했다. 그녀가 제복을 벗고 침대에 눕자 이모는 길고 힘 좋은 손으로 옆구리를 더듬었다.

"갈비뼈에 금이 간 게 틀림없어. 좀 쉬어야 해. 갑작스럽게 움직이지 말고, 특히 적어도 3주 정도 무거운 건 절대 들지 말고."

"하지만 베르닐드가……"

"그 여자에게 너를 보호할 능력이 없다는 건 증명됐잖니. 네가 살아난 건 일드가르드가 보여준 선의 덕택이야."

오펠리는 입을 열었다가 곧 다시 생각에 잠겼다. 그녀가 살아난 것은 일드가르드가 보여준 선의가 아니라 거짓말 때문이었다. 그녀가 그 대가로 자신에게 아무것도 요구하지 않을 거라 믿을 만큼 오펠리는 순진하지 않았다.

"하인 놀이는 그만두자!" 로즐린이 중얼거렸다. "모든 게 정말 너무 멀리까지 와버렸어. 이런 식이면 무뢰한 같은 네 약혼자와 결혼하기도 전에 죽겠다."

"소리 좀 죽여요." 문 너머에서 기척이 들렸다는 눈빛으로 오펠리가 속삭였다.

이모는 말처럼 커다란 입을 꽉 다물고는 찬물이 있는 대야에 수건을 담갔다가 오펠리의 파인 입술 위에 말라붙은 피를 닦아냈다. 오랫동안 오펠리도 이모도 한마디 말이 없었고, 뱅 구역의 소란만이 방 안을 온통 메웠다.

등을 대고 누워 안경을 벗었지만 오펠리는 편안하게 숨을 쉴 수 없었다. 죽을 고비를 넘겼다는 안도감이 천천히 씁쓸한 뒷 맛으로 바뀌었다. 배신당했다는, 역겹다는 기분. 결국 사건이 일어나고 보니, 정말이지 그 누구도 신뢰할 수 없을 것 같았다. 그녀는 조심스럽게 살짝살짝 몸을 움직여가며 자신을 돌보고 있는 이모의 저 옹색하고 약간 흐릿한 실루엣을 관찰했다. 예배 당에서, 그리고 지하 감옥에서 실제로 일어났던 일에 대해 조 금이라도 알게 된다면 이모는 걱정 때문에 앓아눕겠지. 오펠리 는 그 얘기를 할 수 없었다. 이모가 바보짓을 저지를지도 모를 일이고, 위험에 빠질 수도 있으니.

"이모?"

"응?"

오펠리는 이모가 옆에 있어 행복하다고, 이모가 걱정된다고 말하고 싶었지만, 모든 말들이 조약돌처럼 목구멍에 걸려 나오 지 않았다. 왜 난 이런 것들을 결코 말로 표현할 수 없는 걸까?

"이모의 감정을 다른 사람들에게 드러내지 말아요." 대신 오 펠리는 더듬거리며 말했다. "분노는 비밀스럽게 간직하고, 주변 환경에 녹아들어요. 이모 자신만 생각해야 돼요."

로즐린 이모가 꽉 묶인 머리채 앞으로 드러난 눈살과 이마를 온통 찌푸렸다. 갑자기 그녀의 모습이 더 옹색해 보였다. 이모는 느릿느릿 수건을 짜고는 대야에 내려놓았다.

"도처에 적들뿐이야." 그녀는 심각하게 말했다. "너는 견딜 수 있겠니?"

"죄송해요, 이모. 결혼할 때까지는 견뎌볼게요."

"나한테 죄송할 문제가 아니잖니, 바보 같긴! 여기에서 남은 날을 살아가야 할 사람은 너야."

마음이 아려왔다. 약해지지 않을 거야. 오펠리는 스스로에게 약속했다. 이어 고개를 돌리자, 이 하찮은 움직임이 몸 전체에 통증을 가했다.

"생각을 좀 해봐야 할 것 같아요." 그녀가 중얼거렸다. "솔직히 저도 더는 뭐가 뭔지 명확하게 알 수가 없어서요."

"그런 경우라면 이걸 쓰는 것부터 시작할 수 있겠지."

로즐린 이모는 조롱기라고는 찾아볼 수 없는 태도로 그녀의 코에 안경을 씌어주었다. 비위생적인 작은 방에 깨끗한 빨래들과 뚜렷한 윤곽, 익숙한 무질서가 돌아와 있었다. 잘 접힌 낡은 신문들, 지저분한 커피 잔들, 과자 상자 하나, 깨끗하게 다림질된 셔츠 바구니. 르나르는 쉬는 시간마다 밈을 보러 왔고, 그때마다 빈손인 적이 없었다. 오펠리는 자신의 운명에 연민을 느꼈던 것이 부끄러워졌다. 그녀가 도착한 날부터 르나르는 그녀를 맞아주고, 클레르들륀이 어떻게 돌아가는지 그 요소들을 하나하나 알려주고, 최선의 조언을 해주고, 지하 감옥에서 나오던

날에도 옆에 있었다. 사심이라는 게 전혀 없지는 않았어도, 결코 오펠리에게 해를 끼칠 사람은 아니었다. 오펠리는 그가 보기 드문 성품을 지니고 있다는 사실을 깨닫기 시작했다.

"이모 말이 맞네요." 그녀가 속삭이듯 말했다. "벌써 조금 더 잘 보여요."

로즐린 이모는 자상한 손으로 갈색의 묵직한 머리채를 다소 거칠게 매만졌다.

"빗질을 해야지. 저런, 네 머리는 정말 매듭이 한가득이네! 앉아봐. 내가 다 풀어볼게."

빗질을 몇 번 했을 때, 침대 위 종들이 놓인 판자에서 '음악실' 벨이 울렸다.

"너를 못살게 구는 베르닐드하며, 그놈의 거지 같은 오페라하며!" 로즐린 이모는 탄식했다. "말은 아니라고 하면서도, 오페라 연습에 아주 푹 빠졌더라. 내가 악보를 맡을 테니 넌 좀 쉬렴."

이모가 나가자 오펠리는 다시 옷을 입어야겠다고 마음먹었다. 진짜 얼굴을 드러낸 채 너무 오랫동안 있는 건 좋지 않을 것이다. 지극히 조심스러운 동작으로, 어쨌든 그녀는 옷을 제대로 착용했다. 누군가 문을 두드렸을 때는 막 제복 단추를 다 채운 참이었다.

문을 열자마자 그녀가 본 것은 거대한 전축에 달린 나팔이었다. 그것을 가져온 이가 가엘이라는 사실을 알자 오펠리는 더더욱 놀랐다.

"회복 중인 것 같네." 가엘이 투덜댔다. "음악을 좀 들어볼래? 들어가도 되지?"

조만간 가엘과 볼일이 있으리라 생각하긴 했지만, 그 순간이 이렇게 빨리 오리라곤 짐작도 못 했다. 가엘은 이를 갈았고, 검은 외알 안경 위의 눈썹은 불만으로 찌푸려져 있었다. 셔츠에 멜빵바지만 걸친 차림이었다. 샤워장과 화장실에서 나온 하인들이 모두 그녀 뒤를 지나가며 휘파람을 불었다. 평상시에 입던 한 벌짜리 커다란 작업복 차림일 때는 볼 수 없는 일이었는데, 아닌 게 아니라 그 기술자는 정말 아름다운 몸매를 갖고 있었다.

오펠리는 들어오라고 신호한 뒤 뒤에서 열쇠로 문을 잠갔다. 가엘은 한시도 지체하지 않고 작은 테이블 위에 전축을 올려놓더니, 어깨에서 허리로 둘러맨 가방에서 음반 한 장을 꺼내 그 위에 조심스럽게 내려놓고 태엽으로 모터를 돌렸다. 떠들썩한 팡파르 음악이 방 안을 가득 채웠다.

"벽에 귀를 대고 듣는 사람들이 있어서." 그녀가 낮은 소리로 설명했다. "이렇게 하면 편하게 얘기할 수 있어."

마치 자기 침대라도 되는 양, 가엘이 침대 위에 드러누워 담배에 불을 붙였다.

"여자 대 여자로 말이야." 그녀는 조롱하듯 미소를 지으며 이렇게 덧붙였다.

오펠리는 체념의 한숨을 내뱉고 스툴에 앉아 천천히 옆구리를 어루만졌다. 이 기술자는 언제 내 비밀을 알아챘을까?

"우물쭈물댈 것 없어." 가엘이 한 번 더 길게 미소를 지어 보이며 고집스레 말했다. "네가 남자도 아니고, 말을 할 줄 모르는 것도 아니라는 건 장담할 수 있으니까."

"언제 알았지?" 오펠리가 물었다.

"처음 봤을 때부터. 너는 모두를 속일 수 있어, 꼬마 아가씨, 하지만 이 가엘은 못 속이지."

기술자는 코로 담배 연기를 내뱉고는 강렬한 파란 눈으로 오펠리를 뚫어져라 바라봤다. 동요하는 모습을 보이고 싶지 않았지만, 오펠리는 생각보다 훨씬 더 동요하고 있었다.

"들어봐." 가엘이 잇새로 침을 뱉었다. "네가 무슨 생각을 하는지 알아. 그래서 내가 여기 있는 거고. 네가 빠진 함정에 난 아무 책임이 없어. 정말 믿을 수 없겠지만, 그 오렌지에 독이 있었다는 건 전혀 몰랐다고. 무슨 일이 일어난 건지는 몰라도 너를 힘들게 만들 생각은 없었어. 물론 그 반대도 아니지만."

전축의 팡파르 소리가 가엘의 신경질적인 목소리를 덮어 무슨 말을 하는지 잘 들을 수가 없었다.

"나는 네가 누구인지 알아. 뭐, 어쨌든 안다고 생각해. 역겨운 베르닐드를 모시기 위해 스스로 변장을 해야 하는 작은 여자, 그것도 처음 보는 여자라면 그게 누굴까? 이곳에서 다들 목 빠지게 기다리는 베르닐드 조카의 약혼자일 수 있겠지. 네가 아직 도착하지도 않았는데 벌써 다들 너를 싫어한다는 거,

너도 알지?"

오펠리는 눈썹을 깜박여 시인했다. 아 그렇군, 그녀도 알고 있었구나. 토른의 적은 그녀의 적이 되었고, 그 수는 정말이지 어마어마했다.

"난 그게 정말 구역질이 나." 담배를 한 모금 더 빨아들이고서 가엘이 말을 이었다. "잘못된 가족에서 태어난 사람에게는 증오가 생기지. 나는 처음부터 너를 관찰했고, 네가 산 채로 잡아먹히고 있다고 생각했어. 그래서 주인에게 너를 추천하고 싶었던 거야. 오렌지는 우리 사이에서 일종의 암호 같은 거거든. 일드가르드 부인은 다른 사람이라고 내가 분명 말했지? 그리고 그녀는 너를 판단하지 않고, 있는 그대로의 너를 받아들일 거라고도."

"네 진심은 단 한 번도 의심하지 않았어." 오펠리가 분명하게 말했다. "일드가르드 부인은 좀 어때?"

가엘은 외알 안경을 떨어뜨릴 뻔했다.

"나를 한 번도 의심하지 않았다고? 아 정말, 넌 여기서 어떻게 처신해야 하는지 모르고 있구나!"

그녀는 쇠로 된 침대 살에 담배를 비벼 끄더니 곧바로 두 번째 담배에 불을 붙였다.

"메르는 곧 일어나실 거야." 그녀가 성냥불을 흔들어 끄며 말했다. "강철같이 건강한 분이거든. 그분을 죽일 만한 독은 아직 만들어지지 않았어. 알레르기가 있다는 이야기도 아주 신뢰할 수 있는 건 아니지. 어쨌든 중요한 건 말이야, 그분이 네 결백을 밝혀줬다는 거야."

"왜 그런 일을 한 거지?" 오펠리는 조심스럽게 물었다. "내가 누군지 아는 거야? 부인도?"

"아니, 네가 사실을 말하겠다고 마음먹기 전까지는 그분도 몰라. 난 더 이상 끼어 들 생각 없어, 맹세코."

오펠리로서는 몹시 못마땅하게도, 가엘은 자기가 한 말을 강조해야 한다는 의무감을 느낀 듯 이미 거의 빛이 바랜 작은 방의 바닥에 크게 한차례 침을 뱉었다.

"왜 일드가르드 부인이 나를 두둔해준 건지 여전히 모르겠어. 따지고 보면 내가 그녀에게 독약을 주지 않았다는 증거가 없잖아. 어쨌든 겉보기에는 모든 것이 내 생각과 반대니까."

가엘은 들릴까 말까 한 소리로 비웃음을 냈다. 그녀가 더럽고 두툼한 신발을 창피한 줄도 모르고 들어 올려 다리를 교차시키자 침대 용수철이 한꺼번에 끽끽 소리를 냈다. 바지에는 석탄과 기름 자국이 묻어 있었다. 가엘이 나가면 틀림없이 침대보를 갈아야겠군.

"왜냐하면, 너도 말했듯이 겉보기에는 모든 것들이 네 생각과 반대니까. 너는 독이 든 오렌지를 먹으려 했다는 이유로 사형을 당할 예정이었지. 그리고 메르는 나를 믿는다는 허점이 있고, 나는 너를 믿는다는 허점이 있지. 네 기분을 상하게 할 마음은 없어, 너는 얼굴만 봐도 정말 순박한 사람이니까."

스툴에 앉은 오펠리의 몸이 뻣뻣하게 굳었다. 거울을 통해 자신이 특징 없는 밈의 얼굴을 하고 있다는 사실을 확인한 뒤, 그녀는 몹시 놀란 마음으로 가엘을 다시 바라봤다.

"나를 있는 그대로 보는 거야?"

가엘은 망설이며 입술에 주름을 만들더니 눈썹을 치뜨고 외알 안경을 벗었다. 그때 처음으로 오펠리는 그녀의 왼쪽 눈을 보았다. 오른쪽은 파란색이지만 왼쪽은 검은색이었다. 눈가에는 미라주와 비슷한 형태의 문신이 있었다.

"메르 일드가르드를 위해 일하지만, 난 여기서 태어났어. 우리 클랜의 마지막 생존자지. 니힐리스트라고 들어봤어?"

뜻밖의 이야기에 오펠리는 고개를 저어 답했다.

"놀랄 것도 없지." 가엘이 비아냥거리며 말을 이었다. "20년 전에 다들 죽었으니까."

"다 죽었다고?" 오펠리의 얼굴에서 핏기가 사라졌다.

"기괴한 전염병이 돌았거든." 빈정대는 투였다. "그게 궁정 방식이야……"

오펠리는 침을 삼켰다. 정말 뭔가 비열한 사건이 있었던 모양이었다.

"넌 살아남았네."

"하찮은 어린 하인으로 변장했거든. 정확하게 지금 네 모습처럼 말이야. 나는 꼬마였지만, 이미 많은 것을 알고 있었지."

가엘은 모자를 벗었다. 그러자 짧고 어두운 머리칼이 흔들리며 표현할 수 없이 뒤죽박죽으로 얼굴에 흘러내렸다.

"사이비 귀족들은 다 머리가 짧고 금발이야, 나를 포함해서. 파루크에게서 물려받았지. 정말이지 잘못 임명된 정령이야. 나는 머리를 검은색으로 염색해서 못 알아보게 변장하는 데 성공했어. 여기서 내 존재가 알려지면, 난 아마 마지막 볼트를 조이기도 전에 죽을걸." 그녀는 즐거운 듯 입을 비죽거리며 덧붙였다. "네 비밀을 알았으니까 내 비밀도 알려주는 거야. 이제 공평한 것 같은데."

"왜?" 오펠리가 속삭였다. "왜 너를 죽이려고 하지?"

"거울을 한번 봐."

오펠리는 눈살을 찌푸리고는 다시 한 번 거울 쪽으로 몸을 돌렸다. 놀랍게도, 이번에는 혹이 나고 멍으로 뒤덮인 채 안경 뒤로 커다랗게 두 눈을 뜨고 있는 자신의 진짜 얼굴이 보였다.

"뭘 어떻게 한 거야?"

가엘은 문신이 있는 눈가를 손으로 두드렸다.

"'나쁜 눈'으로 너를 보기만 하면 돼. 나는 니힐리스트야. 다른 사람들의 능력을 제거하지. 네 제복은 그저 미라주가 정성스레 만든 산물일 뿐이잖아. 왜 내가 이 사실을 숨기려는지 이해하겠어?"

그녀는 다시 외알 안경을 썼고, 그러자 거울에 다시 밈의 모습이 나타났다.

"이 특별한 안경은 내가 바라보는 환영이 모두 제거되는 것을 막아주지. 필터 같은 거야."

"읽는 사람용 장갑이랑 비슷하네." 오펠리가 자기 손을 내려다
보며 웅얼거렸다. "그런데 외알 안경을 쓰고도 내 정체를 알았
잖아. 그러니까, 그 안경을 쓰면 자기만 환영 뒤에 숨겨진 걸 볼
수 있는 건가?"

"예전에 우리 가족이 이걸 많이 팔았어." 담배 연기를 뿜으며
가엘이 중얼거렸다. "미라주들은 자기들이 만든 하찮은 인공물
들을 사라지게 하는 걸 못마땅해했거든. 신기하게도 가족 모두
와 함께 안경들까지 사라졌지…… 이게 마지막 남은 거야."

이렇게 말하며 그녀는 머리로 눈을 가리고 모자를 깊숙이
눌러썼다. 오펠리가 그녀를 관찰하는 동안 가엘은 조용히 담배
를 마저 피웠다. 이 여자의 얼굴이 왜 그렇게 굳어 보였는지 알
것 같았다. 그녀가 겪은 시련들 탓이었다. '가엘은 나를 통해 다
시 자신을 보는 거구나.' 오펠리는 생각했다. '사람들이 자신을
보호해주길 바랐던 만큼, 나를 보호하고 싶은 거야.' 불현듯 목
까지 두근거림이 느껴졌다. 그동안 언니와 동생들, 사촌들, 이모
들까지 많은 여자와 알고 지냈지만, 친구라 할 만한 사람은 가
엘이 처음이었다. 오펠리는 상황에 맞는 문장을, 자신을 사로
잡아버린 엄청난 고마움을 표현할 아주 강렬한 단어들을 찾고
싶었다. 그러나 그녀는 정말이지 그런 것에는 소질이 없었다.

"나를 믿어줘서 정말 고마워." 더 멋진 말을 찾지 못해 부끄
러움을 느끼며 그녀가 더듬더듬 말했다.

"비밀에 비밀로 보답했을 뿐이야." 담배를 끄며 가엘이 웅얼거렸다. "나는 천사가 아니야, 꼬마 아가씨. 네가 나를 배신한다면, 나도 너를 배신해."

오펠리는 안경을 다시 올려 썼다. 마침내 누군가 앞에서 할 수 있게 된 동작이었다.

"공평하네."

침대가 삐걱이는 소리를 내며 가엘은 자리에서 일어나더니 남자처럼 손가락 관절을 꺾어 뚝뚝 소리를 냈다.

"네 진짜 이름이 뭐지?"

"오펠리."

"좋아, 오펠리, 너도 네 생각만큼 평범해 보이진 않아. 어쨌든 예의를 갖춰 내 주인과 만나보라고 충고하고 싶어. 안 그래도 너를 위해 거짓말을 한 데다, 은혜를 모르는 인간을 참지 못하시거든."

"잊지 않도록 노력할게."

가엘은 어색하게 미소를 지으며 턱으로 전축을 가리켰다. 팡파르 소리에 급기야 귀가 아플 지경이었다.

"다른 음반들도 가져다줄게. 빨리 낫길 바라."

그녀는 인사를 하듯 모자 가장자리를 손으로 짚어 보이고는 밖으로 나서며 문을 쾅 닫았다.

신뢰

오펠리는 귀가 떨어질 듯한 음악 소리를 끊기 위해 전축의 픽업을 들어 올렸다. 이어 문을 이중으로 잠그고 제복을 벗은 다음, 이제는 기름과 담배 냄새가 밴 침대에 누웠다. 천장을 바라보며 그녀는 깊은 한숨을 내쉬었다. 바보처럼 속아 넘어가 몽둥이세례를 받았고, 수상쩍은 하인장에게 협박을 당했고, 이제는 전락한 귀족 소녀 때문에 혼란스러웠다. 어린 여자 혼자 감당하기에는 너무 많은 사건이 있었다.

오늘 밤 당장 토른과 이야기를 해봐야 할 것 같았다. 그녀의 가슴이 고통스럽게 갈비뼈 쪽을 두드리기 시작했다. 그를 다시 보는 것이 두려웠다. 지난번 일에 대해 어떻게 생각해야 할지 아직 확신이 없었다. 자신이 착각했던 건지도 모른다는 희망을 갖고 있긴 했지만, 어쨌든 토른의 태도는 정말 모호했다.

오펠리는 두려웠다. 그가 그녀에게 느낄지도 모를 감정에 대한 본능적인 두려움이었다. 그가 그녀를 사랑한다 해도 그녀는 그를 사랑할 수 없을 것 같았다. 물론 그녀가 감정과 관련해서

467

많이 아는 것은 아니지만, 일종의 연금술이 기능하려면 남자와 여자 사이에 최소한의 친밀감이 필요하지 않겠는가. 토른과 그녀 사이에 공통점이라고는 정말 아무것도 없었다. 두 사람의 본성은 공존할 수 없었다. 결혼식 날 가족의 능력을 교환하는 의식으로도 그 사실을 변화시킬 수는 없을 터였다.

오펠리는 초조한 나머지 장갑의 실밥을 우물우물 씹었다. 토른을 단념시켜야 했다. 한 번 더 거절당하는 느낌을 받고도 그가 여전히 그녀의 편이 되어줄까? 그럼에도, 그 어느 때보다 오늘 그녀에겐 그의 도움이 필요했다.

오펠리는 조심스럽게 자리에서 일어나 자기 방 거울에 손을 넣어보았다. 몸은 뱅 구역 6호에 머물고 있었지만, 그녀의 팔은 시타시엘의 다른 쪽 끝 감독관의 옷장으로 들어갔다. 코트들의 두께감이 느껴졌다. 다른 사람과 있을 땐 옷장 문을 잠가두겠다고 토른은 말했었다. 그가 자정에도 누군가를 만날 수 있다는 사실은 오펠리도 알고 있었다. 아직 너무 이른 시간일지도 몰라.

그녀는 팔을 거두어들였다. 기다리는 일만 남았다.

오펠리는 가스램프의 불을 줄이고 이불 속에서 몸을 둥글게 웅크렸다가 이내 들뜬 선잠 속을 떠다녔다. 거대한 하얀 모래시계의 포로가 된 꿈을 꾸었다. 모래알이 떨어지며 엄청난 천둥소리를 만들어냈다. 놀라서 깨어보니 셔츠가 온통 땀범벅이었다. 그녀는 이내 꿈속에서 들었던 소리의 정체를 알아차렸다.

그것은 수도꼭지에서 대야로 물이 떨어지는 소리였다. 그녀는 물을 조금 마시고 축축한 수세미로 목 주변을 훔친 뒤, 손을 다시 거울 속에 넣어보았다. 이번에는 팔꿈치까지 들어갔다.

감독관의 옷장은 열려 있었다.

오펠리는 거울에 비친 자신의 모습을 보고 다시 생각해보았다. 셔츠 한 장에 목 긴 양말만 걸쳤을 뿐, 신발도 안 신었고 긴 갈색 머리는 등 뒤로 아무렇게나 내려와 있었다. 이런 차림으로 토른의 사무실에 들어가는 건 좋은 생각이 아니야. 그녀는 난장판을 뒤져 그에게 빌렸던 커다란 코트를 찾아냈다. 몸을 따라 단추를 채우고, 너무 긴 소매는 걷어 올렸다. 이렇게 해도 얼굴의 멍은 감출 수 없지만, 그래도 훨씬 더 단정해 보일 것이다.

오펠리는 안경 색을 어둡게 만들어 눈언저리의 멍을 감춘 뒤, 거울 속으로 몸 전체를 밀어 넣었다. 추위에 곧바로 숨이 막혔다. 바로 코앞의 모습밖에는 보이는 게 없었다. 토른이 난방도 불도 꺼둔 터였다. 옷장을 열어둔 채 나간 걸까?

오펠리는 두근거리는 마음으로 어둠에 익숙해지기를 기다렸다. 방 안쪽 구석 둥근 창에 낀 서리들 틈으로 약간의 달빛이 새어 들어왔다. 커다란 책상의 윤곽과 선반의 형태, 의자들의 둥그런 형체가 서서히 드러났다. 둥근 창 아래 빈약하고 각진 실루엣이 꼼짝 않고 소파에 앉아 있었다.

토른이 거기 있었다.

오펠리는 마룻바닥의 파인 곳에서 비틀거리다가 가구 모서리에 부딪쳐가며 앞으로 나아갔다. 소파에 다다를 즈음, 깜깜한 곳에서 칼날같이 창백한 토른의 두 눈이 거의 움직임 없이 자신을 따라오고 있음을 그녀는 알아챘다. 그는 등을 완전히 굽힌 채 허벅지 위에 두 팔을 올리고 있었지만, 그렇다고 그 큰 키가 작아 보이지는 않았다. 감독관 제복 차림의 금빛 어깨 장식만이 어둠 속에서 도드라졌다.

"내가 깨운 거야?" 오펠리가 작게 물었다.

"아니, 무슨 일이지?"

얼음장 같은 곳에서의 얼음장 같은 인사. 토른의 목소리는 평소보다도 훨씬 무뚝뚝했다. 오펠리를 만나서 특별히 행복해 보이거나 하지도 않았다. 어쨌든 그런 사실이 그녀를 안심시켰다. 지난번 만남 이후로 나에 대한 마음이 바뀐 게 분명해.

"당신이랑 할 얘기가 좀 있어. 꽤 중요한 얘기야."

"앉아." 토른이 말했다.

그는 정중한 표현으로 여겨질 수 있는 말을 강압적인 명령으로 바꾸는 재주를 갖고 있었다. 오펠리는 더듬거려 의자를 찾았지만, 이내 그 위치를 옮길 수 없다는 사실을 깨달았다. 벨벳과 값비싼 나무로 만든 의자는 금이 간 갈비뼈로 들기엔 너무 무거웠다. 그래서 멀찌감치 소파에 등을 대고 앉았고, 결국 토른이 자리를 옮길 수밖에 없었다. 그는 신경질적으로 코를 훌쩍이며 구부정한 몸을 똑바로 펴더니 사무실의 다른 쪽에 있는 업무용 의자에 자리를 잡았다. 토른이 탁상 램프의 방향을 돌리자 오펠리는 눈이 부셔서 눈을 깜박였다.

"얘기해봐." 빨리 끝내고 싶다는 듯 토른이 재촉했다.

그러나 한마디 꺼낼 새도 없이, 그가 곧장 가로막고 물었다.

"무슨 일이 있었던 거지?"

그게 가능한지 모르겠지만 토른의 긴 얼굴은 평상시보다 더 굳어 있었다. 그가 보지 않길 바라며 안경과 머리카락을 모두 동원해 멍든 흔적들을 감춘 노력이 실패로 돌아간 것이다.

"장례식이 이상하게 돌아갔어. 안 그래도 그 얘기를 하려고 왔어."

토른은 길고 뼈마디 굵은 손가락들을 책상 위에서 교차하며 그녀의 설명을 기다렸다. 그 태도가 어찌나 준엄해 보이는지, 오펠리는 집요한 판사 앞 피의자석에 앉아 있는 기분이었다.

"일드가르드 부인을 알아?"

"건축가? 모르는 사람이 없지."

"내가 그녀에게 오렌지를 전해줬거든. 그런데 그녀가 오렌지 하나를 건드리자마자 몸이 뻣뻣해졌어. 내 죄가 명백해 보였기 때문에, 헌병들이 바로 나를 지하 감옥에 처넣었어."

깍지 낀 토른의 손가락이 책상 위에서 우그러졌다.

"고모는 왜 나한테 전화를 하지 않았지?"

"아마 시간도 기회도 없었을 거야." 오펠리가 신중하게 말했다. "어쨌든 일드가르드 부인은 죽지 않았어. 그녀 말대로라면 지독한 알레르기 때문에 그랬다더라고."

"알레르기라." 토른이 미심쩍다는 듯 되풀이했다.

오펠리는 침을 삼키고 무릎 위에 놓인 주먹을 꽉 쥐었다. 진실을 말할 순간이었다.

"그녀가 거짓말을 한 거야. 누군가 정말로 오렌지에 독을 발랐지…… 일드가르드 부인이 아니라 내게 해를 입힐 생각으로 말이야."

"완전히 확신하고 있는 모양이네." 토른이 확인하듯 말했다.

"당신 할머니야."

이 말을 듣고도 토른은 꿈쩍하지 않았다. 깍지를 낀 손, 구부정한 등, 찌푸린 눈썹, 뾰족한 코, 모든 것이 그대로였다. 오펠리로서는 이렇게까지 불편함을 느껴본 적이 없었다. 이야기를 털어놓은 지금, 그녀는 두려웠다. 그건 그렇고, 토른은 무슨 근거로 나를 신뢰하는 거지?

"오렌지 바구니를 만져서 읽었어." 오펠리가 말을 이었다. "할머니가 내 짐을 들어준다며 바구니를 가져가서는 거기에 자기가 만든 독을 부었던 거야. 내게 품은 그 증오, 손가락 끝으로 느낀 증오에 등골이 오싹하더라."

놀라움이든, 부정이든, 불가해함이든, 토른의 차디찬 시선에서 어떤 종류의 감정이라도 번득이길 기다렸지만 그는 마치 대리석으로 변한 것 같았다.

"할머니는 나로 표현되는 모든 것을 싫어해." 그를 설득하고 싶은 마음으로, 그녀는 고집스레 이야기를 이어나갔다. "갑자기 나타난 수치스러운 존재인 데다, 같은 피가 흐르지도 않으니까. 내 죽음을 바라는 게 아니라, 공공연하게 내 평판을 떨어뜨리고 싶어 해."

그때 책상 위에서 전화벨이 울려 그녀는 소스라치게 놀랐다. 토른은 전화가 울리게 내버려두었다. 어두운 안경 너머 그의 쑥 들어간 눈이 보였다.

"베르닐드 부인에겐 아무 말 안 했어." 오펠리가 더듬거리며 계속 말을 늘어놓았다. "자기 엄마의 모호한 태도에 의심을 품고 있는 건지 아닌지 알 수가 없어서. 우선 이 일에 대한 당신 생각을 알고 싶어." 그녀는 기어들어가는 목소리로 이야기를 마무리했다.

마침내 토른이 몸을 움직였다. 손가락을 풀고 안락의자에서 일어나 그 큰 키로 높이 서서는, 회중시계를 꺼냈다. 오펠리는 어이가 없었다. 별일 아니라고 여기는 건가? 나 때문에 시간을 낭비했다고 생각하는 건가?

"내 생각을 알고 싶다고?" 그가 마침내 시계에서 시선을 거두고서 말했다.

"그래."

거의 간청하는 듯한 기분이었다. 토른은 다시 시계를 들어서 보고는 제복 주머니 속에 넣었다. 그러더니 갑작스레 몸을 움직여 팔로 책상 위에 있는 모든 것들을 거칠게 밀어냈다. 펜꽂이, 잉크병, 압지, 우편물, 심지어 전화기까지 엄청난 소리를 내며 마룻바닥으로 쏟아졌다. 오펠리는 도망가지 않으려고 양손으로 의자 팔걸이를 꼭 쥐었다. 토른이 난폭한 모습을 보이는 건 처음이었다. 혹시 다음은 내 차례가 아닐까? 그녀는 두려웠다.

하지만 그는 어느새 책상에 팔꿈치를 괸 채 손깍지를 끼고 있었다. 방금 전에 분노를 표출했던 사람의 태도라고는 믿을 수 없었다. 아무것도 남지 않은 빈 책상에 짙고 아름다운 색의 흔적이 드러났다. 오펠리가 지난번에 엎은 잉크병이 남긴 자국이었다.

"좀 불쾌하군." 토른이 말했다. "아니, 그보다 더해."

"미안." 오펠리가 작게 말했다.

토른은 신경질적으로 혀 차는 소리를 냈다.

"내가 불쾌하다는 거야. 당신이 나를 불쾌하게 만들었다고 한 게 아니라."

"그러니까, 내 말을 믿는다는 거야?" 오펠리가 안도를 느끼며 중얼거렸다.

토른의 눈썹이 놀라움에 활처럼 구부러지며 긴 상처도 똑같이 움직였다.

"왜 내가 당신을 못 믿을 거라 생각했지?"

허를 찔린 오펠리는 바닥에 내동댕이쳐진 사무용품을 쳐다봤다. 카오스, 완벽하게 정돈된 집무실 한복판에 만들어진 불협화음이었다.

"그게…… 이제 겨우 알게 된 사람보다 할머니에게 더 신뢰를 보이는 게 당연하니까. 전화선이 끊긴 거 같은데." 오펠리는 한차례 목기침을 한 뒤 말했다.

토른이 그녀를 유심히 살폈다.

"안경 벗어봐, 부탁이야."

예상치 못한 요구에 오펠리는 그 말을 따랐다. 책상 맞은편에 있던 토른의 마른 형체가 안개 속으로 사라졌다. 맞은 자국을 확인하고 싶은 거라면, 그녀로서는 막을 수 없었다.

"헌병들이 그런 거야." 오펠리가 작은 소리로 말했다. "손이 정말 빠르더라고."

"사람들이 당신 진짜 정체를 알아냈어?"

"아니."

"내 눈으로 확인할 수 없는 뭔가 다른 짓은 안 했고?"

오펠리는 끔찍할 정도로 불편한 마음으로 허둥지둥 다시 안경을 썼다. 저렇게 감독관처럼 굴 수밖에 없는 건가? 토른이 그런 식으로 대답을 요구하는 게 마음에 들지 않았다.

"심각한 건 없어."

"생각해보니, 아까 했던 말을 정정해야겠어." 토른은 단조로운 목소리로 말을 이었다. "당신도 나를 불쾌하게 만든 데 일정 부분 책임이 있어."

"아, 그래?"

"고모 말고 그 누구도 믿지 말라고 말했잖아. 그 누구도 믿지 말라고. 매사 좀 명확하게 하란 말이야!"

오펠리가 깜짝 놀랄 정도로 화난 말투였다.

"어떻게 잠깐이라도 할머니를 의심할 수 있었겠어? 할머니가 내게 제일 친절하셨는데."

갑자기 토른의 얼굴이 파랗게 질렸다. 피부색과 상처의 색이 구분되지 않을 정도였다. 오펠리는 자신이 막 내뱉은 말들을 나중에야 자각했다. 진실이라고 언제나 모두 말해도 괜찮은 건 아니지.

"게다가 할머니도 당신 집에 살고 있잖아." 오펠리가 더듬더듬 덧붙였다.

"종종 같은 집에 적들이 있을 수 있다는 사실을 떠올려봐. 그런 생각을 좀 해보라고."

"그러면 애초에 할머니를 못 믿었다는 거야?" 충격에 휩싸여 오펠리가 물었다. "친할머니를?"

송풍기의 기계음과 덜그럭거리는 공명음이 연달아 들려왔다.

"소형 승강기 소리야." 토른이 설명했다.

그의 긴 다리가 용수철처럼 펴졌다. 그는 벽 쪽으로 자리를 옮겨 목재 블라인드를 올리고 알루미늄 주전자를 찾았다.

"나도 좀 마실 수 있을까?" 오펠리가 충동적으로 물었다. 폴에 온 뒤로 커피라면 그냥 지나칠 수가 없었다. 뒤늦게야 잔이 하나뿐이라는 사실을 알았지만, 토른은 다른 말 없이 그녀에게 커피를 양보했다. 그런 모습을 보인 적이 없던 터라, 오펠리에게는 아주 세련된 행동으로 여겨지기까지 했다.

"나도 그 늙은 여우한테 당했어." 그가 오펠리에게 커피를 따라주며 말했다.

그를 보기 위해서는 시선을 아주 높이 올려야 했다. 그녀는 앉아 있고 그는 서 있었으니 현기증이 나는 것도 당연했다.

"당신에게도 나쁜 짓을 했던 거야?"

"베개로 나를 질식시키려 했지." 토른이 차갑게 말했다. "다행히도 내가 생각보다 강하게 저항했지만."

"그런데…… 어렸을 때겠지?"

"막 태어났을 때야."

오펠리는 김이 오르는 갈색 잔으로 시선을 떨구었다. 엄청난 분노가 그녀를 사로잡았다.

"끔찍해."

"사생아들의 일반적인 운명이지."

"그런데 아무도 그 일에 대해 얘기하지 않고, 아무도 할머니에게 대들지 않았다고? 어떻게 베르닐드는 자기 집에 할머니를 들인 채 계속 참고 사는 거지?"

토른은 이번엔 물건을 옮기는 소형 승강기의 덧문을 열어 담배를 꺼내고는, 안락의자에 앉아 서랍 속에서 찾아낸 파이프에 담배를 채우기 시작했다.

"그 늙은 할망구가 세상을 속이는 데 얼마나 능숙한지 이제 당신도 봤잖아."

"그러니까, 당신한테 했던 짓을 아무도 모른다는 거야?" 오펠리는 깜짝 놀랐다.

토른이 성냥을 켜 파이프에 불을 붙였다. 불길이 그의 각지고 수축된 얼굴 윤곽과 머리까지 긴장한 흔적을 선명하게 드러냈다. 취조를 마친 그의 시선은 아득해져 있었다.

"아무도." 그가 마침내 중얼거렸다. "정확하게 지금 당신이 당한 것처럼."

"이런 말을 해도 될지 모르겠는데, 어떻게 그 당시 일어났던 일을 기억하는 거야?" 오펠리는 조심스레 추궁하듯 물었다. "한낱 갓난아이였다면서."

토른이 성냥을 흔들자 은빛 고리 같은 연기가 파이프 주위로 펼쳐졌다.

"나는 기억력이 아주 좋거든."

놀라움에 오펠리의 안경 안쪽 부어오른 눈꺼풀이 살짝 떠졌다. 태어나 처음 몇 달 사이 일어난 사건들을 기억한다니, 그게 가능한 일인가? 하긴, 달리 생각해보면 이렇게 좋은 기억력을 지녔으니 그가 회계 업무에 뛰어난 것도 당연한 일이지. 오펠리는 커피에 입술을 댔다. 쓴 액체가 몸을 따뜻하게 데워주었다. 약간의 설탕과 우유가 있으면 좋았겠지만, 무언가를 더 요구할 수는 없었다.

"그러면 당신이 기억하고 있다는 것을 할머니도 알고 있어?"

"어쩌면, 아니면 모를지도." 파이프로 두 차례 연기를 뿜으며 토른이 중얼거렸다. "할머니랑 그 얘기를 한 적은 없으니까."

언젠가 토른이 현관 층계에서 맞이하는 할머니를 밀쳐내던 모습이 떠올랐다. 그녀는 그날 자신이 두 사람 모두에 대해 잘못 판단했다는 사실을 인정할 수밖에 없었다.

"죽여야 한다는 강박관념도 나이를 먹으며 없어졌을 기라 생각했는데." 토른은 자음을 하나하나 강조하며 말을 이었다. "이번에 일어난 일로 그 반대라는 것이 증명된 셈이지."

"그러면 난 어떻게 해야 하지?" 오펠리가 물었다.

"당신? 아무것도."

"아무 일도 없었던 것처럼 할머니를 마주 볼 수는 없을 것 같은데."

토른의 찌푸린 눈썹 아래 눈꺼풀이 드리운 그림자 속에서 금빛 광채가 단단해지는 듯했다. 그의 눈에 섬광이 번득였다. 문득 오펠리는 그가 걱정스러웠다.

"더 이상 할머니를 마주할 일은 없을 거야. 시타시엘에서 아주 먼 곳으로 내쫓을 거니까. 당신을 공격하는 사람들 모두에게 복수할 거라고 말하지 않았던가?"

오펠리는 재빠르게 커피 잔을 들어 표정을 감추었다. 돌연 목이 메어왔다. 자신이 토른에게 정말 중요하다는 것을 알 수 있었다. 그의 말은 과장도, 경솔한 허세도 아니었다. 감정을 다소 거칠게 표현할지언정, 그 모든 이야기가 의심할 여지 없는 진심이었다.

'이 사람은 결혼에 대해 나보다 훨씬 진지하게 생각하고 있어.' 이런 생각을 하니 배가 꼬이는 것 같았다. 그가 그리 편안한 사람은 아니라 해도, 그를 고통스럽게 만들거나 거절해서 모욕을 주고 싶은 마음은 전혀 없었다. 그러니까…… 아마 처음에도 얼마간 그런 생각이 머릿속을 스쳤던 듯하지만, 그 후로는 자신의 상황을 살피느라 정신이 없었다.

그녀가 너무 오랫동안 빈 잔 바닥만 멍하니 바라보자, 급기야 토른은 입에서 파이프를 떼고 커피 주전자를 가리켰다.

"더 마셔."

오펠리는 마다하지 않았다. 그녀는 커피 잔을 가득 채운 뒤 통증을 견딜 만한 자세를 찾아 의자 깊숙이 앉았다. 내내 앉아 있었더니 옆구리가 너무 아팠고 숨을 쉬기도 힘들었다.

"부탁할 또 다른 긴급한 문제가 있어." 쉰 목소리로 오펠리가 말했다. "할머니 말고도, 또 다른 적이 생겼어."

토른의 파리한 두 눈썹이 일자로 모였다.

"누구?"

호흡을 한 번 가다듬고 오펠리는 단숨에 귀스타브의 협박에 대해 이야기했다. 말을 이어갈수록, 토른의 얼굴이 뻣뻣해졌다. 그는 아주 당혹스러워하며 오펠리를 뚫어져라 응시했다. 마치 그녀가 자연이 만들어낸 가장 비현실적인 존재라도 된다는 듯.

"만약 봄의 오페라 전에 베르닐드 부인이 아기를 사산하지 않으면, 나는 흔적도 없이 사라져." 그녀는 장갑을 만지작거리며 이야기를 마무리했다.

토른은 의자에 기댄 몸을 뒤로 젖히더니 은빛이 섞인 금발 머리에 손을 가져다 대고는 그 어느 때보다 납작해질 정도로 머리칼을 눌렀다.

"참 혹독하게 나를 시험하는군. 당신은 난처한 상황 속에 스스로를 집어넣는 기술과 재능을 가졌어. 정말로."

그는 잠시 생각에 잠겼다가 매 같은 커다란 코로 연기를 모두 뿜어냈다.

"좋아, 이 문제도 해결하지."

"어떻게?" 오펠리는 한숨을 쉬며 물었다.

"세세한 것들까지 고민할 필요 없어. 그 하인장은 당신에게 아무 짓도 못 할 거야. 당신에게도, 내 고모에게도. 그것만 알고 있어."

오펠리는 남아 있던 커피를 단숨에 삼켰다. 목메었던 게 내려가지 않았다. 그는 그녀가 바라는 이상으로 그녀를 도울 것이다. 지금까지 토른을 그렇게 경멸해왔다는 걸 생각하니, 정말이지 은혜도 모르는 사람이 된 것 같았다.

관리국 시계가 아침 6시를 알렸다.

"방으로 돌아가야 해." 잔을 내려놓으며 오펠리가 말했다. "시간이 이렇게나 된 줄 몰랐네."

토른은 자리에서 일어나 문을 잡아주듯이 거울이 달린 옷장의 나무판을 붙잡았다. 그런 그에게 고맙다는 말도 없이 떠나고 싶지는 않았다.

"고…… 고마워." 그녀는 더듬더듬 말했다.

토른이 눈을 크게 떴다. 크고 마른 몸에 너무나 옹색해 보이는 견장이 달린 제복을 걸치고 있던 그의 모습이 갑자기 아주 어색해 보였다.

"나에게 마음을 열었다면 아주 잘된 일이야." 토른이 퉁명스럽게 말했다.

어색한 침묵이 잠시 흐른 뒤, 그가 힘겹게 덧붙여 말했다.

"내가 좀 무뚝뚝해 보였을지도 모르겠군. 조금 전에는……"

"내 잘못이지." 오펠리가 말을 끊었다. "지난번에 불쾌하게 대했으니까."

토른의 입술에 작은 경련이 일었다. 미소를 지으려던 것인지, 아니면 당황해서 인상을 쓴 것인지 알 수 없는 표정이었다.

"고모 말고 다른 누구도 믿지 마." 그가 한 번 더 상기시켰다.

어떤 이유로 그토록 베르닐드를 신뢰하는지, 오펠리로서는 이해하기 힘들었다. 베르닐드는 그들을 꼭두각시처럼 다루고, 그는 그 사실을 알지 못한 채 그녀가 시키는 대로 움직이고 있을 뿐인데.

"고모는 잘 모르겠어. 그렇지만 당신, 당신은 이제 의심하지 않아."

오펠리는 이렇게 이야기하길 잘했다고 생각했다. 사랑하는 한 쌍의 역할을 할 수 없다면, 적어도 토른에게 솔직하고 싶었다. 그는 그녀의 신뢰를 얻었고, 그도 그 사실을 알았을 것이다.

그럼에도 불구하고 그의 회색 눈이 몹시 어색해하며 돌연 시선을 피했기에, 그녀는 혹시 자기가 실수를 저지른 건 아닌지 생각했다.

"이제 가봐." 토른이 중얼거렸다. "난 오늘 일정을 위해 집무실을 정리하고 전화기를 수리해야지. 얘기해준 일들에 대해서는 내가 필요한 조치를 취할 거야."

오펠리는 거울 속으로 들어가 벵 구역 6호의 방바닥으로 떨어졌다. 그리고서 자신이 없는 사이 전축이 다시 작동했다는 사실도 알아채지 못한 채 한동안 생각에 잠겼다. 문득 그녀는 팡파르 음악이 이어지는 음반을 당혹스럽게 바라보았다.

"드디어 오셨군요!" 뒤에서 어떤 목소리가 속삭였다. "슬슬 걱정이 되던 참이었는데."

오펠리는 몸을 돌렸다. 작은 꼬마 아이가 침대 위에 앉아 있었다.

협박

기사는 줄무늬 파자마 차림이었다. 그가 막대 사탕의 남은 부분을 핥으며 동그란 안경을 들어 오펠리를 바라봤다.

"방문에 열쇠를 꽂아두지 말았어야죠. 다른 쪽에서 핀으로 열쇠를 밀 수 있는 방법을 몰랐단 말이에요? 먼저 종이 한 장을 문 밑에 받쳐두었다가, 열쇠가 떨어진 다음 종이를 자기 쪽으로 당기기만 하면 돼요. 문 밑에 공간만 충분하면 언제나 성공이죠."

커다란 검은색 코트 속에서 팔을 늘어뜨린 채, 오펠리는 기사가 말하는 내용을 단 한 마디도 알아듣지 못했다. 이 꼬마 미라주가 여기 나타나다니, 재앙이었다. 옆에 와서 앉으라는 듯 그는 아주 조용하게, 완전한 무표정으로 침대를 툭툭 쳤다.

"별로 안 좋아 보이네, 아가씨. 편하게 앉아요. 음악이 너무 거슬리지는 않죠?"

오펠리는 계속 서 있었다. 고통을 잊어버릴 만큼 넋이 나갔다. 말을 해야 하는 건지, 아니면 무엇을 해야 할지, 아무런 생각도 들지 않았다. 꼬마가 파자마에서 편지 봉투 한 묶음을 주섬주섬 꺼냈을 때 그녀의 얼굴은 또다시 일그러졌다.

"당신의 사적인 편지를 좀 봤어요. 기분 상하지 않았으면 좋겠네요. 내가 너무 호기심이 많다고 종종 싫은 소리들을 하거든요."

사라진 편지들이었다. 젠장, 이게 어떻게 이 꼬마의 손에 있는 거지?

"어머니가 당신 걱정을 많이 하시네요." 기사가 아무 편지나 한 장 꺼내며 떠들었다. "참 운이 좋군요. 내 첫 번째 엄마는 죽었는데. 다행히도 내겐 베르닐드 부인이 있죠. 나한테는 정말 엄청나게 중요한 사람이에요."

그는 두꺼운 안경 때문에 커다래진 평온한 두 눈으로 오펠리를 바라봤다.

"귀스타브의 제안에 대해서는 생각해봤어요? 오늘 밤까지 맡은 바 임무를 다해야 해요."

"그걸 명령한 사람이 당신이야?" 오펠리는 거의 들리지 않는 목소리로 뚝뚝 끊어 말했다.

냉정한 기사는 팡파르 음악이 울려 퍼지는 전축을 손가락으로 가리켰다.

"조금 더 크게 말해야 내가 들을 수 있을 것 같은데, 아가씨. 아기를 죽이지 않으면, 귀스타브가 헌병들을 풀 거예요." 그는 조용히 말을 이었다. "나는 헌병들에게 영향력이 없죠. 귀스타브는 있고."

작은 꼬마 아이는 남은 막대 사탕을 요란하게 깨물었다.

"절대 베르닐드 부인을 죽여서는 안 돼요. 오로지 아기만. 내 생각엔 버릇없는 아기만 떨어져 나가면 충분할 것 같거든요. 아기가 죽는 게 핵심이지. 그 아기가 베르닐드 부인의 마음속에서 내 자리를 차지할 수도 있잖아요. 알아듣겠어요?"

아니, 오펠리는 알아듣지 못했다. 열 살밖에 안 된 이 작은 육체가 이렇게 악독한 생각을 한다는 것 자체가 자신의 분별력을 넘어선 일이었다. 모든 게 이 장소, 이 귀족들, 클랜 간의 전쟁 탓이다. 이 세계는 아이들에게 도덕적인 지각을 키울 수 있는 최소한의 기회조차 주지 않는 것이다.

기사가 사탕의 막대를 바닥에 던져버리고는 오펠리의 편지들을 꼼꼼하게 조사하기 시작했다.

"난 베르닐드 부인과 관련된 모든 것을 꼼꼼하게 감시하죠. 가족의 우편물을 가로채는 것쯤은 언제든 할 수 있는 대수롭지 않은 일이죠. 당신이 저택에 있었다는 건 편지를 보고서야 알았지 뭐예요. 걱정하지는 말아요." 그가 안경을 고쳐 쓰면서 덧붙였다. "누구에게도 말하지 않았으니까요. 귀스타브에게도."

그는 모피로 만든 작은 실내화에 갑작스레 관심을 보이듯 아래쪽을 응시하며 침대 끝자락에서 다리를 건들거렸다.

"솔직히 말하자면, 내가 아주 조금 화가 났거든요. 무엇보다 내 허락도 없이 모르는 여자를 집에 묵게 해서. 게다가 직접 당신을 만나러 갔더니, 하녀가 당신인 척하고 있더라고요. 호기심 많은 사람들을 속이려는 거였겠죠? 나는 이런 종류의 유머를 별로 안 좋아해요. 불쌍한 소녀만 곤욕을 치렀죠."

오펠리는 억누를 수 없는 전율에 몸을 떨었다. 누가 저택에서 내 역할을 했을까? 피스타슈? 그런 건 생각조차 못 했다. 나 대신 위험을 무릅써야 했을 사람을 단 한 번도 생각해보지 않았다니.

"그녀를 아프게 했어?"

기사는 어깨를 으쓱해 보였다.

"그저 머릿속을 뒤적여봤죠. 그렇게 해서 꼬마 하인을 알게 되었고, 그게 당신이었죠. 당신이 어떻게 생겼는지 직접 보고 싶었어요. 그런데 이제 만나고 보니 정말 안심이 되네요. 베르닐드 부인이 애정을 갖기엔 당신은 너무 평범하니까."

집중하느라 콧등을 찡그리며, 그가 다시 편지에 몰두했다.

"다른 부인은 친척이죠?"

"그녀에게 가까이 가지 마."

생각할 겨를도 없이 오펠리의 입에서 말이 튀어나왔다. 이 아이를 자극하는 것은 경솔하고 위험한 행동이었고, 그녀는 온몸의 감각으로 그것을 느끼고 있었다. 동그란 안경을 쓴 소년은 오펠리를 향해 고개를 쳐들었다. 그녀는 처음으로 그가 미소 짓는 것을 보았다. 어색해하는 듯한, 아니 수줍어한다고까지 할 만한 미소였다.

"오늘 밤이 오기 전에 베르닐드 부인이 아기를 사산한다면, 내가 당신 친척을 공격할 이유는 전혀 없겠죠."

기사는 파자마 셔츠 속에 오펠리의 편지들을 정리한 뒤 비틀거리며 침대에서 일어났다. 이렇게 미숙한 아이인데도 좀처럼 침착함을 잃지 않았다. 갈비뼈에 금이 갔든 말든 움직일 수만 있으면 볼기짝을 한대 날려주었을 텐데, 그의 동그란 안경 속으로 자신의 육체와 영혼이 침잠하는 듯한 기분이었다. 아주 어리긴 해도 자리에서 일어난 기사는 오펠리와 키 차이가 그리 많이 나지 않았다. 문신을 새긴 눈꺼풀이 드리운 그의 평온한 시선에서 그녀는 몸을 빼낼 수가 없었다.

'안 돼.' 오펠리는 온 힘을 짜내며 생각했다. '저 아이가 내 생각을 맘대로 가지고 놀도록 내버려둬서는 안 돼.'

"미안해요, 아가씨." 기사가 부드럽게 속삭이듯 말했다. "그런데 당신은 우리가 나눈 대화를 하나도 기억하지 못할 거예요. 어쨌든 분명 어떤 느낌은 남아 있겠지만요. 아주 나쁘고 집요한 느낌이겠지."

이 말과 함께 그는 그녀에게 고개 숙여 인사하더니 문을 닫고 가버렸다.

오펠리는 토른의 커다란 코트를 입은 채 꼼짝 않고 있었다. 끔찍하게 머리가 아팠다. 시끄러워서 전축을 껐다. 그런데 왜 전축이 다시 켜져 있지? 열쇠 구멍에 제대로 꽂혀 있지 않은 열쇠를 보며 그녀는 눈살을 찌푸렸다. 문의 빗장도 걸려 있지 않았다. 이 얼마나 경솔한 짓인가! 방을 거닐다보니 무언가 발밑에 달라붙었다. 오펠리는 발로 바닥을 문질러 그것을 떼내고는 무엇인지 확인했다. 작은 막대기. 방이 쓰레기장으로 변해 있었다.

그녀는 조심스레 침대 위에 앉아, 걱정스러운 표정으로 주변을 살폈다. 제복은 의자 등받이에 접혀 있고, 대야에서는 더러운 물이 비워져 있었다. 문은 방금 열쇠로 잠갔다.

왜, 대체 무엇 때문에, 뭔가 아주 중요한 것을 잊어버린 느낌이 드는 걸까?

"목을 매달았다지? 하늘에서 평안하길."

오펠리가 막 준비실 테이블에 자리를 잡자마자, 커피를 마시던 르나르가 그녀의 얼굴에 대고 이렇게 말했다. '누가 목을 매달았다는 거야?' 그녀는 묻고 싶었다. 그가 그 일에 대해 더 말하고 싶어질 때까지 한참이나 그를 뚫어져라 쳐다볼 수밖에 없었다. 르나르는 테이블 주변에서 흥분으로 동요하는 하인들의 모습을 턱으로 가리켰다.

"넌 어디 달에서 뚝 떨어지기라도 했어, 친구? 다들 그 얘기만 하고 있는데! 귀스타브, 하인장 말이야. 자기 방 들보에 목을 맨 채 발견되었대."

아직 의자에 앉기 전이었다면 오펠리의 다리는 힘없이 무너져 내렸을 것이다. 귀스타브가 죽다니. 그녀가 토른에게 그에 대해 얘기하자, 그가 죽었다. 그녀는 무슨 일이 일어났는지 알고 싶어 못 견디겠다는 갈망의 눈으로 르나르를 재촉했다.

"정말 충격을 받았나보네." 르나르는 눈썹을 치올리며 놀라 말했다. "귀스타브가 죽었다고 눈물 흘릴 사람은 너밖에 없을 걸. 그래, 정말 교활한 놈이었으니까, 그놈은. 정말이지 책임감 같은 건 전혀 없었잖아. 책상에서 법원 소환장이 발견됐다나봐. 노란 모래시계들을 불법적으로 취득하고 배임했다고. 이제 그만, 여기까지!"

르나르는 의미심장한 태도로 커다란 턱 위에 엄지손가락을 올렸다.

"어쨌든 끝났어. 위험한 짓만 그렇게 하려 들더니, 결국엔 대가를 치른 거야."

오펠리는 르나르가 과장된 몸짓으로 따라준 커피에 겨우 입술만 댔다. 법원은 관리국과 밀접하게 관련되어 있지. 그러니 이 모든 일 뒤에 사실상 토른이 있는 셈이야. 그가 약속을 지킨 거야. 자기 자신과 아기에 대해 안도감을 느꼈어야 했지만, 계속 배가 뒤틀리는 기분이었다. 그럼 이제 어떻게 되는 거야? 설마 토른이 자기 할머니마저 스스로 창문 밖으로 몸을 던지게 하지는 않겠지?

르나르가 줄곧 목청을 가다듬고 있었기에, 그녀는 자신만의 생각 속에서 빠져나왔다. 그는 어색하게 입을 삐죽거리며 빈 잔을 쳐다봤다.

"너 오늘 다시 일 시작하지? 노래를 하러 저기 가야 하지?"

오펠리는 고개를 끄덕였다. 그녀에겐 선택권이 없었다. 바로 그날 밤 파루크에 대한 존경의 표시로 봄의 오페라가 열릴 예정이었다. 베르닐드는 억지로 오펠리까지 출연시켰다. 곤돌라 뱃사공이라는 작은 역할을 맡긴 것이다. 금이 간 갈비뼈 때문에 긴 저녁이 될 터였다.

"나는 아마 못 갈 거야." 르나르가 중얼거렸다. "부인이 단지처럼 귀가 먹었거든. 오페라에 가면 지겨워 죽지."

그러더니 르나르는 자기 잔에서 눈을 들어 오펠리를 빤히 쳐다봤다. 눈썹 사이에 주름 하나가 새겨졌다.

"근데 너한테는 조금 이른 거 아니야?" 그가 느닷없이 물었다. "그러니까 내 말은, 일이 있고 나서…… 하루밖에 못 쉬고…… 긴 시간은 아니잖아, 그치?"

오펠리는 인내심을 가지고 그의 말을 기다렸다. 르나르는 목을 가다듬고는 구레나룻을 어루만지며 주변을 경계하듯 슬쩍 둘러봤다. 그러더니 자기 주머니 속에 손을 집어넣었다.

"받아. 그렇다고 매번 이러지는 않을 거야. 알았지? 이번만이야. 네가 조금 숨을 돌릴 시간. 알았지?"

계속 "알았지?" 하고 묻는 말에 어리둥절해하던 중에, 그가 커피 잔 옆에 놓은 녹색 모래시계가 눈에 들어왔다. 말을 할 수 없는 것이 다행이었다. 만일 말을 할 수 있었다면, 무슨 말을 해야 할지 몰랐을 테니. 그때까지 팁을 모아 건네주던 쪽은 그녀였는데.

마치 자비로운 영혼의 역할을 하는 것이 자기 평판을 훼손하기라도 한다는 듯, 르나르는 인상 쓴 얼굴로 테이블 위에 두 팔을 엇갈려 놓았다.

"파란색 모래시계 세 개." 그가 들릴 듯 말 듯 중얼거렸다. "메르 일드가르드가 네게 주었던 것들 말이야. 헌병들이 그걸 돌려주지 않았지? 그건 잘못된 행동인 것 같아. 그러니까 이거라도 받아."

오펠리는 고집스럽게 르나르를 관찰했다. 위압적인 얼굴, 짙고 강렬한 눈썹 아래 활력 넘치는 두 눈, 불타는 듯한 머리칼. 느닷없이, 전보다 더 분명하게 그를 이해한 것 같다는 생각이 들었다. 토른은 그녀에게 다른 사람을 믿지 말라고 명령조로 말했다. 하지만 이 순간, 그녀는 그의 말을 따를 수 없으리라 느꼈다.

"그런 식으로 보지 마." 그가 고개를 돌리며 투덜댔다. "꼭 여자가 쳐다보는 것처럼 보잖아…… 아주 거북해. 알아?"

오펠리는 그에게 모래시계를 돌려주었다. 그가 무슨 생각으로 주었건, 그녀에게는 더 이상 필요하지 않을 테니까. 르나르는 잠시 놀라 망설이더니 빈정대는 듯한 미소를 지었다.

"아, 뭔지 알겠다! 너 **그분**을 보고 싶은 거구나. 그리고 **그분**이 봐주길 바라는 거지? 안 그래?"

그는 얼굴을 맞대고 이야기를 나누느라 커다란 적갈색 고양이처럼 팔꿈치를 앞으로 내민 채 테이블 위에 납작 엎드렸다.

"불멸의 폐하." 그가 속삭였다. "높은 사람들만이 정면에서 쳐다볼 수 있지. 나는 말이야 친구, 이미 그분을 만나봤지. 정말이야! 아주 잠깐이긴 했지만. 클로틸드 부인을 수행할 때였는데, 지금 너를 보는 것처럼 그분을 쳐다볼 수는 없더라. 그런데 네가 믿든 말든 친구, 그분이 나를 흘깃 봤어. 신이 쳐다본 존재라고. 무슨 말인지 알겠어?"

오펠리로서는 미소를 지어야 할지 인상을 써야 할지 감이 안 잡힐 정도로 자신감 넘치는 모습이었다. 그간 하인들과 교류해왔기에, 오펠리는 무엇이든 파루크와 관련되는 순간 그들이 위험할 정도로 미신을 믿는다는 사실을 알고 있었다. 그저 파루크가 바라보는 것만으로도 그들의 영혼에 깊은 인상을 남겨 마치 불멸이라도 얻게 된다고 믿는 듯했다. 집안의 정령이 바라봐주는 행운을 얻은 이들은 일반적으로 귀족들에게만 주어진 특권을 누렸다. 죽음으로부터 육체가 살아남을 수 있었다. 그렇지 못한 나머지들은 무로 사라졌고.

아니마 사람들은 아르테미스에 대해 이런 종류의 믿음을 품지는 않았다. 그들은 자신들이 사물의 기억을 통해 계속 존재한다는 사실에 만족했고, 그저 그거면 충분했다.

르나르는 위로한답시고 오펠리의 어깨를 살짝 두드렸다.

"극에서 작은 역할을 맡았다는 거 알아. 그걸로 네가 눈에 띌 거라 기대하지는 않았으면 해. 너와 나는 위대한 사람들 눈에는 보이지 않는 존재니까."

1층의 하인용 복도에서 길을 헤치고 나아가며 오펠리는 르나르가 했던 말을 곰곰이 생각했다. 그날 아침에는 유독 많은 사람들이 복도를 오갔다. 하인들, 하녀들 그리고 심부름꾼들이 그야말로 무질서하게 돌아다녔다. 다들 오페라 얘기뿐이었다. 그러니까, 귀스타브의 죽음은 이미 옛이야기가 된 것이다.

숨을 쉴 때마다 옆구리가 울렸다. 오펠리는 사람들이 덜 다니는 길을 찾으려 해봤지만 정원들과 살롱들 모두 사람들로 가득했다. 늘 있던 대사의 손님들에 더해 장관들, 의원들, 외교관들, 예술가들, 멋쟁이들까지 모두 모여 있었다. 다들 이곳에 아르쉬발드의 엘리베이터를 타러 왔는데, 그걸 통해서만 파루크가 있는 탑에 갈 수 있었다. 봄의 축제는 폴에서 가장 기다려지는 행사였다. 이 행사를 위해 헌병의 수를 두 배로 늘렸다.

애석하게도 음악실 분위기 역시 그리 조용하지 않았다. 아르쉬발드의 여동생들은 의상 문제로 정신이 나가 있었다. 무대용 드레스들이 움직이기에 불편하다는 둥, 머리에 써야 하는 가발이 너무 무겁다는 둥, 핀이 모자란다는 둥……

오펠리는 칸막이 뒤에 있는 발판 위에 올라서서, 팔까지 우아하게 장갑을 올려 낀 베르닐드를 찾았다. 케이프 장식이 달린 드레스를 장엄하게 차려입은 베르닐드는 새틴 허리띠를 권유한 재단사를 비난하고 있었다.

"배를 가려달라고 했잖아요. 둥그런 모양을 강조하지 말고."

"그건 걱정 마세요, 부인. 적절하게 부인의 실루엣을 드려낼 수 있도록 베일을 덧댈 생각이었어요."

오펠리는 잠시 뒤로 물러나 있는 편이 좋겠다고 판단했는데, 그때 축대가 달린 커다란 전신 거울 속에 베르닐드의 모습이 완전히 드러났다. 마음이 들떠 두 볼이 장밋빛으로 물들어 있었다. 정말 파루크에게 정신이 완전히 팔린 모양인데, 그녀도 그 사실을 전혀 감추지 않았다.

오펠리는 커다랗고 투명한 베르닐드의 두 눈에서 그녀의 생각을 읽어냈다. '마침내 그를 다시 보게 됐어. 나는 가장 아름다워야만 해. 그를 되찾고 말 거야.'

"어머님 일은 유감입니다, 부인." 재단사가 예의를 차리느라 탄식 어린 말을 건넸다. "부인이 공연하시는 날 병에 걸리시다니, 정말 운이 없으시네요."

오펠리는 숨을 참았다. 토른의 할머니가 병이 났다고? 우연의 일치는 아닐 것이다. 그럼에도 베르닐드는 특별히 걱정하는 것 같지 않았다. 그저 거울에 비친 자신의 모습에 지나치게 심취해 있을 뿐이었다.

"평소 폐가 안 좋았어요." 그녀가 건성으로 대답했다. "여름이면 사블도팥*에 있는 요양소에 가죠. 올해는 좀 빨리 가셨고요. 그뿐이에요."

토른은 어떻게 해서 할머니가 아픈 것으로 만들어버렸을까? 설마 대놓고 할머니를 협박한 걸까? 갑자기 공기가 바뀌기라도 한 듯 숨 쉬는 것이 한결 수월해졌다. 토른 덕분이었다. 그럼에도 내내 마음 한구석이 불편했다. 그것에 무어라 이름을 붙일 수 있을지 몰랐지만, 줄곧 어떤 위협이 공기 중에 떠도는 느낌이었다.

베르닐드의 시선이 거울에 비친 흑백의 밈에게 꽂혔다.

"왔구나! 장의자 위에 네 소품이 있을 거야. 그걸 잃어버리면 안 된다. 여분이 없어."

오펠리는 알아들었다는 시늉을 했다. 오늘 밤, 그녀도 성에서의 공연에 출연한다. 하인의 얼굴로 감추고 있긴 하지만, 오펠리도 나쁜 인상을 남길 생각은 없었다.

그녀는 하프시코드와 드레스가 있는 곳으로 눈을 돌려 장의자를 찾았다. 거기에는 파란색 기다란 리본을 두른 납작한 모자와 곤돌라용 노, 그리고 로즐린 이모가 있었다. 걱정 때문에 일그러질 대로 일그러진 얼굴. 평소의 노란빛을 찾아볼 수 없을 만큼 이모는 창백했다.

"궁정 사람들 앞에서……" 이모가 긴 이빨 사이로 들락 말락 중얼거렸다. "궁정 사람들 앞에서 약병을 주는 게……"

로즐린 이모는 사랑의 묘약 대신 주인이 요구한 독약을 줘야겠다고 결심하는 이졸데의 하녀 역할을 맡았다. 하인들이 담당하는 대사 한마디 없는 작은 배역이었지만 무대에, 그것도 이렇

---

* Sables-d'Opale, '오팔빛 모래밭'이라는 뜻.

게 대단한 대중 앞에 서야 한다는 생각만으로도 그녀는 공포
에 질려 있었다.

오펠리는 납작한 모자를 쓰며 토른도 이 공연을 보러 올까
생각했다. 무엇보다 토른 앞에서까지 노 젓는 시늉을 하고 싶지
는 않았다.

한참 생각해보니 토른 뿐 아니라 누구의 앞에서도 그러고 싶
지 않았지만.

시간은 찔끔찔끔 흘러갔다. 베르닐드, 아르쉬발드의 여동생
들 그리고 코러스를 맡은 부인들은 오로지 꿀차를 마시는 시
간만 빼고는 온통 치장하느라 분주했다. 오펠리와 이모는 장의
자에 앉아 아주 얌전하게 기다려야 했다.

오전 시간이 끝나갈 무렵 아르쉬발드가 음악실에 다녀갔다.
그는 여태껏 본 중에서도 가장 형편없는 옷을 걸치고 있었고,
머리는 제대로 빗지 않아 짚을 쌓아놓은 것 같았다. 가장 그래
선 안 될 상황에서조차 그는 정말 아무렇게나 차려입기를 고집
했다. 변함없는 솔직함과 마찬가지로, 오펠리가 높이 평가하는
그의 드문 장점 가운데 하나였다.

아르쉬발드는 마지막 순간 여동생들의 재단사에게 명령을 내
렸다.

"드레스가 아이들 나이에 비해 지나치게 대담하군요. 장갑을
벗기고 퍼프소매를 입혀요. 그리고 폭이 넓은 리본을 덧대서
목의 파인 부분을 감추고요."

"하지만 대사님……" 재단사는 불안한 눈으로 시계를 흘깃거리며 말을 더듬었다.

"얼굴 말고는 피부가 드러나게 하지 말아요."

아르쉬발드는 끔찍하다며 소리치는 여동생들도 무시해버렸다. 그의 미소가 평상시만큼 자연스럽지 않았다. 마치 여동생들을 궁정이 아니라 방목장에 풀어놓기라도 하는 양 내키지 않는 모습이었다. 그는 훌륭한 보호자였고, 오펠리는 그 점을 인정할 수밖에 없었다.

"타협할 수 있는 게 아니야." 여동생들이 계속해서 따지고 들자 그는 이렇게 일축했다. "난 손님들에게 가봐야 돼. 하인장이 죽었고, 내가 책임져야 할 관리국 문제들이 산적해 있거든."

아르쉬발드가 떠난 뒤, 오펠리의 시선은 시계추와 베르닐드, 그리고 로즐린 이모 사이를 끊임없이 오갔다. 마치 조용히 카운트다운이 이어지기라도 하듯 제복 안의 가슴이 답답했다. 공연 전까지 일곱 시간, 다섯 시간, 세 시간…… 귀스타브는 죽었는데, 그럼에도 터무니없이 그녀는 여전히 귀스타브의 협박에 매여 있는 기분이었다. 지하 감옥에서 일어났던 일을 베르닐드에게 알렸어야 했는데. 거울 앞에서 태평하게 있는 베르닐드의 모습을 바라보면서도 도무지 마음을 놓을 수가 없었다. 이렇다 할 분명한 이유도 없이, 베르닐드 부인과 그녀의 아기, 그리고 이모가 어떻게 되는 건 아닐까 그녀는 두려웠다.

결국 피로가 걱정 근심을 이겼고, 그녀는 장의자에 앉아 졸기 시작했다.

그녀를 깨운 것은 침묵이었다. 귀를 아프게 할 정도로 갑작스러운 침묵. 아르쉬발드의 여동생들은 더 이상 재잘거리지 않았고, 재단사들은 그들의 작업을 중단했고, 베르닐드의 볼은 창백해졌다.

사람들이 음악실에 갑자기 들이닥쳤다. 이들은 클레르들륀의 귀족들과 사뭇 다른 분위기를 풍겼다. 가발도 안 쓰고 조잡한 장신구도 달지 않았지만, 그들이 바로 이 장소의 주인이라고 여겨질 정도로 다들 아주 꼿꼿하게 서 있었다. 살롱보다는 숲에 더 어울릴 법한 멋진 모피 옷을 입었는데, 팔의 문신은 감추지 않았다. 모두 강철처럼 날카로운 눈빛을 지니고 있었다. 토른과 같은 눈빛이었다.

드래곤들.

거추장스럽게 노를 들고 있던 오펠리는 하찮은 생계나마 지키고자 하는 여느 하인들처럼 자리에서 일어나 허리를 굽혔다. 토른이 이미 경고했었다. 그의 집안은 극단적으로 신경질적인 경향이 있다고.

오펠리가 몸을 일으켰을 때, 그녀는 가시처럼 뾰족한 프레이야의 코와 불만에 찬 입술을 알아보았다. 프레이야는 얼음처럼 차가운 시선으로 무대용 의상과 악기를 둘러본 뒤, 하얗게 질린 채 말을 잇지 못하는 아르쉬발드의 여동생들을 한참 바라봤다.

"꼬마 아가씨들은 우리에게 인사도 안 하네?" 그녀가 천천히 말을 뱉었다. "하루쯤은 당신들 손님이 될 자격이 있잖아요? 1년에 한 번 클레르들륀에 올라올 수 있는데, 그 한 번도 어쩌면 우리한테는 너무 많은 건가?"

여동생들은 당황해서 풍향계처럼 동시에 큰언니를 향해 몸을 돌렸다. 파시앙스는 위엄 있게 턱을 내민 채, 떨리는 손을 꼭 쥐었다. 치장하지 않은 얼굴 때문에 아마도 가장 덜 예뻐 보였겠지만, 그렇다고 용기가 부족한 건 아니었다.

"용서하세요, 프레이야 부인. 기별도 없이 오실 거라고는 생각을 못 해서요. 주변을 좀 보시면 저희가 얼마나 난처한 상황이었는지 아실 거예요. 오페라 공연 때문에 다들 옷을 갈아입고 있었거든요."

파시앙스는 덥수룩한 턱수염과 칼자국이 난 팔을 드러낸 드래곤들을 의미심장하게 바라봤다. 하얀 모피 코트 차림의 그들은 마치 인간 세상에서 길을 잃고 헤매는 북극곰들 같았다.

코러스를 맡은 부인들 사이에서 분노의 탄식이 나왔다. 프레이야의 세 아이들이 박박 민 머리를 드레스 속에 집어넣으며 웃음을 터뜨리고 있었다. 프레이야는 아이들을 꾸짖는 말 한마디 없었다. 그러기는커녕 하프시코드용 스툴에 앉아 악기 덮개 위에 팔꿈치를 괴고 눌러앉을 자세를 취했다. 입가에는 오펠리도 잘 아는 예의 미소가 감돌았다. 마차에서 잽싸게 따귀를 날리기 전에 드러낸 바로 그 미소.

"편하게 하던 일 해요, 아가씨들, 방해할 생각은 없으니까. 그 저 가족 모임일 뿐이거든요."

헌병들이 미심쩍다는 듯 음악실로 들어와 무슨 일이 있는지 살폈지만, 파시앙스는 그들에게 가보라고 신호를 보내고는 이 어 재단사들을 향해 일을 마무리하라고 말했다.

그때 프레이야가 억지 미소를 띤 채 베르닐드를 향해 몸을 돌렸다.

"정말 오랜만이에요, 고모님. 늙어 보이네요."

"그래, 정말 오랜만이네."

밈으로 몸을 숨긴 오펠리는 그 장면을 하나도 놓치지 않았 다. 하인 역할을 해온 덕에 그녀는 베르닐드를 몇 번 주의 깊게 바라보는 것만으로도 세세한 것까지 포착할 수 있게 되었다. 뚫어져라 노골적으로 보지는 못해도, 오펠리가 알고 있는 그녀 에 대한 정보를 하나하나 끼워 맞출 수는 있었다. 절제된 목소 리. 아름다운 이졸데의 드레스를 입은 채 꼼짝도 않는 몸가짐. 본능적으로 배 위로 올라가려는 것을 애써 자제하고 몸을 따 라 늘어뜨린, 긴 장갑을 낀 두 팔.

침묵을 가장한 채 베르닐드는 긴장하고 있었다.

"무슨 소리야, 프레이야. 고모가 이렇게 눈부시게 아름다웠던 적은 한 번도 없었어!"

처음 보는 남자가 무례하게 베르닐드에게 다가와 손에 입을 맞추었다. 튀어나온 턱에 건장한 어깨, 밝은 얼굴빛을 하고 있었다. 그가 프레이야의 오빠라면, 토른의 이복형제인 셈이다. 그는 토른과 닮은 구석이 전혀 없었다.

그가 끼어들자 베르닐드는 긴장을 풀고 애정 어린 손길로 그의 볼을 쓰다듬었다.

"고드프루아! 네가 지내는 지역에서 나오기가 여간 힘든 게 아닌 모양이구나! 매년 이 끔찍한 겨울에 그곳, 그 숲속 깊은 곳에서 네가 잘 살아 있을지 궁금했단다."

남자는 쩌렁쩌렁 울리는 웃음을 터뜨렸다. 궁정 사람들이 일반적으로 킥킥거리며 웃는 것과는 전혀 달랐다.

"고모님, 나는 말예요, 마지막으로 고모님과 차 한잔 마시기 전에는 절대 죽지 않을 겁니다."

"베르닐드, 카트린은 어디 있냐? 같이 있지 않은 거야?"

이번에는 늙은 남자가 입을 열었다. 어쨌든 오펠리가 보기에는 늙은 사람이었다. 하지만 주름살과 하얀 턱수염에도 불구하고, 거울 달린 옷장처럼 꼿꼿하게 서 있었다. 그는 자신을 둘러싼 세련된 집기들을 경멸하듯 바라봤다. 그가 입을 열자마자 가족 모두가 그를 향해 몸을 돌리고 귀를 기울였다. 그야말로 원로였다.

"아니요, 페르 블라디미르." 베르닐드가 부드럽게 말했다. "엄마는 시타시엘을 떠났어요. 아프셔서요. 내일 사냥에도 오시지 못할 거예요."

"사냥하지 않는 드래곤은 더 이상 드래곤이 아닌데." 늙은 남자는 턱수염을 움직이며 꾸짖듯 말했다. "살롱에 너무 자주 다니니까 네 엄마와 네가 허약해진 거야. 이제 내일 사냥 때 네가 있을지 없을지 말해줘야겠지?"

"페르 블라디미르, 베르닐드 고모님은 생각을 좀 해봐야 할 상황 같은데요."

"네가 최고의 사냥꾼만 아니었다면, 고드프루아, 이렇게 수치스러운 말을 했다는 이유로 손을 잘랐을 거다. 봄의 대사냥이 우리에게 어떤 의미인지를 다시 말해줘야겠냐? 우리만이 실행하는 고귀한 기술이 저 위 세상 사람들에게 우리가 누구인지를 알려주지. 궁정 사람들이 매일 접시에서 발견하는 고기들은 바로 우리 드래곤들이 가져다주는 거니까!"

페르 블라디미르는 그 방에 있는 모두가 들을 수 있을 만큼 큰 소리로 내뱉었다. 오펠리도 들었다. 들어도 겨우 이해할 뿐이었지만. 이 남자의 억양은 끔찍했다.

"당연히 존중해야 할 전통이죠." 고드프루아가 인정했다. "하지만 위험이 없는 건 아니잖아요. 베르닐드 고모의 상태를 고려하면 양해해주실 수도……"

"하찮은 소리!" 그때까지 조용히 있던 한 여자가 소리쳤다. "툰드라에서 사냥을 하다 내가 너를 낳았단다, 아들아."

'프레이야의 엄마구나.' 오펠리는 그녀가 누구인지 깨달았다. 프레이야와 비슷한 얼굴인데 이목구비가 훨씬 뚜렷했다. 아마 그녀와도 친해지긴 어려울 것이다. 고드프루아에 대해서는 어떻게 생각해야 할까? 그는 자연스럽게 오펠리의 연민을 불러일으켰지만, 할머니의 비열한 장난 이후로 괜찮아 보이는 사람들은 경계하던 터였다.

페르 블라디미르는 문신한 큰 손을 들어 한쪽 구석에서 열심히 하프를 부수고 있는 프레이야의 세 아이들을 가리켰다.

"다들 저 아이들 좀 봐라! 드래곤이 어떤 사람들인지 보라고. 아직 열 살도 안 되었지만, 내일 다른 무기 없이 할퀴기 공격만 가지고 처음으로 짐승들 사냥에 나설 거다."

하프시코드 앞에 앉아 있던 프레이야는 기뻐서 어쩔 줄 몰라 하며 금발 턱수염이 덥수룩한 남편 알도르와 공모의 눈빛을 나눴다.

"너희들 중 어떤 여자가 우리 혈통을 이어가고 있다 자부할 수 있느냐?" 페르 블라디미르가 강력한 눈빛으로 주변을 둘러보며 말을 이었다. "아나스타샤, 너는 남편감을 찾기엔 너무 못생겼지? 이리나, 너는 매번 유산했고?"

지평선을 지우는 등대처럼 집요하게 쏘아붙이는 그의 시선 아래 모두가 머리를 조아렸다. 불편한 침묵이 음악실을 가득 채웠다. 아르쉬발드의 여동생들은 치장을 하느라 분주한 척했지만, 이 안에서 오가는 말들을 단 한 마디도 놓치지 않았다.

오펠리는 귀를 의심했다. 이런 식으로 여성들을 죄인으로 만들다니, 추악해. 옆에서 로즐린 이모는 답답함을 못 이겨 오펠리에게까지 들릴 정도로 숨소리를 내뱉고 있었다.

"흥분하지 마세요, 페르 블라디미르." 베르닐드가 차분하게 말했다. "늘 그랬던 것처럼 저는 내일 여러분과 함께할 겁니다."

늙은 남자는 예리한 눈으로 그녀를 다시 바라봤다.

"아니, 베르닐드, 너는 언제나 우리와 함께하지 않았어. 사생아를 보호하고 지금 그 아이를 그렇게 키워놓았잖니. 너는 우리 모두를 배신했다."

"토른도 우리 가족이에요, 페르 블라디미르. 똑같은 피가 흐른다고요."

이 말에 프레이야가 하프시코드 현이 다 울릴 정도로 경멸의 웃음을 내뿜었다.

"야심 많고, 파렴치하게 계산만 하는 놈! 우스꽝스러운 꼬마랑 결혼한 다음에는 자기 아이들을 위해 내 아이들의 상속권을 빼앗을 놈이지."

"입 다물어." 베르닐드가 중얼거렸다. "토른이 하지도 않은 일을 마치 일어난 일처럼 말하는구나."

"재무관리인이잖아요, 고모. 당연히 그렇게 할 수 있겠죠."

오펠리는 두 손으로 곤돌라 노를 꼭 쥐었다. 왜 토른의 가족이 자신을 그토록 싫어하는지 이제야 알 것 같았다.

"그 사생아는 드래곤이 아니다." 페르 블라디미르가 가혹한 목소리로 말했다. "내일 **우리** 사냥에 추잡한 얼굴이라도 드러낸다면 내가 기꺼이 그의 몸에 새로운 상처를 새겨주지. 그리고 혹시 네 모습이 안 보이면……" 그가 손가락으로 베르닐드를 가리키며 말을 이었다. "톡톡히 망신을 당할 거야. 파루크의 환심을 사겠다고 너무 끌려다니지 마라. 어차피 금세 사그라들 뿐이니까."

베르닐드는 그윽한 미소로 그의 위협에 답했다.

"실례해요, 페르 블라디미르, 준비를 마저 해야 해서요. 공연이 끝나고 다시 뵙지요."

늙은 남자가 멸시하듯 코를 훌쩍이고는 드래곤 모두를 이끌고 나갔다. 오펠리는 문을 나서는 그들이 전부 몇 명인지 눈으로 셈했다. 아이 셋까지 모두 열두 명. 클랜이 다 모인 걸까?

드래곤들이 나가자마자, 폭풍이 지나간 후 지저귀는 새들의 노랫소리처럼 음악실이 다시 시끌벅적해졌다.

"부인?" 재단사가 베르닐드에게 와서 더듬더듬 물었다. "드레스를 마무리해도 될까요?"

베르닐드는 그 말을 듣지 못했다. 그녀는 우수에 차서 부드럽게 자신의 배를 문질렀다.

"매력적인 가족이지?" 그녀가 아기에게 속삭였다.

오페라

중앙 갤러리의 시계가 일곱 번 울렸을 때, 다른 사람들은 이미 클레르들뢴을 빠져나간 뒤였다. 대사의 집에 상주하는 손님들과 잠시 머물던 소귀족들 모두 탑으로 향하는 엘리베이터에 올랐다.

아르쉬발드는 오페라 공연단을 한데 모으려 마지막까지 기다리고 있었다. 그의 일곱 여동생, 베르닐드와 그 하녀, 합창단 부인들, 극에서 딱 둘뿐인 남성 역할을 맡은 한스와 오토 백작이었다.

"주목해주세요." 아르쉬발드가 구멍 난 주머니에서 시계를 꺼내며 말했다. "잠시 뒤 우리는 엘리베이터를 타고 보호구역을 벗어납니다. 그러니 신중하게 행동해줄 것을 경고합니다. 탑은 제 권한이 미치지 못하는 곳입니다. 적으로부터 여러분들을 보호할 수 있는 힘이 제겐 없죠."

마치 오직 베르닐드에게만 말하는 듯, 그는 파란 하늘 같은 눈을 그녀의 시선에 맞췄다. 베르닐드는 그를 향해 장난스러운 미소를 지어 보였다. 실제로 그 순간 그녀는 자신에게서 침범할 수 없는 아우라가 뿜어져 나온다고 확신하는 것 같았다.

곤돌라 사공의 모자를 눌러쓴 오펠리로서는 그녀의 그런 자신감을 좀 나눠 갖고 싶었다. 예비 가족들과의 만남이 그녀에게 눈사태와도 같은 영향을 미친 터였다.

"너희들은 말이야⋯⋯" 이번에는 동생들을 향해 몸을 돌리며 아르쉬발드가 말을 이었다. "공연이 끝나는 대로 다시 클레르들뢴에 데려다 놓을 거다."

자신들은 더 이상 아이가 아니라고, 돌아가기 싫다고, 여동생들은 귀가 멀 정도로 크게 소리를 질러댔다. 이 아이들은 오빠의 영지가 아닌 다른 곳에는 전혀 가본 적이 없는 걸까? 오펠리는 궁금했다.

아르쉬발드가 베르닐드에게 팔을 내밀자, 공연단 모두는 헌병 넷이서 주의 깊게 지키고 있던 엘리베이터의 금색 창살 앞으로 밀려들었다. 오펠리는 한층 강하게 뛰기 시작하는 심장을 어찌할 수 없었다. 그녀가 보지 못한 귀족들이 얼마나 많이 이 엘리베이터를 타고 올라갔을까? 사람들이 모두 모여드는 그 위의 세상이라는 것은 대체 어떤 모습일까?

보이가 창살을 열고 줄을 당기자 몇 분 뒤 엘리베이터가 탑에서 내려왔다. 복도에서 보았을 땐 서너 명 정도 탈 수 있을까 싶었는데 스물 두 명이나 되는 극단 멤버가 서로 부딪치지도 않고 엘리베이터 안으로 들어갔다.

오펠리는 벨벳을 두른 장의자와 과자들로 가득한 테이블이 놓인 거대한 방을 발견하고도 놀라지 않았다. 이제 공간이 터무니없게 느껴지는 것은 일상이었다. 눈속임이 햇빛이 비현실적으로 쏟아지는 정원과 조각상들이 즐비한 갤러리로 외관을 바꿔놓았다. 오펠리가 알코브 안으로 들어갈 생각으로 다가가다가 벽에 부딪쳐버릴 정도로 환영은 제대로였다.

공기는 독한 향수로 채워져 있었다. 가발을 쓴 두 백작이 지팡이의 둥그런 끄트머리에 몸을 기대고 섰다. 합창단 부인들은 우아한 태도로 얼굴에 다시 분칠을 했다. 이런 사람들 틈에서 노까지 든 채 그 누구와도 부딪치지 않고 돌아다니기란 정말 대단한 모험이었다. 옆에 있는 로즐린 이모는 오펠리만큼 고되어 보이지 않았다. 극중 베르닐드에게 전해줘야 하는 작은 병하나가 그녀의 유일한 소품이었다. 하지만 그녀는 불붙은 석탄이라도 손에 쥔 양, 점점 더 불안해하며 작은 병을 신경질적으로 만지작거렸다.

누르스름한 꿀빛 제복을 입은 보이가 작은 종을 흔들었다. "손님 여러분, 올라가겠습니다. 엘리베이터는 회의실, 하늘 정원, 궁정 온천과 종착역인 가족 오페라극장에서 정차합니다. 저희 엘리베이터 회사는 여러분 모두에게 멋진 여행이 되길 기원합니다!"

금빛 창살이 닫히고, 엘리베이터는 둔중하게 느린 속도로 올라갔다.

마치 목숨이라도 달려 있는 듯 노를 손에 꼭 쥔 채, 오펠리는 베르닐드에게서 눈을 떼지 못했다. 예정된 저녁 연회에서 적어도 그녀들 중 한 명은 경계를 늦추지 않아야 했다. 폭풍의 기미는 전혀 느껴지지 않았다. 그러나 번개는 칠 것이고, 그건 분명한 사실이었다. 언제 어디서 번개가 칠지 아는 것만이 문제였다.

아르쉬발드가 베르닐드의 귀를 향해 몸을 기울이는 모습을 보고, 오펠리는 둘이 나누는 이야기를 더 잘 듣기 위해 한 발짝 다가섰다.

"의도치 않게 제가 부인 가족 모임에 참석했네요."

오펠리는 눈살을 찌푸렸다가, 이내 여동생들이 보고 듣는 모든 것을 그 역시 보고 들을 수 있다는 사실을 떠올렸다.

"자극적인 말들에 크게 신경 쓸 것 없어요, 부인." 그가 말을 이었다.

"제가 그렇게 무른 사람 같아 보이나요?" 베르닐드는 금발 곱슬머리를 흔들며 짓궂게 대꾸했다.

천사처럼 유순한 아르쉬발드의 옆모습에 미소가 길게 드리워졌다.

"부인의 능력은 잘 알죠. 하지만 부인과 배 속 아기를 돌봐주고 싶어요. 매년 부인 가족 대사냥은 엄청난 시체 더미를 쌓아 올리죠. 부인은 그냥 관심만 두고 계세요."

오펠리는 온몸이 떨렸다. 오귀스퇴 할아버지가 여행 수첩에 그렸던 맘모스와 곰의 거대한 해골들이 떠올랐다. 베르닐드는 정말로 그들을 따라 사냥을 갈까? 내일? 아무리 좋게 생각하려 해도, 눈까지 내리는 영하 25도의 밤에 사냥을 나간다는 게 오펠리로서는 상상이 가지 않았다.

그녀는 계속 입을 다물고 있어야 하는 것이 답답했다.

"가족 오페라극장입니다!" 보이가 알렸다.

깊은 생각에 잠긴 채, 오펠리는 극단이 움직이는 대로 따라갔다. 그러다 일어날 일이 일어났다. 곤돌라 노가 누군가에게 부딪친 것이다. 그녀는 당황해서 연신 고개를 조아렸는데, 알고 보니 작은 꼬마였다.

"괜찮아요." 기사가 머리 뒤쪽을 문지르면서 말했다. "안 아프니까."

동그랗고 두꺼운 안경알 너머 그는 표정 없는 얼굴을 하고 있었다. 이 아이는 엘리베이터에서 뭘 하고 있었던 거지? 오펠리가 알아채지 못했을 정도로 아이는 눈에 띄지 않았다. 이 잠깐의 사건 때문에 그녀는 설명하기 힘든 찜찜함을 떨칠 수 없었다.

커다란 홀에서 몇몇 신사들이 그때까지 시가를 피우며 어슬렁거리다가, 단원들이 지나가자 몸을 돌리며 농담을 던졌다. 오펠리는 너무 눈이 부셔서 그들을 제대로 쳐다볼 수도 없었다. 갤러리에 매달린 열두 개나 되는 크리스털 샹들리에가 윤기 나는 바닥에 그대로 반사되었다. 마치 촛불 위를 걷는 기분이었다.

홀은 거대한 이중나선형 계단 아래로 연결되었다. 대리석, 구리, 모자이크, 금박 장식 모두 오페라극장까지 이어졌다. 층계참마다 동으로 만든 조각상들이 리라 모양을 한 가스램프 옆에 버티고 서 있었다. 대칭을 이루는 두 계단은 바깥쪽 복도로 이어졌는데, 박스석과 발코니석의 커튼은 이미 걷혀 있었다. 사람들이 속닥이는 소리와 웃음 참는 소리가 공기 중에서 살랑거렸다.

이 어마어마한 계단을 걸어 올라야 한다고 생각하니 현기증이 느껴졌다. 움직일 때마다 옆구리에 보이지 않는 칼날이 박히는 것 같았다. 정말 다행히도 극단은 커다란 계단을 우회해서 몇 개의 계단을 내려왔고, 곧 오페라극장 바로 밑에 있는 배우 전용 출입구로 들어설 수 있었다.

"이제 저는 가보겠습니다." 아르쉬발드가 속삭였다. "폐하가 도착하기 전에 발코니 귀빈석의 제 자리로 가야 해서요."

"공연을 보고 나서 감상을 들려주시겠어요?" 베르닐드가 부탁했다. "다른 이들은 진정성이라고는 하나 없이 아부만 하거든요. 적어도 대사님은 언제나 솔직하시니 믿을 만하죠."

"전적으로 부인이 어떻게 하시느냐에 달렸겠죠. 저는 오페라를 별로 좋아하지 않거든요." 아르쉬발드는 모자를 들어 인사한 뒤 문을 닫고 나갔다.

배우 전용 출입구는 무대장치를 위한 창고들, 기계 설비실, 가수들의 분장실로 통하는 복잡하게 엉킨 복도들로 연결되어 있었다. 오펠리는 지금껏 살면서 오페라극장에 발을 들여놓은 적이 한 번도 없었다. 무대 뒤를 통해 이 세상으로 스며드는 것은 매력적인 경험이었다. 그녀는 무대의상을 입은 단역배우들과 거튼을 옮기거나 배경을 바꿀 때 사용하는 캡스턴을 호기심 어린 시선으로 바라보았다.

여가수들 분장실에 도착하자마자, 그녀는 로즐린 이모의 모습이 보이지 않는다는 것을 깨달았다.

"얼른 가서 찾아봐." 베르닐드가 화장대 앞에 앉으며 명령했다. "공연에는 1막 마지막에 가서야 한 번 나올 뿐이지만, 이모님은 반드시 우리 곁에 붙어 있어야 해."

오펠리도 같은 생각이었다. 그녀는 쓸데없이 걸리적거리는 노를 내려놓은 뒤 좁은 통로를 따라갔다. 오케스트라석이 바로 위에 있는 모양인지, 악기 조율하는 소리가 들려왔다. 정말이지 다행스럽게도, 그녀는 어렵지 않게 로즐린 이모를 찾아냈다. 이모는 장식 없는 검은 드레스 차림으로 뻣뻣하게 군은 채 복도 한복판에서 꼼짝 않고 서서 무대장치 담당자들의 동선을 가로막고 있었다. 오펠리가 따라오라는 신호를 보냈지만, 이모는 보지 못한 것 같았다. 방향을 완전히 잃고서 유리병을 손에 쥔채 이리저리 몸을 돌릴 뿐이었다.

"이 문들을 닫아줘." 로즐린 이모가 잇새로 중얼중얼 소리를 냈다. "바깥바람이 정말 끔찍해."

오펠리는 서둘러 이모의 팔을 잡고 분장실로 이끌었다. 분명 긴장한 탓이었겠지만, 이모의 행동은 신중하지 못했다. 무엇보다 사람들 앞에서 그렇게 아무렇지 않게 말을 해서는 안 되었는데. '네, 부인', 그리고 '알겠습니다, 부인'이 아닌 다른 말을 하면 곧장 아니마 사람의 억양이 튀어나왔다. 오펠리가 여가수 분장실의 의자에 끌어다 앉히자, 이모는 이내 평정을 찾았다. 베르닐드가 발성 연습을 하는 동안 그녀는 유리병을 가슴에 품고 조용히 앉아 있었다.

아르쉬발드의 여동생들은 이미 무대 뒤에 올라가 있었다. 그들은 시작과 동시에 등장할 예정이었다. 베르닐드는 1막 3장에 가서나 출현할 것이다.

"이거 받아."

베르닐드가 오펠리에게 몸을 돌려 오페라글라스를 건넸다. 무대의상을 입고 화려하게 머리를 손질한 베르닐드는 눈부시게 아름다웠고, 여왕의 풍채마저 엿보였다.

"저 위로 올라가서 파루크의 발코니석 쪽을 살짝 한번 봐봐. 저 매력적인 아이들이 무대에 올라가 있는 동안 주의 깊게 살피라고. 10분 동안. 그 이상은 안 돼."

오펠리는 밈이 아닌 자신에게 하는 말이라는 것을 깨달았다. 분장실을 나선 그녀는 복도를 지나 계단을 올라갔다. 좌석을 향해 눈을 들었지만 커다란 장식이 시야를 가렸다. 거기에서는 객석을 볼 수 없었다. 옅은 조명에 잠겨 있는 무대 뒤로 가자 퍼덕이는 백조들처럼 드레스 스치는 소리가 밀려들었다. 아르쉬발드의 여동생들이 조마조마한 마음으로 무대에 오르기를 기다리고 있었다.

박수 소리가 들려오고 막이 올라갔다. 공연 시작을 알리는 오케스트라의 첫 번째 화음과 함께 합창단 부인들이 한목소리로 노래를 시작했다. "사랑과 죽음에 관한 아름다운 이야기를 듣고 싶으신지요?" 오펠리는 무대를 우회해서 양쪽에 드리워져 있는 막을 찾았다. 무대 뒤를 감추기 위해 배경에 매달아둔 레일 커튼이었다. 커튼의 늘어진 자락 사이를 슬그머니 들여다보니 먼저 도시의 모습이 이차원으로 그려진 무대 장식판 뒷면이 눈에 들어왔고, 합창단 부인들의 등이 보였고, 마침내 거대한 오페라석이 보였다.

오펠리는 긴 리본을 두른 모자를 벗고 안경 앞에 오페라글라스를 가져다 댔다.

이제 바닥을 장식한 금색과 양홍빛 의자들이 열 지어 있는 모습을 똑똑히 볼 수 있었다. 빈자리는 아주 드물었다. 정식으로 공연이 시작되었건만 귀족들은 계속해서 장갑 낀 손이나 부채로 입을 가린 채 서로 이야기를 나누었다. 정말 예의도 없네, 합창단 부인들이 이 공연을 위해 얼마나 연습했는데. 오펠리는 짜증이 나서 오페라석 위 5층에 있는 상석을 향해 오페라글라스를 들어 올렸다. 박스석은 꽉 차 있었다. 다들 수다를 떨고, 웃고, 카드놀이를 할 뿐, 합창에 귀를 기울이는 이는 하나도 없었다.

널찍한 귀빈용 발코니가 오페라글라스의 두 원 안에 잡힌 순간, 오펠리는 숨이 멎었다. 토른이 거기 있었다. 양쪽에 일렬로 장식 단추가 달린 검은 제복 차림에 답답해하며 그와 떼려야 뗄 수 없을 그놈의 시계를 쳐다보고 있었다. 그러니까, 저곳에 앉을 만큼 감독관이라는 자리가 중요한 거구나…… 그 옆에는 낡은 실크해트를 쓴 아르쉬발드가 앉아 한가하게 자기 손톱만 보고 있었다. 오펠리가 가쁜 숨을 꾹 눌러 참아야 할 정도로 두 남자는 공연에 전혀 관심이 없어 보였고, 보란 듯이 서로를 모르는 체했다. 정말이지 본보기가 안 되는 인물들이군.

오펠리는 오페라글라스를 움직여 반짝반짝 빛나는 것들로 치장한, 아마도 애첩처럼 보이는 여자들이 한 줄 전체를 꽉 채운 모습을 보았고, 이어 아주 멋진 모피 코트를 입은 거인을 발견했다. 그녀의 눈이 휘둥그레졌다. 저 사람이 바로 그 사람, 귀족은 물론 클랜이며 여자들이 전부 그 주변을 맴도는 집안의 정령일까? 베르닐드가 열정적인 사랑을 원하는 그 사람? 다들 온 힘을 다해 서로를 괴롭혀가며 충성을 바치는 그 사람? 몇 주의 시간이 흐르는 동안 오펠리는 넘치는 상상력으로 얼음장처럼 차가웠다가 활활 타오르기도 하고, 부드러웠다가 잔인하기도 하고, 멋졌다가 끔찍한 모습을 드러내기도 하는 모순된 그의 초상을 차례로 그려본 터였다.

무기력.

왕좌에 나른하게 앉아 있는 거대한 육체를 발견했을 때 머리에 떠오른 첫 번째 단어였다. 파루크는 지루한 아이가 그러듯이 팔걸이에 팔꿈치를 대고 곱사등처럼 등을 구부린 채 의자의 끝자락에 앉아 있었다. 앞으로 고꾸라지지 않게 한쪽 주먹으로 턱을 받쳤고, 다른쪽 손에는 물담배용 호스가 감겨 있었다. 살짝 열린 눈두덩 사이로 드러난 무기력한 눈빛을 보지 못했다면 오펠리는 그가 정말 졸고 있다고 생각했을 것이다.

오페라글라스를 통해 봐도 그의 생김새를 세세하게 살피기란 어려웠다. 만약 강렬한 특징이 있거나 이목구비라도 선명했다면 가능했겠지만, 파루크에게는 표정이라는 게 없었다. 그를 보고서야, 오펠리는 왜 그의 후손들이 모두 그렇게 옅은 피부와 머리색을 가지고 있는지 알 수 있었다. 활처럼 휜 눈썹과 콧등, 입술의 주름만 겨우 눈에 띄는, 수염 하나 없는 그의 얼굴은 마치 나전으로 만들어진 것 같았다. 어두운 부분도, 우툴두툴한 부분도 없이 그야말로 반질반질했다. 길게 땋은 하얀 머리가 마치 얼어붙은 이상한 강줄기처럼 그의 몸통 주변에서 꼬여 있었다. 그는 세상의 나이로 보면 늙었으며, 신의 나이로 보면 젊어 보였다. 어쩌면 잘생겼다고 할 수 있을지도 모르겠지만, 마음을 움직일 정도의 인간적인 온기는 느껴지지 않았다.

멍하니 있던 그가 아르쉬발드의 여동생들이 무대에 나타나자 마침내 흥미를 보이며 움직이기 시작하는 모습에 오펠리는 깜짝 놀랐다. 파루크는 물담배를 우물우물 씹고는 뱀처럼 그윽한 얼굴을 애첩들 쪽으로 천천히 돌렸다. 몸은 움직이지 않은 채 고개만 돌렸기에 그의 목은 결국 불가능한 각도로 꺾일 수밖에 없었다. 그 옆모습에서 입술이 움직이자 애첩들은 모두 질투로 창백해져서 입에서 귀로 메시지를 옮겼는데, 이는 아르쉬발드의 귀에까지 전해졌다. 파루크의 칭찬에 그는 비위가 상한 모양이었다. 오펠리는 아르쉬발드가 자리에서 일어나 발코니를 떠나는 모습을 보았다.

토른은 시계에서 눈을 떼지 않았다. 서둘러 관리국으로 돌아가야 할 테니 이상할 것도 없었다.

파루크가 대사의 여동생들에게 보인 관심은 발코니에서 1층 좌석까지 순식간에 퍼졌다. 그때까지 공연을 달갑지 않아 하던 귀족들이 모두 열렬하게 박수를 치기 시작했다. 집안 정령의 인정은 곧 궁정 사람들 모두의 인정이었다.

오펠리는 커튼 막을 닫고 곤돌라 사공 모자를 다시 썼다. 베르닐드에게 오페라글라스를 돌려주어야 했다. 그녀가 전해준 교훈은 잘 숙지한 터였다.

무대 뒤에서는 이미 아르쉬발드의 여동생들에게 자신의 열정을 드러내기 바쁜 숭배자들이 줄을 이었다. 그들 중 외로운 여왕처럼 레일 위 곤돌라에 서 있는 베르닐드에게 눈길을 주는 사람은 아무도 없었다. 오펠리가 뱃사공의 위치에 자리 잡기 위해 뒤쪽으로 올라섰을 때, 베르닐드의 웃음 섞인 중얼거림이 들려왔다.

"귀여운 꼬마들아, 부스러기 같은 영광을 실컷 누리렴. 그것도 잠시일 테니."

오펠리는 넓은 모자챙을 얼굴 쪽으로 기울였다. 베르닐드는 종종 등골을 서늘하게 만드는 재주가 있었다.

멀리서 오케스트라의 바이올린과 하프 소리가 이졸데의 등장을 알렸다. 기계장치가 레일 위의 곤돌라를 앞으로 천천히 밀었다. 오펠리는 용기를 내보려 호흡을 가다듬었다. 이제 1막 내내 뱃사공 역할을 해야 했다.

작은 배가 무대 위로 들어섰을 때, 오펠리는 믿을 수 없다는 듯 자신의 빈손을 빤히 바라보았다. 분장실에 노를 두고 온 것이다.

그녀는 우스꽝스러운 상황에서 자신을 구원해줄 기적을 바라며 얼이 빠진 채 베르닐드를 바라보았지만, 눈부실 정도로 아름다운 오페라 가수는 무대 가장자리 조명 아래서 한껏 으스대고만 있었다. 오펠리 스스로 문제를 해결해야 했다. 중요한 소품 없이 그냥 뱃사공의 몸짓을 흉내 내는 것 말고는 더 좋은 방법을 찾을 수 없었다.

곤돌라의 가장 높은 곳에 내내 서 있지만 않았어도 이렇게 사람들의 관심을 끌지는 않았을 것이다. 베르닐드가 "사랑의 밤, 하늘의 도시, 어디에도 없는……" 하고 노래를 시작하며 막 흐름을 타는 참에 객석에서 웃음소리가 터져 나와 분위기를 깨뜨렸고, 오펠리는 수치심에 입술을 깨물었다. 노래가 끊긴 데다 조명 탓에 눈까지 부셔 당혹스러워하던 베르닐드는 사람들이 자신이 아닌 뱃사공을 비웃고 있다는 사실을 알기 전까지 여러 차례 가쁜 숨을 내쉬었다. 뒤에서 오펠리는 보이지 않는 노에 맞추어 조용히 허리를 움직이며 침착함을 유지하려 애쓰고 있었다. 이렇게라도 하지 않으면 팔을 늘어뜨린 채 멍청하게 있어야 했다. 그때, 베르닐드가 조롱의 웃음을 멈추게 할 만큼 아름답기 그지없는 미소를 지어 보이고는 마치 끊긴 적이 없었던 듯 노래를 다시 이어 불렀다.

그녀를 진심으로 찬미하지 않을 수 없었다. 오펠리로 말하자면, 사람들의 시선이 그녀의 신발에서 떨어지기까지 수없이 상상의 노를 저어야 했다. 주변에서 사랑과 증오 그리고 복수의 노래가 이어지는 동안 점점 더 갈비뼈가 아파왔다. 종이로 만든 집들 사이로 끊임없이 흘러가는 물이며 임시로 만든 다리들의 환상에 집중해보려고 했지만, 그 광경도 오랫동안 의식을 붙잡아놓지는 못했다.

모자를 푹 눌러쓰고 있던 그녀는 한순간 과감하게 호기심 어린 눈을 들어 발코니 귀빈석 쪽을 바라봤다. 왕좌에 앉은 파루크의 모습이 완전히 달라져 있었다. 눈은 불꽃처럼 반짝였고, 밀랍 같던 얼굴이 눈에 띄게 부드러워졌다. 그를 그렇게 만든 것은 오페라의 내용도, 노래의 아름다움도 아니었다. 베르닐드, 오로지 베르닐드 때문이었다. 그녀가 그 앞에 다시 모습을 드러내려고 왜 그렇게 애를 썼는지 이제야 이해가 되었다. 베르닐드는 자신이 파루크에게 행사한 영향력을 완벽하게 의식했다. 그녀는 육체라는 유일한 언어로 욕망의 숯불을 지피는 감각의 기술에 완전히 통달해 있었다.

이 여자를 보며 녹아내린 차디찬 거인은 오펠리에게 무척 당혹스러운 광경이었다. 그 순간만큼 그들의 세계가 이상하게 어겨진 적은 없었다. 그들을 연결시키는 열정은, 어찌 보면 그녀가 폴에 와서 본 모습 가운데 가장 진실하고 진정성 있는 것이었다. 하지만 그런 진실을 오펠리는 결코 경험해볼 수 없을 것만 같았다. 두 사람을 번갈아 바라보면 볼수록 그 생각은 확고해졌다. 토른에게 좀 더 관대한 태도를 보이려 노력할 수는 있겠지만, 결코 사랑이라 할 수는 없을 테지. 그도 같은 생각일까?

만일 노를 가지고 무대에 섰다면 순간 그녀는 놀라서 노를 놓쳐버렸을 것이다. 발코니의 귀빈석에서 자신을 바라보고 있는 토른의 예리한 눈빛을 막 알아차린 것이다. 무대 다른 쪽에서 바라본다면 누구도 그 시선의 각도에서 미묘한 차이를 포착할 수 없을 것이며, 따라서 그가 온전히 자기 고모만을 바라보고 있다는 사실을 의심하지 못하리라. 그러나 오펠리가 서 있던 자리, 곤돌라의 가장자리에서는 아주 분명하게 알 수 있었다. 그가 그렇게 뚫어져라 바라보는 이는 바로 밈이었다.

'안 돼.' 배가 꼬이는 기분을 느끼며 그녀는 생각했다. '그는 내가 줄 수 없는 것을 기대하고 있어.'

막이 끝나갈 무렵, 새로운 사건이 그녀를 곧바로 현실로 이끌었다. 이졸데에게 사랑의 묘약을 가져다줘야 할 로즐린 이모가 아예 무대에 모습을 드러내지 않은 것이다. 다른 가수들은 난처함에 입을 다물었고, 베르닐드도 아무 말 없이 한참을 그렇게 있었다. 단역배우 하나가 유리병 대신 잔을 베르닐드에게 가져다줌으로서 가까스로 당혹스러운 상황에서 벗어날 수 있었다.

토른도, 파루크도, 오페라도, 사냥도, 갈비뼈도, 그때부터 더는 생각나지 않았다. 오펠리는 이모가 멀쩡한지 알고 싶었다. 그녀에게 그것보다 중요한 건 없었다. 막간에 이르러 커튼이 내려오자마자, 박수와 환호 속에서 그녀는 베르닐드는 쳐다보지도 않고 곤돌라에서 내렸다. 어쨌든 2막에서는 내가 필요없잖아.

오펠리는 아까 데려다놓았던 바로 그 분장실에서 로즐린 이모를 발견하고 안심했다. 유리병을 손에 든 채 아주 꼿꼿하게 앉아 있는 모습이, 그저 시간이 흐르는 것을 깨닫지 못한 모양이었다.

오펠리는 천천히 그녀의 어깨를 흔들었다.

"계속 움직이지 않으면 거기에 다다를 수 없어." 멍한 눈빛에 불만에 찬 목소리로 로즐린 이모가 말했다. "사진을 잘 찍으려면, 움직이지 말아야 해."

헛소리를 하는 걸까? 손을 이마에 가져다 대봤지만 체온은 정상인 것 같았다. 열이 없다는 사실이 오히려 더 걱정스러웠다. 그리고 보니 아까도 로즐린 이모는 이상한 행동을 보였다. 분명 뭔가 문제가 있었다.

오펠리는 분장실에 다른 누가 있는지 확인한 뒤 입술을 뗐다.

"어디 안 좋으세요?"

로즐린 이모는 주변에 파리라도 돌아다니는 듯 손으로 허공을 쓸어댈 뿐 아무 대답이 없었다. 완전히 자기 생각 속에 갇혀 있는 것 같았다.

"이모?" 점점 불안을 느끼며 오펠리가 불렀다.

"내가 네 이모를 어떻게 생각하는지 잘 알잖니, 조르주." 로즐린이 중얼거렸다. "책을 가져다가 땔감으로 사용하는 까막눈이였어. 종이를 그렇게 존중할 줄 모르는 사람은 만나기 싫다."

오펠리는 깜짝 놀라 눈을 크게 뜨고 그녀를 바라봤다. 조르주 삼촌은 20년 전에 죽었는데. 로즐린 이모는 생각 속에서 길을 잃은 게 아니라 기억 속에서 길을 잃은 거야.

"이모." 오펠리는 애원하듯 속삭였다. "그래도 저는 알아보시겠죠?"

오펠리가 유리로 만들어졌다고 생각하는지 이모는 그녀에게 전혀 눈길을 주지 않았다. 억제할 수 없는 죄책감이 밀려들었다. 왜 그런지, 어떻게 해야 할지 몰랐지만, 로즐린 이모에게 일어난 일이 자기 때문일 거라는 막연한 생각이 들었다. 그녀는 두려웠다. 어쩌면 아무 일도 아닐지 몰라. 그저 잠시 길을 잃은 것뿐인지도 몰라. 그러나 그녀 안의 작은 목소리는 그보다 훨씬 더 심각한 일이라고 속삭이고 있었다.

베르닐드가 필요해.

오펠리는 이모가 꼭 쥐고 있던 유리병을 조심스레 손에서 빼내고, 2막과 3막이 진행되는 내내 이모 옆에 앉아 있었다. 끝이 보이지 않는 기다림이었다. 로즐린 이모는 정신을 차릴 생각도 없이 두서없는 말들만 늘어놓았다. 의자에 앉아 있지만 시선은 다른 곳에 두고 있어서, 가까이 있어도 다가갈 수 없는 이모를 보는 것이 견딜 수 없이 힘들었다.

"금방 올게요." 박수갈채가 분장실 천장을 뒤흔들자 오펠리가 속삭였다. "베르닐드를 찾아볼게요. 어떻게 해야 할지 알 거예요."

"너는 그저 우산만 펴면 돼." 로즐린 이모가 대답했다.

갈비뼈가 아팠지만 오펠리는 무대 뒤로 연결된 계단을 다시 올라갔다. 몸을 움직였더니 통증 때문에 거의 숨도 못 쉴 지경이었다. 그녀는 인사를 하기 위해 무대에 모여 있는 단역배우들 사이로 슬그머니 끼어들었다. 우레와 같은 박수갈채가 발밑까지 떨림을 전하며 퍼졌다. 열두어 사람이 무대에 장미 다발을 던졌다.

파루크가 베르닐드의 손에 입맞추는 모습을 보자, 사람들이 그렇게 경의의 표하는 이유를 더 잘 알 수 있었다. 집안의 정령은 몸소 무대로 와 자신의 감탄한 마음을 공공연히 알렸다. 베르닐드는 최고로 행복했다. 눈부시게 아름다운 모습으로, 모든 것을 다 소진한 그녀는 멋지고 의기양양해 있었다. 오늘 밤 공연 덕에 애첩 중의 애첩이라는 명성을 다시 얻은 참이었다.

두근거리는 마음으로 오펠리는 파루크에게 시선을 고정했다. 가까이에서 보니 엄청나게 거대한 이 하얀색 거인의 인상은 훨씬 더 강렬했다. 그가 살아 있는 신으로 취급받는 것도 놀랄 일이 아니었다.

베르닐드를 바라보는 파루크의 두 눈은 감정으로 고동쳤고, 소유욕으로 활활 타올랐다. 그의 입술을 지켜보던 오펠리는 단 한 마디만을 읽어낼 수 있었다.

"가자."

이어 거대한 손가락이 우아한 곡선을 그린 베르닐드의 어깨를 감쌌고, 그들은 천천히, 아주 천천히 무대에서 계단으로 내려갔다. 귀족들이 밀려드는 파도처럼 그들이 지나가는 곳을 에워쌌다.

오펠리는 깨달았다. 오늘 밤 베르닐드에게서는 아무것도 기대할 수 없다. 토른을 찾아야만 했다.

기차역

오펠리는 공연장의 여러 입구에서 밀려 나오는 관객들에 휩쓸려 이동했다. 홀의 중앙 계단으로 내려가는 길에 적어도 다섯 번은 발을 밟혔다. 관객들 모두 대연회가 예정된 태양의 살롱에 초대된 터였다. 뷔페가 차려져 있었고, 노란 제복을 입은 하인들이 귀족들 사이를 오가며 달달한 음료들을 서빙했다.

하인이 한가하게 있다가는 되려 주의를 끌 것만 같았다. 오펠리는 마치 조금이라도 빨리 주인의 갈증을 풀어주려 애쓰는 하인처럼 샴페인 한 잔을 들고 작은 보폭으로 사람들 사이를 바삐 지나다녔다. 베르닐드의 연기며, 그녀의 더없이 낭랑한 메조소프라노며, 너무 쥐어짠 고음이며, 공연 마지막에 헐떡이던 모습에 대해 이러쿵저러쿵하는 소리가 여기저기서 들려왔다. 파루크가 멀찌감치 가버린 지금 비평은 더 날카로워졌다. 화려하게 차려입었지만 버림받은 애첩들은 케이크가 있는 쪽에 모여 있었다. 오펠리가 그녀들 옆을 지나칠 때, 음악에 대한 비평은 이미 얘깃거리가 아니었다. 화장을 망쳤다는 둥, 살이 쪘다는 둥, 미인도 늙는다는 둥 하는 이야기가 끝없이 오갔다. 파루크에게 사랑받기 위해 치러야 할 대가였다.

토른이 벌써 관리국에 숨어든 것은 아닐까 걱정을 하기도 했지만, 마침내 오펠리는 그를 찾아냈다. 어려운 일은 아니었다. 칼자국이 난 침울한 얼굴이 버팀목 같은 커다란 몸통에 달려서 참석자들을 내려다보고 있었다. 과묵한 토른은 분명 사람들이 자신을 좀 내버려두길 바랐겠지만 다들 오직 그만 찾아냈다. 프록코트를 입은 남자들이 그가 있는 쪽으로 끊임없이 모여들었다.

"문이랑 창문에까지 세금을 부과하는 건 너무하잖소!"

"제가 편지를 열 네 번이나 썼어요, 감독관님. 그런데 아직까지 답이 없다뇨!"

"음식 창고가 텅 비었습니다. 장관들이 허리띠를 졸라매고 있으니, 세상이 어떻게 되겠습니까?"

"우리가 배곯지 않게 하는 것도 당신 의무요. 대사냥을 잘 치르는 게 좋을 거요. 안 그러면 다음번 위원회에서 얘기가 나올 테니!"

오펠리는 배가 불룩한 공무원들 사이를 뚫고 토른에게 다가갔다. 그를 향해 샴페인 잔을 들어 올리자 그가 깜짝 놀라 눈을 치켜떴다. 그녀는 밈의 얼굴에 집요한 표정을 입혀보려 애를 썼다. 자신의 도움이 필요한 상황이라는 걸 그가 알아챌까?

"제 비서와 약속을 잡으시죠." 토른이 딱 부러지는 어조로 남자들에게 말했다.

샴페인을 손에 받아 들고 그는 그들에게서 등을 돌렸다. 오펠리에게 손짓을 하거나 시선을 주지는 않았지만, 그녀는 온전히 그를 믿고 뒤따라갔다. 그가 안전한 장소로 이끌 테고, 그러면 로즐린 이모에 대해 말할 수 있어. 우린 해결책을 찾을 거야.

이런 안도감은 오래가지 않았다. 키가 훤칠한 남자가 쩌렁쩌렁 울릴 정도의 소리를 내며 토른의 등을 한 대 세게 치는 바람에 토른은 샴페인을 타일 바닥에 엎지르고 말았다.

"어이, 동생!"

베르닐드의 다른 조카 고드프루아였다. 오펠리는 속이 터져 어찌할 바를 몰랐는데, 더구나 그는 혼자 온 것도 아니었다. 프레이야가 그의 팔을 잡고 있었다. 챙 없는 예쁘장한 모피 모자를 쓴 그녀는 마치 자연계에 이상이라도 생긴 양, 두 눈으로 토른을 하나하나 뜯어보았다. 토른은 시선을 받으며 손수건을 꺼내 제복에 흘린 샴페인을 닦아냈다. 가족을 만났다고 특별한 감정을 느끼는 것 같지는 않았다.

웅성웅성 오가는 대화와 방 안의 음악 때문에 무거운 침묵이 더 두드러지는 것 같았다. 고드프루아가 쩌렁쩌렁한 웃음으로 침묵을 날려버렸다.

"제발, 아직 서로 화나 있는 건 아니지? 셋이 다 모인 게 5년 만이야!"

"15년." 프레이야가 얼음장 같은 목소리로 정정했다.

"16년." 토른이 언제나처럼 완고한 말투로 다시 정정했다.

"확실히, 시간은 흐르는군!" 고드프루아는 미소를 거두지 않은 채 탄식조로 말했다.

뒤로 물러나 서 있던 오펠리는 이 잘생긴 사냥꾼을 뚫어져라 바라보지 않을 수 없었다. 위압적인 턱과 긴 금발이 눈길을 사로잡았다. 그의 북쪽 억양은 웃음기를 머금고 있었다. 토른이 뼈밖에 없이 키만 커 옹졸해 보인다면 그의 부드러운 근육질 몸은 편안해 보였다.

"베르닐드 고모님 오늘 밤에 대단하지 않았어? 우리 가문의 영광이야!"

"그 얘긴 내일 다시 해, 고드프루아." 프레이야가 빈정댔다. "달콤한 노래로 기력을 소진하기보다는 오히려 힘을 비축해둬야 했을 텐데. 사냥에서 사고는 눈 깜짝할 새 일어나거든."

토른은 매의 눈으로 누나를 바라봤다. 그는 아무런 말도 하지 않았지만, 오펠리는 이 순간 이 자리에서 사라지고 싶었다. 프레이야가 가시 같은 코를 흔들며 사악한 미소로 그를 도발했다.

"다 너랑은 상관없는 일이지. 너는 우리 쪽에 낄 자격이 없잖아. 넌 그저 관리 나부랭이일 뿐이야. 절묘할 정도로 아이러니하지 않아?"

그녀는 동생에게서 팔을 빼내고는 모피 드레스를 들어 샴페인이 고인 곳을 피했다.

"다시는 보지 말자." 그녀가 인사랍시고 건넨 말이었다.

토른은 턱을 꽉 다물 뿐 어떤 말도 하지 않았다. 오펠리는 그 냉혹한 말에 대해 생각하느라 자신이 프레이야의 앞을 막아섰다는 것도 알아채지 못하고 있었다. 얼른 옆으로 한 걸음 물러섰지만, 별것도 아닌 이 사고를 그녀는 용서하지 않았다. 감히 하인이 앞길을 막아? 프레이야로서는 참을 수 없는 일이었다. 그녀가 기어다니는 벌레들을 보듯 멸시하는 시선으로 밈을 내려다보았다.

오펠리는 재빨리 손을 볼에 가져다 댔다. 강렬한 고통이 피부를 관통했다. 보이지 않는 고양이가 얼굴 한가운데를 할퀴고 지나간 것 같았다. 토른은 그 모습을 지켜보면서도 아무 기색이 없었다.

고드프루아도 해결하지 못할 불편함을 남겨둔 채 그녀는 사람들 속으로 사라졌다.

"어렸을 땐 누나가 저렇게 기분 나쁘게 굴지 않았는데." 그가 고개를 저으며 말했다. "엄마가 돼도 누나는 달라진 게 없어. 시타시엘에 도착하고부터 계속 나랑 내 아내를 조롱하더라니까. 너도 아마 알겠지만, 이리나가 또 유산했거든."

"관심 없어."

특별히 적대적이지는 않았지만 노골적인 어투였다. 하지만 고드프루아는 조금도 모욕당한 듯 보이지 않았다.

"그래, 이제 네 부부 생활에 관심을 쏟는 게 맞겠지!" 그가 다시 한 번 등을 철썩 때리며 외쳤다. "아침마다 이 끔찍한 얼굴을 보게 될 네 부인이 정말 안됐다."

"형이 이 끔찍한 얼굴을 장식했잖아." 토른이 밋밋한 어조로 환기시켰다.

고드프루아는 웃음 띤 얼굴로 자기 자신의 얼굴에 토른의 흉터를 그리듯 손가락으로 눈썹을 문질렀다.

"네 얼굴에 특징을 만들어준 거야. 내게 고마워해야지. 어쨌든 눈은 멀쩡하잖아."

불이 붙은 듯 화끈거리는 볼을 톡톡 두드리며 오펠리는 마지막 남은 기대를 놓아버렸다. 쾌활하고 열정적인 고드프루아는 한낱 추잡한 야만인이었다. 아주 큰 소리로 웃으며 멀어져가는 그를 보며, 그녀는 사는 동안 더 이상 어떤 드래곤도 마주치지 않길 바랐다. 토른의 식구들은 끔찍했다. 그간 본 것만으로도 충분했다.

"오페라 홀." 발길을 돌리며 토른이 짧게 말했다.

거대한 현관의 공기는 훨씬 숨 쉴 만했지만 여전히 사람들이 많아서 큰 소리로 이야기할 수 있을 정도는 아니었다. 그녀는 출연자 대기실에 혼자 있을 로즐린 이모를 떠올리고는, 너무 멀리 가지 않길 바라며 큰 보폭으로 앞서 걸어가는 토른을 따라 갔다.

그는 매표소 계산대 뒤를 지나 물품 보관실로 들어갔다. 그곳에는 개미 새끼 한 마리 보이지 않았다. 이상적인 장소 같았는데 그럼에도 토른이 계속 걸어가자 오펠리는 당혹스워졌다. 그는 옷장이 줄지어 늘어선 곳으로 들어가더니, '감독관'이라고 써 있는 벽장을 향해 똑바로 방향을 잡았다. 외투를 가지러 가려는 걸까? 그가 제복에서 열쇠 뭉치를 꺼내 온통 금색으로 빛나는 열쇠 하나를 옷장의 열쇠 구멍에 집어넣었다.

문이 열렸을 때, 그곳에는 옷걸이도 코트도 없었다. 그냥 작은 방이었다. 토른은 턱을 움직여 그녀에게 들어오라는 시늉을 하고, 이어 열쇠로 문을 잠갔다. 동그란 방에는 온기랄 게 거의 없었고 가구도 보이지 않았는데, 대신 다양한 색이 칠해진 문들이 있었다. 바람 장미구나. 여기서도 이야기를 나눌 수 있을 텐데. 하지만 장소가 협소한 데다, 토른이 이미 열쇠 하나를 다른 열쇠 구멍에 집어넣고 있었다.

"너무 멀리는 못 가." 오펠리가 작은 소리로 말했다.

"문 몇 개일 뿐이야." 토른이 잘라 말했다.

그들은 바람 장미를 지나 마침내 차디찬 어둠이 있는 곳에 이르렀다. 숨이 멎을 정도의 추위에 오펠리는 자욱한 입김을 뿜으며 기침을 해댔다. 마침내 숨을 들이마시자 폐가 굳어버리는 것만 같았다. 그녀가 입은 하인 제복은 이런 추위에 어울리는 옷이 아니었다. 토른의 모습은 보이지 않고, 더듬거리며 앞으로 나가는 해골 그림자 같은 것만 눈에 들어왔다. 여기저기에서 그의 검은색 제복이 어둠 속으로 완전히 사라져버려, 오펠리는 마룻바닥이 삐걱대는 소리로 그의 움직임을 추측할 뿐이었다.

"움직이지 마, 불을 켤게."

그녀는 몸을 벌벌 떨며 기다렸다. 불꽃이 지글거렸다. 토른의 얼굴 아랫부분과 가파른 코, 뒤로 빗어 넘긴 옅은 머리가 제일 먼저 눈에 들어왔다. 그가 벽에 달린 가스램프를 켜자 불길이 길게 늘어나며 어둠을 밀어냈다. 오펠리는 깜짝 놀라 주변을 둘러봤다. 벤치 여러 개가 완전히 얼어붙어 있는 대기실이었다. 가장자리에 고드름이 매달린 창구들, 가방을 싣는 녹슨 수레들과 오래전부터 시간을 알리지 못한 시계의 눈금판이 보였다.

"폐쇄된 역이야?"

"겨울에만." 토른이 입김을 한껏 뿜어내며 중얼거렸다. "눈이 철길을 뒤덮어서 반년 동안은 열차가 통과할 수가 없어."

창문으로 다가가 살펴보니 바둑판 모양의 창틀이 온통 서리로 가득했다. 어둠 속에 플랫폼과 선로들이 있을 테지만, 아무것도 보이지 않았다.

"시타시엘을 떠난 거야?"

단어 하나하나를 발음하는 것이 고역이었다. 살면서 이렇게 추운 적이 없었다. 토른은 전혀 불편해 보이지 않았다. 이 남자 혈관에는 얼음이 떠다니나봐.

"여기라면 방해할 사람이 없을 거야."

오펠리는 그들이 함께 지나온 문을 힐긋 바라봤다. 거기에도 '감독관' 표시가 붙어 있었다. 토른이 문을 닫았지만, 문이 가까이 있다는 사실을 아는 것만으로도 안심이 되었다.

"열쇠 꾸러미만 있으면 어디든 갈 수 있는 건가?" 오펠리가 이를 딱딱 부딪치며 물었다.

토른은 대기실의 후미진 주철 난로 앞에서 분주히 움직였다. 신문지로 난로 속을 채우고, 첫 번째 성냥을 긋고, 연통이 잘 빨아들이는지 기다리다가 신문지를 더 넣고, 마침내 두 번째 성냥을 던지자 불이 붙었다. 오펠리가 샴페인 잔을 건넨 순간부터 그는 오펠리를 한 번도 쳐다보지 않았다. 남자로 변장해서 불편했던 걸까?

"공공 기관과 관공서들만." 마침내 토른이 대답했다.

오펠리는 난로로 다가가 장갑 낀 손을 내밀어 열기를 쬐었다. 오래된 신문 타는 냄새가 감미로웠다. 토른은 빛과 그림자로 가득한 난로를 빤히 쳐다보며 쪼그리고 앉았다. 처음으로 토른이 그녀 아래 있었다. 불평할 일은 아니었다.

"할 얘기가 있다고? 말해봐." 그가 중얼거렸다.

"오페라극장에 이모 혼자 두고 왔어. 그럴 수밖에 없었어. 오늘 이모 행동이 이상해. 오래전 기억들만 되풀이해서 말하고 내 얘기는 제대로 듣는 것 같지도 않아."

말이 떨어지기 무섭게 토른이 그녀의 어깨 위를 차갑게 쏘아봤다. 상처 때문에 두 쪽이 난 금발 눈썹은 놀라서 활 모양으로 굽었다.

"그 얘기를 하고 싶었던 거야?" 그가 믿을 수 없다는 듯 물었다.

오펠리는 눈살을 찌푸렸다.

"이모 상태가 정말 걱정된다고. 이모가 도무지 이모 같지 않단 말이야."

"포도주, 아편, 향수병." 토른이 잇새로 중얼거리듯 나열했다. "지나갈 거야."

로즐린 이모는 그런 시시한 것들에 사로잡히지 않을 아주 굳건한 여자라고 따지고 싶었지만, 난로에서 연기가 역류하는 바람에 세게 기침을 했더니 옆구리가 찢어질 듯 아팠다.

"나도 할 말이 있어." 토른이 말했다.

그는 여전히 웅크린 채 난로를 감싼 붉은 유리판들에 다시 시선을 주었다. 오펠리는 끔찍할 정도로 절망적인 기분이었다. 그녀가 느끼는 두려움에 대해 그는 진심으로 고민하지 않았다. 마치 사무실에서 대수롭지 않은 일을 처리하는 듯한 태도였다. 그의 말을 듣고 싶지 않았다. 그녀는 주변의 얼어붙은 벤치들을, 멈춘 시계를, 창구에 내려진 덧문을, 눈같이 하얀 타일을 바라보았다. 시간 밖으로 한발 빠져나와 영원이라는 깊숙한 곳에 이 남자와 단둘이 있는 것 같았다. 이 상황을 과연 좋다고 해야 할지, 알 수가 없었다.

"고모가 내일 사냥에 나가지 않게 막아줘."

오펠리로서는 전혀 생각지도 못한 요구였다.

"가겠다는 생각이 아주 확고하던데." 오펠리가 반박했다.

"미쳤어." 토른이 말을 내뱉었다. "이런 전통은 전부 미친 짓이야. 배고픈 짐승들이 겨울잠에서 막 깨어났어. 매년 사냥꾼들이 죽는다고."

노여움에 경직된 그의 옆모습은 평상시보다 훨씬 더 예리해 보였다.

"게다가 프레이야가 암시한 게 마음에 걸려." 그가 말을 이었다. "드래곤들은 고모의 임신을 썩 달갑게 여기지 않아. 그들의 기준에서는 고모가 지나치게 독립적인 사람이 되어버린 거지."

오펠리는 몸을 떨었다. 이제는 단지 추위 때문만이 아니었다.

"믿어줘, 나도 그런 사냥에 참석하고 싶은 마음은 전혀 없어." 옆구리를 잡아 움츠리며 그녀가 말했다. "안타깝게도 어떻게 해야 베르닐드의 의지를 꺾을 수 있을지 모르겠어."

"설득할 만한 방법을 찾아봐."

생각할 시간이 필요했다. 그녀의 이모보다 자기 고모를 더 걱정한다고 토른을 원망할 수도 있겠지만, 그래봐야 무슨 소용이 있겠는가? 게다가, 그녀도 그와 똑같은 예감을 느낀 터였다. 이쪽에서 손 놓고 있으면 이 모든 이야기는 결국 이상하게 돌아갈 것이다.

그녀는 그대로 토른을 바라보았다. 그녀에게서 한 발짝 정도 떨어진 곳에서 그는 내내 웅크리고 앉아 대합실의 난로에 완전히 집중하고 있었다. 그녀는 그의 얼굴 절반을 가로지른 긴 칼자국을 눈으로 따라가지 않을 수 없었다. 상처를 준 가족을 진짜 가족이라 할 수 있을까?

"엄마 얘기를 한 번도 한 적이 없지." 오펠리가 중얼거렸다.

"그 얘기만큼은 절대 하고 싶지 않으니까." 곧바로 토른이 무뚝뚝하게 대꾸했다.

그 이야기는 금기겠지. 토른의 아버지는 다른 클랜의 여자와 간통을 저질렀다. 베르닐드가 그들의 아이를 맡았다면, 아마도 엄마가 그를 원치 않았기 때문이겠지.

"그래도 나와 조금은 관련이 있잖아." 오펠리가 천천히 말했다. "그분에 대해 하나도 몰라, 아직 살아 있는지조차. 당신 고모는 그저 그분 가족이 불행하게 되었다고만 하더라. 엄마가 보고 싶지 않아?" 그녀가 작은 소리로 덧붙여 물었다.

토른의 넓은 이마에 주름이 잡혔다.

"당신도 나도, 결코 그 여자를 알 수 없을 거야. 당신은 아무것도 알 필요 없어."

오펠리는 더 묻지 않았다. 토른은 오펠리가 조용한 것이 화가 났기 때문이라고 생각하는 모양이었다. 흘긋 그녀의 표정을 살피며 안절부절못하고 있었다.

"내가 말을 잘못했군." 퉁명스러운 어조로 그가 중얼거렸다. "사냥 때문에…… 고모보다 로즐린 부인을 덜 걱정한 건 사실이야."

오펠리는 기습을 당한 기분이었다. 머릿속이 텅 비어 무어라 대답할지 모른채 그저 바보처럼 난로를 향해 두 손을 뻗을 뿐이었다. 토른은 이제 눈으로 먹이를 좇는 새처럼 꼼짝 않고 그녀를 관찰했다. 웅크리고 있던 커다란 몸이 망설이는 듯하더니, 오펠리 쪽으로 어색하게 팔을 뻗었다. 그녀가 반응할 새도 없이 그가 손목을 잡았다.

"손에 피가 났잖아." 그가 말했다.

오펠리는 얼이 빠져 있다가 읽는 사람용 장갑을 바라봤다. 여러 번 눈을 깜빡이고 나서야 어쩌다 피가 생긴 건지 알 수 있었다. 그녀는 장갑을 벗고는 볼을 만지며 생살이 드러난 상처를 손가락으로 찾았다. 밈의 제복을 입고 있어서 토른은 상처를 알아채지 못했다. 제복이 만든 환영은 모든 것을 빨아들인다. 얼룩, 안경, 점까지. 그렇게 생기라곤 전혀 없는 피부로 만들어버리는 것이다.

"당신 누나." 오펠리는 장갑을 끼면서 말했다. "아까 호되게 맞았거든."

토른이 길고 가느다란 두 다리를 펼치자 다시 말도 안 되게 키가 커졌다. 그의 이목구비가 온통 일그러져 있었다.

"그녀가 공격했다고?"

"조금 전에 연회장에서. 길을 빨리 비켜주지 않았거든."

토른은 자기 얼굴의 상처처럼 파랗게 질렸다.

"몰랐어. 생각도 못 했어……"

자신의 의무를 다하지 못해 자책하는 듯 그의 목소리는 들릴 듯 말 듯, 수치심이 느껴질 정도였다.

"별거 아니야." 오펠리가 안심시켰다.

"보여줘."

하인 제복을 입고 있던 오펠리는 온몸이 오그라드는 기분이었다. 얼음처럼 차가운 대기실에서, 그것도 커다란 토른의 얼굴 아래서 옷을 벗는 일만큼은 절대 하고 싶지 않았다.

"별거 아니라니까."

"내가 판단하게 해줘."

"그걸 판단하는 건 당신이 아니야!"

토른은 당황해서 오펠리를 바라봤는데, 사실은 오펠리가 훨씬 더 놀랐다. 그렇게 큰 목소리로 말을 한 건 난생처음이었다.

"내가 아니라면, 누구지?" 토른이 긴장해서 물었다.

기분이 상한 것이다. 그렇게 묻는 것도 당연했다. 언젠가 남편이 될 남자니까. 오펠리는 숨을 깊게 들이마시고 떨리는 손을 진정시켰다. 그녀는 추웠고, 아팠다. 그리고 무엇보다 두려웠다. 말하려고 마음먹은 것 때문에 두려웠다.

"그래." 마침내 그녀가 작은 소리로 운을 뗐다. "나를 지켜주는 건 고마워, 그리고 나를 도와주는 것도. 그런데 나에 대해 알아야 할 게 하나 있어."

오펠리는 머리 두 개나 위에서 쳐다보는 토른의 날카로운 시선을 피하지 않으려 꾹 참았다.

"당신을 좋아하지 않아."

토른은 한참 동안 팔만 늘어뜨리고 있었다. 얼굴에는 아무런 표정도 없었다. 마침내 몸을 움직여서 한 일이라는 게 시곗줄을 당기는 것이었다. 갑자기 못 견디게 시간이 궁금해진 사람처럼. 위아래 입술을 구분할 수 없을 만큼 입을 꾹 다문 채 시곗바늘만 쳐다보는 그를 보고 있기란 정말이지 고역이었다.

"내가 했던 말 때문이야? 아니면 말하지 않은 것 때문인가?"

토른은 시계에서 눈을 떼지 않고 무뚝뚝하게 물었다. 오펠리는 이토록 꽉 끼는 신발을 신은 듯한 불편함을 좀처럼 느껴본 적이 없었다.

"당신 잘못이 아니야." 오펠리는 조그만 소리로 말했다. "나한테 다른 선택권이 없어서 당신과 결혼하는 거야. 그런데 당신한테 아무런 감정도 느껴지지 않아. 한 침대를 쓰지 않을 거고, 아이를 낳지도 않을 거야. 미안해." 오펠리는 훨씬 더 작은 소리로 속삭였다. "당신 고모가 선택한 사람은 그리 좋은 여자가 못 되네."

토른이 손가락으로 시계 뚜껑을 닫았을 때, 오펠리는 깜짝 놀랐다. 그는 난로의 열기가 서리를 녹이기 시작한 벤치에 긴 몸을 접어 앉았는데, 창백하고 퀭한 그의 얼굴이 이렇게까지 무감각해 보인 적은 결코 없었다.

"나는 이제 일방적으로 파혼을 요구할 권리가 있는 거네. 당신도 인정하지?"

오펠리는 천천히 고개를 끄덕였다. 이러한 고백을 꺼내놓기에 앞서, 그녀도 계약의 공식적인 항목들을 재검토한 터였다. 토른은 그녀를 고발하고, 합법적으로 다른 여자를 선택할 수 있다. 그리고 오펠리는 영원히 수치스럽게 살아야 할 것이다.

"정말 솔직하게 말하고 싶었어." 그녀가 더듬더듬 말했다. "이런 마음을 숨긴다면, 나는 당신에게 신뢰받을 자격이 없는 사람이 되니까."

토른은 양손을 맞대고 손가락으로 깍지를 낀 채 미동도 하지 않았다.

"그렇다면 난 아무 말 못 들은 걸로 할게."

"토른……" 오펠리가 애원하듯 말했다. "꼭 그래야 하는 건 아니야……"

"물론 당연히 그래야지." 토른이 퉁명스러운 말투로 그녀의 말을 잘랐다. "배신자들의 운명에 대해 조금이라도 생각해본 적 있어? 그것도 이곳에서? 나와 고모에게 미안하다고 말하고, 그러고서 당신 집으로 돌아가면 될 거라 생각해? 여긴 아니마가 아니라고."

오펠리는 뼛속까지 얼어붙어 감히 움직일 수도, 숨을 쉴 수도 없었다. 토른은 등을 둥그렇게 말고 한참이나 침묵을 지키더니, 끝도 없어 보이는 척추를 다시 세워 정면에서 그녀를 바라보았다. 토른의 매 같은 두 눈에서 그 순간만큼 강렬한 인상을 받은 적은 없었다.

"목숨이 아깝다면, 조금 전 나한테 했던 말은 그 누구에게도 하지 마. 우린 합의된 대로 결혼할 거야. 그러기만 하면, 맹세코 그건 우리 둘만의 문제가 될 거야."

토른이 자리에서 일어나자 그의 관절이 한꺼번에 비명을 질렀다.

"나를 원하지 않는다는 말이지? 그 얘긴 더 할 것도 없어. 아이를 원치 않는다고? 완벽해, 난 애들을 싫어하니까. 사람들이야 우리 뒤에서 거침없이 수근대겠지. 그래봐야 어쩔 수 없는 거야."

오펠리는 얼이 빠져 있었다. 내 목숨을 살리겠다고 굴욕적이라 느껴질 수도 있는 조건을 받아들이다니. 그의 감정에 답하지 못한다는 죄책감에 목이 메어왔다.

"미안해……" 그녀는 가련하게 되풀이했다.

그러자 토른이 누군가의 얼굴에 못을 박기라도 하듯 더없이 차가운 시선으로 그녀를 내려다봤다.

"너무 빨리 미안해하지 마." 평소보다 훨씬 딱딱한 억양이었다. "그보다 먼저, 나 같은 사람을 남편으로 맞이한 것을 후회하게 될 테니까."

환영들

오펠리를 오페라극장의 물품 보관실로 다시 데려다준 뒤 토른은 뒤도 돌아보지 않고 가버렸다. 그들은 서로 한마디도 건네지 않았다.

혼자서 커다란 홀의 반짝이는 바닥을 걸으며, 오펠리는 꿈속을 걷는 기분이었다. 수많은 불로 빛나는 샹들리에가 괴롭게 느껴졌다. 그녀는 어느새 사람 하나 보이지 않는 중앙 계단으로 나와 가장 낮은 층계참에 난 배우 전용 출입구로 돌아왔다. 몇 개의 야등을 제외하고 불은 전부 꺼져 있었다. 기술자도, 단역배우도, 아무도 없었다. 오펠리는 복도 한복판에서 움직임도 없이 서 있었다. 어둠 속에 방치해둔 무대 장식품들이 보였다. 한쪽엔 가짜 배가, 다른 쪽엔 가짜 대리석 기둥이 있었다.

'당신을 좋아하지 않아.'

그녀는 그렇게 말했다. 이렇게 단순한 몇 마디 말이 그렇게 속을 불편하게 만들리라고는 생각하지 못했는데. 몸 안쪽에서 갈비뼈가 으스러지는 것 같았다.

불이 제대로 켜지지 않은 복도에서 그녀는 잠시 길을 잃었다. 기계장치들이 가득한 방과 화장실로 잘못 들어가고 나서야 가수들의 대기실을 찾았다. 로즐린 이모는 끈을 잘라버린 꼭두각시 인형처럼 의자에 앉아 허공을 바라보며 어둠 속에 잠겨 있었다.

오펠리가 전등 버튼을 돌리고 그녀에게 다가갔다.

"이모?"

로즐린 이모는 답이 없었다. 그녀의 손만 살아 움직였다. 악보를 찢었다가 손가락으로 바닥을 스치며 다시 붙이고, 또 찢고, 다시 붙였다. 자신의 낡은 복원 아틀리에에 있다고 생각하는 걸까? 누구라도 이 모습을 봐서는 안 될 일이었다.

오펠리는 안경을 고쳐 썼다. 혼자서 어떻게든 로즐린 이모를 안전한 장소로 옮겨야 했다. 그녀는 다그치지 않고 조심스럽게 악보를 빼앗은 다음, 이모의 팔짱을 끼었다. 이모가 온순하게 스스로 일어나는 모습에 마음이 조금 놓였다.

"공원에 안 갔으면 좋겠어." 로즐린 이모가 말처럼 기다란 이 사이로 지친 듯 중얼거렸다. "나는 공원이 싫어."

"우리는 문서 보관소에 갈 거예요." 오펠리는 거짓말을 했다. "작은할아버지가 우리 도움이 필요하대요."

이모는 전문가답게 고개를 끄덕였다. 낡아서 파손된 책을 복원할 때마다 이모는 할아버지의 부름에 응했었다.

이모의 팔을 계속 붙잡은 채, 오펠리는 대기실에서 그녀를 데리고 나왔다. 몽유병 환자를 안내하는 기분이었다. 두 사람은 첫 번째 복도를 따라 걷다가 두 번째 복도로 갔고, 세 번째 복도에서 길을 되짚어 왔다. 오페라극장의 지하실은 정말 미로 같았고, 흐릿한 조명은 길을 찾는 데 전혀 도움이 되지 않았다.

문득 멀지 않은 곳에서 웃음을 참으며 킥킥대는 소리가 들려와 오펠리는 그대로 굳어버렸다. 그녀는 이모의 팔을 놓고 살짝 열려 있는 옆문의 안쪽을 살며시 들여다보았다. 무대의상들이 기묘한 초병들처럼 늘어선 단역배우용 드레스 창고에서 어떤 남자와 여자가 정신없이 서로를 끌어안고 있었다. 휴식용 장의자에 반쯤 누운 자세가 외설적으로 보였다.

만일 희미한 야등 아래 구멍 난 아르쉬발드의 실크해트를 알아보지 못했다면, 오펠리는 서둘러 가던 길을 갔을 것이다. 아르쉬발드는 여동생들과 함께 클레르들륀으로 돌아갔으리라 생각한 터였다. 부드러움이라곤 없이 격앙되어 너무 힘이 들어간 그의 키스에 상대는 결국 그를 밀쳐내고 입술을 닦아냈다. 보석들로 치장한 우아한 여자였는데, 그보다 적어도 스무 살은 더 들어 보였다.

"나쁜 놈! 나를 물었어!"

화를 내는데 진지한 구석은 하나도 없었다. 그녀는 욕망을 드러내며 미소 지었다.

"나한테 무슨 화풀이라도 하는 줄 알았잖아, 무뢰한 같으니라고. 내 남편도 감히 그렇게는 안 하는데."

아르쉬발드는 정념이라고는 없이 맑은 눈으로 여자를 집요하게 바라봤다. 있지도 않은 애정을 퍼부으며 그렇게 많은 부인들을 침대에 눕히는 아르쉬발드의 모습은 언제나 오펠리를 놀라게 했다. 여자들은 정말 힘없이 그에게 몸을 맡기곤 했다. 마치 그가 천사의 얼굴을 갖고 있기라도 한 양⋯⋯

"정확하게 보셨네." 그가 기꺼이 인정했다. "실제로 당신에게 화풀이를 하는 중이니까."

여자는 날카로운 웃음을 터뜨리더니 반지가 끼워진 손가락들로 아르쉬발드의 맨질맨질한 턱을 가볍게 어루만졌다.

"아까부터 화를 가라앉히지 못하네. 그래도 파루크가 동생들에게 눈길을 주었을 땐 대사님도 영광스럽게 생각했겠지!"

"나는 파루크를 증오해요."

마치 "아, 비가 오네" 혹은 "차가 식었군" 하는 듯한 말투였다.

"신성모독이야!" 여자가 비웃었다. "그런 소리라면 적어도 큰 소리로 말하지 말아야지. 총애를 잃고 싶은 거라면, 나를 데리고 추락할 생각은 말아요."

그녀는 벨벳을 씌운 장의자 위에서 과장된 자세로 머리를 젖히며 몸을 돌렸다.

"우리 폐하에게는 두 가지 강박이 있어요. 아주 소중한 강박이지! 쾌락과 책. 쾌락을 부추길 마음이 없다면 책을 해독해볼 생각을 해야겠지."

"첫 번째도 두 번째도, 베르닐드가 이미 나를 추월한 게 아닌가 걱정이군요."

그가 살짝 열린 문틈을 보았다면, 아마 생기 없이 두 눈을 크게 뜬 밈의 얼굴을 보고 놀랐을 것이다.

'그러니까 내가 제대로 본거야.' 오펠리는 장갑 낀 손으로 주먹을 꼭 쥐었다. '그가 두려워하는 맞수는 그 누구도 아닌 나야…… 나와 읽을 수 있는 이 작은 손.'

확실히, 베르닐드가 제대로 수를 쓴 것이다.

"체념하고 받아들여야겠죠!" 아르쉬발드가 어깨를 으쓱이며 덧붙였다. "그녀에게 관심을 두는 한, 파루크에게 내 동생들은 안중에도 없을걸."

"그렇게 많은 여자를 떼로 즐기려는 남자에 비하면 대사님은 엄청나게 구식인 거 같아."

"여자들은 두 종류가 있어요, 카상드르 부인. 그냥 여자들이 있고, 내 여동생들이 있지."

"동생들만큼이나 내가 당신의 그 질투심을 끌어낼 수만 있다면!"

아르쉬발드는 당혹스럽다는 듯 실크해트를 밀어 이마를 드러냈다.

"불가능한 걸 요구하시네. 난 부인에게 전혀 관심이 없어요."

카상드르 부인은 김이 빠진 듯 장의자의 가장자리에 팔꿈치를 괴었다.

"그게 바로 당신의 가장 큰 결점이라니까, 대사님. 거짓말을

547

할 줄 모르잖아요. 대사님의 매력을 사용하지도 남용하지도 않는다면, 대사님을 뿌리치는 일 따위 정말 아무것도 아닐 텐데!"

맑고 주름 없는 아르쉬발드의 옆얼굴에 미소가 번졌다.

"그런 경험을 다시 해보고 싶어요?" 그가 짐짓 다정하게 물었다.

카상드르 부인은 이내 교태 어린 미소를 멈췄다. 야등의 희미한 빛 속에서 그녀는 갑작스러운 열정에 사로잡혀 하얗게 질린 채 열렬한 사랑을 품고 그를 바라보았다.

"내가 그걸 바라고 있다는 게 정말 유감스럽네." 그녀가 애원하듯 말했다. "세상에 혼자 남겨졌다는 생각이 들지 않게 해줘요……"

아르쉬발드가 고양이처럼 반쯤 감은 눈으로 카상드르 부인에게 몸을 숙였을 때, 오펠리는 돌아섰다. 드레스 창고에서 일어날 일을 목격하고 싶은 마음은 전혀 없었다.

로즐린 이모는 아까 그녀가 세워둔 곳에 그대로 있었다. 오펠리는 이모의 손을 잡았다. 이모를 여기서 멀리 데려가야 해.

하지만 그녀는 곧 가족 오페라극장을 벗어나기가 쉽지 않으리라는 것을 깨달았다. 자신이 클레르들륀에 머물고 있다는 사실을 증명하려고 엘리베이터 보이에게 방 열쇠를 보여주고 또 보여줬지만, 보이는 아무것도 알고 싶어 하지 않았다.

"나는 귀족들만 태워, 말 못 하는 꼬마야." 보이가 손가락으로 로즐린 이모를 가리키며 거만하게 말했다. "저 여자는 샴페인을 너무 마신 것 같은데."

품위 있게 고개를 빳빳이 세운 채, 이모는 일관성 없는 문장들을 웅얼대며 손을 잡았다 놓았다만 반복했다. 이모와 오페라 홀에서 밤을 보내야 하는 건가 싶을 즈음, 아주 고약한 외국 억양의 괄괄한 목소리가 등장해 그녀를 도왔다.

"엘리베이터에 타게 해줘. 나랑 같이 지내는 사람들이다."

메르 일드가르드가 금으로 만든 둔탁한 지팡이로 나무 바닥을 울리며 종종걸음으로 다가왔다. 오렌지 사건 이후로 살이 빠지긴 했지만, 원체 비만이 심했기에 여전히 꽃무늬 원피스가 꽉 조였다. 입에는 시가를 물고 숱 많은 머리는 후추처럼 검게 물들였는데, 그렇다고 젊어 보이지는 않았다.

"엘리베이터에서는 시가를 태우시면 안 됩니다, 부인." 보이가 볼멘소리로 말했다.

메르 일드가르드는 보이가 내민 재떨이 대신 그의 노르스름한 꿀빛 제복에다 시가를 비벼 껐다. 보이는 아연실색해서 담뱃불이 만든 구멍을 쳐다봤다.

"네놈한테는 이렇게 해줘야 내게 공손하게 말해야 된다는 걸 알겠지." 그녀가 비웃었다. "엘리베이터를 만든 사람이 바로 나라고. 다음번엔 그걸 기억해봐."

그녀는 온 무게를 지팡이에 싣고는 욕심 가득한 미소를 지으며 엘리베이터 안에 자리를 잡았다. 이 엘리베이터는 쿠션이 들어간 칸막이벽을 갖춘 작은 규방 같았다. 오페라단원이 올라갈 때 탔던 것보다는 훨씬 검소해 보였다. 오펠리는 일드가르드 부인이 마음을 바꾸지 않기를 간절히 바라며 엘리베이터 안으로 이모를 조심스레 밀었다. 그런 뒤 금이 간 갈비뼈로 가능한 한 깊이 허리를 숙여 인사를 했다. 메르 일드가르드의 도움을 받은 것이 벌써 두 번째였다.

그녀의 인사를 받은 늙은 건축가 부인이 우레와 같은 소리를 내며 웃음을 터뜨리자 오펠리는 당혹감에 휩싸였다.

"피장파장이야, 꼬마야! 노 없는 뱃사공이라니, 오페라를 보다 지겨워 죽지 않으려면 그런 게 필요하지. 난 막간까지 내내 웃었다고!"

보이가 퉁명스럽게 손잡이를 내렸다. 이렇게 예의 없는 부인이 엘리베이터에 탄 것이 수치스럽다는 기색이었다. 오펠리는 메르 일드가르드에 대해 다시금 존경심을 느꼈다. 어쩌면 선술집 주인처럼 행동하고 있을지 몰라도, 어쨌든 경직된 이 세상의 관습을 뒤엎어놓는 사람이었다.

클레르들륀의 중앙 회랑에 도착하자 메르 일드가르드는 친근하게 오펠리 머리를 다독거렸다.

"내가 너를 두 번 도와줬지. 그 대가로 딱 하나만 요구하마. 내가 도와줬다는 것을 잊지 마라. 이곳 사람들은 기억력이 좋지 않아." 그녀는 작고 검은 눈으로 보이를 돌아보며 덧붙였다. "하지만 나는 말이야, 나는 그들을 위해 기억하지."

지팡이를 살살 두드리며 늙은 건축가가 가버리자 오펠리는 아쉬운 마음이 들었다. 그날 밤 누구든, 아무에게든 도움을 받을 각오가 되어 있을 정도로 가진 게 하나도 없다고 느끼던 터였다.

오펠리는 벽을 따라 보초를 서고 있는 헌병들의 시선을 피해가며 이모를 데리고 천천히 회랑을 지나갔다. 초조함 없이 헌병들 앞을 걸어갈 수 있으려면 아마도 몇 년은 더 흘러야 할 것 같았다.

평소와 달리 클레르들륀이 조용했다. 셀 수 없이 많은 시계들은 12시 15분을 가리키고 있었다. 귀족들은 새벽이 오기 전까지 탑에서 다시 내려오지 않을 것이다. 반대로 하인들이 다니는 복도는 축제 분위기였다. 하녀들은 앞치마를 걷어 올린 채 뛰어다니며 술래잡기를 하고, 함박웃음을 터뜨리며 놀이를 되풀이했다. 베르닐드 부인의 하녀를 도와 계단을 오르는 키 작은 밈에게는 시선도 주지 않았다.

성의 마지막 층에 이르러 큰 복도의 제일 안쪽에 있던 베르닐드의 멋진 거처에 들어서서야 오펠리는 마음을 놓았다. 그녀는 이모를 장의자에 눕히고 둥근 쿠션을 머리에 받쳐준 뒤, 숨쉬기 편하게 목까지 채워진 단추를 풀고서 참을성 있게 물을 약간 먹였다. 이모의 코밑으로 살짝 밀어 넣은 암모니아염은 전혀 효과를 보이지 않았다. 로즐린 이모는 소란스럽게 깊은 숨을 내쉬고 살짝 눈을 떠 눈동자를 굴리더니 이내 잠이 들고 말았다. 어쨌든 오펠리가 생각하기엔 잠든 것 같았다.

'주무세요.' 오펠리는 마음속으로 아주 크게 말했다. '주무시고, 기분 좋게 깨어나세요.'

그녀는 난로 연통 근처에 놓인 낮은 안락의자에 일단 주저앉아버렸다. 피곤해 죽을 지경이었다. 귀스타브의 자살, 드래곤들의 방문, 끝날 것 같지 않던 오페라, 로즐린 이모의 실성, 프레이야의 할퀴기 공격, 폐쇄된 역, 아르쉬발드의 미소, 그리고 갈비뼈, 편히 쉴 수도 없게 하는 빌어먹을 갈비뼈…… 전날보다 두 배는 더 아픈 것 같았다.

안락의자의 벨벳 속에 녹아들고 싶었다. 머릿속에서는 토른이 떠나지 않았다. 자신 때문에 그는 끔찍할 정도로 수치심을 느꼈을 것이다. 은혜도 모르는 여자와 엮인 것을 이미 후회하고 있지 않을까? 생각하면 할수록, 이 결혼을 기획한 베르닐드가 원망스러워졌다. 그녀에게는 오로지 파루크를 소유할 마음밖에 없어. 자신만의 이득을 위해 토른과 나를 고통스럽게 만들고 있다는 걸 모르나?

'넋 놓고 있어서는 안 돼.' 오펠리는 이성적으로 생각했다. '일단 커피를 준비하고, 로즐린 이모를 살피고, 내 볼을 치료하자……'

남겨진 모든 일을 하기도 전에 그녀는 잠이 들었다.

문손잡이가 부딪치는 소리에 오펠리는 깨어났다. 안락의자에 앉은 채, 그녀는 방 안으로 들어오는 베르닐드를 보았다. 베르닐드는 희미한 장밋빛 램프 아래 눈부시게 아름다우면서도, 한편으론 피곤해 보였다. 핀이 모두 빠져버려 곱슬머리가 우아한 얼굴에서 금빛 구름처럼 물결쳤다. 여전히 무대용 드레스 차림이었는데, 목 주위의 레이스 장식과 색색의 리본들, 그리고 부드러운 긴 장갑은 길에서 잃어버리고 없었다.

베르닐드는 장의자에 쭈그린 채 누워 있는 로즐린 이모를 한 번 보고, 난로 연통 옆에 앉아 있는 밈을 한 번 봤다. 그러고는 열쇠로 문을 잠가 외부 세계와의 연결을 끊었다.

오펠리는 두 번을 움직여서야 겨우 일어날 수 있었다. 그녀는 낡은 로봇보다 더 녹이 슬어 있었다.

"이모가……" 오펠리가 갈라진 목소리로 말했다. "이모 상태가 정말 안 좋아요."

베르닐드는 아주 멋들어진 미소를 지어 보이고는 호수 위를 미끄러지는 백조처럼 조용하고 우아하게 오펠리에게 다가왔다. 오펠리는 그녀의 눈이 언제나처럼 아주 투명하지만 동요의 기색을 띠고 있다는 것을 알아챘다. 베르닐드에게서 독한 알코올 냄새가 났다.

"네 이모?" 베르닐드가 부드럽게 반복해 물었다. "네 이모 말이니?"

베르닐드는 손가락 하나 까딱하지 않았지만, 오펠리는 머리가 떨어져 나갈 듯한 엄청난 힘으로 따귀를 맞은 것 같았다. 프레이야가 할퀸 상처 때문에 볼이 너무나 아팠다.

"이건 네 이모가 내게 퍼부은 모욕의 대가야."

미처 생각할 틈도 없이 얼굴의 다른 쪽으로 따귀가 한 번 더 날아왔다.

"이건 작은 노 하나 챙기지 못하는 건망증 때문에 나까지 웃음거리로 만든 너에 대한 벌이고."

불에 데인 듯 양볼이 화끈거렸다. 화가 머리끝까지 치밀어 올랐다. 오펠리는 크리스털 물병을 집어 들어 베르닐드의 얼굴에 끼얹었다. 화장이 눈에서부터 길게 회색 눈물로 흐르는데도 베르닐드는 멍하니 서 있었다.

"이건 생각을 좀 제대로 해보라고 주는 거예요." 오펠리가 낮은 목소리로 말했다. "이제 내 이모를 좀 살펴보세요."

술이 깬 베르닐드는 얼굴을 닦은 뒤 치맛자락을 모아 장의자 앞에 무릎을 꿇고 앉았다.

"로즐린 부인." 그녀가 이모의 어깨를 흔들며 이름을 불렀다.

이모는 몸을 움직이고, 숨을 내쉬고, 투덜댔지만, 그녀가 하는 말 중 무엇도 알아들을 수 없었다. 베르닐드는 자기와 눈을 맞추지 못하는 이모의 눈꺼풀을 억지로 열어 올렸다.

"로즐린 부인, 내 목소리 들려요?"

"이발사에게 가야 해, 친구야." 이모가 답했다.

오펠리는 베르닐드의 어깨 쪽으로 고개를 숙인 채 숨을 죽였다.

"누군가 이모에게 약을 먹인 걸까요?"

"언제부터 이랬지?"

"제 생각에는 공연 얼마 전부터예요. 그 전까지는 하루 종일 괜찮았는데. 약간 겁을 먹긴 했지만, 이러지는 않았어요…… 현재의 순간과 과거의 기억 사이에서 아무것도 구별해내지 못하는 것 같아요."

베르닐드는 힘겹게 몸을 일으켰다. 그녀는 기진맥진해 있었다. 유리로 된 작은 찬장을 열고 브랜디 한 잔을 따라 마신 뒤 작은 안락의자에 자리를 잡았다. 젖은 머리에서 목으로 물이 흘러내렸다.

"누군가 환영 속에 네 이모의 정신을 가둔 것 같아."

번개라도 맞은 기분이었다. '오늘 밤이 오기 전에 베르닐드 부인이 아기를 사산한다면, 내가 당신 친척을 공격할 이유는 전혀 없겠죠.' 이 말을 대체 어디서 들었을까? 누가 이 말을 했지? 귀스타브는 아니었는데…… 그녀의 기억이 무언가 근원적인 것을 떠올리도록 강요하며 머릿속을 마구 헤집는 것 같았다.

"기사." 마침내 오펠리가 희미하게 중얼거렸다. "우리와 같은 엘리베이터에 있었어."

베르닐드가 눈을 치뜨고는 브랜드 잔을 들어 빛이 만들어내는 장난을 관찰했다.

"난 그 아이가 만든 흔적을 알아. 그 아이가 이런 층들 속에 의식을 가두면, 스스로 빠져나오는 것밖에는 방법이 없어. 기억이 뒤에 들러붙어서 스며들고 현실과 뒤섞이지. 그렇게 예고도 없이, 단번에 함정에 빠지는 거야. 네 희망을 꺾고 싶은 마음은 없지만 오펠리, 네 이모가 거기서 스스로 빠져나올 정도로 강한 정신력을 갖고 있을지 모르겠구나."

오펠리의 시야가 뿌옇게 되었다. 세상이 안정성을 잃은 듯, 램프와 장의자, 그리고 로즐린 이모가 빙글빙글 돌기 시작했다.

"이모를 꺼내주세요." 오펠리는 유령 같은 목소리로 말했다.

베르닐드가 신경질적으로 신발 뒷굽을 두드렸다.

"내 말 못 알아들었어? 바보야? 네 이모는 자신만의 미로 속에서 길을 잃었다고. 내가 거기에 맞서서 할 수 있는 건 아무것도 없어."

"그러면 기사에게 부탁해요." 오펠리가 알아들을 수 없게 중얼거렸다. "아무런 저의 없이 그렇게 행동하진 않았을 거잖아요. 분명 우리에게 기대하는 게 있을 거예요……"

"그 아이와는 흥정이 안 돼!" 베르닐드가 잘라 말했다. "게다가 그 애도 자기가 한 짓을 풀 수가 없어. 그러니까 마음을 가다듬어, 오펠리. 로즐린 부인은 고통스러운 게 아니야. 그리고 우리에겐 다른 문제들도 있다고."

술잔을 들고 몇 모금 홀짝이는 베르닐드의 모습을, 오펠리는 혐오감을 느끼며 뚫어져라 바라보았다.

"저택에서 네 역할을 했던 하녀가 창문으로 뛰어내렸다는 소식을 들었어. '일시적인 정신착란'이 일어났다지." 베르닐드가 조롱의 기색이 역력한 얼굴로 부연했다. "기사는 우리 비밀을 꿰뚫어 본 거야. 그 사실을 우리에게 몹시 알리고 싶어 한 거지. 게다가 몇 시간 뒤면 사냥이 시작되잖아!" 베르닐드는 짜증이 극에 달해 한탄했다. "정말 모든 게 유감스럽구나."

"유감스럽다고." 믿을 수 없다는 듯이 오펠리가 천천히 되풀이했다.

순진한 여자가 그들의 잘못으로 살해되고 로즐린 이모는 돌아오지 못할 여행을 떠났는데, 그런데 베르닐드는 이게 **유감스럽다고**?

오펠리의 안경이 갑자기 어두워졌다. 밤이, 악몽으로 가득한 밤이 그 위에 내리기라도 한 것처럼. 아니야…… 모든 게 오해일 뿐이야. 그 가여운 하녀는 사실 죽지 않았어. 로즐린 이모는 하품을 하며 기지개를 켤 테고, 그러면 정신도 돌아올 거야.

"고백하자면 난 이제 인내심을 잃었어." 손거울로 화장 자국을 쳐다보며 베르닐드가 탄식했다. "전통을 존중하고 싶었지만 이 약혼은 시간을 너무 끌고 있어. 한시바삐 토른과 네가 결혼하면 좋겠는데!"

그녀가 잔을 입술에 가져다 대는 순간, 오펠리는 잔을 빼앗아 카펫 위에 던져 깨뜨렸다. 이어 제복의 단추를 끌러 벗고는 멀리 집어 던졌다. 이번만큼은 표정을 왜곡하는 밈의 얼굴을 떨쳐버리고 싶었다. 환한 불빛 아래서 자신의 분노를 분명하게 드러내야 했다.

멍과 피로 뒤덮인 앙상한 몸에 셔츠를 걸치고 찌그러진 안경을 쓴 있는 그대로의 오펠리를 보았을 때, 베르닐드는 눈썹을 치올리지 않을 수 없었다.

"헌병들이 널 이 지경으로 만든 줄은 몰랐어."

"얼마나 더 우리를 가지고 놀 건가요?" 오펠리가 격분해서 소리쳤다. "우린 부인의 인형이 아니라고요!"

머리를 풀고 화장도 지운 모습으로 편안하게 안락의자에 앉아 있던 베르닐드는 여전히 침착함을 잃지 않았다.

"그러니까, 이게 궁지에 몰렸을 때의 네 모습이구나." 그녀가 카펫 위에 깨진 유리 조각들을 보면서 중얼거렸다. "그런데, 왜 내가 너를 조종한다고 생각하는 거지?"

"몇 가지 대화를 듣고 좀 놀랐거든요, 부인. 부인이 내게 알려줄 생각이 없었던 무언가를 분명하게 알게 되었죠."

화가 난 오펠리는 팔을 내밀고 손을 들어 손가락을 쫙 폈다.

"처음부터 이걸 탐낸 거잖아요. 저 위에, 탑 어딘가에서 집안의 정령이 누군가 자기 책을 해독해줄 사람을 원하니까. 그래서 조카를 읽는 사람과 약혼시켰잖아요."

땅에 떨어진 실패가 풀리듯, 마침내 오펠리는 자기 생각을 몽땅 비워냈다.

"궁정에 있는 사람들이 걱정하는 건 우리 결혼이 아니에요. 파루크가 가장 원하는 것, 그의 호기심을 채워줄 사람을 주려는 경쟁자, 바로 부인이죠. 그러면 파루크의 옆자리를 빼앗길 일은 확실히 없겠죠. 마음에 안 드는 사람들은 죄다 처형시키고요."

베르닐드가 입가에 억지 미소를 띤 채 아무 말이 없었기에 오펠리는 팔을 내렸다.

"나쁜 소식이 있어요, 부인. 만약 파루크의 책이 아르테미스의 책과 똑같은 것으로 만들어졌다면, 난 읽을 수 없어요."

"읽을 수 있어."

두 손을 교차해서 배에 올려놓고 있던 베르닐드는, 마침내 숨김없이 자신의 의도를 밝히기로 작정한 듯했다.

"다른 읽는 사람들이 이미 읽어본 적이 있어. 그러니 그 책은 읽을 수 있는 거지." 그녀가 단호하게 말을 이어갔다. "네 조상들 말이야. 아주아주 오래전 일이지."

오펠리는 안경 너머 눈을 크게 떴다. 따귀를 맞은 듯, 아델라이드 할머니의 일지에 적힌 마지막 메모가 번뜩 떠올랐다.

마침내 로돌프는 파루크 폐하의 공증인과 계약을 체결했다. 직업상 지켜야 할 비밀이라 더 이상은 쓸 수 없다. 어쨌든 내일 그들 집안의 정령을 만난다. 만약 동생이 제대로 일을 처리한다면, 우린 부자가 될 것이다.

"나는 누구와 계약을 체결하죠? 당신인가요, 부인? 아니면 파루크인가요?"

"이제야 이해를 했군!" 베르닐드는 하품을 참아가며 속삭이듯 말했다. "진실은 말이지, 오펠리, 넌 토른의 것이기도 하지만 파루크의 것이기도 하다는 거야."

충격에 휩싸인 채, 오펠리는 두 가문 사이의 동맹을 조인할 때 아르테미스에게 바쳐진 미스터리한 작은 상자를 떠올렸다. 그 상자에는 무엇이 있었던 거지? 보물? 보석? 어쩌면 별로 귀하지 않을 것일지도 몰라. 아주 값진 것은 아니었을 거야. 나 같은 여자아이처럼.

"누구도 내 생각을 묻지 않았잖아요. 나는 거절하겠어요."

"거절해, 그러면 두 가문을 화나게 하겠지." 베르닐드가 부드러운 목소리로 경고했다. "반대로 우리가 원하는 대로 해준다면, 악의에 찬 궁정의 모든 사람으로부터 파루크의 보호를 받으며 평온하게 지낼 수 있을 테고."

아무것도 믿을 수 없었다.

"내 조상 중 누군가가 그 책을 이미 읽었다고요? 그렇게 말했죠? 그런데도 지금 내게 요구한다는 건, 그러니까 그들의 시도도 그리 성공적이지는 못했다는 얘기 같은데요."

"그들이 아주 먼 과거까지 거슬러 올라가지 못한 건 사실이야." 즐거운 기색이라고는 없는 미소를 머금은 채 베르닐드가 대답했다.

로즐린 이모가 장의자 위에서 심하게 뒤척였다. 오펠리는 두근거리는 마음으로 이모에게 몸을 숙였지만, 희망은 곧 사라졌다. 이모는 여전히 기다란 이빨 사이로 힘겹게 횡설수설할 뿐이었다. 오펠리는 잠시 밀랍 같은 이모의 얼굴을 쳐다보다가, 눈썹을 찌푸리며 베르닐드 쪽으로 시선을 돌렸다.

"왜 하필 내가 그런 일을 해야 하는지, 왜 부인은 목적을 이룰 수단으로 내 결혼을 이용하는지, 난 아무것도 모르겠어요."

베르닐드는 짜증이 난다는 듯 허로 입천장을 울려 쯧 소리를 냈다.

"네 조상들에게는 네 재능도, 토른의 재능도 없었잖아."

"토른의 재능이라고요?" 예상치 못한 대답에 당황한 오펠리가 곧바로 되물었다. "할퀴기 공격 말인가요?"

"기억력."

베르닐드는 안락의자에 편안하게 자리를 잡고 문신한 팔을 팔걸이에 뻗었다.

"집요하고 가공할 기억력 말이야. 제 엄마가 속해 있던 크로니쾨르 클랜에서 물려받았지."

오펠리는 눈썹을 치올렸다. 토른의 기억력이 집안의 능력이었다니.

"그렇다고 해도……" 오펠리가 말을 더듬었다. "토른의 기억력과 우리 결혼이 그 책을 읽는 것과 무슨 관계가 있는지 이해가 안 되는데요."

베르닐드가 웃음을 터뜨렸다.

"완벽하게 관계가 있지! 증여 의식 얘기 못 들었어? 가족의 능력을 조합하는 거야. 이 의식은 결혼식을 할 때 치러지지, 오로지 결혼식에서만. 파루크의 **읽는 사람**이 되는 건, 네가 아니라 토른이야."

베르닐드의 말을 이해하기까지, 오펠리에게는 상당한 시간이 필요했다.

"내 읽기 능력을 그의 기억력에 접목시키고 싶은 거였어요?"

"연금술은 효과가 있을 거야. 그 소중한 아이가 대단한 일을 해낼 거라고 난 확신해!"

오펠리는 안경 안쪽 깊숙한 곳에서 베르닐드를 바라봤다. 몸속에서부터 분노가 치밀어 올랐다. 동시에 그녀는 지독한 슬픔을 느꼈다.

"비열하군요."

베르닐드의 균형 잡힌 체형이 축 늘어지고, 아름다운 눈은 동그랗게 떠졌다. 칼날에 찔리기라도 한 듯, 그녀가 손으로 자신의 배를 움켜쥐었다.

"내가 뭘 어쨌다고 그렇게 매정하게 말하는 거야?"

"내게 물은 건가요?" 오펠리는 깜짝 놀랐다. "오페라에서 부인을 봤어요. 파루크의 사랑을 얻으셨죠. 그의 아이를 가졌고, 그의 애첩이고, 앞으로 오랫동안 그렇겠죠. 그런데 왜, 왜 토른까지 부인의 음모에 끼어들이는 거죠?"

"왜냐하면 토른이 그렇게 하기로 결정했으니까!" 그녀가 젖은 머리를 흔들며 스스로를 변호했다. "토른이 그러고 싶어 했어. 난 그저 결혼을 계획했을 뿐이야."

이렇게 허위를 드러내다니, 오펠리는 넌더리가 났다.

"또 거짓말을 하는군요. 비행선을 타고 올 때, 토른은 내게 결혼을 포기시키려 했어요."

오펠리가 자신을 싫어할 수 있다는 생각을 참을 수 없다는 듯 베르닐드의 아름다운 얼굴이 일그러졌다.

"토른이 그런 대우를 받아들일 수 있는 남자라고 생각해? 그 아이는 네가 생각하는 것보다 훨씬 더 야심이 있어. 그는 **읽는** 여자의 손을 원했고, 나는 그에게 **읽는** 여자의 손을 찾아줬지. 그 애가 처음 널 보고 어쩌면 내 선택이 최선은 아닐지도 모른 다고 판단했던 건 아닐까? 고백하자면, 나도 너를 좀 미심쩍어 했거든."

의지와는 상관없이 오펠리의 마음이 동요했다. 아니, 그보다 훨씬 더 안 좋았다. 악독한 추위가 핏속으로 스며들어 혈관을 타고 천천히 심장에 도달하는 느낌이었다.

그녀가 토른에게 자신은 결코 그의 곁에서 아내 역할을 해줄 수 없을 거라고 선언했을 때, 그는 정말 아무렇지 않게 굴었는 데…… 너무 지나치게 아무렇지 않았지. 냉정함을 잃지도 않았 고, 반박해볼 생각도 없었고, 요구를 거절당한 남편이 하는 것 처럼 행동하지도 않았어.

'순진하기는!' 오펠리가 스스로에게 속삭였다.

몇 주 내내 토른이 온 마음으로 보호하고자 했던 것은 그녀 가 아니었다. 그가 보호하려 했던 건 **읽는** 여자의 손이었다.

그녀는 힘겹게 스툴 위에 내려앉아 발에 신긴 윤이 나는 밈

의 신발을 빤히 바라봤다. 오펠리는 토른의 눈을 똑바로 쳐다
보며 그를 믿는다고 말했고, 그는 비겁하게 그녀의 시선을 피했
다. 그를 거절했을 때 정말로 죄책감을 느꼈는데. 그가 파혼을
요구하지 않았을 땐 정말 고마웠는데.

속이 메스꺼웠다.

스툴에 앉아 허탈함을 곱씹느라, 오펠리는 베르닐드가 옆에
와서 무릎을 꿇는 것도 바로 알아차리지 못했다. 그녀는 오펠
리의 짙은 머리 매듭을 쓰다듬고, 그녀 얼굴의 상처를 고통스
러운 표정으로 어루만졌다.

"오펠리, 사랑스러운 오펠리. 나는 네가 정도 없고 판단력도
없다고 생각했어. 이제 보니 내 실수였어. 제발, 토른과 나한테
너무 딱딱하게 굴지 말아줘. 우리는 그저 살아남고 싶어서 그
러는 거야. 재미로 너를 도구 취급한 게 아니라고."

차라리 아무 말도 하지 않으면 조금이나마 마음이 편할 텐
데. 베르닐드가 말을 하면 할수록, 배가 더 아파왔다.

피곤함에 찌들고 알코올에 취한 베르닐드는 상사병 걸린 아
이처럼 오펠리의 무릎에 볼을 가져다 댔다. 베르닐드의 눈물
흘리는 모습을 보자, 그녀를 밀어내야겠다는 생각은 할 수 없
었다.

"너무 많이 마셨어요." 오펠리가 나무라는 투로 말했다.

"내…… 아이들……" 베르닐드는 오펠리의 배에 얼굴을 묻으
며 딸꾹질을 했다. "1년에 한 명씩 아이들을 빼앗아 갔어. 어느

아침에는 토마의 초콜릿 음료에 독을 부었지. 어느 여름날엔 호숫가에서 누가 귀여운 내 딸 마리옹을 밀었고. 네 나이쯤 되었을 텐데…… 네 나이쯤 되었을 거야."

"부인." 오펠리가 속삭였다.

베르닐드는 더 이상 눈물을 주체하지 못했다. 약점을 드러내고 말았다는 생각에 수치심을 느끼며 코를 훌쩍이고 울먹이다가, 기어이 오펠리의 셔츠 속에 얼굴을 파묻었다.

"그리고 피에르가 나뭇가지에 목을 맨 것까지 봤다고! 1년에 한 명이야. 죽을 생각이었어. 죽고 싶었어. 그, 그…… 그에게 결점이 많은 건 사실이야. 하지만 니콜라…… 내 남편이 사냥에서 죽었을 때, 그가 거기 있었어. 그가 나를 애첩으로 만들었어. 그가 나를 절망해서 구해줬어. 엄청난 선물을 주고, 내 삶에 의미를 줄 수 있는 유일한 것, 최고의 것을 약속했어!

베르닐드는 흐느끼느라 말을 멈추었다가, 곧 입술 끝으로 분명하게 끊어가며 발음했다.

"아기를."

오펠리는 깊은 한숨을 내쉬었다. 그녀는 눈물과 머리카락이 뒤엉킨 베르닐드의 얼굴을 잡아 천천히 올렸다.

"드디어 솔직하게 말씀하셨네요, 부인. 용서할게요."

하녀

오펠리는 베르닐드를 침대로 데려갔다. 그녀는 곧바로 잠이 들었다. 주름진 피부, 되는대로 그려놓은 눈썹, 쑥 들어간 눈. 그녀의 얼굴은 하얀색 베개를 베고 누운 늙은이 같았다. 오펠리는 슬픈 심정으로 그 모습을 바라보다가 침대 머리맡 등을 껐다. 아이들을 잃고 부서진 사람을 어떻게 증오할 수 있을까?

로즐린 이모는 과거 속에서 난처한 상황에 빠졌는지, 장의자에서 수선을 떨며 종이 질이 나쁘다고 불평했다. 오펠리는 할머니가 쓰던 빈 침대에 놓여 있던 털 이불을 가져다가 이모 위에 덮어주었다. 할 수 있는 일이 아무것도 없었다. 그녀는 카펫 위에 살며시 드러눕고 두 다리를 가슴 쪽으로 접었다. 가슴이 아팠다. 살갗이 벗겨진 볼보다 훨씬 더. 갈비뼈보다 훨씬 더. 깊숙하고, 찌르는 듯한, 어찌할 수 없는 고통이었다.

수치스러웠다. 로즐린 이모를 현실로 데려올 수 없는 것이. 자기 삶의 키를 다시 잡을 수 있으리라 믿었던 것이. 그토록 순진했다는 사실이 너무나 큰 수치심을 안겨주었다.

오펠리는 앉아서 두 무릎 사이에 턱을 끼운 채 씁쓸하게 손을 관찰했다. '어떤 여자들은 돈이 많아 결혼한다던데, 나는 내 손 때문에 결혼하는구나.'

가슴속 깊은 곳의 고통이 얼음처럼 딱딱하고 차니찬 분노에 자리를 양보했다. 그랬다. 그녀는 베르닐드의 계산속과 저속함을 용서했지만, 토른만은 용서할 수 없었다. 그가 오펠리에게 진심을 내비쳤다면, 오펠리 혼자서 상황을 상상하도록 만들지 않았다면, 그랬다면 그를 용서했을지도 모른다. 진실을 말할 기회가 없었던 것도 아니었다. 그는 기회를 모두 그냥 지나쳐버렸을 뿐 아니라, 그들의 관계를 '당신에게 익숙해져가는 것 같아' 그리고 '당신 운명에 정말 큰 관심을 기울이고 있어' 같은 말로 태연하게 강조했다. 그의 실수 탓에 오펠리는 야심 말고는 아무것도 없는 사람에게서 감정이라는 걸 상상했던 것이다.

이 남자는 모든 면에서 최악이었다.

시계가 다섯 번 울렸다. 오펠리는 일어나 눈을 비비고, 결연하게 안경을 썼다. 더 이상 좌절감은 느껴지지 않았다. 심장이 갈비뼈 사이에서 맹렬하게 뛰었다. 맥박이 뛸 때마다 의지가 세차게 몰려들어 온몸으로 퍼졌다. 시간이 얼마나 걸리든, 토른에게, 그가 야기한 삶에 대해 복수할 것이다.

오펠리는 약이 들어 있는 수납장을 열어 반창고와 소독약을 꺼냈다. 베르닐드의 손거울로 얼굴을 살피며, 피가 맺히고 입술이 패고 무서운 멍자국으로 뒤덮인 얼굴과 자신답지 않은 어두운 시선을 응시했다. 땋은 머리가 헝클어져서 갈색 곱슬머리가 이마로 비어져 나왔다. 오펠리는 프레이야가 할퀴기 공격을 한 부분에 알코올 적신 천을 가져다 대고 이를 꽉 물었다. 유리 조각으로 할퀸 듯 상처가 선명했다. 아마 작은 흉터가 남게 될 것이다.

오펠리는 깨끗한 손수건을 접어 볼에 대고 십자로 반창고를 붙였다. 세 번이나 시도한 끝에야 간신히 볼을 감쌀 수 있었다.

그러고 나서 이모의 이마에 입을 맞추었다.

"내가 거기서 꺼내줄게요." 그녀는 쑥 들어간 베개를 베고 누운 이모에게 약속했다.

이제 바닥에 팽개쳤던 밈의 제복을 주워 입고 단추를 채웠다. 이렇게 변장을 해도 분명 기사로부터 더 이상 스스로를 보호할 수 없을 테고, 그러니 그를 마주치는 일은 피해야만 한다.

오펠리는 베르닐드의 침대 근처로 다가가, 진귀한 보석들이 박힌 작은 열쇠가 매달린 체인을 어려움 없이 빼냈다. 그녀는 문을 열었다. 이제부터 빠르게 행동해야만 했다. 안전상의 이유로 대사의 아파트는 안쪽에서만 잠글 수 있었다. 아이들만큼이나 연약한 로즐린 이모와 베르닐드는 잠에 취해 있었다. 오펠리가 돌아오기 전까지 그녀들은 외부의 위험에 노출된 셈이다.

오펠리는 종종걸음으로 복도를 걸어가 하인용 계단을 이용해 지하로 내려갔다. 하인들 식당 앞을 지나치던 그녀는 깜짝 놀랐다. 이각모와 파랗고 빨간 제복 탓에 눈에 잘 띄는 헌병들이 거기 있었다. 테이블에 둘러앉아 모닝커피를 마시는 하인들을 에워싼 채, 규정에 따라 취조에 응할 것을 요구하는 것 같았다. 기습 조사인가? 주변에서 맴돌지 않는 게 낫겠군.

오펠리는 창고를 지나 식탄 보일러실과 배관실을 지나갔다. 가엘은 어디에도 없었다.

그때, 벽에 붙은 인쇄물이 눈에 들어왔다.

수배 공고

지난밤 유감스러운 사건이 보고됨. 클레르들뢴에서 제식을 집행하던 하인이 힘없는 아이를 공격함. 대사의 명성이 달린 사건임.

특이사항: 검은 머리, 작은 키, 어린 편. 사건이 발생한 순간 노(?)로 무장함. 이 인상착의에 부합하는 하인을 알고 있다면, 지체 없이 관리소에 알릴 것. 확실한 보상을 약속함.

클레르들뢴 관리소장 필리베르

오펠리는 눈살을 찌푸렸다. 정말이지 독약 같은 그 꼬마 기사가 악착스럽게 달라붙겠노라 마음먹은 모양이었다. 만일 헌병들에게 발각된다면 그녀는 곧장 지하 감옥에 떨어질 것이다. 변장을 해야만 했다. 그것도 빨리.

오펠리는 벽에 바싹 달라붙어 몸을 감춘 채 복도를 따라가다가 도둑처럼 세탁실 안으로 들어갔다. 거기서 미끄럼 장치가 달린 두 가로봉에 널린 셔츠 사이로, 부글부글 끓고 있는 큰

통에서 나오는 연기를 헤치며 꾸불꾸불 돌아다녔다. 마침내 앞치마와 하얀 헝겊 모자를 집어 들고 다시 세탁실을 되짚어 돌다가 건조대 위에 널어둔 검은색 치마를 슬쩍했다. 그녀가 관심을 덜 끌려 할수록, 빨래 바구니나 빨래하는 여자들과 더 자주 부딪치는 것 같았다.

상식적으로 복도에서 옷을 갈아입을 수는 없었기에 그녀는 서둘러 뱅 구역으로 갔다. 문을 두드리며 돌아다니는 헌병들을 피하느라 여러 차례 길을 돌아야만 했다. 방에 도착해서 이중으로 문을 잠그고 다시 숨을 고른 뒤, 최대한 옆구리가 아프지 않게 서둘러 밈의 제복을 벗어 베개 밑에 숨긴 다음 세탁장의 치마를 입었다. 서두르느라 처음에는 옷을 거꾸로 입었다.

허리께에 앞치마를 묶고 숱 많은 갈색 머리에 헝겊 모자를 고정시킨 뒤, 오펠리는 가능한 한 차근차근 따져보려 애를 썼다. '만일 검문을 받게 된다면? 아니, 헌병은 하인들을 우선적으로 심문할 거야. 그래도 나한테 질문을 건넨다면? 네 혹은 아니요로만 대답해야겠지. 억양이 드러나서는 안 돼. 그런데 혹시라도 내 억양이 드러난다면? 메르 일드가르드의 하녀라고 하자. 그녀는 외국인이고, 외국인들을 고용하니까. 끝.'

그러다가 벽 거울에 비친 자신의 모습, 자신의 진짜 모습을 바라본 순간 오펠리의 몸은 굳어버렸다. 얼굴 상태가 어떤지 까맣게 잊고 있었다! 붕대에다 여기저기 난 멍자국까지, 구타당한 가여운 여자아이 같았다.

그녀는 혼란스러운 상황에서 해결책을 찾아보려 주변을 둘러봤다. 토른의 코트가 보였다. 오펠리는 옷걸이에서 그것을 빼내 위아래로 살폈다. 관리의 옷이라는 건 첫눈에 알아볼 것이다. 자신이 새로 만든 인물에게 부족했던 마지막 요소였다. 어린 하녀가 '관리'의 의복을 세탁업자에게 가져가는 것보다 더 그럴싸한 게 있을까? 오펠리는 나무 옷걸이에 코트를 걸고 그것을 접어 팔에 올린 다음 다른 쪽 팔로 아주 높이 들어 올렸다. 큰 돛처럼 코트로 앞을 가리면 그녀의 얼굴을 제대로 확인할 수 없을 것이다.

이런 모습이면 가엘을 찾을 시간도 충분하겠지.

오펠리가 방 밖으로 얼굴을 막 내민 순간, 주먹 하나가 그녀를 강타할 뻔했다. 르나르가 문을 두드리려던 참이었다. 그는 놀라서 초록색 눈을 휘둥그레 뜨고 입을 벌렸다. 코트 뒤에 있던 오펠리도 그만큼이나 놀란 듯 보였을 것이다.

"아, 그래!" 르나르는 덥수룩한 붉은 머리를 긁적이며 중얼거렸다. "말 못 하는 애가 초대했겠구나. 미안, 꼬마 아가씨, 나는 친구랑 얘기를 좀 해야 해."

그가 힘센 손을 오펠리의 어깨에 올리더니, 마치 말 안 듣는 꼬마를 쫓아내듯 얌전히 그녀를 뱅 구역 복도로 밀어냈다. 하지만 오펠리가 겨우 세 걸음쯤 나아갔을 때 다시 그녀를 불렀다.

"어이, 꼬마 아가씨! 기다려!"

성큼성큼 그녀 앞으로 온 그는 허리에 주먹을 대고 찬장처럼 울퉁불퉁한 몸을 쭉 폈다. 그러더니 두 사람 사이에 세운 커다란 검은 코트 뒤에 감춘 모습을 제대로 살피느라 몸을 기울이며 눈가에 주름을 만들었다.

"그 친구 방이 비어 있어. 그 방에서 무슨 짓을 꾸민 거지? 그렇게, 그것도 혼자서 말이야."

네 혹은 아니요로만 대답할 수 있을 만한 질문이면 더 좋았을 텐데. 르나르를 적으로 만드는 것은 정말 마지막에 가서나 어쩔 수 없이 선택하게 될 일인데. 오펠리는 거추장스럽게 코트를 든 채 앞치마 주머니에서 더듬더듬 열쇠가 달린 체인을 꺼냈다.

"빌렸어요." 그녀가 작게 말했다.

르나르는 붉고 두툼한 눈썹을 치올리고는, 헌병이 하듯 의혹에 찬 얼굴로 입술을 내밀며 벵 구역 6번지라고 쓰인 글자를 확인했다.

"자기 열쇠 없이 돌아다니는 건 바보짓인데! 내 친구한테서 모래시계를 훔치려고 했던 건 아니야? 여태 몇 번이나 그랬어?"

그는 강압적인 손짓으로 마치 커튼이라도 되는 양 토른의 코트를 제쳤다. 이어 안경을 끼고 모자를 쓴 오펠리의 옆모습을 보는 순간, 그의 의심은 당혹감으로 변했다.

"이런, 불쌍한 꼬마 아가씨!" 르나르가 누그러져서 한탄하듯 말했다. "네 주인이 누군지 모르겠지만, 사려 깊은 사람들은 아닌 모양이네. 새로 왔니? 너를 겁주려는 게 아니야. 그래, 난 그저 친구를 찾고 있을 뿐이야. 어디 가면 그를 찾을 수 있을지 알려줄래? 사실 한 시간 전부터 수배 공고가 돌고 있는데, 공고에서 말하는 죄인의 얼굴이랑 그 친구 얼굴이 같아. 그 친구를 찾나봐."

오펠리는 자신이 이 키 큰 하인을 약혼자보다 더 신뢰하고 있음을 깨닫고 당혹감을 느꼈다. 더 이상 피하는 대신, 이제 턱을 치켜들어 그를 똑바로 마주 보았다.

"도와줘요, 부탁이에요. 가엘을 만나야 해요. 아주 중요한 일이에요."

르나르는 말없이 눈만 몇 차례 깜박일 뿐이었다.

"가엘? 그 여자를 왜…… 너는 왜…… 젠장, 너 누구니?"

"가엘 어디 있어요?" 오펠리가 애원했다. "부탁해요."

뱅 구역 반대편에서 헌병들이 떠들썩한 소리를 내며 몰려오고 있었다. 그들은 막무가내로 샤워장과 화장실에까지 들어가 거기 있던 반라의 남자들을 내몰았고, 반항하는 사람이 있으면 몽둥이세례를 퍼부었다. 비명과 욕설들이 끔찍한 울림을 만들며 사방에 퍼졌다.

오펠리는 겁에 질렸다.

"이리 와." 르나르가 그녀의 손을 잡고 속삭였다. "다른 사람의 열쇠를 갖고 있는 걸 알면 헌병들이 널 덮칠 거야."

오펠리는 여전히 거추장스럽게 토른의 긴 코트를 든 채 이 사내의 손목 힘에 짓눌려 그의 뒤를 따라갔다. 공동 숙소 구역이 계속 이어졌는데 바둑판무늬 타일과 작은 가로등들이 모두 비슷비슷했다. 방 수색에 얼이 나간 하인들은 문 앞에 서 있다가 인상착의가 비슷한 불행한 이들을 손가락으로 가리키곤 했다. 헌병들이 점점 더 늘어났지만 르나르는 곁길로 이동해가며 성공적으로 그들을 피했다. 그는 계속해서 시계를 확인했다.

"주인이 곧 일어날 텐데." 그가 탄식하듯 말했다. "보통 이 시간에 주인의 차를 준비하고 신문을 다리거든."

그는 오펠리를 바람 장미로 데려가 저택 뒤쪽으로 직접 연결된 문을 열었다. 두 사람은 이국적인 동물원과 새 사육장, 양떼, 우유 보관소를 지나쳤다. 가금 사육장의 오리들은 그들이 지나가자 신경질적으로 꽥꽥 소리를 냈다.

두 사람은 자동차 차고에 이르렀다.

"대사님이 내일 경주를 기획했어." 그가 설명했다. "운전 기술자가 아파서 가엘이 모터를 점검하기로 했고. 가엘이 지금 정말 기분이 안 좋아. 미리 알려주는 게 좋을 것 같네."

그가 차고 문을 열려는 순간 오펠리는 한 손으로 그의 팔을 잡았다.

"도와주셔서 고맙습니다. 그런데 여기까지면 될 것 같아요." 그녀가 속삭였다. "혼자 들어갈게요."

르나르는 눈썹을 찌푸렸다. 차고 입구에 쑥 나와 있던 전조등이 그들 위로 생생한 적갈색 빛을 쏟아냈다. 이 구역에 정말 그들밖에 없는지, 르나르가 신중하게 한번 둘러보며 확인했다.

"무슨 일인지 하나도 모르겠네. 네가 찾는 게 뭔지, 그리고 네가 진짜 누구인지 난 전혀 모르겠어. 그렇지만 지금 분명한 게 하나 있긴 하지."

그는 오펠리의 검은 치마 밖으로 삐죽 튀어나온 구두를 쳐다봤다. 은색 고리가 달린, 반짝반짝 광이 나는 구두였다.

"이건 하인이 신는 구두야. 발이 아주 작은 하인의 구두. 나는 그렇게 발이 작은 사람을 딱 한 명 알고 있지."

"저에 대해 모를수록 당신에게는 좋을 거예요." 오펠리는 애원하듯 말했다. "저에 대해 너무 자세히 알게 된 사람들은 다들 고통 받았어요. 제 실수로 당신에게 무슨 일이 생기면 저는 도저히 견디지 못할 것 같아요."

르나르는 얼굴을 일그러뜨리며 불타는 덤불처럼 볼까지 제멋대로 자란 구레나룻을 긁적였다.

"그러니까 내가 틀린 게 아니구나. 그러니까…… 정말 너인 거지? 젠장." 그가 손바닥으로 이마를 치고는 중얼거렸다. "난처한 상황인 거야, 난처한 상황이 맞아. 하긴, 여기서 이상한 일들이 일어나는 걸 한두 번 본 것도 아니지."

그가 붉고 큰 손으로 문고리를 하나하나 움켜잡았다.

"그러니까 더더욱 너랑 같이 그 안에 들어가야 되는 거지." 그는 고집스레 아랫입술을 내밀며 결론을 내리듯 말했다. "나도 알 권리가 있다고, 제기랄."

오펠리가 차고에 들어간 것은 처음이었다. 그곳은 적막해 보였고, 석유 냄새가 진동했다. 멋진 사무실의 앞쪽에 열을 이룬 가마들이 천장에 매달린 세 개의 등에서 나오는 빛을 받고 있었다. 선명한 초록색 나무판, 하늘색 커튼, 분홍색 끌채, 꽃무늬 장식, 비슷한 것은 하나도 없었다. 클레르들뢴의 자동차들은 차고 안쪽에 주차되어 있었는데, 이는 차를 꺼내는 일이 아주 드물기 때문이었다. 그저 보기 좋으라고 전시한 사치스러운 물건이었다. 시타시엘의 울퉁불퉁하고 꼬불꼬불한 길은 자동차가 돌아다니기에는 적절하지 않았다.

자동차는 한 대를 제외하고 전부 다 덮개가 씌워져 있었다. 멀찌감치, 가늘고 큰 바퀴가 달리고 차 앞에는 꽃 그림이 그려져 유모차를 연상시키는 자동차가 세워져 있었다. 아마도 부인용 자동차일 것이다.

가엘이 자동차 내연기관 쪽으로 몸을 숙인 채 짐수레꾼처럼 욕설을 내뱉고 있었다. 오펠리가 이런 자동차를 본 건 전에 일하던 박물관에서뿐이었는데, 그나마도 부품으로 확인한 것이 전부였다. 아니마에서는 자동차들이 제대로 조련된 동물들처럼 알아서 돌아다녔다. 모터 같은 건 필요도 없다.

"헤이, 귀염둥이!" 르나르가 그녀를 불렀다. "여기, 너 보러 온 손님!"

가엘은 한 번 더 욕설을 내뱉으며 멍키스패너로 모터를 탕탕 두들기더니 신경질적으로 장갑을 벗고 보호안경을 이마 위로 올렸다. 새파란 눈과 검은 외알 안경이 르나르가 데리고 온 작은 하녀를 뚫어져라 응시했다. 오펠리는 가만히 그녀의 시선을 받았다. 가엘은 자신을 알아볼 것이다. 가엘은 언제나 있는 그대로의 그녀를 보니까.

"중요한 일이겠지." 마침내 가엘이 초조한 듯 내뱉었다.

그게 다였다. 아무런 질문도 없었고, 르나르 앞에서 오펠리를 위태롭게 할 만한 말은 한마디도 하지 않았다. '비밀에 비밀로 보답했을 뿐이야.' 오펠리는 거추장스럽게 들고 있던 토른의 코트를 어설프게 다시 접었다. 이번엔 그녀가 가엘을 배신하지 않을 차례였다.

"성가신 일이 생겼어. 그리고 너 말고는 도움을 청할 수 있는 사람이 없어. 네 재능이 필요해."

가엘은 눈썹 아래 짙게 그늘을 새겨 넣은 외알박이 안경을 신중한 태도로 살짝 두드렸다.

"내 재능?"

오펠리는 모자에서 흘러내린 머리채를 귀 뒤로 넘기며 고개를 끄덕였다.

"어쨌든 사이비 귀족을 위한 건 아니겠지?"

"아니라는 거 알잖아."

"정말 뭐라고 옹알대는 거야?" 르나르가 화를 냈다. "너희 둘이, 그러니까 아는 사이야? 대체 무슨 얘기를 그렇게 비밀처럼 속닥거리는 거야?"

가엘은 보호안경을 벗고서 검은 곱슬머리를 세차게 흔들며 멜빵끈을 어깨 위로 올렸다.

"끼어들지 마, 르놀드. 모르면 모를수록 네게는 좋을 거야."

오펠리가 측은함을 느낄 정도로 르나르는 몹시 당황했다. 끝내 자신의 정체를 밝히고 싶지 않은 마지막 사람이 바로 그였지만, 그녀로선 어쩔 수 없는 상황이었다. 그에게 진짜 얼굴을 보여주고 말았고, 그것만으로도 이미 큰일이었다.

가엘이 손가락을 입술에 가져다 대며 그들을 조용히 시켰다. 밖에서 거위들이 꺽꺽 울었다.

"누가 온다."

"헌병들이야." 르나르가 시계를 쳐다보고는 투덜거렸다. "클레르들뢴의 구석구석을 다 뒤지는군. 서둘러, 친구들!"

그는 덮개를 씌운 자동차들이 늘어선 곳 뒤로 보일 듯 말 듯한 쪽문을 가리켰다.

"도망쳐야 해. 무엇보다 놈들이 이 꼬마 아가씨한테 손을 못대게 해야 하는데."

가엘은 외알 안경 주변 눈썹에 힘을 꾹 주었다.

"불이 다 켜져 있다고." 그녀가 화를 내듯 말했다. "게다가 자동차 보닛도 열려 있고! 누군가 여기서 급히 도망쳤다는 걸 알게 될 거고, 그러면 경보를 울리겠지."

"그럼 차 앞에 사람이 있으면 되겠네."

르나르는 재빨리 제복을 벗고 셔츠 소매를 걷어 올리더니 자기 몸에 엔진오일을 뿌렸다.

"여러분, 죽도록 바쁜 기술자를 소개합니다!" 그는 팔을 높이 들며 웃었다. "헌병들은 내가 맡을게. 얼른 저 뒤로 가, 둘 다."

오펠리는 슬픔과 경탄이 뒤섞인 마음으로 그를 바라봤다. 이 커다란 빨간 머리는 어쩌다가 내 인생에서 이렇게 중요한 자리를 차지하게 된 걸까? 이유는 설명할 수 없었지만, 쪽문을 나서는 순간 그를 다시 보지 못하게 될지도 모른다는 생각에 두려움이 느껴졌다.

"고마워요, 르놀드." 오펠리가 중얼거렸다. "전부 다, 정말 고마워요."

그는 익살스럽게 윙크를 보냈다.

"말 못 하는 애에게 엉덩이 조심하라고 전해줘."

"이걸 써." 가엘이 그에게 보호안경을 내밀면서 작게 말했다. "더 그럴싸해 보일 거야."

이마에 보호안경을 걸친 그는 용기를 북돋기 위해 크게 숨을 한차례 쉬어보더니, 가엘의 길들여지지 않은 얼굴을 두 손으로 포개고 의연하게 그녀를 안았다. 가엘은 얼이 빠져 그를 밀어내야겠다는 생각조차 못 한 채 파란 눈만 동그랗게 뜨고 있었다. 마침내 그녀를 놓아주었을 때, 그의 구레나룻 사이로 커다란 미소가 드러났다.

"여러 해 전부터 내가 이 여자를 탐냈지." 그가 속삭였다.

멀리서 문이 열리고 헌병들의 그림자가 나타났다. 가엘은 덮개를 씌운 자동차 뒤로 오펠리를 민 다음, 벽을 따라 어둠 속으로 그녀를 이끌어 뒷문으로 함께 빠져나왔다.

"바보 같은 놈." 그녀가 가까스로 말을 내뱉었다.

가짜 별들이 떠다니는 밤하늘 아래 대단한 볼거리 같은 건 없었다. 그럼에도 오펠리는 가엘의 입술이, 평소보다 훨씬 굳어 있음에도, 더 부드럽게 주름을 만들었다고 맹세할 수 있었다.

주사위

복도를 지나고 계단을 오르내리며 오펠리와 가엘은 헌병을 만나지 않고 마침내 클레르들뢴의 제일 꼭대기 층에 이르렀다. 문을 닫고 열쇠 구멍에 열쇠를 넣어 돌리자 그제야 마음이 놓였다. 오펠리는 토른의 큰 코트를 의자에 던져두고 캐노피 침대의 커튼을 들어 베르닐드가 여전히 자고 있는지 확인한 뒤 가엘에게 장의자를 가리켰다. 로즐린 이모가 나쁜 꿈에 시달리기라도 하는 듯 몸을 뒤척이고 있었다.

"미라주가 환영을 이용해 머릿속에 독약을 넣었어." 오펠리가 아주 낮은 소리로 말했다. "이모가 정신을 차리도록 도와줄 수 있어?"

가엘은 장의자 앞에 몸을 구부리고 앉아 로즐린 이모를 눈으로 자세히 관찰했다. 검은 곱슬머리를 한 그녀는 팔짱을 낀 채 입술을 굳게 다물고 한참 동안 이모를 바라봤다.

"대단한데." 그녀가 중얼거렸다. "멋지게 성공한 놈에게 박수라도 보내고 싶군. 정말 예술의 경지야. 손을 좀 씻어도 될까?

온통 기름이 묻어서."

오펠리는 베르닐드의 세면대에 물을 채우고 비누를 찾았다. 카펫에 물을 엎을 정도로 그녀는 긴장해 있었다.

"도와줄 수 있어?" 가엘이 손을 씻는 동안에도 오펠리는 아주 작은 목소리로 되풀이해 물었다.

"문제는 내가 그녀를 도울 수 있는가가 아니라, 내가 왜 도와야 하는 건가야. 우선 이 고상한 여자는 누구지? 드래곤의 친구인가?" 캐노피 침대를 경멸의 눈으로 바라보며 그녀가 말을 뱉었다. "그런 경우라면, 내가 할 수 있는 건 거의 없어."

안경 너머로 오펠리는 검은색 외알 안경에 집중하며 그 안경이 감추고 있는 사람의 마음을 움직이려 애를 썼다.

"믿어줘, 나를 조카로 둔 게 이 여자의 유일한 잘못이야."

오펠리는 검은색 외알 안경 속에서 자신이 보고 싶었던 것을 찾아냈다. 그건 번득이는 분노였다. 가엘은 부당한 행위에 뿌리 깊은 증오를 느꼈다.

"스툴을 가져다줘."

가엘은 장의자 앞에 앉아 외알 안경을 벗었다. 깊이를 모르는 우물보다 더 어둡고 불가사의한 그녀의 왼쪽 눈이 조롱의 빛으로 베르닐드의 거처를 둘러봤다. 그녀는 이 광경을 오펠리에게 실컷 펼쳐 보이고 싶었다. 환영의 장막이 일단 걷히면 이 세계가 무엇과 비슷한지를 보여주고 싶었다. 가엘의 시선이 닿는 곳은 어디든 그 외관이 변했다. 화려한 카펫은 그저 싸구려

융단일 뿐이었다. 우아한 벽지는 버섯들로 오염된 벽이었다. 자기로 만든 꽃병들은 진흙을 구워 만든 단순한 단지였다. 벌레 먹은 캐노피, 배가 갈라진 병풍, 퇴색한 안락의자들, 이가 나간 찻주전자. 가엘의 강력한 시선이 닿으면 환영들로 만들어진 것들은 해체되었다가, 그 시선이 다른 곳으로 이동하는 순간 다시 짜여졌다.

'광택 아래 찌든 때'라고 아르쉬발드는 표현했었다. 어떤 점에서 그렇다는 걸까? 오펠리는 곰곰 따져보았다. 그러고 나니, 이제는 전과 같이 클레르들륀을 바라볼 수 없을 것만 같았다.

가엘은 스툴에 앉아 몸을 숙이고는 잠든 이모의 머리를 두 손으로 천천히 들어 올렸다.

"이름이 뭐지?"

"로즐린."

"로즐린." 이모에게 주의를 기울이며 가엘이 조심스럽게 따라 말했다.

하나는 파랗고 하나는 검은 가엘의 두 눈이 크게 떠졌다. 장의자 등받이에 팔꿈치를 대고 있던 오펠리는 걱정스러움에 손가락을 오그렸다. 눈을 감고 있던 로즐린 이모의 눈두덩이 가볍게 떨리기 시작하더니, 이어 몸 전체로 퍼졌다. 떨림이 격렬해지자, 가엘은 두 손으로 이모의 얼굴을 잡아 니힐리스트의 강렬한 힘을 불어넣었다.

"로즐린." 그녀가 중얼거렸다. "돌아와요, 로즐린. 내 목소리를 따라와요, 로즐린."

떨림이 멈추자 가엘은 이모의 창백해진 얼굴을 쿠션 위에 내려놓았다. 그러고는 스툴에서 벌떡 일어나 외알 안경을 다시 쓴 다음, 베르닐드의 개인 보관함 속에 있던 담배들을 훔쳤다.

"자, 난 갈게. 르나르는 기계를 전혀 몰라. 자동차들이 저절로 점검되는 것도 아니고."

오펠리는 정신이 멍했다. 로즐린 이모는 여전히 두 눈을 감은 채 장의자 깊숙이 누워 있었다.

"완전히 깨어난 것 같지 않은데."

가엘은 담배에 불을 붙이며, 어쩌면 스스로를 안심시키려는 듯 살짝 미소를 지었다.

"아마 좀 더 잘 거야. 무엇보다 갑자기 깨워서는 안 돼. 기운을 차려야 하니까. 그리고 네 이모가 지금 아주 먼 곳에서 오고 있다는 걸 알아둬. 몇 시간만 더 지났다면 나도 그녀를 어찌할 수 없었을 거야."

온몸이 흔들릴 정도로 떨려와 오펠리는 두 팔로 자신을 감쌌다. 별안간 몸이 불덩이처럼 느껴졌다. 갈비뼈가 심장과 같은 리듬으로 움직이는 것 같았다. 고통스럽긴 했지만, 한편으로는 마음이 놓였다.

"괜찮아?" 가엘이 걱정스럽게 물었다.

"응." 오펠리는 옅은 미소를 지으며 말했다. "그냥…… 그냥 긴장해서 그랬나봐. 살면서 이렇게 마음이 놓인 적이 없거든."

"또 그런 상황에 빠지면 안 되겠지."

손에 담배를 쥔 채, 가엘은 당황한 눈치였다. 오펠리는 안경을 고쳐 쓰고 정면에서 그녀를 똑바로 바라보았다.

"너무 큰 빚을 졌어. 앞으로 무슨 일이 생길지 모르지만, 나는 늘 네 편이야."

"멋진 말이라면 집어치워." 가엘이 말을 끊었다. "네가 슬프지 않길 바라. 궁정의 삶이 네 뼈까지 산산조각 내더라도, 네 골수까지 썩게 만들어도 말이야. 그리고, 나는 가까이 할 만한 사람이 아니야. 그냥 너를 위해 일을 했을 뿐이고, 그 대가를 담배로 받았어. 그러니까 우린 서로 빚이 없는 거지."

가엘은 우울해 보일 정도로 깊이 생각에 잠겨 한참이나 로즐린 이모를 바라보더니, 곧 짓궂은 미소를 지으며 오펠리의 코를 꼬집었다.

"정말 나를 위해 뭔가 하고 싶다면 그들처럼 되지 마. 최선의 선택을 해. 엮이지 말고, 너 자신의 길을 찾아. 몇 년이 흐른 뒤에 다시 이 이야기를 나누게 될 거야, 알았지?"

그녀는 문을 열고 손으로 모자의 챙을 살짝 잡았다.

"또 봐."

가엘이 떠나자 오펠리는 다시 열쇠로 문을 잠갔다. 대사의 방은 시타시엘 전체에서 가장 안전한 곳이지. 이 문이 잠겨 있는 한 그게 무엇이든, 누구에게도 나쁜 일은 절대 일어날 수 없을 거야.

오펠리는 로즐린 이모에게 몸을 숙여 핀 네 개로 고정한 머리칼을 어루만졌다. 이모를 깨워 과거에서 무사히 돌아온 모습을 보고 안심하고 싶었지만, 가엘이 갑자기 깨우지 말라고 당부한 터였다.

지금 그녀가 할 수 있는 최선의 선택은 잠을 자는 것이었다.

오펠리는 눈물이 날 정도로 한바탕 하품을 했다. 부족한 잠을 채우려면 죽을 때까지 자야 할 것만 같았다. 그녀는 하녀 모자를 벗고, 앞치마를 풀고, 발가락 끝으로 구두를 벗은 뒤, 안락의자에 몸을 맡겼다. 숲속과 도시, 바다 위를 날기 시작했을 때, 오펠리는 자신이 꿈을 꾸고 있다는 걸 깨달았다. 그녀는 단 하나의 조각으로만 이루어진, 오렌지처럼 둥근 옛 세계의 표면을 돌아다니며 많은 것들을 자세히 살폈다. 태양이 물 위로, 나뭇잎들 위로, 도시의 거리 위로 튀어 올랐고, 너무 선명한 그 광경에 그녀는 눈이 부셨다.

거대한 실크해트가 불쑥 지평선을 막아섰다. 아르쉬발드의 달콤 쌉싸름한 미소 위에서 모자는 커지고, 커지고, 또 커졌다. 그가 손을 내밀어 파루크의 책을 펼치자, 곧 모든 풍경이 그의 미소로 물들었다.

"그러게 내가 미리 말했잖아요." 그가 오펠리를 보며 입을 열었다. "모두가 감독관을 싫어하고, 감독관은 모두를 싫어한다고. 그러니까, 당신은 이런 법칙에 포함되지 않을 정도로 특별한 사람이라고 생각하는 건가요?"

오펠리는 이 꿈이 마음에 안 든다고 생각했고, 이어 눈을 떴다. 난로의 열기를 느끼면서도 몸이 떨려왔다. 손바닥에 대고 입김을 불자 뜨거운 김이 얼굴로 되돌아왔다. 열이 약간 있나? 덮을 것을 찾으러 자리에서 일어났지만, 베르닐드와 로슬린 이모가 이미 방에 있는 것을 나누어 덮고 있었다. 운명의 장난이라도 되는 양, 오펠리에게는 토른의 커다란 코트밖에 남은 게 없었다. 그녀는 코트를 거부할 정도로 오만한 사람이 아니었다. 앉아 있던 안락의자로 돌아가 코트를 덮고 몸을 공처럼 둥글게 말았다. 시계의 벨이 울렸지만, 몇 번이나 울리는지 헤아려 볼 마음도 나지 않았다.

안락의자는 불편했다. 거기에는 너무 많은 사람이 있었다. 오만하게 콧수염을 드러낸 장관들에게 자리를 양보해야만 했다. 그런데 그들이 입을 다물기는 할까? 사람들이 떠들어대는 소리 때문에 당최 잠을 잘 수가 없었다. 도대체 무슨 얘기를 하는 거지? 먹는 것부터 마시는 것까지, 분명 그들의 입에서는 이런 말들만 나왔다. "비축 식량이 부족해요!" "세금을 올려요!" "밀렵꾼들을 처벌해요!" "테이블에 앉아 토론해요!" 오펠리는 장관들의 거대한 배를 보며 혐오감을 느꼈지만, 파루크보다 더 구역질이 나지는 않았다. 그의 존재 자체가 잘못이다. 간신배들은 그의 눈을 속이고, 그를 쾌락에 빠뜨리고, 그의 힘을 통제했다. 안 되겠어, 여기에서는 도무지 쉴 수가 없어. 이곳을 떠나 밖으로, 진짜 밖으로 나가서 폐를 정화해줄 바람을 삼키고 싶었지만, 시간이 부족했다. 언제나 시간이 문제였다. 그녀는 법정에, 중죄 재판소에, 의회에 있었다. 바보들이 머리를 조아리며 막다른 길로 돌진하는 동안, 그녀는 구석에 자리를 잡고 앉아 이런저런 의견들을 들었고, 이따금씩 판결을 내렸다. 어쨌든 숫자를 정하면 되는 것 아닌가. 숫자가 전혀 틀리지 않았죠, 그렇죠? 잠재 자원, 인구수, 이건 확실하군. 자기가 받아야 할 것보다 더 많이 요구하는 저기 저 토실토실한 꼬마가 코트를 걸친 오펠리를 저주하고, 그녀에 대해 불평을 늘어놓았다. 하지만 그뿐이다. 오펠리는 매일매일 정해진 만큼의 불평을 들었다. 더 이상 적들을 신경 쓰지 않았지만, 그럼에도 피할 수 없는 자신의 논리로 분배와 관련하여 그들의 시커먼 속이 보이는 왜곡된 해석을 매번 이겼다. 그들은 그녀가 비리를 저지른 적은 없는지 확인하기 위해 이미 법원 서기를 그녀에게 바싹 붙여놓아도 봤었다. 하지만 그들 코만 납작해졌다. 왜냐하면 그녀는 오로지 숫자만을 신뢰했으니까. 자신의 신념도, 윤리도 아니고, 오직 숫자만을. 그러니, 이 얼마나 훌륭한 서기인가!

바로 그 순간 이상하다는 생각이 들었는데, 그녀는 정말 난데없이 자신이 바로 서기라는 사실을 깨달았던 것이다. 엄청난 기억력을 갖추고 검산을 하고 싶어 하지만 경험은 없는 서기. 실수라곤 모르는 젊은 서기. 그런데 이런 사실이 늙은 감독관을 화나게 했다. 그는 그녀를 해로운 곤충으로, 자신의 자리를 노리고 계단에서 자신을 밀어버릴 마음을 먹은 기회주의자로 보았다. 정말 어리석지 않은가! 그녀가 고집스레 입을 다물고 있긴 해도 오로지 자신의 동의를 구하며 자신의 죽음 앞에서 슬픔에 잠길 유일한 한 사람이라는 사실을 이 늙은 감독관은 결코 알지 못했다. 그의 죽음은 훨씬 나중의 일이긴 하지만.

그때 오펠리는 고통에 몸을 뒤틀었다. 독이 문제였다. 쉽게 예측할 수 있는 일이었다. 그녀는 그 누구도, 고모를 제외한 그 누구도 믿을 수 없었다. 여기 카펫 위에서 죽는 걸까? 아니, 오펠리는 죽음에서 멀리 떨어져 있다. 그녀는 구석에서 홀로 조용히 주사위 놀이를 하며 하루하루를 보내는 어린 소녀일 뿐이다. 베르닐드는 이런저런 방법으로 그녀를 즐겁게 해주려 애쓰고 금으로 만든 멋진 시계를 주기도 했지만, 오펠리는 주사위를 더 좋아했다. 주사위는 예측이 불가능했고, 뜻밖의 것들로 가득했다. 주사위는 결코 인간들처럼 실망시키는 일이 없었다.

어린 시절로 돌아가 있는 동안은 씁쓸함이 덜했다. 그녀는 베르닐드의 저택에서 숨 가쁘게 뛰었다. 계단 꼭대기에서 혀를 내밀며 약을 올리는, 이미 체격이 좋은 사내아이를 잡아보겠다고 애를 썼다. 오빠 고드프루아다. 말하자면, 오빠라고 부를 수 없는 이복형제. 배가 다르다는 건 바보 같은 표현이다. 어쨌든 그녀 앞에서 질주하는 저 소년과 배를 절반씩 나눠 가질 수는 없으니까. 그리고 웃음을 터뜨리며 복도를 돌아 달려가는 저 소녀와도. 베르닐드가 고드프루아와 프레이야를 초대했을 때 오펠리는 정말 기뻤다. 가끔 할퀴기 공격으로 그녀를 아프게 하곤 했지만 말이다. 반면에 그들이 엄마와 함께 오는 날은 싫었는데, 그들 엄마는 오펠리를 역겹게 바라봤다. 그 눈빛이 정말 싫었다. 머리를 갈기갈기 찢어버리는 눈빛이었다. 누구도, 아무것도 볼 수 없지만 머릿속은 엄청나게 고통스러웠다. 오펠리는 복수로 차에 침을 뱉었다. 그런데 이건, 그 이후, 한참 후, 그녀의 엄마가 불행해진 이후, 그녀의 아빠가 죽은 지 한참 후, 고모가 그녀를 보호하기 시작한 지 한참 후의 일이다. 이제 오펠리는 태양을 만끽하기에 충분한 날, 1년 중 드문 이 온화한 시기에, 성벽 위에서 프레이야와 좋아하는 놀이를 한다. 주사위 놀이, 고드프루아가 깎아 만든 주사위를 가지고 주사위 놀이를 한다. 프레이야가 주사위를 던진 다음, 숫자들을 어떻게 조합할지 정한다. "두 개를 더해." "두 개를 나눠." "두 개를 곱해." "두 개를 빼." 그러고서 그녀는 득점을 확인한다. 사실 주사위 놀이 자체는 지겹다. 그녀는 더 복잡한 계산, 분수, 방정식, 거듭제곱 같은 걸 더 좋아하지만, 주사위 놀이를 할 때마다 언니가 감탄의 시선을 보내는 것이 신기하고, 그게 그녀의 마음에 활기를 불어넣는다. 프레이야가 주사위를 던질 때, 그녀는 비로소 살아 있다고 느낀다.

알람이 울렸다. 오펠리는 안락의자에서 몸을 비틀며 멍하니 눈을 껌벅였다. 안경까지 덮어버린 머리를 어루만지며, 정신이 나간 채로 주변을 둘러보았다. 어디서 나는 소리지? 잠든 베르닐드의 그림자는 캐노피 커튼 뒤에서 미동도 없었다. 가스램프의 불꽃은 평온하게 지글지글 타고 있었다. 로즐린 이모는 장의자 위에서 코를 골았다. 한참 뒤에야, 오펠리는 조금 전부터 들리는 소리가 전화벨 소리라는 것을 알았다.

마침내 전화벨 소리가 그치자, 귀를 멍하게 하는 침묵이 이 방 안에 내려앉았다.

오펠리는 안락의자에서 몸을 빼냈다. 온몸이 뻣뻣했고 머리는 윙윙거렸다. 열은 내린 듯했는데, 다리가 완전히 마비된 것 같았다. 어서 이모가 눈을 뜨길 바라며 그녀에게 몸을 숙여봤지만, 더 기다려야겠다 마음먹을 수밖에 없었다. 가엘이 이모 스스로 정신을 차려야 한다고 했었다. 그 말을 믿어야 한다. 그녀는 무기력하게 화장실로 걸어갔다. 너무 긴 토른의 코트 소매를 접어 올리고, 장갑을 벗고, 안경도 벗어 접어두고, 수도꼭지를 돌리고, 얼굴을 충분히 씻었다. 이 이상한 꿈들을 모두 닦아내야만 했다.

문득 세면대 위 거울 속에서 근시가 있는 자기 눈과 마주쳤다. 붕대는 이미 떨어져 나간 채였고, 볼에 난 상처에서 아직도 피가 흘렀다. 장갑을 다시 끼자 구멍으로 작은 손가락이 튀어나왔다.

"아, 이것 때문이었구나." 그녀는 더 가까이서 장갑을 살펴보며 중얼거렸다. "실밥이 뜯어지다보니 이렇게 됐네."

오펠리는 욕조 가장자리에 앉아 자신이 덮었던 거대한 코트를 쳐다봤다. 장갑의 구멍 때문에 토른의 기억을 읽었던 걸까?

이건 어른 코트였고, 그녀는 그의 어린 시절까지 거슬러 올라갔다. 분명 다른 물건이 있었을 것이다. 그녀는 주머니를 뒤지다가 안감을 댄 곳 안쪽에서 마침내 찾고 싶었던 것을 발견했다. 손으로 서툴게 조각한 두 개의 작은 주사위였다. 자신의 의지와는 아무 상관 없이 읽었던 것은 바로 이 주사위였다.

오펠리는 우수에 젖어, 심지어 약간의 슬픔에 잠겨 그것들을 바라보았다. 하지만 이어 주먹을 꼭 쥐며 냉정을 찾았다. 토른의 감정과 내 감정을 혼동해서는 안 될 일이지. 이런 생각에 눈살이 찌푸려졌다. 토른의 감정이라니? 물론 저 계산 밝은 이도 한때 감정을 갖고 있었을 것이다. 길에서 잃어버리기 전까지는. 어쩌면 토른에게 삶은 부드럽지 않았을 테지만, 오펠리는 연민을 드러낼 생각이 없었다.

그녀는 자신에게 맞지 않는 피부를 벗겨내듯 코트를 벗었다. 붕대를 갈고, 작은 살롱으로 천천히 걸어가 시계를 보았다. 11시, 아침이 한참 지나 있었다. 드래곤들은 이미 오래전에 사냥을 떠났을 것이다. 이 가족의 의무에서 빠져나올 수 있게 된 셈이니 오펠리는 몹시 기뻤다.

전화벨이 또다시 울렸다. 그녀는 마침내 베르닐드를 깨웠다.

"저런 발명품은 악마에게나 줘버려!" 캐노피 커튼을 젖히면서 그녀가 짜증을 냈다.

베르닐드는 그럼에도 전화를 받지 않았다. 나비가 날듯 문신한 손을 들어 금발 머리의 웨이브를 살렸다. 잠은 그녀에게 젊은 소녀의 생기를 주었지만, 아름다운 무대용 드레스에는 주름이 생겼다.

"커피 한 잔 준비해줘, 오펠리. 커피가 몹시 마시고 싶네."

오펠리도 같은 생각이었다. 성냥을 켜다가 장갑에 불이 붙을 뻔하긴 했지만, 물을 담은 냄비를 무사히 가스레인지에 올리고 커피 분쇄기를 돌렸다. 베르닐드 쪽을 다시 바라보니, 그녀는 살롱의 작은 테이블에 팔꿈치를 올리고 깍지 낀 손가락에 턱을 괸 채 담뱃갑을 물끄러미 쳐다보고 있었다.

"내가 어제 그렇게 많이 피웠나?"

오펠리는 커피 잔을 그녀 앞에 놓았다. 기술자 가엘이 남은 담배를 가져갔다는 사실을 군이 알릴 필요는 없을 것 같았다. 오펠리가 테이블에 자리를 잡자, 베르닐드는 크리스털처럼 맑은 눈으로 그녀를 바라봤다.

"어제 우리가 무슨 얘기를 했는지 잘 기억나지가 않네. 하지만 중요한 시간이었다고 확신할 수 있을 정도로는 알고 있어."

오펠리는 선고를 기다리는 심정으로 그녀에게 설탕 그릇을 내밀었다.

"시간 얘기를 하니 생각났는데, 지금 몇 시지?" 베르닐드가 물으며 시계를 보았다.

"11시가 지났어요, 부인."

작은 수저를 꼭 쥔 채, 오펠리는 테이블 위로 떨어질 불호령을 기다렸다. '아니 뭐라고! 그런데도 침대에서 나를 끌어내야겠다는 생각이 새처럼 작은 네 머릿속에는 단 한 번도 떠오르지 않았니? 이 사냥이 내게 얼마나 중요한지 어떻게 모를 수가 있지? 너 때문에 사람들이 나를 약한 사람으로, 무능한 사람으로, 늙은이로 취급하겠지!'

그러나 아무 일도 일어나지 않았다. 베르닐드는 설탕을 커피에 넣고 한숨을 내쉬었다.

"어쩔 수 없지. 사실 파루크가 나를 바라본 바로 그 순간부터 사냥 생각은 하지 않았어. 게다가 솔직히 말하자면……" 몽상에 잠겨 미소 지으며 그녀가 덧붙였다. "파루크 때문에 녹초가 되었거든!"

오펠리는 잔을 입에 가져다 댔다. 그런 종류의 세부 사항은 기꺼이 넘겨버리고 싶었다.

"커피 맛이 고약하네." 베르닐드가 귀여운 입술을 비틀며 말했다. "정말 사회생활에는 아무런 재능이 없구나."

오펠리로서는 그 말이 틀리지 않음을 인정할 수밖에 없었다. 설탕과 우유를 아무리 더 넣어봐도 커피 마시는 게 고역이었다.

"기사 때문에 선택의 여지가 별로 없을 것 같아." 베르닐드가 말을 이었다. "너에게 다른 얼굴과 다른 신분을 마련해준다 해도, 그 아이는 단번에 정체를 알아챌 거야. 이곳에서 네 존재의 비밀이 풀어헤쳐지고 있기도 하고. 둘 중 하나를 선택해야 해. 하나는 결혼식 날까지 숨을 수 있는 최적의 장소를 찾는 것……" 길고 매끄러운 베르닐드의 손톱이 자기로 만든 커피 잔 손잡이를 두드렸다. "아니면, 공식적으로 입성하는 거지."

오펠리는 막 식탁보 위에 흘린 커피를 행주로 닦아냈다. 이런 가능성을 생각해본 적이 있었음에도, 직접 이야기를 들으니 고통스러웠다. 그녀로서는 토른의 약혼자보다 베르닐드의 하인 노릇을 하는 것이 더 좋았다.

베르닐드는 안락의자의 등받이로 몸을 젖히고 둥그런 배 위에 두 손을 교차해서 올려놓았다.

"결혼할 때까지 살아남고 싶다면 한 가지 조건이 필요해. 유일한 조건이지. 공식적으로 파루크의 후견을 받아야만 해."

"그의 후견을 받는다고요?" 오펠리는 한 마디 한 마디 끊어서 발음하며 되물었다. "그런 영예를 얻기 위해서는 어떤 자질을 갖춰야 하죠?"

"네 경우라면 그냥 너 자체로 충분할 것 같은데!" 빈정대는 투였다. "파루크는 너를 만나고 싶어 미칠 지경이거든. 그 사람 눈에 너는 위대한 사람이야. 아주 대단해 보인다고. 토른이 네가 그를 가까이서 자주 만나는 것을 단호하게 거절한 이유이기도 하지."

오펠리는 안경을 고쳐 썼다.

"그게 무슨 말이에요?"

"내가 조금이라도 더 좋은 수만 생각해냈어도 이렇게 망설이지는 않았을 거야." 베르닐드가 분통을 터뜨렸다. "파루크가 어떤 사람인지 네가 한번 겪어봐. 정말이지 종잡을 수가 없다니까! 성미가 급해서 불안해. 내가 왜 지금까지 시타시엘에 네 존재를 숨겼는지 알아?"

오펠리는 이미 최악을 생각하고 있었다.

"너한테 자기 책을 읽어보라고 시킬까봐 불안했거든. 거기서 뭐가 나올지 걱정이야. 만약에 실패한다면, 하긴 네 조상들도 실패했으니 의심할 여지가 없긴 한데, 그러면 파루크가 홧김에 무슨 짓을 할지도 두렵고."

오펠리는 커피를 다 마시겠다는 마음을 접고 받침에 잔을 내려놓았다.

"그 자리에서 그를 만족시키지 못하면, 제가 처벌받을 수 있다는 얘기죠?"

"분명 고통스럽게 하지는 않을 거야." 베르닐드가 한탄조로 말했다. "내가 두려운 건, 그걸로 그냥 마지막이 될까봐서야. 이미 많은 다른 사람들이 거기서 그렇게 영혼을 버렸거든! 그리고 어린애 같은 파루크는 늘 그랬듯 너무 지체되는 걸 못마땅해하지. 그 사람은 인간들의 허약함에 익숙하지 않아. 특히 자신의 힘을 물려받지 않은 사람들에 대해서. 그의 손에서 넌 지푸라기나 마찬가지야."

"이곳 집안의 정령은 좀 어리석은 것 같지 않아요?"

베르닐드가 어안이 벙벙해서 오펠리를 쳐다보았지만, 그녀는 눈 하나 깜짝 않고 그 시선을 견뎠다. 최근 너무 많은 것을 경험했던 그녀로서는, 이제 베르닐드 앞에서 더 오랫동안 마음을 다 잡아둘 수 있었다.

"공공연하게 그런 말을 했다가는 우리와 함께 보낼 시간이 짧아질 거야." 베르닐드가 경고했다.

"파루크의 책과 아르테미스의 책이 어떤 점에서 다른 거죠?" 오펠리가 전문가다운 어조로 물었다. "하나는 **읽을** 수 없는데, 다른 건 어떻게 **읽을** 수 있죠?"

베르닐드는 어깨를 올려 관능적인 동작으로 드레스에서 몸을 빼냈다.

"솔직하게 말하자면, 난 이 일에 거의 관심이 없어. 딱 한 번 책을 본 적이 있는데, 또 보고 싶지는 않더라. 그야말로 흉측하고 해로운 물건이지. 그 뭐라더라……"

"사람의 피부로 만들어진 것 같아요." 오펠리가 중얼거렸다. "아니면 그 비슷한 무언가로. 책을 만드는 데 뭔가 특별한 요소가 들어간 건 아닐까 싶어요."

베르닐드는 짓궂게 눈빛을 반짝이며 그녀를 바라봤다.

"어쨌든 그건 네 일이 아니야. 토른이 할 일이지. 그와 결혼하고, 네 집안의 능력을 주고, 그리고 애들 몇 명이면 네 일은 그걸로 충분해. 그 이상은 요구하지 않을 거야."

폐부를 찔린 듯 오펠리는 입술을 꾹 다물었다. 하나의 인간으로서도, 전문가로서도, 부정당한 기분이었다.

"그렇다면 우리는 뭘 어떻게 해야 하죠?"

베르닐드는 단호한 모습으로 자리에서 일어났다.

"내가 파루크를 설득할 작정이야. 자기 이득을 위해서라도 결혼식까지 네 안전을 보장해야 한다는 걸 받아들이겠지. 어쨌든 너한테는 아무것도 기대하지도 않을 거야. 그는 내 얘기를 들을 거고, 내가 그에게 영향을 미칠 거야. 토른이 화를 내겠지만, 달리 좋은 수가 없잖아?"

오펠리는 커피의 표면에 비친 불빛이 스푼의 움직임에 맞추어 흔들리는 모습을 응시했다. 대체 토른이 화가 날 일이 뭐가 있지? 자기 약혼자에게 나쁜짓을 떠넘긴 것? 아니면 그 약혼자가 사용해보기도 전에 쓸모없어지는 것?

'그다음은?' 그녀는 씁쓸하게 생각했다. 그녀가 그에게 능력을 전달하고, 그가 그것을 사용하면, 그다음에 그는 그녀를 어떻게 할까? 그녀의 삶, 그러니까 이곳 폴에서 그녀의 삶이 차를 마시고 인사를 나누는 것 이상으로 요약될 수 있을까?

'그럴 수 없어.' 그녀는 스푼의 오목한 면에 거꾸로 비친 자기 얼굴을 보며 결심했다. '나만의 미래를 만들면서 늙어갈 거야, 그게 이 사람들 마음에 들든 말든.'

베르닐드가 몹시 놀라 딸꾹질하는 소리를 듣고서야 오펠리는 자신의 생각에서 빠져나왔다. 로즐린 이모가 장의자에서 막 일어나, 제법 날이 선 눈으로 추시계를 바라보고 있었다.

"아니 시곗바늘이 왜 저기 가 있담?" 이모가 투덜댔다. "정오가 다 됐는데 내내 침대에서 뭉그적댔다니."

오펠리의 어두운 생각들은 곧바로 부서져 날아갔다. 너무 서

둘러서 일어나느라 의자가 카펫으로 넘어가 뒤집혀버렸다. 베르닐드도 깜짝 놀라 앉은 자세를 고치고 배 위에 손을 얹었다.

"로즐린 부인? 분명 우리와 함께 있는 거죠?"

로즐린 이모는 헝클어진 쪽머리에 핀을 꽂았다.

"내가 다른 곳에 있는 것 같아 보여요?"

"분명 불가능하죠."

"부인과 가까이 지내면 지낼수록, 부인을 이해하기가 점점 더 힘들어지네요." 로즐린 이모가 눈살을 찌푸리며 중얼거렸다. "그런데 너는 뭐가 좋아 그렇게 웃고 있니?" 그녀는 오펠리를 돌아보며 물었다. "너, 지금 치마를 입고 있잖아? 뭐지? 볼에 붙은 반창고는? 어휴, 어디에 부딪치기라도 한 거니?"

로즐린 이모는 오펠리의 손을 잡았다가, 인사라도 건네는 양 뚫린 구멍으로 빼꼼 고개를 내민 작은 손가락을 힐끔거렸다.

"이러다 닥치는 대로 다 읽겠네, 구멍이 났잖니! 바꿔 낄 장갑은 어디 있어? 장갑 줘봐, 내가 꿰매줄게. 그리고 그만 좀 웃어라. 등골이 오싹해지니까."

오펠리도 그러려고 했지만, 웃음을 참을 수가 없었다. 웃지 않으면 눈물이 나올 것 같았다. 로즐린 이모가 바느질 상자를 꺼내러 옷장으로 가는 동안에도, 베르닐드는 놀라움을 감추지 못하는 기색이었다.

"내가 뭘 잘못 본 건가?"

그녀에겐 안됐지만, 그렇다고 니힐리스트에게 이모를 부탁했다고 얘기할 수는 없었다. 절대로.

벽에 걸린 전화에서 다시 벨이 울리기 시작했다.

"전화 왔잖아." 로즐린 이모가 흔들리지 않는 현실감각으로 지적했다. "중요한 전화 같은데."

의자에서 생각에 잠겨 있던 베르닐드도 같은 생각으로 오펠리를 향해 고개를 돌렸다.

"오펠리, 전화 받아봐."

바늘구멍에 실을 꿰고 있던 이모의 얼굴이 일그러졌다.

"오펠리가요? 애 목소리는요? 억양은 또 어떻게 하고?"

"비밀의 시간은 끝났어요." 베르닐드가 선언했다. "전화 받아봐, 오펠리."

오펠리는 숨을 들이쉬었다. 만약 아르쉬발드라면 전면에 그녀의 등장을 알리는 대단한 서막이 될 것이다. 불편한 마음을 지우지 못한 채 그녀는 아직 장갑이 끼워져 있는 한쪽 손으로 상아로 만든 전화기를 들었다. 부모님이 전화를 사용하는 모습을 몇 번 본 적이 있긴 했어도, 직접 써보는 건 처음이었다.

수화기를 귀에 대자마자 천둥 같은 소리가 그녀의 고막을 찢었다.

"여보세요!"

오펠리는 수화기를 놓칠 뻔했다.

"토른?"

토른이 내쉬는 가쁜 숨소리에 중간중간 끊기긴 했지만 갑작스러운 침묵이 공간을 가득 메웠다. 오펠리는 전화를 끊어버리고 싶은 욕구와 싸워야 했다. 얼굴을 마주 보고 문제를 해결하는 편이 나은데. 하지만 그가 뻔뻔하게도 그녀에게 화가 나 있는 거라면, 전화를 끊을 이유가 없었다.

"오펠리?" 토른이 내키지 않는 듯 입을 열었다. "좋아. 그래…… 다행이네. 그런데 고모는, 고모는…… 옆에 있어?"

오펠리는 눈을 동그랗게 떴다. 토른의 입에서 이렇게 더듬거리는 말이 나온다니, 평소와는 너무도 다른 모습이었다.

"그래, 우리 셋이 같이 있어."

수화기 너머 토른이 숨을 삼키는 소리가 들렸다. 눈앞에 그의 모습이 보이지 않는데도 마치 아주 가까운 곳에 서 있는 것처럼 소리를 들을 수 있다는 게 정말 놀라웠다.

"부인과 통화하고 싶은 거야?" 오펠리가 차가운 어조로 말했다. "할 얘기가 많을 거야."

더 이상 큰소리는 오가지 않으리라 생각하던 순간이었다.

"거기 같이 있었다고!" 토른이 고함을 쳤다. "몇 시간째 당신을 만나려고 갖은 애를 썼는데! 방문 앞에 몇 번을 갔다고! 내가 무슨 생각을 했는지 알기나 해? 틀림없이 아무 생각도 없겠지. 내 생각 같은 걸 했겠어?"

오펠리는 수화기를 귀에서 조금 떨어뜨려놓았다. 뭐야, 술을 마신 건가?

"귀를 터뜨리려고 작정한 거야? 소리 지를 필요 없어, 아주

잘 들리니까. 참고로, 아직 정오를 알리는 종도 안 울렸고, 우리
는 이제 막 일어났다고."

"정오라니?" 토른이 황당해하며 되물었다. "어떻게, 세상에,
어떻게 정오와 자정을 헷갈리지?"

"자정이라고?" 오펠리가 깜짝 놀라 외쳤다.

"자정이라고?" 베르닐드와 로즐린이 그녀 뒤에서 한목소리로
따라 외쳤다.

"그러니까, 아무것도 모르는 거지? 내내 잠만 잤다는 거지?"

토른의 목소리에 잡음이 많이 끼어들었다. 오펠리는 수화기
를 꽉 쥐었다. 술을 마신 게 아니야. 뭔가 그보다 훨씬 더 중대
한 일이 생긴 거야.

"무슨 일이야?" 오펠리가 중얼거렸다.

또다시 침묵이 전화기를 채웠다. 전화가 끊긴 건가 싶을 정
도로 오랫동안 정적이 흘렀다. 토른이 다시 말을 시작했을 때,
그의 목소리는 냉담하고 딱딱한 억양을 되찾은 상태였다.

"아르쉬발드의 사무실에서 전화하는 거야. 그리로 올라갈 테
니 3분 정도 기다려. 그때까지는 문 열지 말고."

"왜? 토른, 무슨 일이야?"

"프레이야, 고드프루아, 페르 블라디미르 그리고 나머지……"
그는 천천히 말했다. "모두 죽은 것 같아."

천사

베르닐드가 너무나 창백해져서 오펠리와 로즐린 이모는 각각 양쪽 팔을 잡아 그녀가 일어서는 것을 도왔다. 그나마 이런저런 명령을 내리는 모습을 보니, 그런 상황에서도 기품 있게 차분함을 유지하고 있는 듯했다.

"문 저편에서 우리를 기다리고 있는 사람들, 저들 전부 탐욕스러운 작자들이야. 그들의 질문에 어떤 답도 하지 말고, 밝은 곳에 모습을 드러내지 않도록 해."

베르닐드는 보석이 박힌 작은 열쇠를 집어 열쇠 구멍에 밀어 넣었다. 찰카닥하는 소리와 함께 세 사람 모두 클레르들룬의 흥분 속으로 떠밀렸다. 옆에 있는 대기실은 헌병들과 귀족들로 꽉 차 있었다. 혼돈과 이리저리 오가는 발소리, 숨 막히는 외침뿐이었다. 문이 살짝 열리자마자, 그들 모두 소리를 죽였다. 다들 병적인 호기심으로 베르닐드를 뚫어져라 쳐다봤고, 이어 불꽃놀이처럼 질문들이 터져 나왔다.

"베르닐드 부인, 몰이를 제대로 지휘하지 못한 탓에 부인 가족 전체가 죽었다는데요. 필적할 수 없는 사냥꾼이라는 평판이 드래곤들에게 과분했던 게 아닐까요?"

"왜 부인은 가족들과 같이 있지 않았죠? 어제까지는 그들과도 얘기가 된 걸로 알고 있는데요. 그러니까, 무슨 일이 일어나리라는 걸 예감했나요?"

"부인의 클랜이 사라졌습니다. 궁정에서의 지위가 건재하리라 생각하십니까?"

정신이 번쩍 든 오펠리는 누가 이야기를 하는지 보지도 못한 채 이 모든 비방을 듣기만 했다. 문틈으로 당당하게 서 있는 베르닐드의 실루엣이 대기실 쪽 시야를 가린 터였다. 그녀는 드레스 앞으로 손을 엇갈리게 두고서, 눈으로는 토른을 찾으며, 조용히 공격에 맞섰다. 그때 한 여자의 질문에 오펠리의 몸은 뻣뻣하게 굳어버렸다.

"부인이 아니마에서 온 읽는 여자를 숨기고 있다는 루머가 돌고 있어요. 숙소에 그녀가 있나요? 왜 그 여자를 소개하지 않는 거죠?"

이어 여자가 소리를 지르고, 여러 사람의 항의하는 목소리가 들려왔다. 눈으로 확인할 필요도 없었다. 토른이 막 도착해서 이 많은 사람들을 모두 물러나게 한 것이다.

"감독관님, 이제 사냥꾼들이 사라졌는데, 이 일이 식량 창고에 영향을 미칠까요?"

"어떻게 창고를 채울 생각이신가요?"

토른은 한 질문에만 대답한 뒤, 고모를 안으로 밀어 넣고 아르쉬발드와 다른 남자를 들여보낸 다음 방문을 열쇠로 잠갔다. 대기실의 소란이 곧 흔적도 없이 사라졌다. 마치 그 공간 밖으로 튀어 오른 것 같았다. 그때 베르닐드가 토른을 향해 달려들었다. 두 사람 모두 벽으로 밀려 부딪칠 정도의 기세였다. 그녀는 자기보다 머리 하나 더 크고 비쩍 마른 토른의 몸을, 온 힘을 다해 꽉 끌어안았다.

"너를 보니 정말 안심이 되는구나!"

말뚝처럼 꼿꼿한 토른은 그 기다란 팔로 무엇을 해야 하는지 모르는 것 같았다. 그가 매의 눈으로 오펠리의 안경을 쏘아보았다. 상처 난 얼굴, 산발이 된 머리칼, 하녀의 치마, 맨팔에 한쪽 손에만 낀 장갑. 그녀를 알아보기란 쉽지 않았을 것이다. 사실 오펠리는 이 모든 처지가 불편하지 않았다. 그녀가 불편했던 건, 너무나 화가 나는데도 그걸 표현할 수 없다는 사실이었다. 토른이 원망스러웠고, 따져보면 그녀가 그런 감정을 억누른다는 건 불가능했다.

하지만 곧 또 다른 당혹감에 사로잡혔기에 오펠리는 지금 느끼는 당혹감에서 벗어날 수밖에 없었다. 아르쉬발드가 실크해트를 가슴에 댄 채 그녀 앞에 허리를 깊이 숙였다.

"토른의 약혼녀께 정중하게 인사드립니다! 도대체 제 집에는 어떻게 오셨는지요?"

그가 창백하고 세련된 천사 같은 얼굴로 공모의 윙크를 보내며 존중을 표했다. 예상했듯이, 개양귀비 꽃 정원에서 시도했던 오펠리의 즉흥연기는 그를 속이지 못했다. 오늘 밤 그가 그때의 일을 폭로하지 않기만을 바랄 수밖에 없었다.

"당신의 이름을 여쭤봐도 될까요?" 그가 노골적인 미소를 지으며 물었다.

"오펠리." 베르닐드가 대신 대답했다. "대사님이 원한다면 다음번에 소개를 하죠. 우린 훨씬 더 중대한 다른 사안에 대해 얘기해야 하잖아요."

아르쉬발드는 듣는 둥 마는 둥 했다. 그는 더더욱 호기심에 가득 차서, 번뜩이는 눈으로 오펠리를 관찰했다.

"부당한 대우를 받으신 건가요, 오펠리 아가씨?"

대답하기 힘든 질문이었다. 어쨌든 대사의 헌병들을 비난할 수는 없지 않은가. 그녀가 눈을 내리깔자 아르쉬발드는 그녀의 볼에 붙은 반창고에 손가락을 가져다 댔다. 로즐린 이모가 자기 주먹에 대고 헛기침을 할 정도로 친밀한 태도였다. 토른은 어땠냐면, 그는 이마가 갈라질 정도로 눈살을 찌푸렸다.

"오늘 밤 우리는 얘기를 나누기 위해 모였죠." 아르쉬발드가 말했다. "그럼, 얘기를 해봅시다!"

그는 안락의자에 앉아 몸을 뒤로 젖히고 발판 위에 구멍 난 구두를 올렸다. 로즐린 이모가 차를 준비했다. 여성용 가구에 둘러싸여 불편함을 느끼던 토른은 장의자에 사지를 접었다. 베르닐드가 그 옆에 앉으며 제복 견장을 건드렸지만 그는 베르닐드를 쳐다보지 않았다. 그의 냉혹한 시선은 오펠리의 작은 움직임과 행동 하나하나만을 따라가고 있었다. 불편해진 그녀는 자신이 어디에 있어야 할지, 손은 어떻게 두어야 할지 알 수가 없었다. 저도 모르게 구석으로 뒷걸음질을 치다가 선반에 머리를 찧을 뻔했다.

그들과 함께 들어온 남자는 카펫 한가운데 서 있었다. 두툼한 회색 모피 차림으로, 아주 젊은 사람 같지는 않았다. 면도를 제대로 하지 않아 불쑥 튀어나온 붉은색 코가 두드러져 보였다. 그가 더러운 구두를 조금이나마 봐줄 만하게 만드느라 바지에 대고 공들여 문질렀다.

"얀." 아르쉬발드가 그에게 말했다. "베르닐드 부인에게 보고를 드리게."

"끔찍한 일입니다." 남자가 중얼거렸다. "끔찍한 일."

오펠리는 얼굴을 잘 기억하는 편이 아니었다. 그를 본 적이 있었나? 곱씹어보니, 폴에 도착했던 날 시타시엘까지 호위를 해주었던 사냥터지기였다.

"얘기해봐요, 얀." 베르닐드가 부드러운 목소리로 말했다. "편하게 얘기해도 돼요. 진실하게 말한다면 보상을 받을 거예요."

"살육입니다, 부인." 남자가 으르렁댔다. "제가 살아남은 건 기적이에요. 진짜 기적이지요, 부인."

그는 로즐린 이모가 준 찻잔을 어설프게 잡아 소리를 내며 비우고는 조그만 원탁 위에 내려놓았다. 그러고서 꼭두각시 인형처럼 손을 움직이기 시작했다.

"조카님과 대사님께 말씀드렸던 것을 다시 말씀드리겠습니다. 가족들은 그곳 아래쪽에서 모두 모이셨습니다. 아직 얼굴이 익지 않은 아이들도 셋 있었죠. 제가 무례한 얘기를 전해도 양해해주십시오. 부인께 아무것도 감추지 않는다는 건 알고 계시겠죠? 그러니 그분들이 부인의 불참을 들먹이며 심한 말로 비난했다는 사실을 알려드려야겠습니다. 부인이 가족들을 어떻게 부정하는지, 그리고 어떻게 부인 자신만의 직계가족을 만들려고 하는지, 그들은 잘 알고 있었습니다. 그리고 '사생아의 약혼녀', 그대로 전해서 죄송합니다만 그게 제가 들은 말입니다. 그 약혼녀를 그들은 결코 인정하지 않을 셈이었어요. 그녀는 물론, 그녀가 낳게 될 어린아이들까지 말입니다. 그러고 나서 모두 매년 해왔던 것처럼 몰이를 시작했지요. 주머니를 들여다보듯 숲을 훤하게 알고 있는 저는 저의 역할을 했고, 짐승들도 골라줬습니다. 새끼를 밴 암컷들은 제외하고요. 그렇죠, 그런 동물을 절대 건들지 않거든요. 수컷을 큰 놈으로 세 마리 골랐습니다. 1년 동안 먹을 고기를 비축할 수 있도록요. 이제 수색하고, 몰고, 고립시키고, 싸우기만 하면 되었습니다. 판에 박힌 절차였죠!"

그의 말을 들을수록 오펠리의 이해력이 조금씩 향상되었다. 이 남자의 억양은 칼로 자르는 듯했지만, 오늘은 그 발음이 전보다 잘 들렸다.

"정말 처음 봐요, 처음 본다고요. 짐승들이 급하게 여기저기로 내려오기 시작했습니다. 전혀 예측하지 못한 일이었죠. 입에 거품을 물고, 다들 정신이 나간 것 같았어요. 그래서, 드래곤들은 할퀴기 공격을 시작했습니다. 단호하게 계속, 계속, 계속해서 난도질을 했지요. 그런데도 연신 새로운 놈들이 나타나는 거예요. 끝이 없었죠! 짐승들이 사람은 먹지 못하니 그냥 밟고 지나가더군요. 저는…… 젠장, 저는 제 마지막 순간이 왔다고 생각했습니다. 그래도 제 임무는 알고 있었죠."

구석에 숨어 있던 오펠리는 눈을 감았다. 어제, 다시는 이 집안의 식구들을 만나지 않게 되길 바랐었다. 결코, 결단코, 이런 식으로 끝이 나길 원했던 건 아니었는데. 그녀는 토른의 기억을 떠올렸다. 고드프루아와 프레이야의 어린 시절을, 페르 블라디미르가 사냥에 데려간다고 그렇게 자랑스러워하던 세 아이들을 생각했다…… 지난밤 내내 천둥 번개가 내려칠 듯한 분위기에 짓눌리던 터였다. 번개는 기어이 내려치고 말았다.

사냥터지기가 수염이 무성한 턱을 문질렀다. 그의 눈은 흐리멍덩했다.

"제가 정신을 놓았다고 생각하시겠죠. 소리를 들었을 땐, 저도 말입니다, 정말 당황했어요. 그런데 천사가요, 부인, 천사가 저를 그 학살에서 구해줬습니다. 눈 한복판에 나타났어요. 짐승들은 양 떼처럼 온순히 다시 떠났고요. 제가 살아남은 건 천사 덕분이에요. 기막힌 기적이죠…… 당돌하게 들릴지 모르겠지만요, 부인."

남자는 술병을 따고 몇 모금을 마셨다.

"왜 절까요?" 소매로 콧수염을 훔치며 그가 말했다. "왜 아기 천사가 저를 구해줬을까요? 하필 저를요. 다른 사람들이 아니라 저를 말입니다. 그건 저도 절대 이해 못 할 거예요."

어리둥절해진 오펠리는 토른의 반응을 살피려 비스듬하게 시선을 돌렸지만, 그가 무슨 생각을 하고 있는지 짐작할 수 없었다. 한참 전부터 그는 바늘이 멈추기라도 한 양 시계만 뚫어져라 쳐다보고 있었다.

"그러니까 내 가족 모두가 사냥을 하다가 죽은 게 확실한 거죠?" 베르닐드가 참을성 있게 물었다. "정말 전부 다?"

사냥터지기는 누구와도 감히 정면으로 눈을 맞추지 못했다.

"살아남은 사람은 하나도 없습니다. 어떤 시체들은 알아볼 수조차 없었고요. 제 인생을 걸고 맹세합니다. 시체를 찾으려고 전 필요한 만큼, 정말 아주 오랫동안 숲을 샅샅이 뒤졌어요. 예의를 갖춰 매장을 하고 싶었거든요. 이해하시죠? 게다가 누가 알겠습니까? 천사가 어쩌면 다른 누군가도 구해줬을지 모르잖아요."

베르닐드는 관능적인 미소를 지었다.

"순진하군요! 그러면 하늘에서 떨어진 그 천사는 어떻게 생겼죠? 귀엽고 예쁜 아이였나요? 옷을 잘 갖춰 입고, 밀 이삭 같은 금발에 볼이 통통한 사랑스러운 모습이었나요?"

오펠리는 안경알에 입김을 불고 치마로 문질러 닦았다. 기사야. 언제나 그랬듯 이번에도 기사가 그런 거야.

"그를 아세요?" 남자가 질겁했다.

베르닐드는 쩌렁쩌렁하게 웃음을 터뜨렸다. 토른은 무기력한 상태에서 깨어나, 진정하라는 듯 날이 선 눈빛으로 베르닐드를 내려다보았다. 그녀는 아주 발그레해졌고, 답지 않게도 곱슬머리가 볼까지 제멋대로 내려와 있었다.

"정신 나간 짐승들이라고 했죠? 당신이 얘기한 천사가 짐승들 머릿속에 환영을 불어넣은 거예요. 오로지 나쁜 상상력만이 만들어낼 수 있는 환영을 말예요. 그들을 미친 듯이 화나게 하고, 굶주리게 만드는 환영들. 그런 다음엔 손가락을 맞부딪쳐 소리를 내 사라지게 하는 거죠."

베르닐드는 사냥터지기가 숨을 멈출 정도로 아주 멋지게 자신의 말과 행동을 일치시켜 손가락으로 딱 소리를 냈다. 깜짝 놀란 그의 눈이 접시처럼 동그래졌다.

"왜 그 작은 천사가 당신을 구해줬냐고요?" 베르닐드가 말을 이었다. "내 가족이 어떻게 죽었는지 그 방식을 아주 세세하게 묘사할 사람이 필요하니까."

"비방이 너무 심하군요, 부인." 아르쉬발드가 손가락으로 이마의 문신을 가리키면서 끼어들었다. "이 많은 증인들 앞에서 그렇게 비방하다니."

그의 입술이 미소로 말려 올라갔다. 오펠리에게 지어 보인 미소였다. 그를 통해 투알 전부가 그 장면을 목격했고, 그녀 역시 쇼의 일부가 되었다.

베르닐드는 눈을 깜박이더니 다시 냉정한 표정을 찾았다. 불규칙하게 들썩이던 가슴은 한숨과 동시에 내려왔고, 피부도 다시 도자기처럼 흰빛을 띠었다.

"비방이라뇨? 내가 지금 누군가의 이름 한 마디라도 입 밖에 냈나요?"

아르쉬발드는 여기 있는 모든 사람들보다 더 흥미로운 무언가를 찾아내기라도 한 것처럼 갑자기 구멍 뚫린 모자 안쪽에 주의를 기울였다.

"부인 말을 들으면서 이 '천사'가 부인에게는 낯설지 않은 건가 생각했거든요."

베르닐드는 의견을 구하듯 눈을 들어 토른을 바라보았다. 장의자에 아주 꼿꼿하게 앉아 있던 그는 신랄한 눈빛으로 답했다. 그리고 깊은 침묵 끝에, 마침내 그녀에게 '하고 싶은 대로 하세요'라고 명령하는 것 같았다. 잠시 조용히 눈빛을 교환했을 뿐이지만, 그 모습에 오펠리는 그동안 자신이 토론에 대해 잘못 알고 있었던 바를 다시 생각할 수 있었다. 오랫동안 그녀는 토른이 베르닐드의 꼭두각시라고 여겨왔지만, 줄을 당긴 것은 언제나 그였다.

"가족의 죽음으로 내가 엉망이네요." 가냘픈 미소를 지으며 베르닐드가 속삭였다. "고통 때문에 혼란스러워요. 오늘 정말로 무슨 일이 일어났는지는 누구도 모르고, 앞으로도 결코 알 수 없겠죠."

달콤한 눈빛과 대리석 같은 얼굴로, 그녀는 다시 연극 무대에 등장한 것이다. 가련한 얀은 너무도 당황한 채 디 이상은 아무것도 이해하지 못했다.

방금 들은 모든 이야기를 도대체 어떻게 생각해야 할지, 오펠리도 전혀 감을 잡을 수 없었다. 밈에게 헌병들을 보내고, 로즐린 이모의 머릿속에 독을 집어넣고, 가련한 하녀를 창문에서 떨어지게 했던 것 모두, 기사가 베르닐드를 여기에 붙잡아두고 사냥에 참석하지 못하게 하려 수를 쓴 것이었을까? 이건 하나의 추측일 뿐이다. 언제나 추측만 할 수 있을 뿐이다. 그 아이는 위험하다. 재앙이 일어날 때마다 그의 그림자가 떠다녔지만, 무엇으로도 그를 고발할 수 없었다.

"그러면 해결된 사건으로 봐도 될까요?" 아르쉬발드가 농담을 하듯 말했다. "비통한 사냥 사건 말입니다."

그날 밤 그 상황을 즐기는 사람이 적어도 한 명은 있는 셈이었다. 그의 말 한 마디 한 마디에서 베르닐드의 심리 상태를 지켜주려는 목적을 느낄 수 없었다면, 오펠리는 그를 정말 악당으로 여겼으리라.

"어쨌든 일단은 그렇게 하죠."

모두의 시선이 토른에게로 모였다. 이 작은 토론을 시작한 이후 처음으로 그가 입을 연 것이다.

"그게 이치에 맞겠죠." 아르쉬발드가 약간 빈정대는 투로 대꾸했다. "조사를 통해 일말의 범죄행위를 드러내는 증거가 나온다면 감독관님이 당연히 다시 사건에 착수하시리라 믿습니다. 감독관님만이 해결할 수 있는 일이죠. 제 생각엔 그렇습니다만."

"파루크에게 보고하는 것이 대사님 일인 것처럼 말이죠." 토른이 면도날처럼 예리한 눈으로 그를 쏘아보며 말을 이었다. "궁정에서 제 고모님의 지위가 불안정하게 되었군요. 고모님을 보호하기 위해 대사님께 의지해도 될까요?"

오펠리는 형세가 간청이라기보다는 협박의 성질을 띠고 있다는 것을 알아챘다. 아르쉬발드의 미소가 짙어졌다. 그는 구둣발을 하나씩 발판에서 내려놓고, 낡은 실크해트를 다시 썼다.

"감독관님은 혹시 제가 베르닐드 부인께 바친 헌신을 의심하시나요?"

"과거에 이미 고모님께 해를 끼친 적이 있지 않습니까." 토른이 잇새로 숨이 섞인 목소리를 냈다.

아직도 밈의 옷을 입고 있는 듯 거의 무관심에 가까운 막연한 표정을 드러내고 있었지만, 오펠리는 오가는 말들 가운데 단 하나도, 더군다나 말로 표현되지 않은 것도 놓치지 않았다.

그러니까 과거에 아르쉬발드가 베르닐드를 배신했다는 건가? 그런 이유로 토른이 그를 싫어하는 건가? 다른 사람들보다 훨씬 더?

"지나간 시절 얘기를 하시는군요." 여전히 미소를 머금은 얼굴로 아르쉬발드가 중얼거렸다. "집요한 기억력이에요! 어쨌든 감독관님 근심은 이해합니다. 고모님께 의지해서 신분 상승을 해야 할 테니까요. 부인이 추락하면 당연히 당신도 함께 추락하겠죠."

"대사님!" 베르닐드가 따지고 들었다. "대사님 역할은 불에 기름을 붓는 게 아닙니다."

오펠리는 장의자에 꼼짝 않고 앉은 토른을 주의 깊게 관찰했다. 아르쉬발드의 암시에 타격을 입은 것 같지는 않았지만, 무릎 언저리에 놓여 있던 뼈마디 굵은 그의 긴 두 손은 꽉 쥐여 있었다.

"제 역할은 말입니다, 부인, 진실을 말하는 겁니다. 그게 무엇이 됐든, 다른 무엇도 아닌 진실 말입니다." 아르쉬발드가 부드럽게 말을 이었다. "조카님은 오늘 가족 절반을 잃었어요. 다른 절반은 여전히 아주 생명력 넘치게 살아 있고요. 시골 어딘가에 살고 있겠지요. 물론 그 절반은 말이죠, 감독관님……" 그가 차분하게 토른을 향해 고개를 돌리며 말을 맺었다. "당신 어머니의 잘못 때문에 전락해버렸지만 말입니다."

토른의 눈이 두 개의 회색 틈처럼 가늘어졌지만, 베르닐드가 가만히 있으라는 의미로 자기 손을 그의 손등에 올렸다.

"제발, 남자분들, 옛일은 더 이상 파헤치지 말도록 하죠! 미래를 생각해야죠. 아르쉬발드, 제가 대사님의 지원을 기대해도 될까요?" 질문을 받은 당사자는 손가락으로 실크해트를 튀겨서 자신의 맑고 큰 눈을 드러냈다.

"부인의 요구보다 더 좋은 제안이 제게 있어요. 동맹을 제안합니다. 저는 부인 아이의 대부가 되고 싶어요. 그러면 이제부터 부인은 제 가족 모두를 부인 가족처럼 여길 수 있겠죠."

오펠리는 잽싸게 손수건을 꺼내 한바탕 재채기를 했다. 파루크의 직계 후손의 대부? 궁지에 몰렸을 때 어떤 기회도 기어코 놓치지 않는 사람이 있다면, 바로 이 사람이다. 베르닐드는 당황해서 본능적으로 배에 손을 가져다 댔다. 토른은 분노로 파랗게 질린 채 아르쉬발드의 입에 그놈의 실크해트를 쑤셔 넣고 싶은 욕구를 간신히 참아내는 것 같았다.

"제가 대사님 도움을 거절할 위치는 아니죠." 마침내 체념하고 받아들인다는 투로 베르닐드가 대답했다. "그러니 그렇게 되겠군요."

"공식적인 선언인가요?" 아르쉬발드가 다시 이마의 문신을 손으로 살며시 두드리며 고집스레 물었다.

"아르쉬발드, 대사님을 제 아이의 대부로 삼겠어요." 그녀는 할 수 있는 한 최대의 인내심을 발휘하며 선언했다. "대사님의 보호 범위에는 제 조카까지 포함되는 거겠죠?"

아르쉬발드의 미소가 더 신중해졌다.

"너무 많은 걸 요구하시는군요, 부인. 저와 같은 남성에게는 전혀 관심이 없습니다. 그리고 이렇게 끔찍한 인간을 제 가족으로 들이고 싶은 마음도 전혀 없고요."

"나도 당신과 친척으로 엮이고 싶은 마음은 전혀 없어요." 토른이 쏘아붙였다.

"내 원칙을 저버렸다는 점을 알아둬요." 아르쉬발드는 아무 일도 없었던 듯 말을 이어갔다. "당신의 어린 약혼자를 내 보호하에 두죠. 단, 그녀가 직접 부탁한다는 조건하에."

오펠리는 반짝이는 눈으로 추파를 보내는 아르쉬발드를 정면으로 바라보며 눈썹을 치올렸다. 가구의 일부처럼 취급당해온 터라 누군가 자신에게 의견을 물으리라고는 예상하지 못했다.

"거절해." 토른이 명령조로 말했다.

"이번만은 나도 토른과 같은 생각이다." 갑자기 로즐린 부인이 쟁반을 신경질적으로 내려놓으며 끼어들었다. "네가 그렇게 불길한 관계에 끼어드는 게 맘에 안 들어."

아르쉬발드는 순수한 호기심을 가지고 그녀를 바라보았다.

"그러니까 하녀도 아니마 사람인 건가? 내 지붕 밑에서 속고 있었다니!"

불쾌해하기는커녕 오히려 기분 좋게 놀란 눈치였다. 그는 구두 굽으로 바닥을 눌러 오펠리 쪽으로 빙글 몸을 돌리고는 두 눈을 크게 떴다. 파란 그의 두 눈이 얼굴 전체를 차지한 듯했다. 장의자에 있던 토른과 베르닐드는 고집스럽게 그녀를 바라보며, 이 바보 같은 침묵이 아닌 다른 걸 내놓기를 기다리고 있었다.

그때 오펠리의 머릿속에서 묘한 생각이 떠오르더니 다른 모든 생각들 위로 새겨졌다. '너 자신의 선택을 해요, 꼬마 아가씨. 오늘 당신의 자유를 택하지 않으면, 내일은 너무 늦을걸.'

아르쉬발드는 짐짓 그것이 자신에게서 나온 생각이 아니라는 듯, 여전히 순진한 눈으로 그녀를 뚫어져라 바라보고 있었다. 그가 옳아. 오펠리는 생각했다. 이제부터는 자신만의 선택을 해야 했다.

"대사님은 도덕성이 결여된 사람이에요." 오펠리는 최대한 큰 목소리로 단호하게 말했다. "하지만 절대로 거짓말은 하지 않죠. 그리고 내게 필요한 건 진실이고요. 대사님이 내게 주고 싶어 하는 모든 조언을 듣겠어요."

오펠리는 이렇게 말하며 토른의 눈을 똑바로 쳐다봤다. 그가 그녀를 뚫어져라 바라보고 있었으니까. 그의 각진 얼굴이 일그러졌다. 아르쉬발드는 마지막까지 미소를 지우지 않았다.

"내가 생각하기에, 우리는 잘 어울릴 것 같군요, 토른의 약혼자님. 이 순간부터 우리는 친구입니다!"

그는 그녀에게 모자를 들어 인사를 하고 베르닐드의 손에 입을 맞춘 뒤 당황한 채 서 있던 가련한 사냥터지기를 데리고 나갔다. 대사가 대기실 문을 넘어서는 순간 귀족들의 외침과 질문들이 터져 나왔지만 로즐린 이모가 열쇠로 문을 잠그자 다시 고요해졌다.

긴장 어린 침묵이 오랫동안 이어졌다. 이곳에 있는 모두가 그녀를 비난하는 것 같았다.

"그 거만한 태도라니, 놀랍기 그지없구나." 베르닐드가 격분해서 자리에서 일어났다.

"내게 의견을 물었고, 그래서 내 의견을 말했을 뿐이에요." 오펠리는 할 수 있는 한 침착하게 답했다.

"네 의견? 넌 의견 따위는 가질 수 없어. 내 조카가 일러주는 게 네 의견이야."

토른은 시체처럼 경직되어 양탄자만 뚫어지게 바라볼 뿐이었다. 칼로 조각한 듯한 그의 옆모습은 무표정했다.

"무슨 권리로 남편 될 사람의 의지에 공공연하게 맞선 거지?" 얼음장처럼 차가운 어조로 베르닐드가 물었다.

오래 생각할 것도 없는 질문이었다. 그녀의 얼굴은 이미 비참한 상태였지만, 한차례 더 날아온 할퀴기 공격도 그녀를 막지는 못했다.

"내가 가진 권리로요." 그녀는 침착하게 말을 이었다. "부인이 날 마음대로 다룬다는 걸 알게 된 이후부터 갖고 있었죠."

물처럼 맑은 베르닐드의 눈 속에 동요 같은 것이 일었다.

"어떻게 감히 그런 말투로 우리에게 말할 수 있니?" 아연실색해서 그녀는 중얼거렸다. "우리가 없으면 넌 아무것도 아니야, 가련한 꼬마야, 그야말로 아무것도 아니지……"

"입 다무세요."

베르닐드는 재빠르게 돌아봤다. 그것은 분노로 가득 찬 토른의 목소리였다. 그는 장의자에서 긴 몸을 일으켜 세운 채, 베르닐드가 하얗게 질릴 정도로 그녀를 쏘아봤다.

"오펠리 의견이 중요한 게 맞잖아요. 도대체 그녀에게 무슨 얘기를 한 거죠?"

베르닐드는 자신을 질책하는 말에 충격을 받아 아무런 대꾸도 하지 못했다. 오펠리는 자신이 대신 대답해야겠다고 마음먹었다. 그녀는 칼자국이 난 토른의 눈을 향해 아주 높이 턱을 치켜들었다. 그의 낯빛은 무서울 정도로 거무스레했고, 밝은색 머리는 지금껏 보았던 모습 중에서 가장 엉망으로 헝클어져 있었다. 오펠리가 분노를 터뜨린 오늘 토른은 너무도 안쓰러워 보였지만, 그럼에도 이 대화를 미룰 수는 없었다.

"책 때문이라는 거 알아. 당신의 진짜 야심을 안다고. 내 능력의 단면을 얻어다가 이식하려고 결혼을 이용하는 거잖아. 그런데 정말 유감스러운 게 뭔지 알아? 그걸 당신 입으로 내게 알려주지 않은 거야."

"그리고 내가 유감스러운 건……" 로즐린 이모가 수선한 장갑을 돌려주며 중얼거렸다. "당신들이 하는 말을 하나도 이해할 수 없다는 거지."

상황이 자신의 통제를 벗어날 때마다 언제나 그랬던 것처럼 토른은 시계 속으로 도피했다. 그는 태엽을 감고, 뚜껑을 덮고, 뚜껑을 다시 열었지만, 아무것도 달라지지 않았다. 그저 시간의 흐름에 마디가 하나 생겼을 뿐. 오늘부터 그 무엇도 예전 같지 않을 것이다.

"지나간 일은 어쩔 도리가 없잖아." 그는 생기 없이 이렇게 내뱉을 뿐이었다. "이제 보다 중요한 일이 생겼으니까."

어떤 가능성을 기대한 것은 아니었지만, 그럼에도 그녀는 토른에게 다시 한 번 실망을 느꼈다. 유감스럽다거나 미안한 기색조차 전혀 없다니. 그러다가 불현듯 오펠리는 깨달았다. 자신이 마음속 어딘가에서 은밀하게 베르닐드가 거짓말을 했기를, 토른이 이 복잡한 상황과 실은 아무 관계가 없기를 줄곧 바라고 있다는 것을.

오펠리는 지쳐버렸다. 그녀는 장갑을 끼고 이모를 도와 찻잔을 정리했다. 잔 두 개와 받침 하나를 깨뜨릴 정도로 정신이 없었다.

"우리에게는 선택의 여지가 없어, 토른." 베르닐드가 한숨을 지으며 말했다. "네 약혼녀를 파루크에게 소개해야 해. 최대한 빨리 하는 게 최선이야. 오펠리가 여기 있다는 것을 곧 모두가 알게 될 거야. 그에게 더 오래 숨기면 위험해질 거라고."

"오펠리를 파루크 앞에 데려다놓는 게 더 위험한 건 아니고요?" 그가 중얼거렸다.

"그녀를 잘 보호하는지 내가 감시할게. 약속해, 모든 게 잘될 거야."

"물론 그렇겠죠." 쌀쌀맞은 어조로 토른이 말했다. "좀 더 일찍 그런 생각을 했다면 일이 한결 간단했겠죠?"

작은 주방에 있던 로즐린 이모와 오펠리는 깜짝 놀라 서로를 쳐다봤다. 그녀들이 있는 곳에서 토른이 베르닐드에게 그렇게 무례하게 구는 것은 처음이었다.

"그러니까, 이제 나를 믿지 않는 거니?" 원망스럽다는 듯 베르닐드가 물었다.

무거운 발걸음이 주방으로 다가왔다. 토른은 키에 비해 너무 낮은 상인방에 부딪치지 않도록 고개를 숙인 채 문틀에 어깨를 기댔다. 오펠리는 접시 닦는 일에 몰두하느라 그의 무거운 시선을 알아채지 못했다. 뭘 기다리고 있는 거야? 듣기 좋은 말? 그녀는 더 이상 그의 얼굴을 마주 보고 싶지 않았다.

"내가 절대 못 믿는 게 파루크야." 토른이 딱딱한 말투로 말을 꺼냈다. "그자는 정말 건망증이 심하고 참을성이 없지."

"내가 옆에서 이성적으로 이끌면 안 그래." 뒤에서 베르닐드의 단호한 목소리가 이어졌다.

"고모는 독립적인 삶을 포기해야 할 거예요."

"각오했어."

토른의 눈은 오펠리를 떠나지 않았다. 오펠리는 찻주전자 닦는 일에 열중하려 해봤지만, 안경 한쪽에 그의 집요한 시선이 느껴졌다.

"고모는 내가 멀리 두고 싶어 하는 진앙지에 그녀를 끌어다 붙일 생각만 하는군요." 그가 나무라듯 말했다.

"다른 해결책이 없잖아."

"부탁인데, 나는 좀 빼주실래요?" 오펠리가 짜증을 냈다. "어쨌든 사실 나랑은 상관없이 일어난 일이잖아요."

그녀는 눈을 들었고, 이번에는 자신을 짓누르고 있던 토른의 시선을 피하지 못했다. 자신이 그와 눈을 마주치길 두려워한다는 사실에 깜짝 놀랐다. 깊은 무력감이 느껴졌다. 그녀는 토른을 연민하고 싶지 않았다. 두 개의 작은 주사위 따위는 생각하고 싶지 않았다.

토른은 기어이 주방으로 들어왔다.

"잠시 저희만 있게 해주세요." 그가 찬장에 찻잔을 정리하던 로즐린 이모에게 청했다.

이모는 말처럼 긴 이빨을 꽉 물었다.

"이 문을 열어둔다면, 그러지."

로즐린 이모가 살롱으로 나가 다시 베르닐드 쪽으로 향하자, 토른은 문을 최대한 밀어 활짝 열었다. 주방에 불빛이라고는 가스램프 하나뿐이었다. 그가 오펠리 앞에서 허리를 쭉 펴고 서자 가스램프가 그의 해골 같은 그림자를 벽지 위에 드리웠다.

"그자를 알고 있었지?"

그가 아주 무뚝뚝하게 속삭였다.

"그를 본 게 처음이 아니지?" 그는 말을 이었다. "있는 그대로 말해봐. 들어볼게."

그가 아르쉬발드 얘기를 하고 있다는 걸 알아채기까지는 시간이 걸렸다. 그녀는 안경 위로 커튼처럼 흘러내린 헝클어진 머리칼을 뒤로 넘겼다.

"그래, 아니야. 우연히 그를 만났었어."

"가출했던 밤?"

"맞아."

"그리고 그때 그는 당신이 누구인지 알았고?"

"거짓말을 했어. 아주 잘하진 않았어, 인정해. 그래도 밈과 내가 같은 인물인 줄은 모르던데."

"내게 그 사실을 알릴 수 있었을 텐데."

"아마도."

"혹시 그 만남에 대해서 입을 다문 이유가 있는 거야?"

토른을 쳐다보느라 고개를 들고 있자니 목이 아파왔다. 그녀는 가스램프 불빛 아래서 그의 턱을 따라가는 근육들이 경직되어 있다는 것을 알아챘다.

"내가 생각하는 걸 상상하는 게 아니면 좋겠는데." 그녀가 들릴 듯 말 듯 말했다.

"그가 너를 욕보이지 않았다고 생각해야 하는 거야?"

오펠리는 가슴이 꽉 막혔다. 그리고 그 순간, 정말로, 터져버렸다!

"아니! 반대로, 누구보다 나를 욕보인 건 당신이잖아."

토른은 눈썹을 활 모양으로 만들고는 커다란 코로 숨을 깊게 들이마셨다.

"나를 원망하는 거야? 내가 사실을 숨겨서? 당신도 마찬가지 잖아. 얘기하지 않는 것도 결국 거짓말이나 다름없지. 우리 둘 다 시작부터 나쁜 길을 택했던 것 같군."

그는 흥분을 가라앉히고 이렇게 밀했다. 오펠리는 점점 더 당혹스러워졌다. 그는 두 사람의 갈등을 마치 관리국의 자료를 정리하듯 해결할 수 있을 거라 생각했던 걸까?

"그리고, 난 당신을 조금도 비난하지 않아." 그가 침착하게 덧 붙였다. "그저 아르쉬발드를 경계하라고 충고하는 것뿐이야. 그 를 조심해. 절대로 그와 단둘이 있어선 안 돼. 파루크와 있을 때처럼 신중하라고 해도 지나치지 않을 거야. 그를 만나러 가 야 할 땐 언제나 지켜줄 누군가와 함께 가고."

정말이지, 웃어야 할지 화를 내야 할지 오펠리는 감을 잡을 수 없었다. 토른은 정말 심각해 보였다. 그녀는 세 번 연달아 재채기를 하고서 코를 푼 뒤, 감기에 걸린 듯한 목소리로 말을 이었다.

"쓸데없는 걱정이야. 아무도 내게 관심 없을 테니까."

토른은 입을 다문 채 생각에 잠겼다. 그러더니 척추뼈를 하 나하나 접어가며 몸을 깊이 숙이고는 오펠리의 손을 잡았다. 그런 뒤 거의 동시에 몸을 세우지 않았다면 아마 그녀가 손을 빼냈을 것이다.

"그런가?" 그는 비꼬듯 되물었다.

잠시 뒤 토른이 주방을 나설 때에야, 오펠리는 자기 손에 종이 한 장이 쥐여져 있다는 것을 깨달았다. 전보인가?

폴, 시타시엘 토른 감독관 앞

소식이 없어 걱정하고 있으니 최대한 빨리 기별 바람.

아빠 엄마 아가트 샤를 엑토르 도미틸 베르트랑

알퐁스 베아트리스 로제 마틸드

마르크 레오노르 및 기타 등등.

거울로 드나드는 여자

"파루크 앞에서는 언제나 눈을 내리깔아야 해."

"그러면 똑바로 서 있지 못할 텐데."

"특별히 말할 기회를 얻지 않은 이상, 말은 하지 마."

"호루라기처럼 솔직한 모습을 보여줘."

"주어진 보호를 받을 자격이 있다는 걸 증명해야지, 오펠리, 겸손과 감사를 보여야 해."

"너는 아니마 사람을 대표한단다, 조카야. 너를 존중하지 않는 사람은 그냥 두면 안 되지."

베르닐드와 로즐린 이모의 상반된 조언이 그녀를 사이에 두고 오갔지만, 사실 오펠리는 그 누구의 말도 듣지 않았다. 그녀는 목도리의 마음을 풀어주려 애쓰고 있었다. 목도리는 반쯤 정신이 나갈 정도로 좋아하고, 반쯤 정신이 나갈 정도로 화가 나서, 또다시 주인에게서 떨어지게 될까 두려워하며 그녀의 목과 팔, 허리를 돌돌 말았다.

"네가 없었을 때 이걸 태워버렸어야 했는데." 부채를 흔들며 베르닐드가 한탄조로 말했다. "교육이 제대로 안 된 목도리는 폴의 궁정으로 들여보낼 수 없어."

오펠리는 막 떨어뜨린 작은 양산을 다시 집어 들었다. 베르닐드는 베일이 드리운 모자와 어린 시절 온 가족이 소풍을 갔던 여름철에 입었던 옷을 떠올리게 하는 휘핑 크림처럼 가벼운 바닐라색 드레스로 괴상하게 오펠리를 입혔다. 봄에도 영하 15도 이상 올라가지 않는 아슈에서, 이 옷차림이 목도리보다 훨씬 더 이상해 보였다.

엘리베이터는 조용히 멈춰 있었다.

"가족 오페라극장입니다!" 보이가 알렸다. "저희 엘리베이터 회사에서는 홀 반대편에 갈아타실 엘리베이터가 대기하고 있다는 것을 여러분께 알려드립니다."

오페라 홀의 번뜩이는 바닥을 마지막으로 걸었을 때 그녀는 부인의 치마 대신 하인의 제복을, 작은 양산 대신 노를 들고 있었다. 이제는 또 다른 것으로 변장을 한 듯한 기분이었지만, 한 가지 달라지지 않은 것이 있었다. 여전히 갈비뼈가 아팠다.

새로운 보이가 고무줄 끈이 달린 모자를 벗으며 그녀들을 마중 나왔다.

"환승 엘리베이터가 대기하고 있습니다! 파루크 폐하께서 부인들을 접견하고 싶어서 애를 태우고 계십니다."

다른 말로 하자면, 그는 벌써부터 참을성 없는 성미를 드러내고 있는 것이다. 베르닐드는 구름 위를 떠다니는 듯한 걸음걸이로 엘리베이터 안에 자리를 잡았다. 입구의 철책을 지키는 헌병 부대 앞을 지나면서 오펠리는 오히려 달걀 위를 걷는 느낌이었다. 단 한 층을 올라가기 위해 이런 보호를 받고 있는 게 정말 안전하다는 생각은 들지 않았다.

"우린 더 이상 대사관저에 있는 게 아니야." 문지기가 금장 철책을 닫는 동안 베르닐드가 경고했다. "오늘부터 내 허락 없이는 아무것도 먹지 말고, 마시지도 말고, 선물도 받아서는 안 돼. 건강과 정절을 유지하기 위해 알코브와 사람이 덜 다니는 통로도 피해야 하고."

엘리베이터의 먹음직스러운 뷔페에서 재빠르게 슈크림을 집어 들었던 로즐린 이모가 눈살 한 번 찌푸리지 않고 그것을 내려놓았다.

"우리 가족과 관련해서 어떤 조치를 취할 생각이죠?" 오펠리가 물었다. "일단 여기로 오게 하는 건 말이 안 되고요."

이 뱀들의 소굴 같은 곳에 동생들과 언니, 조카들이 온다는 상상만으로도 오펠리는 식은땀이 흐를 지경이었다.

베르닐드는 엘리베이터의 장의자에 기분 좋게 앉았다.

"이 문제쯤이야 평소의 수완으로도 해결할 수 있으니 토른을 믿으렴. 지금은 무엇보다 집안의 정령에게 나쁜 인상을 주지 않는 것만 생각해. 파루크가 널 어떻게 생각하느냐에 우리 미래가 걸려 있어."

베르닐드와 로즐린 이모는 대본이라도 읽듯이 이미 하루 종일 반복했던 각자의 충고를 다시 늘어놓기 시작했다. 한쪽에서 오펠리더러 억양을 고치라고 하면, 다른 한쪽은 그것을 유지하길 요구하고, 한 명이 아니마 사람이라는 생각은 속으로만 간직하라고 말하면, 다른 한 명은 공식적으로 그것을 내세우라고 부추겼다.

오펠리는 목도리에서 먼지 뭉치를 떼어냈다. 이렇게 하면 목도리도 차분해지고 그만큼 자신도 진정되는 기분이었다. 모자의 베일 뒤에서, 오펠리는 입을 꾹 다문 채 생각을 억제했다. '신뢰' 그리고 '토른'. 이 두 단어를 나란히 놓는 실수는 더 이상 하지 않겠어. 토른이 무슨 생각을 한 건지는 몰라도, 전날 그 둘이 나눈 짧은 대화는 아무것도 바꾸지 못할 것이었다.

호화로운 배가 파도를 맞닥뜨린 것처럼 엘리베이터에 있는 가구들이 모두 삐걱거리는 소리를 냈을 때, 오펠리는 그 소리가 자기 몸에서 나온 것만 같았다. 아니마가 눈앞에서 멀어져 가던 그날 밤보다, 토른의 식구에게 할퀴기 공격을 당한 날보다, 헌병들에게 몽둥이로 두드려 맞고 클레르들륀 지하 감옥에 갇힌 날보다 더 약해진 기분이었다. 정말, 너무나 위태로운 상태라 다음번 균열에는 마침내 터져서 날아가버릴 것만 같았다.

'내 잘못이지.' 그녀는 씁쓸하게 생각에 잠겼다. '이 남자에게 아무것도 기대하지 않는다고 마음먹었었잖아. 만약 그 다짐을 지켰다면 이런 상태로 있지 않았을 텐데.'

옆에서 떠들어대는 조언들을 아무 생각 없이 흘려들으며 오펠리는 수심에 잠긴 채 엘리베이터의 금장 철책을 응시했다. 조금 뒤에는 지금까지 겪었던 모든 것보다 더 적대적인 세상이 열릴 것이다. 그녀는 자신을 알지도 못하면서 멸시하는 사람들에게, 단지 자신의 두 손만으로 자신을 보는 사람들에게 미소 짓고 싶은 마음이 전혀 없었다.

작은 양산을 또 떨어뜨렸지만, 이번엔 그것을 줍지 않았다. 대신 그녀는 **읽는 사람**용 장갑을 응시했다. 이 열 손가락이 꼭 그녀 같았다. 손가락들은 더 이상 그녀의 것이 아니다. 가족들에 의해 외국인들에게 팔려 온 그녀처럼. 그녀는 이제 토른과 베르닐드의 것이고, 머지않아 파루크의 소유가 된다. 그녀가 전혀 신뢰할 수 없는 세 사람. 그렇지만 남아 있는 나날을 위해서는 그들에게 복종해야만 할 터였다.

뷔페에 차려진 접시들이 부딪치고 샴페인이 식탁보로 넘칠 정도로 갑작스럽게 엘리베이터가 멈췄다. 베르닐드는 두 손을 배 위에 가져다 댔고, 로즐린 이모는 전 세계 모든 계단의 이름으로 다시는 엘리베이터에 타지 않을 것을 맹세했다.

"엘리베이터 회사에서는 부인들께 용서를 구합니다." 보이가 난처해했다. "그저 기계상의 작은 결함입니다. 잠시 후 다시 출발하겠습니다."

감사해야 마땅한 보이가 왜 저렇게 미안해하는지, 오펠리는 이해할 수 없었다. 하지만 물리적인 충격이 꽤 컸던지라 또다시 숨이 멎을 정도로 옆구리가 아파왔다. 그 어떤 할퀴기 공격보다도 고통스러웠다. 어떻게 이렇게 비관적인 생각만 계속 드는 걸까? 다른 이들 때문이 아니라, 그녀, 자기 손으로 자신의 정체성을 온전히 만들어온 오펠리 자신 때문이었다. **읽는 사람**, 박물관 관리인, 인간보다 사물에 더 적합한 존재가 아닌 다른 사람이 되지 않겠다고 마음먹었던 이가 바로 그녀였다. 읽는 것은 그녀에게 언제나 하나의 열정이었다. 그런데 언제부터 이 열정이 삶의 유일한 기반이 되었을까?

오펠리는 장갑에서 눈을 들어 거울 속 자신의 모습을 보았다. 님프들과 숨바꼭질을 하는 동물상이 환영으로 그려진 두 개의 벽화 사이에서, 벽 거울은 실제의 모습을 비추고 있었다. 여름 드레스를 입은 아주 작은 여자, 그녀를 사랑스럽게 둘러싼 삼색 목도리.

엘리베이터의 충격이 자기 임신에 아주 작은 영향이라도 미친다면 교수형에 처하겠다며 베르닐드가 불쌍한 보이를 위협하는 동안, 오펠리는 천천히 거울에 다가섰다. 모자의 베일을 걷어 올리고 안경을 주의 깊게 바라보았다. 곧 멍자국이 사라지고 프레이야가 할퀸 자국이 흉터로 변하면, 오펠리는 익숙한 얼굴을 되찾게 될 것이다. 하지만 그녀의 눈빛만은 결코 이전으로 되돌아갈 수 없을 것이다. 환영들을 보았기에 본연의 눈빛을 잃고 말았다. 차라리 잘된 일이다. 환영들이 사라지면 오로지 진실만이 남으리라. 그러면 그녀의 눈은 이제 내면으로만 쏠렸던 관심을 덜어내, 세계로 더 많이 눈을 돌릴 것이다. 보고 배울 것들이 아직 많이 남아 있다.

오펠리는 거울의 액체 같은 표면 속에 손끝을 담갔다. 난데없이 미용실에서 언니가 말했던 것, 토른이 도착하기 몇 시간 전에 이야기했던 것이 떠올랐다. 그때 언니가 뭐라고 말했더라?

'여자들에게 주어진 최고의 무기는 매력이야, 그걸 거침없이 발휘하라고.'

기계 결함이 해결되어 엘리베이터가 다시 올라가기 시작했을 때, 오펠리는 절대로 언니의 충고를 따르지 않겠다고 결심했다. 거침없이 발휘하라니, 신중함이 얼마나 중요한데. 그것은 그녀의 손보다 훨씬 중요한 것이었다. '거울로 드나드는 것은 말이다……' 헤어지기 전에 작은할아버지가 말했었다. '자기 자신과 마주하는 일이지.' 오펠리가 신중함을 지니고 있는 한, 그녀가 자신의 의식에 따라서 행동할 수 있는 한, 매일 아침 거울 속 자신과 마주할 수 있는 한, 그녀는 그 누구도 아닌 자기 자신의 것이 될 것이다.

'두 손이 있기 전에 내가 있는 거야.' 오펠리는 거울 속에서 손가락을 빼내며 결론지었다. '나는 거울로 드나드는 여자야.'

"성에 도착했습니다!" 정지 손잡이를 내리며 보이가 알렸다. "엘리베이터 회사는 여러분께서 올라오시는 동안 즐거운 시간 보내셨기를 바라며, 도착이 늦어진 점에 대해 진심으로 사과의 말씀을 전합니다."

오펠리는 새로운 결의가 자신을 채우는 것을 느끼며 작은 양산을 다시 집어 들었다. 이번에는 꾸며낸 세상, 환영의 미로에서 결코 길을 잃어버리지 않을 거야. 용감히 맞서겠어.

금빛 창살이 열리자, 눈부신 빛이 쏟아졌다.

작은 조각, 추신

신이 처벌을 받은 날이 떠오른다. 그날 나는 신이 전지전능하지 않다는 사실을 알았다. 그 이후로, 다시는 그를 볼 수 없었다.

옮긴이 **윤석헌**

한국외국어대학교 불어과를 졸업하고 동 대학원에서 불문학 석사 학위를 받았으며,
파리 8대학에서 조르주 페렉 연구로 박사과정을 수료했다. 옮긴 책으로는 호르헤 셈
프룬의 『잘 가거라, 찬란한 빛이여...』, 조르주 페렉의 『용병대장』(근간), 앙드레 지드의
『팔뤼드』(근간), 아니 에르노의 『사건』(근간)등이 있다.

거울로 드나드는 여자
1. 겨울의 약혼자들

초판 1쇄 인쇄 2019년 1월 25일
초판 1쇄 발행 2019년 2월 7일

지은이 크리스텔 다보스
옮긴이 윤석헌

펴낸이 윤석헌
책임편집 홍상희 **디자인** 이경란
제작처 영신사

펴낸곳 레모
출판등록 2017년 7월 19일 제 2017-000151 호
주소 서울시 서초구 서초대로 33길 99, 201호
전자우편 editions.lesmots@gmail.com
홈페이지 www.lesmots.kr

ISBN 979-11-965952-0-3 (03850)